L'AVIS DES LECTRICES CHARLESTON

« Une saga familiale prenante et extrêmement riche. Leila Meacham est décidément la reine du genre ! Un must-have à lire à tout prix si vous avez adoré *Les Roses de Somerset.* »

Cynthia, du blog *Lectrice-Lambda*

« Ce livre est un véritable coup de cœur, aussi grand que le Texas. »

Coralie, du blog *Les tribulations de Coco*

« *Le Ranch des trois collines* m'a énormément émue. J'ai adoré découvrir tous les personnages de cette pelote de laine familiale, et les voir démêler le vrai du faux. À lire absolument ! »

Stéphanie, du blog *Sorbet Kiwi*

« Une merveilleuse saga familiale qui nous immerge au cœur du Texas, au tout début du xxe siècle. »

Julie, du blog *Les petites lectures de Scarlett*

« C'est une histoire que j'ai lue avec beaucoup de plaisir. »

Nathalie, du blog *Délivrer des livres*

« Un magnifique roman sur les liens familiaux ainsi qu'une belle déclaration d'amour aux terres du Texas. »

Aurélie, du blog *Bettie Rose Books*

« Leila Meacham a su toucher mon cœur en racontant une belle histoire de fratrie. »

Caroline, du blog *Carobookine*

« Ce roman subtil sur les liens très divers qui font une famille dans cette société texane aux rêves démesurés est une très jolie découverte ! »

Cassandra, du blog *Prettyrosemary*

« Une fresque familiale où l'on suit les personnages avec chacun son passé et ses caractéristiques. Chacun de nous peut se retrouver dans ce roman et se reconnaître dans l'un des personnages. »

Élodie, du blog *Les confidences de Miss Elody*

« Un très bon roman historique qui nous transporte au Texas au début des années 1900, qui nous fait découvrir la vie dans un ranch et dans les États-Unis de cette époque. »

Maëlle, du blog *Une Fille à la Vanille*

LE RANCH DES TROIS COLLINES

Titre original : *Titans*

Traduit de l'anglais (États-Unis) par Élisabeth Luc

Édition française publiée par :

29, boulevard Raspail
75007 Paris – France
contact@editionscharleston.fr
www.editionscharleston.fr
ISBN : 978-2-36812-119-1
Dépôt légal : janvier 2017
Maquette : Patrick Leleux PAO

Imprimé en France par CPI
N° d'impression : 137548

Pour suivre notre actualité, rejoignez-nous sur la page Facebook :
www.facebook.com/Editions.Charleston
et sur Twitter @LillyCharleston

Leila Meacham

LE RANCH DES TROIS COLLINES

Roman

Traduit de l'anglais
par Élisabeth Luc

CHARLESTON

En mémoire de Sara Lynn Leck Robbins, paléontologue,
une amie irremplaçable.

« Les coïncidences sont un moyen pour Dieu de garder l'anonymat. »
Vieux proverbe américain

PROLOGUE

Assis sur une chaise, au chevet de sa femme, Léon Holloway se pencha vers son visage blême. À bout de forces, après un travail de neuf heures, elle reposait entre les draps propres, les yeux fermés, les cheveux brossés et le visage rafraîchi.

— Millicent, tu veux voir les jumeaux, maintenant ? souffla Léon en lui caressant le front. Il va falloir les allaiter.

— Un seul, gémit-elle sans ouvrir les yeux. Amène-m'en un seul ! Je n'en supporterais pas deux. Je te laisse choisir. Que la sage-femme s'occupe de l'autre et le confie au gentil docteur, qui lui trouvera un bon foyer.

— Millicent..., fit Léon avec un mouvement de recul. Tu ne penses pas ce que tu dis...

— Si, Léon. Je peux endurer le fardeau d'un enfant, mais pas de deux. Fais ce que je te dis, sinon je les noierai !

— Millicent, chérie... Il est trop tôt. Tu changeras d'avis.

— Fais ce que je te dis, Léon ! Je ne plaisante pas.

Accablé, il se leva. Sa femme avait gardé les yeux fermés, les lèvres pincées. Il la savait assez amère pour mettre sa menace à exécution. Il descendit dans la cuisine où la sage-femme avait baigné et langé les deux nouveau-nés, qui pleuraient.

— Ils ont faim, déclara-t-elle d'un ton réprobateur. Une jeune mère qui préfère se pomponner avant de nourrir ses bébés, je n'avais jamais vu cela ! J'ai bien envie de les allaiter moi-même, monsieur Holloway, sauf votre respect. J'ai largement assez de lait pour eux.

— Je ne suis pas offusqué, madame Mahoney. Et, en vérité, je vous serais très reconnaissant... de devenir la nourrice de l'un d'eux. Ma femme affirme qu'elle ne peut nourrir qu'une seule bouche.

Mme Mahoney ne masqua pas son mépris. D'origine irlandaise, elle venait de mettre au monde son troisième enfant, comme l'attestait sa poitrine généreuse. Elle n'appréciait pas la femme hautaine aux cheveux blond vénitien qui se reposait à l'étage et qui accordait tant d'importance à son apparence. Elle aurait aimé dire au mari de cette pimbêche ce qu'elle pensait de cette froideur, de cette indifférence à la naissance de jumeaux, même si le second enfant avait été une surprise. Pour l'heure, la priorité de la sage-femme était de l'allaiter. Elle déboutonna le devant de sa robe.

— Je m'en occupe, monsieur Holloway. Lequel ?

Léon ferma les yeux et lui tourna le dos. Choisir quel enfant prendrait le sein de sa mère tandis que l'autre devrait se contenter du lait d'une étrangère était un véritable déchirement.

— Changez-les de place ou laissez-les ainsi, ordonna-t-il. Je vous désignerai celui que vous nourrirez.

Il entendit la sage-femme s'affairer, puis tendit le bras par-dessus son épaule. Lorsqu'il se retourna, il constata qu'elle tenait la deuxième enfant, celle pour qui il avait dû trouver à la hâte un vieux drap troué afin de l'en envelopper. Léon prit alors le premier né, dont la sœur tétait déjà avidement le sein de la nourrice.

— Je reviens, madame Mahoney. Ne partez pas. J'ai à vous parler.

PREMIÈRE PARTIE

NATHAN

CHAPITRE 1

Ferme de Barrows, près de Gainesville, Texas, 1900

Le jour qui marqua un tournant dans la vie de Nathan Holloway débuta comme tous les autres, par un coup de langue de Zak, un berger allemand qu'il avait recueilli tout petit.

— Zak…, gémit-il à voix basse pour ne pas réveiller son frère cadet, qui partageait sa chambre.

Le jeune homme s'essuya la joue et repoussa le chien. Une heure avant l'aube, la pièce était encore plongée dans l'obscurité. Nathan frissonna sous sa liquette de nuit. Il avait préparé ses vêtements sur une chaise pour pouvoir les enfiler rapidement. Il ne voulait pas s'attirer les foudres de Randolph qui se levait plus tard que lui.

Ses bottes et ses chaussettes à la main, le chien sur les talons, Nathan gagna le couloir et s'assit sur un banc pour se chausser. Un fumet de bacon et d'oignons frits lui parvint de la cuisine. Rien de tel qu'un petit déjeuner plantureux pour démarrer une journée de travail par temps froid, songea-t-il. Attentif au moindre mouvement de son maître, Zak remua la queue comme s'il lisait dans ses pensées. Nathan étouffa un rire et lui flatta l'encolure en imaginant des pommes de terre sautées et des galettes tartinées de beurre et de confiture.

Devant son fourneau, sa mère retournait des tranches de bacon. Elle était apprêtée, les cheveux relevés en un chignon impeccable, un tablier noué autour de sa taille de guêpe.

— Bonjour, maman, grommela Nathan d'une voix ensommeillée.

Il se rendrait d'abord au cabanon installé dans la cour. Seule sa sœur bénéficiait d'un pot de chambre. Les garçons étaient priés de sortir, même en hiver. Ensuite, Nathan se débarbouillerait dans l'arrière-cuisine, où il faisait bon et où il restait de l'eau chaude dans le broc.

— Tu as réveillé ton frère ? s'enquit sa mère sans se retourner.

— Non. Il dort encore.

— Heureusement. Aujourd'hui, il passe un examen important.

— Je sais. Papa est là ?

— Il est parti chercher du bois.

Tandis que Nathan boutonnait sa veste, son père entra par la porte du fond, les bras chargés de bûches. En automne, ils avaient coupé des branches de chêne et stocké des réserves de bois.

— Bonjour, fiston ! Bien dormi ?

— Oui, papa.

— Tant mieux. Tu vas avoir une journée bien remplie.

— Oui, papa.

Tel était leur quotidien. Depuis que Nathan avait terminé sa scolarité, deux ans plus tôt, il enchaînait les corvées, ce qui lui convenait tout à fait. Il aimait s'activer à la ferme, au grand air, sous le ciel infini, dans les champs, parmi les bêtes.

Nathan prit la lanterne que lui tendait son père, puis un vieux sac en toile contenant un seau et un torchon. Zak le suivit dans la cour et fit un tour dans les bois sombres avant de rejoindre son jeune maître. Puis, ensemble, ils gagnèrent l'étable pour la traite du matin, à la lueur de la torche.

Daisy, la vache, les accueillit d'un meuglement et s'agita dans son box.

— Salut, ma belle ! lança Nathan. On s'occupe de toi dans une minute.

Avant de prendre son tabouret, Nathan balaya l'étable de sa torche pour vérifier qu'aucun intrus ne s'était glissé à l'intérieur pendant cette froide nuit de mars. Il arrivait qu'un vagabond s'endorme sur les bottes de foin. Quand il faisait plus doux, il débusquait parfois un serpent enroulé dans un coin. Un jour, un renard blessé et agressif avait trouvé refuge dans la remise à outils.

Ne décelant rien d'anormal, Nathan suspendit la lanterne et ouvrit la stalle. Daisy se dirigea lentement vers son auge. Nathan brossa sa toison pour éviter que des mottes de terre et autres salissures ne tombent dans le seau de lait, puis il essuya les pis à l'aide de son torchon. Enfin, il mit le seau en place. Zak s'assit à côté de lui, guettant le premier jet de lait chaud.

Nathan était le seul que Daisy autorisait à la traire. Il suffisait qu'il pose une main sur son flanc droit pour qu'elle recule une patte et lui donne accès à ses mamelles. Avec les autres membres de la famille, elle était récalcitrante et il fallait lui soulever la patte de force, tandis qu'elle ruait et agitait la tête.

— Toi seul as vraiment le coup de main, affirmait son père.

Nathan s'en accommodait fort bien, de même que son frère et sa sœur, qui avaient respectivement trois et quatre ans de moins que lui. Levés plus tard que leur aîné, ils n'étaient pas obligés de gagner l'étable avant le lever du soleil et par tous les temps. Nathan appréciait ces moments de solitude. L'odeur du foin, la chaleur animale, surtout en hiver, le mettaient dans de bonnes dispositions pour la journée.

La traite terminée, Nathan posa un couvercle sur son seau et le plaça hors de portée de Zak, le temps de nourrir et d'abreuver les chevaux. Il mena ensuite la vache au pré, au-delà de la clôture. Le soleil levant baignait les quelques hectares de terre brunie dans une douce lumière dorée. Bientôt, le blé en jaillirait. La ferme portait encore le nom des Barrows, qui se transmettaient ces terres de génération en génération depuis 1840. Liam Barrows, son grand-père maternel, était le dernier de la lignée. Ses deux fils étant morts avant de pouvoir hériter, les terres étaient revenues à sa fille, Millicent Holloway. Nathan savait qu'un jour, la propriété serait à lui. Randolph, son frère, était promis à un avenir plus prestigieux, car il était le plus intelligent. Quant à sa sœur Lily, elle ferait un beau mariage, car elle était ravissante et plaisait déjà aux fils des notables de Gainesville, Montague et Denton, voire de villes situées au-delà de la frontière du territoire indien.

— Je ne passerai pas ma vie vêtue d'une robe en calicot et d'un tablier, aimait à répéter celle que sa famille surnommait la princesse.

Si Nathan s'entendait bien avec son frère et sa sœur, il était tenu un peu à l'écart. Randolph et Lily étaient aussi proches que des jumeaux. Ils partageaient les mêmes ambitions de richesse et de gloire et un unique objectif : quitter la ferme. À l'aube de ses vingt ans, Nathan avait décidé que la richesse consistait à être heureux de ce que l'on faisait, de ce que l'on était, et de s'en contenter.

Ce matin-là, donc, en regagnant la maison, son seau de lait à la main, il ne pensait qu'au succulent petit déjeuner qui l'attendait. Ensuite, il irait réparer la clôture du pré sud. Quand il entra dans la cuisine, la famille était déjà attablée, son frère et sa sœur de part et d'autre de leur mère, à un bout de la table. Il s'assiérait à côté de son père, à l'autre extrémité. D'un côté, Randolph, Lily et leur mère, de l'autre, son père et lui. Il en avait toujours été ainsi chez les Holloway, un détail qu'il avait remarqué sans s'y arrêter particulièrement, jusqu'à l'apparition de cet inconnu, en fin d'après-midi.

CHAPITRE 2

Le soleil se couchait dans son dos lorsque Nathan rangea son marteau, sa scie et ses clous dans sa boîte à outils pour rentrer chez lui, muni de son panier de déjeuner. Il avait englouti le repas que sa mère lui avait préparé, des sandwichs avec le reste de bacon et d'oignons, des pickles, une tomate et un œuf dur. Affamé, il attendait le dîner avec impatience. Son repas serait prêt dès son retour, mais il ne passerait pas tout de suite à table, loin de là. Il devrait d'abord traire Daisy. Son frère et sa sœur auraient nourri les chevaux, les cochons et les poules avant la tombée de la nuit. Ensuite, seulement, il ferait sa toilette et rejoindrait les siens à table.

Il était heureux de rentrer à la maison, après une journée de labeur, pour déguster les plats copieux de sa mère, qui était une excellente cuisinière. Il appréciait aussi les conversations familiales et les veillées, avant d'aller se coucher. Son frère et sa sœur quitteraient bientôt le foyer. À dix-sept ans, Randolph terminait ses années de lycée. Il avait été admis à l'université de Columbia, à New York, où il ferait des études de droit dès la rentrée. Sa sœur de seize ans se marierait sans doute dans les deux années à venir. Comment se dérouleraient les soirées, après leur départ ? Nathan était comme son père : on lui demandait rarement son avis et il ne le donnait guère. Il se contentait d'écouter les autres et d'être le quatrième joueur de cartes, car sa mère ne jouait pas. En revanche, on pouvait compter sur lui pour rentrer du bois, attiser le feu et servir des bols de chocolat chaud, même s'il avait parfois l'impression de faire partie des meubles.

Zak trottinait à côté de lui, souvent distrait par une nuée de colombes à effrayer, un lapin à pourchasser. Nathan inspira profondément l'air frais de cette fin mars, à la tombée du jour, quand il n'y avait plus ni soleil ni vent. Le jeune homme n'avait pas perdu son temps. Son père serait content qu'il ait réparé la clôture sud et qu'ils n'aient pas acheté du bois supplémentaire pour rien. S'ils n'étaient pas toujours d'accord sur les dépenses, le père écoutait toujours les conseils de son fils et lui confiait même certaines décisions.

— Ce garçon a le sens des priorités, c'est certain, affirmait-il.

Sa mère marmonnait en général quelques vagues paroles, mais Nathan comprenait qu'elle cherchait à l'empêcher de se montrer trop fier. Comme s'il risquait un jour de se vanter de quoi que ce soit, songeait-il, surtout en comparaison de ses frère et sœur. De son propre aveu, Nathan était d'une banalité affligeante, à part sa haute taille, sa carrure imposante et ses yeux d'un bleu-vert très particulier. Un peu désabusé, il se disait parfois que la nature l'avait doté de capacités moyennes sur le plan intellectuel et personnel, alors que Randolph et Lily avaient tiré le gros lot. Il acceptait son sort sans amertume. Un beau visage et une personnalité engageante n'étaient pas d'une grande utilité pour faire pousser du blé et gérer une ferme.

En arrivant à proximité des dépendances, Nathan remarqua une élégante Concord harnachée de deux superbes pur-sang garée devant la maison blanche. À Gainesville, il ne connaissait personne qui possède une voiture et un attelage d'une telle distinction. Elle devait appartenir à quelque prétendant de Lily venu de Denton ou de Montague, les comtés voisins. Quelques mois plus tôt, sa sœur avait rencontré plusieurs jeunes gens de bonne famille à l'occasion du bal organisé par la marraine de sa mère, la femme la plus riche de la ville, en l'honneur de Lily. Pourquoi diable se présentait-il un jour de semaine, à cette heure tardive ? Cette initiative ne plairait pas à leur père, même s'il n'avait pas vraiment son mot à dire. Pour tout ce qui concernait sa sœur, sa mère avait le dernier mot. Or elle voyait les conquêtes fortunées de Lily d'un très bon œil...

Au moment où Nathan bifurqua vers la grange, une tête apparut à la fenêtre de la voiture, celle d'un homme entre deux âges. En le voyant, il ouvrit vivement la portière et mit pied à terre.

— Bonjour, jeune homme ! lança-t-il avec un fort accent irlandais. Vous êtes le garçon qu'on est venus voir ?

Le cocher, sans doute. Machinalement, Nathan regarda derrière lui, comme si l'inconnu avait pu s'adresser à quelqu'un d'autre.

— Moi ? fit-il.

— Oui, vous.

— Cela m'étonnerait...

— Si c'est vous, vous feriez mieux de rentrer. Il n'aime pas qu'on le fasse attendre.

— Qui ça ?

— Mon patron. M. Trevor Waverling.

— Jamais entendu parler ! répondit Nathan en repartant vers la grange.

— Attendez ! Attendez ! s'écria l'inconnu en le suivant. Il faut absolument rentrer, mon garçon. M. Waverling ne partira pas avant de vous avoir vu. J'ai froid et... J'ai l'estomac dans les talons. J'ai rien mangé depuis ce matin, geignit-il.

Malgré son manteau bien coupé, son pantalon rayé et son chapeau haut-de-forme, une tenue qui seyait à ce prestigieux attelage, il avait quelque chose d'insolite. Sans être particulièrement petit, il était court sur pattes et ventripotent. Ses oreilles décollées et ses cheveux roux dépassaient de son immense chapeau. Si sa détresse semblait évidente, il évoquait à Nathan un clown qu'il avait vu au cirque, autrefois.

— C'est bien dommage, mais j'ai la vache à traire.

Il hâta le pas. Qui était donc ce M. Waverling et que lui voulait-il ? Son père aurait pu envoyer son garçon de ferme le chercher.

Le cocher se précipita vers la maison tandis que Nathan gagnait la grange. Au moment d'entrer, il entendit Randolph donner une tape à la vache.

— Ne bouge pas, bon sang !

— Qu'est-ce que vous faites ? s'écria Nathan.

À son grand étonnement, Randolph et Lily essayaient de traire Daisy.

— D'après toi ? railla l'adolescent.

— Pousse-toi de là ! lui ordonna Nathan. C'est mon travail.

— Laisse Nathan ! implora Lily. J'en ai assez de lui tenir la patte.

— C'est impossible, rétorqua Randolph. Papa nous a dit de l'envoyer dès son arrivée.

Son frère et sa sœur n'avaient aucun scrupule à parler de lui comme s'il n'était pas là. Lors des parties de cartes ou autres jeux de société, ils se comportaient comme s'il n'était pas assis à table avec eux : « Je me demande quelles cartes il a. Tu crois qu'il a un roi ? »

— Écartez-vous, je vous dis ! répéta Nathan. Je n'irai nulle part tant que je n'aurai pas trait Daisy. Doucement, ma belle ! Je suis là.

Il lui flatta la croupe pour la rassurer. Daisy se mit à meugler si fort que Randolph et Lily reculèrent. Leur frère avait presque autant d'autorité que leur père pour ce qui était des travaux de la ferme.

— Qui est ce M. Waverling et qu'est-ce qu'il me veut ?

Le frère et la sœur échangèrent un regard perplexe.

— On n'en sait rien, répondirent-ils en chœur.

— Il est riche ! précisa Lily.

— Dès qu'il s'est présenté, on nous a dit de sortir, expliqua Randolph. En tout cas, papa, maman et ce type sont en train de se disputer à ton propos.

— Moi ? fit Nathan, surpris. C'est tout ce que vous savez ?

Zak prit place près de lui et fut récompensé par un jet de lait qu'il avala goulûment.

— Oui, mais on pense… qu'il est venu pour t'emmener, bredouilla Lily.

Elle vint se lover dans son dos et l'entoura de ses bras frêles.

— Je suis inquiète, avoua-t-elle d'une petite voix.

— Moi aussi, renchérit Randolph. Tu as des ennuis ? Tu n'as pas fait de bêtises, au moins, Nathan ?

— Pas que je sache.

Qui diable pouvait vouloir l'emmener ?

— Question idiote, Randolph ! s'emporta Lily. Nathan ne fait jamais de bêtises.

— Ça ne coûte rien de demander, répliqua son frère. Ce monsieur est quelqu'un d'important. Maman était bouleversée. Papa a pris les choses en main et nous a chassés sur-le-champ. Tu sais qui est cet homme ?

— Aucune idée, avoua Nathan. Comment le saurais-je ?

— Lui, il semblait être bien renseigné sur toi. Et tu lui ressembles… enfin, un peu.

Sentant une présence dans la grange, ils se retournèrent. Sur le seuil, leur père se racla la gorge.

— Nathan, dit-il d'une voix pleine de tristesse. Quand tu auras fini la traite, viens à la maison. Randolph et Lily, vous resterez là.

— J'ai des devoirs à terminer ! protesta l'adolescent.

— Ils attendront, répliqua Léon en tournant les talons. Vous boirez le lait en guise de souper.

Sa tâche terminée, Nathan fit rentrer Daisy dans son box et quitta la grange sous le regard anxieux de ses frère et sœur. La nuit était tombée et il faisait un froid glacial. Son père l'attendait dans la cour. Nathan constata que le clown avait regagné la voiture.

— Qu'est-ce qui se passe, papa ?

Soudain, Léon se pencha en avant et se prit la tête dans les mains.

— Papa ! Qu'est-ce… ? Tu pleures ? Que se passe-t-il ?

Une haute silhouette apparut sur le pas de la porte. Elle s'arrêta, puis descendit les marches du porche pour venir à leur rencontre. Élancé et sévère, le propriétaire de la voiture portait un élégant manteau de laine et dégageait une autorité naturelle.

— C'est à cause de moi, dit-il.

Nathan le toisa.

— Qui êtes-vous ? demanda-t-il en croisant le regard bleu-vert de l'inconnu, semblable au sien.

Nathan aurait aimé prendre Léon dans ses bras pour le consoler, tant il semblait accablé.

— Je suis ton père, déclara M. Waverling.

Incrédule, Nathan fronça les sourcils.

— Pardon ?

L'homme leva les mains tel un orateur prêt à haranguer la foule.

— Je regrette d'avoir à te l'annoncer ainsi. J'espérais... des présentations un peu moins brutales. Tu es bien mon fils, Nathan. M. Holloway, ici présent, est en réalité ton beau-père. Ton père, c'est moi.

Nathan n'était pas violent de nature. Il avait même tendance à fuir les conflits. Cependant, en cet instant, il mourait d'envie d'assener une bonne droite à cet homme. Pour qui se prenait-il ? De quel droit se présentait-il à la ferme pour tenir de tels propos ? Comment osait-il faire pleurer son père ? Jamais il n'aurait cru être témoin d'une telle scène ! Il eut envie d'aller chercher une fourche dans la grange et de repousser cet élégant monsieur dans sa voiture pour le chasser de leur propriété. Pourquoi son père ne s'en était-il pas chargé ?

— Vous seriez-vous échappé d'un asile d'aliénés, monsieur ? s'enquit le jeune homme malgré le respect que lui avaient inculqué ses parents pour ses aînés. Sinon vous ne parleriez pas de la sorte. À moins que vous ne fassiez erreur.

Il désigna Léon, qui s'était redressé et séchait ses larmes de la manche de sa veste.

— C'est lui, mon père.

— Il est l'homme qui t'a élevé, certes, mais tu es mon fils, insista l'inconnu. Ta mère peut l'attester. Entrons dans la maison pour en discuter. La chaleur du feu serait la bienvenue, en ce qui me concerne.

— Je ne discuterai pas avec vous ! Vous pouvez geler sur place, je m'en moque !

Plus grand et plus imposant que Léon, Nathan se posta devant l'homme.

— Allez-vous en !

— Fiston... Nathan, intervint Léon. Écoute ce qu'il a à te dire. Il le mérite. Nous ferions mieux d'entrer.

Nathan ne broncha pas.

— Papa..., implora-t-il, tel un enfant affolé. Qu'est-ce qu'il raconte ?

— Il te dit qu'il est ton père, fiston, et c'est la vérité.

Ces mots firent à Nathan l'effet d'un coup de poignard en plein cœur. Léon dut le soutenir par le bras.

— Je regrette beaucoup que tu doives découvrir... cette vérité, reprit-il avec résignation et tristesse.

L'inconnu voulut prendre le jeune homme par l'autre bras, mais Nathan le repoussa et s'écarta.

Puis il regarda en arrière, vers son frère et sa sœur. Effrayés et inquiets, ils observaient la scène depuis la porte de la grange. Il était leur grand frère, leur protecteur, un être fiable et familier. Rien n'était jamais venu ébranler leur foi en lui. Même si c'était à leur père de les rassurer, il leur lança :

— Tout va bien ! Vous n'aurez pas à rester dehors très longtemps ! Calmez Daisy, elle est un peu agitée.

— D'accord, concéda Randolph de mauvaise grâce. Tu... tu viendras nous chercher bientôt ?

— C'est promis.

Les trois hommes avancèrent, suivis de Zak, qui percevait la tension de son maître.

— Je constate que tu as été un bon frère, Nathan, déclara Trevor Waverling.

— Comment ça, j'ai été ? Je le suis toujours !

— Hum… Tu as également le souci de la précision, apparemment.

Nathan ne lui répondit pas. Il lui aurait volontiers craché au visage, mais il avait la bouche sèche. Le souci de la précision ? Qui diable était ce type ? Et pourquoi son père semblait-il croire à ces sornettes ? D'un geste, l'homme invita Nathan à le précéder dans la maison. Il n'avait qu'une envie : lui claquer la porte au nez avant de la verrouiller à double tour.

Sa mère était assise sur le divan du salon qui ne servait que pour les invités. Sur le seuil, Nathan s'arrêta net. Il reconnaissait à peine le beau visage de sa mère, désormais pâle et froid. Jamais elle n'avait eu les yeux aussi noirs. Ignorant son fils et Léon, elle foudroya le visiteur d'un regard meurtrier.

— Dépêche-toi, Léon, qu'on en finisse au plus vite avec lui, ordonna-t-elle sans quitter l'étranger des yeux.

Au désespoir, Nathan les observa tour à tour.

— Est-ce que quelqu'un veut bien m'expliquer ce qui se passe ?

— Volontiers, déclara Trevor Waverling. Il y a des années, presque vingt et un ans, pour être précis, ta mère et moi avons été… proches.

— Dis plutôt que tu m'as violée, fils de Satan ! s'écria-t-elle.

— Allons, Millicent, je n'ai rien fait de tel. Vous étiez aussi consentante que moi.

— Je vous en prie ! implora Léon. Arrêtez ! Épargnez-lui les détails sordides. Il est déjà assez choqué d'apprendre que l'homme qu'il croyait être son père ne l'est pas.

Les yeux embués de larmes, il se tourna vers Nathan.

— C'est bien lui, ton père, reprit-il en montrant Trevor du doigt.

— Tu en doutes encore ? demanda ce dernier en s'approchant du jeune homme. Regarde-nous. Sans la différence d'âge, nous pourrions être frères : même taille, même carrure, même couleur d'yeux. Elle nous vient de ma mère. Elle est encore en vie et désire ardemment te rencontrer… C'est ta grand-mère.

Nathan recula. Les traits de cet homme, ses pommettes saillantes, son corps élancé ne lui ressemblaient en rien.

— Je ne vous crois pas, affirma-t-il.

Affolé, il chercha une confirmation auprès de sa mère. Ce type leur faisait une plaisanterie cruelle, n'est-ce pas ? Hélas, elle avait les yeux rivés sur Trevor, qu'elle toisait d'un regard assassin. En se tournant vers Léon, il vit une telle tristesse sur son visage qu'il en eut le cœur serré.

— Papa ?

— Il dit la vérité, Nathan. Tu n'es pas mon fils… d'un point de vue biologique. Ta mère était enceinte quand je l'ai épousée. Enceinte de cet homme. Elle peut te le confirmer.

— Mais j'ignorais qu'elle était enceinte, intervint Waverling. Sinon, je serais venu te trouver avant, Nathan. Oh oui ! Je serais venu plus tôt.

Abasourdi, Nathan s'assit lentement dans un fauteuil recouvert d'un tissu fleuri.

— Maman ?

— Il ne ment pas en déclarant que tu es son fils. Quant au reste, ce sont des mensonges. Il m'a violée. Je n'ai jamais été consentante comme il le prétend. Et il est au courant de ton existence depuis longtemps. Autrefois, le receveur des postes m'a confié qu'il avait été interrogé sur l'aîné des fils Holloway. Tu avais environ quatorze ans, Nathan. Ce sale type a envoyé quelqu'un se renseigner pour savoir si tu valais la peine d'être reconnu. Il n'a pas daigné venir voir en personne.

Elle foudroya Trevor d'un regard si méprisant que Nathan en eut la chair de poule.

— L'an dernier, reprit-elle, un de tes anciens professeurs m'a informée qu'un inconnu l'avait interrogé sur tes résultats scolaires, avant ton diplôme de fin d'année. Il voulait savoir si tu travaillais bien, si tu étais intelligent, sain d'esprit. Il a prétexté une enquête visant à accorder des bourses d'études à des élèves.

Léon se redressa vivement.

— Pourquoi ne m'en as-tu jamais parlé ?

— Te connaissant, je pensais que tu remuerais la boue, que tu souhaiterais informer Nathan que son père le cherchait. Dans ce cas, comment éviter le scandale ?

Trevor posa sur Millicent un regard de dégoût.

— Tu ne pensais donc qu'à éviter un scandale ? Voilà qui ne m'étonne pas de toi, Millicent !

— Ne me fais pas la morale, Trevor Waverling ! Crois-moi, ajouta-t-elle à l'adresse de Nathan, il ne serait pas venu si tu avais été un vaurien ! Tu serais resté mon problème et celui de Léon.

Nathan était impressionnée par sa rage, ses lèvres pincées et pâles. Soudain, il comprit la souffrance qui le rongeait depuis qu'il était en âge de sentir que sa mère ne le traitait pas comme son frère et sa sœur. Il s'était voilé la face sur ce rejet qui n'était pas digne de l'amour et du respect qu'il avait pour elle. Il était l'aîné et elle attendait plus de lui, voilà ce qu'il s'était dit. À présent, tout s'expliquait. Il lui rappelait un homme qu'elle détestait, un homme pour qui elle avait peut-être encore des sentiments, au plus profond d'elle-même…

Nathan leva les yeux vers cet homme à qui il ressemblait vaguement.

— Qu'êtes-vous venu faire ici ?

Trevor Waverling se redressa fièrement. Son manteau bien coupé soulignait sa prestance naturelle.

— Je suis venu te reconnaître en tant que fils… Et t'emmener avec moi, si tu acceptes.

— Pourquoi ?

Pris au dépourvu par le ton cinglant de Nathan, Trevor ouvrit la bouche, mais ne sut que dire.

— Pourquoi ? répéta-t-il pour gagner du temps. Parce que j'aimerais que tu fasses partie de ma vie, voilà pourquoi. Je t'offre une vie meilleure que celle que tu mènes ici.

— Il ne peut pas y avoir de meilleure vie que celle que je mène ici !

Trevor s'approcha du jeune homme.

— Comment peux-tu en avoir la certitude ? Tu ne connais rien d'autre. Je suis un homme fortuné et je souhaite partager cette fortune avec toi. Si tout se passe bien, j'aimerais faire de toi mon héritier…

— Et si tout se passe mal ? rétorqua Nathan. Que ferez-vous ? Vous congédierez votre héritier potentiel ?

Une fois encore, Trevor parut décontenancé.

— Nous sommes mal partis, on dirait. Je m'exprime sans doute mal et je te donne une impression inexacte. Si nous pouvions au moins bavarder en tête à tête… si tu me laissais te parler de moi… de ce que je te propose.

Nathan se leva d'un bond.

— Je ne suis pas intéressé. Ici, je suis chez moi. Mes parents, ce sont eux. Je n'irai nulle part avec vous.

— Je t'en prie ! implora Trevor. Tu ne veux donc rien savoir sur ton père ?

— Et vous, vous ne vouliez rien savoir sur votre fils jusqu'à ce jour, non ?

— C'est vrai ! intervint Millicent.

— D'accord, d'accord ! concéda Trevor en haussant le ton. Je l'admets. J'ai fait mener une enquête sur toi. Dans ma position, c'était indispensable. En revanche, je te jure que j'ignorais la grossesse de ta mère quand je l'ai quittée. Je ne l'ai su que le jour où un de mes vendeurs est passé par Gainesville, il y a six ans. Il m'a raconté qu'il avait vu, dans une épicerie, un garçon qui me ressemblait comme un fils. Sur le ton de la plaisanterie, il m'a demandé si je n'avais pas eu une aventure d'un soir dans une bourgade du comté de Cooke.

Millicent poussa un cri de protestation, mais Léon se ressaisit enfin.

— Tais-toi, Millicent ! Nathan doit tout savoir.

Vexée, Millicent pinça les lèvres et se mura dans un silence plein de morgue.

Trevor poursuivit :

— J'ai donc envoyé un homme de confiance mener une enquête. Il a pris une photographie de toi…

De son portefeuille rangé dans la poche intérieure de son manteau, Trevor sortit un cliché qu'il tendit au jeune homme. Nathan se reconnut debout près de la clôture. Il se rappela alors qu'un inconnu affirmant être journaliste pour quelque revue agricole lui avait demandé un jour s'il pouvait le photographier devant un champ de blé.

— En voyant ce portrait, j'ai tout de suite compris que tu étais bien mon fils, affirma Trevor en reprenant la photographie. J'étais exactement comme toi à quatorze ans. Si je ne suis pas venu avant, c'est parce que… enfin, comment le pouvais-je ? Tu allais encore à l'école, tu semblais heureux, chez ta mère et… celui que tu prenais pour ton père. Je n'avais pas le cœur à tout briser. Aujourd'hui, j'estime de mon droit et de mon devoir de me faire connaître. J'ai donc attendu ton vingtième anniversaire pour me présenter à toi.

Nathan le regarda fixement. C'était aujourd'hui, son anniversaire ? Il aurait dû s'en souvenir. Vingt ans, c'était une étape importante dans la vie d'un homme. Il était si facile d'oublier quand les jours se suivaient et se ressemblaient avec pour seuls repères le rythme des saisons.

Hélas, sa famille n'y avait pas pensé non plus…

— Comment savez-vous que c'est mon anniversaire ? demanda-t-il.

— J'ai obtenu ton acte de naissance au tribunal.

Léon se tourna vers Millicent.

— Tu lui as préparé un gâteau ?

— J'ai… oublié. J'en avais l'intention, mais c'est mon jour de lessive…

— Et tu préférais finir la robe de Lily pour la réception à laquelle elle est invitée à Denton, la coupa Léon d'une voix glaciale.

— Millicent ! s'exclama Trevor en la fusillant du regard. D'après ce que je vois, Nathan est corvéable à merci pendant que tu couds des robes pour ta fille et que tu économises chaque sou pour envoyer ton autre fils à l'université de Columbia !

Il semblait si outré par ce favoritisme flagrant qu'elle eut un mouvement de recul et se détourna vers la cheminée pour fuir son regard accusateur.

Léon s'adressa à Nathan qui, désemparé, encaissait tant bien que mal ces révélations troublantes.

— Cela me brise le cœur de te le dire, mais tu as intérêt à écouter ce monsieur, car il est vraiment ton père.

Trevor esquissa un geste de supplique de ses mains soignées.

— Si nous pouvions aller discuter dans un endroit tranquille…

Abasourdi, perdu, blessé, Nathan bredouilla :

— Il n'y a nulle part où aller. Il faut que mon frère et ma sœur rentrent. Il fait froid, dans la grange, et mon frère a des devoirs à terminer dans notre chambre.

— Dans ce cas, allons bavarder dans la grange, suggéra Trevor. Je t'en prie, Nathan…

Il le suppliait de l'écouter, ce qui n'était à l'évidence pas chose aisée pour un personnage de son rang. Nathan n'en fut que plus désorienté, comme s'il était pris dans une tempête de neige sans repère familier à l'horizon.

— Pas ce soir. J'ai besoin de temps pour réfléchir à… ce que je viens d'entendre. Ensuite, je verrai.

Le regard de Trevor exprima une profonde déception.

— J'imagine que je ne peux en exiger davantage. À ta place, j'aurais sans doute la même réaction…

Il rangea la photographie dans son portefeuille dont il sortit une carte de visite.

— Voici mes coordonnées. Contacte-moi dès que tu seras prêt à m'écouter. Il s'agit de mon adresse professionnelle.

Il prit un stylo pour griffonner quelques mots au dos de la carte.

— Tu peux aussi m'écrire à la maison. Comme tu le vois, les deux adresses sont à Dallas. Je te recevrai avec plaisir dans mon bureau. Je peux aussi te retrouver à Gainesville si tu le souhaites, ou même revenir ici.

— Non, pas ici, Trevor ! protesta Millicent, furieuse. Tu ne mettras plus jamais les pieds sur les terres de ma famille, c'est compris ? Si je te revois, je sors ma carabine.

Elle se tourna vivement vers Nathan :

— Et toi, fais sortir ce chien immédiatement ! Tu sais bien qu'il n'a pas le droit d'entrer dans cette pièce.

Nathan porta son attention sur sa mère. Un inconnu se présentait chez elle en affirmant être le père de son fils et elle n'exprimait que sa haine pour cet homme avant de se plaindre de la présence d'un chien dans son salon. Pas un instant elle ne s'était inquiétée de sa souffrance, de son incrédulité. De ces révélations bouleversantes émergeait une triste vérité : sa mère ne l'aimait pas, elle ne l'avait jamais aimé et ne l'aimerait jamais. Sous son regard appuyé, elle changea d'expression comme si elle avait compris qu'il ne la verrait plus jamais sous le même jour.

— Zak, viens, mon chien ! ordonna-t-il en se tapant la cuisse.

Il s'éclipsa. Ses parents et M. Waverling le laissèrent partir. Nathan n'était pas disposé à entendre un mot de plus de leur part. Il sortit dans la nuit, faisant fi de l'air glacial qui fouettait son visage. Il n'avait plus faim et ne sentait pas le froid sous sa fine veste de travail. La tête du cocher apparut derrière la vitre de la cabine où il avait trouvé refuge.

— Mon patron compte partir bientôt ?

— Il n'a aucune raison de rester, en tout cas ! répondit Nathan sans ralentir le pas.

Il trouva Randolph et Lily installés sur une botte de foin, sous une couverture. Ils avaient bu le lait à même le seau.

— La voie est libre pour vous deux, leur annonça-t-il d'une voix brisée.

Lily rejeta la couverture et se précipita vers lui.

— Qu'est-ce qui se passe, Nathan ? Qui est cet homme, dans la maison ?

— Aucune idée.

— Qu'est-ce qu'il veut ? renchérit Randolph.

— C'est une affaire de famille.

— Qu'est-ce qu'il t'a fait ? insista Lily en le dévisageant.

— Il… a brisé quelque chose qui ne saurait être réparé.

Alors, seulement, Nathan se rendit compte qu'il tenait la carte de visite de l'inconnu. Le nom de Trevor Waldo Waverling lui sauta aux yeux. Il comprit enfin qu'il n'était pas vraiment un Holloway. Cette vérité le frappa avec une telle force qu'il dut se retenir à un poteau pour ne pas tomber à la renverse.

Ses yeux s'embuèrent de larmes. Il suffoquait presque. Il était un Waverling ! Le sang qui coulait dans ses veines n'était pas celui de l'homme qui avait veillé sur lui avec tendresse depuis le jour de sa naissance, qui lui avait appris à marcher, à lire, à monter à cheval, à travailler à la ferme, l'homme qu'il aimait et à qui il croyait ressembler.

— Mais tu pleures ! s'exclama Randolph.

— Qu'est-ce que tu as ? répéta Lily en le prenant par le bras.

— Laissez-le tranquille, les enfants, et regagnez la maison ! ordonna tout à coup Léon depuis le seuil de la grange. Le souper vous attend.

Randolph poussa un soupir de soulagement.

— Enfin ! Faut-il emporter le reste du lait ?

— Si tu en veux, oui.

De mauvaise grâce, Randolph prit le seau. Lily se hissa sur la pointe des pieds pour embrasser Nathan.

— Tout va s'arranger, murmura-t-elle à son oreille, avant d'emboîter le pas à Randolph.

CHAPITRE 3

Rien ne serait jamais plus pareil. Nathan en avait la certitude. Léon s'avança vers lui d'un pas traînant, les mains dans les poches de sa veste.

— Si seulement je trouvais les mots pour te dire…

Dehors, ils entendirent un bruit de sabots et le grincement d'un attelage. Leur visiteur était venu en voiture dans l'espoir de l'emmener avec lui, ainsi que ses affaires, sans doute. Sinon, il se serait déplacé en train.

Nathan haussa les épaules et s'essuya les yeux.

— Ce doit être aussi dur pour toi que pour moi, dit-il.

Léon retourna deux seaux qu'il posa sur le sol.

— Parce que j'ai perdu un fils et que toi, tu as gagné un père ? Ce n'est pas vrai, Nathan. Il faut que tu le comprennes. Ce qui compte, ce sont les liens du cœur, pas ceux du sang. Tu es mon fils, tu l'as toujours été et tu le seras à jamais. Et moi, je serai toujours ton père. Personne ne pourra rien y changer.

Une fois de plus, Léon sortit son mouchoir et se moucha bruyamment.

— Il n'en reste pas moins que la vérité change bien des choses…, fit Nathan en s'asseyant sur un seau.

Léon s'installa en face de lui. Zak vint se poster entre les deux hommes.

— Les sentiments ne changent pas, affirma-t-il.

Nathan lui tendit la carte de visite.

— Dans quel domaine travaille-t-il ?

Léon lut à voix haute :

— Waverling Tools. Il nous a expliqué que son entreprise fabriquait à l'origine des outils de forage pour les gisements d'eau et le sel.

— Je n'y connais rien et cela ne m'intéresse pas.

— Il a quarante-six ans, il été marié deux fois, il est divorcé et il a une enfant, une fille de douze ans, retardée mentale. Elle s'appelle Rebecca. Il vit chez sa mère, donc ta grand-mère.

— Tu crois qu'il a vraiment violé maman ?

Léon lui rendit la carte et rangea son mouchoir dans sa poche.

— En tout cas, ta mère en est persuadée. Pour ma part, j'ai toujours eu des doutes. Quand elle était jeune, c'était la plus belle fille de Gainesville et de Denton, la fille unique de parents fortunés, la préférée de sa marraine, une femme riche et sans descendance. Millicent était une enfant gâtée qui croyait que tout lui était dû. Ce qu'elle a réussi à faire avec Lily. Je suis tombé amoureux d'elle à l'école primaire. Jamais je n'avais vu une aussi jolie petite fille. Je lui portais ses livres, je la protégeais. Je jouais un peu les grands frères… Elle pouvait tout me dire. À l'âge de dix-huit ans, j'ai commencé à travailler dans cette ferme pour ses parents. Je voyais les garçons défiler devant sa porte pour la courtiser, quand elle était au collège, et même ensuite. Elle les rejetait tous, jusqu'au jour où Trevor Waverling est arrivé en ville. Il devait avoir vingt-cinq ans.

Nathan n'avait jamais entendu parler de cette histoire.

— Qu'est-ce qui l'amenait à Gainesville ?

— Sa tante. À sa mort, elle lui a légué une sellerie héritée de son mari. Trevor n'avait aucune envie de diriger une entreprise dans une petite bourgade, alors il n'est resté que le temps de la vendre.

— Et c'est là qu'il a rencontré maman.

Léon se leva et gratta une allumette pour allumer la lanterne de la grange.

— Oui... Je ne l'ai vu que deux ou trois fois. Il était diablement séduisant. Il paraît qu'il avait toutes les femmes à ses pieds, or il n'avait d'yeux que pour ta mère, du moins d'après ce qu'elle raconte. Il l'a courtisée jusqu'à la vente de sa sellerie, puis il s'est volatilisé en la laissant enceinte. Son père est venu me trouver. Aucun homme respectable ne voulait plus d'elle, selon lui.

Léon esquissa un sourire désabusé et se rassit sur le seau.

— C'est exactement ce qu'il m'a dit.

Nathan n'avait jamais apprécié le père de sa mère. Liam Barrows ne s'intéressait pas à son premier petit-fils et le chassait toujours comme une mouche. Nathan lui reprochait surtout de traiter son gendre en esclave. Le jeune homme comprenait enfin les raisons de ce mépris. Nathan avait dix ans à la mort de son grand-père. Sa grand-mère avait disparu un an plus tard, et Millicent avait hérité de la ferme.

— Tu crois qu'il ignorait réellement que maman était enceinte ? s'enquit Nathan.

Léon se mit à mâchonner nerveusement un fétu de paille.

— Oui, je le crois sur ce point. Je ne prétends pas qu'il aurait agi en conséquence, à l'époque, mais je suis sûr qu'il n'était pas au courant de cette grossesse.

— Comment peux-tu en être certain ?

— Parce que ta mère l'ignorait aussi. Elle ne s'en est rendu compte que deux mois après le départ de Trevor.

— Donc, si elle le déteste, c'est parce qu'il ne l'a pas épousée, avec ou sans bébé ?

— À mon avis, oui.

— Comment une femme peut-elle haïr un homme pendant toutes ces années alors qu'elle a le meilleur des maris et trois bons enfants ?

— Trevor Waverling est le seul homme que ta mère ne pouvait avoir. Elle ne s'est jamais remise de cet affront. Selon moi, il n'avait pas à recourir au viol pour la faire sienne. À cause de lui, elle a dû épouser un homme de condition inférieure et devenir femme de paysan. C'est bien loin de l'existence dorée à laquelle elle rêvait. Elle ne le lui a pas pardonné.

Et elle avait donné le jour à un fils dont elle ne voulait pas, songea Nathan. Cela expliquait tant de choses ! Pourquoi sa mère ne le regardait jamais droit dans les yeux, notamment. Par la fenêtre de la grange, il vit une première étoile scintiller dans le ciel. C'était douloureux à admettre, mais il était d'accord avec son père. S'il n'était pas le fruit d'un viol, il aurait aussi bien pu l'être, tant ses chances étaient minces de gagner l'amour de sa mère.

— Je me demande pourquoi cet homme ne se présente que maintenant, dit-il.

Léon mâchonna plus fort son brin de paille.

— Peut-être pour la raison qu'il a invoquée, hasarda-t-il. Il veut un héritier.

Nathan resserra les pans de sa veste sur son torse.

— Eh bien, il arrive vingt ans trop tard. Toutefois, j'ai l'impression qu'il y a autre chose derrière cette histoire.

— Pourquoi ne vas-tu pas lui demander ? répliqua Léon.

Nathan parut étonné par sa suggestion.

— Pourquoi le ferais-je ? Je n'ai aucune envie de connaître cet homme. Tu viens de le dire : mon père, c'est toi. Pourquoi aurais-je besoin de lui ?

Léon parut soudain mal à l'aise. Nathan devina qu'il était rongé par quelque chose dont il n'osait pas lui parler.

— Qu'est-ce que tu as, papa ? demanda-t-il, alarmé.

Léon cracha son fétu de paille.

— Bon, autant que tu connaisses toute l'histoire, fiston. Que tu encaisses la vérité d'un seul coup. Il te sera plus facile de t'en remettre.

— Qu'est-ce que tu racontes, papa ?

— La ferme… elle ne te reviendra jamais. À moi non plus, d'ailleurs. Je le savais en épousant ta mère. Ce sont Randolph et Lily les héritiers de la ferme.

Nathan se leva d'un bond et éructa :

— Quoi ? Mais pourquoi ? Ils n'y connaissent rien ! Ils détestent cet endroit. Ils se contenteront de vendre !

— Je le sais, et Millicent aussi. Hélas, cela ne change rien à l'affaire.

Abasourdi, Nathan se rassit lourdement sur son seau.

— Comment a-t-elle pu faire une chose pareille, papa ? Elle sait combien je suis attaché à cette ferme. C'est ma raison de vivre. Ailleurs, je serais comme un poisson hors de l'eau.

— Cela n'a pas d'importance à ses yeux, fiston. Ça me fait mal au cœur de l'admettre, mais ton attachement à cette ferme, elle s'en moque, du moment qu'elle assure la sécurité financière de Randolph et Lily. C'est pourquoi...

Gêné, Léon hésita.

— Quoi, papa ? insista Nathan, de plus en plus inquiet.

— Ta mère a mis la ferme en vente. Elle veut acheter une maison à Gainesville avant le départ de Randolph pour l'université.

— Nom de Dieu ! s'écria Nathan en se levant de nouveau, incrédule. Qu'est-ce que tu vas devenir ?

— Elle dit que je pourrais travailler pour les nouveaux propriétaires ou aller vivre avec elle en ville.

Nathan eut l'impression que le sol s'ouvrait sous ses pieds. Son univers familier et rassurant venait de s'écrouler en quelques minutes. Il avait perdu tout ce en quoi il croyait, tout ce qu'il aimait, comme après un ouragan.

— Elle n'a que faire de nous deux, n'est-ce pas ?

Léon lui répondit d'un petit rire amer.

— Oh, Millicent tient à nous, là n'est pas le problème. Mais elle préfère Randolph et Lily. Pour moi, ce n'est pas grave. Parlons plutôt de toi, de cette occasion qui se présente à toi.

— Quelle occasion ?

— La proposition de Trevor Waverling. J'aimerais que tu la saisisses, car il n'y a aucun avenir pour toi, ici. Il est essentiel que tu t'en rendes compte.

À cet instant, Daisy émit un meuglement mélancolique. Les deux chevaux de trait dressèrent les oreilles et tournèrent la tête vers eux.

— Aujourd'hui, tu as dû encaisser de sacrées vérités, fiston. C'est bien trop lourd pour un garçon qui fête ses vingt ans. Hélas, les faits sont là.

Accablé, Nathan se rassit.

— Depuis combien de temps sais-tu que maman refuse que je reprenne la ferme ?

— J'ignorais tout jusqu'à ce que je tombe sur un exemplaire de son testament, il y a quelques semaines. La ferme étant dans sa famille depuis plusieurs générations, j'étais persuadée qu'elle la léguerait à vous trois, puis que tu l'exploiterais en partageant les bénéfices avec ton frère et ta sœur.

— Mon demi-frère et ma demi-sœur, corrigea Nathan.

En prenant conscience de cette vérité, il comprenait enfin pourquoi il s'était toujours senti à part.

— J'ai interrogé Millicent sur son testament, poursuivit Léon. Nous nous sommes violemment disputés. Elle a eu la décence de rougir, mais a ajouté qu'à l'origine, elle ne voulait rien changer à moins d'avoir besoin d'argent. C'est alors que j'ai appris son intention de vendre la ferme.

— Lui as-tu demandé quel sort elle me réservait ?

Une nouvelle fois, Léon hésita. Son expression se fit plus grave et triste.

— Oui. Elle m'a répondu que si la vente intervenait avant sa mort, tu trouverais du travail dans n'importe quelle exploitation car tu as bonne réputation. Les fermiers seraient heureux de t'embaucher, peut-être même en tant que régisseur.

Pour digérer l'information, Nathan ressentit soudain le besoin de bouger. Il alla caresser Daisy. Tout ce qu'il savait de la vie lui venait du contact avec la nature. Il pensa à la rivière limpide qu'il aimait tant, étant enfant. Papillons et colibris y abondaient. Le cours d'eau avait fini par s'assécher, ne laissant qu'un fossé sablonneux. Il s'était assis sur la rive en se demandant comment les merveilles de la nature pouvaient disparaître. Comme en cet instant. Dans la matinée, il s'était rendu dans le pré sud en se disant qu'il avait bien de la chance de faire ce qu'il aimait, sur des terres chères à son cœur, d'avoir une famille aimante, un foyer chaleureux qu'il retrouvait chaque soir. En quelques heures, tout cela s'était évaporé telle la brume matinale avant l'aube.

Il se rassit sur son seau.

— Quand avais-tu l'intention de me le dire ? s'enquit-il.

— Dès que j'aurais pris des dispositions. Je ne voulais pas te cacher un autre secret.

— Quel autre secret ? interrogea Nathan, prêt à entendre le pire.

Léon rougit violemment.

— Oublie ce que je viens de dire. Cela n'a aucun rapport avec toi, alors ne me harcèle pas.

Nathan n'en croyait pas un mot. Si ce secret n'avait aucun rapport avec lui, pourquoi ne pas en parler ?

— Quelles dispositions ? persista le jeune homme.

Persuadé que ce secret le concernait, il se promit de lui tirer les vers du nez plus tard.

— J'ai mis de l'argent de côté à l'insu de ta mère. Pour toi. Le père Sawyer a l'intention de vendre ses terres, un de ces jours, et je pensais lui dire que j'étais intéressé et que je lui verserais un acompte, le jour venu. Je suis bien considéré à la banque et j'aurais obtenu un prêt pour le reste de la somme. Toi et moi, on aurait pu vivre comme avant, sauf qu'on aurait eu une ferme à nous. Ta mère aurait pu habiter avec nous, si elle avait voulu. Sinon… (Léon haussa les épaules.) Elle aurait eu le choix. Je ne pouvais pas faire mieux, fiston.

Nathan secoua la tête et revit la rivière asséchée dans sa tête.

— Pourquoi ne pas réaliser ce projet ? Moi aussi, j'ai un peu d'argent de côté.

Léon se pencha vers lui.

— Un tiens vaut mieux que deux tu l'auras. Nul ne sait ce que demain nous réserve. Tu viens d'apprendre qu'on ne peut être sûr de rien. Pendant deux semaines, je ne t'ai pas parlé des intentions de ta mère. Peut-être attendais-je un miracle… J'espérais qu'elle changerait d'avis, qu'elle écouterait sa conscience. Qui aurait imaginé que le miracle se produirait à travers la personne de Trevor Waverling ?

— Il ne me plaît pas, décréta Nathan.

— Ce n'est pas une raison pour refuser de l'écouter, de voir ce qu'il te propose. Il a raison, tu sais. Tu n'as jamais rien vu d'autre que cette ferme.

— Je n'ai jamais eu envie de connaître autre chose.

— Dans ce cas… va vérifier que tu ne veux vraiment pas connaître autre chose. Prouve-toi que tu n'es pas taillé pour un autre métier que la ferme, laisse l'expérience te démontrer que tu n'as rien à faire avec Trevor Waverling. Quoi qu'il en soit, écoute-moi bien, fiston : si tu ne l'apprends pas maintenant, un jour viendra où tu regretteras de ne pas être allé voir ce qu'il y avait là-bas.

— Comme maman, commenta Nathan.

— Elle y pense chaque jour.

Nathan baissa les yeux vers la carte de visite.

— Si je l'écoute et que je n'aime pas ce que j'entends, accepteras-tu de verser un acompte pour les terres de M. Sawyer ?

— C'est promis, mon garçon.

Nathan lui tendit la main.

— Tu seras toujours mon père, papa. Je n'aurais pu en avoir de meilleur.

— Et moi de meilleur fils que toi, répondit Léon en prenant sa main.

***

— J'ai parlé à Nathan de ton testament, Millicent. Il est en droit de savoir, déclara Léon le soir venu, dans leur chambre à coucher.

Devant sa coiffeuse, sa femme le foudroya du regard.

— Il a fallu que tu déblatères ! Je suppose qu'il me déteste pour de bon, maintenant.

— Il ne te déteste pas, Millie. Ce n'est pas dans sa nature. Mais ses sentiments pour toi ont changé, c'est normal. Le mieux que tu puisses espérer, c'est qu'il ne se rende pas compte qu'il ne te doit rien.

— Je suppose que tu y veilleras, railla Millicent d'un ton acerbe.

— Non, répliqua son mari en ôtant ses bottes. Tu me connais suffisamment pour le savoir. En revanche, je ne lui cacherai plus rien. Ne t'inquiète pas, Nathan ne racontera pas ce qu'il a entendu aujourd'hui, pas même à Randolph et Lily. Il a aussi honte que toi. Tu ne diras pas aux enfants que Nathan n'est que leur demi-frère, j'imagine ?

— Certainement pas ! À quoi bon ?

— Très bien, fit Léon avec un sourire narquois. Puisqu'on en parle, as-tu l'intention de révéler le dernier secret de cette histoire à Nathan ?

Millicent se retourna vivement. Elle portait une longue chemise de nuit ornée de dentelle et avait défait son chignon pour laisser ses cheveux blonds cascader sur ses épaules. Ils étaient désormais striés de gris. À quarante et un ans, Millicent Barrows demeurait la plus belle femme que Léon ait jamais vue et cette beauté avait encore le don de l'émouvoir.

— C'est hors de question, et ne t'avise pas de cracher le morceau, Léon Holloway ! Tu m'en as fait la promesse. Il est déjà assez pénible que Nathan sache que tu n'es pas son père… S'il apprenait que nous avons abandonné sa sœur jumelle, il n'aurait plus aucune raison de garder le silence. Imagine les conséquences d'un tel scandale sur les chances de mariage de Lily et la carrière d'avocat de Randolph !

— Tu parles en connaissance de cause, railla Léon. Soyons clairs : c'est toi qui as abandonné la sœur de Nathan, Millicent. Je refuse de te laisser déformer la vérité.

En dépit de son geste désinvolte, elle parut inquiète.

— Tu m'as promis de ne pas trahir ce secret et je te le rappellerai jusqu'à ma mort, Léon. Tu as toujours tenu parole. De plus, mes sentiments pour toi ne seraient plus les mêmes. Je suppose qu'ils ont encore de l'importance à tes yeux ?

Léon soupira.

— Oui, Millie. C'est d'autant plus dommage.

Il s'approcha et se mit à lui masser les épaules.

— Tu ne te demandes jamais ce qu'elle est devenue ? Où elle est… si elle est en sécurité, heureuse. À quoi elle ressemble ?

Devant le miroir, Millicent ferma les yeux et se détendit.

— J'essaie de ne pas y penser. Cela ne servirait à rien.

— En effet, cela ne servirait à rien.

Léon eut soudain envie de lui faire mal. Il glissa les mains sous ses bras et crispa les doigts sur ses seins.

— Tu sais, ces sentiments qui me poussent à t'aimer à la folie malgré ton cœur si sombre… Je vais te les montrer.

SAMANTHA

CHAPITRE 4

Fort Worth, Texas, 23 mars 1900

Assise à l'extrémité d'une table éclairée par des chandelles, Samantha Gordon observait les convives réunis pour célébrer son vingtième anniversaire, d'anciens camarades de classe, des enfants d'éleveurs de la région avec leurs parents, amis de longue date des Gordon. Samantha aurait préféré que le dîner soit organisé à Las Tres Lomas de la Trinidad afin que les employés du ranch soient également de la fête. Hélas, sa mère estimait que la salle à manger de la grande maison n'était pas assez formelle pour un vingtième anniversaire.

— Pour l'amour du ciel, Neal ! avait dit Estelle à son mari, qui avait plaidé la cause de Samantha. Tu connais ta fille. Elle est capable d'organiser une fête dans une grange et de servir ses invités depuis un chariot.

Samantha avait ri de ses propos excessifs, qui n'étaient pas si éloignés de la vérité. Néanmoins, les visages familiers, la bonne humeur ambiante et les échanges de souvenirs d'enfance rappelèrent à la jeune femme qu'il était agréable, pour ses vingt ans, d'être entourée de personnes qui l'avaient toujours connue. Au ranch, les employés allaient et venaient. Seuls Grizzly, le cuisinier, et Wayne Harris, le régisseur, étaient présents à l'époque où l'on avait déposé Samantha dans les bras de ses parents, alors qu'elle n'avait que quatre jours.

Ils étaient vingt, serrés autour de la longue table. Chaque année, Estelle Gordon ajoutait un invité afin qu'il y en ait autant que d'années de vie de sa fille. Pour recevoir tout le monde dans sa maison de ville, il fallait déplacer les meubles. Sa mère serait déçue, mais Samantha avait décidé que ce serait le dernier anniversaire qu'elle célébrerait ainsi. À vingt et un ans, on était presque une vieille fille, une situation qui la guettait car le seul homme qu'elle aurait accepté d'épouser était assis face à l'invitée supplémentaire de l'année, une beauté saisissante qui était certaine de devenir sa femme.

Pour l'heure, Anne Rutherford ne marquait guère de points aux yeux de Sloan Singleton, voisin des Gordon et autrefois camarade de jeux de Samantha. Le beau visage de Sloan reflétait la mine renfrognée du père de la jeune femme, en bout de table. Anne avait une théorie « née de son expérience » selon laquelle certains caractères humains, certains gestes, la couleur des yeux et des cheveux et les « propensions » – elle adorait les mots savants – pouvaient être attribués, voire reprochés à l'hérédité.

— Ce qui explique sans doute mon penchant pour les œuvres caritatives, conclut-elle.

Elle adressa un sourire radieux au convive dont le compliment sur ses actions avait lancé le débat.

— Ma grand-mère était très bienveillante envers les nécessiteux, ajouta-t-elle.

Et toi, tu cherches en permanence le regard des autres, songea Samantha. Le mécontentement de Sloan lui procura une certaine satisfaction. Il reprochait manifestement à Anne de parler d'hérédité en présence d'elle-même et de ses parents. Samantha étant une enfant adoptée, on ignorait tout de ses gènes. Or Anne le savait pertinemment.

Adoptée. Ce terme n'avait jamais dérangé Samantha. Les premières années, ses parents et le reste de la famille l'avaient protégée des idées reçues, car les tribus indiennes qui enlevaient des enfants blancs les « adoptaient », un terme parfois associé aux notions de captivité et d'abandon. Pour certains, les enfants adoptés n'intégraient pas totalement le clan qui les avait acceptés en leur sein.

Pourtant, dès le départ, Samantha fut un membre à part entière de la famille, et toute la vie de ses parents adoptifs tournait autour d'elle. Elle n'avait appris qu'elle était adoptée qu'à l'âge de six ans, lors de la visite d'une cousine de New York que sa mère n'avait pas vue depuis dix ans. La cousine Ella souhaitait, disait-elle, admirer la maison de ville que les Gordon venaient de faire construire. En 1886, le secteur de l'élevage, sur lequel régnait son père dans la région nord du Texas, était prospère. Fort Worth avait émergé des difficultés économiques de la guerre de Sécession, de la Reconstruction, des hivers rigoureux et de la sécheresse pour devenir la « ville reine des prairies ».

La prospérité du ranch et leur environnement relativement raffiné avaient incité Estelle à exiger la construction d'une résidence dans une ville où leur fille pourrait aller à l'école et être à proximité des « aspects culturels de l'existence ». Tels étaient les termes qu'elle avait employés lorsque la cousine Ella était descendue du wagon de première classe de la Texas and Pacific Railway.

— Et qui est donc cette enfant ? s'était enquise Ella en désignant la fillette qui se cachait dans les jupes de sa mère. Où diable as-tu trouvé cette blondinette ?

— C'est Samantha, notre fille, avait répondu sa mère en la prenant par la main.

— Ta fille ? Je croyais que tu ne pouvais pas avoir d'enfants, Estelle !

Estelle avait pris sa cousine par le bras sans lâcher la main de l'enfant.

— Effectivement, avait-elle dit en baissant d'un ton. Nous en parlerons à la maison.

Ainsi Samantha avait-elle peu à peu compris qu'elle n'était pas née *physiquement* de son père et sa mère et qu'elle leur avait été *donnée* miraculeusement, ce qui faisait d'elle une petite fille encore plus spéciale, affirmaient-ils. Pour éviter tout désagrément, néanmoins, amis et parents n'évoquaient jamais l'adoption, au point que l'événement tomba dans l'oubli. Bien des gens n'étaient même pas au courant. Samantha était reconnaissante envers ces bras aimants qui lui avaient sans doute épargné un destin terrible.

Jeune diplômé de la Jackson School of Geology de l'université du Texas, Todd Baker, qui la connaissait depuis le berceau, captivait l'assemblée avec ses anecdotes sur leur scolarité à Fort Worth. Bien qu'étant la seule fille inscrite en cours de sciences, Samantha surpassait de loin les garçons. La jeune femme n'écoutait que d'une oreille distraite la conversation, qui passa de la génétique à la géologie.

— C'est quoi, au juste, la paléontologie, Samantha ? demanda Anne Rutherford.

Sous cette question polie, Samantha devinait une stratégie visant à regagner les faveurs de Sloan. En vain, apparemment, car il affichait une mine encore plus sombre. Tous les visages se tournèrent vers elle, sauf ceux de ses parents et de Sloan. Samantha se passionnait pour l'étude des roches et des fossiles, sans oublier la flore, ce qui chagrinait un peu les Gordon.

Elle se contenta d'une réponse concise puisée dans ses manuels :

— C'est l'étude des formes de vie de l'époque préhistorique.

— Et on peut les comprendre à travers les vieilles pierres et les fossiles ? insista Anne d'un air sceptique.

— Aussi surprenant que cela puisse paraître, oui. Depuis plus d'un siècle, des géologues recueillent des informations sur l'évolution de la Terre. Le sous-sol recèle de véritables archives.

Elle se tourna vers une autre convive :

— Marcia, parle-nous donc de ton voyage à San Francisco.

Elle en voulait à Todd d'avoir orienté la conversation vers un thème qui contrariait ses parents, ce dont le géologue avait conscience.

La réponse de Marcia lui échappa tant elle avait l'esprit préoccupé par Sloan et le clin d'œil complice qu'il lui avait adressé pour saluer son habile diversion. Elle avait vite détourné les yeux afin qu'il ne remarque pas qu'elle avait rougi. Il n'y avait qu'un seul secret qu'elle ne lui avait jamais confié : depuis l'enfance, elle était amoureuse de lui. Voilà pourquoi elle était persuadée de rester vieille fille. Comment aimer un mari alors que son cœur appartenait à Sloan Singleton ?

***

Le Dr Donald Tolman lut à haute voix la lettre qu'il venait de rédiger. Entendre ses mots au lieu de les lire en silence lui procurait une nouvelle perspective. Il pouvait se mettre à la place de l'homme qui en prendrait connaissance. Que ressentirait-il à la place de Neal Gordon ? Déchirerait-il la lettre, la brûlerait-il pour que personne d'autre ne connaisse son contenu ? Ou bien la rangerait-il sous clé afin qu'elle ne soit retrouvée qu'après sa mort ? La montrerait-il à Mme Gordon ? À Samantha ? Non ! Neal Gordon, cet éleveur implacable mais doux comme un agneau avec sa fille adoptive, ne montrerait jamais la lettre à Samantha. Il avait la réputation de veiller jalousement sur les siens, surtout sur celle qu'il avait recueillie et élevée.

De son côté, Donald Tolman n'avait rien dit à quiconque sur les Gordon et le nourrisson qu'il leur avait confié vingt ans plus tôt. S'ils ne s'étaient pas révélés à la hauteur de l'opinion qu'il se faisait d'eux : honnêtes, attentifs, mus par un fort désir d'enfant, il les aurait dénoncés aux autorités. Il avait des nouvelles grâce à une sœur vivant à Fort Worth, une amie d'Estelle Gordon. Elle était morte sans savoir que son frère avait remis un précieux fardeau aux Gordon, une nuit de fin mars. Quand Mme Mahoney, sa sage-femme, était venue le voir avec le jumeau rejeté, une superbe petite fille, il avait immédiatement su chez qui la placer, sans document écrit, ni adoption officielle. En 1880, l'administration de la frontière de l'Oklahoma n'était guère pointilleuse pour ce qui était des nourrissons orphelins ou abandonnés. Ainsi, les Gordon avaient pu garder cette enfant en toute quiétude.

Donald Tolman ne pouvait quitter ce monde sans laisser une trace écrite des origines de l'enfant au cas où ces informations intéresseraient quelqu'un, notamment Samantha elle-même. La jeune femme savait que les Gordon n'étaient pas ses parents biologiques. Cela sautait aux yeux : ils étaient bruns et robustes, à l'opposé de leur fille, au teint de porcelaine et aux cheveux d'un blond vénitien hors du commun.

Le Dr Tolman relut encore sa lettre, en silence, cette fois, pour s'assurer qu'il n'avait omis aucun détail. Il citait le nom des parents biologiques, Léon et Millicent Holloway, son lieu de naissance, dans une ferme dont il ignorait l'emplacement exact, près de la rivière Rouge. Il désignait aussi la sage-femme, Bridget Mahoney. Celle-ci rendait visite à sa sœur, elle aussi sage-femme à Gainesville, quand on l'avait appelée à la ferme. Bridget avait remplacé sa sœur occupée ailleurs. C'était une femme discrète. À sa connaissance, seuls lui, Mme Mahoney, les Holloway et les Gordon savaient que Samantha avait été rejetée par ses parents. La sage-femme était venue le trouver à Marietta, dans le territoire d'Oklahoma, avec le nouveau-né, en affirmant que sa mère refusait de le nourrir, sans entrer dans les détails. De cela, Dr Tolman n'en disait rien dans sa lettre. Les parents biologiques étaient peut-être incapables de s'occuper d'elle et avaient confié à la sage-femme le soin de trouver un bon foyer pour leur fille. Il était si heureux de remettre aux Gordon une enfant en bonne santé qu'il n'avait pas posé de questions à Mme Mahoney. De leur côté, les Gordon n'avaient rien voulu savoir non plus. À cheval donné, disait l'expression… Dans sa lettre, le Dr Tolman précisait néanmoins que la fillette avait un frère jumeau.

La conscience tranquille, le médecin scella l'enveloppe. Le bureau de poste n'était pas loin. Il avala quelques comprimés, prit sa canne et sortit d'un pas chancelant.

CHAPITRE 5

Cinq jours après son vingtième anniversaire, Samantha se réveilla en plein cauchemar. Ces images ne l'avaient plus hantée depuis des années. Elle était une enfant abandonnée devant la porte d'une maison sombre et inquiétante, au cœur d'un paysage aride, apparemment sur une autre planète. Le cœur battant, la bouche sèche, elle entendait un hurlement résonner dans sa tête. Le soleil du matin filtrait entre les rideaux de soie dans sa jolie chambre de jeune fille. En comprenant qu'elle était dans son lit à baldaquin, chez sa mère à Fort Worth, elle sentit une douce chaleur l'envelopper, rassurante comme le sourire d'un ange. Tout allait bien. Peu à peu, sa tension s'envola. Samantha se blottit plus confortablement entre ses draps.

Si ce cauchemar était de retour, c'était de la faute d'Anne Rutherford et Todd Baker. Anne avait évoqué sa théorie de l'hérédité lors de sa fête d'anniversaire uniquement pour souligner le fait que Samantha n'avait pas de racines. Quant à Todd, il leur avait imposé ses anecdotes sur les expériences en laboratoire de Samantha. La veille, au salon de thé, sa mère lui avait demandé :

— Maintenant que tu as vingt ans, ma chérie, tu n'as... aucun regret ?

Estelle avait coutume d'aborder un sujet délicat en prenant mille précautions. Elle faisait allusion au choix professionnel de sa fille. Était-elle certaine de vouloir embrasser la carrière d'éleveuse de bétail, renonçant à la belle occasion d'étudier les sciences naturelles au collège Lasell pour jeunes filles, dans le Massachusetts ? Et plus généralement, était-elle curieuse de savoir d'où elle venait ? Qui était sa famille d'origine ?

— Non, maman, je ne regrette absolument rien, avait répondu Samantha. Je ne changerais de vie pour rien au monde.

Elle entendait par là sa maison, ses parents, son environnement... Samantha était connue pour son franc-parler en toutes circonstances. Sa mère l'avait observée par-dessus sa tasse de thé, un sourire dans le regard.

Comme chaque année, elle passait la semaine de son anniversaire avec sa mère, à Fort Worth, tandis que son père était seul au ranch. Se posait-il la même question que sa femme ? Il était trop fier pour l'exprimer à voix haute, ne serait-ce que parce qu'il redoutait secrètement sa réponse. Cela ne signifiait en rien qu'il ne s'interrogeait pas sur son bonheur et sur ce qu'il serait advenu d'elle s'ils ne l'avaient pas recueillie.

Samantha en voulait vraiment à Anne et Todd d'avoir semé le trouble dans l'esprit de ses parents. En pensant à la fillette terrifiée de son cauchemar et à la terreur qu'elle lui inspirait, elle prenait conscience de la chance qu'elle avait. Sa mère était incapable de masquer ses sentiments. Les anecdotes de Todd lui avaient rappelé une époque où les Gordon avaient été convoqués à son insu chez le directeur du collège de Simmons. Samantha avait dû quitter son cours de biologie. Dans le bureau du directeur l'attendaient ses parents et M. Latimer, le responsable du département des sciences, son enseignant préféré. Elle avait seize ans et était à quelques mois de son diplôme.

— Pourquoi cette réunion, monsieur le directeur ? s'était enquis Neal Gordon. Notre fille aurait-elle des ennuis ?

Le directeur avait échangé un sourire avec le responsable du département des sciences, puis avait tendu une lettre au couple.

— Absolument pas. Votre fille est admise au collège Lasell, dans le Massachusetts, pour y préparer un diplôme universitaire. Vous pouvez remercier M. Latimer, ici présent, qui leur a vanté ses compétences scientifiques. Vous n'avez plus qu'à remplir le formulaire d'inscription pour que votre admission soit officielle, Samantha.

La jeune fille s'était emparée de la lettre avant que ses parents n'aient le temps de s'en saisir. Elle connaissait la réputation de cette institution prestigieuse et très respectée, saluée pour son approche innovante de la formation des jeunes filles, surtout dans le domaine scientifique. Elle avait suivi la carrière d'Annie Montague Alexander, une diplômée de Lasell, dont les travaux sur les fossiles et les traités de paléontologie étaient célèbres dans le monde entier. Sentant le désarroi de ses parents, elle avait lu la réponse positive à la recommandation de M. Latimer avant de reposer la lettre et le formulaire sur le bureau du directeur, sous le regard intrigué des deux professeurs.

— Euh… mademoiselle Gordon, vos parents aimeraient peut-être lire ce courrier…, avait suggéré le directeur.

— C'est à moi de décider si je souhaite intégrer le collège Lasell, et je refuse, avait-elle décrété. Puis-je retourner en cours ?

Abasourdi, M. Latimer s'était tourné vers ses parents.

— Monsieur et madame Gordon, votre fille est l'élève la plus brillante que j'aie jamais eue. C'est une scientifique née. Vous vous réjouissez certainement de cette occasion pour elle de suivre sa vocation et de mettre son talent au service de la science. C'est un privilège rare dont elle ne bénéficiera pas après avoir quitté cette école.

Neal Gordon s'était levé et avait offert son bras à sa femme.

— Ma fille sait ce qu'elle veut, avait-il déclaré. C'est ainsi que nous l'avons élevée. Elle a raison : c'est à elle de décider.

Plus tard dans la journée, M. Latimer était allé trouver la jeune fille.

— Mademoiselle Gordon… Samantha, je vous en conjure, ne renoncez pas à votre rêve de devenir scientifique pour faire plaisir à votre père. La recherche sur les plantes et les animaux vous passionne…

— J'aurai de nombreuses occasions de m'y adonner à Las Tres Lomas, monsieur. Et une passion n'est pas un rêve. Mon choix est définitif.

— C'est votre père qui a choisi pour vous.

— Je suis très attachée au ranch. J'ai l'élevage dans le sang.

— Comment est-ce possible ? L'élevage est la passion de votre père, pas la vôtre. S'il possédait une chaîne de confiseries, vous seriez tout aussi loyale.

— Probablement. Mais les bonbons me passionneraient moins que les bovins.

Dès lors, M. Latimer ne lui avait pratiquement plus adressé la parole.

Pour son anniversaire, Todd lui avait offert deux places pour une conférence donnée par un paléontologue de renom sur le rôle des analyses structurelles et sédimentaires des fossiles dans la localisation d'éventuelles nappes de pétrole.

Plus tard, lorsque les invités se furent retirés au salon pour déguster le gâteau, Samantha avait cru bon d'avoir une conversation en tête à tête avec le jeune géologue :

— C'est de la sollicitude ou de la provocation, Todd ? Que cherchais-tu à prouver, au juste ?

— Rien du tout. Je pensais que tu apprécierais cette occasion de suivre l'actualité. La recherche pétrolière, c'est l'avenir, Sam. Ginny et moi assisterons à cette conférence et mon patron sera là, aussi. Je veux que ma future épouse le rencontre et découvre mon métier. Viens avec un ami et ce sera une sortie à quatre.

Elle lui avait rendu les places.

— Merci, Todd. Hélas, je ne sais pas qui inviter. Ginny et toi n'avez qu'à trouver un autre couple.

Il avait repris les billets que la jeune femme avait, plus tard, retrouvés sur le plateau destiné aux cartes de visite, dans l'entrée. Todd était aussi contrarié que M. Latimer, voire outré, par le refus de Samantha d'intégrer Lasell. Il n'y croyait pas une seconde.

— Tes parents te font sentir que tu leur es redevable, Sammy !

— Je le suis ! avait-elle rétorqué. Si tu avais vu ce que j'ai vu…

Elle avait pincé les lèvres, refusant de divulguer la raison qui l'avait incitée à se précipiter dans les bras de ses parents adoptifs, pleine de reconnaissance.

— Vu quoi ?

— Peu importe.

Samantha n'avait jamais oublié cette scène qui hantait son sommeil depuis des années. Elle avait dix ans. Sa professeur de catéchisme, une âme charitable, avait jugé bon de porter des friandises aux enfants démunis qui n'avaient pas de parents, soit parce que ceux-ci étaient morts, soit parce qu'ils les avaient abandonnés. Elle avait organisé une visite à l'orphelinat de Millbrook. Un dimanche matin, par un temps gris et froid, les enfants étaient montés dans un chariot, emmitouflés dans leurs épais manteaux, tenant leurs petits paniers de friandises. Samantha voyait encore la bâtisse lugubre qui se dressait au bout d'une route de campagne boueuse, au milieu des champs arides. L'orphelinat se voulait un havre pour les déshérités, du moins était-ce ce qu'affirmait le fronton de cette véritable forteresse.

Dès leur entrée, Samantha s'était réfugiée derrière la catéchiste, prise à la gorge par l'odeur de chou rance qui flottait dans l'air. Très vite, elle comprit que les apparences étaient souvent trompeuses. La directrice de l'orphelinat ressemblait à la femme du Père Noël, avec ses joues roses et ses cheveux gris qui encadraient son visage jovial. La douceur incarnée. Mais en une fraction de seconde, elle s'était transformée en une sorcière au cœur de pierre. Elle portait un trousseau de clés à la ceinture et un martinet dépassait de sa poche. Quand elle posait les mains sur les épaules de ses pensionnaires dans un geste d'affection, ils se crispaient et semblaient terrorisés. Sur le chemin du retour, lorsque la catéchiste avait affirmé que c'était une dame très gentille, Samantha s'était demandé comment les adultes pouvaient être aussi crédules.

Lors de la distribution des paniers de friandises, parmi les visages fermés et les mines effarées des malheureux orphelins, une fillette de son âge au regard noisette un peu timide l'avait marquée. Elle avait eu les larmes aux yeux face à cette enfant décharnée, affamée, dont le visage, les bras et les mains étaient crasseux, même si elle s'était débarbouillée à la hâte. Ses cheveux blonds étaient sales et emmêlés et elle avait les ongles noirs.

— Comment tu t'appelles ? lui avait-elle demandé.

— Susie. Et toi ?

— Samantha. Je reviendrai te voir, Susie.

— Je l'espère…

Elle n'avait pas tenu sa promesse car sa mère avait interdit une seconde visite à l'orphelinat. Estelle reprochait à la catéchiste d'avoir organisé cette sortie, et à son mari de l'avoir tolérée, alors qu'elle-même était partie faire des emplettes le temps d'un week-end.

— Je pensais qu'elle aurait oublié qu'elle n'est pas notre enfant biologique, avait tenté de se justifier Neal.

— Samantha peut-être, mais pas cette pimbêche d'Anne Rutherford, je te le garantis ! Sur le chemin du retour, Anne a demandé à Samantha si elle était au moins consciente de ce à quoi elle avait échappé. La petite est traumatisée. Moi qui voulais qu'elle ne sache rien du sort qu'elle aurait enduré si elle n'était pas venue chez nous !

— Et que ferons-nous quand elle nous interrogera sur ses parents biologiques et sur les circonstances de son adoption ? Parce qu'elle le fera, Estelle. Tout enfant adopté pose un jour des questions. Il faudra lui dire la vérité. Ses parents ne voulaient pas d'elle alors ils l'ont abandonnée. C'est aussi simple que cela. La vérité nous permettra de la garder avec nous. Ensuite, si ses parents viennent la chercher, elle refusera de partir avec eux et restera avec nous.

— Pas question de lui dire la vérité ! Nous lui ferons croire que ses parents sont morts, avait répliqué Estelle. Pourquoi ces monstres viendraient-ils la chercher, de toute façon ? Le docteur a bien précisé qu'ils ne voulaient pas d'elle. Neal, cesse de vivre dans la crainte de la perdre ! Seul notre amour nous permettra de garder Samantha.

— C'est plus fort que moi, chérie. J'ai peur qu'ils ne débarquent un jour pour nous la prendre. Ce jour-là, les liens du sang risquent d'être plus forts qu'une décision du tribunal en notre faveur… plus forts que l'amour.

Profondément bouleversée, Samantha était partie à la recherche de ses parents, en quête de réconfort. En arrivant à la porte de la bibliothèque, elle avait surpris leur conversation. Elle avait toujours cru que ses parents biologiques étaient morts. Il ne lui était jamais venu à l'idée qu'ils puissent être en vie et qu'ils l'aient abandonnée parce qu'ils ne voulaient pas d'elle. Affligée par ce qui aurait pu être son destin, elle avait filé se réfugier dans sa chambre avant que le couple à qui elle devait tout ne remarquât sa présence derrière la porte. Elle les aimait tant ! Ils n'avaient rien à craindre. Si ses vrais parents venaient la chercher, elle s'enfuirait et se cacherait jusqu'à ce qu'ils repartent.

De son écriture d'enfant, elle avait adressé une lettre à Susie dans laquelle elle lui expliquait qu'on lui interdisait de venir la voir. Sur l'enveloppe, elle avait seulement inscrit « À Susie » en espérant qu'il n'y en ait pas d'autre à l'orphelinat de Millbrook. Elle n'avait jamais su si la fillette l'avait reçue.

Pour ses treize ans, on lui offrit un cheval nommé Pony. Sa première escapade eut pour destination l'orphelinat. Elle apprit que Susie ne s'y trouvait plus. Elle avait succombé à la tuberculose l'hiver précédent.

Avait-elle des regrets ? Absolument aucun, si ce n'était le béguin de Sloan Singleton pour Anne Rutherford, peut-être. Confortablement adossée à ses oreillers, Samantha prit le temps de méditer. Todd Baker et ses semblables n'avaient ni le passé ni l'expérience nécessaires pour comprendre sa décision d'accepter un avenir tout tracé, fût-ce par loyauté et par obligation. Todd était issu d'une famille d'universitaires. Son père n'était autre que le président de l'université d'AddRan, à Waco, à environ cent cinquante kilomètres au sud de Fort Worth. Il avait grandi dans un foyer progressiste où l'on encourageait les enfants à suivre leur vocation. Originaires de la côte Est, son père et sa mère étaient arrivés de Pennsylvanie quinze ans après la guerre de Sécession. Le professeur Baker avait pris la tête de la nouvelle université mixte d'AddRan, alors située dans ce qui deviendrait le célèbre Hell's Half Acre de Fort Worth, le quartier peu recommandable de la ville. Neal et Estelle Gordon, eux, comme leurs parents, étaient natifs du Texas. Todd était incapable de comprendre le lien qui unissait les hommes de la trempe de Neal à des terres que leurs ancêtres avaient colonisées et pour lesquelles ils s'étaient battus corps et âme. Dans l'univers de Neal Gordon, les enfants étaient conditionnés dès leur naissance pour succéder à leur père.

De plus, Todd Baker n'avait jamais vécu dans la certitude que, sans le couple qui l'avait élevée, elle aurait pu connaître le funeste destin de Susie. Samantha était redevable à ses parents, point final. Elle était l'unique héritière susceptible de reprendre ce pour quoi ses parents avaient travaillé toute leur vie. Après tout ce qu'ils avaient fait pour elle, se lancer dans des études de paléontologie constituait une trahison. Qu'adviendrait-il de Las Tres Lomas de la Trinidad, les trois collines de la Trinité, après la disparition de Neal ? Comment Samantha pouvait-elle imposer à son père de finir ses jours en sachant que le fruit de ses efforts et l'héritage familial se retrouveraient aux mains d'un étranger ? Aucune passion ne valait qu'elle lui inflige cette souffrance.

Lorsqu'elle avait eu seize ans, Todd lui avait demandé si elle s'interrogeait sur ses parents biologiques, si elle avait envie de savoir qui ils étaient, où ils vivaient, s'ils étaient encore de ce monde…

— Bien sûr que non ! s'était-elle exclamée avec un mouvement de recul, comme si elle venait de se brûler.

Mais ce n'était pas totalement vrai. À l'approche de son quinzième anniversaire, un incident avait incité la jeune fille à réfléchir aux bribes d'informations dont elle disposait grâce à la conversation qu'elle avait surprise quand elle avait dix ans.

Elle archivait ses trouvailles de la journée dans son atelier quand elle entendit le gémissement d'un animal en détresse derrière sa fenêtre. En regardant au dehors, elle vit une vache en souffrance, près de son veau qui n'était pas sevré. Samantha se précipita vers elle, pour se rendre compte qu'elle avait avalé une pomme entière, trop profondément enfoncée dans sa gorge pour être extraite. La pauvre bête s'était aventurée loin de son pré, en territoire humain. Face au regard de la bête mourante, Samantha se demanda si la malheureuse n'avait pas délibérément amené son veau vers l'endroit où la jeune fille passait le plus clair de son temps.

— Tu crois qu'elle a voulu me confier son petit ? interrogea-t-elle par la suite Wayne Harris, le régisseur et bras droit de son père.

Il l'avait aidée à préparer à la hâte une bouillie à base de lait dans un flacon incurvé en verre percé à chaque extrémité. Le plus petit orifice était doté d'une tétine en caoutchouc, et le plus grand servait à verser la bouillie. Ce biberon destiné aux veaux sans mère constituait un progrès considérable par rapport aux méthodes peu hygiéniques utilisées par le passé.

— Je n'en serais pas étonné, répondit Wayne. On ne peut nier la force de l'instinct maternel, que ce soit chez les humains ou chez les animaux.

Cette réflexion attira l'attention de Samantha. Les mots de son père – *Ses parents ne voulaient pas d'elle et l'ont abandonnée* – étaient gravés dans sa mémoire. Une idée germa dans son esprit. Et si, comme cette vache, ses vrais parents avaient été contraints de renoncer à elle pour des raisons indépendantes de leur volonté ? Les hypothèses ne manquaient pas : pauvreté, maladie, mort imminente, progéniture trop nombreuse... Le problème n'était peut-être pas que ses parents naturels ne voulaient pas d'elle. Ils étaient incapables de subvenir à ses besoins, voilà tout. En ces temps difficiles, il n'était pas rare que des couples dans la misère confient leurs nourrissons dans l'espoir qu'ils trouvent un bon foyer. Peut-être... qu'elle manquait à ses vrais parents. Ils se réjouissaient sans doute de savoir qu'elle était heureuse et choyée.

— Wayne, te rappelles-tu de ma naissance ? demanda-t-elle.

Jamais elle n'avait posé à ses parents les questions que se posait tout enfant adopté.

Wayne afficha un air prudent.

— Non, mon petit. Les ouvriers ont juste appris qu'une petite fille était arrivée chez les Gordon au milieu de la nuit.

— Pourquoi au milieu de la nuit ? C'était un secret ?

— Eh bien, si tu avais été un secret, le patron n'aurait pas crié la nouvelle de ton arrivée sur les toits le lendemain matin, tu ne crois pas ? Pourquoi cette question ?

— Simple curiosité.

— Alors, un conseil, mieux vaut ne pas exprimer cette curiosité, à part en ma présence. Tes parents seraient contrariés. Tu comprends ce que je suis en train de te dire ?

Wayne avait raison. Son père se sentirait menacé, trahi, et sa mère rejetée. Ils interpréteraient cette curiosité comme de l'insatisfaction. Pour rien au monde, Samantha ne voulait leur donner cette impression erronée.

— Absolument, dit-elle en caressant la tête du veau orphelin qui beuglait de tristesse. Wayne, je ne veux pas que ce petit soit vendu. Je veux qu'il passe son existence au ranch, à brouter de l'herbe à loisir.

— Ton papa devra donner son aval, mon petit. Il n'offre jamais de l'herbe et de l'eau sans rien demander en retour. Il vaut de l'argent, ce veau.

— Il comprendra.

Plus tard, Neal l'écouta en silence, derrière son grand bureau en chêne.

— Très bien, ma fille, concéda-t-il après réflexion. J'accepte. Mais comment distinguer ce veau du reste du troupeau ?

— Je lui peindrai le bout des cornes en rouge.

— Et je suppose qu'il aura un nom ?

— Oui. Il s'appellera Sauvé, répondit Samantha.

Son père sourit.

— Sauvé, répéta-t-il en hochant la tête. C'est bien. Je vais avertir les hommes.

Ce fut la dernière fois que Samantha s'interrogea sur ses origines. À quinze ans, elle était presque une femme. Il était trop tard pour que ses parents biologiques viennent la chercher. Son avenir était tracé. Elle avait des parents et n'en voulait pas d'autres. Neal Gordon n'avait plus à redouter qu'elle lui soit enlevée.

Samantha regarda le soleil inonder sa chambre. Non, elle n'avait aucun regret. Sa place était à Las Tres Lomas de la Trinidad, même si son attachement à ces terres n'était pas dans son sang. Le vaste domaine balayé par les vents, avec les odeurs et les bruits de la campagne, constituait un laboratoire infini offrant mille possibilités d'expériences scientifiques. La gestion des terres et du bétail ne nécessitait-elle pas des compétences paléontologiques ? Samantha possédait un atelier doté de l'équipement de base pour analyser l'eau, le sol, l'herbe et même les urines et les matières fécales des animaux, sans oublier les graines destinées à la culture du fourrage. Elle y conservait une collection de roches retraçant l'évolution géologique du Texas, ainsi que des vestiges trouvés sur le domaine au hasard de ses déplacements quotidiens. Des millions d'années plus tôt, le centre du Texas était immergé. Le sol de Las Tres Lomas était un véritable sanctuaire de vestiges marins. Sur une étagère, la jeune femme exposait même fièrement un fragment fossilisé de carapace de tortue, une empreinte d'oursin préservée dans la roche et un morceau de corne ayant pu appartenir à un mammouth. Sa plus belle pièce était une empreinte entière de coquille Saint-Jacques découverte alors qu'elle ballait le foin.

Elle se sentait dans son élément, à cheval, entourée des bêtes et des vachers. Depuis que son père avait constaté qu'elle était douée pour les comptes, elle participait aux décisions concernant le ranch. Un jour, Samantha l'avait entendu déclarer à sa mère :

— Nous sommes bénis des dieux, Estelle. Il n'existe pas un fils qui ait un meilleur sens des affaires et une telle poigne pour diriger un élevage.

Samantha observa ses mains délicates aux longs doigts fins. Un professeur de sciences avait décrété qu'elles étaient faites pour glisser des spécimens de plantes sous la lentille d'un microscope ou examiner des débris de roche à la loupe. Elle lui avait rétorqué qu'elles étaient également capables de secourir une vache victime d'un prolapsus.

— De quoi me parlez-vous donc ?

— C'est un problème qui intervient lors de la mise bas. La vache expulse son utérus en vêlant, de sorte qu'il pend en dehors de son corps. Il convient de le nettoyer avant de le remettre en place pour éviter une hémorragie fatale. Le régisseur de mon père affirme que mes mains sont de taille parfaite pour cette manipulation.

— Très... intéressant, avait murmuré le professeur, soudain très pâle.

Dans son lit à baldaquin, Samantha rit doucement à ce souvenir.

Brusquement, la jeune fille rejeta les couvertures. Elle avait trop traîné au lit. Son père dirait que le temps, c'est de l'argent. Il fallait qu'elle regagne le ranch. De nombreuses génisses allaient mettre bas, ce qui engendrerait beaucoup de travail. C'était aussi la dernière semaine du mois et il y avait des factures à régler.

Elle enfila sa tenue de travail : un pantalon en toile denim, une chemise en flanelle, un gilet en cuir et de hautes bottes. En boutonnant son blue-jeans, Samantha imagina l'air réprobateur de sa mère. Selon Estelle, Levi Strauss n'avait pas prévu que des femmes porteraient son célèbre pantalon bleu lorsqu'il l'avait créé. Sa mère aurait-elle oublié qu'elle-même était en pantalon, dans sa jeunesse, lorsqu'elle aidait son mari sur l'exploitation ?

Il y avait tant que choses qu'Estelle voulait oublier. En 1867, fille d'un fermier pauvre, elle avait rencontré Neal, qui l'avait très vite épousée. En devenant Mme Neal Gordon, Estelle avait gravi quelques échelons dans la société, car les Gordon étaient propriétaires terriens. En 1820, le fondateur de Las Tres Lomas de la Trinidad était arrivé dans ce qui était une province du Mexique pour y établir un élevage de Longhorns, une race locale de bovins. En 1867, Neal, son père et ses deux frères cadets possédaient ce qui devait devenir, quinze ans plus tard, l'un des plus vastes ranches du centre du Texas. Les attaques de Comanches et la Reconstruction engendraient cependant des difficultés financières. Cette année-là, le père de Neal et ses deux frères encore célibataires succombèrent lors d'une épidémie de fièvre jaune qui ravagea le Texas depuis la ville côtière de Galveston. Pour pallier le manque de main-d'œuvre, Estelle dut mettre la main à la pâte. Ce n'est qu'à l'issue des guerres indiennes, à l'arrivée du chemin de fer à Fort Worth, qu'elle put profiter de la vie aisée dont elle rêvait lors de ses fiançailles. Elle avait déjà trente-six ans.

Samantha savait depuis longtemps que sa mère vivait par procuration, à travers sa fille. Enfant pauvre au physique plutôt ingrat, Estelle Gordon découvrait ce que c'était que d'être jolie, gracieuse, de porter de beaux vêtements, de se laisser aller à des passe-temps frivoles qu'elle aurait tant aimé connaître dans sa propre jeunesse. Sensible au vécu de sa mère, la jeune femme faisait de son mieux pour la combler.

Samantha avait un moment souhaité pouvoir être deux filles en une : une pour sa mère et une pour son père. En grandissant, elle avait compris qu'elle n'était qu'une seule personne. Estelle Gordon avait donc perdu la fille qu'elle aurait préféré voir habillée de dentelles et de soieries au lieu de son pantalon de toile et son gilet de cuir. Tant que ses parents vivaient tous deux à Las Tres Lomas, elle n'était pas tiraillée. Mais depuis qu'Estelle s'était installée en ville, elle ne se rendait que très rarement au domaine où demeurait son mari. Sa mère voulait qu'elle intègre la haute société et son père souhaitait la former au métier qui constituait leur gagne-pain.

— C'est l'héritière de Las Tres Lomas, Estelle. Tu ne comprends pas que le seul moyen pour elle de connaître le métier est d'être sur place ?

— Elle va vieillir trop vite, Neal. Les terres vont la priver de sa jeunesse, comme ce fut le cas pour moi.

— Qu'est-ce que tu racontes, chérie ? Tu es aussi radieuse que le jour où je t'ai rencontrée.

— Et toi, tu es aussi aveugle que têtu !

— Je lui ferai porter un chapeau et des gants, c'est promis.

Sa mère avait espéré qu'en fréquentant le collège de Simmons, Samantha prendrait goût à la vie citadine. Ce ne fut pas le cas. La mort dans l'âme, elle avait dû la laisser partir. Pour Samantha, ce fut un soulagement. Bien que conciliante, elle avait ses limites. La ville et ses rues sales, ses trottoirs irréguliers, ses caniveaux malodorants, ses ivrognes du samedi soir, les problèmes d'eau... très peu pour elle ! Et les mouches qui tournoyaient sans cesse autour des étals du marché, sur les fruits, la viande ou dans les restaurants ! Pas moyen d'être tranquille.

Ce matin-là, Samantha aurait pu enfiler sa tenue d'équitation à la dernière mode, avec un chapeau assorti et une voilette, comme pour ses déplacements en ville, mais elle aurait dû monter en amazone. Or elle était venue avec Pony, son cheval, qu'elle aimait à chevaucher à califourchon, comme un garçon. De plus, des corvées salissantes l'attendaient au ranch.

Samantha alla au-devant de la gouvernante qui montait son petit déjeuner à sa mère.

— Je m'en occupe, Mildred.

— Vous êtes bien matinale, mademoiselle Sam. Et déjà prête à nous quitter ! Votre maman sait-elle que vous partez déjà ?

— Je n'en suis pas certaine. C'est pourquoi je voudrais lui porter son plateau afin de lui annoncer mon départ en douceur.

La domestique toisa la jeune fille d'un regard étonné.

— Dans cette tenue, vous ne risquez pas de la ménager. Votre maman espérait que vous seriez là au moins pour le déjeuner.

Mildred était amérindienne. En 1864, sa mère avait été enlevée par des Comanches et l'un des guerriers l'avait mise enceinte. En 1871, les Rangers du Texas avaient délivré la mère et la fille et les avaient conduites dans la famille de la jeune captive. À l'âge adulte, Mildred fut engagée à Las Tres Lomas en tant que commis de cuisine. Samantha avait deux ans. En s'installant en ville, Estelle avait emmené sa fidèle domestique avec elle.

Se sentant plus coupable que jamais, Samantha prit le plateau.

— Je ne peux pas, Mildred ! Voulez-vous demander à Jimmy de seller Pony ?

Il était huit heures passées. Au ranch, elle aurait déjà terminé son petit déjeuner avec son père et démarré sa journée de travail. Il devait l'attendre avec impatience, même s'il était ravi qu'Estelle ait pu profiter de leur fille durant la semaine de son anniversaire, comme tous les ans.

Lorsque Samantha entra dans la chambre, Estelle afficha un large sourire qui s'envola dès qu'elle découvrit sa tenue.

— Je suppose que je n'arriverai pas à te convaincre de rester une journée de plus ?

Samantha posa le plateau sur les genoux de sa mère.

— Tu sais bien que c'est impossible, maman ! Les garçons ont besoin de mon aide pour les génisses. De plus, j'ai la comptabilité à mettre à jour cet après-midi. Papa m'attend…

Estelle glissa sa serviette dans le col de sa chemise de nuit.

— Eh bien, il ne faudrait pas décevoir ton père ! railla-t-elle.

— Maman…

Le soupir de la jeune femme lui intima de ne pas ressasser ses vieilles rancœurs.

— Je sais, je sais, concéda Estelle, acceptant la défaite.

Elle prit la cafetière en argent et se servit.

— À propos de ton père, j'ai un souci dont je dois te parler avant ton départ.

Un peu alarmée, Samantha approcha une chaise et posa son chapeau à large bord sur le lit. S'agissait-il de la respiration un peu sifflante qu'elles avaient remarquée lors de son dîner d'anniversaire ? Ces troubles se manifestaient par intermittence. Neal les attribuait à la flèche qu'un Comanche lui avait tirée en plein poumon.

— De quoi s'agit-il ?
— Sloan Singleton.
— Sloan Singleton ?
Estelle souffla sur son café avant de le porter à sa bouche.
— Ne feins pas d'ignorer à quoi je fais allusion.
Samantha s'efforça néanmoins d'afficher un air indifférent.
— Et pourtant, je ne vois pas, maman…
— Va-t-il ou non épouser cette pimbêche manipulatrice ?
— Comment le saurais-je ?
— Vous ne vous parlez plus, tous les deux ?
— Pas depuis un moment, non.
— C'est bien ce que ton père et moi redoutions.
— De quoi avez-vous peur, au juste ?
Estelle reposa sa tasse sur sa soucoupe avec précaution.
— Que vous vous soyez éloignés l'un de l'autre. Neal affirme que tu ne l'invites plus à souper et que tu refuses les invitations au Triple S. Tu laisses la porte grande ouverte à Anne Rutherford, Samantha ! Et elle ne se gênera pas pour t'évincer, crois-moi. Cette fille a des vues sur Sloan et elle compte lui passer la corde au cou.

Samantha encaissa le coup.
— Même si Sloan et moi étions encore proches, qu'est-ce qui te porte à croire qu'elle ne s'interposerait pas entre nous ? Sloan n'a toujours vu en moi qu'une sœur.
— Les amies font les meilleures épouses, Samantha. Sloan et toi êtes faits l'un pour l'autre. Ne le nie pas ! Quelle autre jolie femme connaît-il qui soit aussi bien adaptée à la vie dans un ranch ? Seigneur ! Anne Rutherford ignore la différence entre la croupe d'une vache et le groin d'un cochon !

Estelle fit la moue en remuant son café.
— Seth Singleton, paix à son âme, va se retourner dans sa tombe si son fils épouse cette écervelée. Ton père et Seth avaient décidé de vous marier, et d'unir les deux ranches.
— Ce détail a dû m'échapper, répondit Samantha, désabusée. À Sloan aussi, manifestement.

La gorge sèche, elle prit la tasse de sa mère et but une gorgée de café.

— Papa ne s'inquiéterait-il pas surtout de voir que, si je n'épouse pas Sloan, je ne me marierai pas du tout ?

Elle se garda d'ajouter : « Et je n'engendrerai pas les héritiers qu'il souhaite. »

Les joues un peu flasques d'Estelle rosirent légèrement. Les nouvelles crèmes de beauté qu'elle pouvait s'offrir n'étaient pas parvenues à effacer les outrages des ans, après des années d'exposition prolongée au soleil.

— Quel autre homme pourrais-tu envisager d'épouser ? demanda-t-elle, désemparée.

— Tu veux dire : cet autre homme existe-t-il ? corrigea Samantha.

Estelle soupira.

— Pourquoi diable Lawrence Hendrick et Tom Bedford sont-ils allés se faire tuer lors de la guerre hispano-américaine ? Nous n'aurions jamais dû nous impliquer dans un tel conflit ! Qui a entendu parler de Cuba, je te le demande ! Ces deux garçons se seraient battus pour obtenir ta main.

Samantha se leva.

— Je n'ai que vingt ans, maman. Je ne suis pas encore vieille fille que je sache. Je peux encore me découvrir des sentiments pour un candidat possédant de bons éperons.

— Tu ne me sembles guère convaincue. Tu es amoureuse de Sloan Singleton. Autant l'admettre !

La jeune femme récupéra son chapeau.

— Et si je l'étais ? Il va sans doute épouser Anne. Elle est superbe et il doit penser que son cœur est à la hauteur de sa beauté. Enfin… son cœur bat au moins pour lui.

— Pour l'amour du ciel ! La beauté d'Anne Rutherford est superficielle ! Toi, tu as une âme. Quant à ses prétendues œuvres charitables…

Estelle se mit à beurrer rageusement une tranche de pain grillé.

— Ce n'est que de la poudre aux yeux ! Un homme aussi avisé que Sloan Singleton ne devrait pas se laisser aveugler. Sa mère, elle, aurait été plus perspicace, paix à son âme.

Samantha embrassa sa mère.

— Tu n'as jamais pardonné à Anne d'avoir suggéré à Mme Sims d'emmener ses élèves du catéchisme à l'orphelinat de Millbrook quand j'avais dix ans, n'est-ce pas ?

— Je ne le lui pardonnerai jamais. Anne l'a fait exprès pour te mettre dans l'embarras.

— Et elle a réussi. Bon, il faut que je parte. Merci pour cette magnifique fête d'anniversaire et pour cette semaine de rêve.

— J'espère que tu t'es bien amusée, conclut Estelle d'un air sceptique. J'ai apprécié ta présence. Dommage que tu n'aies pas demandé à l'un des employés de venir te chercher avec une voiture du ranch. Je m'inquiète chaque fois que tu te déplaces seule. Avec ces conducteurs de bétail qui arrivent en ville... une bande de voyous. Quand tu es à cheval, personne ne sait qui tu es.

— Je suis plus en sécurité à cheval que dans un chariot, maman. Pony est plus rapide que n'importe quelle monture et je ne suis pas maladroite avec une arme.

Toutes les mères étaient-elles aussi soucieuses du bonheur et de la sécurité de leurs enfants ? Aurait-elle un jour l'occasion d'en faire l'expérience ?

Mildred la rejoignit dans l'entrée tandis qu'elle fixait son chapeau, face au miroir.

— Passerez-vous au bureau de poste chercher le courrier de votre papa ? Et que voulez-vous faire de ceci ?

La gouvernante désigna le cadeau de Todd Baker, les deux places pour la conférence laissées sur le plateau.

Samantha prit les billets. La conférence avait lieu onze jours plus tard, un samedi, quand elle reviendrait en ville pour assister à un baptême. À qui les offrir ? Seul un scientifique serait intéressé par le discours d'un paléontologue sur l'extraction du pétrole.

Au vu de leur prix, il était dommage de ne pas les utiliser. Lors de sa prochaine visite, elle contacterait l'école Simmons pour les proposer à un étudiant ou à un professeur.

— Je les laisse ici, répondit-elle en les rangeant dans un tiroir.

CHAPITRE 6

Visiblement désireux de sortir de son box, le cheval agitait furieusement la tête et la queue. Depuis une semaine, il était privé de sa sortie quotidienne avec le bétail.

— Pony est impatient de se mettre en route, mademoiselle, déclara Jimmy, le palefrenier. En ville, tenez bien ses rênes. Il y a tellement de circulation, de nos jours ! C'est bien triste. Je me rappelle le temps où Fort Worth était si calme qu'une panthère aurait pu venir y faire la sieste.

Samantha lui sourit. Combien de fois avait-elle entendu Jimmy mentionner l'événement qui avait valu à Fort Worth le surnom de Panther City ? Le vieil homme travaillait pour sa famille depuis toujours. Neal le disait un peu retardé, mais inégalable avec les chevaux. Après le terrible hiver de 1873, l'élevage avait été dévasté. La Texas and Pacific Railway s'était arrêtée à quarante kilomètres de Fort Worth. La ville était tellement engourdie que, selon un article du *Dallas Herald*, un avocat avait vu une panthère endormie sur les marches du palais de justice. Loin d'y voir une attaque, la ville avait au contraire adopté la panthère comme symbole de sa survie et de son esprit rebelle.

— Je m'accrocherai, Jimmy, promit Samantha.

Comme c'était bon de se retrouver en selle, en pantalon ! En cette matinée radieuse, le fond de l'air était frais, après la pluie nocturne. Le printemps approchait à grands pas. Si seulement elle pouvait éviter le détour par le bureau de poste situé de l'autre côté de la ville ! À part le vendredi, quand le facteur faisait une tournée le matin, dans le quartier de sa mère, le courrier n'était livré qu'en fin de journée. L'épicerie qui prenait les plis et les colis à toute heure du jour avait disparu au profit d'un édifice flambant neuf, la fierté de Fort Worth. Le progrès n'était pas dénué d'inconvénients. Fort Worth ne dormait plus depuis longtemps. Pressée d'en finir, Samantha flatta l'encolure puissante de son cheval.

— Plus qu'une halte, Pony, puis on rentre à la maison.

En observant les rues pavées et les constructions récentes, à l'entrée de Fort Worth, Samantha songea à ce qu'elle venait d'apprendre sur les espoirs de son père et Seth Singleton, qui voulaient marier leurs enfants. Pour elle, Seth avait été comme un oncle et son père aimait Sloan comme un neveu. Depuis toujours, elle-même voyait en Sloan un frère aîné, car il avait quatre ans de plus qu'elle. Et il avait toujours joué ce rôle, rien de plus. Pas étonnant qu'il n'ait pas deviné les attentes de son père puisque Neal n'avait pas su déceler l'absence de sentiments amoureux de Sloan pour sa fille. Las Tres Lomas et le Triple S ne fusionneraient jamais car la fille de Neal Gordon ne suscitait aucune flamme chez Sloan Singleton.

C'était peut-être mieux ainsi. Elle et Sloan n'auraient pas formé un beau couple. Avec le temps, leurs différences de caractère se seraient accentuées et des griefs seraient apparus. Si Sloan avait vécu une adolescence normale, s'il avait eu le temps de grandir, le blondinet qu'elle avait appris à aimer au-delà de la mue, l'acné et les crises de croissance ne serait pas devenu aussi dur et inflexible. Avec la mort brutale de Seth, sa jeunesse s'était arrêtée net. À dix-sept ans, le seul fils de Seth avait dû prendre la direction du Triple S et la responsabilité de deux sœurs aînées célibataires.

— Il a les qualités requises, mais il devra faire ses preuves, avait déclaré Neal. Il ne lui sera pas facile de donner des ordres à des hommes ayant au moins le double de son âge et de prendre des décisions pour une exploitation de cette ampleur. Il devra gagner ses galons et aura du mal à s'imposer auprès de ses sœurs. Depuis la mort de leur mère, elles n'en font qu'à leur tête.

Sloan s'était montré à la hauteur de la tâche. Grâce aux conseils de Neal Gordon et à sa maturité impressionnante, il avait repris le flambeau avec brio. À près de vingt-quatre ans, il dominait la situation de son mètre quatre-vingt-huit. C'était même l'un des éleveurs les plus respectés et influents de la région. Ses sœurs, Millie May et Billie June, respectaient son autorité. La désillusion de Samantha avait commencé quand il avait refusé de laisser Billie June, la cadette, fréquenter un homme qu'il jugeait indigne d'elle.

— C'est un type instable, Samantha, et il a cinq ans de moins que Billie June !

Lorsque Samantha avait jugé Sloan trop sévère, Neal avait pris la défense du jeune homme :

— Il n'a pas de gagne-pain solide.

— M. Chandler dit que Daniel Lane est le meilleur ouvrier qu'il ait jamais eu.

— Ouvrier forgeron ? En quoi est-ce une référence sérieuse ?

— Cela prouve qu'il est travailleur. Claude Chandler n'est pas facile à satisfaire.

— Daniel Lane n'a aucun bagage, Samantha ! Pas d'instruction, pas d'éducation. Ce n'est pas du tout le genre d'homme que Seth aurait voulu voir sa fille épouser. Sloan a bien fait d'exercer son autorité et de mettre un terme à cette histoire.

Exercer son autorité ? De quel droit un frère avait-il le moindre pouvoir sur le cœur de sa sœur ? D'ailleurs, de quel droit un homme pouvait-il exercer la moindre autorité sur une femme ? Ils étaient au vingtième siècle ! Sloan, qui adoptait volontiers les méthodes d'élevage de pointe, ne voyait-il pas que la place des femmes évoluait dans la société ? La guerre de Sécession les avait poussées à prendre des responsabilités et des décisions qui incombaient autrefois aux hommes. D'après les lectures de Samantha, cette liberté, cette indépendance étaient en train de sortir des limites du foyer pour toucher des professions telles que le droit, le journalisme, la géologie, la médecine et l'ingénierie. Des syndicats de femmes s'étaient constitués et le mouvement des suffragettes prenait de l'ampleur. Dans tout le pays, la « femme nouvelle » remplaçait la « femme idéale » pour défier la suprématie masculine.

Partout sauf à Fort Worth, apparemment…

— Billie June est amoureuse de lui ! avait protesté Samantha.

— L'amour ne change rien à l'affaire, ma fille. Sors-toi vite cette idée de la tête.

Effectivement, Anne Rutherford était l'épouse idéale pour Sloan Singleton. Samantha ne pouvait le nier. Anne se contenterait de vivre dans son ombre, sans rien demander de plus qu'un peu de lumière pour la récompenser de contribuer à son rayonnement, et sans jamais donner son avis. Elle serait une épouse parfaite, une mère, une maîtresse de maison, une dame patronnesse, une hôtesse. Samantha ne se voyait pas jouer exclusivement ces rôles. Elle était consciente que son père souhaitait la voir épouser un homme de sa trempe, qui connaissait l'élevage. Hélas, s'il confiait le ranch à sa fille, il s'attendait à ce que son mari tienne les rênes, avec la permission de Samantha. C'était ainsi, au Texas. Mais Samantha n'entendait pas se laisser imposer ce schéma quand elle hériterait de Las Tres Lomas. Si elle devait être formée pour prendre la suite de Neal Gordon, alors elle refusait de partager le pouvoir, ou au moins en tant que partenaire à égalité. Encore une raison de ne pas épouser Sloan.

Lorsqu'elle attacha Pony devant le bureau de poste, elle fut assaillie par la puanteur des parcs à bestiaux et des entrepôts de viande. La société des dames patronnesses, dont sa mère était la secrétaire, avait tenté d'inciter la municipalité à ériger le bâtiment plus au sud, près des quartiers résidentiels. Cependant, les dirigeants des abattoirs et grossistes en viande désireux de s'installer à Fort Worth avaient remporté la bataille, affirmant que l'accès aux services postaux était essentiel à leur activité.

Samantha remarqua la barrière ouvragée, ornée du symbole de la ville, une panthère couchée. Daniel Lane réalisait des miracles en fer forgé. La forge où il travaillait avait été chargée de façonner les anneaux. Billie June Singleton les avait-elle vus ? Elle ne venait plus très souvent en ville depuis que son frère avait mis fin publiquement à sa relation avec Daniel Lane en provoquant un scandale devant toute la communauté lors des feux d'artifice de la fête nationale.

— Elle vit un peu en recluse, avait dit Estelle. Quel dommage ! Billie June n'aura sans doute jamais d'autre prétendant, avec son physique ordinaire. Cependant, elle a provoqué la colère de son frère en paradant au bras de cet ouvrier ! Elle aurait dû être plus avisée.

— C'est Sloan qui aurait dû être plus avisé, avait répliqué Samantha.

Mildred était intervenue dans le débat :

— Le jeune Sloan devrait se méfier de ce forgeron. Daniel Lane n'est pas homme à oublier un affront. Aucune souffrance n'est plus profonde qu'une humiliation publique. Le maître du Triple S a semé les graines de la vengeance.

Samantha était encore choquée par les menaces publiques de Sloan envers Daniel Lane et la honte de Billie June en présence de ses amis et voisins. Pendant qu'elle vidait son panier pour le pique-nique, Sloan était arrivé à cheval, derrière la voiture familiale. Deux hommes chevauchaient à côté de lui et deux ouvriers de confiance, de véritables colosses, conduisaient l'attelage. Calmement, Sloan avait mis pied à terre pour se diriger vers la couverture étalée sur l'herbe. Sans un mot pour sa sœur et son prétendant, il avait remis le poulet rôti, les œufs et la citronnade dans le panier. Puis il avait ramassé la couverture et avait confié le tout à un employé. Ensuite, il avait tendu la main à Billie June, la mine grave, adressant à Daniel un message tacite que tous les témoins avaient compris.

Rouge de honte, Billie June avait marché seule vers la voiture, dont le cocher tenait la portière ouverte. Une fois à bord, elle avait tiré le rideau. Toujours sans un mot, Sloan et son employé étaient remontés à cheval. Le convoi s'était mis en route vers le Triple S sous le regard glacial de Daniel Lane et celui de la foule ébahie. Chacun devinait que Billie June était montée en voiture non pas par crainte de son frère, mais pour épargner à Daniel Lane de cruelles représailles. Sloan Singleton était inflexible.

— Sloan l'a prévenue de ne pas fréquenter Daniel. Il a simplement veillé à ce qu'elle lui obéisse, avait plaidé Estelle en faveur du jeune homme qu'elle avait autrefois fait sauter sur ses genoux. Billie June est si fantasque !

— Plus maintenant, avait rétorqué Mildred.

La boîte postale de Neal était pleine à craquer, au point qu'un employé dut aider la jeune femme à la vider.

— Heureusement que vous êtes passée, mademoiselle Sam. Personne n'est venu depuis presque une semaine.

— C'est la saison des naissances, au ranch. Tout le monde est très occupé.

Samantha jeta un coup d'œil au courrier, en quête d'enveloppes contenant des factures, que son père lui remettait toujours sans même les ouvrir. Il y avait plusieurs journaux consacrés à l'élevage et quelques lettres, dont celle d'un camarade de l'armée qui avait combattu avec Neal durant la guerre de Sécession. Une enveloppe provenant d'un médecin portait la mention « Confidentiel ». L'appréhension qu'elle avait ressentie en entendant le souffle contrarié de son père refit surface. Sa mère lui avait pourtant fait signe de ne pas s'inquiéter.

Le Dr Donald Tolman écrivait de Marietta, dans le territoire de l'Oklahoma. Samantha n'avait jamais entendu parler de lui ni de cette ville. Peut-être s'agissait-il d'un autre camarade de combat désireux de reprendre contact, trente-cinq ans après la guerre… Mais pourquoi cette mention « Confidentiel » en grosses lettres noires ? Troublée, Samantha glissa l'enveloppe dans sa sacoche avec le reste du courrier. Puis elle s'éloigna au galop, encore plus désireuse de rentrer à la maison.

Au croisement des routes menant à Las Tres Lomas et au Triple S, Samantha entendit un cheval approcher à vive allure.

— Samantha ! Attends !

La voix familière fit battre son cœur un peu plus fort. Heureusement, elle s'était habituée à maîtriser son trouble en présence de Sloan Singleton. Elle fit volter Pony pour regarder son voisin la rejoindre sur son pur-sang. Hantée par la lettre du Dr Tolman, elle regrettait presque de ne pas avoir fait mine de ne pas l'entendre.

Sloan était-il au courant des espoirs de mariage de leurs pères respectifs ? Il n'en avait jamais donné l'impression. Un homme évoluant dans le milieu implacable de l'élevage devait savoir cacher ses émotions, et puis les amis d'enfance se voyaient moins souvent que par le passé.

— Oui ? fit-elle dès qu'il arriva à sa hauteur.

Face à cette froideur inhabituelle, le regard bleu de Sloan exprima sa surprise. Grand et mince, droit comme la flèche d'un Comanche, bruni et tanné par le soleil et le vent, cavalier émérite, il ne pouvait passer que pour ce qu'il était : le fils d'un rancher.

— Quel accueil glacial…

— Vraiment ? J'en suis désolée… Je suis pressée et un peu préoccupée.

— Que t'arrive-t-il ?

Naguère, Samantha aurait répondu à sa question sans l'ombre d'une hésitation, car ils se disaient tout. Ce jour-là, elle se contenta d'un sourire vague.

— Je n'ai pas le temps de te raconter.

Il portait un costume élégant. Chaque mois se tenait le conseil d'administration de la banque dont Sloan était le directeur et qui appartenait à Noble Rutherford, le père d'Anne.

— Tu reviens de ta réunion, je suppose, dit-elle. Tu ne t'es pas attardé pour déjeuner avec Anne ?

— Je n'étais pas d'humeur, aujourd'hui… En fait, je suis passé chez ta mère pour t'inviter à déjeuner au Worth, mais Estelle m'a informé que tu étais déjà partie.

Samantha refoula la joie que lui procurait cet aveu. Sloan préférait sa compagnie à celle d'Anne pour son repas ? Sa mère devait être aux anges. — Désolée de t'avoir manqué. Maman t'a sûrement expliqué que je devais regagner le ranch. Papa m'attend.

— Accorde-moi au moins quelques minutes. Je voudrais m'excuser des propos déplacés d'Anne, lors de ta fête d'anniversaire.

— C'est inutile, Sloan.

— J'insiste. Elle a voulu briller, sans penser une seconde à vous blesser, toi et tes parents.

Bien sûr qu'elle l'a fait exprès, songea Samantha. Hélas, il était trop amoureux pour s'en rendre compte.

— N'y pense plus. Elle énonçait des faits, rien de plus. À moins que tu n'aies autre chose à me dire...

— Absolument, fit Sloan en avançant son cheval pour lui barrer la route. C'est à propos de Billie June. Elle est toujours... Elle m'en veut terriblement.

— Au bout de presque un an ? J'en suis navrée.

— Je n'arrive pas à lui faire comprendre la nécessité de mon geste. C'était le seul moyen de l'empêcher de fréquenter Daniel Lane.

Visiblement, il avait envie de discuter comme autrefois, quand ils ne se cachaient rien. Samantha le sentait très contrarié par son différend avec Billie June, car il adorait ses sœurs, ses aînées de respectivement cinq et sept ans. Depuis le décès de leur mère, quand Sloan avait quatre ans, elles le maternaient. Elles étaient un peu fantasques et Seth Singleton avait eu bien des soucis avec ses filles, notamment avec Billie June. Elles étaient en faveur de tout ce que leur père réprouvait : la Prohibition, le droit de vote pour les femmes, la Société de prévention des maltraitances envers les animaux... On ne comptait plus les frasques des deux jeunes femmes pour soutenir ces nobles causes. Elles avaient vidé les bouteilles de bourbon de leur père dans la Trinité, organisé l'évasion d'une suffragette arrêtée pour trouble à l'ordre public, interrompu un spectacle équestre de Wild Bill Hickok pour protester contre le traitement réservé à ses chevaux. Elles avaient aussi libéré de leurs pièges des animaux dangereux pour le bétail, des proies destinées à être dépecées par les chiens lors des parties de chasse du Triple S. Dans les soirées mondaines, elles mettaient leur père dans l'embarras en contredisant les invités et en prenant la défense de personnages controversés.

Tant que Seth était en vie, Sloan n'avait jamais pris parti. Devenu chef de famille, il avait laissé faire ses sœurs jusqu'à la liaison de Billie June avec Daniel Lane.

Sloan n'avait personne à qui confier ses soucis familiaux et demander des conseils. Neal Gordon soutenait systématiquement son protégé, même s'il avait réduit à néant toute possibilité de mariage pour Billie June. Pour sa part, le Triple S ne comptait aucun employé aussi loyal que Grizzly ou Wayne Harris. Anne Rutherford l'idolâtrait tel un roi, et un roi ne se confiait jamais à ses sujets. Sloan était donc pratiquement seul au monde, sans une oreille attentive et objective susceptible de lui donner une opinion sincère.

Seule Samantha pouvait jouer ce rôle.

— Tu crois que je suis un salaud ?

Pony commençait à trahir des signes d'impatience.

— Tu veux que je te réponde par oui ou par non ?

— Pourquoi cette question ? Je te demande la vérité. Tu dis toujours la vérité, même si elle est parfois difficile à entendre.

— N'y avait-il pas un moyen plus discret d'exprimer ta réprobation envers l'ami de ta sœur ? Il fallait du courage pour se présenter au pique-nique en compagnie de Daniel Lane. Billie June l'a fait par amour pour lui.

— Elle ne cherchait qu'à me provoquer ! répliqua Sloan.

— À mon avis, elle n'a pas pensé à toi une seconde.

— Nom de Dieu, Sam…

Il repoussa son Stetson en arrière. Une mèche de cheveux blonds lui tomba sur le front.

— Billie June sait pertinemment que notre père ne lui aurait jamais permis de fréquenter un homme indigne d'elle.

— Comment le sais-tu ?

— Allons, Sam ! Que peut voir Daniel Lane en ma sœur si ce n'est la rente généreuse héritée de ses parents ? Lane est beau garçon, bien plus jeune que Billie June et il n'a pas un sou vaillant... Sans vouloir être méchant, ma sœur est assez... quelconque, physiquement.

— Ta sœur est intelligente, drôle, intéressante, Sloan ! M. Lane est peut-être assez intelligent lui-même pour regarder au-delà de son physique ordinaire.

Au contraire de toi, songea-t-elle. *Tu ne vois que le décolleté avantageux d'Anne Rutherford. Son côté sombre t'échappe totalement.*

Abasourdi, Sloan dévisagea Samantha.

— Si tu crois cela, tu es aussi aveuglée que Billie June !

Samantha flatta l'encolure de Pony pour le calmer.

— C'est peut-être toi le plus aveugle, rétorqua-t-elle.

Il garda le silence un instant, l'air pensif.

— J'espérais que tu serais d'accord avec moi et que tu lui parlerais pour lui remettre les idées en place, reprit-il.

— Je ne porterai aucun jugement contre un homme que je ne connais pas. Et si je devais raisonner quelqu'un, ce serait toi. Tu as de la chance d'avoir des sœurs, Sloan. J'aurais préféré ne pas être fille unique.

— Tu me conseilles de me réconcilier avec Billie June ? fit Sloan, visiblement déçu, en remontant son chapeau sur sa tête. Ce sera impossible s'il faut pour cela lui permettre de fréquenter Daniel Lane. Je ne fais que ce que mon père aurait fait à ma place. Je la protège d'une grande désillusion.

Il talonna sa monture. Le bord de son chapeau masquait son regard.

— Et pourquoi ce ton... nostalgique, soudain ? Tu as un frère, Sam. Tu m'as, moi. J'ai toujours été un frère pour toi et je le serai toujours. Ces dernières années... Si nous nous sommes vus plus rarement, c'est parce que j'étais occupé à garder la tête hors de l'eau. Le Triple S accapare tout mon temps...

— Ainsi qu'Anne, bien sûr, répliqua Samantha un peu trop vite.

— Je lui consacre une partie de mon temps, en effet, admit Sloan avec un regard appuyé.

Samantha se pencha pour caresser Pony.

— Tu n'as pas à te justifier, assura-t-elle. Parfois, mon père et moi sommes submergés par la gestion de Las Tres Lomas.

Elle se redressa et fit volter son cheval.

— Il faut que j'y aille. N'oublie pas ce que je t'ai dit. Billie June aimerait retrouver son frère, elle aussi.

Au moment où elle allait talonner sa monture, Sloan la retint :

— Sam...

— Quoi ?

— J'étais sincère en disant que je suis ton frère. Tu me crois, n'est-ce pas ?

— Sur ce point, je te crois volontiers.

CHAPITRE 7

C'était le moment qu'elle préférait, lorsqu'elle rentrait au ranch. Celui où elle arrivait au sommet d'une colline offrant une vue sur les terres et les bâtiments de Las Tres Lomas de la Trinidad. Elle était toujours parcourue d'un frisson de fierté face à ce paysage qui s'étendait à perte de vue, les prés parsemés de bovins, les enclos, les étables, la vaste demeure et ses dépendances, la Trinité qui serpentait dans les vallées des trois collines qui avaient donné son nom au domaine. Enfin, presque toujours. Car il y avait eu des saisons où ce spectacle lui avait brisé le cœur, des années de sécheresse où il ne tombait pas une goutte de pluie, où les cours d'eau étaient vides. Samantha aurait aimé prendre le temps de savourer la nature luxuriante en cette matinée ensoleillée, les champs verdoyants, les bêtes rousses qui paissaient étaient presque éblouissants…

Hélas, elle ne pouvait pas traîner. Samantha avait appris que la vérité, qu'elle soit agréable ou non, était le meilleur remède à l'inquiétude. La plupart des tourments se fondaient sur l'incertitude. Elle était capable de tout supporter du moment qu'elle connaissait la vérité. Quitte à se confronter à son père, elle finirait par découvrir le contenu de la lettre du Dr Tolman.

Il était incapable de cacher quoi que ce soit à sa fille, alors qu'il y arrivait avec sa femme. Il aimait à répéter que si Estelle avait tendance à monter sur ses grands chevaux à la moindre occasion, sa fille, elle, gardait la tête froide. Samantha s'inquiétait peut-être pour rien, mais la mention « Confidentiel » en grosses lettres noires ne lui semblait pas de bon augure.

À treize heures, Samantha entendit la cloche appeler les ouvriers agricoles au réfectoire. La jeune fille passa sous les deux planches croisées surplombant la grille du ranch, puis elle attacha Pony devant la grande maison. Le cheval était agité. Des stalles s'élevait un brouhaha de voix d'hommes, de hennissements et de meuglements. Pony se demandait pourquoi il était à l'écart.

— Patience, Pony. Tu les rejoindras bientôt, c'est promis.

Elle lui gratta les oreilles en sortant le courrier de sa sacoche.

La jeune fille trouva son père dans la bibliothèque. Dans la salle à manger, la table était dressée pour deux. Ils déjeuneraient donc en tête à tête et non au réfectoire avec le personnel. Samantha en fut soulagée. Les vaches qui mettaient bas faisaient l'objet d'une surveillance continuelle, de sorte que les hommes allaient et venaient, imprégnés d'une odeur de sang. Samantha supportait cette puanteur à l'étable, dans le feu de l'action, mais pas à table.

— Samantha ! fit la voix tonitruante de Neal Gordon.

Si sa taille s'épaississait, il n'avait pas perdu de cette force qui avait fait de lui une figure légendaire dans le milieu de l'élevage du bétail et des chevaux. Il fit le tour de son bureau, les bras tendus vers sa fille.

— Je me suis rasé spécialement pour toi, alors viens embrasser ton vieux père ! Je t'attendais plus tôt.

Il avait troqué sa tenue de travail pour un pantalon en laine et une chemise blanche, avec une cravate lacet et un fermoir en argent à l'effigie du ranch, et il sentait le savon.

— J'ai croisé Sloan à la fourche et nous avons bavardé un moment. Il rentrait chez lui après le conseil d'administration à la banque.

Elle décela une lueur d'intérêt, voire d'espoir dans le regard de son père.

— Tant mieux ! Vous ne vous êtes pas vus depuis un moment, tous les deux. Cette fille Rutherford l'a accaparé pendant ta fête. Qu'a-t-il raconté ?

— Rien de spécial, répondit la jeune fille en lui tendant son courrier.

Elle scruta son visage en quête de signes alarmants, mais ne vit rien.

— Tu aurais dû l'inviter ici pour manger de la viande grillée préparée par Grizzly. Cela m'aurait fait plaisir de le voir.

— Je n'y ai pas songé, avoua Samantha. Il y a eu beaucoup de mises bas difficiles ?

— Quelques-unes seulement. Heureusement, car tu n'étais pas là ! Pour l'instant, la saison se présente bien. Comment va ta mère ?

Il posa son courrier sur son bureau et chaussa ses lunettes. Samantha avait placé la lettre du Dr Tolman en bas de la pile. Sa réaction en découvrant le nom de l'expéditeur lui indiquerait si elle avait des raisons de s'inquiéter pour sa santé. En lui posant franchement la question, elle n'obtiendrait jamais de réponse. Même à l'agonie, Neal prétendrait qu'il allait « bien ».

— Elle doit se sentir seule, à l'heure qu'il est, répondit-elle. Elle s'était habituée à ma présence.

— Rien ne l'oblige à vivre en ville, tu sais. C'est son choix. Tu veux bien mettre une bûche dans la cheminée pendant que je jette un coup d'œil à mon courrier ? Il fait un peu frais, je trouve.

Samantha saisit le tisonnier et s'affaira tout en regardant son père disposer les journaux d'un côté et les factures de l'autre, à son intention. En trouvant la lettre de l'ancien combattant, il émit un grommellement de surprise.

— Tiens ! C'est un de mes camarades du premier régiment d'infanterie du Texas ! J'espère qu'il ne m'annonce pas qu'il est mourant. Et qu'est-ce que… ?

Neal ajusta ses lunettes et scruta l'enveloppe du médecin de plus près. Samantha eut l'impression qu'il avait pâli.

— J'ai vu que tu avais une lettre d'un médecin portant la mention « Confidentiel ». Me cacherais-tu quelque chose, papa ?

Surpris, Neal se tourna vers elle.

— Quoi donc ?

— Une maladie.

— Mais non ! grommela-t-il. Si j'étais souffrant, j'irais consulter ce bon Dr Madigan, en ville. Je me porte comme un charme ! Non, cette lettre me vient d'un… vétérinaire. Je lui ai écrit il y a quelque temps à propos d'un article sur les tiques. Il a mis au point un produit qui chasse les parasites. Je m'étonne simplement qu'il m'ait répondu.

— Je ne me rappelle pas cet article.

— C'est parce que tu ne l'as pas lu, répliqua Neal.

La sécheresse de son ton indiqua à Samantha qu'elle avait vu juste. Elle se garda d'insister. Elle lisait chaque article qu'il lui signalait sur l'élevage et ils en discutaient ensemble. Or elle n'avait jamais entendu parler d'un produit contre les tiques mis au point par un certain Dr Donald Tolman. De plus, si cette lettre constituait bien une réponse, pourquoi ne la lui lisait-il pas à voix haute ? En revanche, s'il s'agissait de la santé de son père, pourquoi aurait-il fait appel à un médecin exerçant à Marietta, une bourgade du territoire de l'Oklahoma située à quelques kilomètres en amont de la rivière Rouge ?

— Tu veux sans doute te rafraîchir un peu avant le déjeuner, reprit-il. Monte vite te changer. Je nous sers un verre. J'aimerais te parler avant de passer à table.

Il se débarrassait d'elle afin de lire sa lettre tranquillement. *Peu importe,* songea Samantha. S'il refusait de la lui montrer, elle savait où il rangeait ses documents personnels et où il cachait la clé. Elle devait savoir ce que recelait cette enveloppe et pourquoi son père se montrait si cachottier.

Dans la salle de bains, elle scruta son visage dans le miroir. Sloan Singleton ne la trouvait-il pas au moins jolie ? Jamais il ne lui avait fait le moindre compliment. Elle s'en serait souvenue. Sa chevelure était son plus bel atout, bien sûr, mais elle avait aussi de beaux yeux gris et un regard limpide, un petit nez mutin, des traits réguliers, un teint de pêche, un corps harmonieux. Hélas, elle faisait pâle figure comparée à Anne Rutherford et sa beauté éclatante.

La tristesse qui s'était emparée d'elle après son cauchemar, ce matin même, la hantait tel un nuage noir au-dessus de sa tête. « Il ne faut pas avoir peur de tes pensées et de tes sentiments, même les plus effrayants, lui disait son père. Affronte-les comme n'importe quel ennemi. Examine-les, analyse-les, trouve leur origine, détermine ce qu'ils infligent à ton esprit et à ton cœur. Tôt ou tard, tu les comprendras. »

Et elle avait compris. En 1900, l'espérance de vie d'une femme était de quarante-huit ans. Samantha approchait de la moitié du temps qui lui était accordé sur Terre. Son avenir était tracé. À quoi bon changer de cap ? La lettre du Dr Tolman avait réveillé en elle une peur sur laquelle elle n'avait jamais osé s'attarder. Ses parents vieillissaient. Un jour, ils disparaîtraient et elle devrait diriger et sauvegarder l'un des plus vastes ranches du centre du Texas. Ce n'était pas son choix. L'homme qu'elle aimait en épouserait une autre. Quel espoir Samantha avait-elle qu'un prince charmant se présente sur le pas de sa porte ?

C'est ainsi, songea-t-elle en s'essuyant les mains. Il ne lui restait qu'à vivre au jour le jour. L'avenir pouvait encore lui réserver des surprises, non ?

Dans la bibliothèque, Neal lui tendit un verre de xérès et s'installa dans son fauteuil préféré avec son bourbon. Samantha prit place sur le canapé en cuir. Sur le bureau, il n'y avait plus une seule lettre. Elle décida d'attendre qu'il évoque le sujet de lui-même.

— De quoi voulais-tu me parler, papa ?

— Lors de notre partie de poker de lundi soir, Buckley Paddock a mentionné une exploitation à vendre dans le comté de Cooke. Cent cinquante hectares de champs de blé. D'après Buckley, la petite annonce paraîtra dans la *Gazette* à partir de lundi. Il semblerait que cette ferme se trouve à proximité de La Paloma.

Buckley Paddock était le rédacteur en chef de la *Fort Worth Gazette.* La Paloma abritait une partie du troupeau de Las Tres Lomas.

— Dans quelle direction ? Et combien ? demanda Samantha.

— Au nord. L'annonce n'indique pas de prix.

Samantha comprenait la lueur qui brillait dans le regard de son père. Las Tres Lomas élevait cinq mille têtes sur quatre mille hectares, dans le comté de Cooke, sous la responsabilité d'un autre régisseur qui avait passé la moitié de sa vie au service du ranch. La Paloma se trouvait à dix kilomètres de la rivière Rouge, un emplacement idéal pour déplacer les bêtes vers les rampes de la ligne de chemin de fer Missouri-Kansas-Texas, à Marietta, avant leur transport vers les marchés aux bestiaux du Kansas. Le seul obstacle était l'exploitation de blé qui bloquait l'accès direct au fleuve, obligeant les troupeaux à faire un détour de quinze kilomètres pour traverser. Samantha n'était jamais allée à La Paloma, qui manquait des équipements nécessaires au confort d'une dame.

— C'est peut-être la ferme qui touche notre terrain, déclara Neal. Autrefois, quand j'ai acheté La Paloma, j'ai proposé au propriétaire de lui acheter sa parcelle. C'était un vieux grigou du nom de… Barrows. Liam Barrows. Il m'a informé que cette ferme appartenait à sa famille depuis des générations et que ses deux garçons veilleraient à ce qu'elle y reste. Il se moquait éperdument que je sois contraint de déplacer mes bêtes.

— Pas très avenant, ce voisin, commenta Samantha. Qu'est-ce que tu suggères ?

— Que nous… enfin, que tu ailles voir sur place. Pourquoi pas ? Buckley affirme que la ferme ne restera pas longtemps sur le marché. Nous aurons les détails dans le journal de lundi. Je propose que nous contactions immédiatement le propriétaire par télégramme pour organiser une visite. Tu prendras le train à Gainesville.

Pour le ménager, Samantha ne lui demanda pas pourquoi il n'allait pas visiter cette ferme lui-même. Neal Gordon n'était pas fier de sa phobie des espaces clos qui l'empêchait de prendre le train, dont les compartiments étaient trop exigus. Et il fallait pratiquement trois jours pour s'y rendre à cheval. La ferme risquait d'être vendue à son arrivée.

Samantha trouvait l'idée digne d'intérêt. En matière d'acquisitions de terrains, son père n'avait pas toujours fait preuve de clairvoyance. En 1890, il avait néanmoins eu la sagesse d'acheter cent soixante parcelles pour compléter les hectares de pâturages de La Paloma, où il put établir une partie de son troupeau à l'année. Avant cet achat, quand la chaleur de l'été asséchait la végétation, Las Tres Lomas bénéficiait d'un passage pour mener trois mille têtes de bétail vers le nord, dans le comté de Cooke, afin de réduire le nombre de bêtes à nourrir au ranch principal.

— Si nous n'agissons pas maintenant, Estelle, avait déclaré son père lors d'une discussion familiale, il sera peut-être trop tard, dans quelques années. Les prix vont grimper et les clôtures poussent plus vite qu'un érable perd ses feuilles en automne. Notre passage vers La Paloma sera bientôt fermé. Que ferons-nous, alors ? Tu sais bien qu'en été, on ne peut nourrir tout le troupeau ici. Et aucune parcelle voisine ne sera en vente dans un avenir immédiat pour résoudre ce problème.

Si Neal tenait les cordons de la bourse, Samantha gérait les registres. Son rôle était de jouer l'avocat du diable chaque fois que son père envisageait une dépense. Neal entendait devenir un titan, un magnat de l'élevage, et de faire de Las Tres Lomas l'un des plus grands ranches du Texas. Il fallait parfois freiner ses ardeurs, surtout quand ils avaient de l'argent en réserve à la Cattleman's Bank, la banque des éleveurs.

— Je suppose que tout dépendra du prix. Il ne faudrait pas que le propriétaire s'oppose à ce que la ferme familiale soit transformée en un chemin de traverse pour le bétail, déclara Samantha. Je refuse que Las Tres Lomas perde son caractère.

Silbia, la gouvernante mexicaine qui tenait la maison principale, vint leur annoncer que le déjeuner était servi. Si elle préparait le petit déjeuner et le souper pour son patron et sa fille, le repas de midi venait des cuisines de Grizzly, sauf quand Neal et Samantha s'attablaient avec le personnel.

— Ah ! La viande grillée de Grizzly ! s'exclama Neal en se levant. J'espère qu'il n'a pas oublié la sauce.

Le bel appétit de son père ne présageait en rien d'une maladie. En se levant à son tour, Samantha se tourna vers la cheminée et eut un choc. Parmi les braises, elle remarqua le coin brûlé d'une lettre couleur crème.

NATHAN

CHAPITRE 8

Le mercredi suivant son vingtième anniversaire, en fin de journée, Nathan sonna à la porte en ébène de la maison de son père. Située dans un quartier huppé, la demeure était nichée au bord d'un affluent de la Trinité, à Dallas. À la gare, le cocher avait aussitôt reconnu l'adresse que Trevor avait griffonnée au dos d'une carte de visite.

— Ah oui, c'est à Turtle Creek, avait-il déclaré en toisant d'un œil sceptique la veste et le pantalon en toile du jeune homme. Vous travaillez là-bas ?

— Je vais chez mon père, avait simplement répondu Nathan.

Une domestique portant une coiffe et un tablier en dentelle blanche lui ouvrit.

— Les livraisons, c'est pour l'entrée de service, dit-elle d'un air réprobateur.

Le jeune homme ôta sa casquette.

— Je ne suis pas livreur. Je m'appelle Nathan Holloway, le fils de M. Waverling. Il m'a invité à venir le voir.

La domestique en demeura bouche bée.

— Ça alors ! On me l'avait jamais faite, celle-là ! Filez vite ou j'appelle la police !

— Dans ce cas, vous aurez affaire à M. Waverling. J'attendrai ici le temps que vous appeliez son bureau au téléphone pour l'informer que j'ai accepté son invitation. J'imagine qu'une telle demeure est équipée d'un de ces appareils.

Les yeux écarquillés, la domestique recula et lui ferma vivement la porte au nez. Nathan entendit le cliquetis du verrou. Il remit sa casquette et s'assit sur la première marche du perron. La gouvernante allait-elle mettre sa menace à exécution ou contacter le bureau de son patron ? Léon lui avait conseillé d'écrire à son père pour l'informer de la date et de l'heure de son arrivée.

— Rends-toi à son bureau et non chez lui, avait-il déclaré. Il ne te l'a pas proposé. Et présente-toi comme Nathan Holloway de Gainesville. Dis que tu as rendez-vous avec M. Waverling sans préciser que tu es son fils. Ainsi, tu ne mettras personne dans l'embarras.

Il avait aussi recommandé au jeune homme de porter son costume du dimanche, « par respect », avait-il précisé.

Nathan n'avait tenu aucun compte de ces conseils. Il était le fils de Trevor Waverling ! En se présentant, il saurait vite si son père était sincère dans son souhait de le reconnaître. La porte de service n'était pas pour lui. Si M. Waverling le jugeait digne d'être reçu dans son bureau, il était en droit d'entrer chez lui par la grande porte, habillé comme tous les jours, à l'exception de sa casquette, bien sûr.

Nathan sortit de sa poche un livre de Jack London, *Le Fils du loup et autres nouvelles du Grand Nord*. Il consacrait ses rares moments de loisir à la lecture et dépensait son argent à acheter des livres d'occasion dans une brocante de Gainesville. Il ne supportait pas l'oisiveté. Au contraire de Lily, il n'avait guère de sujets de rêverie. Il s'évadait à travers les grands classiques et les romans policiers ou historiques auxquels il pensait pendant ses longues corvées.

— Bonjour, fit soudain une voix d'enfant.

Surpris, Nathan se retourna. Plongé dans son récit sur la nature sauvage de l'Alaska et la ruée vers l'or du Klondike, il n'avait pas entendu quelqu'un s'approcher. Dans un premier temps, il crut être en proie à une hallucination. La tête d'une fillette venait de surgir d'un massif d'hortensias bleus, près des marches du perron. Elle portait dans les cheveux un ruban assorti aux fleurs. Intimidée, elle cligna les paupières sur ses yeux bruns ourlés de longs cils.

Nathan posa son livre ouvert à la page qu'il était en train de lire.

— Bonjour, dit-il avec un sourire. Qui es-tu ?

— Je ne suis personne. Et toi ? Tu n'es personne non plus ? Alors nous sommes deux ! Ne le répète pas. Ils nous chasseraient !

Nathan se leva lentement. Ce discours lui rappelait quelque chose. Il était sûr d'avoir déjà entendu ces vers. Puis cela lui revint : ils étaient extraits d'un recueil de poèmes que Lily leur avait lu à la veillée.

— Je suppose que l'on peut me considérer ainsi, répondit-il.

— *Comme il est morne d'être quelqu'un ! récita l'enfant. Comme il est bas, telle la grenouille, de crier son nom à une fange admirative !*

Nathan se souvint alors que Trevor Waverling avait une fille handicapée. Une lueur étrange dans le regard, elle semblait l'observer sans le voir. Ses lèvres remuaient comme celles d'une marionnette.

— Comment t'appelles-tu ? s'enquit-il.

Cette question la troubla.

— Rebecca ! chantonna-t-elle au prix d'un gros effort de mémoire.

Il tendit la main vers elle.

— Et moi, Nathan.

Elle lui serra doucement la main.

— Nathan… Tu n'es personne, toi non plus ?

— Je le suppose, aux yeux des gens qui croient avoir de l'importance.

À cet instant, un claquement métallique résonna sur les dalles de l'allée qui longeait la maison. Une vieille dame tenant une canne apparut. Son coûteux parfum fleuri envahit les narines de Nathan avant même qu'elle ne prononce un mot.

— Dieu du ciel ! Tu es venu.

— Madame ? bredouilla Nathan en ôtant sa casquette.

— Je suis ta grand-mère, Mavis Waverling. C'est indéniable. Tu as mes yeux.

Elle s'approcha et l'observa avec attention.

— Ceux de ton père, aussi, bien sûr, mais les tiens ont quelque chose de plus. Tu as fait la connaissance de Rebecca…

Elle prit l'enfant par les épaules.

— Rebecca, ma chérie, voici ton… frère. Cela ne t'ennuie pas que l'on se dispense du terme « demi-frère » ? ajouta-t-elle à l'adresse du jeune homme.

— Absolument pas.

— Mon… frère ? répéta Rebecca en écarquillant les yeux.

— Oui, confirma Nathan. Tu es ma sœur.

Rebecca se tourna vers sa grand-mère :

— Il n'est personne, lui non plus, déclara-t-elle fièrement. Nous sommes donc deux. Ne le répète pas !

— C'est promis, murmura Mavis Waverling d'un ton de conspiratrice.

Cette femme était donc sa grand-mère. Elle semblait tout droit sortie d'un jardin fleuri. Une fleur séchée, un peu fragile, exquise et délicate. Elle avait dû être très belle en son temps. Il s'était demandé à quoi elle ressemblerait, s'ils avaient des traits communs. C'était surtout pour elle qu'il était venu. Ils avaient en effet les mêmes yeux. En revanche, il ne se reconnaissait pas dans ses pommettes saillantes, ses cheveux blancs et sa petite taille. En réalisant qu'ils étaient du même sang, il eut une sensation étrange.

— Vous êtes… ma grand-mère ?

— En effet. Nous avons du temps à rattraper, n'est-ce pas ? Passons à l'intérieur. Ton père est en route, mais nous pourrons faire connaissance avant son retour. Viens, Rebecca chérie !

La fillette était si maigrichonne et la vieille dame si frêle qu'un coup de vent aurait pu les renverser. Pourtant, l'enfant sautillait gaiement et sa grand-mère marchait d'un pas si volontaire qu'il n'osa pas lui proposer son bras de peur de l'offusquer.

— C'est ton seul bagage ? demanda-t-elle en désignant le sac de Nathan.

— Oui, madame.

— Tu n'as même pas de quoi te changer, on dirait !

— Je n'ai pas l'intention de m'attarder.

— Vraiment ? Eh bien, nous verrons. Naturellement, tu logeras ici.

— Oh non, je ne peux pas, madame ! J'ai vu une pension, sur le chemin.

— Ne dis pas de bêtises ! Nous préparerons la chambre d'amis. Mon petit-fils ne séjournera pas dans un taudis infesté de cafards. Rebecca, va dire à Lenora de nous servir du thé et des sandwiches au salon. Ton frère doit avoir faim. N'oublie pas ton livre, Nathan !

Voyant qu'il était inutile de protester, le jeune homme ramassa ses affaires et suivit les deux petites silhouettes en robe pastel à l'intérieur de la maison. Sans doute avaient-elles préféré faire sa connaissance dans le jardin avant de le juger digne d'entrer. Dans ce cas, il avait réussi son examen de passage. En refermant la porte d'ébène derrière lui, il se demanda où il venait de mettre les pieds et s'il lui serait facile de s'en échapper.

CHAPITRE 9

Jamais Nathan n'avait visité de demeure aussi prestigieuse. Elle était digne de la résidence luxueuse dans laquelle Lily espérait vivre, un jour, après avoir épousé un homme riche.

— Viens t'asseoir à côté de moi, Nathan. Tu seras plus proche du plateau de thé. N'hésite pas. Ton pantalon est assez propre.

Mavis prit place près de la cheminée.

— Il est bon de voir un Waverling dans une tenue de travail. Ton oncle, mon autre fils, était un travailleur. Je regrette que tu ne l'aies pas connu. Voici son portrait.

Elle désigna un cadre représentant un homme bien différent de son citadin de frère. Si, de l'autre côté de la cheminée, il y avait une photographie de Trevor, c'était bien son frère qui dominait la pièce.

— Il est… décédé ? s'enquit Nathan.

Y avait-il un portrait de son grand-père, quelque part ?

— Il y a trois ans, répondit Mavis. À ce jour, sa mort demeure un mystère, mais c'est une autre histoire.

Un gros chat tigré sauta d'un siège sur un autre, puis sur les genoux de Nathan.

— Tiens, tiens, fit Mavis, Rebecca et Scat t'ont visiblement adopté. Ce sont d'excellents juges. Descends, Scat, ou tu vas sentir ma canne !

Le chat la regarda, bâilla et se recroquevilla dans la casquette de Nathan, que le jeune homme n'avait pas eu le temps de glisser dans sa poche. Il se mit à rire.

— Ce n'est pas grave. Il me tiendra chaud. Je suis navré, pour votre fils. Est-ce que… mon père et lui étaient vos seuls enfants ?

— Oui. Je n'ai pas eu de fille. Crois-moi, je pleure la disparition de mon garçon. Il s'appelait Jordan. Rebecca l'adorait. Jordan l'a initiée à la poésie, une de ses passions. Voilà pourquoi Rebecca récite des vers à longueur de journée. Le soir, il lui lisait des poèmes. Ah, voici Lenora avec le thé ! Lenora, je vous présente mon petit-fils, Nathan. Il va rester un moment avec nous. Vous lui préparerez la chambre bleue, s'il vous plaît.

— Enchantée, monsieur, dit la domestique en esquissant une révérence.

Son regard indiquait qu'elle doutait fortement de sa qualité de petit-fils. Il lui répondit d'un signe de tête et d'un haussement d'épaules pour lui faire comprendre qu'il n'était pas responsable de cette invitation.

— J'essaierai de ne pas vous déranger.

— Tu ne nous déranges pas ! assura Mavis. Les ennuis que provoque une personne en disent long sur elle. Lenora, emmenez Scat à la cuisine pour que ce garçon puisse manger tranquillement ses sandwiches. Et gardez Rebecca avec vous. Nathan et moi avons à parler. Nathan, remplis ton assiette. Je servirai le thé. Comment le bois-tu ?

— Nature, s'il vous plaît, répondit-il.

Par politesse, il se contenta de deux petits sandwiches, malgré sa faim de loup. Il n'avait rien avalé depuis le souper de la veille. Après la traite de Daisy, il avait dû sauter le petit déjeuner pour attraper le train de sept heures et demie pour Dallas. En le conduisant à la gare, Léon lui avait remis un billet d'un dollar.

— Pour ton petit déjeuner, avait-il précisé. Arrête-toi pour manger des œufs au bacon. Ce sera un long voyage jusqu'à Dallas.

Ne sachant ce qui l'attendait en ville, Nathan avait caché le billet dans sa chaussette, avec le reste de son argent.

Mavis lui tendit une tasse et ajouta quelques sandwiches sur son assiette. Elle avait manifestement l'habitude des garçons et avait dû être une bonne mère pour ses fils, même si elle ne semblait guère apprécier son cadet.

— J'aimerais te parler de Rebecca. Trevor a-t-il évoqué sa fille ?

— Il en a touché deux mots à mon père, enfin... mon beau-père.

— Je m'en doutais. Il l'a eue avec sa première épouse. À cause de Rebecca, sa seconde femme a refusé d'avoir des enfants de lui. Après le premier divorce de Trevor, j'ai recueilli la petite pour l'élever. Trevor habite ici, mais la maison m'appartient, comme le reste. Enfin, je m'égare. C'est une enfant très intelligente qui souffre d'un trouble nerveux. Les médecins affirment qu'elle n'aura jamais plus de huit ou neuf ans d'âge mental. Tu l'as remarqué, ses capacités relationnelles sont limitées. En revanche, elle est capable de répéter par cœur tout ce qu'elle entend ou lit. Et elle écrit plutôt bien, au vu de son développement mental.

— Il faut un esprit aiguisé pour replacer les vers d'un poème dans un certain contexte, affirma Nathan.

— En effet.

À cet instant, ils entendirent une porte s'ouvrir et se refermer brutalement, puis des pas précipités. Lenora vint prestement à la rencontre du nouveau venu.

— Oh, monsieur ! Je pensais que Benjy vous ramènerait !

— Papaaaa ! cria l'enfant en accourant à son tour.

— Pas maintenant, Rebecca ! Lenora, emmenez-la. Je lui parlerai plus tard.

— Bien, monsieur.

— Voici mon second fils, ce père émérite ! railla Mavis d'un ton sec.

La porte à double battant du salon s'ouvrit avec fracas.

— Nathan ! Quelle surprise ! s'exclama Trevor.

Il s'avança, la main tendue. Nathan se leva pour le saluer. Il sentait dans l'empressement de son père une tentative de masquer son irritation. Où était passé son enthousiasme paternel ?

— Je t'avais invité à venir me voir au bureau.

— J'ai préféré venir ici, répondit le jeune homme.

— Dieu merci, il a du bon sens, intervint Mavis. Nous avons fait connaissance, un plaisir dont j'aurais été privée s'il s'était présenté à l'usine, Trevor.

— Eh bien… certes. Tu as rencontré ta grand-mère et… Rebecca ?

— Il a aussi rencontré ta fille, en effet.

— Comme tu peux le constater, ce foyer est… intéressant. Où loges-tu ?

— Ici ! s'exclama Mavis. Ton fils résidera dans la chambre bleue jusqu'à ce qu'il ne nous supporte plus.

— Ici ? répéta Trevor, abasourdi.

— Écoutez, bredouilla Nathan, gêné et rougissant. Je ne suis là que pour une journée. Je comptais reprendre le train ce soir, après avoir visité votre entreprise et rencontré ma… grand-mère et ma sœur. Ne prenez pas la peine de m'héberger.

— Autrement dit, tu venais nous observer, déclara la vieille dame. Tu es très avisé, mais une journée ne suffira pas. Sache que tu ne nous déranges absolument pas, mon garçon.

— Je te le confirme, renchérit Trevor, à présent plus détendu. Si tu as envie de partir, attends au moins demain matin. Je suis venu te chercher pour t'emmener à l'usine. Nous déjeunerons en ville. Ne nous attends pas, maman, ajouta-t-il d'un ton sans réplique. Viens, Nathan. Je vais te montrer l'entreprise familiale. J'espère que tu comprendras que tu n'as pas fait le voyage pour rien.

Nathan se tourna vers sa grand-mère pour la remercier pour son hospitalité et posa les yeux sur son sac.

— Laisse tes affaires ici, déclara Mavis. Tu les trouveras dans ta chambre à ton retour.

Le jeune homme mit sa casquette.

— À plus tard, dit-il. Merci pour le thé. Les sandwiches étaient délicieux.

— Au moins, l'auberge est bonne.

— Maman…, soupira Trevor, résigné. On y va, Nathan.

Le jeune homme suivit la haute silhouette de son père, vêtu d'un costume à la coupe parfaite. En se retournant, il décela un sentiment de tristesse sur le visage diaphane de la vieille dame. Soudain, il eut de la compassion pour elle et s'en voulut de la laisser. Il flottait dans cette maison une certaine animosité, mais aussi de l'amour. Ils ressemblaient à deux tigres en cage. Lequel allait dévorer l'autre ? Qui serait vainqueur ? Et pourquoi Nathan s'en souciait-il, soudain ?

Dans la cour circulaire de la vaste demeure, Nathan reconnut la voiture attelée de deux pur-sang qui était venue à la ferme. Le clown irlandais mit pied à terre pour ouvrir la portière. Dès qu'il aperçut le jeune homme, son expression se détendit.

— Benjy, voici Nathan, annonça Trevor. La dernière fois, vous n'avez pas été présentés.

— Enchanté, monsieur, dit le cocher avec un signe de tête. Je n'ai pas saisi votre nom de famille…

Trevor hésita.

— Holloway, déclara Nathan.

— Ravi de vous rencontrer, répondit le cocher en soulevant son chapeau.

Un silence gêné s'installa dans la cabine dès que Nathan et Trevor eurent pris place sur les sièges en cuir. Le jeune homme n'était jamais monté dans un tel véhicule, mais il refusait que M. Waverling ait la satisfaction de le voir admirer les boiseries et le velours.

— Je suppose que tu préfères garder le nom de Holloway, pour l'instant, déclara Trevor.

— Je suppose que vous aussi, répliqua Nathan.

— Dans ton intérêt, ne brûlons pas les étapes. Je ne voudrais pas t'imposer une famille, une entreprise et une classe sociale dont tu ne souhaites pas faire partie.

— Ou auxquelles je ne semble pas correspondre.

— Je pense à notre conversation, le jour de notre rencontre. Tu as exprimé clairement que tu étais heureux là où tu étais, que tu n'avais aucune envie de changer de vie ou d'entretenir des relations avec moi.

— C'est vrai, admit-il, un peu décontenancé.

— J'ai toute raison de croire que tu rechignes à reconnaître publiquement que je suis ton père car tu penses que je ne te reconnais pas en tant que fils. Je cherche simplement à respecter tes sentiments. Il n'y a aucun snobisme dans mon attitude, expliqua Trevor.

Nathan eut envie de s'excuser, mais son instinct lui disait que Trevor Waverling n'assumait pas totalement la situation. Il aurait du mal à garder le secret très longtemps ! Il suffisait de les regarder pour deviner leur lien de parenté.

— Pour l'heure, je reste donc Nathan et vous… M. Waverling ?

— Très bien, répondit Trevor. Nous révélerons la vérité plus tard, si tout va bien, si tu acceptes de faire partie de la famille et de Waverling Tools. Ce que j'espère sincèrement, ajouta-t-il en le dévisageant d'un air grave.

— Je n'ai pas entendu parler de mon grand-père. Est-il mort ?

— Il est mort il y a cinq ans en confiant l'entreprise à Jordan, mon frère disparu. Jordan s'est noyé deux ans plus tard et je me suis retrouvé à la tête de la société.

— Vous n'en êtes pas propriétaire, alors ?

À cette question, Trevor se crispa. Au bout de quelques secondes de silence, Nathan comprit son besoin d'avoir un héritier. Il n'avait pas d'autres enfants que lui et Rebecca. Jordan était probablement mort sans descendance. Mais pourquoi lui, et pourquoi maintenant ?

— Qui te l'a dit ? s'enquit Trevor.

— Votre mère. Elle a affirmé que tout était à elle. J'en conclus qu'elle faisait aussi référence à l'entreprise…

Nathan se pencha vers la fenêtre pour observer la rue pavée, les imposants bâtiments qui défilaient, la circulation dense.

Il aperçut même quelques automobiles rutilantes au cœur de la métropole grouillante d'activité qu'était Dallas.

— Ne croyez-vous pas qu'il vaudrait mieux jouer cartes sur table et m'expliquer pourquoi je suis là, monsieur Waverling ? J'ai peine à croire que vous cherchiez à tisser des liens avec votre fils.

Trevor rougit légèrement, puis il éclata de rire.

— Eh bien, tu n'y vas pas par quatre chemins ! Rien ne t'échappe, on dirait !

— J'aimerais vous voir jouer franc jeu, monsieur, insista Nathan avec le plus grand sérieux. Sinon, je descends de cette voiture, je retourne chez vous chercher mon sac et je m'en vais.

— J'espère que tu n'en arriveras pas là, répondit Trevor avec une lueur de respect dans ses yeux verts. Ton sac à dos plaît beaucoup à ta grand-mère… Très bien, mais pas ici. Nous discuterons tranquillement dans mon bureau. Ensuite, tu décideras si tu veux rester ou non. D'accord ?

— D'accord.

Waverling Tools était installée dans un quartier industriel offrant un accès direct à la ligne de chemin de fer, la Southern Pacific. La fumée des cheminées et la puanteur des écuries de louage ne faisaient que souligner la laideur des quais, des entrepôts, des fonderies et des hangars. Le matin même, Nathan avait lu un article décrivant Dallas comme une ville en pleine industrialisation et à la pointe du secteur de l'outillage et des matériaux de construction. Dans quelle mesure Waverling Tools contribuait-elle à cet essor ? L'entreprise jouait un rôle de premier ordre à en juger par l'impressionnant bâtiment de deux étages devant lequel Benjy arrêta la voiture. La bâtisse en brique se dressait à l'écart des maisons voisines en bois et se distinguait fortement des autres usines du quartier par son esthétisme, avec sa fontaine, son allée en briques bordée de plantes tropicales et sa pelouse impeccable qu'une grille en fer forgé protégeait des sabots des chevaux et des roues des charrettes. Au-dessus du portail ouvragé, WAVERLING TOOLS figurait en lettres dorées sur fond bleu foncé, contrastant avec les enseignes grossières clouées sur un poteau des entreprises voisines.

— Sommes-nous à l'usine ? s'enquit Nathan.

— Ce sont les bureaux, expliqua Trevor. L'usine se situe juste derrière.

Il saisit un instrument en forme de tulipe, au bout d'un cordon, et parla dedans.

— Benjy, conduisez-nous à l'arrière, je vous prie.

Nathan s'efforça de ne pas trahir sa fascination pour cet appareil qui permettait de parler à son cocher sans avoir à se lever de son siège... À Dallas, il était entré dans un autre monde. Un monde nouveau et prestigieux.

Pendant le trajet, son père et lui n'avaient échangé que quelques mots. Toutefois, le jeune homme avait demandé :

— Parlez-moi de mon grand-père. Comment s'appelait-il ?

Trevor avait paru se réjouir de cette question, car son expression s'était immédiatement adoucie.

— Mon père s'appelait Edwin. Tu m'as fait penser à lui dès que j'ai posé les yeux sur toi. Il y a quelque chose dans ton... Ton attitude à la fois dure et juste, assez indéchiffrable. Il était redouté de tous, y compris de ses fils. Ce n'était pas de la peur, plutôt du respect. Il gardait ses sentiments pour lui. Seul son amour pour ma mère était visible.

— Cela se comprend, avait acquiescé Nathan. C'est une femme très agréable. Cependant, je n'ai vu aucun portrait de lui, au salon.

— C'est parce qu'il n'allait pas chez le photographe. Il n'était pas vaniteux pour deux sous. Les rares clichés de lui se trouvent dans la chambre de ma mère.

Nathan avait ressenti un plaisir étrange à découvrir qu'il tenait de son grand-père paternel. Lui aussi était réservé de nature. Comme l'eau qui dort, disait Lily. Trevor Waverling aimait-il son père ? Cela lui en aurait appris beaucoup sur l'homme assis en face de lui.

Trevor ne lui avait rien confié de plus sur sa famille. Ils avaient roulé dans un silence seulement ponctué de quelques commentaires sur la ville, ses bâtiments, ses chantiers en cours, dont il parlait avec fierté.

— Dallas est la ville la plus peuplée du Texas, lui avait-il expliqué. Un jour, la métropole rivalisera avec les grandes villes de l'Est, tu peux me croire.

À l'arrière du bâtiment, Benjy ouvrit la portière et observa Nathan d'un air inquisiteur. Depuis combien de temps le robuste Irlandais était-il au service de Trevor ? Il devait connaître bien des secrets. Nathan eut l'impression que les deux hommes n'étaient pas uniquement liés par la loyauté. Benjy savait sans doute dans quels placards se trouvaient les squelettes...

Lorsque les deux hommes pénétrèrent dans le couloir menant aux bureaux, Nathan entendit le cliquetis d'une machine à écrire.

— Comment allez-vous expliquer ma présence ? demanda-t-il à Trevor.

— Je suis le patron. Je n'ai rien à expliquer. Je dirai simplement que je t'ai pris sous mon aile.

— Un paysan comme moi ? C'est peu crédible de la part d'un citadin. Quelle raison invoquerez-vous ?

— Je n'en invoquerai aucune. Mes employés n'auront qu'à te regarder pour comprendre. Et si tu restes, tu n'auras pas l'air d'un paysan.

— Ce... poste que vous avez en tête pour moi, si je l'accepte... Ne risque-t-il pas de contrarier les espoirs d'avancement de quelqu'un d'autre ?

Trevor s'arrêta pour le regarder en face.

— Dieu que tu es vif d'esprit ! Effectivement, plusieurs collaborateurs lorgnent le poste que j'aimerais te voir occuper. La différence étant qu'ils ne sont pas de mon sang, contrairement à toi, le seul qui puisse être mon héritier et s'asseoir sur mon trône.

À côté d'un petit bureau portant l'inscription « secrétariat », une porte à double battant était ouverte. Une jeune femme leva les yeux de son dossier, étonnée par la présence de Nathan. Plus loin, il semblait y avoir d'autres bureaux légèrement plus grands, puis une pièce qui devait être l'espace de réception.

— Je comprends que l'absence d'héritier pose problème pour votre entreprise, mais qu'est-ce qui vous porte à croire que je suis la solution ? Pourquoi avoir choisi ce moment pour faire de moi votre successeur ?

Trevor soupira.

— C'est ce dont j'aimerais discuter avec toi, la raison pour laquelle je t'ai invité à venir, répondit-il en ouvrant la porte de son bureau. Mets-toi à l'aise. Je vais demander à ma secrétaire de nous apporter du café.

Il s'absenta suffisamment longtemps pour que Nathan puisse observer à loisir le cadre élégant : riches boiseries, cuir souple, tapis épais, rideaux de velours, sans oublier le téléphone posé sur son bureau. Tout indiquait une entreprise prospère et éminente. Pourquoi Trevor Waverling voudrait-il la partager avec un fils qu'il ne connaissait pas et qu'il ne tenait même pas à connaître ? Un fils qui portait une pancarte autour du cou sur laquelle était inscrit « bâtard » en grosses lettres. Il avait encore le temps d'avoir un fils légitime et de le préparer à sa succession… Depuis la grande fenêtre, Nathan admirait la vue sur la rivière Trinité, bordée de saules pleureurs et de cyprès, quand son père réapparut.

— Je vais y pêcher de temps en temps, dit Trevor. Il y a un ponton niché dans la verdure.

Nathan se retourna, la mine impassible.

— C'est joli, déclara-t-il. Alors, qu'est-ce que je fais ici ?

Trevor lui désigna une chaise et prit place derrière son bureau.

— Tu m'as demandé de jouer cartes sur table et j'en ai l'intention. Je ne te cacherai rien.

À moi d'en juger, songea le jeune homme, qui soupçonnait son père d'être doué pour garder les secrets.

— Je suis tout ouïe.

Trevor eut l'air pensif, comme s'il se demandait par où commencer.

— Je vais démarrer à une époque où pas un nuage ne venait obscurcir l'horizon de Waverling Tools. Mon frère et moi travaillions pour notre père, qui nous a inculqué ce qu'il fallait savoir sur l'entreprise. Au départ, nous fabriquions du matériel agricole, puis nous avons étendu nos activités aux équipements de forage pour les gisements d'eau et de sel. Nous faisions d'énormes bénéfices. Les carnets de commandes étaient pleins, surtout après l'arrivée en ville de la Texas and Pacific Railway. Tous les employés de Waverling Tools étaient sur le pont pour mener le navire vers de nouveaux défis, dans une ville qui permettrait au Texas d'entrer dans le vingtième siècle. Puis mon père est mort brutalement. Un soir, au souper, il s'est étouffé avec un os de poulet et a succombé sous nos yeux. Depuis, on ne sert plus de poulet à la maison.

Quelqu'un frappa à la porte. La secrétaire leur apporta du café.

— Posez ça là, Jeanne, ordonna Trevor. Je nous servirai.

Nathan croisa subrepticement le regard de la jeune femme juste avant qu'elle ne pose son plateau. Le paysan que M. Waverling avait invité dans son bureau ferait l'objet de toutes les conversations pendant la pause déjeuner de la secrétaire avec sa collègue comptable. Trevor prit le temps de verser du café dans deux tasses, puis il reprit son récit :

— Mon père ne laissait jamais rien au hasard. Les contrats signés par l'entreprise étaient sans faille et ses papiers toujours en ordre. (Une ombre apparut sur son visage.) Sauf le document le plus important, après sa mort.

Nathan faillit avaler son café de travers.

— Ne me dites pas que c'est son testament ?

Trevor hocha la tête. Son air grave suggérait qu'il avait lui-même du mal à le croire.

— Il en avait rédigé un dans lequel il léguait son patrimoine à ma mère : la maison, l'argent, l'entreprise. Edwin Waverling l'avait rédigé peu après leur mariage, avant la naissance de ses enfants, et n'avait jamais pris le temps de le modifier.

— C'est donc votre mère qui tient les cordons de la bourse, déclara Nathan.

Trevor était pris au même piège que Léon.

— C'est cela.

— Quel rapport entre cette histoire de famille et moi ? insista le jeune homme, déconcerté. Elle ne m'explique pas pourquoi vous m'avez contacté.

— J'y viens, Nathan. Un peu de patience. Tu voulais que je joue cartes sur table, non ? Mon frère et moi étions déçus, mais rien n'a vraiment changé. Maman a placé Jordan à la tête de l'entreprise. Nous étions presque toujours d'accord…

Nathan l'interrompit d'un geste :

— Attendez ! Pourquoi votre mère a-t-elle privilégié votre frère ? Pourquoi ne vous a-t-elle pas laissés partager la direction ?

Trevor dévisagea son fils et crispa ses doigts manucurés sur sa tasse.

— Tu es décidément très vif, Nathan, admit-il en reposant son café sans l'avoir bu. Je vais devoir me montrer prudent en ta présence.

— Je ne demande que la vérité. J'ai trop vécu dans le mensonge.

— Effectivement, admit Trevor. Voici donc la vérité. À l'époque de la mort de mon père, je n'avais plus les faveurs de ma mère. Jordan a toujours été son préféré. Cela dit, sa préférence ne l'aurait pas empêchée d'être juste. Malheureusement, son amour maternel a ses limites, en ce qui me concerne. J'ai subi le scandale de deux divorces. Elle réprouvait mes épouses. Quant à Rebecca… Je le reconnais, je ne suis pas le père qu'elle voudrait que je sois pour ma fille…

Nathan l'observa avec attention. Il lut des regrets dans la moue de Trevor, pour qui cet aveu n'avait pas dû être facile.

— Ensuite, Jordan et moi avons failli en venir aux mains à propos de la direction de l'entreprise, poursuivit Trevor. Il voulait se limiter aux forages de puits pour l'eau et les mines de sel. Moi, je voulais développer le secteur des puits de pétrole. J'imaginais les changements à effectuer dans cet objectif. Selon lui, nous n'avions pas les moyens, c'était trop risqué, l'automobile ne remplacerait jamais les attelages. Notre mère le soutenait. Puis il s'est fiancé à une femme bien plus jeune que lui. Je l'imaginais pondre un enfant tous les ans et me mettre sur la touche. Ma mère était décidée à confier l'entreprise à l'héritier qui aurait des héritiers.

— Pourquoi pas vous ? s'enquit Nathan.

— Parce que j'étais divorcé, sans aucun projet de remariage, en tout cas pas dans l'immédiat. J'avais quarante-trois ans. Le temps que je trouve une femme qui gagnerait mon cœur pour toujours…

— En d'autres termes, une femme à laquelle vous pourriez être fidèle, dit Nathan.

— On peut le dire ainsi, concéda Trevor, désabusé. Bref, le temps que j'aie un autre enfant, il serait trop tard…

La voix de Trevor s'éteignit. Il eut soudain le regard las. Nathan en conclut qu'il arrivait à un épisode douloureux de son histoire. Il avait néanmoins décidé de l'écouter jusqu'au bout.

— Jordan s'est-il marié ? Sa femme a-t-elle eu des enfants ? demanda-t-il pour l'inciter à poursuivre.

— Non. Il s'est noyé une semaine avant le mariage.

Choqué, Nathan comprit soudain pourquoi Trevor lui avait demandé de venir.

— Et vous vous êtes retrouvé à la tête de Waverling Tools, mais sans héritier.

Trevor croisa son regard.

— Et c'est là que tu entres en jeu. Ma mère a lu le rapport du détective privé sur toi. À l'époque, elle était totalement désenchantée et menaçait de tout vendre. Seul l'attachement de mon père pour moi l'en a dissuadée. En apprenant qu'elle avait un petit-fils, elle m'a envoyé te chercher en précisant que si je ne t'encourageais pas à venir pour donner une chance à la famille et à l'entreprise, je pouvais dire adieu à Waverling Tools.

Nathan avait exigé la vérité et il l'avait obtenue. À présent, il était étonné d'en retirer autant de peine.

— Donc vous étiez informé de mon existence. Si vous êtes venu vous présenter à moi, c'est uniquement pour protéger votre héritage.

— Ce n'est pas qu'un héritage, Nathan. C'est la société de mon père, ton grand-père. Il se retournerait dans sa tombe si ma mère vendait. Je veux que nous avancions ensemble, Nathan. Il l'aurait souhaité, lui aussi. Crois ce que tu veux. Je comprendrais que tu me détestes. Pour être franc, je ne pensais pas être en droit de revendiquer ma paternité, quand j'ai appris pour toi. D'après le rapport du détective, tu étais heureux. Ma mère m'a posé un ultimatum. Je n'ai pas eu d'autre choix que de venir te voir. Quoi que tu penses de moi et de mes motivations, tu es mon fils. Un jour, tout cela t'appartiendra.

Nathan eut envie de lui répondre qu'il ne faisait que récolter les fruits de ce qu'il avait semé. Puis il pensa à la frêle vieille dame et la fillette vulnérable, dans la maison de Turtle Creek, et au lien étrange mais affectueux qui les unissait. Sa grand-mère avait semblé sincèrement heureuse de le rencontrer.

— J'ai peine à croire que votre mère vous prive de votre héritage en allant contre la volonté de son mari, déclara le jeune homme. Pourquoi ferait-elle une chose pareille ?

Trevor s'écarta de son bureau, comme si la suite de son récit risquait d'inciter Nathan à se jeter sur lui. Il croisa les bras sur son torse puissant.

— Parce qu'elle me croit responsable de la mort de son autre fils.

Une fois de plus, Nathan faillit s'étouffer.

— Est-ce le cas ? s'enquit-il.

— Si je suis responsable de la mort de mon frère ? Absolument pas ! s'exclama Trevor. C'était un accident. Je le pleure autant que ma mère. Il me manque terriblement. Nous étions des amis, des confidents, nous allions à la chasse, à la pêche…

Les yeux verts de Trevor se voilèrent de tristesse. Sa sincérité ne faisait pas le moindre doute.

— Qu'est-ce qui porte votre mère à vous croire coupable, alors ?

Trevor prit sa tasse de café froid.

— Ce n'est pas le sujet qui nous préoccupe aujourd'hui. Qu'elle le croie ou non, je suis innocent.

— Vous n'avez peut-être pas envie d'en discuter, mais moi oui ! insista Nathan. Je ne travaillerai pas pour un homme dont la mère est persuadée qu'il a tué son frère. Pourquoi ne croit-elle pas en votre innocence ?

— Elle a une mauvaise image de moi. Pour l'heure, je n'en discuterai pas davantage. Je te dirai simplement que l'on peut me reprocher certains actes, certaines décisions qui la portent à me soupçonner. Les apparences sont souvent trompeuses, même aux yeux d'une mère. Si cela ne te suffit pas, je peux ordonner à Benjy de te conduire à la maison chercher ton sac, puis de te déposer à la gare. Tu pourras retourner à la ferme, auprès de cette femme qui n'a pas une once d'amour maternel pour toi. Sache que ta grand-mère compte sur toi. Loin de moi l'idée de l'utiliser pour t'inciter à rester. Je t'énonce simplement les faits. Essaie ! Ne serait-ce que pour elle. Oublie-moi !

— Si je reste, vous aurez de meilleures chances que votre mère vous lègue tout ceci, n'est-ce pas ? fit Nathan en balayant la pièce d'un geste.

— Elle a clairement dit que je devais tisser des liens avec toi et te présenter l'entreprise dans l'espoir que tu aies envie d'en être. Et si j'échoue…

— Vous êtes cuit, compléta Nathan, impassible.

— À moins que je n'arrive à lui prouver que je n'ai pas tué mon frère… Il ne me reste guère de temps.

Nathan reposa sa tasse sur le bureau.

— Vous êtes dans un sacré pétrin.

Ce commentaire fit naître l'esquisse d'un sourire chez son père.

— En quelque sorte. Alors, quelle est ta décision ? Benjy et ton sac à dos ou la visite de la société ?

— J'ai besoin de réfléchir.

Trevor se leva.

— Je te confie mon bureau. Je dois consulter mon contremaître. J'en ai pour une demi-heure. Cela te suffit pour prendre une décision ?

— Largement.

Après le départ de Trevor, Nathan se servit du café, puis il emprunta une porte donnant sur l'extérieur pour marcher au bord de la rivière. Seules la verdure et l'eau lui permettaient de réfléchir correctement. Malgré la fraîcheur de l'air en ce milieu de journée, le jeune homme avait un peu chaud, au soleil, sous sa veste en toile. Les odeurs de fumée devaient être étouffantes, durant les journées d'été, quand les usines tournaient à plein régime. Lui aimait l'air de la campagne, celui que l'on pouvait respirer à pleins poumons.

S'il restait à Dallas, il devrait endurer une atmosphère pesante, et pas uniquement due à la pollution industrielle. Il entendait presque la voix de Léon lui rebattre les oreilles avec ses vieux proverbes : « Avant d'acheter du bois de charpente, il faut chercher le moindre trou de ver, le moindre nœud. Sinon, ta maison risque de s'écrouler sur toi en pleine nuit. »

Dans le cas présent, Léon l'inciterait-il à rester ? « Qu'est-ce que tu as à perdre, bon sang ? » dirait-il à coup sûr.

Rien, à part du temps. D'autant qu'il n'avait pas grand-chose à gagner à retourner à Gainesville. Il ne voyait plus la ferme comme sa maison, désormais. Il avait réfléchi au projet de Léon, acheter les terres du père Sawyer afin qu'ils les cultivent ensemble. Ce n'était pas dans l'intérêt de son beau-père. À quarante-cinq ans, Léon était trop vieux pour couper les ponts avec sa femme et ses enfants et s'endetter pour acquérir une ferme qui ne rapporterait peut-être rien. Nathan ne pouvait lui laisser courir un tel risque, surtout pour un fils qui n'était pas de lui.

De sorte qu'il se retrouvait virtuellement à la rue. Ici, à Dallas, son vrai père lui offrait un toit et une famille de sang. Sans vouloir se flatter, il sentait que sa grand-mère avait besoin de lui. Sa petite sœur aussi. Quant à son père, il n'en était pas sûr. Nathan était venu pétri de méfiance à son égard, convaincu qu'il était de ne pas l'apprécier. En quelques heures, Trevor Waverling avait réussi à ébranler ses certitudes. Nathan pouvait-il croire son père lorsqu'il affirmait qu'il n'était pas responsable de la mort de son frère ? Ne serait-il pas lui-même en danger, s'il impressionnait sa grand-mère, la détentrice des clés du royaume, et devenait le rival de Trevor en plus de son héritier ?

Physiquement, Trevor pouvait faire peur. Dans son bureau, Nathan avait remarqué quelques photographies sur une étagère. On y voyait son père plus jeune, en short, avec des gants de boxe. Une plaque de cuivre figurait au bas du cadre : *Championnat amateur, poids moyens, Dallas, 1876.* Pour un citadin, Trevor était plutôt fringant. Nathan s'en voulut un peu de sa méfiance. Il lisait trop de romans policiers. Quant à devenir le rival de son père à la tête de l'empire Waverling, il se laissait certainement un peu emporter. Pour l'heure, cependant, il ne se voyait pas travailler dans une usine étouffante ou assis derrière un bureau. Il était né pour vivre au grand air.

De plus, il n'irait nulle part sans Zak. Nathan n'imaginait pas son berger allemand cohabiter avec le chat tigré de sa grand-mère dans son élégant intérieur plein de bibelots fragiles.

Nathan gagna l'extrémité du ponton qui s'étendait sur une bonne partie des eaux de la Trinité. Où Jordan Waverling avait-il péri ? Ici même ? L'eau semblait profonde. Une barque amarrée au ponton se balançait doucement, les rames au fond de la coque. L'accident avait-il eu lieu à bord de ce bateau… ou le crime ? Sa grand-mère avait évoqué un mystère. Nathan ne doutait pas que, s'il restait, la vieille dame lui raconterait bien des anecdotes. Aurait-il envie de les écouter ?

Il observa le fleuve un long moment et prit sa décision. Tout dépendait de Zak. Si les Waverling étaient prêts à accueillir son chien, s'ils faisaient en sorte que Zak et lui soient ensemble, il resterait. Dans le cas contraire, il récupérerait Zak et se mettrait en route pour la Californie.

Dans son bureau, Trevor Waverling observa son fils d'un air intrigué.

— Tu parles de ce grand berger allemand que j'ai vu à la ferme ?

— Oui, et il a un gros appétit.

— Il dort dans ta chambre ?

— Juste à côté de mon lit.

— Tu crois qu'il fera peur à Rebecca ?

— Aucune idée. Il est gentil avec Lily, ma demi-sœur.

— Il s'entend bien avec les chats ?

— Il n'en est pas fou.

— Seigneur…

Trevor passa une main dans ses cheveux impeccablement coupés.

— Ma mère refusera ta suggestion de loger en dehors de chez nous. Elle s'attend à ce que tu vives à la maison et deviennes un membre de la famille à part entière. Cela fait partie de notre accord. Quant au chien… Faut-il absolument qu'il reste avec toi ? Tu ne préfères pas le laisser à la ferme où il sera au grand air et aura de l'espace pour gambader ?

— Je tiens absolument à ce qu'il vive avec moi.

— Et si nous refusons cette… exigence, tu rentreras chez toi ?

— C'est cela.

— Dans ce cas, ma mère sera obligée de l'accueillir. Mais je te préviens, elle n'aime guère les chiens.

— Zak n'entrera pas au salon.

Trevor dévisagea longuement le jeune homme.

— Tu campes toujours sur tes positions, n'est-ce pas ?

— Quand c'est important, oui.

— Et tu sais ce qui est important ?

— Pour moi, oui. Le problème, c'est ce qu'en pensent les autres.

— Tu es bien le petit-fils d'Edwin Waverling, lâcha finalement Trevor. J'ai hâte de connaître vos autres points communs !

Il prit Nathan par les épaules et l'entraîna vers la porte du bureau.

— Tu découvriras peut-être que ta place est ici.

CHAPITRE 10

Un voisin fermier venu chercher une livraison de poules à la gare déposa Nathan chez lui. Sans lui, le jeune homme aurait dû parcourir trois kilomètres à pied pour traverser la ville, puis sept de plus jusqu'à la ferme. Zak perçut son retour avant même que la charrette n'ait franchi la barrière de la propriété et s'élança sur le chemin. Ses aboiements affolèrent les poules, de sorte que Nathan remercia son voisin et sauta à terre.

L'accueil enthousiaste du chien faillit renverser le jeune homme, qui s'agenouilla pour permettre à Zak d'exprimer sa joie. Nathan ne s'était absenté que quatre jours, mais c'était la première fois qu'il quittait la ferme. Que ressentirait-il en revoyant les hectares qu'il cultivait depuis son enfance, la maison nichée parmi les arbres, la grange, la porcherie, le poulailler, le verger, les pâturages ? En partant pour Dallas, il pensait avoir laissé son cœur à la ferme. À présent, il comprenait que le plaisir du travail accompli provenait plutôt de la certitude que ces terres lui appartenaient. La triste vérité avait modifié son point de vue. Ces champs ne le touchaient plus, ne l'appelaient plus. Il eut soudain le sentiment d'être un étranger ici, comme le jour où le grand-père Barrows avait emmené

Randolph et Lily en promenade dans sa nouvelle voiture en le laissant à la maison.

— On n'a pas de place pour toi ! avait lancé le vieil homme en s'éloignant.

Il observa les sillons brunis d'un œil nouveau. *Va-t'en*, semblaient-ils lui dire sous le soleil de cette fin d'après-midi. *Ici, il n'y a plus de place pour toi.*

Vêtu d'une vieille salopette en toile denim, Léon émergea de la grange et se précipita à sa rencontre. Nathan sentit son cœur se serrer. Léon lui manquerait plus que tout autre.

— En entendant le chien, j'ai compris que tu étais rentré. C'est bon de te revoir, fiston. Comment ça s'est passé ?

Il l'emmena dans la grange pour bavarder tranquillement. C'était presque l'heure du souper et un fumet de poulet rôti flottait dans l'air. Randolph et Lily devaient être en train de faire leurs devoirs sur la table de la cuisine, tandis que leur mère était aux fourneaux. Le cœur de Nathan se serra encore un peu plus.

— Juste à temps pour la traite, déclara Léon. Daisy sera contente de te voir.

Au même instant, la vache leva la tête de son auge et poussa un meuglement. Nathan posa son sac et se mit au travail.

— Alors tu vas tenter le coup, conclut Léon quand Nathan eut fini de lui raconter son séjour à Dallas.

— Oui. Je repars dans deux jours. Benjy viendra me chercher avec la voiture. Les chiens sont interdits dans les compartiments des trains. Je n'emmène que Zak et le contenu de mon sac à dos.

— Tu garderas quelques souvenirs de nous, j'espère. Ne laisse pas les derniers temps ternir les bons moments.

Des souvenirs fondés sur des mensonges, songea Nathan, qui ne dit rien pour ne pas faire de peine à Léon.

— Je vais annoncer à maman que je pars, déclara-t-il en menant Daisy dans son box. Que vais-je dire à Randolph et Lily ?

— Nous leur avons simplement raconté que tu étais parti à Dallas pour étudier une proposition de l'homme venu en voiture avec cet étrange petit cocher. Ils n'en revenaient pas. Randolph se demandait pour quelle tâche tu pouvais être compétent, à part les travaux des champs.

— Voilà qui lui ressemble bien, commenta Nathan avec un sourire.

— Lily a pleuré.

— Naturellement. Sauront-ils un jour que je ne suis que leur demi-frère ?

— Ta mère préférerait mourir que de laisser cette information sortir au grand jour.

— Cela ne m'étonne pas d'elle.

À leur entrée dans la cuisine, Millicent leva les yeux de son fourneau, puis elle se détourna et se remit à remuer sa casserole.

— Tu es rentré… Va te débarbouiller. Il y a assez à manger, mais on ne t'attendait pas. Les enfants, rangez vos livres. Lily, mets le couvert.

— Nathan ! s'exclama Lily en se levant d'un bond pour se jeter à son cou. Tu m'as manqué ! Raconte-nous ce que tu as fait à Dallas. C'était comment ? Plus grand qu'Oklahoma City ?

Randolph se leva à son tour, visiblement agacé d'être interrompu dans son travail.

— Tu t'es perdu ? demanda-t-il.

Nathan attendit la fin du repas pour leur annoncer son départ. Lily poussa un cri d'effroi. Randolph demeura bouche bée à l'idée que son frère ait été engagé à la ville.

— Tu vas travailler dans une usine qui fabrique des outils de forage pétroliers ? répéta-t-il, incrédule.

— Il occupera un poste de responsable dans une entreprise qui recherche du pétrole, Randolph, corrigea Léon. C'est différent.

— M. Waverling est persuadé que le pétrole constitue l'avenir du Texas, expliqua Nathan. Il est donc en train d'adapter son usine à cette activité. Ils fabriquent déjà de l'équipement pour les gisements de pétrole et il a un projet de foreuse équipée d'une mèche creuse capable de percer plus facilement la roche. Selon lui, ce sera un progrès considérable par rapport aux allées et venues incessantes des appareils utilisés pour trouver de l'eau ou du sel.

— Tout ça, c'est de l'hébreu pour moi, avoua Randolph.

— Le gisement de pétrole qu'ils ont découvert dans le comté de Washington a déclenché une ruée vers le territoire de l'Oklahoma, intervint Léon. Tu viendras peut-être vers chez nous pour forer des puits au-delà de la frontière du Texas.

— Peut-être, dit Nathan. Je ne sais pas encore quelle sera ma place au sein de la société. M. Waverling semble envisager pour moi un travail plus mental que physique. Quoi qu'il en soit, il faudra que je sois à l'extérieur.

— Le forage pétrolier, c'est forcément physique, pas mental, railla Randolph.

— La prospection pétrolière implique un travail de réflexion, Randolph, expliqua Nathan patiemment. En fait, M. Waverling veut que je l'accompagne ce samedi à une conférence sur la paléontologie. Il y sera question de fossiles dont la présence indique une nappe de pétrole souterraine.

Le visage impassible, Millicent avait gardé le silence durant toute la conversation. Sans doute n'appréciait-elle guère d'entendre parler de Trevor Waverling. Enfin, elle se leva et déclara :

— Donc tu t'en vas dans deux jours ?

— Oui. Il nous faudra trois jours pour gagner Dallas en voiture. M. Waverling veut que je sois là samedi pour cette conférence.

— Dans ce cas, je laverai tes pantalons de toile demain matin, pour qu'ils aient le temps de sécher. Il ne faudrait pas que tu te présentes là-bas avec des vêtements sales.

— Merci, maman.

Nathan se garda de lui dire que, dans le dressing de la chambre bleue qu'il occupait désormais à Dallas, il y avait trois costumes neufs et six chemises blanches. Il possédait aussi deux paires de chaussures de ville, des bottes reluisantes et sa commode recelait des sous-vêtements encore dans leur emballage. Son père lui avait proposé de brûler ses vieilles affaires, mais Nathan avait refusé de s'en séparer, pensant qu'elles lui seraient peut-être de nouveau utiles. Cet ultime geste maternel de Millicent était presque touchant. Pour rien au monde il ne voulait la priver de cette impression de dévouement.

Les deux jours suivants, le soleil réchauffa la terre. Pour son dernier réveil dans la maison de son enfance, Nathan découvrit que les champs avaient verdi. Les graines de blé avaient germé. De la cuisine s'élevait un fumet d'oignons, de bacon et de galettes. En se retournant, il eut la surprise de constater que Randolph était réveillé.

— Tu vas nous manquer, frangin.

— Rendors-toi, répondit Nathan en lui ébouriffant les cheveux.

Il finit de s'habiller dans le couloir et traversa la cuisine sans adresser un mot à sa mère, avant de sortir dans la cour. Au milieu de la traite, il posa le front sur le flanc de Daisy et fondit en sanglots.

La voiture et l'attelage arrivèrent peu avant midi. Déçus, Randolph et Lily étaient partis en cours. Même Randolph avait voulu rester pour dire au revoir à Nathan, mais celui-ci avait été soulagé de voir leur mère s'y opposer :

— Ce sera déjà assez dur pour votre frère. Allez, filez !

Enfin vint le moment du départ. Pour l'ultime repas de son fils à la ferme, Millicent avait préparé du poulet, des pommes de terre et de la tourte, et Benjy fut convié à leur table. Repu, le petit Irlandais jovial prit les rênes. Nathan s'attarda un instant sous le porche avec ses parents. Zak les observait par la fenêtre de la voiture.

La tension était palpable. Millicent avait le regard fuyant, Nathan gardait la tête baissée et Léon sortit son mouchoir.

— Tu peux rentrer à la maison, si tu veux, avait-il dit au jeune homme lors d'un tête à tête dans la grange. On peut encore signer avec le père Sawyer si tu n'es pas heureux à Dallas.

— C'est bon à savoir, avait-il répondu, tout en sachant qu'il ne reviendrait jamais – sa vie de paysan était terminée.

Sous le porche, il tendit la main à Léon.

— Eh bien, au revoir, papa. Merci encore. Tu as été le meilleur père qu'un fils puisse avoir.

— Tu m'as facilité la tâche, assura Léon, au bord des larmes.

Nathan se tourna ensuite vers sa mère :

— Au revoir, maman. Tes petits plats me manqueront.

Millicent esquissa un sourire, puis elle redressa son col. L'espace d'un instant, Nathan sentit le contact de ses doigts sur sa nuque.

— Prends soin de toi, murmura-t-elle.

Lorsque la voiture s'ébranla, Nathan leur adressa un signe de la main, puis il s'installa confortablement sur le siège en cuir. Zak gémit et sauta à côté de lui.

— Tout ira bien, mon vieux, assura Nathan en l'entourant de son bras.

Pourtant, dans son cœur, Nathan savait que, désormais, rien ne serait facile.

***

Le soir même, dans leur chambre, Léon regarda Millicent, assise devant sa coiffeuse, enduire ses mains de crème. Elle avait déjà étalé de cette mixture grasse sur son visage, pourtant très peu exposé aux éléments. La modeste rente que lui avaient léguée ses parents lui permettait ces petits conforts personnels. Le reste de l'argent était mis de côté pour Randolph et Lily.

— Tu n'as pas perdu de temps pour publier cette annonce dans le journal, Millie. Qu'est-ce qui t'a fait croire que Nathan ne reviendrait pas pour de bon ?

— Pourquoi reviendrait-il ? Il sait qu'il n'y a plus rien pour lui, ici.

— Je suis content que tu ne l'aies pas dit à Nathan avant son départ. Quelle sollicitude ! railla son mari.

— À quoi bon ?

— Dans quels journaux as-tu publié l'annonce ?

— La *Fort Worth Gazette* et le *Dallas Herald.*

— Elle paraîtra lundi, c'est ça ?

— Oui, puis quotidiennement pendant deux semaines. Ce sera suffisant. La ferme partira en un rien de temps.

— J'espère que le petit ne lira pas le *Dallas Herald.*

Sa femme ne répondit pas. Pendant un long moment, Léon observa les mouvements fascinants de ses doigts, puis il demanda :

— À quoi penses-tu, Millicent ?

Elle referma son pot de crème et prit sa brosse à cheveux.

— Qu'est-ce qui te fait croire que je pense à quoi que ce soit ?

— L'atmosphère de cette chambre est si pesante…

— J'agis au mieux, Léon, pour nous tous, reprit-elle en brossant lentement sa chevelure. Papa n'a jamais voulu que la ferme revienne à Nathan. Tu le sais bien. Je ne pouvais aller contre sa volonté. De plus, ses autres petits-enfants ne sont pas intéressés. À ma mort, Randolph et Lily auraient liquidé la propriété avant même que mon cadavre n'ait refroidi, laissant Nathan sur la paille. Il aurait été trop tard pour qu'il prenne un nouveau départ. La proposition de Trevor est une aubaine. Le prix des fermes est au plus haut, en ce moment. Que se passerait-il après la prochaine tornade, une inondation ou une sécheresse ? Ce sont des phénomènes inévitables. Tu le sais aussi bien que moi, Léon. Et tu es trop vieux pour travailler la terre, surtout sans l'aide de Nathan.

— Qui cherches-tu à convaincre, Millicent ?

La mâchoire crispée, elle se retourna pour le fusiller du regard.

— Nous avons besoin d'argent immédiatement ! Tu ne le comprends donc pas ? L'université de Columbia coûte une fortune. Il faudra acheter une nouvelle garde-robe pour Randolph et je ne vais pas coudre moi-même les robes de Lily. Il lui faut des robes sur mesure.

Elle porta une main à son cou, comme toujours quand elle s'énervait, puis se tourna de nouveau vers son miroir et continua à se brosser les cheveux.

— C'est un bon garçon, reprit-elle. Je n'ai pas affirmé le contraire. Quand il est né, je t'ai prévenu que je n'arriverais jamais à m'attacher à lui. Il ressemble tellement à… cet homme.

— Ses qualités, son honnêteté et sa moralité, auraient pu t'amadouer, insista Léon.

Millicent parut fâchée.

— Je sais, je sais… Je me demande vraiment de qui il les tient, compte tenu de l'homme qui l'a engendré…

— Et de la femme qui l'a mis au monde.

Millicent posa sa brosse. Léon crut qu'elle allait la lui jeter au visage, mais elle se contenta de fixer le miroir. Que diable voyait-elle dans son reflet ?

— C'est vrai, admit-elle. Quand on pense à son père et à sa mère biologiques, d'où tient-il ces qualités ? J'espère simplement qu'il ne s'est pas jeté dans la gueule du loup et qu'il sera heureux, où qu'il soit.

Elle éteignit la lampe à pétrole, plongeant la chambre dans la pénombre.

— Je suis sincère, Léon. Dieu m'en soit témoin. Je suis sincère.

Il la sentit s'allonger à côté de lui.

— N'attends rien de moi ce soir, prévint-elle. Je ne suis pas d'humeur.

— Moi non plus, répondit Léon.

SAMANTHA

CHAPITRE 11

Désemparée, Samantha n'avait guère d'appétit pour le steak grillé de Grizzly.

La lettre du Dr Tolman était réduite en cendres, dans la cheminée, jamais elle ne saurait ce qu'elle contenait. Néanmoins, il existait plus d'un moyen de parvenir à ses fins.

— À te voir dévorer ta viande à belles dents, je suppose que ton camarade de régiment n'est pas mourant, papa.

— Bien au contraire et je m'en réjouis, répondit Neal, qui semblait se porter comme un charme. Cody et sa femme viennent de vendre leur boutique de Charlotte, en Virginie, en réalisant une belle marge. Ils partent s'installer à la campagne pour élever des chevaux. Dans l'armée, c'était son rêve, et il le réalise bien des années plus tard. Il voulait me donner sa nouvelle adresse.

— Et la lettre du Dr Tolman sur le traitement des tiques ?

Neal versa de la sauce sur ses pommes de terre.

— Rien d'intéressant pour nous. Il parlait d'un produit qui serait meilleur que la préparation de Robert Kleberg. Je vais rester fidèle à sa décoction au goudron. Ce qui est bon pour le King Ranch est bon pour Las Tres Lomas.

Cette explication énoncée avec indifférence était plausible, mais pourquoi avoir brûlé la lettre ? Ce n'était qu'un détail insignifiant. Neal aurait pu la jeter dans la corbeille à papier posée à côté de la cheminée.

— Pourquoi a-t-il inscrit « Confidentiel » sur l'enveloppe ? insista Samantha.

— Parce qu'il ne voulait pas que n'importe quel cow-boy lui vole son idée. Il compte breveter le produit.

— Et moi, je suis n'importe quel cow-boy ?

Neal posa brutalement ses couverts.

— La lettre de cet homme ne valait pas la peine d'être lue. Son produit n'est pas bon, un point c'est tout. Tu n'aurais jamais accepté de payer le prix qu'il en demandait. De plus, sa mixture me semble nocive pour les vaches. Une histoire d'acide carbolique. J'ai jeté la lettre au feu.

C'était peut-être aussi simple que cela, songea Samantha, qui ne parvenait toutefois pas à chasser les doutes de son esprit. Son père était particulièrement agacé, ce qui ne lui était pas coutumier. Certes, il n'appréciait pas que l'on remette en cause ses décisions. Il détourna la conversation vers la ferme mise en vente dans le comté de Cooke.

— D'après Buckley, la propriété comprend une source, une maison de bonne taille, un jardin et un potager. Ce pourrait être une version taille réduite de Las Tres Lomas, assez agréable pour que ta mère et toi puissiez y séjourner et recevoir des invités. Il n'est pas indispensable de consacrer la totalité du domaine au passage du bétail. Nous pourrions cultiver notre propre foin en cas de sécheresse et expérimenter de nouvelles herbes. Un silo et des granges ne nous coûteraient pas trop cher.

Cela faisait des années que Samantha n'avait pas été témoin d'un tel enthousiasme chez son père. Il avait le regard pétillant, les joues rouges. Sa poitrine ne sifflait pas. Dans sa tête, il avait déjà signé le contrat de vente. Il était impatient de posséder un autre ranch doté des mêmes commodités que Las Tres Lomas : une maison, un dortoir et un réfectoire pour les employés, les toilettes intérieures, l'éclairage électrique, l'eau courante, voire le téléphone. Las Tres Lomas ne l'avait pas encore, car la liste d'attente était longue dans la région de Fort Worth. Avec ce second ranch, il se rapprocherait de son objectif : devenir un titan de l'élevage texan.

Neal ne s'accrochait pas aux souvenirs de ses débuts lorsqu'il achetait la moindre parcelle contiguë au ranch dès qu'elle était en vente. C'étaient les « années vertes », comme il les appelait, une époque d'abondance, aussi bien en eau, en herbe qu'en bétail. Sa philosophie était d'acheter ce qui se présentait pendant qu'il le pouvait encore. Puis étaient venues les « années brunes » : plusieurs saisons de sécheresse dans le centre du Texas, ainsi que la crise financière de 1893. Les ranches sous hypothèque tels que Las Tres Lomas étaient en péril. Malgré son jeune âge, Samantha conservait de cette époque des souvenirs plus précis que son père, d'où sa prudence légendaire, malgré des comptes équilibrés et une hypothèque remboursée depuis longtemps. Elle évitait toute dépense superflue et tenait à les protéger d'un désastre financier.

— Tu sais, chérie, ta fille est aussi stricte que le corset d'une débutante, pour ce qui est de tenir les cordons de la bourse, disait son père à sa mère.

— Donc, c'est *ma* fille ? Samantha n'a peut-être pas oublié les angoisses de son père et notre peur que le ranch soit saisi pour défaut de paiement. Samantha cherche à préserver ce que Neal Gordon a bâti à la sueur de son front afin de ne plus revoir sa mine soucieuse.

L'air réprobateur de sa femme indiquait clairement qu'elle reprochait à son mari leurs difficultés financières. Son rêve de devenir un titan, l'un des plus gros propriétaires terriens du Texas, l'avait poussé à acquérir des pâturages pour son troupeau en pleine expansion. Les Gordon étaient riches en terres et pauvres en dollars. Neal avait appris la leçon, mais il nourrissait toujours l'ambition de voir la marque distinctive de Las Tres Lomas de la Trinidad, un double T flanqué de deux L plus petits, se propager dans tout le Texas. Il voulait être un titan.

— C'est quoi, un titan ? avait demandé la fillette en recevant un livre sur la mythologie grecque pour son dixième anniversaire.

Enfant, Neal était passionné par les récits sur les dieux et déesses, un sujet qui continuait à le fasciner secrètement.

— Les titans étaient des dieux qui régnaient sur l'univers. Tu sauras tout sur eux en lisant ce livre. De nos jours, ce mot désigne une personne très puissante et influente.

— Et toi, tu veux être un titan ?

— Si Dieu me le permet, avait répondu Neal.

Sa mère avait levé les yeux au ciel.

En pliant sa serviette avant de quitter la table, Samantha songea que si Sloan et elle se mariaient et fusionnaient les deux ranches, son père pourrait réaliser son rêve.

Neal avait fini sa journée de travail. Samantha le laissa lire ses journaux et faire la sieste, après ce repas copieux et bien arrosé. Elle prit Pony pour aller voir les génisses dans l'espoir de trouver Wayne Harris, le régisseur. Avec son esprit scientifique, la jeune femme était incapable de renoncer à une question ayant piqué sa curiosité. Son père semblait en bonne santé, mais il avait reçu une lettre confidentielle d'un médecin. En temps normal, il la lui aurait montrée. La jeter au feu ne ressemblait pas à Neal Gordon, qui conservait son courrier personnel pendant des mois avant de le mettre à la corbeille à papier.

Dans un ranch, la saison la plus palpitante était le printemps, avec la naissance des veaux. C'était toutefois une période éprouvante tant physiquement que mentalement pour les bêtes et le personnel. Certains enclos étaient dévolus aux vaches afin qu'elles bénéficient de la surveillance et de l'aide des cow-boys en cas de difficulté. Wayne était maître dans l'art de sauver aussi bien les vaches que leurs petits, et Samantha n'hésitait pas à lui prêter main-forte. Dix minutes plus tard, elle le retrouva justement dans une situation délicate.

— Tu tombes bien, petite, déclara-t-il. On a besoin de ton aide pour cette génisse.

— Elle va y arriver ?

— Difficile à dire. Le veau est en mauvaise posture.

Deux hommes tenaient la tête de la mère, qui avait les pattes liées pour éviter qu'elle ne rue. Malgré leurs efforts, la pauvre bête perdit son petit avant de succomber à une hémorragie une heure plus tard. Abattus par cette épreuve, maculés de boue et de sang, Samantha et Wayne allèrent se rincer à la citerne.

— Il faut aimer son métier pour assister à ce spectacle, commenta le régisseur en essorant sa chemise. Jamais je ne m'y habituerai.

Samantha appréciait la sensibilité de Wayne, sous son apparente rudesse et sa réputation d'homme implacable. Il n'était pas très grand, mais son corps noueux et aguerri lui donnait une certaine autorité. Samantha avait l'impression que les années n'avaient pas d'emprise sur lui. Tel un chêne, il était immuable. Grizzly et lui étaient ses meilleurs amis.

— Heureusement que je n'ai pas ingurgité trop de steak, à midi, fit-elle. Tout s'est bien passé en mon absence ?

— Samedi soir, Rawbone s'est retrouvé en pleine rixe au saloon. J'ai dû aller le chercher en prison. Ton père a payé la caution et la déduira de son salaire. Sinon, pas de problème.

— D'après toi, papa va bien ? Je parle de sa santé.

Wayne parut étonné par cette question.

— Tout va bien, à ma connaissance. Tu as des raisons de t'inquiéter ?

Samantha agita les mains pour les sécher.

— Maman et moi avons remarqué sa respiration un peu sifflante, lors de ma fête d'anniversaire. Elle pense qu'il risque de subir les conséquences de cette flèche qu'il a prise dans le poumon quand il était jeune. Et aujourd'hui, il a reçu une lettre « confidentielle » d'un médecin du territoire de l'Oklahoma qu'il a jetée au feu sans que je puisse la lire. J'ai trouvé ça bizarre. J'ai d'abord cru qu'il s'agissait d'une réponse à une question liée à sa propre santé. Papa m'a affirmé qu'elle venait d'un vétérinaire qu'il aurait sollicité à propos d'un traitement contre les tiques. Il aurait lu un article sur le sujet.

— Tu peux le croire, mon petit, répondit Wayne en boutonnant sa chemise. Neal m'a montré cet article et nous sommes tombés d'accord : ce produit n'est pas pour nous. Il aurait tué non seulement les tiques, mais les vaches aussi.

Samantha poussa un soupir de soulagement.

— Très bien…

— En revanche, ce n'est pas un vétérinaire qui a rédigé cet article.

— Tu en es certain ? s'enquit Samantha, étonnée. Ce n'est pas un certain Dr Tolman, de Marietta, dans le territoire de l'Oklahoma ?

— Absolument ! L'auteur de l'article est un éleveur du comté de Denton.

— Oh, non ! s'emporta Samantha, les mains sur les hanches.

Elle ne supportait pas qu'on lui mente, surtout de façon aussi peu subtile.

— Allons, n'en veux pas à ton papa, mon petit ! Il avait certainement une bonne raison de ne pas te montrer cette lettre. Grizzly doit être au courant. Neal ne peut rien lui cacher.

— Je vais interroger Grizzly. Ne répète pas cette conversation à mon père, d'accord ?

— Motus et bouche cousue. Je vais voir si je retrouve ce magazine. Je l'ai peut-être rangé dans mes affaires, au dortoir.

Samantha ôta la selle de Pony et l'enferma dans un paddock, puis elle se dirigea vers la longue bâtisse en rondins qui abritait la cuisine et le réfectoire. Grizzly dirigeait une équipe de quatre personnes qui l'aidaient à nourrir trente cow-boys affamés et assoiffés trois fois par jour, six jours sur sept. Le dimanche, les employés du ranch se débrouillaient seuls. Généralement, ils faisaient griller de la viande de bœuf au feu de bois. Les plus doués préparaient des haricots, des galettes et des tourtes. Grizzly se rendait à la messe, puis il s'offrait un bon déjeuner au restaurant du Metropolitan Hotel, avant de consacrer son après-midi à un foyer pour veuves et orphelins érigé l'année précédente, en 1899. Il ne réapparaissait au ranch que le dimanche soir. On le voyait alors lire dans son fauteuil, près de la fenêtre, dans ses quartiers.

Samantha le trouva à son bureau, en train de dresser l'inventaire du garde-manger. Petit et trapu, il s'entendait souvent dire qu'il était aussi large que haut. Ceux qui le raillaient restaient néanmoins à distance de son rouleau à pâtisserie.

En entendant qu'il avait de la visite, il fronça les sourcils et s'apprêta à congédier l'intrus, mais son visage s'éclaira d'un sourire quand il reconnut la jeune femme.

— Ma petite fleur ! s'exclama-t-il en se levant pour l'embrasser. Bon anniversaire, avec un peu de retard. Ta fête s'est bien déroulée ? D'après ton père, tu étais belle comme le jour.

— En vérité, c'était assez moyen, cette année, Grizzly.

Le cuisinier se rassit avec un sourire attristé.

— Ce sont tes vingt ans qui te minent ?

— Comment as-tu deviné ? répondit-elle en riant.

— Tu viens d'avoir vingt ans.

Et tu n'es toujours pas mariée, devait-il penser, même si son célibat arrangeait les affaires de Grizzly. L'homme qu'elle épouserait risquait de débarquer au ranch et de bouleverser sa routine.

— Tu es allée voir les naissances ?

— Disons que je voulais parler à Wayne et que je me suis laissée entraîner. Nous avons perdu une mère et son veau.

— Dommage, fit le cuisinier avec une moue.

— Et maintenant, c'est à toi que je viens parler.

— Tu me sembles bien sérieuse. De quoi s'agit-il ?

— De papa. Aurais-tu remarqué ou entendu quelque chose à propos de sa santé ?

Grizzly pinça les lèvres, puis réfléchit un instant avant de répondre :

— Non, rien. Qu'a dit Wayne ?

— Pareil. Mais je suis inquiète, surtout parce que papa m'a menti quand je l'ai interrogé sur une lettre marquée « Confidentiel » qu'il a reçue d'un médecin.

— Que disait cette lettre ?

— Il l'a jetée au feu avant que je ne puisse la lire.

Grizzly s'adossa dans son fauteuil.

— Oh… Ce n'est pas bon, ça. Qui lui a écrit ?

— Un certain Dr Donald Tolman de Marietta, dans le territoire de l'Oklahoma.

Le cuisinier parut soulagé.

— Ah ! Ton père n'a rien, rassure-toi, Samantha. Dieu soit loué ! Ce médecin, c'est celui qui t'a confiée à tes parents !

Soudain, Grizzly se figea et afficha l'expression d'un homme qui vient d'avaler une arête de poisson. Samantha le dévisagea avec effroi tandis qu'elle assimilait peu à peu les implications de cette bourde.

— Cette lettre..., bredouilla-t-elle, encore sous le choc..., venait du médecin... qui m'a mise au monde ?

Elle avait entendu sa mère mentionner un docteur lorsqu'elle avait surpris ses parents, derrière la porte de la bibliothèque, lorsqu'elle avait dix ans.

— Chut ! souffla Grizzly en regardant en direction de la porte ouverte.

Il se leva et, de cette démarche de canard propre aux hommes de sa corpulence, alla la fermer de peur qu'un commis de cuisine ne les espionne, même si la plupart d'entre eux ne comprenaient que l'espagnol. Puis il revint s'installer à son bureau et se prit la tête dans les mains.

— Seigneur ! Qu'est-ce que j'ai fait ? gémit-il. Si jamais ton père l'apprend, il saura que l'information vient de moi. Il croira que je l'ai trahi. Plutôt crever !

Samantha sortit enfin de sa torpeur.

— Tu le connais, ce Dr Tolman ?

Grizzly la dévisagea d'un air triste.

— Je t'en prie, Samantha, oublie son nom et ce que tu viens d'entendre.

— Je ne crois pas en être capable, mais je te donne ma parole que ce que tu me diras ne sortira pas de ce bureau.

Grizzly parut inquiet.

— Comment ça, ce que je te dirai ? Je n'ai rien d'autre à dire.

— Mais si ! Parle-moi du Dr Tolman. Le connais-tu ? L'as-tu rencontré la nuit où il m'a amenée ici ?

— Comment sais-tu que c'était la nuit ?

— C'est Wayne qui me l'a révélé, autrefois. Il a affirmé ne rien savoir de plus sur cette nuit.

— Moi non plus.

— Je t'en prie, Grizzly ! Quel mal y aurait-il, maintenant ?

Obstiné, le cuisinier détourna les yeux et croisa les bras.

— Ce serait une catastrophe si ton père l'apprenait.

— Il n'en saura rien. J'ai autant intérêt que toi à ce que cela reste entre nous. Il m'a menti à propos de cette lettre et l'a jetée au feu, souviens-toi. Il t'a fait jurer de garder le secret et refuse que je sache quoi que ce soit sur le Dr Tolman. Je le comprends. Je sais ce qu'il ressentirait s'il me croyait curieuse des circonstances de ma naissance.

Grizzly posa sur elle un regard acéré.

— Pourquoi cette curiosité soudaine ? Tu n'as jamais posé de questions jusqu'ici.

— Je n'en sais rien, avoua-t-elle, perplexe. Il est grand temps que papa et maman cessent de craindre que mes vrais parents viennent me chercher. Ils l'ont toujours redouté, surtout papa. Pour ma part, je n'y ai jamais vraiment songé... jusqu'à cet incident. Grizzly, je n'utiliserai pas ces informations. À quoi bon ? Je voudrais simplement savoir... ce que tu sais. Ensuite, je serai satisfaite et je n'en parlerai plus. S'il te plaît !

Grizzly poussa un soupir résigné, comme s'il venait de brûler son rôti sans recours possible.

— Ce docteur est arrivé en pleine nuit, avec toi dans les bras. Tu n'avais que quelques jours. J'ai entendu la voiture remonter le chemin, ne me demande pas comment. En général, je dors comme un loir. Cette nuit-là, j'étais réveillé. Et tant mieux. Très vite, Neal a frappé à ma porte, car il avait besoin de lait. Sinon, je n'aurais rien su avant le lendemain.

Il s'interrompit, hésitant à poursuivre.

— Allez, Grizzly ! Que sais-tu d'autre ?

— Fier comme un coq, ton père m'a annoncé : « On a un bébé. » J'ai vite compris. Je lui ai dit de retourner dans la maison et que je lui porterais du lait.

— Et que s'est-il passé ?

— Je leur ai porté du lait. Le docteur avait apporté un tube servant à nourrir les bébés. Il a appris à tes parents à s'en servir, à réchauffer le lait et à ajouter un peu de miel dedans. Seigneur, quel spectacle ! Tu tenais presque dans la main d'un homme et tes parents étaient fous de joie. Ta mère répétait sans cesse : « Merci, docteur Tolman. » Voilà comment j'ai reconnu son nom.

Fascinée, Samantha imaginait la scène.

— Et… le docteur a-t-il parlé… d'autre chose ?

— Pas un mot, ma fleur, il faut me croire. Il est venu, il t'a déposée et il est parti. C'est tout ce que je sais et c'est plus que ce que ton père veut que tu saches. Voilà pourquoi il a brûlé la lettre. Il ne veut aucune piste qui puisse te ramener d'où tu viens. Il faut que tu t'enfonces ça dans le crâne.

— Je n'ai aucune intention de suivre la moindre piste pour aller où que ce soit, Grizzly. Je suis heureuse d'apprendre que mon père va bien, mais je me demandais… pourquoi le Dr Tolman lui a-t-il écrit, d'après toi ? Que contenait cette lettre ?

Le cuisinier soupira encore.

— Ce genre d'interrogatoire risque de te valoir des ennuis, tu sais. Une question mène à une autre et, sans qu'on s'en rende compte, on suit les traces et on se retrouve dans les embrouilles.

Samantha se leva pour l'embrasser.

— Ne t'en fais pas, Grizzly. Je ne suivrai aucune trace. Mes racines sont ici. Ma famille, les gens que j'aime sont ici. Je n'en veux pas d'autre.

— C'est bon à entendre, fit le cuisinier, visiblement soulagé.

Il se leva, prit son tablier sur une patère, l'enfila et se retourna pour que Samantha noue le cordon dans son dos.

— Rappelle-toi ceci, jeune fille : ton père t'aime plus que tout. Hélas, aucun lien n'est indestructible. En ce bas monde, il y a des choses auxquelles même un amour inconditionnel ne résiste pas, la plus importante étant la trahison. Il est naturel pour une enfant adoptée qui vient d'avoir vingt ans de se demander d'où elle vient, qui étaient ses parents, s'ils sont encore en vie. Mais je te demande de tenir parole et de laisser tomber.

Pour quelle raison le cuisinier évoquait-il ce sujet avec une telle prudence et une telle force ? Si Grizzly avait un prénom, Samantha ne le connaissait pas. D'après ce qu'elle savait, il ne recevait pas de courrier personnel et n'avait apparemment aucun parent. Il avait été engagé très jeune en tant que commis de cuisine par le père de Neal et avait toujours vécu à Las Tres Lomas. On supposait que tous les membres de sa famille étaient morts ou qu'il avait renoncé à eux. En son for intérieur, Grizzly considérait les Gordon et Wayne Harris comme sa famille et le ranch comme son foyer. Si Samantha ne s'était jamais demandé pourquoi il était arrivé à Las Tres Lomas seul au monde, elle était désormais persuadée qu'il était orphelin ou abandonné.

Lorsque le cuisinier se retourna, une lueur de mise en garde dans le regard, elle s'amusa à tirer sur sa barbe, se moquant gentiment de son inquiétude inutile. Néanmoins, elle ressentait un certain malaise. L'amour de ses parents adoptifs la rassurait. Ils étaient les fondations et les murs solides d'une maison, mais la charpente tiendrait-elle en cas de tempête ?

— Ne t'inquiète pas, Grizzly. À présent, il faut que j'aille me débarbouiller avant de me plonger dans les comptes.

Une fois changée, Samantha trouva son père à son bureau, dans la bibliothèque. Il faisait plus chaud et le feu de la grande pièce était réduit en cendres. En passant devant la cheminée, la jeune femme récupéra le débris de vélin crème ayant échappé aux flammes. Il ne portait aucune inscription, mais le nom du Dr Donald Tolman était gravé dans la mémoire de la jeune fille.

Neal Gordon n'était pas un homme patient. Samantha savait qu'il serait d'humeur difficile jusqu'au lundi suivant, jusqu'à ce que Jimmy lui apporte l'édition du matin de la *Fort Worth Gazette*. Le personnel était si nombreux que père et fille n'avaient plus à gérer le quotidien du ranch. En revanche, l'étendue de l'exploitation exigeait une surveillance continuelle. Neal et sa fille se répartissaient les tâches, passant ainsi une bonne partie de la journée à cheval. Mais Neal semblait incapable de se concentrer. Il errait dans la maison, la cuisine et importunait Samantha dans son atelier.

— Qu'est-ce que c'est ? demanda-t-il en saisissant ce qui ressemblait à une pierre brune.

Samantha se précipita pour lui ôter le précieux objet des mains.

— Je n'en sais rien, répondit-elle. Je l'ai trouvé à Windy Bluff. J'ai d'abord cru que c'était une roche, mais c'est un os fossilisé qui a dû appartenir à quelque animal terrestre, il y a des millions d'années. Tu vois les petits trous, là où passaient les vaisseaux sanguins ?

— Comment sais-tu que ce n'est pas une pierre ? s'enquit son père.

— Je l'ai vu au microscope. Le centre du Texas était immergé, à une époque, et la région est riche en fossiles. Les gens du coin ne cessent de m'apporter des fragments à analyser.

— Je me réjouis que tu aies un passe-temps, en ce moment, maugréa Neal. J'aimerais en dire autant.

Samantha rit doucement et lui tapota la joue.

— Tu me répètes souvent de ne pas me presser, que demain viendra bien assez vite…

Le lundi suivant, Jimmy se présenta avec l'exemplaire tant attendu de la *Fort Worth Gazette.* Neal chargea Silbia d'envoyer un ouvrier chercher Samantha dans une pâture où elle surveillait les retrouvailles entre les veaux et leurs mères au cas où certaines rejetteraient leurs petits.

Neal avait ouvert le journal à la rubrique des petites annonces sur son bureau lorsqu'elle arriva en trombe. Le bien en vente était effectivement la ferme des Barrows. L'annonce précisait qu'un « représentant » de la ferme accueillerait les acquéreurs potentiels à l'endroit de leur choix, à Gainesville, pour le conduire sur les lieux. Pour tout contact, il convenait d'adresser un télégramme.

— Dieu soit loué ! s'exclama Neal. J'irai à Fort Worth dès aujourd'hui pour envoyer un télégramme et leur faire savoir que je suis intéressé. Il faut que je voie ta mère. Le vendeur n'aura qu'à me répondre là-bas et Jimmy me transmettra le message.

Au bout de trois jours d'attente, Jimmy apparut avec un télégramme, tel un émissaire chargé d'une mission cruciale, et dit à Silbia qu'il devait remettre le message à M. Gordon en personne.

La gouvernante gravit les marches de la tourelle et sonna la cloche dont le tintement portait sur une large portion du ranch de près de dix mille hectares. Silbia actionna trois fois la corde, le signal convenu pour les alerter de l'arrivée du télégramme. Neal et Samantha se trouvaient à trois kilomètres de là, à enquêter sur la mort d'un bouvillon.

— Il est arrivé ! s'exclama Neal.

Dans la grande salle, Neal s'empara du message et, après l'avoir parcouru, poussa un cri de joie. Il le remit à Samantha, qui découvrit qu'un mandataire de la ferme des Barrows serait heureux de rencontrer Neal Gordon au café de la gare, à quatorze heures, quatre jours plus tard. Neal trouva le terme de « mandataire » un peu pompeux. Pourquoi ne pas nommer le membre de la famille qui les accueillerait ?

— Fais tes bagages, Sam ! ordonna-t-il. Tu pars pour la ferme des Barrows en tant que « mandataire » de Las Tres Lomas de la Trinidad.

CHAPITRE 12

Tout était réglé. Il ne restait plus qu'à décider qui voyagerait avec Samantha en tant que dame de compagnie et femme de chambre. La jeune fille affirmait qu'elle n'avait nul besoin d'un chaperon, mais ses parents insistaient. Une femme seule constituait une cible de choix. À deux, elles ne risquaient rien, surtout si elles étaient armées. Si les noms de Billie June et Millie May furent évoqués, car les deux sœurs excellaient au tir, il fut décidé que ce serait Mildred qui escorterait Samantha. La stature imposante de la gouvernante avait de quoi en repousser plus d'un. Elle semblait du genre à cacher un couteau dans sa jarretière et à ne pas hésiter à s'en servir. D'un coup d'œil, un ruffian comprendrait qu'il valait mieux ne pas se risquer sur ce terrain.

Les deux femmes prendraient le train de huit heures vers Gainesville où elles arriveraient à midi, si tout allait bien, pour rencontrer le propriétaire de la ferme à quatorze heures. Le trajet vers la ferme et sa visite prendraient sans doute quelques heures, de sorte qu'elles devraient passer la nuit à Gainesville. En effectuant l'aller-retour dans la journée, les voyageuses seraient de retour à Fort Worth tard dans la nuit, à l'heure des brigands, selon l'expression d'Estelle. Celle-ci réprouvait ce déplacement. Selon elle, c'était à Neal de se rendre sur place. Il aurait pu dormir durant le trajet pour se réveiller à destination.

Les deux femmes prendraient une chambre au Harvey House Hotel qui disposait d'un restaurant. L'établissement était réputé pour sa propreté et la qualité de son service et de sa cuisine. Samantha utilisa le téléphone du Triple S pour effectuer la réservation.

Au moment où elle raccrochait l'appareil, elle sentit une présence derrière elle. Appuyé contre le chambranle de la porte, Sloan Singleton l'observait. Le cœur de la jeune femme s'emballa. De surprise, essaya-t-elle de se convaincre, sans y croire vraiment. Elle ne s'attendait pas à ce qu'il soit à la maison à cette heure-là. Millie May et Billie June étaient parties faire des courses en ville. C'était la gouvernante mexicaine qui avait accueilli Samantha. La domestique travaillait pour la famille depuis des années.

— J'espère que cela ne te dérange pas, dit-elle en désignant le téléphone. Consuela m'a permis de l'utiliser.

— Non seulement je n'y vois pas d'inconvénient, mais tu ne devrais même pas te poser cette question. *Mi casa, su casa*... pour toujours.

Non, Sloan, songea-t-elle. *Toujours* était un mot absurde ! Cette maison ne serait jamais à elle. Quand Sloan serait marié, ce serait celle d'Anne Rutherford et Samantha n'y remettrait plus les pieds. Mortifiée, elle sentit des larmes lui monter aux yeux.

— Sam ! Que se passe-t-il ?

Sloan se précipita vers elle et la prit par les épaules.

— Rien, répondit-elle en se crispant.

Elle imaginait la scène si elle lui lançait soudain ses véritables sentiments au visage. D'abord, il serait gêné que son amie de toujours, qu'il considérait comme une sœur, soit amoureuse de lui. Ensuite, il aurait pitié d'elle car ces sentiments n'étaient pas réciproques. Il lui répondrait avec sa gentillesse coutumière. Elle refusait qu'il pose sur elle ses yeux bleus pleins de compassion.

— Je vois ça, railla-t-il en baissant les bras. Qu'est-ce qui ne va pas ?

Elle-même se demandait pourquoi elle se laissait aller de la sorte.

— Disons que c'est... une de ces journées.

— Ah, fit le jeune homme, un peu gêné, mais compréhensif.

Pour un homme ayant grandi avec deux sœurs, « une de ces journées » ne pouvait signifier qu'une chose.

— Je suis très préoccupée, expliqua-t-elle pour dissiper le malentendu.

— Ah, répéta-t-il. Tu sembles ailleurs, ces derniers temps. Un peu de mélancolie ?

— Oui, c'est ça.

— Pourquoi ?

Cette situation s'était déjà présentée. En d'autres temps, elle lui aurait raconté ses tourments. Elle lui aurait confié sa légère déprime après avoir franchi le cap des vingt ans avec le célibat pour perspective, la lettre jetée au feu, l'image d'un nouveau-né laissé entre les mains d'inconnus, à minuit, par un médecin disparu avant l'aube, et son envie soudaine, quoique interdite et traîtresse, de savoir pourquoi elle avait été rejetée. Cependant, en déversant sur lui ses soucis, elle risquait de dévoiler à Sloan la véritable raison de sa tristesse.

— Je ne saurais le dire, déclara-t-elle en s'essuyant les yeux du dos de la main.

Sloan sortit un mouchoir de sa poche.

— Tiens. Il est neuf. Tu sais, je ne t'ai vue pleurer qu'une seule fois.

Elle se tapota les paupières et s'efforça de sourire.

— C'est parce que je n'ai jamais vraiment eu de raisons de pleurer.

— Cette fois-là, oui.

— Vraiment ? Quand était-ce ?

— Le jour où tu es allée à l'orphelinat, avec Pony, et où tu as appris que la petite fille rencontrée là-bas à l'âge de dix ans, Susie, je crois, était morte.

Abasourdie, Samantha le dévisagea. Sloan demeura impassible.

— Comment… Comment peux-tu t'en souvenir, après toutes ces années ?

— Certaines images sont tenaces. Tu pars en voyage ?

Samantha lui exposa sa mission à Gainesville.

— Tu aurais dû me demander de t'accompagner.

— Qu'en penserait Anne ? pouffa Samantha.

— Pourquoi en penserait-elle quelque chose ?

Samantha lui rendit son mouchoir. Les hommes intelligents étaient parfois si stupides !

— Ça l'aurait peut-être contrariée, Sloan. Les femmes accordent de l'importance à ces choses-là.

— Ce serait idiot de sa part. Anne sait ce que tu représentes à mes yeux. (Il la prit par le bras.) Je dois te laisser. Sois prudente !

Elle se trouva de nouveau au bord des larmes.

— C'est promis.

Dehors, en montant en selle, Samantha sentait encore la chaleur de la main de Sloan sur son bras. Sans doute était-il sorti par la cuisine. Alors qu'elle franchissait la grille du domaine, elle jeta machinalement un coup d'œil en arrière. Sloan la regardait s'éloigner depuis le seuil du ranch.

— Tu sais quels sont les détails à vérifier, les questions à poser, n'est-ce pas ? demanda Neal juste avant qu'elle ne parte.

Un employé la conduirait à Fort Worth à bord d'une voiture à l'emblème de Las Tres Lomas.

— Vérifie que la propriété correspond à sa description, notamment la source. Visite la maison. Inspecte les dépendances, les enclos, les clôtures. Inutile de révéler à ce vieux fou de Liam Barrows ou son fils, quel qu'il soit, les raisons pour lesquelles nous voulons sa ferme. En revanche, essaie de savoir pourquoi il vend. Ce serait bien de le savoir. Si le prix est correct et que tout est conforme à nos attentes, tu pourras donner ton accord de principe. Dis-lui que Neal Gordon viendra avec un chèque.

Au moment du départ, il aida sa fille à monter en voiture et déclara :

— Embrasse le bébé pour moi et dis à ta mère de ne pas s'inquiéter pour ta sécurité.

— C'est peine perdue, papa.

Samantha partait le samedi pour Fort Worth, pour assister au baptême qui avait lieu de bonne heure le lendemain matin.

— Vous avez du courrier, mademoiselle Sam, annonça Mildred à son arrivée. Il est sur la console de l'entrée. Il y a deux invitations pour les réceptions du mariage de M. Baker et Mlle Warner, et un message de Barnard Laird livré ce matin. Il vous prie de l'appeler dès que possible. C'est urgent, paraît-il.

Quelle urgence pouvait bien exiger qu'elle téléphone à Barnard Laird ? Cet ancien camarade de classe vivait deux rues plus loin. C'était l'ami de Todd Baker, pas le sien. En parcourant le message, Samantha découvrit que Barnard tenait de Todd qu'il lui avait donné deux places pour une conférence sur la paléontologie, samedi soir. Samantha pouvait-elle lui en céder une puisqu'elle ne les utiliserait pas ? À l'instar de Todd, il était persuadé que la découverte de pétrole permettrait bientôt de s'enrichir au Texas. Dans le cas où elle accepterait de lui offrir cette place, il la priait de la faire parvenir chez lui. Pour la remercier, il aurait l'honneur d'inviter la jeune femme dans un restaurant de son choix, à une date à sa convenance.

Samantha replia le message. Elle était naturellement disposée à lui céder un billet, mais il lui en resterait toujours un. Elle décida de lui céder les deux places en lui suggérant d'inviter un ami à la conférence.

— Mildred, appelez la résidence des Laird pour annoncer la venue de Jimmy. Il faut que j'aille voir ma mère.

— Votre maman est fâchée, mademoiselle Sam.

Elle trouva Estelle devant son secrétaire, occupée à sa correspondance, comme tous les samedis matin. Lorsque Samantha voulut se pencher pour l'embrasser, sa mère désigna deux billets de train.

— Je les ai achetés hier. J'avais l'impression d'acheter deux places pour l'enfer. L'idée que ton père puisse laisser sa fille à la merci des bandits de grands chemins ! Sans oublier les rebelles comanches qui sévissent encore. Et s'ils cherchaient à récupérer Mildred ?

— Qu'ils essaient ! s'exclama la jeune femme en riant. Gainesville, ce n'est pas l'enfer, maman. Je ne me ferai pas enlever. De plus, le train qui relie Fort Worth à Gainesville ne transporte que des passagers. Il n'y a rien à piller.

Sceptique, Estelle l'observa par-dessus ses lunettes de lecture.

— Il y a un début à tout, ma fille. Et si cette petite annonce n'était qu'un piège pour attirer deux jolies jeunes femmes avant de les faire disparaître ? C'est déjà arrivé !

Pour oublier les remontrances de sa mère, Samantha ouvrit ses deux autres enveloppes. Il s'agissait d'invitations pour le vin d'honneur et le repas de noces de ses amis Todd Baker et Ginny Warner.

— Je doute que le propriétaire de la ferme ait eu ce dessein à l'esprit en publiant son annonce. Il s'attend à voir arriver un homme. Il y a des chances qu'il ait entendu parler de Neal Gordon.

La logique de Samantha fit mouche.

— Neal devrait consulter un psychiatre, poursuivit Estelle. Qui a peur d'un vulgaire compartiment de train ? Surtout un homme comme lui, qui n'a peur de rien. Je vais m'inquiéter en ton absence. Ton père aussi. Lui, il l'aura bien cherché !

Elle examina les invitations que Samantha lui avait remises.

— Que disait le message de Barnard ? J'étais à l'étage quand il a été livré.

Samantha lui expliqua sa requête puis se retira pour envoyer Jimmy chez les Laird. En glissant les billets dans l'enveloppe avec son petit mot, elle eut l'idée de se rendre elle aussi à la conférence. Barnard était ennuyeux à mourir, mais elle préférait passer un samedi soir avec lui qu'avec une mère qui lui rabâcherait les raisons pour lesquelles elle ne devait pas partir pour Gainesville. De plus, Samantha devait l'admettre, elle était curieuse de découvrir comment le pétrole pouvait provenir des fossiles. C'était une théorie qu'elle avait abordée à Simmons. Elle réécrivit donc son message.

La réponse lui vint par téléphone. Barnard se déclara ravi qu'elle ait changé d'avis. Il viendrait la chercher dans la voiture familiale à dix-huit heures. Si elle le souhaitait, ils rejoindraient ensuite Todd et Ginny pour un souper au Worth, où il aurait le plaisir de l'inviter.

La conférence avait lieu dans l'auditorium du Polytechnic College, institution établie en 1891 par l'Église méthodiste. Le campus se trouvait à six kilomètres à l'est de Fort Worth, à l'abri du Hell's Half Acre, le quartier mal famé des tripots, de la prostitution et des malfrats qui posait tant de problèmes à la municipalité. En conséquence, la salle vouée aux arts libéraux attirait des conférenciers de renom et un large public. Lorsque Samantha et son escorte arrivèrent sur les lieux, il y avait déjà foule. Barnard chercha des yeux Todd et Ginny.

— Les voilà ! dit-il en désignant un petit groupe.

Todd Baker et Ginny Warner bavardaient avec deux hommes dont la ressemblance physique suggérait qu'ils étaient père et fils. Ils avaient le même regard d'un bleu rare, remarqua-t-elle plus tard. Lorsque Barnard et Samantha parvinrent à leur hauteur, le plus âgé posa les yeux sur la jeune femme et s'interrompit en peine phrase. Heureusement, Todd poussa une exclamation de surprise, de sorte que le trouble de l'inconnu passa inaperçu. Après les salutations d'usage, Todd déclara :

— Monsieur Waverling, puis-je vous présenter mes meilleurs amis, Samantha Gordon et Barnard Laird. Sam, Barnie, voici Trevor Waverling et son fils Nathan. M. Waverling dirige l'entreprise de machines de forage dans laquelle j'ai le plaisir de travailler.

Samantha tendit la main aux deux hommes, un peu déconcertée par l'intérêt qu'elle suscitait chez le père. En vrai gentleman, il se garda de s'attarder sur elle. Son fils paraissait lui aussi déployer de gros efforts pour ne pas la dévisager.

— Todd m'a dit que votre société se diversifiait dans la manufacture de machines de forage pétrolier, monsieur Waverling. Ce doit être une aventure passionnante !

— En effet, répondit Trevor.

À contrecœur, il revint au sujet dont il était question lorsque la jeune femme et Barnard les avaient rejoints. Samantha se tint en retrait de la conversation pour réfléchir à une idée qui venait de germer dans son esprit. C'était peut-être le fruit de son état psychologique des dernières semaines, et elle s'était bien sûr toujours attendue à ce qu'un jour, quelque part, quelqu'un la regarde fixement et dise : « Vous me semblez familière, surtout votre couleur de cheveux. Seriez-vous une parente d'Untel ou Untel ? » Ou un commentaire désinvolte, *Vous me rappelez quelqu'un*, lors d'une rencontre fortuite. Grizzly l'avait mise en garde contre les indices glanés ici et là, mais ils finiraient peut-être par la mener vers quelqu'un qui savait quelque chose de ses origines… Ce type de coïncidence se produisait parfois.

Une cloche annonça le début imminent de la conférence. Le groupe se dispersa pour gagner les places numérotées. Samantha profita de cet instant pour déclarer à Trevor Waverling, non sans témérité :

— Vous avez eu l'impression de me connaître, lorsque je suis arrivée avec Barnard. Je me trompe ? Puis vous vous êtes ressaisi.

— Oui et non. Votre couleur de cheveux me rappelle quelqu'un que j'ai connu autrefois.

— Un bon souvenir, j'espère.

— Un souvenir inoubliable, répondit-il avant de disparaître.

Samantha se sentit étrangement triste. Qu'espérait-elle obtenir en posant cette question ? N'avait-elle pas affirmé à Grizzly qu'elle n'avait aucune intention de suivre la moindre piste ? Alors pourquoi espérait-elle malgré tout en trouver une ?

Barnard la prit par le bras pour emboîter le pas à Todd et Ginny. Les Waverling étaient assis plusieurs rangées devant eux, mais Samantha voyait clairement leurs épaules larges et, de temps à autre, le profil altier du père, l'expression plus impassible du fils. Très vite, elle se laissa emporter par le discours fascinant du conférencier.

Il était chercheur dans le domaine des combustibles fossiles, des substances riches en énergie et chargées d'hydrocarbures produisant le charbon, le pétrole et le gaz naturel. Ceux-ci se formaient quand un animal ou une plante mourait et que ses restes étaient préservés au cœur d'une enveloppe de sédiments comme le sable, le calcaire et des matières organiques telles que la cendre volcanique. En plusieurs millions d'années, la chaleur et la pression transformaient cette couverture de sédiments en roche, emprisonnant des organismes en décomposition susceptibles de générer du pétrole ou du gaz. Le travail du paléontologue consistait à chercher et à étudier des spécimens enfouis sous terre et de répertorier ses découvertes. Pourquoi ? Parce que l'Amérique dépendrait de plus en plus du pétrole et du gaz pour les moyens de transport, le chauffage des maisons, la production électrique et le fonctionnement des usines.

Samantha demeura perplexe. Lorsqu'elle avait étudié la paléontologie, l'objectif était d'en savoir davantage sur la faune et la flore présentes sur Terre des millions d'années auparavant. Elle se rappelait encore son frisson de plaisir lors de sa première analyse d'un fragment de roche dans lequel un cadavre d'animal décomposé avait laissé une empreinte. Des minéraux avaient comblé les vides, puis durci, prenant ainsi la forme de l'animal mort. À l'école, elle avait étudié la fossilisation. Nul n'y voyait un moyen de remplir les poches d'investisseurs qui creusaient en quête de dollars.

Elle fut heureuse que la conférence se termine. Les amis se retrouvèrent au restaurant du Worth, l'hôtel le plus luxueux de la ville. Ils burent du vin en attendant leur faisan en croûte. Samantha écoutait sans grand intérêt ses convives commenter le discours de l'orateur.

— Le pétrole va détrôner l'agriculture en tant que locomotive économique du pays, vous pouvez me croire, énonçait Todd d'un ton pontifiant.

En regardant par-dessus son épaule, Samantha aperçut Trevor Waverling et son fils à la réception de l'hôtel. Elle en conclut qu'ils passaient la nuit en ville au lieu de reprendre le train vers Dallas à cette heure tardive. Afin de ne pas interrompre Todd, elle attendit qu'il ait terminé pour lui signaler la présence de son patron. Il souhaiterait peut-être l'inviter, ainsi que son fils, à se joindre à eux… Quand elle se retourna, les Waverling avaient disparu, hélas.

— C'est le 9 avril qu'avait lieu la journée des blagues, avant le 1er avril, expliqua Estelle lors du petit déjeuner. Une date appropriée pour la plaisanterie qu'est la mission dont t'a chargé ton père, Samantha.

La jeune femme échangea un regard complice avec Mildred qui était prête à prendre le train avec elle moins de deux heures de plus tard. La gouvernante leur servait un dernier café. Un tablier protégeait la jupe grise et le corsage à manches gigot de la tenue de voyage qu'elle avait achetée spécialement pour l'occasion. Elle n'avait jamais pris le train ni passé une nuit à l'hôtel. Son visage d'ordinaire impassible exprimait son impatience de vivre une telle aventure et son amusement face aux sombres prédictions de sa patronne.

— Qu'est-ce que tu racontes, maman ? répliqua Samantha. Le jour des blagues a toujours été le 1er avril.

— Peu importe. Disons que c'est la journée des imbéciles, grommela Estelle. Quand je pense que ton père estime qu'il nous faut un autre ranch ! Ça me dépasse !

— Il rêve d'être un titan.

— Il peut toujours rêver ! Il ne fera pas mieux que Robert Kleberg et Dan Waggoner.

— Il tient à essayer.

Estelle insista pour les accompagner à la gare et assister à leur départ. Alors qu'elles étaient sur le marchepied du wagon, elle les abreuva de ses dernières recommandations. Samantha avait-elle bien son Derringer dans son sac ? Mildred avait-elle emporté les sandwiches et les œufs durs ? Avaient-elles leurs éventails ? Et les sels, en cas de malaise ? Et leurs livres ?

Enfin, le train s'ébranla. Elles se retrouvèrent dans une voiture de première classe de la Missouri-Kansas-Texas Railroad. Aussi impassible que ses ancêtres amérindiens, la gouvernante regarda le paysage défiler par la fenêtre. Au bout d'un moment, le silence de Samantha l'intrigua. La jeune femme semblait indifférente à cette expérience exaltante.

— Que vous arrive-t-il, mademoiselle Sam ? Vous êtes bien pensive.

— Je réfléchis.

— Vous réfléchissez ou vous complotez ?

Abasourdie, Samantha la dévisagea.

— Rien ne vous échappe ! Oui, je suppose que je complote, en effet. Quand nous en aurons terminé à Gainesville, je vous laisserai seule un petit moment.

Mildred eut l'air soupçonneux.

— Pour aller où ? demanda-t-elle.

— Faire un tour.

— Sans moi ? Je dois rester avec vous, mademoiselle Sam.

— Je ne veux pas vous impliquer dans mon projet. Ce que vous ignorez ne risque pas de vous attirer des ennuis.

Mildred s'agita nerveusement sur son siège.

— Mademoiselle Sam, vous m'inquiétez, et ce n'est pas chose facile.

— Tout ce que je vous demande, c'est de ne pas dire à mes parents que je me suis éclipsée.

— Je ne dirai rien sur rien, mais je resterai avec vous que vous le vouliez ou non, alors autant me dire ce que vous mijotez.

Samantha hésita. Comme Grizzly et Wayne, Mildred savait garder un secret. Mieux que quiconque, l'ancienne enfant enlevée comprendrait pourquoi elle devait profiter au mieux de l'occasion qui se présentait.

— Jurez-moi que cela restera entre nous, dit Samantha.

Mildred se frappa le cœur à la manière des Comanches.

— Je le jure.

— Je vais prendre le ferry de la rivière Rouge vers le territoire de l'Oklahoma. Je souhaite consulter un médecin à Marietta.

CHAPITRE 13

Le train entra en gare à l'heure prévue. Les deux femmes eurent le temps de prendre possession de leurs chambres et de déposer leurs bagages au Harvey House, qui se trouvait tout près de la gare. Elles se passèrent de déjeuner car elles avaient déjà mangé dans le train. Samantha consulta les horaires du ferry affichés à la réception de l'hôtel et prit des dispositions pour se faire conduire à l'embarcadère à neuf heures le lendemain. Elles devraient en avoir terminé à temps pour récupérer leurs bagages et attraper le train de quatorze heures.

Samantha ignorait ce qui l'exaltait le plus : la probabilité que, à l'issue de sa visite de la ferme, La Paloma posséderait une voie de passage vers la rivière Rouge ou la possibilité que l'homme qu'elle allait rencontrer lui fournisse tous les détails de sa naissance. La seconde solution, songea-t-elle non sans culpabilité. Les deux femmes buvaient du café dans le petit établissement désigné comme lieu de rendez-vous, face à la gare. Elles s'étaient installées près d'une fenêtre pour voir arriver le mandataire de la ferme des Barrows.

— Savez-vous à quoi ressemble ce Barrows ? demanda Mildred.

— Je suppose que je le reconnaîtrai en le voyant, répondit Samantha. Il aura l'air de chercher quelqu'un. Sans doute sera-t-il pressé car il est en retard.

Depuis qu'elles étaient attablées, elles avaient plusieurs fois cru voir l'homme qu'elles attendaient. Hélas, il s'agissait de personnes venues chercher un proche à la gare. Samantha consulta sa montre de gousset. Il avait dix minutes de retard.

Soudain, un chariot tiré par une jument s'arrêta devant le café. Samantha reprit espoir, mais le conducteur était une femme. Samantha et Mildred la regardèrent mettre pied à terre. Elle était menue, droite comme un I et vive dans ses mouvements. Elle portait un foulard en calicot autour du cou et un chapeau de paille à large bord qui dissimulait presque tout son visage. Les manches de sa veste étaient glissées dans ses gants de travail. Le bas de sa jupe flottait sur ses grosses bottes. Elle avança d'un pas décidé. Fascinée, Samantha vit la porte du café s'ouvrir. La femme entra en trombe et balaya la salle du regard, les lèvres pincées, visiblement contrariée de ne pas voir le passager qu'elle venait chercher. Au bout de quelques secondes, elle tourna les talons et sortit pour patienter sur un banc.

Samantha et Mildred échangèrent un regard puis éclatèrent de rire, amusées par l'air hautain de cette femme.

— En voilà une dont le mari doit faire profil bas, commenta Mildred.

Une heure s'écoula. Le café se vida de ses clients. Il ne restait plus qu'une famille de six personnes et deux femmes assises à une autre table. Même l'inconnue au chapeau de paille était partie avec son chariot. Samantha sentit l'inquiétude monter. Le mandataire ne viendrait pas. La ferme était déjà vendue. Son père serait anéanti. Au bout de vingt minutes, Samantha et Mildred, désemparées, en vinrent à la conclusion que la ferme avait été vendue ou retirée du marché et que le propriétaire n'avait pas eu la courtoisie de les en informer.

— Néanmoins, dit Samantha, je ne peux partir sans certitude. Mon père voudra en avoir le cœur net.

Elle se leva pour consulter le chef de gare, entré prendre un café. Savait-il où se trouvait la ferme des Barrows ? Absolument, lui répondit-il avant de lui indiquer le chemin. Mildred sur les talons, Samantha regagna l'hôtel et pria le cocher du fiacre réservé pour aller à l'embarcadère de les conduire à la ferme. Ils longèrent des terres fertiles. Samantha chercha des yeux la fourche et le panneau indiquant le début de la propriété des Barrows. Très vite, elle aperçut un homme en tenue de paysan qui tentait de convaincre une mule récalcitrante de labourer son champ de blé.

— Arrêtez-vous ! ordonna la jeune femme au cocher. J'aimerais parler à cet homme !

Il se gara près de la clôture. Samantha mit pied à terre. Le paysan vint à sa rencontre d'un pas énergique mais avec un air jovial, en dépit de sa colère contre sa mule.

— Je peux vous renseigner ? lança-t-il.

— Bonjour ! fit Samantha. Je suis bien à la ferme des Barrows ?

— Effectivement.

— Vous êtes le propriétaire ?

Au moment d'ôter son chapeau, l'homme se figea. Pendant quelques secondes, il demeura immobile.

C'étaient ses cheveux, songea Samantha. Tout le monde était fasciné par ses cheveux.

— Non…, énonça lentement l'homme. Quel est votre nom, mademoiselle ?

— Samantha Gordon. Je viens à la place de mon père, Neal Gordon. Il été convenu par télégramme que je rencontrerais un représentant de la ferme des Barrows au café de la gare. En êtes-vous informé ?

— Je crains que non. On ne me dit pas grand-chose, répondit le paysan en remettant son chapeau. Quant à la ferme, elle est vendue. Elle est partie très vite.

Déçue, Samantha demanda :

— Je m'en suis doutée en voyant que personne ne se présentait au rendez-vous.

Elle balaya les champs de blé du regard.

— Je comprends qu'elle soit partie aussi rapidement, déclara-t-elle. Merci, monsieur. J'en ferai part à mon père.

— Faites donc. Bonne journée à vous !

— À vous de même, conclut la jeune femme en remontant en voiture.

Léon demeura derrière la clôture jusqu'à ce que la route soit de nouveau déserte. Un peu plus tôt, Millicent s'était arrêtée au même endroit, d'aussi mauvaise humeur que quand elle était partie, furieuse comme une ourse blessée. Elle prenait rarement le chariot parce que les rênes l'empêchaient de tenir son ombrelle. Elle espérait donc que son mari serait le « mandataire » qui irait à la rencontre de Neal Gordon pour le ramener à la ferme. Mais Léon refusait de s'impliquer dans cette vente. Fulminante, agitée, couverte de la tête aux pieds pour se protéger du soleil, Millicent était partie chercher elle-même l'expéditeur du télégramme.

— Ce maudit acheteur n'est pas venu, avait-elle maugréé.

— C'est que cette vente ne devait pas se faire, voilà tout.

À présent, Léon n'en était que plus persuadé. Cette ferme n'était pas pour le père de la jeune femme qui venait de passer. Léon en eut des frissons. Jésus, Marie, Joseph, en posant les yeux sur elle, il avait eu l'impression de voir la fille de Millicent. Heureusement, il avait réussi à se ressaisir. Le destin ne pouvait être cruel au point de ramener cette enfant à son insu là où elle était née avant d'être abandonnée... Or en voyant ses cheveux, l'espace d'un instant...

Sans le dire à Millicent, peu de temps après la naissance des jumeaux, Léon avait pris le ferry de la rivière Rouge pour se rendre à Marietta, dans le territoire de l'Oklahoma, où vivait Bridget Mahoney, qui travaillait pour un certain Dr Tolman. Quand il avait demandé à la sage-femme ce qu'il était advenu de la petite fille, il n'avait obtenu aucune réponse.

— Vous avez renoncé à vos droits, avait-elle affirmé.

Le Dr Tolman, lui, avait fait preuve de plus de compassion.

— Je l'ai confiée à un couple de ranchers près de Fort Worth. Elle sera bien, avait-il déclaré.

Léon n'avait rien pu lui soutirer de plus.

Quelques années plus tard, Léon s'était rendu à Fort Worth. En croisant des fillettes de l'âge de Nathan dans les rues, il s'était demandé si l'une d'entre elles était sa fille, car c'était ainsi qu'il la considérait. Elle était son enfant, comme Nathan serait toujours son fils. Un homme n'avait pas besoin des liens du sang, tant qu'il aimait de tout son cœur et de toute son âme.

Léon devinait aisément ce qu'il s'était passé au café de la gare. Les deux femmes s'attendaient à rencontrer un homme. Le télégramme de Neal Gordon ne précisait en rien qu'il envoyait sa fille à sa place et Millicent avait refusé que son nom figure sur l'annonce, à la vue du monde entier, selon son expression. Quel genre d'homme risquait de se présenter s'il croyait avoir affaire à une veuve désireuse de se débarrasser de la ferme de son mari ?

Sous le choc de sa rencontre avec la jeune femme, Léon avait menti, un péché dont il se rendait rarement coupable. Comment se l'expliquer ? Il ne voulait pas que cette ferme revienne à une personne ayant les mêmes cheveux que sa fille ? Si ses traits n'étaient pas ceux de Millicent, elle aurait très bien pu être née de ses entrailles. Il tourna les talons pour rejoindre sa mule. À la réflexion, il ne pouvait que reconnaître la main du destin dans les événements de l'après-midi, ce destin qui jouait parfois des tours. Si ce vieux Mopey Dick n'avait pas refusé de bouger, il ne se serait pas trouvé dans la pâture nord au moment où cette voiture était passée.

CHAPITRE 14

Le soir du 9 avril, Neal Gordon s'habilla pour sa soirée de poker, comme tous les mois. Il n'imaginait pas encore que ce serait la plus longue nuit de sa vie. Son avenir s'annonçait sous les meilleurs auspices. Les veaux étaient plus nombreux que prévu, presque tous forts et sains. Les mises bas d'automne promettaient d'être aussi importantes. La tête de bétail se vendait au prix fort. Une commande était arrivée d'un grossiste en viande bovine de Fort Worth pour cinq cents têtes, ainsi qu'une autre de l'US Army pour deux mille têtes. Les pâturages n'avaient jamais été aussi verts, les citernes d'eau débordaient et la Trinité était à son niveau maximal. Pour Neal, l'achat de cette ferme du comté de Cooke serait l'apothéose.

La bombe qui vint anéantir son euphorie explosa vers la fin de la soirée, alors que la bonne humeur, l'amitié virile, la fumée de cigare et les vapeurs de bourbon régnaient dans la bibliothèque. Autour de la table de jeu étaient réunis ses meilleurs amis : W. A. Huffman, président de la chambre de commerce, Jason Laird, président de l'union des parcs à bestiaux de Fort Worth et propriétaire de la Texas Land and Cattle Bank, Buckley Paddock, rédacteur en chef de la *Fort Worth Gazette* et Sloan Singleton.

— Tu sembles très content de toi, ce soir, Neal, déclara Jason Laird, le père de Barnard. Tu dois être en veine. Où est passée ta mine impassible de joueur de poker ?

— Ne te laisse pas abuser par son expression, Jason, intervint Buckley. Il est sans doute aux abois. S'il est aux anges, c'est parce qu'il pense avoir conclu une transaction à Gainesville.

— Explique-toi, je te prie, fit Huffman.

— Dis-leur, Sloan, répondit Neal. Je me concentre sur mon jeu.

Sloan résuma la situation. Tout en étudiant sa main, Neal s'exprima, son cigare à la bouche :

— L'affaire ne sera conclue que quand Samantha rentrera à la maison pour me le confirmer officiellement. Il y a quelques années, j'ai eu une prise de bec avec Liam Barrows, le vendeur. J'espère qu'il ne s'en souviendra pas ou bien qu'il sera suffisamment désireux de vendre pour l'oublier. Enfin, plutôt ses fils, car je doute que Liam soit encore de ce monde.

— Il ne l'est plus, confirma Buckley en posant quelques jetons au milieu de la table. Ses fils non plus, je crois. C'est sa fille qui vend la ferme, une dénommée Millicent Holloway.

Alors qu'il allait miser ses propres jetons, Neal s'interrompit et sortit son cigare de sa bouche.

— Quel nom dis-tu ?

Impressionné par le ton implacable de Neal, Buckley répéta :

— Millicent Holloway. Du moins est-ce la personne qui a envoyé le télégramme et réglé la petite annonce. J'en ai conclu qu'elle était la propriétaire des lieux.

— On jurerait que vous venez de voir un fantôme, Neal, remarqua Sloan qui était assis à côté de lui.

Gordon poussa un soupir sifflant, puis il avala une longue rasade de bourbon.

— L'espace d'un instant, je l'ai cru, avoua-t-il avec un sourire forcé. Peu importe. C'est de l'histoire ancienne. Une fille de mon passé portait le même nom. Elle est morte, maintenant.

— Dans ce cas, je comprends que tu sois contrarié, dit Buckley en tapotant la table des doigts. Carte.

Neal distribua une carte au rédacteur en chef, sous le regard inquiet de Sloan, qu'il n'osa pas soutenir. Le jeune homme savait qu'il était capable de déformer la vérité, au besoin. Après avoir pâli à la mention de Millicent Holloway, Gordon retrouva des couleurs. Nom de dieu ! Il avait envoyé Samantha dans la ferme où elle était née ! Chez ses vrais parents ! Il fut pris d'une telle angoisse qu'il en eut la nausée. La mère et la fille se reconnaîtraient-elles d'instinct ? Il avait entendu parler de parents biologiques qui reconnaissaient leur progéniture grâce à une sorte de sixième sens. Au fil de la conversation, elles risquaient de faire le lien… et d'en arriver à la révélation inévitable. À cette perspective, Neal eut des sueurs froides.

— Neal ? fit Sloan en posant une main sur son bras. Tout va bien ? Vous me semblez souffrant.

— Ça va, Sloan.

Au prix d'un gros effort, Neal adressa un sourire forcé à ses amis. Il ne fallait pas qu'ils le croient malade et s'en aillent trop vite. Il ne tenait pas à affronter seul cette nuit interminable.

— Je crois que ce souvenir m'a un peu pris de court, admit-il.

— Elle était jolie, ta Millicent ? s'enquit Jason Laird.

L'image de sa fille vint à l'esprit de Neal.

— Oui, très, avoua-t-il en jetant un jeton sur la table. Je relance de cinq.

Il était minuit quand les notables de Fort Worth prirent congé à bord de la voiture qui les avait amenés. Tous vivaient dans de prestigieuses demeures du même quartier de la ville. Sloan Singleton fut le dernier à se retirer. Il s'attarda avec Neal sous le porche pour saluer les autres.

— Neal, dites-moi à vérité. Vous allez bien ? Vous avez un souci autre que le souvenir d'une ancienne petite amie, n'est-ce pas ?

Sloan était l'un des rares à savoir lire ses expressions, même si Neal ne se considérait pas comme un homme complexe. Il était à la fois réservé et entier. Avec lui, tout était noir ou blanc, il ne faisait jamais dans la nuance. Aujourd'hui, Sloan et lui n'étaient plus mentor et disciple. Le jeune homme avait mûri et ils avaient une relation, non pas de père et fils, mais d'oncle et neveu. Il suffisait de voir la posture de Sloan, dont la carrure dépassait celle de son aîné.

— Il risque d'y avoir d'importants changements, annonça Neal. Et je m'inquiète de la façon dont je vais les gérer. Je ne suis pas doué pour les compromis. J'en saurai davantage demain et je n'en dirai pas plus pour l'instant.

Sloan hocha la tête, un peu frustré par cette réponse. Chacun avait ses limites à ne pas franchir sans autorisation.

— Et Samantha ? Elle va bien ?

— Aux dernières nouvelles, oui, répondit Neal, l'estomac noué. Tu as une raison de croire le contraire ?

Sloan parut gêné, comme s'il estimait que ce n'était pas à lui d'en parler.

— Elle est passée à la maison, l'autre jour, pour téléphoner et... elle s'est mise à pleurer pour une raison inconnue. Quelques larmes, rien de plus, mais je suis inquiet, Samantha n'est pas du genre à pleurer pour un rien.

— En effet, admit son père, alarmé. T'a-t-elle fourni une explication ?

— Elle m'a dit qu'elle était préoccupée... un peu mélancolique.

— Pourquoi ?

— Je n'ai pas réussi à en savoir davantage. Nous ne discutons plus autant qu'avant. Samantha ne se confie plus à moi.

Neal leva les yeux vers le ciel. *Naturellement, imbécile ! Elle est amoureuse de toi,* songea-t-il. *Et toi, tu t'es entiché d'une pimbêche !*

— Tu es très occupé, Sloan. Tu gères un vaste ranch, tu as des devoirs, des responsabilités et... d'autres centres d'intérêt.

— Je suis toujours disponible pour Samantha. Rappelez-le-lui à son retour, je vous prie. J'ai l'impression qu'elle l'a un peu oublié. Je... tiens à elle, vous savez. Depuis toujours, et à jamais.

— Je n'en doute pas et elle non plus, assura Neal, qui perçut du regret dans la voix du jeune homme. Samantha et toi avez toujours été unis comme frère et sœur. En tant que père, et compte tenu de ce que je pense de toi, j'avais espéré que… eh bien, qu'il y ait davantage, entre vous.

Sloan enfonça son chapeau sur sa tête, annonçant son départ. Son cheval était attaché à la balustrade. Le pur-sang se mit à souffler d'impatience.

— Moi aussi. Malheureusement, nos sentiments l'un pour l'autre n'ont pas évolué dans ce sens. À présent, puisque vous m'assurez que vous n'allez pas rendre votre dernier souffle ce soir, je vais vous laisser.

— N'aie crainte. Bonne nuit, fiston.

Il aurait aimé profiter plus longtemps de la compagnie du jeune homme, mais il était tard. Le lendemain, Sloan devait se lever à l'aube pour transférer une partie de son bétail vers un autre pâturage. Neal eut envie de ne pas se coucher pour quelques heures. À quoi bon se retourner dans son lit en imaginant le pire ? Et si, en descendant du train, Samantha le voyait sous un autre jour ? Car il avait l'intention de se rendre à la gare avec Estelle pour l'accueillir. Elle serait affectueuse, ferme et juste, fidèle à son éducation. *Papa et maman, il faut que vous sachiez que j'ai rencontré mes vrais parents à la ferme des Barrows. C'est arrivé par hasard…*

Dieu seul connaissait la suite. Quoi qu'il en soit, Neal était incapable de partager sa fille avec d'autres parents sans que leurs rapports n'en pâtissent. Ce n'était pas dans sa nature. Il était possessif et, à ses yeux, l'amour était exclusif. Il avait pris conscience de ce trait de caractère à l'âge de six ans. Il avait trouvé un chien abandonné au bord de la route et l'avait ramené au ranch. Il l'avait soigné et aimé. Or le chien s'était pris d'affection pour le fils du régisseur.

— Prends-le, il est à toi, avait-il dit à son rival.

Plus jamais il n'avait caressé ce chien. Estelle connaissait et acceptait cette facette de sa personnalité. Il lutterait jusqu'à son dernier souffle pour garder ce qui lui appartenait, mais que ferait-il si Samantha choisissait de partager son amour ? Pour lui, il était inimaginable de dire à des gens qui, pour une raison ou pour une autre, avaient abandonné leur enfant : *prenez-la, elle est à vous.* Et comment Estelle le supporterait-elle ?

Il demeura sous le porche jusqu'à ce qu'il n'entende plus les sabots du cheval de Sloan. Qu'est-ce qui avait pu faire pleurer Samantha ? Neal ne l'avait vue en larmes que très rarement depuis son enfance. Elle sanglotait en silence, fière et pleine d'orgueil, ce qu'il trouvait respectable et touchant.

Finalement, il regagna l'intérieur de la maison, hanté par un souvenir. Samantha avait cinq ans. Estelle était grippée. Leur ancienne gouvernante, la mère de Mildred, avait de gros doigts noueux qui se prêtaient à merveille au pétrissage de la pâte à pain, mais guère au tressage des cheveux d'une petite fille. En assistant aux tentatives désespérées de Mme Swift, Neal avait dû lui ordonner d'arrêter, car il avait lu une douleur contenue dans les yeux gris de l'enfant stoïque. Il se rappelait encore son élan de tendresse et son admiration face à tant de courage. Renvoyant Mme Swift en cuisine, il avait tenté de mettre un peu d'ordre dans la chevelure blond vénitien de sa fille. Il l'avait installée sur un tabouret, entre ses jambes.

— Tu ne me tireras pas les cheveux, hein, papa ?

— Plutôt mourir que de faire souffrir ma petite fille.

Il ne mentait pas.

Troublé, il entreprit de ranger la bibliothèque après sa soirée de poker, histoire de surprendre Silbia, le lendemain matin. Il ouvrit les fenêtres pour aérer la pièce enfumée et jeta les mégots de cigare et les cendres dans une corbeille. Puis il débarrassa la table des reliefs du repas et porta la vaisselle dans la cuisine. Enfin, il balaya le parquet et rangea les jeux de cartes. Sur les coups de trois heures, Neal monta dans sa chambre, désireux de prendre un bon bain chaud. Il n'en fit rien. Il sortit sur le balcon, approcha une chaise de la rambarde, alluma un cigare et passa le reste de la nuit à contempler les étoiles.

Le lendemain matin, le fiacre qui avait accepté de conduire les deux femmes à l'embarcadère se présenta à l'heure prévue et les déposa à temps devant le ferry.

— Nous allons traverser le fleuve là-dessus ? s'étonna Mildred en désignant une structure rudimentaire en bois qui flottait sur des eaux de couleur rouille.

Ce n'était guère plus qu'un radeau géant amarré aux arbres de chaque rive de la rivière Rouge par d'épais cordages afin de l'empêcher de dériver à cause du courant. On y accédait par une passerelle de fortune à peine visible dans la boue rougeâtre. Désemparée, Samantha baissa les yeux vers ses bottines en chamois brodé. *Tant pis*, songea-t-elle. Elle était disposée à faire ce sacrifice si le ferry la rapprochait de la vérité qu'elle était venue chercher.

Au terme d'une attente interminable, durant laquelle Samantha redouta même de ne pas être de retour à temps pour prendre le train de quatorze heures, elles purent embarquer. Les deux femmes trouvèrent une place debout près des marchandises, des bagages, des cages de volailles, sans oublier une charrette et un attelage de mules. Le « capitaine » était un homme imposant qui dirigeait l'embarcation à l'aide d'une longue perche. De peur d'être éclaboussées, elles restèrent le plus près possible du centre.

— Allez-vous enfin me dire pourquoi nous risquons notre peau pour aller voir ce docteur ? lança Mildred d'une voix forte à cause du vent.

— Non.

— Est-il au courant de votre venue ?

— Non.

— Savez-vous au moins où il habite, à Marietta ?

— Non.

Au dos de l'enveloppe ne figurait qu'un numéro de boîte postale.

— Comment diable allez-vous le trouver ? s'enquit Mildred, abasourdie.

— J'ai un plan.

Il était simple. Le cocher du fiacre de Gainesville leur avait assuré qu'il y aurait plusieurs confrères susceptibles de les conduire à Marietta, à sept kilomètres de là. Samantha lui avait demandé s'il connaissait un hôtel en ville. Le Wayfarer Inn, avait-il répondu. C'était le seul. Il y avait un restaurant juste à côté. Samantha avait donc décidé d'y laisser Mildred dans le hall pendant qu'elle se rendrait au cabinet du Dr Tolman, dont le directeur de l'hôtel lui fournirait l'adresse. Dans une petite ville comme Marietta, il devait certainement la connaître.

Les deux femmes débarquèrent grâce à une passerelle en planches, puis elles gravirent l'escalier menant à l'embarcadère. Les gens allaient et venaient, d'autres étaient assis sur un banc. Elles trouvèrent sans difficulté un fiacre pour Marietta.

Non seulement le directeur du Wayfarer Inn accepta que la gouvernante patiente dans le lobby, mais il connaissait aussi l'adresse du Dr Tolman.

— Enfin, de son vivant, ajouta-t-il.

— Pardon ? fit Samantha, incrédule.

— Le bon docteur est décédé il y a quelques semaines.

Consternée, terriblement déçue, Samantha s'écroula sur une chaise à côté de Mildred.

— Vous allez me dire ce qui se passe, cette fois ? demanda la gouvernante. Je peux peut-être vous aider.

— Le Dr Tolman est le médecin qui m'a confiée à mes parents adoptifs. Je suppose qu'il m'a mise au monde, aussi. Il était… mon unique lien… avec mes origines.

— Oh ! souffla Mildred, la mine impassible, mais pleine de compréhension.

— Vous… vous n'avez rien entendu sur mon adoption ?

— Non, mademoiselle Sam. Jamais. Je comprends à présent pourquoi vous m'avez fait jurer de ne pas parler à vos parents de ce déplacement. S'ils savaient, ils seraient anéantis. Ne vous sentez pas coupable, surtout. Votre curiosité est naturelle. Quand j'étais prisonnière, je me posais un tas de questions, moi aussi. Même si ma mère ne m'avait rien dit, j'aurais compris que mon âme n'était pas à sa place là où je suis née.

— Ce n'est pas cela, Mildred. Je me sens à ma place. Je ne voudrais vivre nulle part ailleurs que chez moi, dans cette famille. Je ne sais même pas vraiment pourquoi je m'interroge de la sorte. Avant que la lettre du Dr Tolman n'arrive, je n'y avais jamais pensé.

— Quelle lettre ?

Samantha soupira.

— Peu importe. Je suis dans une impasse.

— Peut-être pas, reprit la gouvernante.

Samantha se tourna vivement vers elle.

— Que voulez-vous dire ?

— Il reste peut-être quelqu'un au cabinet de ce docteur, quelqu'un qui était là au moment de votre naissance et qui sait quelque chose. Une infirmière, peut-être. Une sage-femme ? Puisque nous sommes là, autant tenter notre chance, vous ne pensez pas ?

Samantha se leva d'un bond.

— Mildred, vous êtes un génie !

Elle retourna au comptoir de la réception et, un quart d'heure plus tard, laissa la gouvernante à l'hôtel pour se diriger vers le cabinet du Dr Tolman, à quelques rues de là. Sa fille était venue d'Oklahoma City pour préparer la vente de la maison et vider le bureau des effets personnels du médecin. Samantha trouva aisément la bâtisse en bois un peu rustique, à côté d'une habitation similaire portant une pancarte « à vendre ». La résidence du Dr Tolman, sans doute. En signe de deuil, l'enseigne portait un ruban noir qui battait au vent.

Dans la salle d'attente, une femme entre deux âges était en train de balayer le sol. Les cheveux dissimulés sous un foulard, elle avait roulé les manches de sa robe et noué un tablier autour de sa taille. Elle posa sur Samantha un regard aimable mais interrogateur. La fille du médecin, peut-être. Comment lui exposer les raisons de sa visite ?

— Bonjour, madame. Je suis Samantha Gordon.

— Et moi Eleanor Brewster, répondit la femme au regard pétillant.

— Vous êtes la fille du Dr Tolman ?

— Je vous le dirai si vous m'indiquez qui veut le savoir et pourquoi.

Un peu déstabilisée, Samantha trouva néanmoins Mme Brewster sympathique.

— J'ai toute raison de penser que votre défunt père m'a mise au monde. J'ai ensuite été adoptée et je sais que c'est le Dr Tolman qui m'a confiée à mes parents, des gens merveilleux.

Eleanor Brewster posa son balai et s'essuya les mains sur son tablier.

— Vraiment ? Vous êtes bien gentille. J'ai reçu tant de compliments sur le travail de mon père, depuis les funérailles…

Elle ouvrit la porte du bureau.

— Entrez donc un moment ! J'ai préparé du café.

Samantha lui expliqua les raisons de sa visite, mais découvrit qu'Eleanor n'était pas en mesure de l'aider. Elle avait grandi à Oklahoma City et avait douze ans à la naissance de Samantha. Son père était venu seul à Marietta, un avant-poste du territoire de l'Oklahoma, en 1878 pour soigner les habitants de Chickasaw Nation. Eleanor n'avait aucun souvenir de son père mentionnant l'adoption d'une petite fille.

— Même s'il m'en avait parlé, je ne me rappellerais sans doute aucun détail, car mon père trouvait souvent un foyer pour les orphelins ou les enfants abandonnés.

En revanche, les dossiers de ses patients étaient encore entreposés dans son bureau. Eleanor lui proposa de les parcourir.

Samantha consulta sa montre et en conclut qu'elle avait le temps, à condition de se dépêcher, car elle devait regagner Gainesville par le ferry puis prendre le train de quatorze heures. Les deux femmes s'affairèrent donc à chercher une trace de la naissance d'une petite fille, fin mars 1880. Il y en avait quatre, mais Eleanor les connaissait toutes. L'une était morte et les trois autres vivaient dans le comté.

— Voici un nom qui me dit quelque chose, ajouta-t-elle en désignant la signature de Bridget Mahoney pour les dates en question. Bridget était la sage-femme de mon père. Elle le suivait partout. Elle lui était indispensable. Si c'est bien lui qui vous a mise au monde, elle était présente.

Samantha reprit espoir. Hélas, Eleanor se rembrunit.

— Hélas, elle est partie pour San Francisco lors de la ruée vers l'or de 1889.

— Savez-vous où je pourrais lui écrire ?

— Malheureusement pas. Laissez-moi quand même votre adresse. Si je trouve ses coordonnées, je vous les transmettrai.

Il était temps pour Samantha de partir. Par courtoisie envers Eleanor, mais sans conviction, elle nota l'adresse de sa mère à Fort Worth.

— Au revoir, mon petit, conclut la fille du médecin. Et si je peux vous donner un conseil, ne cherchez pas ailleurs si vous êtes heureuse là où vous êtes.

— Vous avez raison.

Samantha ressentait une certaine sérénité, un étrange soulagement, comme si elle venait de fermer un livre sur une conclusion heureuse. Elle avait fait de son mieux. Elle pouvait rentrer chez elle, à présent. Fin de l'histoire.

***

— Pour l'amour du ciel, Neal ! s'exclama Estelle, sur le quai. Tu vas user tes semelles ! En général, c'est moi qui m'inquiète.

Son mari ne fit aucun commentaire et scruta la voie en direction de Gainesville. L'arrivée du train était imminente. Enfin ! Il lui suffirait de voir le visage de Samantha pour savoir comment les choses s'étaient passées. Dès qu'elle poserait le pied sur le quai et croiserait son regard, il saurait s'il était au paradis ou en enfer. Il avait songé à préparer Estelle pour la pire journée de sa vie, puis il s'était ravisé. Il avait coutume de ne pas montrer son jeu avant que l'adversaire n'ait posé ses cartes sur la table. Parfois, le bluff suffisait. Mais pas toujours…

Le train entra en gare dans un vacarme assourdissant et en crachant de la fumée. Estelle rejoignit son mari pour attendre l'ouverture des portières, les yeux rivés sur les fenêtres. Neal avait l'estomac noué par l'angoisse.

— Les voilà ! s'exclama Estelle en repérant les cheveux dorés de Samantha sous son chapeau.

Derrière la vitre, la jeune femme répondit à son signe de la main. Soudain, Neal sentit son univers s'écrouler. L'expression de sa fille en disait long sur son désespoir, sa déception, sa tristesse. Quand elle fut descendue, il attendit qu'elle ait embrassé sa mère, puis elle lui lança un regard désolé.

— Bonjour ma fille, dit-il, le cœur au bord des lèvres.

— Je regrette, papa. La ferme était déjà vendue à notre arrivée.

Neal ouvrit la bouche, mais pas un son ne sortit.

— Allons, Neal, ne t'emporte pas, prévint Estelle en lui tapotant l'épaule. Ce n'est pas de la faute de Samantha si quelqu'un d'autre a acheté ce bien.

— Le vendeur n'est même pas venu au rendez-vous, précisa la jeune femme. J'ai vérifié que la ferme avait été vendue. Un ouvrier qui travaille pour les Barrows me l'a confirmé.

Neal fixait sa fille, incrédule.

— Tu n'as donc pas… rencontré le propriétaire ? bredouilla-t-il.

— Il n'a pas eu la courtoisie de se déplacer, intervint Mildred.

— Je suis désolée, papa. Je vois à quel point tu es déçu.

— Tu n'as pas idée, répondit Neal en la serrant dans ses bras.

NATHAN

CHAPITRE 15

Dans son bureau, Trevor Waverling regardait fixement la petite annonce parue dans le *Dallas Herald* une semaine plus tôt. Bon sang, ce n'était pas possible… La ferme était celle des Barrows et Millicent l'avait mise en vente.

— Quel est ton rêve le plus fou ? avait-il demandé à Nathan au cours d'un trajet vers l'usine, histoire de faire plus ample connaissance.

— Racheter la ferme de ma mère, avait répondu le jeune homme sans l'ombre d'une hésitation.

Trevor leva les yeux de son journal. Maudite soit cette garce ! Fallait-il qu'elle s'évertue à briser le cœur de son fils !

Il fit pivoter son fauteuil vers la fenêtre d'où il voyait la rivière Rouge sous le soleil d'avril. Le journal étant daté du 2 du mois, ce n'était pas une blague. Dommage ! songea-t-il. Devait-il en parler à Nathan ? Chaque semaine, Trevor consultait les annonces immobilières de propriétaires terriens désireux de louer leurs biens à des prospecteurs de pétrole. Il notait les détails pour voir quelles annonces disparaissaient au bout de quelques semaines et lesquelles passaient dans la rubrique « à vendre ». Il avait ainsi une idée de l'emplacement des potentielles nappes de pétrole. Il s'agissait surtout de fermiers du territoire de l'Oklahoma qui espéraient s'enrichir à l'occasion du boom pétrolier. Les spéculateurs s'intéressaient désormais aux comtés de Montague et Gainesville. La ferme des Barrows était-elle déjà vendue ou louée pour le forage en quête de pétrole et de gaz ? Quelle offre accepterait Millicent ? Elle empocherait une meilleure somme en vendant son bien en tant que ferme, mais elle risquait de louer pour beaucoup moins dans l'espoir d'être gagnante en cas de découverte de pétrole. Trevor se dit qu'elle jouerait plutôt la sécurité.

Que Millicent Holloway brûle en enfer pour ce qu'elle avait infligé à Nathan ! Le jeune homme lui avait expliqué qu'elle voulait vendre pour permettre à son autre fils de démarrer dans la vie et pour financer les débuts dans la société de sa fille, lorsqu'ils s'installeraient à Gainesville. La société ? À Gainesville ? Pour l'amour du ciel ! Le pauvre Nathan ignorait qu'elle avait mis la ferme en vente dès qu'il avait quitté la maison. Enfin, ce que Millicent avait perdu, Trevor l'avait gagné.

Il se tourna de nouveau vers son bureau et réfléchit aux qualités de ce garçon qui était entré discrètement dans leur vie, avec son chien. Il était tellement calme qu'on ne le remarquait que quand il était absent, comme lorsqu'il était retourné passer quelques jours à la ferme. Sans lui, Rebecca était perdue.

Humpty Dumpty assis sur un mur, Humpty Dumpty se cassa la figure, tous les chevaux et soldats du roi ne purent le remettre à l'endroit !

Elle n'avait cessé de réciter cette comptine, en courant dans la maison, les mains sur la tête. Trevor avait tenté de l'apaiser.

— Tout va bien, ma chérie, lui répétait-il. Nathan va revenir.

Mais elle reprenait sa litanie lancinante que Trevor eut dans la tête en permanence. *Humpty Dumpty assis sur un mur, Humpty Dumpty se cassa la figure, tous les chevaux et soldats du roi ne purent le remettre à l'endroit !* Il avait de la peine pour sa fille. Elle voyait son père comme le roi et le croyait tout-puissant. Qu'adviendrait-il de Rebecca si Nathan restait à la ferme et si personne ne remettait Humpty Dumpty à l'endroit ?

Trevor aurait eu également de quoi être jaloux de l'affection grandissante de sa mère pour Nathan. Au contraire, il en était ravi. Les choses se déroulaient encore mieux qu'il l'avait espéré. Elle avait son petit-fils, un futur héritier, et il était en train de tisser des liens avec lui. Trevor Waverling n'avait plus à se soucier de lui prouver son innocence dans la mort de son frère. Mavis Waverling ne vendrait pas la société. De plus, il était bon de voir son beau visage enfin serein. Avant Nathan, elle souriait rarement. Et il ne l'avait pas entendu rire depuis des années.

Avant Nathan. Pour Trevor, ils étaient entrés dans une nouvelle ère. Avant Nathan, il retrouvait des amis pour dîner, il allait au gymnase ou se rendait à son club presque chaque soir. Depuis l'arrivée de son fils, il rentrait à la maison avec lui pour montrer à sa mère qu'il faisait des efforts. Désormais, c'était une véritable famille qui se réunissait au salon après le souper : lui, sa mère, son fils, sa fille, le chien et le chat. Ils avaient engagé une autre domestique pour aider Lenora, qui était ravie.

Le jeune homme apprenait très vite. Trevor l'avait confié à Jamie Foster, son contremaître, qui lui avait rapporté la vivacité d'esprit de son fils. De la part de Jamie, c'était un compliment et une forme d'approbation. Nathan n'avait pas encore de rôle spécifique. Il valait mieux qu'il se familiarise avec le fonctionnement de l'entreprise et son infrastructure. Les meuleuses surfaceuses, les tarières, les appareils de découpe du métal et autres engins étaient à mille lieues de l'équipement que Nathan utilisait à la ferme. Il découvrait également que les comptes d'une entreprise étaient bien plus complexes que le registre d'un fermier.

Pour justifier l'apparition soudaine de Nathan, lorsqu'il le présentait à quelqu'un, Trevor se contentait de lui donner une tape sur l'épaule en citant la parabole du fils prodigue de la Bible :

— Voici mon fils perdu et retrouvé.

Il n'en disait pas plus et croisait des mines étonnées, des regards intrigués. Toutefois, les amis, collègues et employés de Trevor connaissaient son goût pour les femmes et considéraient Nathan comme un « accident de parcours », ce qui était le cas. Tous lui serraient la main et l'accueillaient avec chaleur.

Certains ne résistaient pas à l'envie d'adresser un clin d'œil complice à Trevor derrière le dos du jeune homme, d'autres se montraient trop obséquieux.

Au bout d'une semaine, Trevor trouva le poste qui correspondait à Nathan. Ce dernier n'aimerait pas travailler à plein-temps à l'usine, encore moins derrière un bureau à assimiler les ficelles du métier. Sa place était au grand air. Trevor ferait donc de lui un représentant de la société chargé de mettre en place les concessions pétrolières. Ces « hommes de terrain » exerçaient une profession aussi nouvelle que l'industrie pétrolière. Elle ne nécessitait aucune formation spécifique outre l'expérience, ce qui prenait du temps. Si la tâche du géologue était d'identifier les conditions favorables à la présence de gaz et de pétrole, celle de l'homme de terrain était de négocier les termes du contrat d'exploitation du sol et les droits revenant au propriétaire. Pour ce faire, il fallait un bon contact humain, savoir comprendre et rédiger des contrats et étudier les archives publiques et privées pour déterminer les statuts et droits de propriété. Nathan apprendrait. Trevor ne doutait pas non plus de ses qualités relationnelles. Il lui suffisait d'être lui-même.

Trevor s'adossa dans son fauteuil pour réfléchir. Devait-il parler de la petite annonce à Nathan ? Ne valait-il pas mieux pour lui qu'il découvre la vérité maintenant et non plus tard ? Cette nouvelle, ajoutée aux autres injustices de sa mère, le blesserait davantage, même s'il n'avait jamais exprimé sa souffrance. D'autres s'emporteraient et pesteraient. Pas Nathan. Qu'il le veuille ou non, Millicent l'avait mis au monde, ce qu'il considérait comme plus fort que sa propre rage.

Trevor décida d'en parler sans tarder. Il avait promis à son fils de jouer cartes sur table.

— Si vous me mentez une seule fois, si vous gardez un atout dans votre manche, je m'en irai, avait prévenu le jeune homme. Zak et moi partirons en Californie.

Sur le moment, Trevor n'avait prêté aucune attention à cet avertissement. Ces treize derniers jours avaient tout changé. La simple perspective que le jeune homme puisse s'en aller lui faisait l'effet d'un coup de poing dans le ventre. Trevor actionna un cordon qui fit tinter une cloche dans le bureau de sa secrétaire. Elle se présenta sur le seuil.

— Jeanne, trouvez Nathan et envoyez-le-moi. Il est parti de bonne heure, ce matin. Il doit être à l'usine.

— En effet, monsieur. Il est là-bas. La dernière fois que je l'ai vu, il était avec Jamie. Je leur ai porté le bordereau pour le prochain transport vers l'Angleterre.

Trevor arqua les sourcils, étonné que Jeanne remette en main propre un document au contremaître alors que celui-ci venait généralement le chercher. Jeanne ne se déplaçait pour personne, à part pour son patron, aimait-elle à affirmer. Trevor devinait les raisons de cette initiative. Jeune et célibataire, elle avait le béguin pour Nathan. Mais ses espoirs seraient déçus, hélas, car sa grand-mère avait d'autres projets concernant la vie sentimentale du jeune homme. Après le départ de Jeanne, Agatha Beardsley, la réceptionniste – elle aussi attirée par Nathan, soupçonnait-il – passa la tête dans l'entrebâillement de la porte.

— Deux messieurs demandent à vous voir, monsieur.

— Qui ?

— Le géologue, Todd Baker, et... (Elle consulta son calepin.) un certain Daniel Lane. Il affirme travailler dans une forge de Fort Worth. Il vient à propos de votre annonce.

— Servez-leur du café et faites-les patienter. Je dois d'abord voir Nathan.

Ce dernier apparut cinq minutes plus tard. En le voyant entrer, Trevor se dit qu'il n'avait jamais vu un homme aussi mal à l'aise dans un costume alors qu'il était si bien dans sa peau. Ce malaise le conforta dans son choix d'envoyer son fils sur le terrain plutôt que de le cantonner derrière un bureau.

— Vous m'avez demandé ?

Sa capacité à éviter de le nommer était impressionnante. Il l'avait prié de ne pas l'appeler M. Waverling, mais Nathan n'avait pas demandé comment il devait s'adresser à lui. Le temps déciderait pour lui.

— Il faut que tu voies ceci, répondit-il en désignant la petite annonce du *Dallas Herald* posé sur son bureau. Est-ce bien la ferme que j'imagine ?

Nathan en prit connaissance sans un mot, puis il se crispa, trahissant son émotion.

— Eh bien, elle n'a pas perdu de temps…

— Je suis désolé, Nathan.

— Moi aussi. C'est tout ?

Trevor aurait voulu le réconforter, mais Nathan le laissait sans voix. La réserve du jeune homme érigeait entre eux un mur qui l'empêchait de faire quoi que ce soit, au risque de se montrer intrusif. Trevor ressentit quelque ressentiment, puis il reconnut la frustration d'un père incapable d'aider son fils.

— Non, ce n'est pas tout. Va à la réception et ramène-moi Todd, s'il te plaît.

— D'accord.

Trevor pivota de nouveau vers la fenêtre, à la fois déçu et requinqué. Un coup de plus contre Millicent, Gainesville s'éloignait de plus en plus. À la bonne heure.

CHAPITRE 16

— Bon chien, Zak ! Rapporte, Zak ! chantonna Benjy lorsque le berger allemand se précipita vers lui, un bâton dans la gueule.

En cette fraîche journée d'avril, il était midi, l'heure de la détente pour Zak tandis que les ouvriers de l'usine sortaient leur gamelle pour déjeuner sous les arbres en regardant le chien batifoler. Parmi eux se trouvait Nathan. Il mangeait les sandwiches de Lenora quand son père ne le conviait pas à un déjeuner de travail. Benjy préparait son propre repas dans son petit appartement situé au-dessus de la remise à voitures des Waverling. Nathan n'avait jamais vu un homme aussi gourmand. Son ventre était rond comme un ballon sous son gilet. Sa gloutonnerie lui venait, disait-il, des récits qu'il avait entendus dans sa famille sur la grande famine qui avait frappé l'Irlande et fait tant de victimes.

— Le pouvoir de l'imagination est infini, mon garçon, répétait-il à Nathan. Des images hantent mon esprit. Je vois ces pauvres malheureux qui se meurent et je me dis qu'il est de mon devoir de manger pour eux.

Épuisés, le chien et le cocher s'écroulèrent à côté de Nathan, près de la nappe qu'il avait étalée sur l'herbe. Cette occasion de se défouler était une joie pour Zak qui en profitait trois jours par semaine, lorsqu'il accompagnait Nathan et Trevor à l'usine et au bureau. Les autres jours, il devait rester dans la maison ou dans le jardin clos. Ces jours-là, Trevor ayant parfois besoin de la voiture en dehors des heures de travail, Nathan se rendait à l'usine à cheval. En venant s'installer dans la demeure des Waverling, il s'était demandé s'il devrait se déplacer dans la voiture de son père chaque jour. Il redoutait que ce ne soit éprouvant pour tous les deux. Trevor s'était posé la même question. Le lendemain du retour de Nathan de la ferme, il l'avait emmené à une vente aux enchères de chevaux.

— Fais ton choix et j'enchéris, avait-il dit. Tu auras besoin d'une monture personnelle tant que tu seras là.

Tant que tu seras là. Cela signifiait-il qu'il était à l'essai ? Trevor Waverling ne l'était-il pas aussi ? Quoi qu'il en soit, ce n'était pas le cas de sa sœur ni de sa grand-mère. S'il devait s'en aller, elles lui manqueraient, comme sa famille de Gainesville. Pour l'heure, il n'avait pas encore eu envie de remplir son sac et de prendre la route de la Californie avec Zak. Le seul inconvénient était le confinement de son chien. Néanmoins, l'animal s'accommodait fort bien de l'adoration de Rebecca et de la méfiance de Scat. Personne, pas même Lenora, ne semblait s'offusquer des poils qu'il laissait un peu partout. Nathan s'en réjouissait, car sa mère s'en plaignait sans cesse. De plus, il n'avait pas à redouter que les longs poils qui maculaient les sièges en cuir de la voiture n'adhèrent aux costumes sombres de Trevor. Il avait dressé son chien pour qu'il reste toujours à la même place, dans un coin.

— Ton chien est très bien élevé, Nathan, lui avait dit son père en constatant que Zak ne s'ébrouait pas dans la voiture.

Nathan assimila vite l'emploi du temps de son père. Chaque mercredi, après le travail, il faisait du sport. Il comprit rapidement qu'il ne lui avait pas acheté ce cheval pour éviter sa présence, mais pour lui accorder une certaine liberté de mouvement. Trevor s'efforçait d'organiser ses rendez-vous et ses activités afin qu'ils voyagent ensemble pour parler travail.

Nathan devait admettre que ces trois semaines passées chez son père, enfin, chez sa grand-mère, avaient été agréables. Naturellement, il prenait soin de ne pas tout considérer comme acquis. Il appréciait beaucoup l'amitié qu'il était en train de nouer avec Benjy. Le cocher vivait sur la propriété, de sorte qu'ils se croisaient souvent.

— Comment as-tu rencontré mon père ? demanda-t-il un jour à l'Irlandais.

— Eh bien, c'est une longue histoire.

— J'aimerais l'entendre, insista Nathan.

Le 12 août 1890, Benjy, jeune immigré, avait pris un train de New York vers le Texas sans billet. La ville de New York était sale, surpeuplée, polluée et peu accueillante pour les Irlandais catholiques. Il recherchait de l'espace, de l'air frais, pour commencer une nouvelle vie dans la dignité. Il avait entendu parler du Texas mais ignorait la destination de son train. Il descendrait dès que la gare lui semblerait offrir des possibilités d'emploi. C'est ainsi qu'il se retrouva à quelques mètres de l'entrée de Waverling Tools. Sauf qu'il eut à peine le temps de s'en rendre compte. Jeté à terre par deux contrôleurs des chemins de fer armés de matraques et deux fois plus grands que lui, il eut beau résister, il n'eut pas le dessus. Si la correction avait duré plus longtemps, il aurait certainement péri sous les coups. Soudain, ses assaillants l'avaient lâché et, le visage en sang, à travers ses larmes, il avait vu Trevor Waverling qui lui avait tendu la main. « Je peux vous aider à vous relever ? »

— Je tenais à peine debout, ça résonnait dans ma tête. L'espace d'un instant, j'ai bien cru que j'étais mort et que je me retrouvais dans un lieu où les hommes étaient rasés de frais et portaient de beaux costumes, raconta Benjy. Mais non, j'étais en vie. Les deux contrôleurs étaient KO. « Mieux vaut s'en aller avant qu'ils ne retrouvent leurs esprits », qu'il m'a dit. J'ai cherché des yeux un endroit où disparaître. M. Waverling m'a invité à le suivre. Depuis, je n'ai pas arrêté, où qu'il aille.

— Belle histoire, commenta Nathan. Je parie que les contrôleurs ont eu affaire à ses poings de boxeur.

— Et comment ! C'est un boxeur redoutable. Si tu le voyais sur un ring !

— Il combat encore ?

— Il a arrêté la compétition, mais ses poings n'ont rien perdu de leur force. Je lui dois tout, Nathan. La vie, ma maison et… ma famille. Je ferais n'importe quoi pour ton père, sa maman et sa petite, sache-le !

Nathan n'en doutait pas une seconde. La loyauté de Benjy était inébranlable. Si l'Irlandais lui en avait appris un peu plus sur son père, il ne pouvait cependant répondre à la question qui lui brûlait les lèvres. Benjy savait-il quand, où et pourquoi Jordan Waverling était mort ? Et croyait-il que Trevor était coupable ?

Nathan mordit dans son sandwich. Amusé, il regarda Benjy enlever sa tranche de jambon et la poser sur son emballage, avant d'aligner le pain, la salade, le fromage et les cornichons à côté. Ensuite, il disposa dans l'ordre un œuf dur, une pomme et un biscuit.

— Non, vieux, c'est pas pour toi, ça, dit-il à Zak, qui reniflait de loin. Ne me trouble pas.

Il repoussa le chien et se mit à manger, d'abord le jambon et la salade, puis le pain, suivi des cornichons et de l'œuf dur, la pomme et le fromage, et enfin le biscuit.

— Un sandwich dure plus longtemps quand on le décortique pour le manger comme un vrai repas, expliqua le cocher. On a l'impression qu'il y en a davantage.

— C'est sûrement très efficace à condition d'avoir le temps, déclara Nathan.

Un homme grand et musclé, plutôt fringant, s'approcha avec sa gamelle. Il s'agissait du forgeron que son père venait d'embaucher. En général, il se contentait d'un sandwich à l'atelier. On ne savait pas grand-chose de lui, à part qu'il était célibataire et très doué de ses mains. Il était réservé, voire secret, au grand regret de la secrétaire, qui badinait avec lui.

— Je peux me joindre à vous, les gars ? s'enquit-il.

— Bien sûr, répondit Nathan en se déplaçant pour lui faire de la place à l'ombre du chêne. On ne s'est rencontré qu'une seule fois, Daniel, ajouta-t-il en tendant la main. Au cas où tu ne l'aurais pas retenu, je m'appelle Nathan Holloway.

— Oh, je me souviens, dit le nouveau venu. Holloway ? Je croyais que tu étais le fils du patron.

— Je le suis. Je porte le nom de mon beau-père.

Daniel Lane hocha la tête.

— J'en ai eu un, moi aussi. En revanche, je n'ai pas envie de porter son nom. Je m'en suis débarrassé aussi vite que je me suis débarrassé de lui. Je m'appelle comme ma mère, même s'il n'y a pas vraiment de raison d'en être plus fier.

— Tu connais Benjy ? fit Nathan.

Daniel était très bel homme, mais il émanait de lui une certaine amertume. Nathan lui donna moins de trente ans.

— Le cocher du patron ? précisa Daniel. Je n'ai pas ce plaisir. Enchanté.

— Enchanté, répondit Benjy. Tu viens d'où ?

— De partout… de Fort Worth, ces derniers temps. J'ai quitté un poste d'ouvrier forgeron. L'atmosphère était un peu… pesante.

Nathan mordit dans sa pomme.

— Et comment trouves-tu l'atmosphère, ici ? demanda-t-il.

— Bien meilleure. C'est bon d'être apprécié et payé à sa juste valeur. Sans parler du respect.

— On dirait que tu as des comptes à régler, sans vouloir être indiscret, commenta Benjy.

Daniel esquissa un sourire.

— On peut le dire… J'ai besoin d'un peu de temps et de chance pour retrouver ce que j'ai perdu.

— Quoi ? interrogea Nathan. Si je puis me permettre, bien sûr.

— C'est moi qui ai abordé le sujet, concéda Daniel. Une femme. Elle m'a été enlevée parce que son frère ne me trouvait pas assez bien pour elle. Et j'ai l'intention de lui prouver le contraire.

— Je te souhaite bonne chance, dit Nathan en rassemblant ses affaires. Espérons qu'elle t'aura attendu.

— Oh, elle m'attendra.

— Comment peux-tu en être certain ? s'enquit Benjy.

— Parce que personne d'autre ne veut d'elle, expliqua Daniel. J'entends la sonnerie. Je travaille sur un projet qui, je l'espère, impressionnera le patron. C'était sympa de vous rencontrer, les gars. À bientôt !

Tandis que Daniel s'éloignait, Benjy déclara :

— Pour un taiseux, je trouve qu'il parle un peu trop, celui-là.

Au bout de deux semaines, la petite annonce pour la vente de la ferme de Gainesville cessa de paraître dans le *Dallas Herald*. Le dernier jour d'avril, Nathan reçut une lettre de Léon l'informant que Millicent avait mis la ferme en vente juste après son départ et qu'elle l'avait vendue presque immédiatement. Au cours du mois de mai, ils s'installeraient à Gainesville pour être sur place lorsque Randolph passerait son diplôme en juin. Léon savait que cette nouvelle serait aussi douloureuse pour Nathan qu'elle l'était pour lui-même. Que ferait-il de ses journées, lorsqu'il serait un citadin oisif ? Le nouveau propriétaire prendrait possession de la ferme en juin, et pas uniquement pour cultiver du blé, ce qu'ils n'avaient appris qu'après la signature du contrat.

Léon tenait à rendre justice à sa femme. Un peu avant, Millicent avait été contactée par un « homme de terrain » désireux de louer une parcelle pour chercher du pétrole. Par chance, son entêtée d'épouse avait refusé. Elle ne voulait pas que ses champs soient dévastés comme tant d'autres dans le territoire de l'Oklahoma, à cause des compagnies pétrolières. Elle devait bien cela à ses parents, à son mari, à Nathan. Oui, elle avait inclus Nathan, écrivait Léon. Vint alors M. Burton (le nouveau propriétaire) qui lui avait proposé deux fois le prix si elle ajoutait les droits d'exploitation du sous-sol. Léon avait insisté pour qu'elle conserve ces droits, mais l'offre était trop alléchante et Millicent trop désireuse de vendre. Le beau parleur l'avait persuadée qu'il était avant tout un fermier. Après avoir signé, elle avait découvert qu'il n'était autre qu'un représentant de la Standard Oil Company de John D. Rockefeller. Dans le cadre de leur accord, les Holloway demeureraient sur la propriété jusqu'à fin juin pour une ultime récolte et la vente de leur matériel. Millicent avait déjà acheté une maison à Gainesville, la grande bâtisse coloniale qu'elle avait toujours admirée. Léon était persuadé qu'elle avait décidé de vendre quand le propriétaire de cette belle demeure, un avocat influent, était mort et que le bien avait été mis en vente. Nathan n'avait pas à se soucier du sort de Daisy. Elle serait heureuse chez leur voisin, qui avait accepté de la leur acheter. Nathan viendrait-il à la remise de diplôme de Randolph, fin juin ? Son frère était major de sa promotion.

Installé dans un fauteuil à bascule, sous le porche de sa grand-mère, Nathan plia doucement la lettre et ferma les yeux pour retenir ses larmes. Récemment, il avait accompagné Trevor voir un site de forage pétrolier situé sur une exploitation de coton près de Nacogdoches, dans l'est du Texas. La société de forage avait acheté son matériel et ses outils chez Waverling Tools. Ils étaient arrivés juste à temps pour entendre un bruit de tonnerre rappelant l'arrivée d'un train de marchandises. Les hommes avaient détalé comme des lapins en s'éloignant du derrick. Quelques minutes plus tard, une terrible explosion avait fait trembler la terre. Les yeux écarquillés, les mains sur les oreilles, ils avaient vu, fascinés, une éruption de liquide noir au sommet du derrick, à plusieurs dizaines de mètres. La matière visqueuse avait jailli dans toutes les directions. Bien qu'ayant échappé de peu à une mort certaine, les hommes s'étaient mis à hurler de joie, heureux d'avoir creusé un puits jaillissant. Face à ce jet de pétrole, Trevor avait déclaré :

— Avant que je ne m'implique totalement dans ce secteur, je devrai trouver une solution pour éviter ce type de fuite. Quel dommage de gaspiller ce pétrole.

Nathan était demeuré en retrait des réjouissances. Voir les plantations de coton noyées sous des centaines de barils de pétrole lui donnait la nausée. Tandis que les hommes dansaient sous une pluie d'or noir, il souffrait de voir le travail d'un paysan écrasé par des routes, des chevaux de trait et des roues de charrettes, le sol contaminé par les fuites des citernes de pétrole, le ciment, les bétonneuses et les débris d'équipement rouillé abandonnés sur place, sans oublier l'air pollué par les émissions des conduits érigés pour brûler le surplus de gaz.

Il ressentait le même malaise en cet instant en imaginant les champs de blé de la ferme des Barrows submergés par une coulée de pétrole brut. Il n'osait penser à la profanation de la source, à la destruction de toute vie animale et végétale si une plate-forme pétrolière prenait feu. Un forage occupait presque un hectare. Même dans le cas où du pétrole n'était pas découvert, le terrain serait irrémédiablement endommagé pour au moins une génération, voire à jamais.

Le cabriolet de sa grand-mère apparut au bout de la rue. Mavis s'était rendue avec Rebecca à la fête d'anniversaire d'une amie de sa petite-fille, dans la mesure où l'on pouvait affirmer que Rebecca avait des amies. Elles adressèrent des signes de la main à Nathan, qui lisait sous le porche, Scat et Zak à ses pieds. Trevor se trouvait au gymnase. Nathan vivait chez son père depuis un mois, mais ce dernier ne lui avait pas encore proposé de l'accompagner à ses entraînements de boxe du mercredi et du samedi après-midi. Dans la voiture ouverte, sa grand-mère et sa sœur ressemblaient à deux fleurs dans leurs robes de fête : Mavis un peu fanée, dans sa toilette rose, et Rebecca en jaune et blanc, tel un hymenocallis agitant ses longs bras maigres.

Benjy engagea le véhicule dans l'allée. Bientôt, les « filles », comme Nathan les surnommait affectueusement, le rejoignirent, tandis que Benjy rangeait la voiture avant de prendre le thé à l'office avec Lenora.

— Ah, je vois que tu as reçu une lettre de chez toi, déclara la vieille dame en gravissant les marches dans un bruissement de tulle.

— Fais voir ! Fais voir ! s'exclama Rebecca en sautillant.

— Non, Rebecca chérie. Cette lettre est à Nathan, expliqua Mavis. Assieds-toi plutôt sur la balancelle.

— Non ! Je veux voir la lettre ! s'écria l'enfant.

— Zak, dit doucement Nathan.

Le chien se leva et alla renifler la main de Rebecca qui, aussitôt, porta son attention sur lui.

— Zak…, chantonna-t-elle en lui caressant la tête.

Obéissante, elle s'assit sur la balancelle, Zak à côté d'elle, le museau sur ses genoux.

— C'est extraordinaire, commenta Mavis. Je n'ai jamais rien vu de tel. Zak et toi êtes des anges venus du ciel. Ne te méprends pas sur mes paroles. J'espère que cette lettre ne t'a en rien contrarié.

Sa grand-mère était décidément très intuitive. Le frère et la sœur de Nathan le disaient indéchiffrable, voire impassible, selon Randolph. « Si tu étais un Indien, on te nommerait visage de pierre », lui avait-il un jour déclaré. Comment Mavis avait-elle senti sa tristesse et deviné que la lettre lui venait d'un membre de sa famille ? Qui d'autre pouvait lui écrire ? Nathan ignorait ce que Trevor avait révélé à sa mère sur Millicent Holloway. Il aurait été stupide de lui faire part des accusations de viol de Millicent. Aucun homme ne dirait cela à sa propre mère, surtout quand elle croyait déjà son fils capable du pire.

— Ma mère a vendu notre ferme à un producteur de pétrole, déclara Nathan. Elle et mon beau-père s'installent en ville.

— Et cela te chagrine ?

— Oui. Des hectares de terre risquent d'être souillés pour des années à cause du forage, même s'il n'y a pas de pétrole.

— Tu espérais racheter un jour cette ferme ?

— C'est votre fils qui vous l'a dit ? s'enquit Nathan, étonné.

— Il ne m'a pas caché grand-chose à ton propos. J'ai insisté.

Il lut dans le regard de sa grand-mère que Trevor n'avait pas évoqué les accusations de viol. Mavis lui avait parlé de son grand-père, des débuts de la ville de Dallas, elle lui avait montré les bons côtés de Jordan Waverling à travers ses souvenirs, mais elle ne lui avait pas dévoilé l'histoire qu'elle s'était engagée à lui raconter un jour en privé. En évoquant son fils décédé, elle avait précisé que sa mort était entourée de mystère. Peut-être avait-elle changé d'avis de peur que Nathan n'ait une mauvaise image de son père ? Depuis qu'il vivait sous leur toit, le jeune homme avait l'impression qu'elle s'était un peu rapprochée de

Trevor. Nathan savait simplement que Jordan était sujet à des sautes d'humeur. Rebecca avait peut-être hérité du comportement fantasque de son oncle, affirmait-elle, mais il n'était pas violent lors de ses crises. Non, disait Mavis, Jordan semblait en proie à la dépression. Voilà pourquoi il aimait tant le fleuve. L'eau l'apaisait.

— Quelle ironie du sort ! L'endroit qui lui apportait la paix de l'esprit lui a aussi pris la vie.

Mais elle n'avait jamais rien dit de plus sur la mort de Jordan.

Soudain, Rebecca se leva.

— *Je dois retourner vers la mer, la mer infinie et le ciel. Je ne demande qu'un navire et une étoile pour le guider,* déclama-t-elle.

— C'est un de ses poèmes préférés, expliqua Mavis. John Masefield était le poète favori de Jordan. Rebecca exprime qu'elle veut descendre au bord du fleuve. Sans doute parce qu'elle y a de bons souvenirs avec son oncle. Ils étaient très proches. Il l'emmenait se baigner et pêcher sur le ponton. Ils récitaient des poèmes. Si elle aime tant la poésie, c'est parce que Jordan avait la passion des rimes. Tu veux bien l'emmener là-bas, Nathan ? Nous lui interdisons de s'y aventurer seule.

Nathan eut un frisson d'appréhension. C'était comme si Rebecca lisait ses pensées à propos de son oncle.

— Zak et moi en serions ravis.

Il glissa la lettre dans son livre et prit Rebecca par la main.

— Ne restez pas trop longtemps. Soyez rentrés pour le thé, avant le retour de Trevor, prévint Mavis. Toi et moi n'avons pas souvent le temps de bavarder. Rebecca, prends soin de ne pas maculer ta robe de boue !

En descendant les marches, Nathan s'interrogea sur les capacités extraordinaires de ses deux parentes. Sa grand-mère avait-elle aussi deviné les questions qu'il se posait à propos de Jordan ? À son retour, aurait-il la chance d'avoir enfin une conversation privée avec elle ? Avait-elle compris que ce qui n'était au départ que de la curiosité chez lui, s'était mué en un véritable tourment ?

Nathan referma la grille derrière lui. Zak sur les talons, Rebecca sautilla vers la rive de la Trinité, ses boucles brunes cascadant sur ses épaules. La pelouse qui descendait vers les eaux faisait partie de la propriété de sa grand-mère et se prêtait idéalement aux jeux du jeune homme avec son chien. De part et d'autre, de hautes haies les abritaient des voisins. Un petit ponton se dressait au-dessus du fleuve.

— Sois prudente, Rebecca ! lança le jeune homme en la voyant fouler les planches avec Zak. Ne t'approche pas trop du bord.

— Promis ! répondit-elle.

Nathan s'en étonna. Il était rare d'obtenir une réponse normale de cette enfant. Elle s'exprimait généralement à travers des comptines et des poèmes, enfermée dans son propre monde de rêve peuplé de poupées et d'amies imaginaires. Elle ne semblait pas rechercher d'autre compagnie que celle de sa grand-mère, Lenora et Benjy, sans oublier Nathan et Zak, désormais. À plusieurs occasions, le jeune homme avait vu son regard sombre s'éclaircir et se concentrer sur ce qu'il se passait autour d'elle. Ces moments-là donnaient la chair de poule à Nathan. Il avait l'impression d'être face à une poupée qui prenait vie.

Nathan rejoignit Rebecca sur le ponton, prêt à lui attraper le bras si elle trébuchait comme cela lui arrivait souvent. Impulsive, elle manquait de coordination dans ses mouvements.

— Là, dit-elle en tendant l'index.

— Quoi, là ?

— Là ! répéta-t-elle en désignant un gros rocher qui surgissait de l'eau, non loin de la rive.

— Qu'est-ce qu'il y a, Rebecca ?

— C'est là que c'est arrivé.

— Qu'il s'est passé quoi ?

— Mon oncle s'est noyé.

Une fois de plus, Nathan eut la chair de poule. Il écarta doucement Rebecca du bord du ponton et la prit par les épaules.

— Tu as vu ton oncle se noyer ? lui demanda-t-il. D'ici ? Qu'est-ce que tu faisais ici ? Il y avait quelqu'un d'autre ?

Elle se détourna de lui et désigna à son tour le rocher.

— *Je dois retourner vers la mer, la mer infinie et le ciel. Je ne demande qu'un navire et une étoile pour le guider.*

Elle se tourna de nouveau vers Nathan.

— Voilà ce qu'il a dit, expliqua-t-elle.

Le jeune homme avait du mal à comprendre.

— Qui ? Ton oncle ?

L'enfant avait le regard plein d'espoir d'être crue, un regard lucide, clair, un espoir manifeste. Hélas, tout aussi soudainement, cette clarté se dissipa et le visage de Rebecca se voila. Le moment de vérité était perdu. L'enfant se détourna encore vers l'eau.

— *Le mouvement de la barre, le chant du vent, le battement de la voile blanche, une brume grise sur la mer, le jour qui se lève…*

Impressionné, Nathan écouta le rythme des vers, fasciné par leur sens caché. Qu'était-elle en train de lui dire ? Avait-elle vraiment vu Jordan Waverling se noyer ? Était-elle seule ou accompagnée ? Elle avait neuf ans, à l'époque. Quelqu'un devait la surveiller. Il lui tendit la main.

— Viens, Rebecca. Rentrons à la maison. Grand-mère nous attend pour le thé.

Elle refusa sa main et s'éloigna en sautillant, le chien sur les talons. Abasourdi, Nathan secoua la tête tandis que l'enfant chantonnait en suivant la cadence de ses pas :

— *Sa tasse de porcelaine est blanche et fine, mille fois son cœur s'est emballé sur sa bordure ouvragée. Et au fond, peint en rose, un dragon l'accueille d'un sourire.*

CHAPITRE 17

Le vendredi 22 juin, Nathan monta dans le train à destination de Gainesville. Léon avait organisé sa visite dans sa dernière lettre. Il viendrait chercher le jeune homme à la gare et l'emmènerait dans la nouvelle maison familiale. Ils étaient bien installés. Le samedi matin, ils participeraient à la remise des diplômes, puis au déjeuner. Libre à lui d'assister ou non au dîner des diplômés et au bal. Nathan était soulagé de ne pas devoir retourner à la ferme.

Comme prévu, Léon l'attendait avec enthousiasme à l'arrivée du train. Les larmes aux yeux, il l'embrassa.

— Merci d'être venu, Nathan. Nous sommes tous très contents.

— Moi aussi, répondit-il.

Il n'aurait pu l'affirmer lorsqu'il avait reçu l'invitation à la cérémonie de remise de diplôme de Randolph. Que ressentirait-il en découvrant ce pour quoi sa mère avait sacrifié la ferme ? La belle demeure, les beaux vêtements de Lily et Randolph, et pourquoi pas une de ces voitures sans chevaux que le *New York Times* nommait *automobile* ? Son absence ferait-elle vraiment une différence aux yeux de sa famille ? Puis il s'était dit que Randolph était le fils de Léon et qu'il serait fier de le voir monter sur l'estrade, vêtu de sa toge de major de sa promotion. Randolph avait mérité cet honneur. Nathan avait compris qu'il serait perdant s'il négligeait cette occasion d'être en famille. Ce serait peut-être la dernière fois qu'ils seraient réunis.

— Je n'aurais raté ça pour rien au monde, affirma-t-il pour rassurer Léon.

Son beau-père avait vieilli, mais les rides qui striaient son front et les coins de ses yeux étaient avant tout dues au chagrin. Tous deux avaient changé leur façon de s'habiller : ils arboraient un costume de ville, une chemise à fines rayures à faux col. Nathan s'était rendu directement de Waverling Tools à la gare ferroviaire, de sorte qu'il n'avait pas eu le temps de revêtir une tenue de voyage. Léon était coiffé d'un canotier en paille et Nathan d'un chapeau melon.

— On n'est pas beaux ? railla Léon.

— Superbes ! J'ai apporté mes vieilles chemises et un pantalon en toile pour traîner à la maison.

— J'enfilerai ma salopette dès que je serai rentré. Millicent n'aime pas que je la mette pour sortir. Comme si les gens allaient le remarquer ! Et qui s'en soucie ? Tu as dîné ?

— J'ai mangé un sandwich dans le train.

— Millicent a prévu une tarte aux pommes et de la crème glacée, annonça Léon en le prenant par les épaules. Tu m'as manqué, fiston !

— Toi aussi, papa, répondit le jeune homme, la gorge serrée.

Appellerait-il un jour Trevor Waverling *papa* ?

Un silence chargé de tristesse et de chagrin s'installa entre eux. Léon l'entraîna vers une voiture flambant neuve en bois précieux, avec des sièges en cuir, des ornements en cuivre et une capote amovible. Elle était tirée par un cheval superbe.

— On ne les a que depuis quelques jours. Sinon, je t'aurais prévenu que je ne viendrais pas te chercher avec la vieille Betsy et l'ancienne voiture, expliqua Léon. Millicent trouve qu'on devrait se déplacer avec style, maintenant qu'on est des gens de la ville. Je lui ai dit que je ne roulerais jamais avec ce maudit engin si elle rejetait notre bonne vieille jument. La voiture sera bientôt vendue puisque je ne fais plus d'aller-retour à la ferme. Naturellement, Randolph espère que sa mère finira par lui acheter un de ces engins sans attelage qu'ils fabriquent à Detroit.

— Tu crois qu'elle le fera ? s'enquit Nathan, avec un soupçon de ressentiment qui vint gâcher le plaisir des retrouvailles.

Léon fit claquer les rênes sur la croupe de la jument.

— Elle se laisse un peu griser par l'argent qu'elle a touché, mais je crois que ces nouvelles machines automobiles dépassent les limites. C'est trop dangereux. Dis-moi, comment ça se passe, à Dallas ? Zak s'habitue à la ville ? Et la petite fille, Rebecca ? Elle te parle ? Tu t'entends bien avec Trevor ? Ils te nourrissent convenablement ?

Durant les dix minutes du trajet, Nathan répondit aux questions de son beau-père en édulcorant la réalité afin qu'il ne s'inquiète plus pour son bien-être. La campagne lui manquerait toujours, affirma-t-il, néanmoins, il prenait goût au confort moderne, à l'éclairage électrique, à l'eau courante et au téléphone. Il se faisait aussi aux bruits et aux odeurs de la ville. Il était confortable de vivre à proximité des commerces, de sorte que l'on ne manquait jamais de rien.

— Tu t'y feras, toi aussi, papa.

— Du moment que je ne ramollis pas trop.

Nathan avait la même préoccupation, mais il avait trouvé une solution à ce problème. Trevor avait été boxeur amateur dans le circuit des poids moyens. S'il était trop âgé pour la compétition, il s'entraînait toujours avec assiduité. Il avait enfin convié Nathan à l'accompagner au gymnase. Peut-être enfilerait-il les gants, ne serait-ce que pour apprendre l'art de la boxe ?

Nathan, boxeur ? songea Léon quand son fils lui en parla. Il avait la carrure nécessaire. Pendant la moisson, ses bras leur avaient manqué. C'était sans doute leur meilleure récolte depuis des années, même s'il leur restait encore deux semaines de travail aux champs. Ils avaient obtenu un prix plus qu'honnête pour leur blé. Léon avait mis de côté le salaire de Nathan. Les acheteurs potentiels se bousculaient pour acquérir la charrue, les outils, la sellerie et le bétail, le moment venu. Millicent accorderait à Léon sa part, qu'il ajouterait à son bas de laine secret. Ainsi, il pourrait repartir de zéro s'il le souhaitait. Il avait entendu parler de bonnes terres à acquérir dans le Kansas.

Nathan ne masqua pas son étonnement.

— Cela signifie que tu serais prêt à quitter maman ?

— Non ! Mais il est réconfortant de savoir que je le pourrais, si je le voulais. Je resterai avec ta mère jusqu'à ce que la mort nous sépare. Je l'aime, je l'ai toujours aimée et je l'aimerai toujours. Je me demande bien pourquoi. Je ne cherche plus à comprendre ce qui pousse une personne à en aimer une autre malgré sa méchanceté et pourquoi ceux qui méritent d'être aimés sont privés d'affection. L'amour ne connaît pas de raison. Tu le comprendras, un jour, mais j'espère que tu ne vivras jamais ses tourments. Si ça peut te consoler, fiston, je crois que, au plus profond d'elle-même, ta mère m'aime aussi. Si je partais, une fois que les enfants ne seront plus à la maison, elle ne saurait pas quoi faire.

— Pour moi, elle a plutôt besoin de toi, dit Nathan.

— Oui, c'est vrai, elle a besoin de moi et c'est une grande part de ce qui nous unit. Cela suffit souvent, faute de sentiments plus intenses.

Dès qu'ils s'arrêtèrent devant la superbe demeure sur deux niveaux des Holloway, la porte s'ouvrit.

— Nathan ! s'écria Lily.

Elle descendit les marches en courant pour se jeter dans ses bras. Randolph apparut à son tour, plus posé mais souriant. Enfin, il vit sa mère, coiffée à la dernière mode et vêtue d'une longue jupe et d'un corsage pigeonnant. Le chignon, la robe en calicot et le tablier qu'elle portait à la ferme n'étaient plus de mise à la ville.

Leur accueil chaleureux toucha Nathan, qui avait néanmoins l'impression d'avoir été jeté au bas du nid. Il fut conduit avec effusion à l'intérieur. Sa mère ôta une poussière de son chapeau melon avant de le suspendre à une patère dans le vestibule. Lily le complimenta sur son élégance, affirmant qu'elle le trouvait très séduisant en citadin. La poignée de main de Randolph fut franche et sincère. Il sembla ravi du cadeau de Nathan, un stylo à plume Waterman bien plus maniable que les porte-plume auxquels il était habitué.

— Je me suis dit que tu aurais du mal à trouver une oie à plumer, à Columbia, railla Nathan.

Ils se remémorèrent en riant les tentatives de Randolph de soutirer des plumes à des oies récalcitrantes.

En dégustant sa tarte aux pommes, Nathan ressentit de plein fouet le changement survenu dans sa famille. Ils s'habillaient autrement, s'exprimaient autrement... Il était parti depuis moins de deux mois et ils s'étaient adaptés au nouvel environnement que leur apportait l'argent. Nathan pensait les trouver timides, gênés, honteux d'avoir gravi l'échelle sociale. Au bout d'une heure, il les jugea aptes au mode de vie qu'ils croyaient partager avec les riches. Comme ils sembleraient désormais déplacés dans le cadre rural d'une ferme ! Sa petite sœur était encore plus belle et elle le savait. Son attitude, ses gestes trahissaient qu'elle avait pleinement conscience de son charme. Elle lui avait raconté qu'elle avait plusieurs soupirants fortunés qui lui mangeaient dans la main – « le pétrole, le coton, enfin tu vois... » –, et qu'elle finirait son ultime année de scolarité dans une académie privée de Denton, où elle rencontrerait des amis « de notre monde ».

La nouvelle fortune des Holloway n'avait fait que renforcer l'arrogance de Randolph, lequel était déjà fier de sa supériorité intellectuelle et de son profil altier. Il avait le projet d'entrer en politique après ses études de droit. Il comptait avoir pignon sur rue dans le territoire de l'Oklahoma. En évoquant ses ambitions, il sourit à Millicent.

— Cela te plairait d'être la mère du gouverneur de l'État d'Oklahoma ?

Elle lui répondit d'un sourire plein de tendresse et de fierté. Selon Nathan, c'était elle qui avait le plus changé. Son frère et sa sœur étaient simplement devenus ce qu'ils avaient toujours voulu être. Sa mère, elle, avait dépassé ses rêves. Sa véritable personnalité était bien cachée sous son tablier et sa robe en toile. Nathan l'avait toujours trouvée belle, soignée et féminine. Elle avait retrouvé la posture de son milieu d'origine et les privilèges auxquels elle avait dû renoncer en épousant un simple fermier. Avec sa jolie toilette, ses beaux cheveux relevés en un élégant chignon à la dernière mode, sa parure en perles, elle avait tout de la dame de la haute société qu'elle voulait être. Une dame reçue dans les meilleurs salons de la région.

Au moment d'aller se coucher, ils montèrent à l'étage vers leurs chambres respectives. Nathan en avait une pour lui seul.

— Une chambre d'amis ! s'exclama Lily en tapant des mains. Tu imagines, Nathan ? On n'hébergera plus les visiteurs au grenier.

— Drôle d'équipe, tu ne trouves pas ? fit Léon lorsqu'il se retrouva dans le couloir avec Nathan.

— C'est vrai, admit le jeune homme. Je leur souhaite... ce qu'ils espèrent de la vente de la ferme et de cette installation en ville.

— Je te reconnais bien là.

— Il y a des chances pour que maman dilapide cet argent ?

— Elle est bien trop intelligente pour ça. Une fois qu'elle a donné l'impression d'être riche, elle sait faire passer un billet d'un dollar pour un billet de cinq. Elle n'est pas riche, mais les apparences lui suffisent. Nathan...

Léon chercha ses mots.

— Pour revenir à ce dont je te parlais plus tôt... sur l'amour, tu sais. Ton frère est parfois un sale gosse et ta sœur un papillon écervelé, mais ils t'aiment. Cela ne change pas grand-chose, c'est vrai. Randolph et Lily sont trop égocentriques pour s'intéresser à autre chose qu'à leur petite personne. Cependant, ils tiennent à toi, Nathan, sache-le.

— M'aimeraient-ils encore s'ils savaient que je suis leur demi-frère ?

— J'espère qu'ils ne l'apprendront jamais. Cela leur donnerait l'illusion de moins avoir besoin de toi. Quel que soit leur statut social, plus tard, ils te respecteront. Pour cette raison, ils auront toujours besoin de toi dans leur vie, parce qu'ils ne croiseront pas beaucoup de personnes de ton calibre, là où ils espèrent évoluer. Je veux qu'ils sachent qu'ils ont un frère qui est au-dessus du lot, un frère qui restera fidèle à l'image qu'ils se font de lui. Ils ne sont pas narcissiques au point de ne pas s'en rendre compte.

— Pourquoi auraient-ils besoin de moi alors que tu es là, papa ?

Léon rougit légèrement.

— Pour eux, je ne suis qu'un vieux plouc.

— Ils se trompent.

Son frère et sa sœur se livreraient à bien des jugements hâtifs, au cours de leur vie. Nathan comprenait ce que Léon attendait de lui.

— Je serai là pour eux s'ils ont besoin de moi, promit-il. Et à propos d'amour…

Il se racla la gorge. Léon lui donna une tape dans le dos.

— N'en parlons plus. J'entends ce que dit ton cœur. Va te coucher. Il faut être en forme demain matin pour aller voir Randolph se pavaner. Bonne nuit, mon garçon.

— Toi aussi.

Il regarda Léon s'éloigner dans le couloir, sous l'ampoule électrique, vers la vaste chambre qu'il partageait avec sa femme. Il n'avait pas troqué son « costume de pingouin » contre sa salopette, comme il le souhaitait. « Oh non, Léon ! Pas pour manger de la tarte aux pommes et de la crème glacée dans la salle à manger ! » avait protesté Millicent. Les deux hommes étaient donc restés en costume pour manger dans l'élégante porcelaine. Nathan eut soudain de la compassion pour son beau-père. Que ferait-il de ses journées sans terres à cultiver ? Ils n'auraient guère le temps d'en discuter. Après le bal du lendemain soir, Nathan prendrait le train de minuit vers Dallas afin d'arriver à la maison dimanche, de bon matin. Il n'aurait donc jamais de réponse à sa question. Ayant enfin accepté l'inévitable, il rentrerait chez lui rassuré sur le sort de tous les membres de la famille sauf Léon. La main sur la poignée de la porte, il se figea. Par deux fois en une minute, il avait pensé à Dallas comme étant « chez lui ».

DEUXIÈME PARTIE

CHAPITRE 18

Vendredi matin, quatre jours après son retour à Fort Worth, Mildred Swift alla ouvrir la porte de la maison de sa patronne. Sur le seuil, elle découvrit le fermier qui vendait ses produits chaque semaine dans le quartier. Ce jour-là, il avait quelque chose de spécial : des figues.

— Gorgées de jus au point d'exploser ! dit-il. J'en avais pas eu d'aussi sucrées depuis des années.

Mildred était chargée de l'achat des provisions. Son budget alimentaire mensuel était rangé dans une boîte à biscuits. À ses yeux, ces figues étaient trop mûres, au point qu'elle hésita à en acheter un panier. Elles étaient chères et ne dureraient pas longtemps. Cependant, Estelle en était très friande. Avec les figues qui ne seraient pas mangées, elle ferait des confitures. Mildred en acheta donc un plein panier.

Dans la culture des Comanches, il n'y avait pas de divinités. Mildred avait grandi dans l'ignorance de l'abstraction, de l'invisible. Elle n'avait jamais connu ni foi ni religion. Ce matin-là, toutefois, en recevant le courrier, elle remercia le ciel que le facteur soit arrivé juste après le fermier, avant qu'elle n'ait regagné la cuisine : il y avait une lettre adressée à Mlle Samantha Gordon, dont l'expéditrice était Eleanor Tolman Brewster

Ciel, songea Mildred en reconnaissant le nom de Tolman. Toujours impatiente de découvrir son courrier, Estelle descendit les marches. Mildred cacha vivement l'enveloppe dans la poche de son tablier. Toute la journée et jusqu'au samedi après-midi, elle réfléchit à un moyen de transmettre le message d'Eleanor Tolman Brewster à Samantha, qui ne devait revenir à Fort Worth qu'à la fin de la semaine suivante.

— Madame, dit-elle, une idée derrière la tête. Je me demandais si vous m'autoriseriez à rendre visite à ma tante cet après-midi. Je ne l'ai pas vue depuis bien longtemps. J'en profiterais pour déposer quelques figues pour Mlle Sam avant qu'elles ne pourrissent. Vous savez combien elle les aime.

— C'est très gentil, ça, Mildred ! répondit Estelle. Votre tante sera ravie de vous voir. Prenez votre temps. Pendant que vous serez au ranch, rapportez donc les bottes en chamois que portait Samantha quand vous êtes allées à Gainesville. Je les ferai nettoyer. Je me demande bien dans quoi ma fille a marché pour les tacher ainsi. On aurait juré de la fange de la rivière Rouge.

— Les rues étaient boueuses à cause de la pluie, déclara Mildred.

La tante Lil était la dernière parente de sa mère. La visite de sa nièce ne l'enchanterait guère car elle ne voyait en elle que la bâtarde d'un Comanche. Mildred n'avait aucune intention d'aller chez elle, mais il lui fallait une excuse pour porter des figues au ranch. Sinon, Estelle aurait chargé Jimmy de cette tâche. Comment s'assurer que Samantha reçoive bien sa lettre si elle ne la lui remettait pas en main propre ?

En milieu d'après-midi, Mildred plaça l'enveloppe au fond du panier, à l'envers afin que le rabat ne soit pas exposé au jus des figues, sous un torchon, puis se mit en route pour Las Tres Lomas. Elle avait l'impression d'être en mission secrète derrière les lignes ennemies. Elle fut accueillie au ranch par Silbia, qui l'informa que Samantha était absente.

— Elle bricole dans son atelier, déclara-t-elle.

Elle déposa les fruits dans la cuisine, puis les deux gouvernantes burent une tasse de café en bavardant. Mildred commençait à se dire qu'elle avait peut-être commis une erreur en plaçant la lettre au fond du panier. Et si Samantha ne la trouvait pas ?

Après avoir récupéré les bottines, Mildred s'apprêta à prendre congé.

— Tu diras à Mlle Sam que sa mère lui a laissé un petit mot sous le torchon, fit-elle d'un air entendu. C'est personnel, si tu vois ce que je veux dire.

— J'ai compris, fit Silbia en étouffant un rire. Ce que son papa ignore ne peut pas le contrarier…

C'est plus que jamais vrai, songea Mildred en s'en allant.

Neal entra dans la cuisine quelques minutes après que Mildred eut franchi la grille du ranch, tenant les rênes de la voiture d'Estelle.

— Que voulait-elle ? demanda-t-il, inquiet. Tout va bien, à Fort Worth, j'espère !

— *Si, patron*, assura Silbia en désignant le panier de figues. Elle est venue apporter ceci à Mlle Sam et récupérer les bottines à nettoyer.

— Ah, des figues !

D'un air gourmand, il glissa un fruit entier dans sa bouche.

— Elles sont bien mûres et juteuses à souhait, comme je les aime.

— Restez à l'écart du panier, *patron*. Elles sont pour Mlle Sam !

— Une seule ne lui fera pas défaut !

Ou deux, songea Neal en passant une nouvelle fois dans la cuisine, quelques instants plus tard, pour prendre une carabine dans le râtelier. On soupçonnait la présence d'un lynx qui avait attaqué un veau, ainsi que plusieurs bêtes du Triple S. Wayne et lui, aidés de plusieurs hommes des deux ranches, avaient décidé de mener une battue pendant avant la tombée du jour. Les figues dégoulinaient de sirop. Où diable était Silbia ? La gouvernante aurait dû placer les fruits dans une corbeille, au frais, dans le garde-manger. Décidément, il fallait qu'il fasse tout le travail à sa place… Posant sa carabine, il trouva un récipient susceptible de contenir les fruits, puis il saisit les quatre coins du torchon pour transférer le contenu du panier dans le saladier. Il eut alors la surprise de découvrir une enveloppe cachée en dessous. C'était une lettre adressée à Samantha. Que diable faisait le courrier de sa fille au fond d'un panier de figues ? Il aperçut alors l'adresse de l'expéditeur. Tolman, Marietta, territoire de l'Oklahoma... Son cœur cessa de battre. Qui était Eleanor Tolman Brewster ? Ce ne pouvait être que la fille du Dr Donald Tolman. Mais pourquoi écrivait-elle à Samantha ? S'agissait-il d'une suite à la lettre de son père pour confirmer les informations fournies à Neal ? De quoi se mêlait-elle ? Neal ouvrit sans difficulté l'enveloppe humide. Elle ne contenait qu'une seule feuille de papier.

Chère mademoiselle Gordon,
Vous étiez déjà partie quand j'ai retrouvé dans les papiers de mon défunt père une lettre à propos de la sage-femme dont nous avons parlé. L'adresse de Bridget Mahoney à San Francisco est la suivante : 505 Canal Street. Sachez que le cachet de la poste date du 7 septembre 1889. Elle a peut-être déménagé depuis, à moins qu'elle ne soit plus de ce monde. J'espère que ce renseignement vous permettra de progresser dans votre recherche de vos parents de naissance et que vos retrouvailles vous combleront.
Bien à vous,
Eleanor Tolman Brewster

Abasourdi, Neal avait l'impression d'avoir reçu une balle en plein cœur. La pire de ses craintes était fondée et elle se réalisait ! Samantha voulait retrouver ses parents de naissance. Estelle et lui ne lui suffisaient pas... Ils avaient échoué quelque part, mais où ?

Par la fenêtre, Neal vit Silbia revenir du réfectoire, la mine renfrognée. Elle s'était encore chamaillée avec Grizzly. Pris au dépourvu, incapable de réfléchir clairement, Neal écouta sa conscience et remit la lettre là où il l'avait trouvée. Il la couvrit du torchon et vida le saladier dans le panier. À peine l'avait-il remis en place sous l'évier que Silbia entra en trombe.

— Il faut que vous parliez au señor Grizzly, patron ! Il est parti et…

Elle s'arrêta net.

— Quelque chose ne va pas ?

— Non ! grommela Neal. Et je n'ai pas le temps de t'écouter me raconter tes querelles avec Grizzly. Débrouillez-vous !

Sur ces mots, il prit sa carabine et quitta la pièce, désireux de respirer un peu d'air frais. Son cheval l'attendait, prêt pour la battue, et Neal monta en selle.

Mille questions se bousculaient dans sa tête. Tiraillé entre le choc et l'incrédulité, il eut l'impression qu'un barrage venait de céder pour le plonger dans une douleur indicible.

Inquiète, Silbia l'avait suivi à l'extérieur.

— *Patron* ?

Ce coup de sang l'inquiétait, alors qu'il n'était pas plus bougon que d'habitude quelques instants plus tôt. Elle travaillait à Las Tres Lomas depuis de nombreuses années et était coutumière de ses sautes d'humeur. Or elle ne l'avait jamais vu dans un tel état de rage.

— Vous serez de retour pour le souper ? N'oubliez pas que les dames Singleton seront là.

— Ne comptez pas sur moi.

— Que dois-je dire à Mlle Sam ?

Neal talonna vivement sa monture.

— Dis-lui ce que tu veux ! lança-t-il en s'éloignant au galop.

La gouvernante le suivit des yeux. *El patron* interdisait formellement toute maltraitance envers les animaux du ranch, mais si ses éperons avaient été acérés, ils auraient meurtri les flancs du cheval. Et il n'avait pas coutume de parler sur ce ton de sa fille.

De retour dans la cuisine, désemparée, Silbia sortait un saladier pour y placer les figues quand Samantha entra.

— Je viens de voir papa filer comme s'il avait le diable à ses trousses, dit-elle. Je lui ai fait signe, mais il n'a pas répondu. Sans doute ne m'a-t-il pas vue.

Silbia observait son saladier d'un œil perplexe.

— Je ne sais pas ce qui a pris à votre papa. Tout était normal quand je suis partie en découdre avec Grizzly. Il est entré ici pendant que j'étais au potager et il a chipé la farine de maïs que je gardais pour le pain de ce soir. À mon retour, votre papa était fou de rage. Ce sont peut-être les figues...

Silbia désigna le panier.

— Mildred les a apportées en venant chercher vos bottines, celles que vous portiez à Gainesville.

Elle entreprit de rincer le saladier.

— Prenez ce que vous voulez. Je rangerai les autres au garde-manger.

— Où partait papa ? s'enquit Samantha en choisissant un fruit.

— Mener une battue pour trouver un lynx qui sème le trouble dans le nord du ranch.

— J'espère qu'il sera de retour pour le souper et notre partie de cartes avec les sœurs Singleton.

Sloan passait la soirée avec Anne Rutherford, comme tous les samedis soir.

— Il n'en a rien dit, fit Silbia, évasive.

Elle souleva les coins du torchon pour verser les figues dans le saladier.

— Ah, j'allais oublier. Il y a une lettre de votre maman sous les figues. Une lettre confidentielle, ajouta-t-elle en tendant l'enveloppe à Samantha.

À la tête du groupe de quatre hommes et deux chiens, Neal avançait au côté de Sloan. Il avait eu la surprise de voir le jeune homme se présenter en compagnie de ses employés.

— Tu n'es pas en train de te préparer pour un rendez-vous galant à Fort Worth avec Mlle Anne Rutherford ?

— Pas ce soir, répondit Sloan.

Neal n'était pas d'humeur bavarde et Sloan le perçut rapidement, de même Wayne et les autres. Quand il affichait cette expression, peu d'hommes osaient se frotter à lui. Ses compagnons prirent son attitude pour de la rage. Il avait la réputation d'être sans pitié envers quiconque cherchait à lui dérober son bien. Les voleurs de bétail évitaient Las Tres Lomas comme la peste. Une bête nuisible s'était introduite sur ses terres pour menacer ses bovins alors qu'elle avait de quoi se nourrir ailleurs. Les traces indiquaient la présence d'un lynx. Les lynx posaient les pattes arrière dans les traces de leurs pattes avant, suggérant la présence d'un prédateur bipède. Les excréments et l'absence de griffures autour des carcasses ne laissaient planer aucun doute. Pourtant, le lynx s'attaquait généralement à des proies plus petites que lui dans son propre environnement : souris, lapins, opossums, blaireaux, putois. Il leur sautait à la gorge et pouvait les tuer d'un coup de mâchoire. Ensuite, il traînait sa proie pour la cacher et la dévorer ultérieurement. Or les quatre veaux avaient été éviscérés et abandonnés là où ils avaient été égorgés. Un veau de cent kilos constituait un défi de taille pour n'importe quel lynx. Neal en conclut qu'ils avaient affaire à un mâle d'une stature exceptionnelle qui chassait par plaisir.

Neal regrettait de ne pas être seul à traquer la bête. S'il avait vu cette lettre auparavant, il aurait annulé la battue et serait parti seul. Comme la plupart des hommes de sa trempe, il ne parvenait à remettre de l'ordre dans ses pensées et ses sentiments qu'à cheval. Pour la première fois depuis la mort de Seth Singleton, il avait envie de pleurer. Estelle et lui s'étaient efforcés d'être les meilleurs des parents, sans pour autant gâter leur fille. Ils avaient plutôt réussi leur éducation. Cela faisait vingt ans que Samantha était entourée d'amour, d'attentions, de leur protection et de leur soutien. Pourquoi cherchait-elle à présent à retrouver des parents qui ne voulaient pas d'elle et l'avaient abandonnée ? Que lui manquait-il dans le foyer qu'ils lui avaient offert ?

Trahison... Voilà ce qu'il ressentait en cet instant. Comment ne pas céder à la colère ? Samantha avait agi derrière leur dos, elle leur avait caché son besoin, sa curiosité, sa solitude, quels que soient les sentiments qui la poussaient à chercher les vestiges de sa famille d'origine. Et sa mère... Estelle ne s'en remettrait pas si elle apprenait les activités de sa fille lors de son séjour à Gainesville.

Neal se sentit sombrer dans un gouffre de souvenirs. Douloureusement, il se souvint de cette nuit où le médecin lui avait mis Samantha dans les bras. Il avait vu des choses indicibles, au cours de son existence. Il avait affronté des Comanches et des brigands mexicains, il s'était battu à mains nues lors d'une guerre impitoyable qui l'avait marqué à jamais. Le soir où il avait rencontré sa fille, toutes ses blessures, toutes ses cicatrices avaient disparu. Pendant des semaines, il n'avait pu la regarder sans en avoir le souffle coupé. Elle était si petite, si mignonne, si parfaite, et elle était à eux. Un homme pouvait-il ressentir un plus grand amour pour une fille née de sa semence ? C'était impossible. Nul n'était plus étonné qu'il ne l'avait été par cet amour immédiat et inconditionnel. Il ne connaissait de la gent féminine que son épouse. Il avait perdu sa mère tellement jeune qu'il n'en avait aucun souvenir, puis il avait grandi dans un foyer d'hommes durs dont il était assurément le plus implacable.

Le premier miracle de sa vie s'était produit le jour où Estelle avait accepté de l'épouser. Elle avait travaillé dur à ses côtés, pendant tant d'années, simplement vêtue d'un pantalon et d'une chemise d'homme, au point qu'il en oubliait presque qu'elle était une femme. Naturellement, il avait espéré avoir des fils. Jamais il n'avait songé à avoir une fille. Voyant qu'aucun enfant ne venait, il s'était fait une raison et avait cherché à se racheter auprès d'Estelle qui en avait assez du travail de la ferme. À la mort de Neal, elle hériterait de Las Tres Lomas et vendrait le domaine à Sloan en mémoire du père du jeune garçon qui était son meilleur ami. En Virginie, en 1862, lors de la bataille des Sept Jours à Gaines' Mill, Seth lui avait sauvé la vie au péril de la sienne. En s'efforçant d'oublier qu'aucun héritier ne reprendrait le fruit de son labeur et de ses sacrifices, Neal avait développé son exploitation. Non seulement il voulait assouvir son rêve de devenir un titan, mais il tenait à léguer le ranch au fils de Seth en mémoire de son ami.

Puis il avait connu un deuxième miracle, une héritière, et peu lui importait que ce soit une fille. Aucun fils n'aurait pu être plus compétent pour reprendre le flambeau. Seule une fille pouvait lui donner, ainsi qu'à Estelle, la tendresse qu'ils avaient reçue de Samantha.

Les cavaliers parvinrent dans un secteur du ranch appelé Windy Bluff.

— Voici Sauvé, dit Sloan, arrachant Neal à ses pensées.

Le jeune homme désigna un bouvillon en train de paître. Cette portion des terres était devenue son territoire.

— Quel âge a-t-il, maintenant ?

— Il va sur ses cinq ans. Les pointes de ses cornes sont effacées. Il faudra bientôt les repeindre.

— Encore faudrait-il qu'elle y pense, grommela Neal.

S'il se perdait parfois dans le monde des titans et des dieux, il avait coutume de parler franchement, sans circonvolutions ni double sens. Pourtant, ces cornes effacées étaient pour lui un symbole.

Sloan ne masqua pas son étonnement.

— Enfin, Neal, pourquoi Samantha oublierait-elle ? Elle vient souvent le voir. Ce maudit bouvillon la reconnaît.

Neal laissa le silence s'installer, puis il reprit la parole :

— Je vais te donner un conseil, fiston. Quand tu te marieras, aie de nombreux enfants. Ainsi, si l'un d'entre eux te trahit, tu n'auras pas tout perdu.

Soudain, l'un des hommes tendit la main et se mit à crier :

— Là-bas !

Les chiens se précipitèrent en avant en aboyant. Un animal à longue queue, presque deux fois plus gros qu'un lynx, se mit à grogner depuis le sommet d'un rocher parmi les chênes et les pins. La créature fila dans les bois, aussitôt prise en chasse par les hommes et les chiens. La zone boisée constituait la limite de Las Tres Lomas. Dix minutes plus tard, la bête avait disparu. Les chiens gémirent, museau à terre. Les chevaux voltèrent, les hommes scrutèrent les environs en quête d'une fourrure fauve.

— Un puma, lâcha Wayne Harris.

Cela faisait des années que la région n'avait pas subi la menace d'un tel fauve.

— Sans doute un marginal chassé de son territoire parce qu'il ne respectait pas les règles.

— Et trop arrogant pour enterrer ses proies, dit sombrement Neal. Notre présence ne l'impressionne en rien. Il reviendra ce soir, et alors, je l'aurai.

Les hommes ne purent retenir des exclamations choquées.

— Que voulez-vous dire, Neal ? s'enquit Sloan.

— Je reste. Rentrez au ranch, vous autres. Passez une bonne soirée de samedi. Moi, je ne partirai pas tant que je n'aurai pas tué cette bête ou que je ne serai pas certain de l'avoir chassé.

— Ce n'est pas une bonne idée, insista Sloan. Et vous le savez.

Wayne s'approcha pour intervenir :

— Vos yeux ne sont pas aussi perçants qu'ils l'étaient, patron, surtout dans la pénombre.

— Mais j'ai l'ouïe fine, rétorqua Neal. Et j'ai mes lunettes. De plus, j'ai à réfléchir. Seul. Wayne, prends les chiens. Je n'aurai pas besoin d'eux. Ne vous en faites pas pour moi, les gars. Je suis à ma place, ici. *Estoy dentro de mi elemento.*

— Il est dans son élément, traduisit Sloan. Quand vous parliez de trahison… vous parliez de Samantha ?

Le visage de Neal se ferma.

— Oublie ce que j'ai dit. La trahison n'est pas en Samantha.

C'était la vérité, il fallait le reconnaître. Jamais elle ne tournerait le dos à Estelle et lui. Neal s'inquiétait pour lui-même et ses démons, la jalousie et la possessivité qui l'empêchaient de rester proche de quiconque aimait quelqu'un d'autre. Il exigeait de ses proches un amour inconditionnel. Comment supporterait-il de partager l'amour de sa fille avec un autre père ? Son vrai père ? Ou d'entendre sa fille appeler Millicent Holloway « maman » ? Léon, le mari de cette femme, était-il toujours en vie ? Samantha écrirait-elle à cette… Bridget Mahoney, à San Francisco ? Sa réponse la mènerait-elle à la ferme des Barrows ? Ce qui le chagrinait le plus était que Samantha ait voulu écrire à la sage-femme !

Du plus profond de ses souvenirs jaillit un incident plus terrible encore que l'histoire de ce chien qu'il aimait quand il était petit. Neal avait essayé de l'enfouir car il lui rappelait trop qui il était. Un officier de la brigade du Texas possédait un superbe étalon noir que lui seul avait le droit de monter. Un jour, un autre cavalier se mit en selle, un jeune aide de camp qui cirait les bottes et nettoyait les latrines. Sous les regards étonnés et les applaudissements, le cheval fit docilement le tour du paddock. Dès que le garçon eut mis pied à terre, l'officier tira une balle dans la tête de l'étalon.

Neal tenta de chasser ce souvenir qui lui laissait un goût amer dans la bouche. Un animal qui se détourne de son maître est une chose, mais était-il homme à fermer son cœur à sa fille parce qu'elle avait commis le péché d'aimer quelqu'un d'autre ?

Wayne fit une ultime tentative :

— Neal ? Restons-en là et regagnons le ranch. Samantha sera inquiète si vous ne rentrez pas.

— Tant pis, dit-il sèchement. Je reste.

Sloan échangea un regard intrigué avec Wayne. Jamais ils n'avaient vu Neal adopter une telle attitude envers Samantha.

— Comme vous voudrez, conclut Sloan. Sachez que si vous n'êtes pas de retour au matin, je viendrai vous chercher.

— Ne t'inquiète pas, fiston. Je serai là pour le petit déjeuner, assura Neal.

CHAPITRE 19

— Mauvaise nouvelle ? demanda Silbia lorsque Samantha eut fini de lire la lettre d'Eleanor Brewster.

La jeune femme réfléchit à l'étrange attitude de son père que la gouvernante venait de lui décrire. En s'éloignant, il ne lui avait pas rendu son signe de la main. Elle était désormais persuadée qu'il avait fait semblant de ne pas la remarquer.

— Mon père a-t-il lu cette lettre ?

Silbia s'interrompit alors qu'elle tamisait sa farine.

— C'est impossible. Elle était cachée sous les figues.

— C'est vrai, souffla Samantha, mal à l'aise.

L'enveloppe humide n'aurait pas été difficile à ouvrir et à refermer en toute discrétion.

— Personne n'a touché au panier ?

— Seulement votre papa quand il est venu chiper une ou deux *higos.*

Samantha brandit l'enveloppe.

— Il faut que cela reste entre nous.

— *Si, querida.* Comme je l'ai dit à Mildred, ce que votre papa ignore ne peut le contrarier.

C'était son expression favorite lorsqu'elles complotaient contre Neal. Hélas, Samantha avait l'impression que le mal était fait. Le changement d'humeur de son père suggérait la survenue d'un incident. Comment avait-il pu lire une lettre dissimulée au fond d'un panier de figues ? Peut-être était-il concentré sur la traque du prédateur qui s'en prenait à son troupeau… Sa vue avait baissé au cours de l'année écoulée. Il ne l'avait peut-être pas vue arriver de son atelier. Samantha choisit quelques figues qui lui explosèrent en bouche. Leur saveur sucrée ne parvint pas à apaiser son appréhension. Elle monta dans sa chambre se changer pour recevoir ses invitées.

Sloan renvoya son employé au Triple S et regagna Las Tres Lomas avec les hommes de Neal, aussi peu disposés que lui à laisser Neal seul face au puma. Cependant, mieux valait obéir aux ordres et le jour tombait. Billie June et Millie May n'allait pas tarder à se présenter au ranch pour le souper et une partie de cartes. Sloan voulait s'entretenir avec Samantha avant leur arrivée.

— Elle est à l'étage, l'informa Silbia dans l'entrée de Las Tres Lomas. Je vais lui annoncer que vous êtes là.

— Ne vous dérangez pas, répondit Sloan. Je monte.

— Mais… señor Sloan… elle est en train de s'habiller !

— Ne vous inquiétez pas ! assura le jeune homme avec un sourire. Je l'ai déjà vue en sous-vêtements.

Mais pas depuis leur enfance, quand ils allaient se baigner et pêcher presque nus dans la Trinity, songea-t-il. Ces derniers temps, il pensait souvent à cette époque insouciante où Samantha était son unique compagne de jeux. Les garçons de son âge vivaient dans des ranches trop éloignés pour qu'il s'en fasse des amis. Samantha et lui avaient le même précepteur et, après les leçons, ils s'ébattaient en toute liberté sous l'œil bienveillant et attendri de leurs pères respectifs. La fillette avait quatre ans de moins que lui. Il l'avait prise sous son aile. Au bout d'un moment, elle n'avait plus eu besoin de protection. Dès qu'elle avait pu le suivre, ils étaient devenus camarades. Il voyait en elle une sœur différente de Millie May et Billie June. En vrai garçon manqué, Samantha n'avait pas peur de l'aventure. Il pouvait lui faire des confidences, partager ses découvertes.

Puis, un jour, tout avait changé. Il avait presque vingt et un ans et travaillait dix-huit heures par jour pour remplacer son père disparu. Samantha venait d'avoir dix-sept ans. Depuis qu'elle passait la semaine en ville, au collège, ils ne se voyaient plus beaucoup. Après une discussion avec Neal, à Las Tres Lomas, il sortait de la bibliothèque quand il avait aperçu la jeune fille, au salon. Les rayons du soleil qui entraient par la fenêtre faisaient danser des reflets dorés dans ses cheveux et soulignaient ses courbes féminines. Il avait alors pris conscience de la pureté de son teint, de la beauté de ses yeux gris limpides, tels de petits soleils derrière des nuages. La chrysalide se muait en un superbe papillon. En cet instant, il aurait dû suivre son cœur et se diriger vers elle pour lui dire simplement :

— Il est temps qu'on se marie, toi et moi, tu ne trouves pas ?

Hélas, il n'en avait rien fait. Les exigences du ranch accaparaient son temps et son énergie. Outre la sécheresse, les voleurs de bétail qui profitaient de sa jeunesse, il devait se battre avec la compagnie des chemins de fer sur les tarifs des transports de marchandises. Les prix et les bénéfices étaient en baisse et il manquait cruellement de main-d'œuvre. Les employés les plus fiables de son père étaient tous partis se battre à Cuba avec les Rough Riders de Theodore Roosevelt. Face à ces responsabilités, Sloan n'avait pu se détendre un peu que des années plus tard, lorsqu'il était devenu un homme aguerri et Samantha une femme indépendante. Entre-temps, leur complicité s'était envolée.

Sloan parvint sur le palier. Cela faisait des années qu'il n'était pas monté à l'étage, mais comment oublier que la chambre de Samantha se trouvait au bout du couloir ? Les souvenirs ressurgirent : les jeux de cartes et de dames, les jours de pluie, un puzzle représentant le cirque Barnum qu'ils avaient terminé ensemble, alors qu'elle était alitée avec une jambe cassée, l'oisillon tombé de son nid qu'ils avaient sauvé et caché dans sa chambre sous le regard réprobateur de Mme Swift. Ils l'avaient placé dans un panier puis l'avaient relâché ensemble pour le regarder s'envoler. Sloan avait environ douze ans. Il frappa à la porte.

— Entrez !

— Tu es sûre ? C'est Sloan !

Il l'entendit s'agiter telle une petite souris affolée, puis elle entrebâilla la porte.

— Sloan ! s'exclama-t-elle, étonnée. Qu'est-ce que tu fais là ?

— Je suis venu te parler. Ouvre-moi ! Je me moque de savoir si tu es habillée. J'ai des sœurs, tu sais ! Nous n'avons pas beaucoup de temps.

Elle recula, pieds nus, en peignoir, les cheveux relevés sur la tête et maintenus par des barrettes.

— Qu'est-ce qu'il y a ? Un problème ?

— À toi de me le dire. Les gars et moi revenons de la limite nord du ranch, là où on a repéré un puma qui s'en prend à nos bêtes. Neal est persuadé qu'il reviendra ce soir.

— Un puma, répéta la jeune fille avec une moue. Et tu es monté dans ma chambre pour me dire ça ?

— Ton père est resté là-bas pour le tuer seul. Impossible de l'en dissuader. Il était d'une humeur massacrante. Quelque chose le ronge et je voudrais que tu m'en parles. Je peux peut-être l'aider.

— Mon Dieu ! s'exclama Samantha en dénouant la ceinture de son peignoir. Je m'habille et j'y vais de ce pas ! Il ne faut pas qu'il affronte seul cette bête.

— Non, tu n'iras pas, répliqua Sloan. Tu vas faire fuir le fauve, au cas où il rôderait dans le coin. Imagine la réaction de ton père ! De plus, il affirme qu'il doit réfléchir et tient à rester seul.

— Réfléchir ?

— À propos de toi, si j'ai bien compris. Il se passe quelque chose entre ton père et toi ?

Sloan se garda d'évoquer la remarque cryptique de Neal sur la trahison, de peur de blesser la jeune femme. En dépit de ses dénégations, c'était bien de sa fille dont Neal parlait. Il préféra laisser parler Samantha.

Elle s'assit lourdement dans un fauteuil.

— Seigneur…

Elle ferma les yeux, soudain très pâle.

Sloan prit place sur un repose-pieds et repoussa son chapeau en arrière, puis il prit la main crispée de son amie dans la sienne.

— Parle-moi, Sam. Que se passe-t-il entre vous deux ? Je tiens à vous aider, dans la mesure du possible.

— Qu'est-ce qui te fait croire que quelque chose ne va pas ?

— Son comportement... et ta réaction. Tu sembles très tendue.

— Et qu'est-ce qui te fait croire que mon énervement a un lien avec mon père et moi ?

Sloan n'avait pas le choix. Le cœur de son amie battait si fort qu'il sentait presque son pouls contre sa paume.

— Il m'a conseillé d'avoir de nombreux enfants afin que, si l'un d'eux me trahit, je n'aie pas... tout perdu.

Elle rouvrit vivement les yeux. Un nuage sombre vint voiler son regard.

— Il a dit ça ?

— Absolument. Jamais je n'aurais pensé entendre ces paroles dans la bouche de Neal Gordon. Que s'est-il donc passé entre lui et le soleil de sa vie ?

Samantha se leva lentement et se dirigea vers la fenêtre. Cela ne faisait plus aucun doute : son père avait lu la lettre. Elle sentit la panique monter en elle. Elle ne pouvait qu'imaginer la douleur de son père... et sa colère. Une colère noire. Comment Samantha pouvait-elle lui infliger une souffrance pareille ? À lui et à Estelle, la meilleure des mères ? Devait-elle tout avouer à son père et lui expliquer la lettre d'Eleanor Brewster ? Comprendrait-il sa curiosité ? Elle aurait du mal à le convaincre que sa visite à Marietta l'avait satisfaite et qu'elle ne souhaitait pas en apprendre davantage. N'était-ce pas lui qui avait déclaré à sa femme qu'il était normal, pour une enfant adoptée, de se poser des questions ? Elle commencerait par le début, ses inquiétudes pour la santé de son père, sa conversation avec Grizzly...

Elle s'arrêta net. Quoi qu'il arrive, elle ne pouvait impliquer Grizzly. Désemparée, elle se prit la tête entre les mains.

Aussitôt, Sloan se précipita vers elle et la fit pivoter vers lui.

— Pour l'amour du ciel, Sam, dis-moi ce qui se passe ! Cela ne peut être si grave.

Samantha secoua la tête.

— Personne ne peut m'aider, murmura-t-elle. J'ai commis un acte irréparable aux yeux de mon père, et jamais je ne pourrai me racheter. C'est tout ce que je te dirai.

Il prit ses mains dans les siennes.

— Samantha, tu es incapable de commettre un acte irréparable aux yeux de ton père.

— J'aurais dû suivre les conseils de Grizzly et Wayne et ne pas m'engager sur cette voie.

— Quelle voie ?

Samantha dégagea ses mains et se tourna de nouveau vers la fenêtre.

— S'il te plaît, dis à tes sœurs que la soirée est annulée…

— Écoute, je vais descendre te chercher un verre de xérès, insista le jeune homme. Cela te redonnera des couleurs. Peut-être accepteras-tu de me parler, ensuite…

— Non. J'ai besoin d'être seule. Tu ne peux rien arranger, Sloan. Personne n'y peut rien.

— Laisse-moi au moins essayer ! Un grand frère, cela sert à ça, non ?

De façon irrationnelle, ce commentaire piqua la jeune fille au vif. Elle fit brutalement volte-face et le foudroya du regard, désespérée et furieuse. Sloan croyait donc qu'il pouvait réparer l'irréparable, comme lorsqu'ils étaient enfants ? Ce garçon devenu un homme, dont tout le monde croyait qu'il l'épouserait un jour, y compris elle-même, avait choisi une autre femme, plus belle, plus sophistiquée, plus docile, une écervelée. Et pourtant, il s'attendait à… il exigeait d'être mis dans les confidences de la famille ! Or il n'avait pas d'autres droits que ceux que donnait l'amitié. Et l'amitié avait des limites.

Elle alla ouvrir la porte de sa chambre.

— J'apprécie ta proposition, Sloan, mais il faut que je règle ça seule. Ne te tourmente pas pour le… malentendu entre mon père et moi. Inutile de préciser que j'aimerais que tu gardes pour toi tes préoccupations à ce sujet.

La mine dure, le regard froid, elle attendit. Sloan la dévisagea, bouche bée, visiblement offensé.

— Comme si tu devais me demander de rester discret, répondit-il en mettant son chapeau. Si je décide de me préoccuper du malentendu entre ton père et toi, tu ne m'en empêcheras pas.

Il sortit dans le couloir, incapable de la regarder tant sa peine était grande.

— Si tu changes d'avis, si tu as envie de parler, tu sais où me trouver. Un grand frère a toujours une épaule rassurante.

— Tu n'es pas mon frère, Sloan ! lança-t-elle alors qu'il descendait les premières marches.

Ces mots le frappèrent de plein fouet. Il s'arrêta net et se retourna.

— Pardon ?

— Tu es mon ami. Rien de plus, rien de moins. Je m'estime heureuse de t'avoir pour ami, mais c'est tout ce que tu es, un ami !

Sloan la dévisagea, le cœur serré. S'il avait des doutes sur ses véritables sentiments pour lui, il venait d'en avoir la confirmation.

— Je veillerai à ne pas l'oublier, conclut-il.

La pleine lune apparut à la tombée du jour, dans la nuit pâle, tandis que les cavaliers regagnaient leurs ranches respectifs. Bientôt, le ciel d'avril s'assombrirait et s'emplirait d'étoiles, mais la lumière serait suffisante pour distinguer le puma qui rôdait en quête d'une proie nocturne. Neal avait ordonné à ses hommes de mener Sauvé plus près du ranch, hors de danger. Il regrettait sa remarque insinuant que Samantha était devenue indifférente au bouvillon. Elle allait souvent lui porter du foin, des morceaux de sucre et même des crêpes. La peinture étant nocive pour les cornes encore tendres, Samantha se contentait de quelques coups de pinceau aux extrémités et uniquement quand la couche précédente était totalement effacée, pour éviter qu'il ne se retrouve à l'abattoir. En s'apitoyant sur lui-même, Neal avait donné une image négative de sa fille à Sloan. Il n'en était pas fier.

Il attacha son cheval à la clôture de barbelés et se posta à l'abri de deux rochers géants qui se dressaient côte à côte, formant un étroit passage dans lequel le vent soufflait en permanence. Son bruit couvrirait tout son humain et la pénombre empêcherait le félin de déceler sa présence. Si les pumas avaient une excellente vision, ainsi qu'une ouïe développée, leur odorat était médiocre. La bête surgirait des bois, face à lui, et verrait son cheval, mais Neal serait caché. Le félin ignorerait qu'une Winchester 1894 serait braquée sur lui. Cette arme lui permettait de tirer plusieurs coups sans avoir à recharger.

La rage d'anéantir la menace qui pesait sur son domaine brûlait en lui. En réalité, il était peut-être mû par un besoin de détruire le danger qui menaçait l'unité de sa famille. Le Dr Tolman était mort. La fille du médecin ne savait apparemment rien sur la naissance de Samantha, à part le nom d'une sage-femme. Samantha tenterait-elle de la contacter ? Elle n'était peut-être plus de ce monde, elle non plus. Estelle et lui n'auraient alors plus à se soucier de leurs rivaux.

Néanmoins, les choses ne seraient plus les mêmes. Comment diable Samantha avait-elle établi le lien entre le Dr Tolman et l'homme qui l'avait confiée à ses parents adoptifs ? Grâce à Grizzly ? Jamais ! Jamais son loyal cuisinier ne révélerait l'identité du médecin.

À moins que…

Neal revit le jour où Samantha lui avait apporté la lettre du Dr Tolman. Elle était soucieuse de sa santé et n'avait pas cru une seconde à son histoire de vétérinaire. Et en remarquant qu'il avait brûlé la lettre avant qu'elle ne puisse la lire…

Au risque d'être repéré par le puma, Neal se redressa et réfléchit à ce que Samantha avait pu faire après avoir quitté la table, ce jour-là. Peu convaincue par les réponses de son père, elle avait dû s'adresser aux deux hommes qui le connaissaient le mieux, Wayne et Grizzly. Elle avait pu leur confier son angoisse, leur parler de la lettre brûlée, de la mention « Confidentiel » inscrite sur l'enveloppe, avant de leur demander s'ils avaient entendu parler d'un Dr Tolman. Si Wayne ne savait rien, Grizzly, en revanche…

Neal ne le voyait pas divulguer la moindre information susceptible de détourner Samantha de ses parents. Hélas, face à une jeune fille qu'ils aimaient comme leur propre enfant, ces deux-là étaient malléables. Samantha n'aurait eu aucun mal à leur tirer les vers du nez sur le Dr Tolman. Il n'y avait pas d'autre explication. Dès lors, il était facile de deviner que Samantha s'était rendue à Marietta en profitant de son séjour à Gainesville. Il lui suffisait de prendre le ferry. Mildred était-elle informée de l'excursion clandestine de Samantha ? Ou bien sa fille avait-elle traversé le fleuve à son insu ? Non, la gouvernante d'Estelle était complice, car elle avait caché la lettre d'Eleanor Brewster au fond du panier de figues.

Le cheval de Neal agita la tête. En alerte, Neal chaussa ses lunettes en espérant que le reflet de la lune dans ses verres ne trahirait pas sa présence. Une longue silhouette émergea lentement de la forêt dense. L'animal s'arrêta pour dresser l'oreille, puis posa ses yeux jaunes sur le cheval attaché à la clôture. Celui-ci gémit, apeuré, mais conscient de la présence rassurante de son maître. Le félin avança souplement vers sa proie, puis il s'accroupit. Neal sut que le moment était venu. Il fit feu au moment précis où son cheval tira sur ses rênes et s'enfuit avec un hennissement de panique que couvrit la détonation. L'impact projeta le puma en l'air, puis il retomba lourdement à terre. En s'approchant, Neal constata qu'il l'avait touché à l'encolure et que, bien qu'inerte, il respirait encore. Le prédateur posa sur lui ses yeux jaunes pleins de haine et émit un ultime grognement de défi. Le vainqueur l'acheva d'une balle dans la tête.

Neal sortit alors son couteau et coupa la queue du félin, puis il siffla pour appeler son cheval. Ce trophée serait cloué au mât du drapeau, à l'entrée du ranch, à la vue des hommes et des bêtes, jusqu'à ce que le soleil, le vent et la poussière l'aient rendu méconnaissable. Il laisserait la carcasse aux soins des autres prédateurs. Neal rangea sa carabine et enroula la queue sanguinolente sur elle-même pour la glisser dans sa sacoche. Il ressentait une intense satisfaction, comme chaque fois qu'il corrigeait quiconque s'attaquait à son bien. Le secret était d'attendre son heure. De ne pas bouger avant d'avoir identifié l'intention de l'autre. Samantha était tombée sur le nom du Dr Tolman parce qu'elle se souciait de sa santé, ce qui avait suscité en elle de la curiosité sur les circonstances de sa naissance. La bévue de Grizzly était innocente et involontaire. De même, Mildred s'était laissée emporter par la curiosité de Samantha. En partant pour Gainesville, elle ignorait certainement que la jeune fille avait l'intention de prendre le ferry pour traverser la rivière Rouge.

Neal attendrait donc patiemment, mais avec vigilance, pour voir ce que sa fille ferait des informations dont elle disposait. Il n'interrogerait pas Grizzly. Le malheureux risquait de se pendre à cause de cette indiscrétion. Il ne dirait rien à Mildred, non plus, de peur qu'elle ne répète tout à Samantha. Pour l'heure, la jeune fille ignorait que son père avait lu la lettre d'Eleanor Brewster et qu'il était au courant de son escapade à Marietta.

En attendant, comment gérer la culpabilité qui le tenaillait à l'idée de cacher à son enfant ce qu'il savait de sa mère biologique, une femme susceptible de la renseigner sur les autres membres de sa famille ?

***

En entendant des cris et des sifflements de joie, Samantha fit volter Pony. Ce matin-là, elle avait pour mission de conduire vaches et génisses vers les enclos destinés aux éventuelles gestations. Elle aperçut son père. Lasso à la main, il galopait à la poursuite d'un veau qui cherchait à échapper au marquage. D'un geste sûr, il attrapa l'animal par l'encolure. Son cheval parfaitement dressé s'arrêta, puis tira sur la corde tandis que son père en enroulait l'extrémité sur le pommeau de sa selle. Enfin, Neal sauta lestement à terre et coucha le veau sur le flanc pour lui attacher les pattes et le traîner vers le fer à marquer.

À cinquante-cinq ans, Neal Gordon était toujours leste et participait pleinement aux activités du ranch, même quand sa présence n'était pas indispensable. C'était ainsi depuis deux mois, depuis qu'il avait lu la lettre d'Eleanor Brewster. Sans cette lettre, il n'aurait pas été présent, ce matin-là. Il ne s'échinerait pas huit heures par jour à extraire des bêtes égarés des cours d'eau et des ravines pour les dénombrer, à rassembler des veaux pour le marché, à transférer les troupeaux vers d'autres pâturages, à effectuer le dur labeur d'un cow-boy plus jeune et payé un dollar la journée. Le soir, il rentrait épuisé, fourbu. Il prenait un bain chaud et dînait sur un plateau, dans sa chambre. Le lendemain, il se levait à l'aube pour rejoindre les garçons et assumer des responsabilités que son âge et sa position lui permettraient de déléguer à Wayne Harris, le régisseur le plus compétent de la profession.

En se jetant à corps perdu dans le travail, il pouvait rester à distance de sa fille, songea Samantha avec tristesse en cette troisième semaine de juin. Plus rien n'était pareil entre eux depuis l'après-midi où il était parti traquer le puma, le 14 avril. La queue du fauve battait au vent, telle une mise en garde contre quiconque chercherait à s'en prendre à son domaine. Samantha y voyait l'expression de ce que son père pensait de son excursion à Marietta.

Ils ne terminaient plus leurs journées en buvant un verre ensemble à la bibliothèque. Neal prétendait avoir « quitté la bouteille ». Il prenait son petit déjeuner et son déjeuner au réfectoire et refusait d'y souper pour ne pas « prendre de la brioche ». Il se montrait d'une courtoisie sans faille envers Samantha, l'embrassait sur la joue chaque soir, mais son affection n'était plus aussi débordante et la jeune femme en souffrait. Si seulement elle avait pu apaiser ses tourments… Hélas, elle avait fait une promesse à Grizzly. Durant ces deux mois, elle avait souvent surpris son père en grande réflexion. Et s'il devinait la bévue de Grizzly ? En discutant avec lui, elle pourrait lui assurer que sa peur de la perdre était infondée. Elle avait jeté la lettre d'Eleanor Brewster et n'avait aucune envie de contacter Bridget Mahoney ou de poursuivre ses recherches sur sa naissance. Neal et Estelle Gordon étaient ses parents et elle n'en voulait pas d'autres. Il fallait qu'elle le lui fasse comprendre. S'il l'aimait suffisamment, il la croirait.

Impatient de se remettre au travail, Pony émit une plainte. Samantha fit claquer ses rênes. Malgré la chaleur de juin, elle frémit. Pour la première fois de sa vie, elle se sentait seule. Elle avait repoussé son meilleur ami et avait rompu ses liens avec son père. Elle ne pouvait aller voir sa mère qui, Dieu merci, ignorait encore ce qu'il se tramait, ni se tourner vers Wayne et Grizzly, qu'elle ne voulait pas impliquer. Pour la première fois, après des années d'amour et de sécurité, Samantha se sentait orpheline.

CHAPITRE 20

Le lendemain, en ouvrant la porte moustiquaire du réfectoire, Samantha entendit Wayne dire à son père :

— Tu es sûr de vouloir y aller ? Tu dois avoir sacrément mal aux fesses après ces heures passées en selle, ces deux derniers mois. Je peux m'y rendre à ta place. En prenant le train, je serai de retour dans quelques jours. Tu devrais te reposer, profiter un peu de la vie.

— Il a raison, Neal, intervint Grizzly. On ira à la pêche. Il paraît que ça mord vers le nord. Bonjour, Samantha !

Les employés étaient déjà partis travailler. Il ne restait que son père, Wayne et Grizzly, attablés devant une tasse de café. Neal et Wayne tournaient le dos à la porte, de sorte que seul Grizzly avait vu la jeune fille entrer. Neal fit volte-face.

— Tu pars, papa ? s'enquit-elle, étonnée.

— Oui, chérie, répondit-il en buvant une gorgée de café. Je vais à La Paloma, voir si tout se passe bien, là-haut.

Samantha fit le tour de la table.

— Quand ?

— Je me mets en route dans quelques minutes. J'allais te l'annoncer.

— Au dernier moment ?

— Dès que tu viendrais prendre ton petit déjeuner, après avoir laissé mes consignes à mon second.

Il désigna Wayne de la tête. Naguère, c'était à elle qu'il laissait ses consignes.

— Combien de temps seras-tu absent ?

— Environ une semaine.

Il semblait avoir du mal à soutenir le regard de sa fille. Conscients du malaise ambiant, les autres firent comme si de rien n'était.

— Maman le sait ?

Neal finit son café et se leva.

— Je l'ai appelée hier depuis le Triple S. Je l'ai embrassée pour toi.

— Je pense qu'elle aurait aimé te voir avant ton départ, papa. Tu n'as pas mis les pieds à Fort Worth depuis presque quinze jours.

Neal prit son chapeau sur une patère et s'en coiffa d'un geste assuré.

— Eh bien… j'étais préoccupé. Elle n'aurait pas apprécié de m'entendre parler de mes soucis.

Samantha se sentit rougir. Son père n'avait jamais fait aussi clairement allusion à leur différend. Avant la découverte de cette lettre, dans la cuisine, il lui confiait ses moindres soucis. Elle eut envie de lui crier : « Discutons-en ! » Hélas, Grizzly était présent.

— Occupez-vous bien du ranch en mon absence, tous les trois !

Il hésita un instant, les yeux rivés sur Samantha, comme si une idée venait de germer dans son esprit, puis il la prit dans ses bras et l'embrassa sur le front.

— Je t'aime, ma fille.

Sans un mot de plus, il la relâcha soudain et sortit.

Le silence s'installa. Seuls quelques bruits de casseroles leur parvenaient de la cuisine, ainsi que les échanges en espagnol de l'équipe de Grizzly qui préparait déjà le déjeuner. Le cœur serré, Samantha entendit son père s'éloigner sur son puissant cheval à robe pie. Les larmes lui montèrent aux yeux.

— Bon, ma belle, ça suffit ! dit Wayne en croisant les bras. Il est temps que tu parles. Ton père a changé, au cours des deux derniers mois, et pas en mieux. Il est plus bougon que jamais.

Grizzly se contenta d'un long soupir. *Est-ce bien ce que je crains ?* semblait-il lui demander de son regard peiné.

Samantha se contenta de secouer la tête. Elle n'avait décelé aucun changement dans l'attitude de son père envers le cuisinier. Pour l'heure, Grizzly ne risquait donc rien. Apparemment satisfait par sa réponse tacite, il alla chercher sa vieille pancarte indiquant : « Cuisine fermée. Si vous avez faim, mangez de l'herbe. » Il l'accrocha à la porte, puis la referma et actionna le verrou. De retour à table, il servit du café à Samantha.

— Assieds-toi et libère-toi de ton fardeau, ma belle.

La jeune fille crispa les doigts sur sa tasse. Si seulement elle pouvait se confier !

— C'est une affaire personnelle, dit-elle.

— On ne veut pas être indiscrets..., fit Wayne.

— Mais si ! intervint Grizzly. Allez, crache le morceau, petite ! Qu'est-ce qui se passe entre ton père et toi, nom de Dieu ?

— On peut peut-être vous aider, renchérit Wayne d'un ton apaisant. Grizzly et moi, on connaît ton père mieux que toi, sans doute, parce qu'on le côtoie depuis plus longtemps et qu'on est des hommes. Nous autres, on a du mal à exprimer notre douleur. On s'enterre au fond du trou et on y reste tant qu'on n'a pas trouvé de solution au problème. C'est là qu'il est en ce moment, ton père. Au fond du trou. Seul. Tu veux bien nous dire pourquoi ?

Samantha saisit la première réponse satisfaisante qui lui vint à l'esprit. Elle n'était pas si éloignée de la vérité. Sloan, qui ne quittait jamais ses pensées pour très longtemps, la lui avait inspirée.

— J'ai déçu papa, avoua-t-elle. Et il n'arrive pas à me pardonner.

Wayne baissa les bras et se redressa.

— Comment as-tu pu décevoir ton père ? s'enquit-il.

— Il voulait me voir épouser Sloan Singleton. Il estime qu'il est le mari qu'il me faut, le gendre idéal. Seth et mon père ont toujours espéré nous... nous marier afin de fusionner les deux ranches. Hélas, Sloan et moi nous sommes... éloignés l'un de l'autre... ce qui a anéanti les espoirs d'alliance de mon père.

Wayne adressa un regard entendu à Grizzly.

— Voilà qui explique pourquoi on n'a pas vu Sloan dans le coin pendant ces deux mois.

Le cuisinier hocha la tête.

— À présent, papa est inquiet à l'idée que Sloan épouse Anne Rutherford et que je reste vieille fille, car il n'aurait pas d'héritier pour son ranch.

Grizzly fit une moue de dégoût.

— Anne Rutherford ! La fille d'un banquier ! railla-t-il. Tu parles d'une épouse d'éleveur !

— Papa ne comprend pas que je n'y suis pour rien si son rêve s'est écroulé. Sloan n'a pas de sentiments pour moi. Il semble amoureux d'Anne Rutherford.

Samantha résista à l'envie de pousser un soupir de soulagement. Ils avaient cru à son histoire ! Quant à Grizzly, il semblait rassuré. Cette explication crédible justifiait la réserve de Neal envers sa fille. Cela dit, Neal Gordon était *réellement* inquiet à l'idée que sa fille ne se marie pas pour donner un héritier à Las Tres Lomas. Avec quel homme pouvait-elle envisager de passer le reste de sa vie ?

— Et qu'en est-il de tes sentiments pour Sloan ? demanda Wayne gentiment.

Face au regard complice de Wayne, elle rougit. Sloan était donc le seul à ne pas se rendre compte qu'elle l'aimait ?

— Quelle importance, puisque cela ne compte pas à ses yeux ? répliqua-t-elle en se levant. Tu peux enlever ta pancarte, Grizzly. Il n'y a plus rien à dire. Ce qui est fait est fait. Papa finira par l'accepter.

— Pour commencer, je vais aller repeindre les cornes de ton bouvillon. Neal a remarqué que la peinture était presque effacée, l'autre jour, alors que nous traquions le puma, dit Wayne.

— Il nous reste de la peinture rouge ?

— Il y en a dans la grange.
— Je pars pour Windy Bluff ! annonça Samantha.

Le cœur gros, Neal mit le cap vers le nord. Le regard de sa petite fille blessée et désemparée le hantait. Hélas, il ne pouvait faire autrement. Il s'expliquerait en temps voulu et elle comprendrait son comportement des deux derniers mois. Peut-être même lui pardonnerait-elle... Il ignorait comment elle avait interprété sa froideur, mais il avait besoin d'espace pour réfléchir. Enfin, il avait un plan d'action. À cinquante-cinq ans, il se croyait adulte. Un homme n'avait visiblement jamais fini de grandir. Il suffisait d'un grain de sable dans les rouages pour le déstabiliser et le pousser vers le stade supérieur, voire vers les sommets. Parfois, une situation inattendue l'obligeait à placer le bien-être d'une autre personne au-dessus du sien.

Ce mardi matin, il partait donc pour le trajet le plus difficile de sa vie. À raison de six ou sept kilomètres par heure, en tenant compte des aléas de la route et des rivières à franchir, il pouvait arriver à Gainesville en moins de trois jours. Là-bas, il louerait une chambre ou dormirait à la belle étoile. La ferme des Holloway ne serait pas difficile à trouver. Il accomplirait sa mission en une journée, puis passerait le reste de son temps à La Paloma. Pourquoi convoiter un autre ranch alors qu'il risquait de ne pas transmettre Las Tres Lomas à un héritier ? Cette perspective le préoccupait presque autant que celle de perdre Samantha au profit d'une famille ayant d'autres ambitions pour elle. Depuis qu'il avait lu la lettre de Mme Brewster, il avait imaginé mille scénarios. Il voyait Samantha incapable de résister à l'appel du sang. Il la voyait embrasser son frère jumeau et ses autres frères et sœurs éventuels, leur exprimer son désir de vivre auprès d'eux, malgré ses scrupules. Un jour, elle viendrait à lui pour lui avouer entre deux sanglots que la vie au ranch n'était pas pour elle, qu'elle n'avait accepté de reprendre le ranch que parce qu'elle se sentait redevable envers Estelle et lui.

Neal imaginait sa femme brisée de chagrin. Rongé par l'amertume et la colère, il finirait par se dessécher comme cette maudite queue de puma. Il ne pouvait même pas se consoler avec son projet initial de vendre le ranch à Sloan, puisque le jeune homme allait épouser une citadine écervelée et incapable d'aimer Las Tres Lomas.

« Tu imagines toujours le pire, Neal », lui disait souvent Estelle. Mais il ne parvenait pas à se défaire de la peur de voir leur fille les quitter et épouser un homme qui n'était pas de leur monde. C'était encore pire que d'envisager son départ pour le collège Lasell dans le Massachusetts. « Il faut croire en l'amour de Samantha pour nous et pour le ranch, Neal, lui conseillait Estelle lorsqu'il lui faisait part de ses tourments. Jamais elle ne nous abandonnerait. »

En proie aux affres de sa conscience et de ses sentiments, il en était arrivé à la conclusion que ce n'était pas l'amour de Samantha pour Neal et Estelle qui comptait. C'était leur amour pour elle. Sa décision était prise. Il avait songé à en parler à Estelle pour la préparer aux heures sombres qui les attendaient. Naturellement, il s'était ravisé. Si la situation tournait en sa faveur, Estelle serait épargnée de la souffrance qu'il subissait. À chaque jour suffisait sa peine.

Il était donc en route pour la ferme des Holloway afin de rencontrer Millicent, la mère de Samantha, et Léon, son mari. Il se présenterait en tant que père adoptif de l'enfant qu'ils avaient abandonnée, mais ne leur indiquerait pas où elle se trouvait. Il ne leur dirait rien d'elle tant qu'il n'aurait pas de réponse à la question qu'il était venu leur poser : souhaitaient-ils retrouver leur fille ? Leur regard lui dirait s'il devait rentrer à la maison annoncer à Samantha que ses recherches étaient terminées ou bien s'il pouvait la laisser dans l'ignorance concernant ce couple qui avait renoncé à elle. Neal refusait que sa fille soit rejetée deux fois.

Après avoir quitté Grizzly et Wayne, Samantha avait l'intention de se rendre à Windy Bluff pour repeindre le bout des cornes de son bouvillon. Silbia l'intercepta au moment où elle entrait dans la grande maison pour prendre son chapeau.

— J'allais envoyer une des filles vous chercher, mademoiselle Sam. Quelqu'un vous attend dans le grand salon.

— Qui ?

— Mlle Anne Rutherford.

Samantha ne masqua pas son étonnement. Que diable lui voulait Anne Rutherford ? Elle n'avait que trop vu la jeune fille, au bras de Sloan, lors du mariage de Todd Baker et Ginny Warner. Elles avaient à peine échangé quelques mots. Si elles partageaient les mêmes relations, elles n'avaient jamais été amies car elles n'avaient rien en commun.

À l'entrée de Samantha, Anne se leva avec grâce, vêtue d'une robe printanière aux tons pastel qui rehaussait son teint de porcelaine et ses cheveux bruns.

— Anne ! Quelle surprise ! lança Samantha à la jeune fille qui semblait tendue. Qu'est-ce qui t'amène à Las Tres Lomas ?

— Sloan Singleton, répondit Anne.

Samantha se força à l'embrasser.

— Sloan ? répéta-t-elle.

— Je suis certaine que tu garderas le secret sur les raisons de ma visite, Samantha. Je n'avais personne d'autre vers qui me tourner. Je me suis dit que tu pourrais m'aider. Tu connais Sloan mieux que quiconque. Ses sœurs ne m'apprécient guère. Je sais pertinemment qu'elles ne veulent pas qu'il m'épouse.

Samantha en demeura sans voix. Elle était loin de s'attendre à cette franchise. Elle s'assit et invita Anne à en faire autant.

— Pourquoi cela ?

Anne haussa les épaules comme si la réponse allait de soi.

— Oh, ce sont de vieilles filles aigries qui refusent de partager la maison sur laquelle elles règnent depuis des années. Je doute que Sloan leur obéisse, mais j'ai l'impression qu'un autre obstacle s'est dressé entre nous, ces derniers mois. Sloan a changé et j'ignore pourquoi. Je croyais qu'il se confierait à toi. Ne le nie pas. Cela ne me pose aucun problème, vraiment. T'a-t-il parlé… de nous ?

L'espace d'un instant, Samantha fut si estomaquée par l'audace d'Anne qu'elle ne trouva pas les mots.

— Non, il ne m'a rien dit, mais il ne me raconterait rien d'aussi intime. Quand nous étions enfants, peut-être. Plus maintenant.

Le regard saphir d'Anne se voila.

— Le changement est intervenu à la mi-avril, le samedi 14. Je le sais car je tiens un journal. Sloan devait m'appeler pour convenir d'un rendez-vous pour la soirée, mais il ne l'a pas fait. Je ne l'ai pas vu le lendemain non plus. En général, nous passons le dimanche ensemble. Je n'ai eu aucune nouvelle pendant une semaine entière, alors j'ai envoyé un message exprimant mon inquiétude au Triple S. L'une de ses sœurs l'a peut-être intercepté, qui sait ? En tout cas, je n'ai pas obtenu de réponse. Quand il s'est enfin présenté, il a prétexté la traque de quelque puma, ce samedi-là, puis ses occupations au ranch. J'ai bien senti qu'il y avait autre chose. Te souviens-tu de quoi que ce soit qui concerne Sloan, le 14 avril ?

Samantha ne risquait pas d'oublier cette date, qui marquait un tournant dans sa vie. C'était le jour où son père avait découvert qu'elle l'avait trahi et où elle avait dit à Sloan qu'il n'était pas son frère. En quoi ces événements avaient-ils modifié les sentiments de Sloan pour Anne ?

— Je peux attester que Sloan est parti à la chasse, répondit-elle, et tu peux le croire quand il affirme être occupé au ranch. À ma connaissance, Sloan n'a jamais menti. Au printemps, il y a beaucoup de travail dans un ranch. À part cela, je crains de ne pas pouvoir t'éclairer. Tu es certaine que tu ne te fais pas des idées ?

— Oh, Samantha !

La jeune femme se leva d'un bond et s'éloigna dans un froufrou de tissu, les mains crispées, puis elle parla comme si elle s'adressait à un public invisible dans la pièce.

— Tu n'as jamais… Enfin, tu n'as aucune expérience des hommes. Tu ne connais pas les signes qui indiquent à une femme que les affections de son amant se sont taries…

— Son amant, répéta Samantha.

Elle eut l'impression de recevoir un coup de poignard en plein cœur. De plus, elle était un peu vexée qu'Anne, dans sa condescendance, la prenne pour une oie blanche.

Anne fit volte-face.

— Oui, son amant ! s'écria-t-elle. Du moins un homme aussi proche que l'on puisse être de quelqu'un sans… mariage. L'intimité physique n'est pas nécessaire pour s'aimer.

— Ah, fit Samantha en se levant à son tour.

Anne se méprenait. Elle était superbe. Quel homme pouvait lui résister, en dépit de sa frivolité ? Samantha n'avait pas remarqué un manque d'attention de Sloan envers sa promise lors des réceptions en l'honneur de Todd et Ginny. Peut-être était-il un peu inquiet à l'idée de s'engager pour la vie. Mais pas question de rassurer Anne.

La jeune femme ne semblait pas comprendre que Samantha souhaitait mettre fin à l'entretien. Anne leva les yeux vers le haut plafond aux poutres apparentes, vers les boiseries, l'imposant escalier en chêne, le palier qui faisait le tour de l'étage. Samantha sentit sa colère monter d'un cran. Anne pensait au Triple S, dont la maison présentait les mêmes caractéristiques. Choquée, elle dévisagea la jeune femme. Anne Rutherford était prétendument un exemple de courtoisie et de retenue. Et pourtant, sous le toit de Samantha, elle balayait d'un œil critique les meubles et les aménagements, sans se soucier de heurter son hôtesse par son dédain manifeste.

— Je pourrais m'habituer à ce genre d'intérieur…

— Au prix de gros efforts, maugréa Samantha.

La résidence des Rutherford, à Fort Worth, était une vaste demeure blanche à colonnades digne de la fortune et du statut social de sa famille.

— Pas si Sloan m'aide à m'adapter…

En se retournant, Anne vit la mine fermée de Samantha et esquissa un sourire.

— Pardonne-moi. Je ne suis pas moi-même, aujourd'hui.

— Je le vois bien.

Anne sortit un mouchoir des replis de sa jupe et se tapota les yeux.

— Cette situation me ronge les sangs, reprit-elle. Je pensais que Sloan me demanderait enfin en mariage. Je devrais avoir la bague au doigt à l'heure qu'il est. Tout le monde s'attend à ce qu'il m'épouse. Comment affronter le monde si… si cela n'arrive pas ? Quelles seraient les conséquences d'un tel affront pour ma famille ?

Samantha se hérissa. Voilà donc ce qui inquiétait vraiment Anne ! Le qu'en-dira-t-on !

— Tu aimes Sloan ?

Anne la toisa avec dédain.

— Naturellement ! pouffa-t-elle. Pourquoi passerais-je autant de temps avec un homme que je n'aime pas ?

— Je suis incapable de répondre à cette question, vu mon manque d'expérience des hommes, railla Samantha. Je te proposerais bien du café et des gâteaux, mais je dirige le ranch seule. Mon père est parti voir nos troupeaux du comté de Cooke.

Cette fois, Anne saisit l'allusion. Elle glissa son mouchoir dans sa manche et prit son ombrelle.

— Je dois rentrer avant les grosses chaleurs, de toute façon. De plus, je ne mange jamais entre les repas.

Soudain, elle parut se souvenir de ses bonnes manières.

— J'espère que je ne t'ai pas dérangée…

Elle jaugea la jeune femme en tenue de travail.

— … dans ce que tu étais en train de faire.

— Ce fut un plaisir, répondit Samantha avec un sourire. Ce matin, nous castrons de jeunes bouvillons.

Anne blêmit.

— Inutile de me raccompagner. Je connais le chemin.

CHAPITRE 21

En fin d'après-midi, Samantha mena Sauvé vers son pâturage de Windy Bluff, après avoir appliqué une couche de peinture sur la pointe de ses cornes. Le bouvillon était presque aussi grand que Pony, mais il suivit docilement la jeune femme au bout d'une corde. Elle profita du trajet pour réfléchir au comportement étrange de Sloan. Elle n'osait croire que les tourments d'Anne avaient un rapport avec elle. Les sentiments de Sloan pour Anne avaient-ils changé ?

— En mûrissant, il comprendra qu'Anne n'est qu'une écervelée, avait déclaré Millie May. J'espère qu'elle ne lui mettra pas le grappin dessus avant.

Sloan allait fêter ses vingt-quatre ans. Était-il assez mûr maintenant pour donner raison à sa sœur ?

Leur différend prenait un tour bien plus grave qu'une simple querelle. « Tu n'es pas mon frère, Sloan. » Jamais elle n'oublierait son effroi en entendant ces mots. Puis elle avait perçu une lueur dans son regard. Quelle idée stupide d'ajouter : « Tu es mon ami, rien de plus, rien de moins ! »

Elle était toujours persuadée que, malgré son « expérience », Anne se faisait des idées sur la froideur de Sloan. Un ranch était source de bien des préoccupations. Sloan traversait sans doute une période difficile. Le Triple S n'était pas aussi solide que Las Tres Lomas sur le plan financier. Sloan avait investi dans l'élevage afin d'accroître son troupeau à long terme et ses champs de blé avaient été frappés par une maladie. L'hiver venu, il devrait acheter du fourrage pour ses bêtes. De plus, Sloan avait contracté un prêt à la Rutherford City Bank et hypothéqué son ranch. Après le mariage de Sloan et Anne, sa dette serait certainement effacée.

Ce jour d'avril, il était parti bouleversé et ne s'en était jamais remis.

— Sam, je m'étais promis de ne pas me mêler de ce qui ne me regarde pas, comme tu me l'as rappelé clairement, mais je n'y arrive pas, avait-il soufflé lors du mariage de Todd et Ginny, leur unique échange depuis cet après-midi fatidique. L'autre jour, j'ai croisé Neal, en ville. Il a mauvaise mine. Je suis inquiet pour lui. Il faut résoudre le problème. De toute évidence, vous ne vous êtes pas réconciliés.

Ce n'est pas si évident, songea la jeune femme. Sa mère ne soupçonnait rien du différend entre sa fille et son mari.

— Tu exagères, avait-elle répondu, en regardant autour d'elle pour voir si personne ne les entendait.

— Pas de mon point de vue, avait-il rétorqué.

Soudain, Anne était apparue et l'avait pris par le bras. Incapable de supporter le regard d'adoration de la jeune femme et le sourire que Sloan lui adressait, Samantha s'était excusée pour se rendre au buffet.

Dans le silence que seuls les bruits du bétail et le cri des faucons venaient rompre, Samantha laissa son esprit vagabonder. Plus tard, elle s'en voudrait. Pour l'heure, malgré la tristesse qui l'étreignait, elle s'imagina ce qu'elle ressentirait à être aimée de Sloan. Pas comme une sœur ou une amie, mais comme une femme. Depuis longtemps, elle avait des pensées envers lui qui n'avaient rien d'amical. À quel moment les souvenirs de jeux innocents avaient-ils cédé le pas à des fantasmes sensuels ? Ils étaient faits l'un pour l'autre. Même leurs différences étaient complémentaires. Un jour, elle avait entendu une amie de sa mère regretter d'avoir épousé un homme qu'elle connaissait depuis toujours, car il n'y avait plus rien à découvrir. Samantha se dit que ce couple était mal assorti dès le départ, au contraire de Sloan et elle. S'ils étaient en territoire familier l'un avec l'autre, il leur restait de nombreuses contrées à découvrir, des territoires inconnus qui lui donnaient la chair de poule à leur seule pensée.

Au loin, les deux promontoires rocheux qu'on appelait Windy Bluff semblaient l'attendre. Reconnaissant son territoire, Sauvé agita sa grosse tête. Samantha poussa un soupir et émergea de sa rêverie.

— Allez, mon grand, tu es arrivé !

Elle mit pied à terre et libéra le bouvillon. Puis elle lâcha les rênes de Pony. Les deux animaux s'éloignèrent vers la source pour s'abreuver.

La veille, un orage avait modifié le terrain sablonneux parsemé de touffes d'herbe propre à cette partie du ranch. Ce sable marin était une preuve concrète de la vaste étendue d'eau qui couvrait Las Tres Lomas des millions d'années auparavant. En se retirant, la mer avait laissé ce sable qui ne produisait que des herbes éparses.

En butant sur un obstacle, Samantha baissa les yeux. Intriguée, elle se pencha pour examiner le caillou de plus près. Soudain, un frisson la parcourut. Elle déblaya avec soin les sédiments qui l'entouraient. Il n'y avait pas d'erreur possible : c'était bien un fragment fossilisé de la tête d'un animal préhistorique. La jeune femme n'en avait vu que dans les journaux ou dans ses manuels de paléontologie. Le souffle court, elle poursuivit sa fouille. Le reste du crâne devait être profondément enfoui dans le sol, figé par le temps. Elle n'osa creuser de peur de détériorer le site. Si elle ne se trompait pas, c'était un front, un museau et une mâchoire de dinosaure qu'elle avait sous les yeux.

Tremblante d'émotion, Samantha se redressa et rejoignit Pony, les yeux rivés au sol, en quête d'autres vestiges. Il fallait absolument que Todd Baker voie cela ! Elle l'inviterait à venir évaluer sa trouvaille sans tarder. Grâce à ses connaissances en géologie, Todd saurait à qui confier une analyse plus poussée.

Windy Bluff était peut-être le site d'un cimetière de dinosaures, comme celui de la région de Garden Park, dans le Colorado, et de Camp Bluff, dans le Wyoming, à la fin des années 1870.

Exaltée par sa découverte, Samantha ouvrit la barrière qui séparait Las Tres Lomas du Triple S et entraîna Pony en direction de la vaste demeure hispanisante des Singleton. Elle voulait utiliser leur téléphone pour appeler Todd chez Waverling Tools, à Dallas. En envisageant l'importance potentielle des vestiges, elle ne put s'empêcher de penser à son père, Sloan et Anne Rutherford. Lorsqu'elle était à l'école, l'étude des dinosaures étaient encore nouvelle. Le premier squelette entier de l'espèce, qui donnait une idée de leur apparence et prouvait leur existence, avait été déterré à Haddonfield, dans le New Jersey, en 1859. Les spécialistes recherchaient fébrilement d'autres vestiges. Les journaux parlaient même d'âge d'or de l'étude des dinosaures.

On estimait qu'ils avaient le museau et la mandibule des sauropodes, les plus grands animaux ayant vécu sur Terre. Ils avaient un corps immense, un cou et une queue très longs et une tête minuscule d'environ cinquante centimètres. Samantha avait retenu que les sauropodes herbivores vivaient en troupeaux. Windy Bluff recelait peut-être des centaines de vestiges ! Les troupeaux venaient sûrement à l'époque s'abreuver dans l'étendue d'eau qui couvrait la zone.

Bientôt lui parvinrent l'odeur des feux destinés à chauffer les fers à marquer, des éclats de voix et des meuglements. Samantha poussa un soupir de soulagement. Le Triple S marquait ses bêtes ce jour-là, sous la surveillance de Sloan. D'après Millie May, il cherchait encore à faire ses preuves mais, selon Samantha, il était incapable de déléguer à un régisseur. C'était même un sujet de désaccord entre eux.

Puis apparurent les tuiles rouges de la maison nichée dans une cuvette, entourée de jardins, de dépendances et d'enclos. Les murs blancs étaient baignés dans la lumière douce de cette fin d'après-midi. En s'approchant, Samantha vit un homme et une femme sortir par la cuisine. Le couple se dirigea vers un cheval invisible depuis les fenêtres. Puis l'homme prit le visage de la femme entre ses mains et l'embrassa avec passion. Samantha fit ralentir Pony. Si elle ne l'avait croisé qu'à de rares occasions, elle connaissait Daniel Lane, et la femme qu'il enlaçait était Billie June Singleton.

Sans doute entendirent-ils la cavalière arriver car l'homme tourna son visage vers Samantha. Pony venait d'atteindre le sommet de la colline qui surplombait la propriété. Elle lui adressa un signe de tête et talonna sa monture pour s'arrêter devant l'entrée. Elle aurait juré voir Daniel pâlir sous son hâle.

Millie May ouvrit la porte avant même que Samantha n'eût gravi les marches du porche.

— Dieu merci, c'est toi !

— Tu t'attendais à une visite inopportune ? s'enquit Samantha, devinant à qui elle faisait allusion.

Millie May l'embrassa, un peu fébrile.

— Pas maintenant. Je suis contente de te voir, en tout cas. Quel bon vent t'amène ?

— J'aimerais profiter de ton téléphone, si tu le veux bien. Il faut que j'appelle Dallas. C'est important.

— Pas de problème ! L'opératrice est Sue Ann, aujourd'hui. Tu auras rapidement la communication.

Millie May sourit, révélant une dent cassée à la suite d'un coup de poing qu'un homme lui avait assené lors d'une manifestation pour les droits des femmes.

— Sue Ann a le béguin pour Sloan, précisa-t-elle.

Comme toutes les femmes, songea Samantha.

L'opératrice ne mit guère de temps à trouver le numéro de Waverling Tools. Bientôt, Samantha entendit avec soulagement une voix annoncer :

— Todd Baker à l'appareil.

Le géologue était fier d'avoir le téléphone dans son bureau alors que ses collègues prenaient leurs appels au standard. Sachant qu'une oreille indiscrète l'écoutait, Samantha résista à l'envie de lui expliquer la nature de son appel. Elle l'informa simplement qu'elle devait le rencontrer au plus vite pour une question exigeant son expertise. Si elle lui déclarait qu'elle avait trouvé ce qu'elle croyait être la partie d'un crâne de dinosaure, la nouvelle risquait de sortir au grand jour et d'attirer les curieux à Las Tres Lomas. Le site serait vite dégradé. Todd perçut son impatience et lui répondit d'emblée qu'il ne pourrait se libérer avant samedi. Il prendrait le train de sept heures quarante pour Fort Worth. Samantha pouvait-elle l'attendre à la gare ? Et Grizzly servait-il toujours ses fameuses galettes à la saucisse ?

En raccrochant, Samantha vit Billie June entrer en trombe dans la cuisine pour gagner le vestibule, les joues rouges comme une pivoine.

— Tu l'as vu, n'est-ce pas ? demanda-t-elle.

— Qui ?

— Tu le sais bien !

Millie May apparut sur le seuil du grand salon.

— Il a pris un risque en venant, sœurette.

— Je sais, mais c'est plus fort que nous ! répondit Billie June. Il doit se rendre à Beaumont pendant un certain temps, en déplacement pour Waverling Tools. Il tenait à me voir avant son départ.

Elle posa sur Samantha un regard interrogateur.

— Tu ne diras rien à Sloan, n'est-ce pas, Sam ?

— Bien sûr que non. Ton frère et moi ne nous parlons guère, ces derniers temps, de toute façon.

— C'est bien dommage, fit Millie May d'un ton peiné. On saurait peut-être ce qui s'est dressé entre lui et cette pimbêche. Tu restes prendre le café ?

Sentant un regain d'enthousiasme, Samantha ôta son chapeau et ses gants. Anne ne se méprenait donc pas !

— Avec plaisir.

CHAPITRE 22

— Nom de Dieu ! jura Daniel Lane.

Il s'éloigna de la maison du Triple S en prenant soin d'éviter les hommes qui travaillaient sous la houlette de Sloan Singleton. La fille de Neal Gordon l'avait vu enlacer Billie June. Elle ne répéterait sans doute rien à Singleton, mais Daniel préférait que leur liaison reste secrète, du moins dans l'immédiat. Avant l'arrivée inopinée de Samantha, seule Millie May savait qu'il fréquentait encore Billie June. Si elle n'approuvait guère cette liaison, elle n'avait rien dit par amour pour sa sœur, qui risquait de faire des bêtises, privée de Daniel.

Cette volonté était un aspect de sa personnalité qu'il aimait et qui lui permettait de la retrouver deux samedis par mois dans une gare située entre Fort Worth et Dallas. Là, il y avait un petit café avec une cour et des bancs où ils pouvaient se tenir la main et échanger quelques baisers volés. Tant qu'ils n'auraient pas trouvé de meilleur lieu de rendez-vous, ils devraient s'en contenter. Mais Billie June voulait aller plus loin… si seulement ils avaient un endroit plus intime ! Daniel était prêt à attendre le moment qu'il jugerait opportun.

Ce jour-là, il avait pris le risque de venir au ranch pour la première fois. Le trio avait échafaudé un plan au cas où les amoureux seraient découverts. Millie May jurerait que Daniel venait restaurer les éperons préférés de leur père, dont elle avait promis de faire don au nouveau musée de Fort Worth, dont elle était responsable des acquisitions.

Le précieux artefact était posé sur une table du porche, à l'arrière de la maison. Daniel avait emporté et réparé les éperons en prévision du jour où il les porterait pour provoquer Sloan Singleton. Puis il s'était ravisé. Ce n'étaient pas les éperons du père qu'il avait envie de porter, mais ceux du fils. Et il le ferait, un jour ! Il ignorait encore comment. Pour l'heure, son plan se déroulait à merveille.

En vérité, il aurait volontiers continué à fréquenter Billie June pour elle-même si son petit frère ne s'en était pas mêlé et avait laissé leur relation suivre son cours. Contrairement à ce que croyait ce m'as-tu-vu, Daniel n'était pas intéressé par l'argent de sa sœur, ni par le ranch. Pas le moins du monde ! Billie June était aussi terne qu'un sac de haricots et elle avait cinq ans de plus que lui. Il aurait fini par se lasser d'elle et tourner la page. Depuis le jour où Sloan Singleton était arrivé sur son pur-sang, en plein pique-nique, et l'avait traité avec mépris, Billie June n'était qu'un passe-temps.

Au départ, il avait eu de la peine pour elle. Un jour, elle était passée chez Chandler, folle d'inquiétude. Son cheval favori avait perdu un fer et elle redoutait que son sabot ne soit abîmé.

— Monsieur Chandler, je vous en prie, faites quelque chose pour Bo ! Il est…

Soudain, elle avait posé les yeux sur le torse nu de Daniel, ses pectoraux luisants de sueur, les biceps gonflés sous l'effort, tandis qu'il frappait son enclume. Elle en était restée bouche bée. Son regard appuyé n'avait pas échappé à M. Chandler.

— Daniel, tu devrais jeter un coup d'œil au cheval de Mlle Singleton, avait-il fait avec un clin d'œil entendu.

Daniel n'était pas vétérinaire et ne ferrait généralement pas les chevaux. Il était forgeron et réalisait des merveilles de ses mains. Il avait examiné le sabot du cheval et en avait ôté un caillou avant de remplacer le fer. Le lendemain, Billie June était revenue.

— Je crois avoir perdu un gant ici. Vous ne l'auriez pas retrouvé, par hasard ?

— Non, mademoiselle. Vous avez vu le gant de Mlle Singleton, monsieur Chandler ?

Ce dernier avait secoué la tête, une lueur amusée dans le regard.

— Ah..., avait lâché Billie June d'un air pensif. Je l'ai peut-être égaré ailleurs.

Daniel lui avait alors demandé des nouvelles de Bo, car la jeune femme conduisait une voiture tirée par un autre cheval.

— Eh bien... son sabot semble encore sensible... Pensez-vous... Je ne voudrais pas abuser, mais... pensez-vous pouvoir faire un saut au ranch pour l'examiner de nouveau ?

— Dimanche après-midi, peut-être ? Je suis de repos.

Le visage de Billie June s'était illuminé.

— Ce serait parfait.

Daniel découvrit par la suite que Sloan Singleton passait l'après-midi et la soirée de dimanche en compagnie d'une jeune femme de la haute société du nom d'Anne Rutherford. Ce premier dimanche après-midi, il trouva Billie June pomponnée et parfumée. Elle avait préparé de la citronnade et des biscuits sur la table de la véranda. Après avoir examiné le sabot de Bo, qui était intact, ils s'attablèrent pour bavarder. Leur timidité initiale fit vite place à un enthousiasme spontané. Daniel découvrit la personne la plus engageante qu'il ait rencontrée, au point qu'il en oublia son nez légèrement de travers, son front trop large et son visage plutôt ingrat. Il était fasciné par sa façon de parler avec les mains et il adorait son rire cristallin, mais ce qu'il préférait en elle, c'était son esprit. Ils partageaient la même passion pour la lecture et discutèrent des romans favoris de la jeune femme. Pour la plupart, il n'en avait jamais entendu parler.

— Il faut absolument que vous les lisiez ! Je vous prêterai volontiers quelques ouvrages.

Ce jour-là, elle le renvoya chez lui avec une sacoche pleine de livres.

— Comment vous les rendrai-je ? s'enquit-il.

— Revoyons-nous ici, dans quinze jours, à la même heure, suggéra-t-elle. Nous en discuterons ensemble.

Ainsi naquit leur amitié, du moins était-ce la nature de leurs relations d'après Daniel. S'il était conscient que Billie June espérait autre chose, il n'était pas disposé à le lui donner. Il se sentait seul, Billie June aussi. Rien de plus. Ils ne manquaient pas de sujets de conversation et il attendait avec impatience leurs rencontres qui le distrayaient de la forge et lui donnait l'occasion de se faire beau. De plus, la compagnie d'une dame élégante dans un cadre raffiné était plus flatteuse que celle d'une fille de joie du saloon.

Il comptait en rester là jusqu'à ce pique-nique de la fête nationale. Alors, il avait senti la fureur exploser en lui. Daniel Lane n'était peut-être qu'un ouvrier forgeron aux yeux du propriétaire du Triple S, mais personne ne l'avait jamais traité de la sorte. Sloan Singleton paierait pour cet affront public. Il se vengerait. Billie June avait l'habitude de se donner en spectacle, avec ses idées radicales sur les droits des animaux et des femmes. Cette excentricité ne l'abaissait en rien aux yeux des habitants de la ville. Elle était une Singleton, une nantie, et Daniel Lane n'était personne. Sa seule richesse était une modeste réputation de « magicien du métal » capable de créer des objets superbes et une grande dignité. Or Sloan Singleton l'avait privé de tout cela. Refusant de végéter chez Chandler, Daniel avait répondu à une offre d'emploi de Waverling Tools, à Dallas, qui recherchait un ouvrier spécialisé dans le travail du fer. Son patron lui avait fourni d'excellentes références. Il était parti pour Dallas en promettant à Billie June qu'il reviendrait. Chez Waverling Tools, il avait trouvé son nirvana.

L'entreprise était en plein essor et Daniel participerait à cette ascension, mais pas en tant que simple ouvrier. En apprenant qu'il était capable de façonner une pièce avec seulement un marteau et un burin, Trevor Waverling l'avait chargé de concevoir des outils de forage pétrolier. En quelques semaines, il avait produit une version améliorée de mandrin pour tube de forage. Il travaillait désormais au développement d'une gaine en acier plus solide, qui évitait à la paroi du puits de forage de s'effondrer en cours de forage, l'un des pires cauchemars d'un exploitant pétrolier. Son patron avait déposé des demandes de brevet à son nom, réglées par l'entreprise, à la condition que Waverling Tools perçoive quatre-vingt-dix pourcents des ventes résultant de ses inventions pendant cinq ans. Ensuite, l'accord serait renégocié. L'arrangement était honnête tant que Daniel pouvait récupérer la propriété de ses brevets.

Si l'entreprise avait commencé à fabriquer des derricks et des engins de forage, elle n'était pas prête à se lancer dans la prospection à proprement parler. Trevor Waverling prenait son temps mais préparait le terrain, une approche que Daniel appréciait parce qu'elle lui correspondait. Depuis la découverte de pétrole à Corsicana, en 1894, son patron avait vu trop d'investisseurs se précipiter dans la brèche pour se retrouver avec des puits secs et les poches vides. Afin de trouver d'éventuelles nappes de pétrole, il avait engagé Todd Baker, un géologue prometteur, et formait son fils, Nathan Holloway, au métier d'homme de terrain. Les deux hommes formaient un tandem efficace. Daniel s'en était rendu compte lors d'un déplacement dans l'Est du Texas pour examiner un « mouvement de terrain » qui, selon le propriétaire, indiquait la présence d'une nappe de pétrole. Le fermier se berçait d'illusions. Todd Baker découvrit qu'il s'agissait d'une banale fissure provoquée par la sécheresse et que la zone de fracture ne recelait pas une goutte de pétrole. Dans la frénésie ambiante, certains géologues se seraient hâtés de lancer le forage pour déterminer ensuite s'il y avait quelque chose. Nombre d'hommes de terrain auraient rédigé un contrat avant même d'avoir vu la fissure. Todd et Nathan refusaient de jouer avec le temps et l'argent de leur patron.

Assurément, Daniel avait intégré une entreprise qui ne risquait pas de mettre la clé sous la porte. Avec Waverling Tools, il avait l'intention de devenir quelqu'un, de laisser une trace. Il entendait tout apprendre sur l'industrie pétrolière afin de passer de l'atelier à la gestion de l'entreprise. Il s'y voyait déjà. Pour preuve, lundi, son patron l'envoyait en mission dans la ville de Beaumont, dans le Sud-Est du Texas, une région forestière.

Il devait rencontrer un dénommé Anthony Lucas, qui cherchait à convaincre des investisseurs et des chercheurs qu'il y avait du pétrole sous un gisement de sel appelé Spindletop Hill. La conviction de cet homme avait incité Trevor Waverling à charger Daniel de mener l'enquête et déterminer s'il s'agissait d'un miroir aux alouettes. Il se renseignerait sur les antécédents de Lucas, parlerait, si possible, aux investisseurs qu'il avait contactés et sonderait lui-même le terrain.

Daniel avait osé demander à son patron pourquoi il était intéressé, affirmant que cette information pouvait lui être utile.

— Je proposerai peut-être du matériel de forage Waverling Tools gratuitement en échange d'une part dans le puits, s'il voit le jour, avait répondu celui-ci. Dans ce cas, vous iriez régulièrement sur place pour effectuer la maintenance et régler les problèmes de matériel. Je veux aussi que vous restiez en alerte et que vous me fassiez un rapport détaillé sur ce que vous verrez et entendrez. Vous comprenez ce que j'attends de vous ?

— Oui, monsieur, avait assuré Daniel.

Il serait à la fois expert, médiateur et espion, ce qui lui conférait une plus grande importance au sein de la société.

— Prenez la semaine et nous verrons ce que vous aurez à raconter lundi prochain, lors de la réunion, avait conclu Trevor Waverling. En fonction de votre compte rendu, je déciderai ou non de me rendre à Beaumont pour faire une proposition à Lucas.

— Vous pouvez compter sur moi pour fouiner dans les moindres recoins.

Pour prendre sa revanche sur un homme, il fallait le battre à son propre jeu. Un jour, Daniel Lane ferait tomber Singleton de son piédestal. Non seulement il découvrirait l'industrie pétrolière en fréquentant ceux qui pouvaient servir son ambition, mais il apprendrait tout de Sloan Singleton grâce aux confidences de Billie June.

CHAPITRE 23

Samedi matin, à l'aube, Todd Baker monta dans un wagon de la Texas Pacific qui reliait Dallas à Fort Worth en deux heures. À l'entrée du train en gare, Samantha l'attendait sur le quai. Dès qu'il la vit, il comprit qu'il se passait quelque chose. Elle marchait de long en large, comme un lion en cage. Ginny, la jeune épouse de Todd, une amie de Samantha, avait souhaité de joindre à eux, mais Todd avait gentiment refusé sa requête.

— Sam a besoin de mon expertise, chérie. Apparemment, c'est urgent. Elle a sans doute quelque fragment à me faire analyser, une roche ou un vestige provenant de Las Tres Lomas. Tu resterais seule dans cette caverne qu'est son ranch, à moins que tu ne viennes avec nous, à cheval et… Dans ton état, tu ne devrais pas…, avait-il fini par la convaincre en l'embrassant.

Todd était prêt à chevaucher vers un site éloigné du domaine. Samantha était également en tenue d'équitation. Que diable avait-elle mis au jour ? Il ne pouvait s'agir d'une fuite de pétrole ou de gaz, même si, comme Trevor Waverling, il était persuadé que les plaines du Centre recelaient d'importants gisements. Si Samantha avait découvert la preuve d'une nappe de pétrole sur ses terres, elle ne lui en aurait rien dit, car la jeune fille s'opposait farouchement au forage de leurs champs et pâturages.

Avant de se lever, il prit le temps d'observer son amie par la fenêtre. Elle avait décidé de suivre la voie tracée par son père. Qu'allait-il advenir d'elle ? Était-elle vouée à passer sa vie à Las Tres Lomas, à remplir son illusoire devoir de fille d'éleveur ? Quel terrible gâchis ! Samantha possédait l'esprit scientifique le plus brillant qu'il ait croisé, ce qui impliquait une ouverture aux nouvelles idées et théories qui défiaient les principes établis. À l'école Simmons, Samantha était réputée pour son entêtement, sa réticence à accepter une conclusion, non pas par obstination mais par soif de vérité. Todd n'oublierait jamais le jour où une expérience de laboratoire l'avait menée à remettre en question la théorie selon laquelle le pétrole était issu de restes fossilisés d'animaux ou de plantes enfouis dans le sol. Elle avait émis l'hypothèse que le pétrole avait une autre origine non encore identifiée. Leur professeur avait ricané. Mais alors comment expliquer que les nappes de pétrole se trouvaient souvent à proximité de vestiges préhistoriques ?

De plus, si elle restait isolée dans son ranch, Samantha aurait du mal à rencontrer un homme digne de son intelligence, quelqu'un qui l'aimerait autant que lui aimait Ginny. Todd n'en connaissait qu'un, même s'il avait des doutes à son propos : Sloan Singleton. Or celui-ci courtisait cette écervelée d'Anne Rutherford. L'esprit pragmatique de Todd n'y comprenait rien. Peut-être avait-il préféré Anne à Samantha justement parce qu'elle était sotte, donc docile… Dans ce cas, Samantha n'aurait pu s'accorder avec Sloan. Todd soupira. Comme dirait Ginny, férue de poésie, Samantha était-elle « vouée à rougir en secret, à gâcher sa douceur dans l'air du désert », telle la fleur du poème de Thomas Gray ?

— Un sauropode ! s'exclama Todd quelques instants plus tard, lorsque Samantha lui eut expliqué les raisons de sa requête.

Il avait parlé si fort que les voyageurs réunis sur le quai se tournèrent vers lui.

— Tu en es sûre ?

— Non. C'est pourquoi je t'ai demandé de venir. J'en suis presque certaine. Je t'ai amené un cheval sellé. Je serais bien venue avec une voiture, mais autant nous rendre directement à Windy Bluff.

— Quoi ? fit Todd, déçu. Et mes crêpes à la saucisse ?

— Plus tard. Quand tu auras examiné ma trouvaille. Je n'en peux plus d'attendre !

Après une chevauchée de plus d'une heure, Todd était penché sur le fragment de crâne. Il écarta un peu de sable et observa avec attention les bords de l'os.

— On dirait bien un dinosaure, déclara-t-il. Il se peut que tu aies découvert un vestige très important. La plupart des squelettes découverts à ce jour n'ont plus de tête. Les dinosaures avaient le crâne si petit et fragile que c'était la première partie à se désintégrer.

— À qui dois-je m'adresser ? s'enquit Samantha. Au muséum d'Histoire naturelle de New York ?

— C'est la meilleure solution. Je vais contacter un ami du muséum de Peabody, à Yale. Ils ont un paléontologue spécialisé dans les vertébrés.

Todd se leva et ôta le sable de ses mains.

— Je vois que tu as apporté ton Kodak. Prends des clichés sous tous les angles et envoie-les au muséum avec une lettre décrivant ta découverte. En attendant, il faut empêcher l'accès à cette zone… (Todd se tut soudain.) Qu'est-ce que c'est que ça ?

Pour prendre une photo avec un Kodak, il fallait tenir l'appareil à la hauteur de sa taille et tourner un cadran.

— Quoi ? fit Samantha, concentrée sur sa mise au point.

— Ça, répondit Todd en tendant l'index.

Samantha sourit.

— Ah, c'est Sauvé, un bouvillon que j'ai nourri au biberon après la mort de sa mère.

La bête aux cornes rouge vif s'était approchée et les observait d'un air curieux, à distance raisonnable. La jument de Todd s'agita. Samantha l'avait choisie pour sa douceur car son ami géologue était un citadin peu habitué à chevaucher.

— Pourquoi a-t-il les cornes peintes en rouge ?

— Pour le distinguer des autres, afin qu'il ne parte pas à l'abattoir. C'est une longue histoire.

— Il est impressionnant.

— Il ne ferait pas de mal à une mouche.

— Eh bien, dans ce cas…

Todd se tourna vers la jeune femme :

— Tu veux bien prendre une photographie de moi sur son dos, pour impressionner Ginny ?

Samantha se mit à rire.

— Elle sera au moins amusée ! Je te dois bien cela après t'avoir traîné jusqu'ici. Ne bouge pas, le temps que je prévienne Sauvé.

Todd resta en retrait pendant que la jeune femme caressait la tête du bouvillon en lui parlant doucement.

— Ne lui fais pas peur, murmura-t-elle. C'est une expérience inédite, pour lui. Todd, passe lentement une jambe sur son dos. C'est bien. À présent, ne bouge plus et souris !

Soudain, l'animal émit un meuglement de protestation qui fit sursauter la jument de Todd, laquelle se mit à tirer sur ses rênes. Elle parvint à se libérer et s'enfuit dans les pâturages en direction des écuries. Sauvé réagit de même et partit dans la direction opposée. Abasourdie, Samantha vit le bouvillon filer avec Todd qui tressautait sur son dos, accroché à ses cornes.

— Samantha !

Si elle se lançait à la poursuite de Todd sur son cheval, le bouvillon risquait d'accélérer, voire de désarçonner son cavalier. Il ne pourrait s'accrocher très longtemps aux cornes. Elle décida d'y aller à pied en espérant que Todd lâcherait les cornes et se laisserait glisser à terre.

C'est ce que fit le géologue après avoir perdu tout espoir de voir Sauvé s'arrêter. Il tomba le nez dans la poussière. Satisfait, le bouvillon s'éloigna tranquillement pour paître. Todd comprit qu'il ne serait pas piétiné ou éventré en représailles, mais il attendit quelques minutes avant d'oser bouger. En reprenant ses esprits, il releva la tête. Intrigué, il observa le sol, renifla, puis enfouit le nez dans la terre. Il connaissait cette odeur ! Seigneur ! Il se releva lentement, oubliant sa chute. Samantha se précipita vers lui. Avant qu'elle n'arrive à sa hauteur, il prit son mouchoir et préleva une poignée de terre qu'il glissa dans sa poche tel un trésor secret.

— Tu vas bien ? s'enquit la jeune femme.

— Très bien.

En parcourant Windy Bluff des yeux, Todd sentit sa joie monter d'un cran. Les deux formations rocheuses jumelles étaient en réalité un « pli » géologique significatif. Dès que Samantha le rejoignit, il lui demanda, malgré son nez meurtri et son excitation intérieure :

— Tu as réussi à prendre la photo avant que Sauvé ne m'emmène en promenade ?

— Oui, répondit-elle en riant.

— Qu'y a-t-il de drôle ?

— Ton nez ! Il est plein de terre.

— Tu ne restes pas manger les galettes à la saucisse de Grizzly ? s'étonna Samantha. Il les a préparées rien que pour toi ! En général, le troisième samedi du mois, il y a un ragoût de bœuf au menu.

— Euh… non merci, Sam. J'ai promis à Ginny de rentrer le plus vite possible, répondit-il en se massant les reins. Tu veux bien me déposer à la gare ?

Sur le quai, ils échangèrent un baiser amical. Todd était tendu. Pourvu que Samantha ne perçoive pas son trouble et ne décide d'attendre qu'il soit monté à bord du train pour Dallas. Elle devait passer le reste de la journée et la nuit chez sa mère et, dès le lundi, elle enverrait les photographies à développer à la Eastman Company, à Rochester, dans l'État de New York. Elle promit de lui adresser les clichés dès leur arrivée afin qu'il les confie à son ami de Yale.

Todd réfléchit un instant et lui fit une autre proposition.

— Tu posteras toi-même l'appareil, n'est-ce pas ? demanda-t-il, l'air inquiet.

— Non. J'enverrai Jimmy ou Mildred au bureau de poste. En l'absence de mon père, je dois regagner le ranch demain à la première heure.

Todd fit mine de se soucier du sort de l'appareil photo.

— Me permettrais-tu de poster moi-même ton Kodak ?

Avec une patience amusée, Samantha lui tendit l'appareil.

— Si cela te fait plaisir, je te le confie volontiers. Tu es vraiment pointilleux !

Todd prit l'objet en feignant mille précautions et le serra contre son cœur.

— Consacre plutôt ton temps à ta mère, conclut-il.

Samantha l'embrassa encore. Les heures qui suivirent furent pleines d'angoisse. Todd n'avait rien ressenti de tel depuis le jour où, à l'âge de huit ans, il avait échappé à l'attention de ses parents, à New York, et qu'il leur avait fallu une demi-journée pour le retrouver, tremblant de peur. Cette fois, Todd avait des frissons d'enthousiasme. Il était prêt à parier son diplôme de géologue qu'il y avait du pétrole sous la partie nord de Las Tres Lomas. Ses soupçons seraient confirmés par une analyse de la terre qu'il avait prélevée dans son mouchoir ainsi que des échantillons qu'il avait l'intention de recueillir pendant que Samantha serait chez sa mère. Windy Bluff possédait les caractéristiques d'un anticlinal, une structure arrondie en surface, un indice de la présence de gisements de gaz ou de pétrole. Todd n'en revenait pas d'avoir une chance de revenir discrètement sur les lieux. Samantha et son père n'étaient pas au ranch et seul cet idiot de bouvillon semblait fréquenter Windy Bluff. Il pourrait explorer le terrain à loisir sans être dérangé.

Todd dut attendre le retour du responsable des écuries où il comptait louer un cheval. Puis il traversa Fort Worth et sa circulation dense en direction de Las Tres Lomas. En chemin, il eut du mal à se rappeler le raccourci vers le ranch et perdit un temps précieux, jusqu'à ce qu'il reconnaisse un poteau avec un étrange petit cœur gravé sur son sommet. Poussant un cri de triomphe, il fila aussi vite que le lui permettait sa monture apathique. Il fallait qu'il ait accompli sa mission à temps pour prendre le train de cinq heures pour Dallas. Il ne voulait pas arriver trop tard pour passer voir Trevor Waverling.

En songeant à ce qu'il était sur le point de faire, il eut un sursaut de conscience, mais il devait penser à sa situation, en dépit de son affection pour Samantha. Celle-ci s'opposerait à tout forage sur un site archéologique. Todd ne doutait pas un instant que les clichés qu'ils avaient pris représentaient un crâne partiel de dinosaure. Or il était géologue et prospecteur. Sa réputation professionnelle et le confort financier de son épouse et de son futur enfant dépendaient du fait qu'il trouve ou non du pétrole pour son employeur. Pour l'heure, il était bredouille. Trevor Waverling affirmait que Waverling Tools était prêt à s'engager dans la recherche de pétrole. Il avait de quoi forer un puits et n'attendait que le feu vert de son géologue pour envoyer son homme de terrain, Nathan Holloway, conclure un accord. Todd venait peut-être de trouver le site idéal.

Au Triple S, le samedi après-midi était un moment de détente. Après les tâches quotidiennes, les employés profitaient librement du reste de la journée. Les cow-boys ciraient leurs bottes, prenaient un bain dans les baquets installés à l'extérieur et enfilaient leurs plus beaux vêtements pour se rendre en ville. Dans la grande maison, Millie May et Billie June se préparaient également. Quand elles n'avaient pas envie de sortir, elles organisaient leurs propres distractions : une réunion avec leurs camarades militantes, un concert privé, des parties de cartes… Depuis presque un an, leur frère passait la soirée avec Anne Rutherford.

Ce jour-là, les deux sœurs recevaient des amis pour jouer au bridge. Dans le grand salon, Billie June disposa crayons, calepins et jeux de cartes sur trois tables. Sur les coups de cinq heures, elle guetta les pas de Sloan dans l'entrée. Avant qu'il ne monte à l'étage, elle souhaitait lui faire part de son intention de prendre le train jusqu'à Beaumont pour rendre visite à une camarade de classe, la semaine suivante. Son frère tenait les cordons de la bourse et elle avait besoin d'argent pour acheter son billet. Durant un long moment, elle dressa l'oreille en vain, puis rejoignit sa sœur à la cuisine où Millie May aidait à préparer des plateaux de sandwiches et de douceurs pour les joueurs de bridge.

— Millie May, tu n'as pas vu Sloan ?

Leur frère ne manquait jamais de faire un détour par l'office pour grignoter. Consuelo, leur fidèle cuisinière, laissait toujours une collation sur la table pour le jeune maître. Pour toute réponse, Millie May désigna l'assiette de fromage et les tranches de pain dissimulées sous un torchon.

— Où diable est-il passé ? s'inquiéta Billie June. Il est toujours à l'heure, le samedi ! Je suis certaine qu'Anne l'attend.

— Ils devaient terminer le marquage, aujourd'hui. Il a dû avoir un contretemps, hasarda sa sœur.

Au même moment, le régisseur du Triple S dévisageait son patron d'un air incrédule. Sloan venait d'annoncer à son second qu'il allait inspecter la clôture. S'il voyait des réparations à effectuer, les hommes s'en chargeraient lundi matin.

— Un samedi en fin de journée, patron ? Vous ne rentrez pas à la grande maison ?

— Pas ce soir. Je m'occupe de la clôture.

— Sur quelle portion du ranch ?

— Celle qui nous sépare de chez les Gordon. Envoie quelqu'un à la maison prévenir mes sœurs que je rentrerai tard.

Millie May et Billie June ne manqueraient pas de commenter l'événement, songea Sloan en s'éloignant. Il avait décliné l'invitation d'Anne en prétextant du travail supplémentaire, ce qui n'était pas vraiment un mensonge. Il était sale, il avait chaud, il empestait la fumée. Il mourait d'envie de quelques gorgées de bourbon, d'un bain et d'un repas chaud, mais il avait à réfléchir. Or, comme tous les éleveurs, il ne réfléchissait jamais aussi bien qu'à cheval.

En vérité, il espérait croiser Samantha. À plusieurs reprises, il l'avait vue aux alentours de Windy Bluff où elle venait nourrir son bouvillon. Ils s'étaient retrouvés près des barbelés. Ces dernières années, la barrière était restée fermée alors que, naguère, elle était ouverte en permanence et servait de passage entre les deux ranches.

Il chevaucha le cœur serré en pensant au jour où Neal avait tué le puma, une frontière entre le passé et le présent pour Samantha et lui, voire pour Samantha et Neal. Sloan entendait encore les remarques cinglantes que s'étaient lancées le père et sa fille, en ce jour funeste : *Ainsi, si l'un d'entre eux te trahit, tu n'auras pas tout perdu. Je ne peux réparer ce qui a été fait.* Leur querelle avait pour origine une trahison de la part de Samantha, la pire des transgressions, que Neal était incapable de pardonner. « La loyauté est l'unique qualité humaine qui doit être réciproque, affirmait son mentor. On peut donner du respect, de l'honneur, de l'admiration et même de l'amour sans retour, mais la loyauté est forcément mutuelle. »

Depuis quand Samantha n'était-elle plus loyale envers son père ? Elle avait renoncé à une carrière prometteuse de scientifique par loyauté envers Neal Gordon.

En ce jour d'avril, face à la souffrance presque palpable de Neal et Samantha, le jeune homme s'était senti impuissant, tel un homme qui voit sa famille se noyer depuis la rive. *Tu n'es pas mon frère, Sloan… Tu es mon ami… rien de plus, rien de moins.* Cette déclaration l'avait au moins incité à cette introspection qui allait lui éviter de commettre la plus grave erreur de sa vie. L'éloignement de ses sœurs, au cours de l'année écoulée, le déprimait. Son père lui manquait encore plus, ainsi que le soutien d'une famille unie. Il avait trouvé le réconfort dans les bras d'Anne Rutherford, qui ne posait pas de questions, ne le défiait pas, ne se disputait jamais avec lui. Au contraire, elle l'encourageait et l'admirait.

« Tu l'aimes parce qu'elle se plie à tes moindres volontés, Sloan », affirmaient ses sœurs. Docile ? Uniquement parce qu'elle ne portait pas un jugement arbitraire sur ses moindres faits et gestes ? Selon lui, Anne était un soutien, ce que tout homme recherchait chez une femme.

Or il avait fini par comprendre que ses sœurs avaient raison. Comme il avait été stupide de tomber dans le piège d'Anne ! Flatté, il s'était laissé aveugler sur la véritable nature de la jeune femme. Peu à peu, le vernis s'était craquelé pour révéler une Anne mesquine, méprisante et secrètement jalouse de Samantha. Son père lui avait enseigné qu'un homme se définissait par ses motivations plus que par ses actes. Si Anne s'engageait pour de nobles causes, ce n'était en rien pour améliorer le quotidien de ses semblables, mais pour se faire valoir. Nul ne s'attendait à voir cette jeune femme belle et privilégiée, fille de l'un des hommes les plus fortunés de la ville, se dévouer à ce point pour les défavorisés. L'altruisme d'Anne n'était en réalité qu'une posture pour améliorer son image publique.

Et ses sœurs avaient vainement tenté de le mettre en garde.

Outre ces considérations, même si Anne avait été un modèle de vertu, Sloan ne l'aurait pas épousée, compte tenu de ses sentiments pour Samantha. Et il devait en informer Anne.

Arrivé à la hauteur de Windy Bluff, il scruta la zone en quête d'une paire de cornes rouges. En voyant un cheval sellé attaché à un poteau, il sentit son cœur s'emballer. Hélas, il ne s'agissait pas de Pony. Le cavalier avait dû l'entendre approcher, car un homme émergea de derrière les deux rochers.

— Todd ! s'exclama Sloan, étonné. Qu'est-ce que tu fais là ? Et qu'est-ce que tu as à la main ?

CHAPITRE 24

Le lendemain matin, dès l'aube, Sloan prit la route de Fort Worth. Au loin, il entendit sonner la cloche de la petite église. *Vaya con dios,* Dieu t'accompagne, semblait-elle lui dire. Il était décidé à rompre avec Anne. Les Rutherford seraient sans doute en train de prendre leur petit déjeuner. Leur emploi du temps dominical chargé ne lui permettait pas de s'entretenir avec elle plus tard. Après la messe, Anne et sa famille déjeuneraient au Worth. Sloan avait décliné leur invitation. Ensuite, elle retrouverait ses amies du club féminin pour organiser un bal caritatif. Le dimanche soir, les Rutherford soupaient en famille dans la maison de la mère de Noble Rutherford. Depuis quelques semaines, Sloan refusait également ces invitations-là. Il aurait pu attendre un moment plus approprié pour rompre avec Anne, mais il tenait à régler cette question au plus vite. Ensuite, il pourrait souffler.

Depuis sa rencontre avec Todd Baker, la veille, Sloan était encore plus déprimé. Le géologue, dont il n'appréciait guère l'arrogance, n'avait jamais été un ami proche. Sloan ne tolérait Todd que pour faire plaisir à Samantha. Il avait vite compris que cette fouine mijotait un sale coup, à Windy Bluff, lorsqu'il l'avait surpris avec un vestige archéologique appartenant à

Samantha. Todd avait bredouillé des explications sur sa présence. Samantha l'avait chargé d'examiner ce qu'elle pensait être un crâne fossilisé de dinosaure.

Il lui avait narré sa mésaventure avec Sauvé, sa chute, l'odeur de pétrole, avouant être revenu sur ses pas après que la jeune femme l'eut déposé à la gare car il souhaitait prélever d'autres échantillons à analyser. Si les tests révélaient une nappe de pétrole, Windy Bluff pourrait être un gisement de pétrole productif. Il n'avait pas fait part à Samantha de ses soupçons car il devinait son point de vue sur un forage à proximité d'un site archéologique. Sloan devait le comprendre, non ?

Ce dernier avait ignoré la question. Todd avait l'intention de remettre son rapport à son patron, chez Waverling Tools, qui contacterait ensuite Neal Gordon pour négocier les droits d'exploitation de son terrain.

— Et ce crâne fait partie des échantillons ? s'était enquis Sloan.

Todd baissa les yeux vers le fossile. Désemparé, il s'était trouvé à court d'arguments.

— Tu es revenu ici pour le déterrer, n'est-ce pas ? avait insisté Sloan. Pour dérober la découverte de Sam afin qu'elle n'ait plus de preuve à présenter contre un éventuel forage.

— Non ! Je… je me disais que… puisque j'étais là… autant l'emporter pour le mettre à l'abri.

— C'est ça…

De toute évidence, Todd mentait.

Sloan, qui avait mis pied à terre, s'approcha de la clôture et tendit la main.

— Donne-moi ce crâne.

Avec un mouvement de recul, Todd avait serré le vestige contre lui.

— Quoi ?

— Tu m'as bien entendu. Donne-le-moi !

Lentement, Todd lui avait remis le vestige.

— Que comptes-tu en faire ?

— Je vais le rendre à Samantha pour qu'elle le mette à l'abri elle-même.

Avec une moue de protestation, Todd s'était redressé en déclarant d'une voix plus forte :

— Réfléchis, Sloan ! Il y a du pétrole, là-dessous ! Ce qui signifie qu'il y en a peut-être de ton côté de la clôture. Pour le savoir, il faut creuser. Imagine un peu… Tu n'auras plus de problèmes d'argent malgré la sécheresse, les maladies, la chute du prix de la viande, les taxes des chemins de fer. Tu n'auras plus à craindre de perdre ton ranch pour défaut de paiement. La découverte d'une nappe de pétrole fera de toi un homme si riche que l'avenir du Triple S sera assuré.

Voyant Sloan se diriger vers son cheval, Todd avait tenté une ultime supplique :

— Je te demande simplement de bien réfléchir avant de remettre ce crâne à Samantha. Sans lui, elle ne pourra pas étayer ses arguments.

— Elle aura sa parole.

— Mais pas de preuve concrète à présenter à la communauté scientifique. Faute de preuves, une équipe d'archéologues ne viendra jamais à Las Tres Lomas. Enfin, peu importe… Si mes échantillons confirment mon hypothèse, je remettrai mon rapport à mon patron qui s'adressera aussitôt à Neal Gordon. Nous savons tous les deux de quel côté penchera la balance.

— Tu te rends compte que tu trahis la confiance de Samantha ?

Sloan avait ôté sa chemise pour en envelopper le vestige et l'accrocher à sa selle. La belle assurance de Todd fondit comme neige au soleil.

— Oui, et je le regrette, avait-il admis.

Sloan avait laissé Todd, affligé, près de la clôture. Si les échantillons de terre confirmaient les soupçons du géologue, Sloan entrevoyait un nouveau conflit qui ne ferait qu'élargir le gouffre qui séparait Neal et Samantha. Neal ne verrait aucune raison de renoncer à une véritable fortune pour préserver un hypothétique cimetière d'animaux disparus. Quelle que soit l'origine de leur brouille initiale, il y aurait un nouveau problème de loyauté. Le jour venu, Samantha se battrait-elle pour sauvegarder ce site archéologique au détriment de la sécurité financière de Las Tres Lomas ?

En regagnant le ranch torse nu, Sloan était conscient de constituer un étrange spectacle. Billie June était entrée dans la cuisine au moment où il boutonnait sa chemise. Cachant vivement le fossile sous son bras, il n'avait pas pris le temps d'écouter ce qu'elle voulait lui dire.

— Plus tard...

Inutile d'impliquer une personne de plus dans les manigances de Todd tant qu'il n'aurait pas parlé à Samantha. Il avait emporté le crâne dans sa chambre avec l'intention de passer chez Estelle dès le lendemain, après avoir vu Anne, pour tout raconter à Samantha. Le fossile semblait fragile. Mieux valait le laisser dans l'armoire et revenir le chercher plus tard avec la jeune femme.

Une silhouette familière cheminait lentement sur une mule, une dizaine de mètres au-devant de lui. En reconnaissant Grizzly sur le dos de Delilah, Sloan se rappela les propos de Samantha : « J'aurais dû suivre les conseils de Grizzly et Wayne et ne pas m'engager sur cette voie… » Delilah avançait à la vitesse d'un escargot. Devait-il ralentir pour bavarder avec le cuisinier au risque d'arriver en retard chez les Rutherford ? Et de se présenter chez Estelle après le départ de Samantha pour Las Tres Lomas ? Il parviendrait peut-être à tirer les vers du nez à Grizzly sur ce qui opposait Sam à son père, même s'il en doutait, le cuisinier n'étant pas homme à colporter des ragots.

— Bonjour, Grizzly ! lança-t-il en arrivant à sa hauteur. Tu vas à la messe ?

— Bonjour, Sloan. Oui. Et toi, tu vas voir Miss Rutherford ?

— En quelque sorte.

Sloan crut déceler un grommellement ironique.

— Tout va bien à Las Tres Lomas ? s'enquit-il.

— Tu ne poserais pas la question si tu passais plus souvent.

— Ah… Ces derniers temps, je ne viens pas sans invitation…, répondit-il avec tristesse.

— À cause de qui ? demanda Grizzly avec un regard de biais.

— Samantha.

— Depuis quand ?

— Depuis qu'elle m'a plus ou moins mis à la porte, il y a deux mois, quand elle s'est brouillée avec Neal.

— Tu es au courant de ça ? s'étonna le cuisinier.

Sloan haussa les épaules.

— Pas vraiment, mais depuis le jour où Neal a abattu le puma, les choses ne sont plus pareilles entre eux. (Il dévisagea le cuisinier d'un œil perplexe.) Tu pourrais peut-être éclairer ma lanterne…

Grizzly se détourna.

— C'est pas à moi d'en parler ! Tu n'auras qu'à demander à la petite.

— Elle ne me parle guère, ces derniers temps. Elle ne se confie plus à moi. Voilà pourquoi je ne viens plus au ranch. Il y a deux mois, Samantha m'a carrément dit de me mêler de mes affaires. En fait, je ne suis plus le bienvenu à Las Tres Lomas.

— À qui la faute, nom de Dieu ? s'emporta soudain le cuisinier.

— Pas à moi ! répondit Sloan, étonné.

— Mais si !

Sloan fit arrêter son cheval.

— Comment cela ?

— Oh, Delilah ! fit Grizzly avant de se tourner vers le jeune homme. Tu ne comprends donc pas que si Samantha prend ses distances, c'est par fierté ?

— Par fierté ? Qu'est-ce que tu me racontes ?

Grizzly leva les yeux au ciel et poussa un long soupir.

— Bon sang de bonsoir ! Il faut toujours que tu me tires les vers du nez ! Je vais finir par me couper la langue pour éviter de trop parler.

Sloan talonna sa monture pour barrer la route à la mule.

— Grizzly, si tu ne t'expliques pas, je t'arrache la langue moi-même.

— Samantha est amoureuse de toi, pauvre crétin ! Elle ne peut pas te le montrer vu que tu fréquentes Miss Rutherford !

Elle est trop digne ! Miss Rutherford n'est pas une fille pour toi, si tu veux mon avis. Y a pas plus mal assortis ! Voilà, c'est dit ! À présent, ôte-toi de mon passage. Je vais être en retard à la messe.

Sloan s'écarta.

— Comment sais-tu que Sam est amoureuse de moi ?

— Pose-lui la question ! répliqua le cuisinier en talonnant sa mule.

— Je n'y manquerai pas ! conclut Sloan avant de s'éloigner au galop.

En arrivant dans le quartier huppé de Fort Worth, Sloan fut tenté de se rendre directement chez Estelle, dont la maison se trouvait à cinq rues de chez les Rutherford, mais la sagesse lui dicta de maîtriser son impatience. Il devait d'abord régler le problème avec Anne pour laisser la voie libre à Samantha. Pourvu que Grizzly ne se soit pas mépris sur les sentiments de la jeune femme à son égard ! Le fidèle cuisinier la connaissait sans doute mieux que quiconque.

Dans la cour du manoir des Rutherford, deux palefreniers étaient en train d'atteler une paire d'étalons blancs à la voiture qui conduirait Anne et ses parents à l'église. Noble Rutherford avait financé la construction de l'impressionnant édifice en briques et dirigeait son conseil paroissial. Habitués à croiser Sloan sur la propriété, les employés le saluèrent d'un signe de tête tandis qu'il gravissait les marches du perron. Il actionna la sonnette moderne qui remplaçait le heurtoir traditionnel.

Une domestique vint répondre au bourdonnement qui résonnait dans toute la maison.

— Monsieur Singleton ! s'exclama-t-elle, surprise. Nous ne vous attendions pas, monsieur.

— Désolé de venir à l'improviste, Bella. Il faut que je parle à Mlle Rutherford. Voulez-vous m'annoncer ?

Anne surgit de la salle à manger, vêtue d'un peignoir en soie, les cheveux lâchés. Manifestement, elle l'avait vu arriver par la fenêtre.

— Ce ne sera pas nécessaire, Bella, intervint-elle en se précipitant vers Sloan, les mains tendues, les yeux pétillants de joie. Je suis là, Sloan, ajouta-t-elle comme s'il l'avait cherchée partout.

Si elle était d'une beauté à couper le souffle, il ne ressentit pas le moindre chagrin à la perspective de ce qu'il allait faire.

— Pardonne-moi de ne pas avoir téléphoné avant de venir, dit-il.

Le père de la jeune femme apparut à son tour, une serviette glissée dans son col ouvert. S'il serra la main de Sloan, son accueil fut bien moins chaleureux que celui d'Anne. Noble Rutherford était au courant des tourments que le président du conseil d'administration infligeait à sa fille.

— Ce n'est pas grave, fit-elle d'un ton enjoué en prenant Sloan par le bras. Tu es là, c'est l'essentiel. Juste à temps pour le petit déjeuner. Papa, peux-tu demander à Bella de dresser un couvert de plus ?

— Je regrette, Anne, mais je ne reste pas, déclara Sloan doucement. Pourrions-nous parler tranquillement ?

Anne ôta lentement sa main de son bras.

— Bien sûr, répondit-elle avec un sourire crispé.

Sloan ignora le regard menaçant de Noble Rutherford pour suivre la fille du banquier dans le petit salon. L'affaire fut réglée en un quart d'heure. En exposant la raison de sa visite, il vit le visage d'Anne se décomposer. Elle réagit toutefois mieux qu'il ne le redoutait et ne lui demanda même pas l'origine de ce revirement. Face à sa posture droite comme un I, il comprit qu'elle ne se rabaisserait jamais à exiger des explications. Sloan se réjouit de cet accès d'orgueil. Avant même la fin de leur entrevue, elle était déjà en train de réfléchir au moyen d'exploiter à son avantage cette humiliation.

Néanmoins, en quittant la pièce, il ressentit l'amertume de la jeune femme. Sans doute venait-il de se faire un ennemi de Noble Rutherford. Le banquier n'était pas homme à pardonner un tel affront. Sloan se promit d'être toujours à jour dans ses remboursements. Naturellement, il devrait démissionner de son poste au conseil d'administration. Sloan n'avait aucun regret, si ce n'était son aveuglement qui faisait déjà partie du passé. Il devait regarder vers l'avenir.

Quelques minutes plus tard, le cœur battant à tout rompre, il gravit les marches du perron et actionna énergiquement le heurtoir en cuivre à tête de lion. Estelle fréquentait l'Église méthodiste. Peut-être avait-elle emmené sa fille à l'office. Elle ne ratait pas une occasion de se montrer en sa compagnie. À moins qu'elle n'ait décidé de rester à la maison pour profiter de Samantha. Il s'attendait à voir Mildred lui demander s'il la croyait sourde, mais ce fut Samantha qui l'accueillit.

— Sloan ! s'exclama-t-elle, étonnée. Qu'est-ce que tu fais ici ?

Elle portait une robe simple et ses boucles dorées tombaient librement sur son décolleté. Soudan, Sloan fut frappé par une émotion qui lui fit monter les larmes aux yeux. Et si Grizzly se trompait ? Et si Samantha n'était pas amoureuse de lui, en réalité ?

— Oh…, fit la jeune femme, inquiète, posant machinalement une main sur sa joue, comme le jour où il avait perdu son père. Sloan, que se passe-t-il ? Ce n'est pas une de tes sœurs, au moins ?

Il plaça sa propre main sur la sienne.

— Non. Écoute, j'ai une question à te poser. Une question importante.

Elle recula, à la fois soulagée et curieuse. Sans lui lâcher la main, il la suivit à l'intérieur.

— Qu'est-ce que tu veux me demander ?

Mildred était venue ouvrir la porte et Estelle se tenait sur le seuil du salon. Soudain, Sloan fut intimidé.

— Je t'écoute ! insista Samantha avant que les deux femmes ne puissent intervenir.

— Samantha, es-tu amoureuse de moi ?

Estelle porta une main à sa joue.

— Oh, mon Dieu !

Abasourdie, Mildred prononça quelques mots en comanche.

— Maman, Mildred. Vous voulez bien nous laisser, s'il vous plaît ?

Estelle se retrancha dans le salon tandis que la gouvernante filait vers la cuisine.

— Peux-tu répéter ta question ?

— Je pensais avoir été clair. Es-tu amoureuse de moi ?

Samantha eut un mouvement de recul.

— C'est bien ce que je croyais avoir entendu. C'est une mauvaise plaisanterie, je suppose ?

Sloan s'approcha d'elle.

— C'est une question simple qui appelle une réponse simple. Oui ou non. Es-tu amoureuse de moi ?

Dans son regard, il lut son désarroi alors qu'elle assimilait ses propos. Elle secoua la tête, uniquement parce qu'elle peinait à comprendre la situation. Il aurait pu lui faciliter la tâche, mais il avait sa fierté, lui aussi.

— Pourquoi cette question ? s'enquit-elle enfin. Qu'est-ce qui te prend ?

Ils auraient pu jouer au chat et à la souris toute la journée. Sloan n'en avait ni l'envie ni le temps. Le regard franc, il fit un pas de plus et la prit dans ses bras. Elle se lova contre lui comme s'ils ne formaient qu'un. Puis il l'embrassa longuement. Elle lui rendit son baiser, les bras autour de son cou.

— Alors tu m'aimes vraiment ! s'exclama-t-il lorsqu'elle se libéra de son emprise.

Mortifiée, les joues écarlates, les yeux embués de larmes, Samantha s'emporta :

— Comment oses-tu en douter, Sloan ? Que cherches-tu à prouver ?

— Absolument ! s'indigna Estelle, qui était réapparue sur le seuil du salon.

La tête de Mildred se montra dans l'entrebâillement de la porte de la cuisine.

— Que Grizzly a dit vrai, Dieu soit loué, parce que je ne l'aurais pas deviné, expliqua le jeune homme.

— Qu'est-ce que tu racontes ?

— Je t'aime, Sam. Je t'ai toujours aimée, aussi vrai que je respire.

Estelle retint son souffle et Mildred émit un sifflement admiratif.

— Je ne suis pas fiancé avec Anne et je n'en ai jamais eu l'intention. Elle était là alors que tu ne l'étais pas et que je me sentais seul. Je reviens de chez elle. Je lui ai annoncé que tout était fini entre nous, quoi qu'elle ait pu espérer. Je ne pouvais continuer à la fréquenter compte tenu de mes sentiments pour toi.

Le silence s'installa entre eux, puis Sloan feignit l'impatience.

— Mais si Grizzly s'est mépris sur tes sentiments pour moi, tu n'as qu'à me l'avouer franchement. Dis-moi : « Je ne suis pas amoureuse de toi, Sloan » et je m'en irai. L'affaire sera réglée. Tu crois en être capable ?

Samantha ferma les yeux et secoua la tête.

— J'en suis incapable, répondit-elle.

— Dans ce cas, approche et embrassons-nous, conclut Sloan tandis qu'elle se jetait à son cou.

CHAPITRE 25

Dimanche matin, Todd Baker sonna à la porte de Mavis Waverling. La veille, il avait dû prendre le dernier train de Fort Worth à Dallas et était arrivé trop tard pour s'entretenir avec son patron. Trevor Waverling l'accueillit en personne, renvoyant d'un geste la nouvelle domestique.

— Allons dans mon bureau. Nous y serons plus tranquilles, proposa Trevor. Ma mère et ma fille ne vont pas tarder à rentrer de la messe et il y aura de l'agitation dans la maison.

— Nathan est de retour de la cérémonie de remise de diplôme de son frère, dans l'Oklahoma ? s'enquit Todd.

— Oui, depuis hier soir. Ce matin, il est allé lui aussi à l'église. Il nous rejoindra dès que possible. Qu'y a-t-il de si important ? Cela ne pouvait pas attendre lundi ?

— Je crois avoir découvert un gisement de pétrole, répondit Todd de but en blanc.

Au risque de fâcher son employeur, au vu de l'heure tardive, Todd avait téléphoné à son domicile depuis son bureau de Waverling Tools. Il était exclu de lui annoncer la nouvelle par téléphone à cause des oreilles indiscrètes. Il avait simplement déclaré avoir une nouvelle de la plus haute importance à lui annoncer sans tarder et souhaitait être reçu en ce dimanche matin.

Il n'avait pas eu la possibilité de contacter Ginny pour lui expliquer son retard, car ils n'avaient pas le téléphone. Lorsqu'il était rentré chez lui, la jeune femme était morte d'inquiétude. Il n'avait toutefois pas résisté à la tentation d'analyser la terre rapportée de Windy Bluff. En mélangeant un peu de terre à de l'eau, il avait découvert la présence d'hydrogène et de carbone, composants essentiels du pétrole et du gaz naturel. Le pétrole flottait et était soluble dans le disulfure de carbone, preuve supplémentaire de la présence de pétrole. Todd était prêt à parier que sous le sol sablonneux de la partie nord de Las Tres Lomas de la Trinidad se cachait une réserve de pétrole.

Il avait emprunté un marteau et un burin au patron des écuries de louage et venait de dégager le crâne quand il avait entendu un cheval s'approcher de la clôture, là où il avait attaché sa jument. Il en avait eu des sueurs froides, surtout quand il avait reconnu Sloan Singleton.

— Qu'est-ce que tu fais là ? lui avait-il demandé.

Todd avait bien cru défaillir. Que dire ? Piètre menteur, il était incapable d'inventer une justification plausible, notamment face à Sloan Singleton. De plus, il n'avait pas eu le temps de se débarrasser du crâne. Il avait alors craché le morceau.

Il se retrouvait maintenant à la merci de Singleton. Allait-il le dénoncer à Samantha ? Cela avait-il une importance à long terme ? De toute façon, la jeune femme lui en voudrait à mort en apprenant qu'il avait envoyé un homme de terrain négocier le forage de ce qu'elle considérait comme un cimetière de dinosaures. Son amitié avec Samantha lui était précieuse. Elle acceptait son caractère pointilleux et ne s'offusquait pas de sa suffisance. De plus, elle était la meilleure amie de sa femme. Mais ces considérations faisaient pâle figure face aux enjeux. Todd avait l'intention de contenter son patron, d'enrichir les Gordon et de se faire une place au soleil dans le secteur pétrolier.

À Fort Worth, Samantha et Sloan gagnèrent le petit salon. D'un regard, Samantha prévint sa mère et Mildred de ne pas les espionner derrière la porte qu'elle s'empressa de refermer.

Sloan et elle échangèrent un long baiser passionné, puis ils s'installèrent sur le divan et s'enlacèrent tels deux amoureux ayant survécu à un naufrage.

— Depuis combien de temps es-tu consciente de tes sentiments pour moi, Sam ? demanda-t-il en lui caressant les cheveux.

Sa crinière avait toujours évoqué pour lui des feuilles d'érable aux reflets dorés. Il revit ses boucles soyeuses lorsqu'elle avait trois ans. Elle s'était égarée lors d'une fête foraine. Du haut de ses sept ans, le cœur serré, il l'avait cherchée partout. Soudain, il avait aperçu ses cheveux dans la foule. À dix ans, elle était tombée de cheval et avait perdu connaissance. Il l'avait serrée dans ses bras en la suppliant de ne pas mourir. À seize ans, le jour de sa remise de diplôme, sa toge noire rehaussait sa chevelure lorsqu'elle s'était avancée sur l'estrade de l'école Simmons. Pour lui, ce diplôme était un passeport vers un autre avenir, bien loin des ranches, de Fort Worth et de lui-même…

— Depuis mes premiers pas, répondit-elle. Jusqu'à ce qu'Anne fasse son apparition, j'ai toujours pensé que nous scellerions notre enfance partagée par un mariage et que nous serions heureux. C'est aussi ce que nos familles attendaient de nous.

— Si seulement mon père était encore de ce monde… Il serait tellement heureux de nous voir ensemble !

— Le mien sera fou de joie. Il parviendra peut-être à me pardonner, maintenant.

Sloan la prit par le menton pour l'obliger à le regarder dans les yeux.

— Il serait temps que tu m'expliques ce qui se passe entre ton père et toi, tu ne crois pas ? Qu'as-tu donc fait pour qu'il se sente trahi ?

Samantha poussa un long soupir de regret.

— J'ai essayé de retrouver mes parents biologiques et papa l'a appris.

Abasourdi, Sloan écouta les explications de la jeune femme. Il ne s'était pas trompé : il s'agissait bien d'un problème de loyauté. Neal était d'une possessivité extrême et ne tolérait aucun rival. En dépit de son amour, les recherches de Samantha étaient à ses yeux une trahison. Sloan songea à la queue de puma qui battait au vent, devant la maison des Gordon. Il n'avait pas oublié les confidences de Samantha, autrefois. Elle lui avait rapporté la conversation surprise entre ses parents, après sa visite à l'orphelinat.

— Jamais je ne quitterais papa et maman ! Comment papa peut-il croire une chose pareille ?

Elle n'avait que dix ans et laissait parler son cœur d'enfant. À présent, elle en avait vingt et se comportait en adulte. Pour Neal, cette quête de ses origines était un camouflet, un rejet de tout ce qu'Estelle et lui avaient fait pour elle. Même si Samantha ne donnait pas suite à son enquête sur l'autre rive de la rivière Rouge, sa curiosité était impardonnable. Et voilà qu'un nouveau conflit, aussi grave, menaçait d'éclater entre le père et sa fille.

— J'ai jeté la lettre de Mme Brewster, dit Samantha. Elle ne me servait plus à rien. Je me demande comment j'ai pu croire le contraire.

— Moi, je le sais, déclara Sloan, désireux d'apaiser son angoisse. Il est naturel de vouloir savoir d'où tu viens, qui t'a mise au monde et pourquoi tu as été adoptée. Tu ne peux pas plus maîtriser ce besoin de savoir que tu ne peux échapper à ton ombre.

Samantha s'écarta de lui et le dévisagea d'un air médusé.

— Tu ne peux pas comprendre, toi qui as toujours su d'où tu venais.

— Pour cette raison précise, répondit Sloan. J'ai toujours su que j'étais un Singleton, ce qui m'a forgé, en bien ou en mal. J'ai toujours eu un avenir tracé, des objectifs, une voie à suivre. Sans cela, je me demande comment je m'en serais sorti, après la mort de mon père. Donc je comprends ton manque de… repères.

Il enroula distraitement une mèche de ses cheveux autour de son index.

— Tu aurais dû m'en parler, reprit-il. Je serais allé voir Neal pour lui expliquer que tu voulais simplement en savoir davantage sur toi-même. Je lui aurais rappelé que tu es une scientifique et que la curiosité est chez toi une seconde nature.

— J'avais oublié que tu étais ainsi, Sloan Singleton...

— Que j'étais comment ?

— Tu me comprends, tu trouves les mots pour me rassurer. Tu te rappelles nos après-midi sous le grand frêne, au Triple S, au bord de la rivière ? On se disait tout.

— Je m'en souviens.

Leur frêne se dressait au milieu d'un champ de pissenlits. Les chevaux aimaient dévorer les petites fleurs parfumées. La mort du père de Sloan avait mis fin à ces moments d'insouciance. Pour lui, c'était une époque révolue. Peu après la mort de son père, le frêne avait été frappé par la foudre.

Pleine d'enthousiasme, Samantha lui parla du crâne de dinosaure qu'elle avait déterré à Windy Bluff. En l'écoutant, désemparé, Sloan songea à l'arbre carbonisé. Aucun lien n'était indestructible.

— Je crois avoir trouvé l'emplacement d'un immense cimetière de dinosaures, déclara Samantha. Ce crâne me permettra de prouver ce que j'avance. Todd m'a proposé d'envoyer des photographies au muséum d'Histoire naturelle de New York et de contacter un ami paléontologue à Yale afin qu'il effectue des analyses.

— Des photographies ?

— Prises avec mon Kodak. J'ai photographié le crâne et j'ai confié mon appareil à Todd afin qu'il l'adresse à l'usine de Rochester. Le développement prendra environ un mois. En attendant, je préfère garder pour moi ma découverte. Ma passion pour la paléontologie dérange un peu ma mère et... (Samantha hésita.) Je tiens à régler ce différend entre mon père et moi avant de lui faire part de ma trouvaille. Mais je ne pense pas qu'il s'opposera à des fouilles archéologiques car Windy Bluff n'est pas un pâturage.

La gorge sèche, Sloan se leva, avisant une carafe d'eau sur la desserte. Lorsque les photographies arriveraient, Neal aurait déjà signé un contrat d'exploitation avec Waverling Tools et le forage de Windy Bluff aurait peut-être même commencé.

Todd comptait dessus, c'était évident. Et si le moment était venu de dénoncer le géologue et de raconter à Samantha comment il avait sauvegardé le crâne ? Néanmoins, les propos de Todd résonnaient encore dans la tête de Sloan :

— Si mes échantillons confirment mon hypothèse, je remettrai mon rapport à mon patron qui s'adressera aussitôt à Neal Gordon. Nous savons tous les deux de quel côté penchera la balance… Je te demande simplement de bien réfléchir avant de remettre ce crâne à Samantha. Sans lui, elle ne pourra pas étayer ses arguments.

Sloan but une gorgée d'eau. L'histoire se résumait à la notion de loyauté selon Neal. Ce crâne serait une mise à l'épreuve du dévouement de Samantha envers Las Tres Lomas. Neal était prêt à tout pour les terres de ses ancêtres. Il avait toujours toléré l'intérêt de sa fille pour la préhistoire, à défaut de la comprendre. Il n'apprécierait certainement pas de l'entendre affirmer qu'un amas d'ossements avait plus de valeur qu'un gisement de pétrole dont l'exploitation était susceptible de sauvegarder le domaine familial. Leur divergence de point de vue risquait de détruire la famille pour de bon. Sloan n'osait imaginer le désespoir d'Estelle. De plus, il serait contraint de prendre parti pour Neal. Le pétrole était une ressource naturelle aussi nécessaire au bien-être humain que les terres l'étaient à l'alimentation et aux bêtes. Il partageait l'opinion de son mentor : cela valait la peine de sacrifier une parcelle de terrain pour assurer l'avenir de tout le domaine. S'il avait son mot à dire, Sloan se prononcerait en faveur du forage. Comment Samantha réagirait-elle à cette prise de position ? En l'absence du crâne, elle n'aurait aucun argument concret et baisserait les bras, d'autant plus qu'ils allaient se marier. La vie conjugale et la maternité rempliraient son existence, il ne pouvait en être autrement. Désormais associés, Neal et lui dirigeraient leurs ranches pendant que Samantha serait responsable du foyer.

Sloan regarda par la fenêtre du salon sans voir le paysage ensoleillé de cette belle journée. Que faire ? Quel intérêt suprême devait prévaloir ? Son père affirmait qu'un homme se définissait par ses motivations, mais qu'en était-il quand cet homme n'était pas certain de la justesse de ses décisions ?

Il restait une chance, peu plausible certes, que Neal accepte la requête de sa fille jusqu'à ce que les photographies arrivent et apportent une preuve dans un sens ou dans l'autre. Dans ce cas, elle n'aurait pas besoin de son crâne.

— Sloan ? fit doucement Samantha, un peu intriguée. À quoi penses-tu ?

Il prit sa décision : celle de ne rien décider dans l'immédiat. Il avait le temps. Il se tourna vers la jeune femme et esquissa un sourire :

— Je me demandais quand nous pourrions nous marier au plus tôt.

En fin d'après-midi, ils se séparèrent à la fourche pour regagner leurs ranches respectifs. Samantha avait invité Sloan à l'accompagner à Windy Bluff pour délimiter le périmètre de son trésor. À la demande de la jeune femme et à l'insu d'Estelle, Mildred avait réuni des cordes, des pinces à linge et une couverture destinées à protéger l'emplacement du crâne. Mal à l'aise, Sloan refusa, ce qui déçut un peu Samantha.

— Il faut que je rentre, Sam, déclara-t-il en se penchant pour l'embrasser.

Il mit pied à terre avant de récupérer son cheval. Ils avaient effectué le trajet ensemble dans la voiture, le pur-sang de Sloan attaché au véhicule. Samantha le comprenait, mais c'était dimanche. Naguère, elle lui aurait demandé pourquoi il était pressé de regagner le Triple S. À présent… Elle ne se sentait plus en droit d'exiger des explications jusqu'à leur mariage.

— Si tu entends des hurlements, ce ne seront que les cris de joie de Millie May et Billie June, prévint-il. Enfin, leur petit frère aura fait quelque chose de bien, à leurs yeux !

— Je suis impatiente de voir mon père pour lui annoncer la nouvelle, déclara la jeune femme. Il devrait rentrer de La Paloma dans la semaine.

Sloan mit le pied à l'étrier.

— Envoie quelqu'un me prévenir et je reviendrai lui demander ta main en bonne et due forme. Bientôt, nous n'aurons plus à nous quitter. Tu rentreras avec moi. Le plus vite sera le mieux.

— Si seulement je pouvais t'accompagner maintenant, soupira-t-elle.

Ils avaient décidé d'annoncer leurs fiançailles à l'occasion de l'anniversaire de Sloan, deux semaines plus tard, avant de convoler la première semaine du mois d'août.

— Moi aussi, dit Sloan en l'embrassant encore. Sam, tu sais que je ne ferais jamais quoi que ce soit qui aille à l'encontre de tes intérêts, j'espère ?

— Bien sûr, répondit-elle, étonnée. Pourquoi cette question ?

— Je tiens juste à ce que tu comprennes que jamais je ne te ferais le moindre mal intentionnellement.

— Je le sais.

— Je t'aime, Samantha.

— Je le sais aussi.

En regagnant le ranch, la jeune femme songea à ces propos et au miracle qui venait de se produire. La veille encore, elle devait se contenter de rêver. Si seulement son père savait que Sloan voulait l'épouser ! Folle de joie, Estelle avait dansé avec Mildred au milieu du salon. Wayne, Silbia et surtout ce vieil ours de Grizzly se réjouiraient également. Hélas, pour l'heure, il n'y avait personne au ranch avec qui se réjouir. Wayne se trouvait chez sa petite amie, en ville, Silbia était de repos et Grizzly travaillait bénévolement à l'orphelinat. Elle pouvait toujours partager son bonheur avec Sauvé…

Un peu plus tard, elle repéra les cornes rouges de son bouvillon à l'endroit où Todd avait chuté. Avant même d'arrêter la voiture, elle remarqua un détail. La zone sablonneuse qui recelait probablement les vestiges d'un sauropode était vide.

CHAPITRE 26

Neal se laissait guider par son objectif. Depuis quelques jours, il avait quitté ses terres natales pour les vastes plaines verdoyantes et fertiles des Blackland Prairies. Les rivières débordaient presque, l'herbe était épaisse. Après les terres sablonneuses des Eastern Cross Timbers, il traversait une région de chênes blackjack et étoilés, pacaniers, frênes blancs, sycomores, peupliers noirs, micocouliers, hêtres et saules, descendant de l'Oklahoma jusqu'au centre du comté de Denton. Par moments, son trajet l'amenait à longer la ligne de chemin de fer Missouri-Kansas-Texas, celle que Samantha et Mildred avaient empruntée pour relier Fort Worth à Gainesville. Certains passagers lui faisaient des signes auxquels il répondait. Le soir, il campait au bord d'un ruisseau et réchauffait des haricots au lard sur un feu de camp. Il attachait son cheval et s'allongeait sur une couverture, son pistolet Browning et sa carabine Winchester à portée de main. Il contemplait les étoiles qui semblaient cligner de l'œil. Il préférait ce spectacle aux lumières de la ville. Dans ces étendues infinies, avec pour toute compagnie les sons de la nature, le clapotis de l'eau, il trouvait une certaine sérénité.

Le troisième jour, il arriva à Gainesville en début d'après-midi et demanda à un facteur en tournée s'il connaissait la ferme des Barrows. L'homme lui indiqua la direction à prendre. Aux abords de la ville, Neal songea à se renseigner discrètement sur les Holloway à l'épicerie. Un membre de la famille devait s'y ravitailler. Les gens ne pouvaient résister à la tentation de colporter des ragots sur leurs voisins, surtout auprès des inconnus. Neal n'aurait aucun mal à obtenir un portrait des Holloway. Il saurait au moins si Liam était encore de ce monde.

Mais, après réflexion, il préférait se faire une idée par lui-même. Il passa donc devant l'épicerie sans s'arrêter et suivit les instructions du facteur. Dans un champ, il vit un groupe de paysans en train de battre le blé et s'approcha de la clôture. Un homme qui semblait responsable des travaux l'aperçut et souleva sa casquette. Il sortit un mouchoir et s'épongea le front avant de venir à sa rencontre. C'était manifestement un fermier, et pas seulement à cause de la salopette en toile qui le distinguait d'un éleveur. Il avait la silhouette voûtée et la démarche d'un homme qui actionnait la charrue et non le lasso.

— Pardon, monsieur ! lança-t-il. Je ne voudrais pas vous déranger, mais je cherche la ferme des Barrows.

— Vous y êtes, répondit le paysan. Si vous comptiez l'acheter, vous arrivez trop tard. Elle est vendue depuis le mois d'avril.

— Déjà ? fit Neal en feignant la déception.

— Je le crains, oui, confirma le paysan avec un hochement de tête.

— Et les anciens propriétaires… je suppose qu'ils sont partis ?

— Ils ont déménagé le 1er juin.

— Je peux savoir où ils sont partis ?

— Eh bien… ça dépend. Qui êtes-vous donc ?

— Neal Gordon. Je possède un ranch à une dizaine de kilomètres de Fort Worth.

Neal ôta son chapeau et s'épongea le front, lui aussi. La chaleur devenait accablante.

— Vous êtes le nouveau propriétaire ? reprit-il.

L'homme s'approcha pour le dévisager.

— Je suis le vendeur. Enfin, ma femme. Je termine notre dernière moisson. Je m'appelle Léon Holloway.

Neal fit de son mieux pour maîtriser son étonnement. Le père de Samantha ! Il remit son chapeau.

— Ah oui ? bredouilla-t-il, ne sachant que dire ni que faire. Ravi de vous rencontrer.

Léon hocha la tête et le dévisagea plus attentivement.

— Je crois avoir rencontré votre fille, il y a quelque temps, Samantha. Elle venait de la part de son père en réponse à l'annonce que ma femme avait publiée dans un journal de Fort Worth. Elles avaient rendez-vous, mais elles se sont ratées, pour une raison inconnue. Elle est venue par ici alors que je travaillais au champ.

Neal eut soudain la gorge sèche. Samantha avait failli rencontrer sa mère.

— Oui, c'était bien ma fille. Vous êtes-vous... présenté à elle ?

— Non, je ne pense pas. Elle a dû me prendre pour un journalier. Qu'est-ce qui vous amène donc, cette fois, monsieur Gordon ?

Pris au dépourvu, Neal improvisa une réponse :

— Je me suis dit que l'acheteur avait peut-être changé d'avis et que la ferme était de nouveau en vente. Cela se produit parfois. Je suis propriétaire de La Paloma, au sud, et j'aurais aimé acquérir vos terres qui offrent un passage vers le fleuve. Cela ne coûtait pas grand-chose de se renseigner puisque je passais par là. Le rédacteur en chef du journal m'a indiqué le nom de votre femme.

— C'est sûr, vous avez bien fait, admit Léon en ôtant son chapeau. Et comme vous venez de loin... de Fort Worth, c'est ça ? Passez donc à la maison un petit moment.

Léon désigna un ensemble de toitures, au loin, dans l'atmosphère lourde.

— Il y a de l'eau de source bien fraîche et des pêches mûres à point. Les propriétaires n'ont pas encore emménagé. Il reste quelques chaises qui, d'après ma femme, n'avaient pas leur place dans notre nouvelle demeure. Reprenez la route, au bout de la clôture, et c'est tout droit. Je vous rejoins là-bas.

Neal eut envie de décliner l'invitation. Léon Holloway avait l'air d'être un homme bien, respectable, au visage ouvert, avenant. Ce père pouvait-il s'être séparé volontairement de sa fille qui venait de naître à moins d'y avoir été contraint ? Neal n'avait guère envie de passer un moment avec un homme qui risquait de le priver du bonheur de sa vie.

Pourtant, c'était pour cela qu'il était venu. Pris d'un terrible pressentiment, il déclara :

— Vous êtes très aimable. Un peu d'eau et une pêche, voilà qui est très alléchant.

Seigneur ! songea Léon en traversant son pré. La jeune femme qu'il avait croisée en avril pouvait-elle être la fille de Millicent ? La sœur jumelle de Nathan ? Et cet homme, cet éleveur, serait son père… enfin, celui qui l'avait adoptée ? Il avait affirmé que son ranch se trouvait à une dizaine de kilomètres de Fort Worth. Cela correspondait aux rares détails qu'il avait glanés auprès du Dr Tolman et qu'il n'avait jamais oubliés. Il ne pouvait s'agir d'une coïncidence, surtout avec une telle couleur de cheveux. Que voulait vraiment cet homme ? Et si Léon ne s'était pas trompé sur ses motivations, de qui Neal Gordon tenait-il les renseignements qui l'avaient mené jusqu'à lui ? De Bridget Mahoney, peut-être, ou du Dr Tolman… C'était étrange qu'il apparaisse au bout de vingt ans.

Léon remit ses ouvriers au travail, puis il grimpa sur sa charrette pour retourner dans son ancienne demeure. Malgré le nuage de poussière et de résidus de blé qu'il soulevait, il crut distinguer l'énorme couronne d'un Stetson, au-dessus de la haie, en direction de la maison. Léon trouva Neal en train d'abreuver son cheval.

Il s'approcha du puits et tira un seau d'eau, puis il remplit une timbale qu'il tendit à Neal.

— On a une pompe, mais pas d'eau courante à l'intérieur, expliqua-t-il. Après la vente, ma femme a acheté une maison à

Gainesville. Depuis qu'elle profite d'une plomberie moderne, elle est plus heureuse qu'un cochon dans une flaque de boue.

— L'eau du robinet n'est pas aussi bonne que celle-ci, assura Neal en se désaltérant.

— Vous voulez une pêche ?

— Volontiers.

— Asseyez-vous sous le porche. Je vais en cueillir quelques-unes.

Léon se dirigea vers la barrière du verger et sélectionna deux beaux fruits sur une branche qui en regorgeait.

— Vous saviez que le pêcher faisait partie de la même famille que les roses ? demanda-t-il en rejoignant son invité.

— Non, je l'ignorais.

— Eh bien, ce sont aussi des cousins de l'abricotier, du prunier et de l'amandier.

— Ah oui ?

— Qui aurait cru qu'ils étaient tous parents ?

— C'est difficile à imaginer, admit Neal.

Il observa le paysan. Fallait-il lire un double sens dans cette petite leçon de botanique ?

— Quel dommage de perdre ces pêches, commenta-t-il en se tournant vers le verger. J'espère que le nouveau propriétaire arrivera avant qu'elles ne pourrissent.

Léon brandit son canif d'un air interrogateur. Neal secoua la tête et sortit le sien.

— Ça m'étonnerait. Avec ma famille, on dépouillait les arbres. Ma femme préparait les meilleures tourtes au monde. On faisait aussi des conserves. Il y en avait plein le garde-manger. On offrait le reste aux voisins. Chacune de nos pêches trouvait sa place.

Léon trancha un quartier de fruit et le fourra dans sa bouche.

— C'est bien que chaque objet et chaque personne finisse à la bonne place, reprit-il.

Neal ressentit un trouble qu'il ne parvint pas à identifier. Où le paysan voulait-il en venir ? C'était comme si cet homme avait deviné qui il était et pourquoi il était venu. Neal déplia son canif.

— Vous parliez de votre famille. Combien êtes-vous ?

— Quatre. Moi, ma femme et deux enfants, un garçon et une fille.

— De quel âge ? Je parle de vos enfants, bien sûr, précisa-t-il avec un sourire. Ma femme me tuerait si je révélais son âge à quiconque.

Léon se mit à rire.

— La mienne aussi, croyez-moi ! Voyons, mon fils Randolph a dix-sept ans et ma fille Lily, seize ans, même si elle se croit déjà adulte. Je m'efforce de contenir son impatience. Elle sera une femme bien assez vite.

Neal émit un rire indiquant qu'il ne comprenait que trop bien.

— Vous n'avez pas eu d'autres enfants ?

— Non. Le seigneur ne nous a accordé que ces deux-là, à ma femme et moi, mais on en est très contents. Je peux dire que ma fille est une vraie beauté. Sa mère et elle espèrent qu'elle mettra le grappin sur un homme riche qui la rendra heureuse. Mon fils part pour l'université de Columbia dans quelques mois, à New York. Il affirme qu'il sera un grand avocat. Je suis sûr qu'il réussira.

Léon savoura un morceau de pêche.

— Il vient de terminer ses années de lycée, reprit-il. Il a fini major de sa promotion. La cérémonie a lieu après-demain, samedi. Il est impatient d'enfiler sa toge. Sa mère s'en réjouit, elle aussi. Pour elle, les signes extérieurs de réussite comptent énormément…

Il adressa à Neal un regard complice signifiant que les femmes étaient toutes les mêmes.

— Bravo à lui, commenta Neal.

Oubliant sa pêche, il respira profondément. À en juger par son apparence honnête, son comportement, son discours, il n'aurait jamais pris cet homme pour un menteur, surtout concernant ses enfants. À moins que le Dr Tolman ait lui aussi menti dans sa lettre – ce qui n'avait aucun sens –, Léon Holloway avait eu des jumeaux que sa femme et lui avaient abandonnés pour une raison inconnue, avant la naissance de ses autres enfants. Qu'était-il arrivé au frère jumeau ? S'était-il retrouvé dans une famille aimante, lui aussi ? Arrivait-il à cet homme de penser à eux ? Neal avait presque envie de lui assener un coup de poing. La fierté qu'il exprimait en parlant des enfants qu'il avait gardés frôlait l'insolence. Sa femme et lui les avaient aimés, nourris, élevés dans cette ferme. Eux seuls avaient eu droit aux tourtes aux pêches de leur mère. Neal ne décelait pas un regret, pas un soupçon de souffrance chez Léon d'avoir abandonné ses premiers-nés. À en juger par le portrait qu'il dressait de sa femme, celle-ci n'avait probablement aucun scrupule non plus.

— Dommage que vous n'en ayez eu que deux, hasarda Neal. C'est un endroit idéal pour élever une marmaille.

— On n'en voulait pas davantage. De toute façon, on n'avait pas les moyens. Si on en avait eu d'autres… j'ose dire que ma femme les aurait sans doute noyés.

Il sourit pour lui indiquer qu'il plaisantait, mais la lueur qui pétillait dans son regard avait disparu.

— Et vous ? Vous avez combien d'enfants ?

— Une fille unique. La seule qui nous ait été… donnée. Elle nous comble de bonheur.

— Qui vous ait été donnée…, répéta Léon. C'est joliment dit. Et quel âge a-t-elle ?

— Elle a fêté ses vingt ans fin mars, répondit Neal en repliant son canif.

Il se leva sans avoir touché sa pêche.

— Je crois que je vais l'emporter, reprit-il en jonglant avec le fruit. Je la dégusterai pendant mon trajet vers Fort Worth.

— Quel est le nom de votre ranch ?

— Las Tres Lomas de la Trinidad. Cela signifie « les trois collines de la Trinité ». C'est une rivière qui forme une fourche sur nos terres.

Léon se leva à son tour.

— Ce doit être superbe. Eh bien, je vous souhaite bonne route, conclut-il. Je vous serrerais bien la main, mais la mienne est poisseuse. J'ai apprécié votre compagnie. Dommage que vous ayez perdu votre temps ici.

— Je n'ai pas perdu mon temps, assura Neal. J'ai trouvé ce que j'étais venu chercher.

— Tant mieux, fit Léon en hochant la tête.

Neal le remercia pour l'eau et la pêche et s'éloigna sur la route. Le fermier l'observait avec attention depuis son porche. Oh non, il n'avait pas perdu son temps, songea Neal. Il avait obtenu satisfaction, même si tout ne s'était pas déroulé comme prévu. À la réflexion, il avait décidé de ne pas permettre à cet homme de choisir s'il voulait ou non revoir sa fille. Il n'y avait pas de place pour Samantha dans sa famille. Léon et Millicent Holloway ne voulaient ni d'elle ni de son frère à leur naissance et ils n'avaient pas changé d'avis. Il tenait déjà du miracle qu'ils n'aient pas été noyés ! Il sentit monter en lui le terrible sentiment d'injustice qu'il ressentait en voyant des gens procréer sans le vouloir alors qu'Estelle et lui n'avaient pu donner la vie malgré leur désir de fonder une famille nombreuse.

Arrivé à la fourche, hors de vue de la maison, il jeta la pêche dans un champ. Que les buses s'en délectent ! Ces histoires sur les cousins, les relations étranges et les endroits propices ne signifiaient rien. Il n'y avait aucun sous-entendu là-dedans. En percevant le bruit sourd du fruit tombant dans les broussailles, il s'interrompit dans ses pensées. *A posteriori*, il était bizarre que Léon Holloway ne lui ait pas demandé ce qu'il était venu chercher et qu'il avait trouvé…

Léon alla se laver les mains dans l'eau du puits. Le doute n'était plus permis : Samantha Gordon était bien la fille de Millicent et il venait de croiser l'homme qui l'avait adoptée. Un type bien, ce Neal Gordon. S'il était dur et rude comme le mezcal, il aimait Samantha de tout son cœur. Cela se voyait à son expression quand il parlait d'elle. S'il avait bien deviné, Samantha arrivait à un âge où elle s'interrogeait sur ses parents biologiques, du moins si elle savait qu'elle avait été adoptée. La jeune femme qu'il avait rencontrée près de la clôture, en avril, ignorait qui il était, mais Neal Gordon était au courant, lui. Pour quelle autre raison serait-il venu à la ferme si ce n'était pour voir par lui-même qui étaient les gens qui avaient fait adopter leur enfant ? Neal avait affirmé avoir obtenu ce qu'il cherchait, et il ne mentait pas. Léon Holloway n'avait pas dressé un tableau flatteur des parents biologiques de Samantha, surtout de Millicent. Léon savait reconnaître un homme capable d'aimer une enfant qui n'était pas de lui et de la protéger d'une désillusion. Neal Gordon regagnerait son ranch sans rien divulguer de ce qu'il avait appris. Bien sûr, ce n'était qu'une hypothèse. Le fermier risquait de voir la jeune femme se présenter un beau matin, mais il n'irait pas vers elle, cette fois.

S'il avait vu juste, Gordon vivrait désormais en paix avec la certitude que Samantha était à sa place. Neal Gordon était en droit de le penser.

À Gainesville, Neal laissa son cheval à l'écurie afin qu'il soit nourri et bouchonné, puis il se rendit à pied au Harvey House Hotel afin de prendre un bon bain et d'enfiler des vêtements propres. Il avait encore une mission à accomplir avant de rentrer à Las Tres Lomas la conscience tranquille. Le directeur de l'hôtel le renseigna. Plus tard, rasé et élégamment vêtu, Neal s'assit sur un banc, dans un petit parc arboré en face de la nouvelle maison des Holloway. D'après le directeur de l'hôtel, ils avaient acquis l'une des plus belles demeures de la ville. Elle était effectivement impressionnante, bâtie sur deux étages en bardage blanc. En contrebas, la vaste pelouse était ceinte d'une clôture blanche. Neal s'était muni d'un journal, mais il gardait les yeux rivés sur les fenêtres à meneaux et les portes dans l'espoir de voir les résidents.

Sa patience ne tarda pas à être récompensée. Un cheval et une voiture légère ornée de franges apparurent de l'arrière du bâtiment, conduite par un jeune homme. Le fils de dix-sept ans, peut-être ? Il se dirigea vers la barrière en bois. Deux femmes élégantes en robe d'été sortirent par la porte à double battant et longèrent l'allée de briques roses en riant. La mère et la fille. Très belles, elles s'exprimaient de manière désinvolte. Neal remarqua immédiatement la ressemblance entre Samantha et Millicent Holloway. Elles avaient la même couleur de cheveux. Vêtu d'un superbe costume sombre, le fils trônait dans sa voiture avec une dignité un peu pompeuse qui amusa Neal. Il n'avait rien d'un fils de paysan laborieux, pas plus que sa sœur, qui semblait un peu coquette et sotte. Quant à la femme, distinguée du sommet de son chapeau à plume à la pointe de ses souliers blancs, elle ne correspondait en rien à l'image que l'on se faisait d'une épouse de fermier. Avaient-ils honte de Léon, avec sa salopette crottée et sa vieille casquette ? Et pourquoi ce fils précieux n'était-il pas en train d'aider son père dans les champs ? Peu importait. Neal en avait vu assez. Même de loin et sans les connaître, il les devinait superficiels, indignes de Samantha, qui était bien mieux à Las Tres Lomas.

Son estomac se mit à gargouiller. Depuis des jours, des semaines même, il avait perdu l'appétit, et voilà qu'il mourait de faim, ce qui était bon signe. Il décida de s'offrir un dîner plantureux, puis de passer une bonne nuit de repos. Le lendemain, il ferait un saut à La Paloma, puis il rentrerait à la maison. Il brûlait d'impatience.

En cette dernière semaine de juin, Samantha était penchée sur la comptabilité du ranch, dans la bibliothèque, quand Silbia apparut sur le seuil, très agitée.

— Miss Sam ! Je crois que le patron est rentré ! Pendant que j'étendais le linge, j'ai vu approcher un cavalier qui lui ressemble, depuis le nord.

Samantha posa vivement son crayon et se leva d'un bond.

— J'espère que c'est lui !

Elle se précipita vers l'escalier menant à la galerie circulaire de la tourelle, d'où elle voyait à près de cinq kilomètres à la ronde. Elle portait une blouse blanche à manches bouffantes et une longue jupe droite. Dès qu'il se serait reposé, elle lui annoncerait la nouvelle qui le rendrait fou de joie, en priant pour qu'elle apaise un peu les tensions. Dans le cas contraire, elle avait l'intention d'aller voir Grizzly pour lui confier les vraies raisons du comportement singulier de son père et lui demander la permission d'en parler librement. C'était beaucoup demander au cuisinier, qui devrait alors compter sur la loyauté de Neal Gordon. Mais Samantha n'avait pas d'autre solution, son père et elle ne pouvaient continuer ainsi.

Depuis la tourelle, la jeune femme constata que c'était bien son père qui remontait la piste, à moins d'un kilomètre du ranch. Depuis son départ, il n'avait pas plu une seule fois. Le soleil d'été avait desséché les hautes herbes. Elle agita le bras. Neal souleva son chapeau et lui répondit, puis il talonna sa monture. Samantha en fut à la fois soulagée et heureuse. Elle redescendit vivement les marches et courut hors de la maison, jusqu'à la limite de la propriété où plusieurs employés étaient déjà réunis pour souhaiter la bienvenue à leur patron. Dès que Neal poserait les yeux sur elle, elle saurait immédiatement si cette absence les avait rapprochés ou séparés davantage.

— Papa ! s'écria-t-elle en le voyant sourire.

Elle s'élança à sa rencontre. Neal mit pied à terre avant même qu'elle arrive à sa hauteur et ouvrit les bras.

— Ma fille ! dit-il en la serrant contre lui. Comme tu m'as manqué !

Tout allait bien entre eux. Pour une raison inconnue, son père avait changé lors de son déplacement. Il avait surmonté sa peine, lui avait pardonné sa trahison et était enfin sorti du gouffre. Son attitude était assez parlante, les mots étaient désormais inutiles. Samantha décida d'en rester là. À quoi bon attiser les braises d'une querelle que Neal Gordon préférait oublier ? Grâce à Sloan, la jeune femme avait réussi à accepter la situation. Son envie fugace de connaître les circonstances de sa naissance était naturelle et elle n'avait aucune raison de se sentir coupable envers ceux qui l'avaient élevée.

Leur bonheur était presque palpable tandis qu'ils regagnaient la maison, bras dessus bras dessous.

— On peut dire que tu étais attendu, papa ! Tu as beaucoup manqué à Sloan, aussi. J'ai envoyé une domestique l'inviter à dîner, avec ses sœurs. Il a quelque chose à te demander.

CHAPITRE 27

— Vous êtes sûr ? fit Trevor Waverling lorsque Todd lui fit part de sa découverte.

En fait, non. Todd ne pouvait avoir de certitude absolue. L'industrie pétrolière n'en était qu'à ses balbutiements. Outre quelques protocoles d'analyses chimiques, il restait à mettre au point du matériel de laboratoire et de chantier capable de déceler l'existence de sources d'énergie. Le livre de chevet du jeune homme était un traité de géologie paru en 1897. Le texte se limitait à des données générales concernant le sol, l'eau et l'air, les volcans, les mers et les continents. Il existait très peu d'ouvrages sur la formation et l'exploitation du pétrole et du gaz naturel. Un géologue ne pouvait s'inspirer que des témoignages de foreurs, chercheurs de pétrole et autres excentriques qui, pour une raison ou une autre, croyaient en certains signes indiquant la présence de pétrole sous leurs pieds.

Ce dimanche-là, donc, Todd déclara à M. Waverling qu'il ne pouvait avoir aucune certitude, mais qu'il était prêt à parier les trente mille dollars de son patron pour démontrer sa théorie.

— D'accord, décida Trevor en se tournant vers son fils, qui avait écouté le rapport de Todd en silence. Tu es prêt à mouiller ta chemise pour négocier ton premier contrat d'exploitation ?

Nathan opina de la tête, puis les trois hommes discutèrent du prix qu'ils allaient proposer pour obtenir les droits d'exploitation de Las Tres Lomas

Si Todd était aux anges, il les prévint qu'ils devraient attendre que Neal Gordon soit rentré de ses terres du comté de Cooke. Ils ne devaient surtout pas négocier avec sa fille qui les chasserait avant même que Nathan n'ait annoncé un prix. Pourquoi ? Todd leur expliqua que Samantha Gordon avait découvert un morceau de crâne fossilisé ayant, selon elle, une grande valeur archéologique, une opinion qu'il ne partageait pas. Todd se garda d'évoquer les photographies qu'elle avait prises à l'aide de son Kodak qu'il avait promis de déposer à la poste. L'appareil se trouvait à l'abri dans un tiroir de son bureau. Si Samantha ne recevait jamais son appareil et sa pellicule de la Eastman Kodak Company… eh bien, les services postaux perdaient régulièrement des colis, non ?

Le mercredi 27 juin, Todd observa le message qu'Agatha Beardsley avait laissé sur son bureau. *Votre femme a appelé en votre absence pour vous informer qu'une certaine Samantha l'avait priée de se rendre à Fort Worth, vendredi, car le père de Samantha est de retour au ranch. Elle souhaite que vous lui donniez une réponse avant le souper.*

Todd poussa un cri de joie. Lui qui se demandait comment être informé du retour de Neal Gordon… Il n'en revenait pas ! Sa femme et Samantha seraient à Fort Worth quand Nathan et lui proposeraient à Neal Gordon de leur louer ses terres pour y chercher du pétrole. Encore fallait-il que l'éleveur accepte de les recevoir. Samantha avait dû lui parler de la découverte puis de la disparition du crâne de dinosaure. Todd pensait que le couple Gordon s'était toujours senti coupable après la décision de leur fille de renoncer à ses études au Lasell. Cette culpabilité inciterait-elle Neal à céder à sa fille si elle se prononçait contre un forage ?

Il avait été convenu que, dès l'annonce du retour de Neal, l'intermédiaire de Trevor à Fort Worth porterait un message à l'éleveur expliquant pourquoi des représentants de Waverling Tools souhaitaient le rencontrer, avec une proposition de rendez-vous. Todd suggérerait à Trevor que leur homme contacte Neal ce jour-là afin de prendre rendez-vous pour vendredi. Si Gordon n'était pas intéressé, mieux valait le savoir au plus vite. Todd était à bout de nerfs.

Et il avait fait preuve de patience. Chaque jour, il s'attendait à entendre Samantha le traiter de voleur et de traître. Il ne pourrait alors plus remettre les pieds à Las Tres Lomas. Neal Gordon le tuerait, si M. Waverling ne s'en chargeait pas avant lui. Todd finit par avoir des nouvelles de la jeune femme grâce à Ginny.

— J'ai reçu un télégramme de Samantha, ce matin, lui dit-elle lundi soir, à son retour du travail. Je n'arrive pas à le croire !

L'air abasourdi de son épouse était éloquent. Todd se prépara au pire.

— Quoi donc ? fit-il en toussotant pour masquer sa terreur.

— Samantha et Sloan vont se marier. Ils se sont fiancés samedi dernier.

Todd était tellement soulagé qu'il faillit s'évanouir. Dieu soit loué ! Qu'était-il donc arrivé à Anne Rutherford ? Sloan aurait-il écouté Todd et renoncé à la fille d'un banquier au profit d'une potentielle héritière du pétrole ? Cerise sur le gâteau, Sloan considérait-il que, en épousant Samantha, il finirait par prendre le contrôle du plus vaste ranch du Texas après la fusion du Triple S et de Las Tres Lomas ?

Todd n'aurait jamais cru que Sloan Singleton était ainsi. Cela dit, on ne connaissait vraiment un homme qu'en lui agitant une carotte sous le nez. En l'absence de nouvelles de Samantha, il pouvait conclure sans crainte que Sloan ne lui avait pas parlé de sa malversation. La jeune femme ne risquait pas de se présenter avec son crâne entre les mains. Sloan pouvait même se révéler un allié pour Waverling Tools.

Ces derniers jours avaient décidément été chargés en émotions, songea Todd, mais son attente était terminée. Affichant un sourire, il longea le couloir vers le bureau de son patron.

***

Daniel Lane prit le sein de Billie June dans sa paume et se pencha pour titiller son mamelon de ses lèvres. Elle gémit de plaisir et se cambra pour mieux s'offrir aux attentions passionnées de son amant. Depuis l'arrivée de la jeune femme à Beaumont, officiellement pour passer une semaine chez une ancienne camarade de pensionnat, ils se retrouvaient chaque soir dans sa chambre d'hôtel. Naturellement, son amie ignorait la présence de Billie June en ville.

En descendant du train, elle n'avait aucune idée du moyen de contacter Daniel dans cette petite ville côtière du golfe du Mexique. Il en fallait davantage pour décourager une militante en faveur des droits des animaux et du vote des femmes.

— Où se trouve le meilleur hôtel de Beaumont ? demanda-t-elle au chef de gare.

— On n'en a qu'un seul, le Seaway.

— C'est bien ce que je pensais, reprit Billie June.

Elle se tourna vers une autre passagère dont le mari était venu la chercher en voiture :

— Puis-je abuser de votre amabilité en vous priant de me déposer à l'hôtel Seaway ?

En s'inscrivant sur le registre, Billie June parvint à déchiffrer les noms des autres clients.

— Tiens, un ami de ma famille réside chez vous ! dit-elle au réceptionniste. Daniel Lane. Je me demande ce qu'il fait ici.

— Je ne sais pas vraiment, mais il voulait se rendre à Spindletop. Une bande d'imbéciles croit qu'il y a du pétrole sous le dôme de sel. C'est devenu une attraction touristique.

— J'aimerais bien voir ça. Comment s'y rend-on ?

Elle découvrit que le seul fiacre de la ville pouvait l'emmener à Big Hill, l'autre nom de Spindletop. Le réceptionniste la mit toutefois en garde : Wally, le cocher, avait tendance à faire des détours pour empocher une course plus importante.

Vêtue d'une robe d'été dont le décolleté pigeonnant soulignait sa poitrine généreuse et sa taille de guêpe, Billie June monta à bord d'un véhicule un peu délabré, conduit par un individu aux airs louches qui ne lui inspirait aucune confiance.

Elle se promit de le sermonner sur les soins à apporter à son cheval.

— À Big Hill ou Spindletop, je vous prie. Et ne songez même pas à me délester de plus d'argent que n'en vaut le trajet. Croyez-moi, si vous essayez de me rouler, vous perdrez bien plus que votre petit bénéfice mal acquis. C'est clair ?

— Oui, madame.

Billie June avait eu vent de mystérieuses disparitions de femmes seules dans une ville inconnue.

— Sachez que le directeur de l'hôtel, son réceptionniste et ma domestique sont informés de ma destination et de mon moyen de transport. S'il m'arrive une mésaventure, c'est vous qui serez pendu. C'est toujours clair ?

— Toujours, madame, répéta Wally.

Au bout de six kilomètres, ils atteignirent une zone marécageuse. Spindletop était une butte parsemée de touffes d'herbe et surmontée d'une couronne de sable blanc. À son pied, entouré de plusieurs hommes chaussés de bottes, elle reconnut Daniel Lane.

— Attendez-moi ici, ordonna-t-elle.

— Vous descendez, madame ? Parmi tous ces hommes ? Le seul moyen, c'est d'emprunter ces planches qu'ils ont alignées en guise de rampe.

— Je m'en contenterai, assura Billie June. Ne bougez pas !

En découvrant cette jeune femme coiffée d'un chapeau à large bord qui avançait d'un pas prudent, le bas de sa jupe légèrement soulevé, sur les planches menant au site, les hommes interrompirent leur conversation. Abasourdi, Daniel Lane se fraya un chemin parmi ses collègues pour aller au-devant d'elle.

— Billie June ! Qu'est-ce que tu fais là ?

— Je viens te voir, Daniel. Je suis censée séjourner chez une camarade de pensionnat qui habite ici. C'est du moins ce que j'ai raconté à Sloan. En réalité, je suis venue passer un peu de temps avec toi… seule.

Billie June posa sur lui un regard lourd de sens.

— Je suis descendue à l'hôtel Seaway, à Beaumont, comme toi. Le monde est petit, non ? Chambre 213, au bout du couloir. C'est très calme. Et si tu passais me voir, ce soir ?

Elle adressa un signe de tête aux collègues qui les observaient, puis elle sourit à Daniel, qui demeurait sans voix. Enfin, elle fit volte-face et retourna auprès du cocher.

— À l'hôtel, Wally, je vous prie !

— Bien madame.

Ce soir-là, Daniel rentra au Seaway à vingt heures. Billie June était nue sous son peignoir. Ses cheveux châtains étaient défaits et cascadaient sur ses épaules.

— Tu as soupé ? s'enquit-elle.

— Je n'ai pas envie de souper. J'ai envie de toi.

Lors de leur dernière soirée ensemble, avant le départ de Billie June pour Fort Worth, elle lui annonça :

— Mon frère va se marier.

— Avec cette mijaurée de fille de banquier ?

— Non. Avec Samantha Gordon.

Étonné, Daniel se redressa pour la dévisager.

— Samantha Gordon ? Mais je le croyais fiancé avec Anne Rutherford !

Lascive, Billie June enfouit les doigts dans la toison de son torse.

— Ils n'étaient pas fiancés officiellement, même si tout le monde s'attendait à ce qu'ils se marient.

— Je n'en reviens pas ! Que s'est-il passé ?

— Je ne sais pas vraiment… mais Millie May et moi sommes ravies. Nous adorons Samantha et nous détestons Anne. (Elle se mit à rire.) C'est arrivé le lendemain du jour où Sloan a rapporté ce qui ressemblait à un fragment de crâne d'animal à la maison. J'imagine qu'il était pour Samantha. C'est ainsi qu'il a emporté la mise. Elle a toujours été fascinée par les fossiles.

— Quel genre de crâne ?

— Je n'y ai jeté qu'un coup d'œil, donc je ne saurais le dire. Sloan l'a glissé sous son bras et l'a monté dans sa chambre sans un mot.

Soudain intéressé, Daniel s'assit et prit une cigarette – il était toujours en alerte quand il s'agissait de Monsieur-m'as-tu-vu, comme il le surnommait. Le salaire qu'il touchait chez Waverling Tools lui permettait de s'offrir des cigarettes déjà roulées, ce que les autres fumeurs ne trouvaient pas très viril. Un homme digne de ce nom se devait de fumer la pipe ou le cigare. Daniel n'appréciait ni l'un ni l'autre et ceux qui avaient essayé de mettre en doute sa virilité l'avaient regretté amèrement.

— Pourquoi tant de mystères ? demanda-t-il.

— Aucune idée. C'était peut-être une surprise pour Samantha et il ne voulait pas que je crache le morceau. Je ne suis pas très douée pour garder les secrets, avoua-t-elle. Sauf quand il s'agit de nous deux. Enfin bref, le lendemain, dimanche, il a rompu avec Anne et demandé Samantha en mariage.

— Vraiment ? fit Daniel qui en prit bonne note.

Il réprima un sourire en imaginant Sloan avec un fossile en guise de bague de fiançailles. Il posa sa cigarette, car la main de Billie June glissait le long de son ventre…

— Je ne vois aucun inconvénient à ce que tu passes quelques jours avec Samantha et sa mère à Fort Worth, dit Todd à Ginny, vendredi matin, à la gare. Prends le temps qu'il te faudra pour aider Samantha à organiser son mariage.

— Je suis tellement contente qu'elle m'ait choisie comme demoiselle d'honneur ! Je pensais qu'elle accorderait plutôt ce privilège à Millie May ou Billie June. Elle fait preuve de diplomatie en me désignant. Sam aurait eu du mal à choisir entre les deux sœurs.

Todd entendait à peine les babillages de Ginny tant il était perdu dans ses pensées. Sa femme serait moins enthousiaste quand Samantha découvrirait qu'il avait organisé le saccage de son éventuel cimetière de sauropodes. Bouleversée, désemparée, Samantha lui avait écrit dans une lettre que son fossile avait disparu. Sloan n'avait donc rien dit et ne lui avait pas montré le vestige. Elle n'avait aucune idée de la façon dont il avait pu se volatiliser, écrivait-elle. Ce n'était pas le genre de proie qu'un prédateur ou un chien aurait pu dérober et elle n'avait pas remarqué quelque trace que ce soit.

Le coupable était peut-être Sauvé, lui avait-il répondu. Le bouvillon avait pu le traîner dans le pré et le détruire.

Pour Todd, l'euphorie s'était muée en angoisse de savoir comment éviter d'être soupçonné afin que Samantha ne soit jamais informée de sa traîtrise. Hélas, il ne trouvait aucune échappatoire. Samantha était vive. Elle n'ignorait pas à quel point Todd brûlait de faire ses preuves en tant que géologue. Quand elle apprendrait qu'il était à l'origine de l'intérêt de sa société pour Windy Bluff, et ne voyant pas son appareil photo et ses photographies arriver de Rochester, elle ne mettrait guère de temps à résoudre le mystère du crâne disparu. La seule explication serait que son bon ami et camarade de classe était retourné au ranch pour détruire la preuve de vestiges archéologiques. Todd nierait, bien sûr, et justifierait ses échantillons de terre : en tant que géologue et employé de Waverling Tools, il avait jugé de son devoir d'informer son patron qu'il pensait avoir décelé la présence d'une nappe de pétrole à Las Tres Lomas. Il n'était pas un imbécile, lui non plus. Pour étayer ses arguments de défense, il avait pris quelques mesures de précaution.

Ginny prenait le premier train pour Fort Worth. Elle ignorait que son mari, ainsi que Nathan, la suivraient une heure plus tard. Les deux hommes feraient l'aller-retour dans la journée. Apparemment, Neal n'avait pas informé Samantha qu'il attendait leur visite. Sinon, elle en aurait parlé à Ginny. L'éleveur n'avait probablement rien dit, sachant ce que sa fille pensait des forages, de sorte que l'implication de Todd ne sortirait pas de sitôt au grand jour.

Ce vol d'un vestige archéologique était le pire péché que Todd ait jamais commis. Il en était sans doute de même pour Sloan Singleton. Cependant, la transgression de Sloan était plus grave. Todd avait trahi une amie, alors que Sloan trompait la femme qu'il allait épouser. Naturellement, Samantha avait parlé de sa découverte à Sloan et de sa mystérieuse disparition. Que penserait-elle de sa demande en mariage si elle avait vent de la rencontre fortuite de son fiancé avec Todd et de leur conversation à Windy Bluff, la veille même ? S'il était aussi intelligent que Todd le croyait, il avait dû se débarrasser du crâne. Quoi qu'il en soit, Todd était contrarié à l'idée d'être le complice de Sloan Singleton. Autant enfermer une mangouste et un serpent dans une boîte. Pour se protéger, Todd devait garder ses distances avec le fiancé de Samantha.

CHAPITRE 28

Vendredi après-midi, Neal s'installa confortablement dans son fauteuil, derrière son bureau, et croisa les mains sur son ventre. Il vivait le troisième meilleur moment de sa vie. Outre ces deux souvenirs, rien ne rivalisait avec son retour au ranch de mercredi après-midi. La joie de voir sa fille et leur réconciliation suffisaient déjà à le rendre heureux. Il aurait dû se douter qu'il se passait quelque chose en voyant Grizzly et Silbia échanger des messes basses dans la cuisine. Ces deux-là s'entendaient généralement comme chien et chat. La table de la salle à manger était ornée de fleurs, avec la plus jolie vaisselle, et comptait plus de convives que prévu.

— Silbia doit croire qu'on a invité tous les employés, dit-il à Samantha.

Il prit un bon bain, fit une petite sieste et se réveilla en humant un appétissant fumet de rôti de bœuf. Le cœur léger, il s'habilla en sifflotant. Que pouvait donc lui vouloir Sloan ? Il se réjouissait de passer cette soirée avec lui et ses sœurs, même si la présence de sa fille était sa plus grande joie. Si Estelle était là également, son bonheur serait complet.

Prêt à savourer un bourbon, il entendit des voix au rez-de-chaussée et descendit à la bibliothèque. À sa grande surprise, il n'y trouva que Samantha et Sloan. Le jeune homme était aussi resplendissant que les Titans représentés dans ses ouvrages sur la mythologie. Les deux hommes échangèrent une poignée de main chaleureuse.

— Tu voulais me demander quelque chose, mon garçon ?

Ce fut le signal. Estelle entra dans la pièce, affichant un sourire radieux, suivie de Millie May et Billie June, Silbia, Grizzly et Wayne. Sloan prit Samantha par la taille avant de se tourner vers Neal.

— Monsieur Gordon, j'ai l'honneur de vous demander la main de votre fille.

Que pouvait-il souhaiter de mieux ? En balbutiant un « oui », Neal eut une pensée émue pour Seth Singleton, puis ils célébrèrent l'événement jusqu'au petit matin. Naturellement, Estelle resta pour la nuit. Ils firent l'amour pour la première fois depuis une éternité et avec une fougue peu coutumière.

— Eh bien ! Tu as encore de beaux restes, mon vieux mari !

Oui, il avait toujours le feu sacré. Il possédait tout ce qu'un homme pouvait désirer, et voilà que sa fille allait épouser le garçon idéal. Il aurait des petits-enfants et n'aurait plus à se soucier de sa succession. Le rêve qu'il avait partagé avec Seth devenait réalité. Les ranches de Las Tres Lomas et du Triple S ne feraient plus qu'un. Mercredi soir, il avait discuté en tête à tête avec Sloan. Son futur gendre était d'accord pour qu'ils gèrent les deux domaines comme une entité. Avec le temps, Neal passerait le relais et confierait les rênes à Sloan. C'était déjà son intention avant les fiançailles. Il pourrait alors emmener Estelle en voyage, même s'il devait pour cela prendre le train. Elle avait toujours rêvé de visiter New York. Neal ne voyait qu'une seule ombre au tableau : Samantha n'allait pas apprécier le forage de Las Tres Lomas pour trouver du pétrole.

À l'aube, Samantha et sa mère étaient parties en compagnie de Millie May et Billie June pour passer le week-end chez Estelle et discuter avec Ginny Baker des préparatifs du mariage. Neal avait laissé sa femme et sa fille s'en aller sans leur parler de son rendez-vous avec un représentant de Waverling Tools et Todd Baker. Il préférait attendre d'en savoir davantage. À quel endroit l'entreprise avait-elle l'intention de creuser, au juste ? Apparemment, Todd était venu au ranch en l'absence de Neal et était persuadé que Las Tres Lomas se trouvait au-dessus d'une vaste nappe de pétrole.

Il ne manquerait pas d'arguments pour amadouer Samantha et il espérait que son futur gendre l'aiderait à la convaincre. Sloan, lui, comprendrait l'utilité de cette prospection. Un éleveur texan était toujours soucieux d'assurer la pérennité de son domaine en cas de sécheresse prolongée. Depuis le 1er avril, il n'avait plu qu'une fois, et encore, c'était une simple averse. Avec l'argent du pétrole en banque, Las Tres Lomas et le Triple S pourraient garder tous leurs employés, acheter du fourrage quand leurs réserves de luzerne seraient épuisées et même engager l'un de ces maudits botanistes qui élaboraient de nouvelles plantes fourragères. Il collaborerait avec Samantha pour développer des herbes résistantes à la sécheresse. Compte tenu de sa passion pour les sciences, Samantha relèverait sûrement le défi.

Neal avait une autre raison de souhaiter ces forages. Il était aisé, certes, mais il visait la richesse. L'argent serait pour lui l'épée que brandissaient les Titans. Il avait désormais une certaine influence sur la vie politique locale, mais il avait des ambitions à l'échelon de l'État. Il userait de son pouvoir pour le bien du Texas, sa terre natale. Sa famille s'était battue pour son indépendance et il avait contribué à le protéger des attaques des nordistes. Trop de candidats parachutés accédaient à des mandats alors qu'ils n'avaient que leurs propres intérêts en tête.

Silbia frappa à la porte du bureau :

— Vos visiteurs sont arrivés, monsieur. Où dois-je les introduire ?

Le cœur de Neal s'emballa.

— Amène-les ici !

Il respira profondément et posa les yeux sur une rangée de livres consacrés aux Titans et aux divinités grecques. Il devait l'admettre, il se verrait bien en champion du Texas, tels les Olympiens des récits de sa collection. Qui était mieux placé que lui pour brandir le sabre du pouvoir ? L'argent du pétrole allait réaliser son rêve.

— Soyez les bienvenus, messieurs, dit-il en se levant pour les saluer.

Ils formaient un tandem mal assorti. Todd Baker était mince et élancé, nerveux. L'autre était de la même taille, mais plus trapu, et dégageait une force tranquille. Neal s'adressa d'abord à Baker.

— Ravi de te retrouver, Todd. Je t'ai connu haut comme trois pommes et te voilà maintenant géologue !

Il se tourna ensuite vers Nathan :

— Vous devez être le représentant…

Il fut frappé par ses yeux d'un bleu-vert intense.

— Je vous présente le fils de Trevor Waverling, expliqua Trevor, espérant que cet élément aurait du poids dans les négociations, et priant que Nathan ne vienne pas semer le trouble en mentionnant son nom de famille.

— Appelez-moi Nathan, monsieur Gordon, dit le jeune homme. C'est un bien bel endroit.

Neal balaya sa bibliothèque d'un regard plein de fierté.

— Merci. Cette vieille maison aurait besoin d'être rafraîchie, mais elle est plutôt confortable.

— Je parlais de vos terres, monsieur. L'un des plus beaux domaines que j'aie vus.

Neal perçut l'embarras de Todd.

— Vraiment ? Vous parlez en tant que représentant ou bien… auriez-vous grandi dans un ranch ?

— Ni l'un ni l'autre, répondit Nathan. Je débute dans le métier. En revanche, j'ai grandi dans une ferme où l'on cultivait le blé.

Il aurait donc peut-être des scrupules à forer de bonnes terres de culture, songea Neal, prédisant un léger différend entre le représentant et le géologue. Samantha verrait en ce jeune homme une âme sœur, mais Neal se surprit à l'apprécier également. Il dégageait une certaine franchise. Restait encore à le mettre à l'épreuve. Dans l'immédiat, Neal était enclin à lui faire confiance.

Ils s'installèrent autour d'une grande table qui servait aux parties de poker. Todd étala une carte de Windy Bluff, tracée grâce à une autre visite clandestine du site. Armé d'une boussole, d'un mètre et des instruments du géomètre, il était parti des pitons rocheux de Windy Bluff pour réaliser un plan détaillé du site qu'il jugeait propice à la recherche de pétrole.

— C'est la zone que vous voulez creuser ? s'enquit Neal, visiblement soulagé. Dieu merci ! Cette parcelle ne vaut pratiquement rien. Il y a juste assez d'herbe pour nourrir le bouvillon apprivoisé de ma fille. Comment diable t'es-tu retrouvé à Windy Bluff pour faire cette découverte, Todd ? Le message n'en disait rien.

Todd échangea un regard avec Nathan. À en juger par l'expression de Neal, Samantha n'avait pas parlé à son père de sa découverte archéologique. Todd aurait aimé mentir, affirmer que Samantha l'avait invité à voir son bouvillon. Toutefois, lors de sa réunion avec Nathan et son père, le dimanche suivant sa trouvaille, Todd avait parlé de l'obstacle qui risquait d'empêcher Neal Gordon d'accepter un forage sur ses terres si convoitées. Il avait rappelé aux Waverling qu'ils avaient rencontré Samantha Gordon à l'occasion d'une conférence sur la paléontologie, à Fort Worth, en mars. Trevor et Nathan se rappelaient la jeune femme aux cheveux d'un blond vénitien si particulier.

— Eh bien, monsieur…

Todd lui narra l'histoire par le menu, en omettant le vol du crâne. Quand il eut terminé, Neal semblait bien moins enjoué. Il demeura silencieux quelques instants, en pleine réflexion.

— Samantha ne vous a donc pas parlé de sa découverte ? interrogea Todd.

Neal se redressa, visiblement déçu. Il aurait dû s'attendre à ce que cette entreprise ne soit pas de tout repos.

— Je ne suis rentré que depuis deux jours et j'ai eu d'autres préoccupations. Ma fille va se marier, comme tu dois le savoir, Todd. Sa mère est rentrée et nous avons fêté l'événement. Je suis certain que Samantha aurait fini par m'en parler.

— Si je comprends bien, tant que vous n'aurez pas discuté de notre projet avec votre fille, je dois suspendre mon étude du terrain ? demanda Nathan posément.

Neal se mit à tapoter la table de ses doigts.

— Donc ma fille est persuadée qu'il y a un cimetière de dinosaures à Windy Bluff ? Qu'en penses-tu, Todd ? Tu l'as vu, ce crâne.

— Ce n'était qu'un fragment de crâne. Je n'ai aucune certitude.

— Ce n'était ?

Todd sentit monter son angoisse.

— Oui, monsieur. Il n'est plus là-bas. Samantha m'a écrit... qu'il avait disparu.

Todd sentit le regard curieux de Nathan rivé sur lui. Il pourrait plaider qu'il avait oublié de lui transmettre cette information car il n'avait reçu la lettre de Samantha que plusieurs jours après son compte rendu du dimanche.

— Humm, fit Neal. Il n'existe donc aucune preuve de l'existence éventuelle d'un cimetière de dinosaures à Windy Bluff ?

— Il y en a peut-être, en réalité, admit Todd à contrecœur.

Nathan l'observait toujours avec attention. Lors de leur réunion, Todd n'avait pas parlé des photographies prises par Samantha. Cette omission finirait par sortir au grand jour, alors autant l'évoquer, se dit Todd.

— Où se trouve actuellement l'appareil photo ? s'enquit Neal quand il eut terminé.

— En route pour Rochester pour faire développer les clichés, monsieur, affirma Todd sans sourciller.

— Ils seront décisifs, dans un sens ou dans l'autre ?

— C'est cela, monsieur. Je ne pense pas qu'il y ait matière à s'inquiéter. D'après mon expertise, ils démontreront que ce vestige appartenait à une espèce éteinte mais plus récente.

Neal se tourna vers Nathan.

— Il s'agit de quelle superficie ?

— Moins d'un hectare, monsieur.

— Seulement... Il ne devrait pas y avoir matière à conflit. Il suffira de creuser un peu à l'écart de l'endroit où on a retrouvé ce... ce vestige.

Nathan et Todd se regardèrent.

— Non, monsieur, dit Nathan. Une plate-forme pétrolière doit se trouver là où les analyses géologiques indiquent la présence de pétrole. À un mètre près, on risque d'obtenir un puits sec.

— Je vois, souffla Neal d'un air pensif. C'est bien dommage. Todd, si tu dis vrai et si Samantha se trompe sur la nature de ce crâne, je ne vois aucun inconvénient à louer mes terres. Je détiens les actes de propriété de ma famille, ainsi qu'une copie du testament de mon père. Je crois savoir qu'avant de négocier des droits d'exploitation, il faut authentifier les documents aux archives du tribunal, c'est bien cela, Nathan ?

— Absolument, monsieur Gordon.

— Cela veut-il dire que nous sommes d'accord ? s'enquit Todd avec enthousiasme.

— Cela signifie que Nathan peut démarrer ses recherches, Todd. Allons voir de plus près la zone dont il est question.

***

En ce premier lundi de juillet, Trevor Waverling balaya du regard la table de conférence autour de laquelle étaient réunis Nathan, Daniel Lane, le géologue de l'entreprise, Todd, le contremaître de l'usine et le comptable. Il avait passé le week-end en compagnie d'une amie et n'était passé chez lui que pour se changer. Son fils était déjà parti, de sorte qu'il n'avait pu lui demander comment s'était déroulé son entretien avec le propriétaire de Las Tres Lomas.

— À vous, Todd. Comment cela s'est-il passé avec Neal Gordon ?

Todd fit la moue.

— Je ne suis pas certain, mais j'ai bon espoir. Il ne nous a pas fermé la porte et a encouragé Nathan à commencer les recherches au cadastre, ce qui ne devrait pas poser de problème. D'après M. Gordon, le terrain appartient à sa famille depuis 1820.

— Qu'est-ce qui le retient ? Il devrait sauter sur l'occasion avec le tarif que nous lui proposons.

— C'est sa fille, expliqua Nathan. Elle s'oppose au forage des pâtures et des champs. Quand nous avons rencontré

M. Gordon, elle ignorait notre visite. Elle était absente du ranch et ne rentrait qu'aujourd'hui. Alors, seulement, il nous donnera sa réponse.

— D'après M. Gordon, la parcelle qui nous intéresse ne vaut rien pour le bétail. Cette jeune femme ne devrait pas s'opposer au projet, dit Todd.

Nathan posa sur le géologue un regard sceptique.

— Tu crois ? Outre la présence d'une source non loin du site, la fille de M. Gordon est persuadée que Windy Bluff recèle un cimetière de dinosaures.

— Qu'est-ce qui lui fait croire une chose pareille ? intervint Daniel Lane, soudain intéressé.

Todd eut un geste désinvolte de la main.

— Oh, Samantha a découvert un fragment de crâne fossilisé qui possède les caractéristiques d'un dinosaure. Elle croit qu'un troupeau a pu vivre et mourir là-bas, il y a des millions d'années.

— C'est plausible, commenta Nathan. Le sol est composé de sable marin, ce qui suggère la présence d'une vaste étendue d'eau qui a pu attirer les dinosaures.

— Comment en sais-tu autant sur les dinosaures ? s'enquit Todd, irrité.

— Je lis beaucoup.

Trevor observa son géologue, puis son fils. Avait-il décelé un soupçon de conflit ? Pourvu que non. Ils formaient un binôme compatible, ce qui était un peu étonnant. Chacun campait sur ses opinions sans se laisser influencer par l'autre. Or, jusqu'alors, ils étaient d'accord dans leurs conclusions, ce qui permettait à Trevor d'avoir doublement confiance en leurs analyses.

— Todd, vous avez examiné le vestige, déclara-t-il. Qu'en pensez-vous ? S'agit-il d'un dinosaure ?

Todd haussa les épaules et réitéra la réponse qu'il avait fournie à Neal Gordon :

— Selon moi, non, mais nous n'aurons jamais de certitude. Elle a un bouvillon apprivoisé qui traîne dans le secteur. D'après moi, cette bête a réduit le fossile en miettes. Quoi qu'il en soit, il a disparu.

— Vraiment ? fit Daniel, perplexe.

— Donc il n'existe ni preuve ni témoignage, à part le vôtre, Todd, pour étayer les arguments de cette jeune femme aux yeux de son père ?

Nathan prit la parole avant que le géologue puisse répondre :

— Mlle Gordon a pris des photographies du fossile. Elles devraient nous éclairer. Elle a remis en toute confiance son appareil à Todd afin qu'il l'envoie chez Kodak et fasse développer les clichés. N'est-ce pas, Todd ?

Ce dernier rougit et ne put s'empêcher de foudroyer Nathan du regard, piqué au vif par l'expression « en toute confiance ».

— Oui, admit-il, mais je n'ai pas jugé utile de vous parler de cet appareil, monsieur Waverling. Fort de mon expérience professionnelle, je pense que ces clichés réduiront à néant les hypothèses de Samantha.

— Quand as-tu posté l'appareil ? insista Nathan.

— Le 18 juin, répliqua Todd sèchement, le regard dans le vague.

Une fois encore, Trevor perçut la tension qui régnait entre les deux hommes. Todd avait-il délibérément omis d'évoquer l'appareil photo ou bien croyait-il vraiment que ces images ne mèneraient à rien ? Il se promit d'en reparler plus tard à son géologue.

— Todd, vous semblez bien connaître cette famille. Les Gordon ont-ils d'autres enfants ?

— Non, monsieur. Samantha est fille unique. Le couple l'a adoptée quelques jours après sa naissance.

— Donc elle n'a pas de frères et sœurs susceptibles de se prononcer sur le forage de ce site ? D'après vous, messieurs, vers qui penche Neal Gordon dans ce projet : Waverling Tools ou sa fille ?

— D'après moi, c'est dans la poche, répondit Todd.

— Tu es d'accord, Nathan ?

— Je le crains.

— Comment cela ?

L'air soucieux, le jeune homme réfléchit un instant. Trevor eut l'impression de revoir son père.

— S'il y a bien un cimetière de dinosaures, il sera détruit par l'exploitation pétrolière, sans parler de la contamination de la source qui couvrirait les besoins en eau de Las Tres Lomas dans cette partie du ranch pour toute une génération. Ce type de source est une manne pour un homme qui vit de ses terres.

— Si nous trouvons du pétrole, Gordon ne sera plus tributaire de ses terres pour vivre, objecta Todd.

— *Si* nous trouvons du pétrole, précisa Nathan.

Trevor dévisagea son fils. Avait-il vraiment l'étoffe d'un représentant ? D'où tenait-il ce respect de la nature et de l'eau ? De son grand-père maternel, bien sûr. Le père de Millicent était une ordure, mais il avait un respect infini pour la nature et ses bénédictions, selon son expression. En revanche, Nathan ne faisait pas partie des bénédictions qu'il tenait en haute estime.

— Oui, c'est la grande question, admit Trevor. Comment Neal Gordon doit-il nous informer de son accord éventuel ?

— Il n'a pas le téléphone, monsieur. Il nous appellera de chez son voisin.

— Le ranch de Sloan Singleton ? s'enquit Daniel.

Toutes les têtes se tournèrent vers lui.

— Absolument, dit Todd. Tu le connais ?

— Oui, je le connais.

— Sloan et Samantha vont se marier, ajouta Todd. J'espère qu'il sera dans notre camp et qu'il convaincra Samantha du bien-fondé d'un forage. Les deux ranches se touchent et vont fusionner. Ce qui est bon pour l'un est bon pour l'autre.

Son sourire de conspirateur n'échappa pas à Trevor.

— Avez-vous quelque chose à ajouter, Daniel ? demanda-t-il.

— Non, monsieur, répondit-il en se redressant. Absolument rien.

Trevor demeura un instant pensif avant de revenir à l'ordre du jour. À l'issue de la réunion, il déclara :

— Nathan, j'aimerais te dire deux mots dans mon bureau, s'il te plaît.

Les autres prirent leurs dossiers en observant le jeune homme du coin de l'œil. Le fils du patron allait-il avoir des ennuis ? Avec Trevor Waverling, on ne savait jamais. Son ton posé lors d'une réunion pouvait dissimuler une invitation à déjeuner ou des réprimandes explosives dans son bureau. Il avait pour principe de ne jamais féliciter ou semoncer un employé devant ses collègues. Nathan en serait quitte pour un sermon sur la loyauté. Tout le monde était prêt à creuser le terrain de cet éleveur sauf le garçon de ferme de Gainesville. Todd regagna son bureau pour attendre l'appel de Neal Gordon. Pourvu que son patron corrige son fils comme il le méritait… Nathan et lui s'éloignaient l'un de l'autre. Pourquoi devenir représentant dans le pétrole quand on n'est pas disposé à sacrifier la surface d'une parcelle au profit de ce qu'il y a en dessous ?

Le salaud ! songea Daniel en quittant la salle de réunion. Quand Billie June lui avait raconté que son frère avait monté une tête d'animal dans sa chambre du Triple S – Daniel imaginait un os blanchi et fragile –, il s'était demandé pourquoi. À présent, il comprenait. Sloan l'avait subtilisé pour éliminer une preuve qui risquait de compromettre l'exploitation pétrolière à Las Tres Lomas. Puis il avait retourné sa veste et demandé Samantha Gordon en mariage après avoir rejeté Anne Rutherford. Comme Todd l'avait signalé, ce qui était bon pour l'un était bon pour l'autre. Samantha méritait mieux. Daniel pouvait compter sur les doigts d'une main les personnes qui s'étaient montrées aimables avec lui, et Samantha en faisait partie. Un jour qu'il se tuait au travail chez Chandler, il avait souffert d'une toux tenace et d'un terrible mal de gorge, mais il ne pouvait se permettre de se reposer. La jeune femme était passée à la forge chercher un accessoire qu'il avait réparé. Elle avait réglé sa facture puis était repartie et, une demi-heure plus tard, elle était revenue avec une boîte de pastilles achetée chez l'apothicaire.

— J'espère qu'elles soulageront votre gorge, monsieur Lane, avait-elle déclaré.

Rares étaient ceux qui l'appelaient « monsieur ». Quant à lui acheter des médicaments… Samantha l'avait soutenu face à Sloan, d'après les dires de Billie June. À sa connaissance, elle n'avait pas informé Sloan qu'il fréquentait sa sœur. Que penserait-elle de son fiancé si elle apprenait qu'il avait subtilisé son précieux fossile ? Cette information, confirmée par Billie June, constituait une belle occasion de rendre la monnaie de sa pièce à Monsieur-m'as-tu-vu.

Mais Daniel attendrait son heure pour assouvir sa vengeance. Il avait peut-être trouvé deux alliés, même si ceux-ci l'ignoraient encore. Anne Rutherford devait en vouloir à Sloan de l'avoir rejetée. Quant à son père, Noble Rutherford... Qu'aurait-il à dire sur son ancien président de comité directeur ? Il n'était pas homme à tolérer un tel affront. Daniel Lane se promit de ne pas l'oublier.

— Assieds-toi. Cela risque de durer un moment, déclara Trevor en refermant la porte de son bureau.

— Quelque chose vous tourmente ? demanda Nathan.

— Comme toujours. Tu veux du café ?

Sans attendre sa réponse, Trevor emplit deux tasses et en tendit une à son fils. Dès qu'ils furent installés, il reprit :

— Ainsi, tu rechignes à forer cette parcelle du ranch des Gordon...

— Ce serait dommage pour le cimetière de dinosaures, si Mlle Gordon a vu juste.

Trevor ajouta du sucre dans son café.

— Tu sais bien que, dans notre travail, on ne peut tenir compte de ces considérations.

— J'en suis conscient. Je ne faisais qu'énoncer une évidence.

— Tu te souviens de la fille Gordon ?

— Oui, surtout de ses cheveux.

— Une si jolie fille, enfant unique... elle a forcément une grande influence sur son père. Tu devras passer outre. Tu t'en crois capable ?

Nathan réfléchit en buvant une gorgée de café.

— Difficile à dire. J'ai plutôt l'impression que la question sera de savoir s'il préfère faire plaisir à sa fille ou assurer l'avenir financier de son ranch. L'élevage, c'est comme la culture du blé. On s'inquiète en permanence. On peut être riche une année et ruiné la suivante.

— Tu ne laisseras pas tes idées personnelles entraver les négociations, n'est-ce pas ? Voilà ce que j'ai envie d'entendre, Nathan.

— Vous avez ma parole que j'agirai au mieux des intérêts de Waverling Tools. Me laisseriez-vous tenter un compromis ?

— Qu'as-tu en tête ?

La carte de Windy Bluff était posée sur le bureau de Trevor. Nathan déplaça les dossiers et la cafetière pour la dérouler.

— Si Neal Gordon nous permet de creuser, j'aimerais examiner de nouveau le site que nous propose Todd.

Il désigna les pitons rocheux.

— Tout dépend du rapport des géomètres, reprit-il, mais on pourrait peut-être installer une plate-forme ici.

Il indiqua un endroit situé au-delà du lieu où Todd avait chuté du bouvillon.

— Suffisamment à l'est pour éviter d'envahir la zone du crâne.

Trevor se pencha sur la carte.

— Et la source ? s'enquit-il.

— Elle risque d'être compromise.

— Dommage, commenta Trevor en se rasseyant. Très bien, si nous obtenons le feu vert de M. Gordon, je t'autorise à chercher un autre lieu de forage. Tu devras te rendre au palais de justice de Fort Worth, alors autant faire d'une pierre deux coups. N'emmène pas Todd avec toi. Il t'en voudrait. Vas-y seul. Ensuite, nous discuterons avec Todd.

— Compris, répondit le jeune homme. C'est tout ?

— Non. J'aimerais aborder une question familiale.

— Une question familiale ?

Trevor savait jauger les personnalités, surtout celle de son fils, qu'il jugeait franc et droit. Son expression avait touché une corde sensible. À ses yeux, la famille comptait énormément. Celle qui n'était pas totalement la sienne, dans l'Oklahoma, lui manquait, ainsi que la maison, la ferme, les gens, la ville de son enfance. Parfois, Trevor percevait sa nostalgie. Cependant,

Nathan s'était attaché à sa nouvelle famille de Dallas, à sa sœur et sa grand-mère. Quant à lui, Trevor n'en était pas certain. Nathan semblait maintenant plus à l'aise en sa compagnie. Il le respectait, mais son cœur de fils appartenait encore à l'homme qui l'avait élevé. Ces vingt années resteraient irrémédiablement perdues pour Trevor et il en était peiné.

Trevor ouvrit un tiroir dont il sortit une enveloppe jaunie. Face à lui, Nathan attendit patiemment.

— J'aimerais que tu lises ceci. Auparavant, tu dois me promettre de ne jamais révéler le contenu de cette lettre à personne. Tu devras emporter ces informations dans ta tombe, comme je le ferai moi-même. Ai-je ta parole ?

Le jeune homme se redressa.

— Puis-je la lire avant de promettre ?

— Non.

— Pourquoi voulez-vous que je la lise ?

— Parce que tu dois connaître la vérité. Tu aimes jouer cartes sur table, non ? Sache que je choisis à qui je montre mes cartes.

Nathan eut la sensation d'être un prêtre ou un avocat sur le point d'entendre un aveu de culpabilité, mais tenu par le secret professionnel. S'il n'avait guère envie de porter un tel fardeau, il avait suffisamment confiance en son père pour croire qu'il ne le placerait pas dans une telle situation.

— Je vous donne ma parole.

Trevor poussa l'enveloppe vers lui. Nathan en sortit une feuille simple. Il reconnut aussitôt l'écriture nerveuse et irrégulière qu'il avait vue sur de nombreux documents.

Mon cher frère,

J'espère que tu plaideras ma cause auprès de notre famille afin qu'elle me pardonne ma décision de mettre fin à mes jours. Je ne peux plus vivre avec mes démons, avec ces voix qui me hantent à toute heure de la journée et de la nuit. Je n'arrive plus à feindre que je vais bien alors que mes démons sont de plus en plus menaçants et les voix de plus en plus inquiétantes. Je redoute le jour qui se lève et le soleil qui se couche. Je veux trouver la paix. Aujourd'hui, je descendrai au bord du fleuve, le seul qui m'ait apporté le calme et le bonheur, et je le laisserai m'emporter vers ses profondeurs. Comme le poète, j'entends l'appel de l'eau. « Je dois retourner vers la mer, la mer infinie et le ciel. Je ne demande qu'un navire et une étoile pour le guider... » Là-bas, mon navire et mon étoile me ramèneront chez moi.

Je te demande d'expliquer à ma fiancée qu'elle n'aurait pas pu éviter ce que je suis sur le point de faire. Notre mère aura le cœur brisé et Rebecca se réfugiera dans ces ténèbres qu'elle a sans doute héritées de moi pour y demeurer à jamais. Quant à toi, mon frère, ton chagrin ne se dissipera peut-être jamais totalement, mais Waverling Tools te réconfortera. Je sais que tu dirigeras l'entreprise avec dévouement et efficacité, bien mieux que je ne l'aurais fait, même si j'allais bien. Je vous laisse avec amour et dévotion,

Jordan Bartholomew Waverling, 1887

Au bord des larmes, Nathan leva les yeux vers son père.

— Vous n'avez pas montré cette lettre à Grand-mère ? Vous la laissez délibérément vous soupçonner d'être à l'origine de la mort de votre frère ? Pourquoi ?

— Parce que la vérité l'aurait anéantie. Jordan avait beau affirmer que personne ne pouvait l'aider, ma mère serait persuadée du contraire. Sa fiancée aussi. Elle ne s'est jamais mariée, d'ailleurs.

— Mais... en dissimulant la vérité, vous avez renoncé à son amour pour vous... Vous laisseriez votre mère partir vers un monde meilleur en croyant au pire ?

Désemparé, Nathan posa la lettre sur le bureau comme si la toucher risquait d'abîmer cette preuve de l'innocence de son père.

— C'était précisément mon intention. Jamais elle n'aurait compris ou pardonné ce suicide. Qu'il la prive de lui, qu'il prive Rebecca de lui, alors qu'elle l'adorait, aurait terni son image. Elle n'aurait pas placé son portrait sur la cheminée. Je préfère lui permettre de vivre avec le souvenir idéalisé de son fils préféré. C'est plus important que de sauvegarder le peu d'affection qu'elle a pour moi.

— Mais vous l'aimez assez pour la ménager, alors qu'elle vous soupçonne de... meurtre ?

Incrédule, Nathan dévisagea son père.

— Oui. J'ai trop souvent déçu ta grand-mère. Je ne cache pas cette lettre par sentiment de culpabilité. Je veux simplement qu'elle vive dans le confort de ses souvenirs. Jordan était le soleil de ses jours, et moi, j'ai toujours été la face cachée de la lune. Je peux au moins faire cela pour elle.

Nathan secoua la tête. Ah, la famille ! Comme dans un sachet de graines, il y en a toujours une ou deux qui se détachent du lot.

— Pourquoi Grand-mère vous croit-elle responsable de la mort de votre frère ?

Trevor remit la lettre dans l'enveloppe, puis rangea le tout dans le tiroir qu'il ferma à clé.

— Le jour où Jordan s'est noyé, il y a eu un violent orage. Dans la matinée, nous nous étions disputés pour une question liée à l'entreprise. Je lui ai dit que je préférais le voir mort que de le laisser mener Waverling Tools à sa perte. Notre mère nous a entendus. Cet après-midi-là, je suis rentré tard du gymnase. Il n'y avait que Lenora à la maison. Je me suis souvenu que mère était partie à une réception et j'ai cru que Jordan était avec sa fiancée. J'ai cherché Rebecca, Lenora la croyait dans sa chambre, mais elle n'y était pas. J'avais une petite idée de l'endroit où elle pouvait être. Bien qu'on lui eût interdit, elle avait dû descendre sur le ponton et se laisser surprendre par la pluie. En m'approchant de la rive, je l'ai vue courir vers moi en pleurant et criant : « Sauve-le, papa ! Sauve-le ! » J'ai tout de suite compris, du moins le croyais-je. Jordan avait dû tomber dans les eaux agitées. Soit il avait glissé, ce qui était étrange pour un homme ayant le pied marin, soit Rebecca lui avait fait perdre pied. Elle n'avait aucune notion du danger, ce qui était pour nous un souci constant. Elle s'était probablement trop approchée du bord. Quoi qu'il en soit, je ne voyais aucun signe de mon frère. Je n'avais même pas la certitude qu'il était venu. J'ai essayé d'interroger Rebecca, qui se contentait de répéter les vers du poème préféré de son oncle.

Trevor ferma les yeux et se massa les tempes, comme si ses longs doigts pouvaient chasser ce souvenir.

— Quand ma mère est rentrée de sa réception, j'avais séché ma fille et je l'avais couchée, mais j'étais toujours trempé jusqu'aux os. Le cadavre de Jordan fut retrouvé le lendemain en fin de matinée. Le coroner a conclu à une mort accidentelle par noyade, survenue la veille, dans l'après-midi. Je n'oublierai jamais le regard que ma mère a posé sur moi lorsque nous avons reçu le rapport d'autopsie. J'avais trouvé la lettre de mon frère sur mon bureau et je connaissais la vérité. Hélas, un suicide n'a jamais effleuré l'esprit de ma mère. Elle a cru que j'étais responsable de la mort de Jordan d'une façon ou d'une autre.

Nathan fut saisi de la même nausée que lorsqu'il avait découvert les véritables sentiments de sa mère pour lui. *Oh, Millicent nous aime bien, fiston, mais elle préfère Randolph et Lily.*

— Tu as l'image d'une grand-mère merveilleuse, Nathan, reprit posément Trevor. Si tu peux encore éprouver de l'amour pour ta mère, qui a vendu la ferme qui te revenait de droit pour assurer l'avenir de ses autres enfants, tu peux comprendre l'amour que j'ai pour la mienne. Je veux que tu me promettes que tu ne révéleras pas ce que tu viens d'apprendre. Peu m'importe ce qu'elle croit. Ce qui compte, c'est ce que toi, tu crois.

— C'est promis, répondit Nathan. À présent, si vous voulez bien m'excuser...

Il ne dit rien de plus avant de quitter la pièce, de peur de fondre en larmes.

CHAPITRE 29

Lundi, après le retour de sa fille au ranch, Neal écouta patiemment Samantha lui raconter avec enthousiasme son week-end à Fort Worth. Sa mère et ses demoiselles d'honneur avaient réglé les détails du mariage prévu pour le 4 août, un mois après l'annonce des fiançailles. Celle-ci aurait lieu deux jours plus tard, lors de la fête de l'Independance Day qui célébrerait aussi les vingt-quatre ans de Sloan. Neal aurait nagé dans le bonheur s'il n'avait pas à lui apprendre la nouvelle qui risquait de la faire déchanter et de mettre en péril leur entente retrouvée. Il avait peu d'espoir que l'euphorie de Samantha rende la perspective d'un cimetière de dinosaures transformé en exploitation pétrolière plus supportable.

En face de lui, la jeune femme s'interrompit soudain dans son flot de paroles :

— Papa, tu sembles bien distrait !

— Je le suis, mais cela ne signifie en rien que ta mère et moi ne sommes pas les plus heureux des parents, chérie.

— Quel est le problème ? On dirait que tu as envie de donner un coup de poing dans mon gâteau de mariage !

La description était assez juste.

— Tu n'as pas tort, admit Neal. J'ai quelque chose à te dire, alors assieds-toi et bavardons un peu. Pendant que tu étais à Fort Worth, j'ai reçu deux visiteurs. L'un d'eux était un certain Nathan Waverling qui affirme que vous vous êtes croisés au printemps dernier lors de quelque conférence scientifique. Il est représentant pour Waverling Tools. Il travaille pour son père.

— Je me souviens de lui, répondit Samantha, un peu alarmée. Un jeune homme grand et musclé aux yeux d'un bleu peu commun. Il était avec son père et Todd Baker nous a présentés. Qu'est-il venu faire ici ?

— Il est venu avec Todd pour me proposer de louer une parcelle de terrain.

— Dans quel but ?

— Ils veulent creuser un puits de pétrole.

Comme prévu, Samantha fut aussitôt sur la défensive.

— Qu'est-ce qui porte Nathan Waverling à croire qu'il y a du pétrole à Las Tres Lomas ?

— C'est Todd Baker qui le lui a dit.

— Todd ? Comment diable a-t-il...

Elle s'interrompit. Neal devina qu'elle songeait au jour où Todd avait chuté face contre terre.

— Il m'a raconté que tu l'avais invité à examiner un crâne d'animal et qu'il avait décelé des signes indiquant la présence de pétrole sous le sable de Windy Bluff.

Samantha se hérissa.

— Nous pensons tous les deux que ce vestige est un fragment de crâne de sauropode, une espèce de dinosaure, ce qui présage de la présence de nombreux autres ossements sur ce site. Todd te l'a-t-il précisé ?

— Oui. Il a ajouté que le crâne avait disparu.

— Peu importe. Ce crâne n'est pas indispensable. J'ai pris des photos et Todd a envoyé mon appareil chez Kodak. Je devrais recevoir les clichés très bientôt. Il n'a pas suggéré un forage sur le site qu'il croit être un trésor archéologique, j'espère !

— En fait, si.

— Non ! s'exclama la jeune femme, incrédule. Il n'a pas pu !

Neal leva une main en signe d'apaisement.

— Ne reproche pas à Todd Baker de faire son travail. N'oublie pas qu'il est géologue et non paléontologue. Il faut bien qu'il gagne sa vie. Il est payé pour trouver des nappes de pétrole. Il était de son devoir de signaler à son patron qu'il croit – enfin, qu'il est persuadé – qu'il y a du pétrole sous le sol de Windy Bluff.

Samantha ne masqua pas son effroi.

— Papa… Tu ne peux pas les laisser creuser là-bas… La découverte archéologique du siècle serait anéantie. Je sais que tu n'accordes aucune valeur aux fossiles. Pour toi, ce ne sont que de vieux ossements qui n'ont pas plus d'intérêt que les carcasses de bétail qui sèchent au soleil dans les champs, mais pour la communauté scientifique, ils sont inestimables. Les fossiles de dinosaures nous en disent long sur la Terre, l'évolution, les changements climatiques et géologiques, la formation des continents…

Elle posa sur lui un regard désespéré.

— Je pourrais te parler pendant des heures de ce que les scientifiques apprendraient grâce à ces vestiges ! Papa, tu ne peux pas les laisser forer à Windy Bluff !

Neal se détourna pour fuir les yeux gris perçants de sa fille. Il sentait poindre à nouveau le sentiment de trahison qui l'avait envahi en lisant la lettre d'Eleanor Brewster. Las Tres Lomas devait constituer la priorité de Samantha. Todd l'avait prévenu que la jeune femme résisterait. Au cours de ses nuits sans sommeil, depuis la visite des deux hommes, Neal avait essayé de comprendre la passion de Samantha pour les vestiges préhistoriques. Pourquoi se soucier de l'âge de la Terre ? Les choses étaient ce qu'elles étaient, point final ! Puis il avait compris que son envie de protéger les vestiges était semblable à celle qu'il avait de préserver le ranch fondé par ses ancêtres, pas seulement en pensant à l'avenir, mais à cause du passé. Néanmoins, la terre de ses ancêtres demeurait prioritaire aux yeux de Neal.

— Tu es consciente de ce que les revenus du pétrole signifieraient pour Las Tres Lomas, n'est-ce pas ?

— S'il y a du pétrole, répliqua Samantha. S'il n'y en a pas, nous n'aurons qu'un trou dans le sol.

— On peut en dire autant d'une fouille archéologique, objecta son père.

— C'est vrai, mais je suis persuadée que mes fouilles ne seront pas vaines.

— Todd l'est autant que toi en ce qui concerne le forage.

Samantha croisa les bras. Neal en conclut qu'ils étaient dans une impasse. Néanmoins, sa fille savait que son père aurait le dernier mot. Il s'agissait de ses terres, après tout. En revanche, il n'avait pas envie de revivre une crise familiale telle que celle qu'ils venaient à peine de surmonter. Sloan soutiendrait Neal, ne serait-ce que par diplomatie. Neal se refusait à soumettre le jeune couple à une telle pression juste avant leur mariage.

— Voici ce que je peux faire de mieux, Sam. Il est raisonnable de penser que si Todd soupçonne la présence de pétrole à Windy Bluff, il doit y en avoir ailleurs sur le ranch, et à une distance suffisante pour ne pas détruire ton site. Je réserve ma réponse à Waverling Tools jusqu'à l'arrivée des photographies. Si elles confirment ta théorie, nous ne creuserons pas à Windy Bluff. Dans le cas contraire, nous creuserons. Et pas question de rechercher d'autres preuves pour soutenir ta thèse, c'est compris ? Ces photographies constituent ton unique chance. C'est la solution la plus juste.

— Merci, papa ! s'exclama la jeune femme, soulagée. C'est juste, en effet.

Elle contourna le bureau pour l'embrasser.

— Très bien, conclut Neal, ravi. Je vais au Triple S appeler Waverling Tools pour faire part de ma décision à Todd.

Le géologue prit l'appel l'estomac vide. Pour la première fois depuis son mariage, sa femme ne lui avait pas préparé de gamelle, car elle était souffrante. Il n'avait pas osé s'absenter de l'entreprise pour chercher à manger au cas où Neal

Gordon lui téléphonerait. En entendant sonner l'appareil, il sentit son ventre gargouiller de plus belle.

— Oui ?

Il entendit Neal Gordon employer le code destiné à tromper les éventuels espions :

— Désolé, l'oiseau ne s'envolera pas.

— Comment ? Mais pourquoi pas ?

Le silence s'installa, le temps pour Neal de trouver une explication sans trahir la nature de son appel. Finalement, il ajouta :

— Le site ne convient pas à ma sœur.

Nom de Dieu ! songea Todd, incrédule.

Samantha avait gagné ! Contre toute attente, cet homme aguerri avait cédé à sa fille. S'il avait parié sa maison sur la signature de Neal, sa femme et lui se seraient retrouvés à la rue.

— C'est tout ? s'écria Todd. Vous voulez dire que nous devrons chercher ailleurs ?

— Pas nécessairement. Nous attendons les résultats du paquet que vous avez envoyé dans l'État de New York. Si ces articles montrent que le site n'est pas favorable à ma sœur, nous accepterons de planter là-bas sans le moindre doute. S'ils sont favorables à ma sœur, il doit bien y avoir d'autres parties du domaine où planter vos arbres.

Quiconque les aurait espionnés en connaissant la nature des activités de Waverling Tools n'aurait eu aucun mal à comprendre ce que racontait ce vieil imbécile, songea Todd, furieux. Quelle était l'étendue du ranch de Gordon ? Quatre ou cinq mille hectares ? En tout cas, il était vaste et son patron n'accepterait jamais que l'on fasse des prélèvements et des analyses à si grande échelle sans garantie de résultat. Il préférerait passer à un site plus prometteur. D'autant que le « paquet » en question se trouvait au fond de son tiroir fermé à clé.

— Accepteriez-vous que nous terminions au moins nos recherches administratives concernant le site de votre sœur, au cas où ? demanda Todd.

— À votre guise, répondit l'éleveur.

— J'ai posté le paquet le lundi 18 juin, mentit le géologue. Nous sommes de 2 juillet. Vous devriez recevoir les résultats d'ici la fin de la semaine. Ensuite, nous serons fixés.

— Je vous tiens au courant, conclut Neal avant de raccrocher.

Todd prit le temps de réfléchir. Il avait hésité à détruire l'appareil photo, mais il devait s'en débarrasser, à présent. Il suffisait d'une épingle à cheveux pour forcer la serrure d'un tiroir. Après la pause du déjeuner, tous les employés seraient de retour dans leur bureau ou à l'atelier. Il n'y aurait personne entre l'usine et le fleuve. Après avoir trouvé un moyen de dissimuler l'appareil, il descendrait se promener au bord de la Trinité pour fumer ostensiblement sa pipe. Si seulement il avait une gamelle !

Il décida de vider la terre d'un pot contenant une plante que sa femme lui avait offerte, quand il était arrivé chez Waverling Tools. Todd plaça l'appareil photo dans le pot et posa la fleur de lune par-dessus.

— Je descends arroser ma plante, annonça-t-il à Jeanne en passant devant la porte ouverte de son bureau.

La secrétaire leva les yeux, étonnée, car il utilisait généralement un pichet. Todd sortit par le fond du bâtiment.

Son fardeau pesait lourd. En atteignant l'extrémité du ponton, Todd était à bout de souffle. Nul ne pouvait le voir depuis les fenêtres des bureaux et de l'usine. Après avoir scruté les alentours, il jeta l'appareil à l'eau, puis remit la plante en place. Enfin, il remonta vers le bâtiment administratif en toute discrétion.

S'il avait été plus attentif, il aurait senti une odeur de cigarette. Daniel Lane l'observait discrètement à l'ombre d'un cyprès où il venait souvent fumer. Il avait vu Todd jeter quelque chose dans le fleuve. Dès qu'il eut l'assurance que le géologue ne risquait pas de se retourner, il se précipita pour voir de quoi il s'agissait.

Il reconnut aussitôt un appareil photo. Sa lanière s'était prise dans un amas d'herbes que le courant éloignait lentement de la rive. Daniel se mit à l'eau et s'aida d'une rame de la barque pour extraire l'appareil du fleuve. Il sortit son mouchoir et l'essuya. C'était un Kodak. Par chance, il semblait intact. La pellicule était-elle encore exploitable ? Daniel avait la ferme intention de le découvrir.

De retour dans son bureau, en nage, Todd souleva le journal sur lequel il avait vidé le pot et remit la terre en place, ainsi que la plante, qu'il arrosa dans les toilettes, avant de se laver les mains. Tout n'était pas perdu. Ce n'était qu'un contretemps. Dans deux semaines, faute de « résultats » dans le courrier de Neal Gordon, il lui mettrait la pression. Il affirmerait que Waverling Tools ne pouvait perdre du temps à analyser la terre d'un domaine aussi vaste et qu'ils avaient trouvé un autre site prometteur. L'entreprise était prête à creuser et ne pouvait se permettre qu'un seul puits. M. Gordon devrait prendre une décision.

Pour l'heure, Todd devait faire part de l'appel de Gordon à son patron. Que lui dire ? Il n'était pas totalement faux que l'entreprise s'intéressait à un autre site de forage. Trevor Waverling ne voudrait pas prendre le risque que les photos de Samantha confirment la présence de fossiles de dinosaures et que son père se range à son opinion. Son patron refuserait de patienter pour peut-être perdre une occasion de conclure un autre contrat sur la côte du Golfe. Si d'autres investisseurs lorgnaient cette région, ils mettraient le grappin sur les contrats aussi vite que leurs finances le leur permettraient. Seule la confiance qu'il avait en son géologue et sa certitude à propos de Las Tres Lomas avaient retenu Trevor d'envoyer Todd et Nathan prospecter dans l'Ouest du Texas. Todd devait s'assurer que Trevor Waverling ne perde pas de vue le trésor enfoui sous ces pitons rocheux que son géologue surnommait déjà le gisement de Windy Bluff.

Todd sentit son cœur s'arrêter de battre lorsqu'il entra dans le bureau de son patron et y trouva Nathan. Plus tôt, il l'avait croisé dans le couloir, la mine grave. Son père l'avait tancé vertement, avait-il songé avec une certaine jubilation. Il était assis, les yeux rougis, mais sans avoir l'air penaud le moins du monde. Il décela chez son patron une attitude qu'il connaissait bien. En privé, devant sa femme, il surnommait Trevor le couguar à cause de son corps svelte et de sa grâce de félin qui suggérait que, à la moindre provocation, il pouvait sauter au cou d'un adversaire. Ce jour-là, le fauve était alangui dans son fauteuil, détendu en présence d'un être cher et familier.

Todd comprit très vite qu'il était en mauvaise posture. Nathan Holloway n'était pas un simple employé. C'était le fils du patron. Le patron et le garçon de ferme semblaient plus proches que jamais.

Dès qu'il le vit, le regard bleu-vert du jeune homme se voila, mais resta rivé sur lui, comme dans le train qui les ramenait à Dallas, vendredi après-midi.

— J'ai eu des nouvelles de Neal Gordon, annonça Todd, l'estomac noué.

— Alors ? fit Trevor.

— Dis-nous tout, cette fois, grommela Nathan.

— On ne peut pas retenir chaque détail ! protesta Todd, sur la défensive.

— Ce serait souhaitable quand on est payé pour ça.

— Qu'est-ce qui vous arrive ? intervint Trevor, intrigué.

— C'est réglé, papa. Du moins, pour cette fois.

Papa ? songea Todd, qui releva la mise en garde tacite de Nathan. Il fut soulagé de s'asseoir car ses jambes tremblaient. Il ne se sentait pas de force à nager contre le courant. Nathan connaissait l'importance qu'avait le forage de Windy Bluff pour lui. Et il savait le géologue capable de dissimuler certaines informations pour atteindre son but. Todd avait commis une erreur. Il faudrait désormais un miracle pour que Trevor Waverling n'ait pas une mauvaise image de lui en découvrant que l'appareil photo ne revenait pas. Pour son patron, un soupçon valait une condamnation et Todd se retrouverait à la porte sans avoir pu prononcer un mot pour sa défense. La loi exigeait que les contrats d'exploitation du sous-sol spécifient les caractéristiques physiques de la parcelle de terrain. En cachant une éventuelle découverte archéologique, Waverling

Tools risquait des poursuites. Enfin, tenta de se reprendre Todd, le mal était fait. Le Kodak de Samantha gisait au fond de la Trinité et personne ne pourrait prouver qu'il ne l'avait jamais envoyé à Rochester.

— Alors ? reprit Trevor. Qu'a déclaré Neal Gordon ?

— Il nous demande de patienter. Il attend les photographies de sa fille qui détermineront si Windy Bluff doit devenir un puits de pétrole ou un site archéologique.

— Combien de temps cela prendra-t-il encore ?

— Au pire, deux semaines.

— À propos de ces clichés, Todd, dit Trevor. Pourquoi n'avez-vous pas précisé dès le départ que Mlle Gordon avait photographié le crâne pour étayer sa théorie ?

Todd s'efforça de ne pas trahir sa nervosité.

— Eh bien, monsieur, comme je l'ai déclaré lors de la réunion, je pense qu'elles ne prouveront rien. Ce vestige n'est pas un fragment de crâne de dinosaure, même si Samantha a vraiment envie de le croire. Si je n'en ai pas parlé, c'est parce que je les jugeais sans importance et… j'avais l'impression que vous souhaitiez commencer à creuser sans tarder.

— Vous vous mépreniez, Todd. Pour moi, il ne faut jamais rien entamer avant d'avoir effectué des recherches. Ces clichés sont importants car ils vont confirmer ou infirmer votre opinion de professionnel, déclara Trevor avec un regard glacial. Nous aurions pu préparer un accord de principe pour un autre site. Je crois savoir que Mlle Gordon a étudié les fossiles et que son jugement est aussi crédible que le vôtre. Et il semble, messieurs, que vous ayez sous-estimé le poids de l'affection de M. Gordon pour sa fille.

— Je ne crois pas, papa, répondit Nathan. Si M. Gordon aime sa fille – ce qui ne fait aucun doute –, il tient aussi à son ranch. Je pense qu'il est homme à vouloir le beurre et l'argent du beurre. Ce n'est qu'une impression, mais je ne serais pas étonné qu'il cherche un moyen de gagner sur les deux tableaux.

— Rappelez-moi dans combien de temps les photographies doivent arriver, Todd ?

— Pas plus de deux semaines, selon moi, répondit le géologue. Peut-être moins. Le jeu en vaut la chandelle, monsieur Waverling, je vous le garantis, ajouta-t-il avec enthousiasme.

Ravi que Nathan ait pris sa défense, il se laissa emporter :

— Je vous en prie, ne retirez pas cette offre à M. Gordon. Si les photographies ne confirment pas la théorie de Samantha – ce qui sera le cas –, il nous louera son terrain et vous ne le regretterez pas.

Trevor observa le jeune homme avec une moue perplexe.

— Très bien, Todd, je ne souhaite pas discuter avec un homme aussi convaincu. Je ne placerai pas encore mon argent sur un autre site, mais je n'attendrai pas plus de deux semaines. Faute de réponse, nous chercherons ailleurs.

— Merci, monsieur, conclut Todd en se levant, les jambes en coton.

Trevor le congédia d'un signe de tête. En s'éloignant, Todd l'entendit déclarer :

— Très bien, fiston, et si on allait déjeuner maintenant ?

Todd aurait pu être vexé que son patron n'ait même pas attendu qu'il soit sorti, l'excluant sans vergogne, toutefois il ne l'était en rien. En dépit de sa faim de loup, la pensée de manger lui retournait l'estomac. Son patron ne l'avait jamais invité à déjeuner, de toute façon. Il n'avait plus qu'à regagner son bureau et prier pour qu'un miracle se produise.

***

Le 4 juillet, il faisait chaud et lourd. Les dames agitaient leur éventail devant leur visage moite, un sourire aux lèvres, lorsque Sloan attira Samantha vers lui et leva sa coupe de champagne. Non seulement il célébrait la fête nationale et ses vingt-quatre ans, même si son anniversaire tombait en réalité le 2 juillet, mais il annonçait également ses fiançailles avec Samantha Gordon.

Le baiser des amoureux provoqua des applaudissements et quelques remarques graveleuses parmi les messieurs déjà éméchés. Neal et Estelle affichaient la mine radieuse de parents dont le rêve vient de se réaliser. Plusieurs questions furent soulevées : dans quelle maison s'installerait le couple ? Comment partageraient-ils leur temps entre les deux ranches ? Qui serait en charge du Triple S ? Quel rôle jouerait Samantha auprès de Neal dans la gestion de Las Tres Lomas ? Certaines informations étonnantes émergèrent des débats.

Billie June révéla qu'elle souhaitait prendre une chambre dans une pension pour dames à Dallas afin d'étudier la musique à l'académie Morrison. Millie May déclara que, à l'automne, elle entendait suivre des cours au musée des Beaux-Arts de Houston pour apprendre la peinture à l'huile. Toutes deux étaient ravies de céder leur rôle de maîtresses de maison à Samantha. Neal et Estelle estimaient qu'une jeune mariée se devait de résider chez son mari – et Neal ne se priva pas d'ajouter qu'il errerait telle une âme en peine dans le ranch sans elle.

Lors du petit déjeuner prénuptial organisé chez Estelle en l'honneur des deux familles, Samantha découvrit qu'elle avait changé d'avis sur un problème épineux. Neal annonça son projet d'emmener sa femme à Galveston où ils séjourneraient au Tremont House, le meilleur hôtel du Texas qui avait accueilli Sam Houston, Ulysses S. Grant, Clara Barton et Buffalo Bill.

— Par le train ? demanda Estelle, pleine d'espoir.

— En diligence, répliqua Neal en se tournant vers Sloan. J'espère que tu aideras Wayne à diriger le ranch en mon absence.

Samantha s'attendait à être mise à l'écart de la direction de Las Tres Lomas. Si elle était l'héritière du ranch, son père souhaiterait naturellement laisser les rênes à son époux. Cette présomption avait de quoi la rendre folle de rage. Elle avait sacrifié son rêve de devenir paléontologue pour Las Tres Lomas et, maintenant que son père avait Sloan à ses côtés, il n'avait plus besoin de ses services. Cependant, elle ne voulait pas déclencher un nouveau conflit entre elle et son père. De plus, il s'était montré juste en respectant ses arguments contre un forage. Si elle pouvait continuer à tenir les registres, elle ne voyait aucun inconvénient à troquer ses bottes et ses pantalons contre de belles robes, à profiter de sa vie de femme mariée et, très vite, l'espérait-elle, de mère de famille. Pendant que Sloan et son père partageraient la gestion des deux domaines, Samantha aurait le loisir de mener des fouilles archéologiques à Windy Bluff.

CHAPITRE 30

— Tout le monde est prêt ? demanda Trevor Waverling devant la maison de Turtle Creek.

Il se pencha dans la voiture par la fenêtre ouverte.

Sa fille et Zak occupaient un siège. En face d'eux étaient entassés un panier de pique-nique, un broc, des instruments de géologue, une mallette de livres et un sac de voyage en toile rayée conçu par un célèbre maroquinier français. Au sommet était perchée une poupée de porcelaine dont les yeux bleus fixes et le teint naturel étaient presque inquiétants dans la pénombre de la voiture drapée de velours.

— Prête, papa ! s'écria Rebecca en enroulant le bras autour du cou du chien. Pas vrai, Zak ?

— Ne le serre pas trop fort ! ordonna Trevor. Zak a déjà assez chaud. Tu ne vois pas sa langue pendante ?

Mavis et Lenora les observaient depuis le porche. Benjy était déjà à la place du cocher. Trevor se tourna vers Nathan.

— Tu es sûr de vouloir emmener Rebecca, fiston ? demanda-t-il à voix basse. Tu sais à quel point elle est difficile, parfois.

— Ce voyage à Fort Worth lui fera du bien, assura Nathan. Elle a besoin de changer d'air et d'avoir un souvenir à intégrer à son univers. Zak nous aidera à veiller sur elle.

— Votre trajet ne devrait pas durer plus de sept heures. En arrivant au Worth, téléphone à la maison. Ta grand-mère sera inquiète tant qu'elle n'aura pas de vos nouvelles.

— Ne vous en faites pas. Tout est arrangé avec M. Gordon ?

— Oui. Il t'attend. Sa fille aura peut-être récupéré son appareil, à ton arrivée. J'espère que Todd a raison, à propos de ces clichés. Sinon, ce déplacement et tes recherches n'auront servi à rien.

— Nous sommes le 9. Todd a envoyé l'appareil il y a vingt-deux jours. Nous aurons des nouvelles d'ici la fin de la semaine. La société Kodak a pour habitude de renvoyer les clichés en temps voulu.

Nathan tendit la main.

— À bientôt, papa.

Trevor hésita puis, ignorant la main de son fils, il l'attira dans ses bras.

— Prends soin de toi, mon garçon. Vous allez nous manquer, ajouta-t-il avec une tape dans le dos.

Il s'écarta vivement et interpella son cocher :

— Benjy ! Je compte sur vous pour rouler prudemment, vous m'entendez ?

L'Irlandais baissa les yeux vers lui. Son uniforme de cocher ayant fait place à une tenue estivale, il avait perdu un peu de sa prestance.

— C'est entendu, monsieur. Je vous ramènerai vos enfants sains et saufs.

Il restait de la place à côté de Zak, au cas où Nathan devrait rassurer Rebecca, mais il commencerait le trajet à côté de Benjy. Il adressa un dernier signe à sa grand-mère, puis le véhicule s'ébranla.

Trevor rejoignit sa mère sous le porche.

— Je t'ai vu l'embrasser, dit Mavis. Tu l'aimes, ce petit, n'est-ce pas ?

Trevor hocha la tête, les yeux rivés sur la voiture qui s'éloignait.

— On peut le dire…

— Dieu soit loué ! s'exclama Mavis. Il est bon que tu aimes quelqu'un à part toi-même.

— En effet, maman.

Le lendemain matin, un mardi, Samantha se trouva incapable de quitter la fenêtre de la bibliothèque donnant sur l'allée qui menait à la maison. Son père l'avait informée que le représentant de Waverling Tools revenait jeter un coup d'œil sur le secteur.

— Pour quoi faire ? avait-elle demandé d'un air soupçonneux. Nous étions convenus que si mes photos prouvaient l'existence d'un site archéologique, il n'y aurait pas de forage dans cette zone, même s'il y a potentiellement du pétrole.

Neal avait levé les mains d'un air conciliant.

— C'est justement l'objet de la visite de ce jeune homme, chérie. Et ce n'est pas moi qui en ai eu l'idée. C'est Nathan Waverling. Il vient pour déterminer si – au cas où tes photos prouveraient tes dires – il existe une chance qu'ils puissent forer dans le coin sans abîmer ton site. Il n'y a aucun mal à cela, non ?

Certes, avait concédé Samantha pour lui faire plaisir, se retenant d'ajouter que ce représentant perdait son temps. S'il y avait un cimetière de dinosaures, il couvrirait toute la zone nord du ranch, ne laissant aucune place pour un puits. Depuis leur accord, elle avait remarqué que son père était de plus en plus enthousiaste à l'idée que Las Tres Lomas se trouve sur une nappe de pétrole. Il lisait la nouvelle rubrique que la *Fort Worth Gazette* consacrait à l'exploitation pétrolière, alors qu'il ne s'intéressait naguère qu'au bétail. Il s'était abonné à des revues économiques et discutait des articles consacrés au pétrole avec Sloan quand il venait souper. Il mentionnait des informations telles que : « Il paraît que Henry Ford est en train de concevoir une automobile à essence que tous les Américains pourront s'offrir. Tu imagines la demande de pétrole si cela se produit ? » ou encore : « Savais-tu que la France est le premier pays producteur d'automobiles ? On prévoit qu'en 1905, les États-Unis l'auront dépassée. »

Son père avait attrapé le virus du pétrole. Même Grizzly et Wayne semblaient résignés à l'idée de l'exploitation d'un puits de pétrole à Las Tres Lomas. Ce n'était qu'une question de temps. Désemparée, Samantha voyait déjà les pâtures parsemées de cadavres boursouflés de vaches tuées par l'eau contaminée de la source, l'herbe verte souillée par le liquide noir et visqueux, des routes d'accès coupant à travers champs, le bruit des foreuses, le passage incessant des véhicules affolant les troupeaux.

Si Samantha s'efforçait de ne pas laisser ses appréhensions entacher les préparatifs de son mariage, son bonheur n'était pas complet. La joie de sa réconciliation avec son père, à son comble le soir de la fête, était retombée. Elle n'était plus aussi certaine que rien ne pourrait plus se dresser entre eux. Neal Gordon tiendrait parole, mais pourrait-il vivre sans ressentiment pour sa fille s'il y avait du pétrole uniquement sur le site des fossiles, à Las Tres Lomas ?

La veille, elle avait eu une conversation à ce propos avec Sloan.

— Qu'est-ce qui te ronge, Sam ? s'était enquis Sloan. Je vois bien qu'il se passe quelque chose dans ta petite tête.

Près des enclos du Triple S, ils observaient un pur-sang élevé en Angleterre et qui était arrivé vivant de Liverpool, ce qui dénotait une santé robuste. Sloan espérait l'utiliser pour la reproduction. Il se tenait dans le dos de la jeune femme, l'entourant de ses bras. De temps à autre, il déposait un baiser dans ses cheveux. Malgré la présence de nombreux employés autour de l'enclos, il était toujours plein d'attentions pour elle. Dans ces moments-là, son désir pour lui était à peine supportable. Il lui titillait l'oreille en murmurant : « Bientôt, chérie. Bientôt. »

Elle lui avait fait part de son inquiétude.

— Pour éviter un conflit avec ton père, serais-tu prête à... reconsidérer ta partie de l'accord ?

Horrifiée, elle avait fait volte-face.

— Renoncer à des fouilles archéologiques susceptibles de révéler des trésors préhistoriques uniques au profit d'un puits de pétrole ? Jamais ! Un accord est un accord. Papa s'attendrait à ce que je respecte ma parole et je tiens à ce qu'il en fasse autant. En me proposant cet arrangement, il était conscient du risque qu'il prenait.

— Et toi, tu connais les risques s'il perd.

La position de Sloan était claire. S'était-elle demandé ce que ressentirait Neal si Las Tres Lomas était frappé par une catastrophe que seul l'argent du pétrole pourrait réparer ? Samantha y avait réfléchi, bien sûr, d'où son tourment.

— Il serait sage de ne pas l'oublier si une autre nappe de pétrole était détectée, Sam, avait insisté Sloan en la serrant plus fort dans ses bras. Ne mettons pas la charrue avant les bœufs. L'optimisme de Neal est certainement fondé. Je parie qu'il y a du pétrole sur tout le ranch.

Samantha n'aurait jamais cru approuver de tels propos, mais elle l'espérait également.

La disparition du crâne la troublait également. Où diable était-il passé ? Il n'avait pu se volatiliser comme par enchantement. Un animal n'avait pu dévorer ce vieil os. Leurs chiens étaient bien nourris et les prédateurs préféraient la chair fraîche. Samantha avait creusé avec soin l'endroit où elle avait déterré son vestige, sans trouver le moindre ossement qui aurait pu être attaché au crâne. Un déplacement de terrain l'avait sans doute remonté à la surface depuis le lieu où il était enfoui au départ. Elle brûlait d'impatience de convoquer une équipe d'archéologues.

Derrière la fenêtre de la bibliothèque, elle vit une voiture attelée franchir la barrière du ranch. Au moment d'actionner le cordon pour appeler Silbia et lui demander de faire avertir son père au réfectoire, elle se ravisa. Depuis la cuisine, la gouvernante n'avait probablement pas entendu l'attelage. Tant mieux. Samantha voulait jauger Nathan Waverling sans la présence pesante de son père. Cette visite était une idée du représentant, le signe qu'il respectait le désir de la jeune femme de préserver son site archéologique. Cela présageait d'une réunion supportable. Elle se demanda si la couleur de ses cheveux allait de nouveau attirer son attention.

Samantha sortit sous le porche au moment où l'attelage s'arrêta. Elle reconnut sans peine le jeune homme qu'elle avait croisé lors de la conférence. Il était assis à côté du cocher, un petit homme étrange qui semblait maîtriser son attelage avec adresse. Une fillette aux cheveux bruns passa la tête par la fenêtre de la voiture.

— Bonjour ! lança-t-elle. Qui êtes-vous ? Vous n'êtes personne, vous aussi ?

Près d'elle, un chien se mit à aboyer.

— Bonjour ! lança Nathan en sautant à terre.

Il n'accorda aucune attention aux cheveux de Samantha, qui étaient relevés en chignon.

— Je suis Nathan Holloway. Nous nous sommes déjà rencontrés.

Perplexe, Samantha lui serra la main :

— Je me souviens... Pourquoi Holloway ? Je croyais que vous étiez le fils de M. Waverling.

— Je le suis, assura Nathan avec un sourire. C'est un peu compliqué. J'ai amené ma sœur et mon chien. J'espère que vous n'y voyez pas d'inconvénient.

— Bien sûr que non, répondit-elle en souriant à la fillette. Bonjour !

— Voici Rebecca, précisa Nathan en ouvrant la portière. Ainsi que mon chien Zak. Et là-haut, ce type qui sourit comme un crétin, c'est mon ami Benjy, le cocher de la famille.

— Enchantée, déclara Samantha poliment. Voulez-vous entrer ? Je crois que la cuisinière a préparé de la citronnade bien fraîche.

— Merci, mais nous venons de prendre le petit déjeuner à l'hôtel.

— Tu es sûr, Nathan ? lança Benjy.

— Certain !

Rebecca s'était approchée de Samantha. Émerveillée, elle tendit la main pour caresser quelques mèches de ses cheveux.

— *Ô, Hélène à la blonde crinière... j'en ferai une guirlande...*, récita-t-elle.

Étonnée, la jeune femme se tourna vers Nathan. Le berger allemand s'était assis sagement près de l'enfant.

— Rebecca chérie, il ne faut pas toucher les cheveux de la dame. Zak et toi resterez près de moi, ordonna doucement Nathan.

— Ce n'est rien, assura Samantha en comprenant que son adorable petite sœur souffrait d'une déficience mentale.

— J'aime bien tes cheveux, moi aussi, lui dit-elle avec un sourire. Et tu as un joli ruban.

— *Je te dirai comme le soleil a dardé ses rubans, baignant les clochers dans une lueur améthyste...*, récita encore Rebecca.

Nathan la prit par la main.

— Excuse-moi, lui dit-il avec douceur et fermeté à la fois. Cette gentille dame et moi devons parler. Va t'asseoir sous le porche avec Zak, à l'ombre. Tu veux bien faire ça pour moi ?

— Oui, Nathan. Viens Zak ! Toi aussi, Benjy.

— J'arrive, mon petit, répondit le cocher en sautant lestement de son perchoir pour la prendre par la main.

— Vous me semblez être un grand frère doux et patient. Je suis impressionnée, dit Samantha au risque de sembler trop familière envers ce jeune homme qu'elle trouvait charmant.

— Ma sœur ne pose aucun problème. Elle nous accompagnera lors de l'inspection. Pourriez-vous m'indiquer le site ? Je ne me souviens plus comment l'on s'y rend. M. Gordon est-il là ? J'imagine qu'il voudra être présent. Vous aussi, sans doute.

— Effectivement, mais mon père est... indisposé. Je vous conduirai moi-même à Windy Bluff. Mon cheval est sellé.

— Alors je vous suis.

Une heure plus tard, Nathan avait terminé son inspection. Les cartes et les instruments de Todd, ainsi que les connaissances de Samantha sur le vaste site de squelettes de dinosaures découvert dans le Colorado et le Wyoming à la fin des années 1870, l'avaient aidé à effectuer son évaluation géologique.

— Dans le Colorado, on estime que les fouilles couvraient seize hectares, expliqua la jeune femme.

Nathan n'énonça pas ce qui sautait aux yeux : si la théorie de Samantha était avérée, un cimetière de fossiles de la moitié de cette surface serait touché par le forage proposé par Todd.

— S'il y a du pétrole dans cette partie du ranch, peut-on présumer qu'il en existe ailleurs ? s'enquit la jeune femme.

— Pas nécessairement.

Il lui raconta qu'il avait vu du pétrole jaillir d'un puits creusé à quelques centaines de mètres d'un autre qui n'avait donné que du sable.

— Localiser l'emplacement exact d'une nappe est quasiment impossible, même lorsqu'il existe des signes de sa présence. On risque toujours de forer pour rien. Un puits se creuse surtout à l'instinct. Cela n'a rien de scientifique.

— Je regrette qu'il en soit ainsi, répondit Samantha. Toutefois, votre société va étudier d'autres possibilités sur le domaine, n'est-ce pas ?

— Je ne saurais vous le dire, mademoiselle Gordon. C'est à mon père d'en décider.

Nathan balaya le paysage du regard. Cette vaste étendue ne constituait qu'une partie de Las Tres Lomas. Si Waverling Tools ne creusait pas un puits sur ce site précis, la société irait voir ailleurs.

— Le ranch est immense. Todd ne pourra jamais en renifler chaque parcelle.

— Je comprends, fit Samantha.

Dire que c'était le nez de Todd qui avait tout déclenché… Si seulement il n'était pas monté sur le dos de Sauvé, ce jour-là !

Elle ne pouvait pas vraiment le considérer comme un traître. Ce serait injuste. Todd défendait la géologie. Son père avait raison : son métier était de trouver du pétrole pour son patron. En revanche, c'était un traître envers les principes des sciences de la Terre qu'il prétendait défendre. Et il avait trahi leur amitié. Ce jour-là, à Windy Bluff, il aurait dû lui dire qu'il soupçonnait la présence de pétrole près du fossile au lieu d'agir derrière son dos. Le plus troublant était qu'elle avait remis son appareil à Todd afin qu'il l'envoie à Rochester et que c'était son idée à lui. Cette idée commençait à la hanter depuis qu'elle avait découvert l'ampleur de sa traîtrise.

Benjy apparut à côté de Nathan.

— Il serait temps d'installer le pique-nique, non ? suggéra-t-il. Le petit déjeuner est loin... et je suis sûr que Rebecca a faim.

— C'est donc son estomac que j'entends gargouiller ! railla Nathan avec un sourire. Voulez-vous rester manger un morceau avec nous, mademoiselle Gordon ? Nous avons de nombreuses provisions.

— Oh oui ! lança une petite voix depuis l'intérieur de la voiture.

La portière s'ouvrit et Rebecca sauta à terre. Nathan et Samantha échangèrent un regard étonné. Elle les avait écoutés ! Pendant la visite, la fillette était restée dans la voiture à lire un livre à sa poupée. Elle courut vers Samantha et l'enlaça.

— S'il te plaît, reste ! implora-t-elle.

Samantha réfléchit. En constatant son absence, son père comprendrait certainement que leur visiteur était arrivé et qu'ils étaient partis pour Windy Bluff sans lui. Il ne tarderait pas à débouler dans un nuage de poussière, furieux de ne pas avoir été averti et d'être privé d'informations dont sa fille avait eu la primeur. Cependant, elle se réjouissait qu'il ne soit pas là. Neal Gordon ne voudrait pas entendre ce que Nathan Holloway avait à dire. Dieu leur vienne en aide si le nez de Todd ne flairait pas un autre site potentiel. En attendant, elle sentait les bras de la petite fille autour de sa taille et voyait son visage implorant et doux. Comment lui résister ?

— Avec plaisir, répondit-elle.

Ils s'installèrent à l'ombre d'un grand peuplier proche de la source. Nathan et Samantha étaient adossés au tronc d'arbre. Il avait commandé ce pique-nique à l'hôtel et Benjy en avait suggéré le menu. Il étala une couverture sur laquelle il disposa du poulet frit, des galettes de maïs, des pickles, des haricots et un entremets à la banane.

— Depuis combien de temps êtes-vous représentant ? s'enquit la jeune femme.

— Pas assez longtemps pour revendiquer ce titre, admit Nathan.

Sans entrer dans des considérations personnelles, il expliqua qu'il était venu travailler pour son père juste après son vingtième anniversaire. Il vivait désormais chez lui avec sa grand-mère et sa sœur, à Dallas. Il commençait à se détacher de la ferme de Gainesville où il avait grandi parmi les champs de blé.

Samantha sourit.

— Je suis allée à Gainesville récemment. Une région magnifique pour la culture. Vous vous habituez à la vie citadine ?

— J'essaie.

Samantha trouvait sa voix mélodieuse. Avec lui, elle était à l'aise. Il dégageait la sérénité d'un long fleuve tranquille. Pendant qu'ils bavardaient, Rebecca et Zak s'amusaient dans la source. La fillette soulevait le bas de sa jupe et criait de joie quand le chien s'ébrouait, l'arrosant de gouttes d'eau fraîche. Une douce brise atténuait un peu la chaleur. Seuls le chant d'un oiseau ou quelques meuglements discrets rompaient le silence

Samantha sentit toute tension s'envoler. Elle se rappela le père de Nathan, cet homme charmant, et leur conversation, lors de la conférence sur la paléontologie, en mars...

— *Vous avez eu l'impression de me connaître, lorsque je suis arrivée avec Barnard. Je me trompe ? Puis vous vous êtes ressaisi.*

— *Oui et non. Votre couleur de cheveux me rappelle quelqu'un que j'ai connu autrefois.*

— *Un bon souvenir, j'espère.*

— *Un souvenir inoubliable.*

Samantha observa Nathan à la dérobée. Connaissait-il cette femme à laquelle son père avait pensé en voyant sa couleur de cheveux et dont il gardait un souvenir vivace ? Cela n'avait plus d'importance. Elle ne se demandait plus de qui il pouvait s'agir. Elle ne recherchait plus une rencontre fortuite avec un inconnu qui lui dirait : « Vous me rappelez quelqu'un, surtout votre couleur de cheveux. Seriez-vous une parente d'Untel ou Untel ? »

Elle fut interrompue dans ses pensées par Benjy qui les appela à le rejoindre sur la couverture.

— Nathan ! Va donc t'assurer que Zak s'ébroue loin de nous. Viens, Rebecca, je vais te préparer une assiette.

Ils s'installèrent sur la couverture. Samantha déclara que le poulet était fort appétissant. Dans un ranch, on dégustait rarement de la volaille. C'était la première fois qu'elle déjeunait sur l'herbe. Moucherons et fourmis étaient irritants, et il n'était pas facile de tenir une assiette en équilibre d'une seule main. Pourtant, elle était si bien entourée qu'elle en oublia vite ces désagréments mineurs.

— Benjy ! s'exclama Rebecca d'un ton autoritaire. Un peu d'entremets, s'il te plaît !

— Et si tu mangeais du poulet, d'abord ? suggéra Nathan.

— De l'entremets d'abord, et ensuite du poulet, insista Rebecca, déterminée, avant de s'exclamer : Benjy, où est ma cuillère ?

— Écoute, mon petit, tonton Benjy va t'expliquer quelque chose, répondit le cocher.

Il déposa une cuillerée de dessert sur l'assiette de la fillette et prit une autre cuillère.

— Avec ça, on prend trop de nourriture à la fois dans la bouche. Regarde.

Benjy en fit la démonstration, puis il prit une fourchette.

— Avec une fourchette, on mange plus lentement parce qu'on n'enfonce que les extrémités, comme ça.

Visiblement sceptique, Rebecca accepta la fourchette qu'il lui tendait. Tous trois la regardèrent enfoncer son couvert dans l'entremets en déclamant :

— *De la tarte et du gâteau ! s'exclama Jane, émerveillée. Quoi de plus beau ? Je veux les deux, papa, dit-elle sur sa lancée.*

Samantha se tourna vers Nathan, qui répondit à sa question tacite :

— Ma sœur s'exprime sous forme de vers et de rimes. C'est sa façon de communiquer.

— Je trouve cela charmant, déclara Samantha. Il faut un esprit vif pour retenir ces textes.

— Elle est brillante, intervint Benjy en mordant dans un pilon de poulet. Son esprit fonctionne différemment du nôtre, voilà tout.

À cet instant, ils entendirent approcher un cheval au galop.

— C'est mon père, soupira la jeune femme en se préparant à subir ses foudres.

Neal remarqua les pique-niqueurs et s'arrêta à distance pour ne pas souiller les aliments de poussière. Puis il mit pied à terre et se dirigea vers Nathan, une main tendue.

— Bonjour, dit-il. Désolé de vous saluer si tard, mais... (Il fusilla Samantha du regard.) Personne n'a jugé bon de m'informer de votre arrivée.

— Je voulais passer un peu de temps avec Nathan avant de te passer le relais, papa, répondit la jeune femme d'un ton enjoué. J'ai jugé cela préférable, et j'avais raison.

— Joignez-vous donc à nous, monsieur Gordon, suggéra Nathan.

— Nathan..., maugréa Benjy.

— Il y en a pour tout le monde, ajouta-t-il, ignorant son cocher.

Mais Neal Gordon ne s'intéressait pas au pique-nique.

— En fait, j'aimerais avoir votre opinion, monsieur Waverling. Ce... cimetière potentiel peut-il être épargné si nous creusons là-bas ?

Il désigna la zone située au-delà de la source.

— Non, monsieur. C'est impossible. De plus, je m'appelle Holloway et non Waverling. Je porte le nom de mon beau-père, qui m'a élevé. Je vis et travaille chez mon père depuis peu de temps.

Neal se figea et observa soudain Nathan comme s'il le menaçait d'une arme.

— Mais vous pouvez m'appeler Nathan, ajouta le jeune homme. C'est ainsi que je me suis présenté lors de notre rencontre.

Voyant son père prostré, Samantha le prit par le bras.

— Papa ? Qu'est-ce que tu as ?

— Je… Je ne sais pas, bredouilla Neal en passant une main tremblante sur son visage. Pendant un instant, j'ai… j'ai perdu le fil de mes pensées. Sans doute le choc de… de la mauvaise nouvelle.

C'est impossible, songea-t-il, éberlué. Ce genre de coïncidence ne pouvait se produire. Le jeune homme qu'il avait invité sur ses terres n'était autre que le frère jumeau de Samantha… ce qui signifiait que… Trevor Waverling était son père !

— Holloway, dites-vous ? balbutia Neal.

L'identité du jeune homme ne faisait aucun doute. Son beau-père était le Léon Holloway cité dans la lettre du Dr Tolman, l'homme avec qui il avait bavardé sous le porche de la ferme, celui qui avait prétendu que sa femme et lui n'avaient eu que deux enfants, un fils et une fille. Il ne mentait pas. Neal remarqua vaguement la présence d'un petit homme trapu, d'une fillette et d'un berger allemand. Tous le dévisageaient comme s'il allait s'écrouler sur la couverture.

Samantha lui tenait toujours le bras, l'air inquiet.

— Papa ? Tu ferais mieux de t'asseoir.

— Venez dans la voiture, monsieur, suggéra Nathan en ouvrant la portière. Nous allons vous donner un verre d'eau.

— Non, non, je vais bien ! protesta-t-il. J'ai juste eu le souffle coupé pendant quelques secondes. J'ignore ce qui m'a pris.

Il s'efforça de parler normalement et enlaça sa fille en espérant qu'elle ne perçoive pas son tremblement.

— Donc c'est ainsi, dit-il à Nathan. Il n'y aura pas de forage dans cette partie du ranch. Tu dois être contente, chérie ? ajouta-t-il en caressant l'épaule de Samantha.

Surprise par cette jovialité soudaine, elle répondit :

— Ce qui m'étonne, c'est que tu le prennes aussi bien.

— Histoire de compléter mon rapport, monsieur Gordon, intervint Nathan, dois-je comprendre que si les photographies de votre fille ne démontrent pas l'existence d'un site préhistorique, Waverling Tools obtiendra votre feu vert pour le forage ?

— Eh bien… je ne sais pas, bredouilla Neal. J'ai changé d'avis quant à un forage par ici. Ma fille est convaincue que ce terrain est sacré, donc peu m'importe ce que diront les photographies. Elles peuvent mentir, vous savez. Donc tant que les experts ne seront pas venus effectuer des fouilles, je ne pourrai pas signer de contrat d'exploitation, je le crains. D'après ma fille, cela pourrait durer des années.

Samantha s'écarta de son père et le dévisagea d'un air incrédule.

— Papa ! Tu le penses vraiment ?

— Oui, dit-il en tendant la main à Nathan. Jeune homme, désolé pour le dérangement. Veuillez présenter mes excuses à votre père à qui j'ai fait perdre du temps. Je viens de réaliser ce qui serait perdu si votre société creusait un puits ici.

Nathan lui serra la main.

— Mon père et Todd seront déçus, mais je comprends votre point de vue. À vos yeux, un gisement de pétrole ne pèse pas lourd face aux trésors archéologiques que recèle peut-être ce sous-sol.

Il posa les yeux sur Benjy, qui avait suivi leur conversation tout en mangeant. Rebecca décortiquait consciencieusement une cuisse de poulet pour donner des morceaux de viande à Zak.

— Benjy, je crois que nous devrions remballer, déclara Nathan. Notre travail est terminé. Et grand-mère Mavis ne quittera pas la fenêtre du salon tant que nous ne serons pas rentrés à la maison.

— On ne peut pas finir de manger, au moins ? implora le cocher.

— Restez aussi longtemps que vous le voudrez, proposa Samantha. Je ferais mieux de raccompagner mon père. J'ai l'impression qu'il a pris un coup de soleil…

Elle lui donna une tape espiègle.

— Non ! s'écria soudain Rebecca en se levant d'un bond.

À la surprise générale, elle se précipita vers la jeune femme et l'enlaça.

— Tu ne dois pas partir ! Non ! Non ! *Viens avec moi et sois mon aimée… nous connaîtrons tous les plaisirs… collines et vallées, vallons et champs… et monts escarpés.*

Nathan voulut libérer Samantha de l'étreinte de la fillette, mais la jeune femme prit son visage entre ses mains.

— Il faut que je m'en aille, Rebecca. Tu seras la bienvenue chez moi autant que tu voudras. Tu me réciteras des poèmes. Cela te plairait ?

Rassurée, l'enfant hocha la tête et relâcha son emprise.

— Nathan pourra m'amener.

— Il faut rentrer, Samantha, intervint Neal avec impatience. Je ne me sens pas très bien.

Samantha adressa un regard désolé à Nathan tandis que Neal se dirigeait vers son cheval.

— Ce revirement soudain ne ressemble pas à mon père, Nathan. Ce matin encore, il espérait que vous ne trouveriez aucune raison de ne pas creuser dans cette zone. Et je suis sûre qu'il croise les doigts pour que mes clichés ne prouvent pas l'existence d'un site archéologique. Il s'est passé quelque chose.

Nathan sourit.

— C'est peut-être l'amour d'un père pour sa fille. Il l'a dit lui-même. Il a compris ce qu'il y avait à perdre si vous aviez raison. Je peux vous poser une dernière question avant de partir ?

Il caressa les cheveux de Rebecca, qui s'était réfugiée dans ses bras.

— Quand avez-vous découvert que le crâne avait disparu ? Combien de jours après la venue de Todd ?

— C'était le lendemain, répondit la jeune femme. Il a disparu entre samedi midi, après que j'ai emmené Todd à la gare pour le train de deux heures vers Dallas, et dimanche quand je suis passée ici en fin d'après-midi. Pourquoi ?

— Simple curiosité.

— Samantha ! gronda Neal, furieux, déjà en selle. Viens !

— Au revoir, Nathan, déclara la jeune femme en lui tendant la main. À bientôt, j'espère. J'étais sincère en invitant Rebecca.

— Je sais. Si vos fouilles s'avèrent fructueuses, j'aimerais bien venir jeter un coup d'œil.

— Je vous enverrai une invitation personnelle et vous pourrez amener Rebecca.

— Au revoir et à bientôt, conclut Nathan avec un sourire.

— Papa, je veux la vérité, exigea Samantha de retour à la maison. Tu es malade ?

Oh, oui, il était malade ! Malade à crever, songea Neal.

— Non, non, mentit-il. J'ai eu un petit vertige, rien de plus. Tu as sans doute raison, c'est le soleil.

Il avait envie de rester seul tant il avait l'impression que le ciel venait de lui tomber sur la tête.

— Cette petite fille… qui est-ce ?

— C'est la sœur de Nathan. Elle s'appelle Rebecca.

— Ah, il a une autre sœur ?

— Je ne lui connais pas d'*autre* sœur, papa, répliqua-t-elle, de plus en plus alarmée. Je me demande s'il est raisonnable que je te laisse pour me rendre à mon essayage de rob…

— Oui, tu iras ! coupa Neal, furibond. Ta mère brûle de te voir en robe de mariée pour les dernières retouches. Silbia s'occupera de moi. Sloan doit passer boire un verre de bourbon avec moi après sa journée de travail.

Malgré son inquiétude, Samantha céda.

— Très bien, mais quand je serai en ville, je te prendrai rendez-vous chez le Dr Madigan, et tu le consulteras, même si Sloan et moi devons te traîner de force jusqu'au cabinet, c'est compris ?

— C'est compris, grommela-t-il, soudain vidé de toute énergie. Il permit à sa fille de l'installer dans son fauteuil, dans la bibliothèque, avant de partir. Dès qu'elle eut refermé la porte derrière elle, il se leva. Il était incapable de réfléchir assis. Il se mit à arpenter la pièce, histoire de remettre de l'ordre dans ses idées. Il ne rejetait pas totalement la réalité des interventions divines. En leur envoyant ce gentil représentant, Dieu voulait-il réparer une erreur du destin ou faire appel à la conscience de Neal afin qu'il agisse en conséquence ? Il avait entendu parler de Trevor Waverling par Todd Baker, qui voyait en lui un mélange d'Attila et du Christ. Son patron était une figure éminente de Dallas, un homme riche, instruit, influent, membre de la haute société, père d'un bon fils et d'une adorable fillette, quoique handicapée. Après plusieurs tours de la pièce, Neal s'écroula dans son fauteuil, épuisé, terrorisé. Trevor Waverling possédait tout ce qui pouvait attirer sa propre fille et l'éloigner de lui.

Neal se remémora sa conversation avec Léon Holloway, le mois précédent. Il n'avait pas pensé à grand-chose d'autre. Le fermier avait compris qui il était et pourquoi il était venu, cela ne faisait aucun doute. Léon Holloway savait qu'il avait affaire au père adoptif du bébé que sa femme et lui avaient abandonné, une fille qui n'était pas de Léon mais de Trevor Waverling. « C'est bien que chaque objet et chaque personne finisse à la bonne place », avait déclaré le fermier. Si ces propos lui avaient semblé incongrus sur le moment, ils étaient désormais clairs comme de l'eau de roche. Après son entrevue avec Neal, Léon s'était dit que Samantha s'était retrouvée à la bonne place.

Neal alluma un cigare dans l'espoir de se calmer, le temps de faire le point. Qui savait quoi ? Trevor Waverling était le père de Nathan et ce n'était pas un secret. Le chef d'entreprise savait-il qu'il avait une autre fille, la jumelle de son fils ? Il était plus que probable qu'il l'ignorait. Sinon, pourquoi ne l'aurait-il pas contactée ? Manifestement, Nathan ne connaissait pas l'existence de sa jumelle. Les Holloway la lui avaient cachée comme ils l'avaient cachée à Trevor. Neal tenta de dresser un tableau plus précis de la situation. D'après lui, Millicent était déjà enceinte de Waverling en épousant Léon. Pour quelle autre raison une femme superbe et aisée aurait-elle convolé avec un homme de peu et sans charme tel que Léon Holloway ? Trevor était-il informé de cette grossesse ? En tout cas, il ne s'était pas attardé. Léon avait-il parlé à son épouse de la visite de Neal à la ferme ? Lui avait-il dit que la jeune femme qui avait répondu à son annonce, en avril, n'était autre que sa fille perdue ? Neal avait l'impression que non, du moins si son instinct ne le trahissait pas. Quoi qu'il en soit, Neal n'avait aucune nouvelle des Holloway.

Il se retrouvait assailli par les mêmes angoisses que précédemment et en proie au même dilemme : Que faire de sa découverte ? Valait-il mieux ne rien dire ? Garder un secret connu uniquement de lui et de Léon Holloway et continuer sa vie ? Quelle différence cela ferait-il ? Les Holloway avaient leur famille, Trevor Waverling la sienne. Les Gordon, eux, n'auraient personne si la vérité sortait au grand jour. Une fois de plus, Neal redoutait de voir tous ces gens se mélanger, telles des bêtes qui s'aventureraient sur les terres d'un éleveur pour intégrer et dénaturer son troupeau. Il devait épargner à Estelle l'horreur de devoir partager la fille qu'elle avait toujours considérée comme la sienne propre. Pour l'heure, sa femme était sur un petit nuage, tout à la joie du mariage de Samantha avec l'homme qu'ils auraient choisi pour elle, à l'impatience de devenir grand-mère... Comment briser ce bonheur ? « Je me demande si leur premier enfant sera un garçon ou une fille, avait-elle roucoulé quelques jours plus tôt. Oh, Neal, mon chasseur de fauves, ne sommes-nous pas les parents les plus heureux du monde ? »

Si Samantha préférait sa famille naturelle à Estelle et lui, il en mourrait.

Saisi d'un sentiment de culpabilité, il se leva. Avait-il le droit de priver sa fille de son frère jumeau ? Il avait remarqué au premier coup d'œil qu'ils avaient des atomes crochus. Ce jeune homme méritait d'être son frère. Hélas, avec Nathan viendrait Trevor Waverling et la fillette, sans oublier la grand-mère évoquée par Nathan. Même Millicent et ses enfants chéris risquaient de débarquer. Il n'y aurait pas de place pour tout le monde dans la vie de Samantha.

Neal s'approcha de la cheminée et fixa l'âtre où il restait quelques cendres de l'hiver. Sa décision était prise. Ses propos envers Nathan Holloway étaient sincères. Quoi que révèlent les photographies de Samantha, Waverling Tools ne dresserait jamais un derrick à Windy Bluff ni ailleurs à Las Tres Lomas. Il y avait bien d'autres compagnies pétrolières. Il n'y avait donc aucune raison que sa fille et Nathan se revoient. Neal pouvait garder son secret. Avec le temps, de l'eau coulerait sous les ponts, emportant cette histoire avec le courant. À moins que...

Neal regretta cette comparaison. Il pensait aux débris laissés par les rivières asséchées du ranch. Autrefois, il avait même retrouvé une arme qui avait permis aux autorités d'inculper un homme pour meurtre.

CHAPITRE 31

Incrédule, Todd dévisagea Trevor Waverling.

— Comment cela, Neal Gordon a décidé de ne pas creuser à Windy Bluff ? Jamais ?

Nathan était de retour de Fort Worth depuis la veille. Ce mardi matin, 12 juillet, Trevor Waverling, Todd et Nathan s'étaient réunis pour statuer sur Las Tres Lomas.

— C'est ce qu'il a dit, intervint le jeune homme à la place de son père. M. Gordon se moque des photographies. Sa fille croit qu'il y a un cimetière de dinosaures sous cette parcelle et cela lui suffit.

— Mais les fouilles risquent de prendre des années ! s'écria Todd.

— C'est ce que je crois comprendre.

Todd crispa les poings.

— Ce n'est pas possible ! Ce type renonce à une véritable fortune !

— Todd, asseyez-vous et calmez-vous, ordonna Trevor. Ce n'est pas la fin du monde, que je sache. Nous trouverons d'autres sites de forage.

Abattu, le géologue s'écroula dans un fauteuil, face au bureau de son patron. Nathan était assis à côté de lui.

— Je n'arrive pas à y croire, répéta-t-il. Nathan vous le confirmera : Neal Gordon mourait d'envie de nous voir forer ses terres, sans se soucier de la découverte de sa fille.

— C'était apparemment le cas, oui, acquiesça le jeune homme.

Soudain, une idée parut germer dans la tête de Todd.

— Tu n'aurais pas influencé M. Gordon afin qu'il change d'avis, par hasard, Nathan ? Avec tes idées pour préserver la nature…

Trevor s'adossa plus confortablement dans son siège et croisa les doigts. Le géologue lut dans ce geste un avertissement. Peut-être s'était-il un peu trop approché de son petit…

— Non, Todd. Je n'ai rien fait de la sorte, répondit Nathan sans s'offusquer. Il respecte les sentiments de sa fille, voilà tout. Et tu sembles absolument convaincu que ses photographies ne donneront rien. Pourquoi ?

— Je te l'ai déjà dit. J'ai vu le crâne, soupira le géologue. J'aimerais bien que tu te mettes à ma place, aussi. Tu dois comprendre ma déception.

Il se tourna vers son patron d'un air implorant :

— Il y a du pétrole à Windy Bluff, monsieur Waverling, je le sais ! Et songer qu'il va rester sous terre à cause d'un tas de vieux fossiles qui ne veulent rien dire pour personne à part à une bande de paléontologues !

— Et Samantha Gordon, ajouta Nathan.

Les yeux de Todd envoyèrent des éclairs.

— Elle va se marier, pour l'amour du ciel ! Avec Sloan Singleton, le bourreau des cœurs. Elle sera son épouse, la maîtresse de deux ranches immenses… cela suffirait à n'importe quelle femme. Samantha a eu sa chance dans le domaine de l'archéologie, mais elle a refusé une occasion d'intégrer le Lasell, dans le Massachusetts.

— Vous le savez parce que vous étiez à l'école ensemble ? s'enquit Trevor.

Le géologue hocha la tête, les lèvres pincées.

— Le directeur m'a convoqué dans son bureau pour me montrer la lettre annonçant qu'elle était admise. Il espérait que je la persuade d'accepter, que je l'aide à retrouver ses esprits. Cette école ne prend qu'un candidat sur dix. Samantha était brillante, promise à une belle carrière scientifique. En apprenant qu'elle préférait rester à la maison et aider son vieux grigou de père à diriger le ranch, je n'en ai pas cru mes oreilles. Mais Samantha est son unique héritière.

— Vous estimez que c'est du gâchis, commenta Trevor.

— Absolument, et je lui en ai fait part. Et voilà qu'elle vient entraver mes propres ambitions professionnelles !

Trevor prit une feuille de papier, signe qu'il en avait assez de ce débat.

— Votre carrière ne subit qu'un léger contretemps, Todd. Rien de plus. Je sais que vous êtes déçu. Étudiez ce rapport de Daniel et voyez si cette propriété de la côte du Golfe vaut le déplacement.

Todd accepta le dossier à contrecœur.

— Bon sang… J'ai bien envie d'étrangler Samantha !

— Allons, ressaisissez-vous ! Si ces clichés reviennent avec la preuve irréfutable que Mlle Gordon s'est trompée, son père retrouvera le sens des réalités et nous aurons de ses nouvelles avant d'avoir conclu ailleurs. Je crois savoir que l'appareil est attendu pour demain.

— Papa a peut-être raison, à propos de M. Gordon, intervint Nathan. Avec lui, on ne sait jamais.

Il avait décrit à son père l'état dans lequel était Neal quand il les avait rejoints lors du pique-nique à Windy Bluff, vexé de ne pas avoir été prévenu de son arrivée, bien décidé à faire creuser au risque d'anéantir un « cimetière de vieux ossements ». Puis, en quelques minutes, il avait retourné sa veste en se prononçant contre le forage d'un sol « sacré ».

— Et si… les photos n'arrivaient pas ? hasarda Todd.

— Pourquoi cela se produirait-il ? releva Nathan, intrigué.

— Je ne sais pas… les postes perdent des colis, non ?

— Vous êtes bien pessimiste, Todd, déclara Trevor en guise de conclusion. Très bien, messieurs, je vous chasse. J'ai du travail. Nathan, tu n'as pas oublié que nous allions au gymnase, ce soir.

— J'ai hâte, répondit son fils.

Nathan se rendit dans le bureau de Jeanne où étaient rangés les livres comptables. La secrétaire leva les yeux vers lui et lui sourit.

— Vous venez me demander en mariage ? minauda-t-elle d'un air faussement ingénu.

Nathan sourit à son tour. Il appréciait la jeune femme, qui avait trois ans de plus que lui et ne masquait pas son intérêt. Ce n'était que du badinage bienveillant. S'il la prenait au sérieux, ils ne s'amuseraient plus, ce qu'ils voulaient éviter tous les deux.

— Quand j'aurai les moyens d'acheter une bague, dit-il en s'asseyant face à elle. J'ai un service à vous demander.

— Demandez toujours, beau brun.

— C'est confidentiel.

— Naturellement, fit Jeanne en posant une main sur son cœur.

— J'aimerais consulter les notes de frais de Todd Baker pour le samedi 16 juin.

— Je peux savoir pourquoi ?

— Cela n'en vaut pas la peine.

— Eh bien, dans ce cas…

Elle fit pivoter son fauteuil vers un placard en bois contenant des dossiers. Ce meuble était son territoire et elle en était fière. Elle se réjouissait que son patron ait reconnu son rôle en lui fournissant un équipement moderne. Ce système de classement vertical tout récent offrait un accès direct à des données spécifiques. Jeanne feuilleta les chemises en papier kraft et sortit bientôt le dossier du géologue.

— Voilà. Je préfère qu'il ne quitte pas ce bureau.

— Vos désirs sont des ordres, railla Nathan.

Il porta le dossier vers une table mieux éclairée. Waverling Tools ne rechignait pas à rembourser les frais des employés en déplacement, même quand ils concernaient des activités personnelles. Nathan et Jeanne plaisantaient souvent en disant qu'aucun article n'était trop insignifiant pour les notes de frais de Todd.

— Il est capable de demander le remboursement d'un bonbon s'il l'a mangé pendant ses heures de travail ! avait dit un jour la secrétaire.

Nathan trouva le renseignement qu'il cherchait sur une facture du 16 juin, date à laquelle Todd s'était rendu au ranch par le train pour examiner le fossile de Samantha. Il y avait son billet aller-retour. Ce jour-là, il avait rapporté la nouvelle et une preuve irréfutable de la présence de pétrole à Las Tres Lomas. Samantha avait déclaré qu'elle avait conduit Todd à la gare de Fort Worth où il devait prendre le train de quatorze heures vers Dallas. Or son billet de retour indiquait vingt heures, le même soir. Nathan s'en doutait : le géologue avait eu largement le temps de retourner à Windy Bluff pour déterrer le fossile susceptible d'étayer la théorie de la jeune femme. Une note de frais manquait : le reçu de l'envoi de l'appareil par la poste, qui datait du 18 juin, selon Todd.

Au restaurant du Worth, Samantha prit la carte que lui tendait la serveuse et répéta à Sloan la question de Nathan, juste avant son départ.

— Pourquoi Nathan m'aurait-il demandé quand le crâne avait disparu s'il ne soupçonnait pas Todd de l'avoir emporté avec lui ? fit-elle. Plus j'y réfléchis, plus je suis persuadée que c'est Todd le responsable de cette disparition. À la gare, il semblait très pressé de me voir partir chez ma mère. Je crois qu'il est retourné à Windy Bluff pour voler le crâne afin que je ne puisse pas contrecarrer ses projets de forage.

— Mais tu auras bientôt tes clichés qui serviront de preuve, objecta Sloan.

— Justement ! Et si Todd avait également détruit mon appareil ?

Sloan eut un tic nerveux, comme chaque fois qu'il était mal à l'aise ou se sentait coupable. Il garda les yeux rivés sur la carte. Todd était parfaitement capable d'un tel geste. Il aurait dû s'en douter quand Samantha lui avait raconté que Todd s'était proposé pour poster l'appareil. Le plan du géologue tombait à l'eau, puisque Neal Gordon avait soudain décidé de ne pas accepter de forage à Windy Bluff, quel que soit le résultat des photographies. Sloan aurait dû être soulagé que ni le crâne ni les photographies n'aient la moindre importance, désormais. Pourtant, ce n'était pas le cas. Samantha avait besoin de preuves concrètes pour amener une équipe d'archéologues à Windy Bluff.

Le moment était venu de lui avouer qu'il avait le crâne et de lui raconter comment le vestige se retrouvait en sa possession. Samantha le croirait quand il lui expliquerait qu'il l'avait confisqué à Todd à son insu pour ne pas attiser la querelle entre elle et son père. Se demanderait-elle pourquoi il ne le lui avait pas remis plus tôt afin de lui épargner des tourments inutiles, d'autant que Neal et elle s'étaient réconciliés ? Sloan cachait-il le fossile pour aider Waverling Tools à forer à la limite du Triple S ? Todd et lui avaient-ils conclu un accord au cours de leur conversation près de la clôture ? Était-ce son sentiment de culpabilité qui incitait Sloan à lui rendre le fossile ? Samantha était au courant des difficultés financières du Triple S et de l'importance que pouvait avoir un gisement de pétrole. Sans parler de la soudaineté de sa rupture avec Anne et de sa demande en mariage après sa discussion avec Todd... Samantha le croirait-elle capable qu'une telle duplicité ?

— Tu es bien pensif, Sloan, dit-elle. Ce menu ne peut être passionnant à ce point. Tu n'as pas écouté un mot de ce que je viens de raconter.

— Si, je t'ai écoutée.

Il ne l'avait jamais trouvée aussi belle. Dans la matinée, il l'avait rejointe en ville, où ils avaient rendez-vous chez un photographe pour leur portrait officiel de fiançailles destiné aux journaux locaux. Fasciné, le photographe avait déployé tout son talent pour créer un arrière-plan estival mettant en valeur la robe jaune ourlée de dentelle qui soulignait ses courbes. Sloan portait un costume neuf taillé sur mesure, mais le photographe ne lui avait pas accordé un regard.

— Un jour, on pourra prendre des photos en couleur, avait-il commenté, regrettant visiblement de ne pouvoir capter la splendeur des cheveux de Samantha.

Sloan posa la carte.

— En vérité, j'ai faim de toi et non de nourritures terrestres. Nous sommes dans un hôtel et tu es si merveilleuse... J'aimerais tant pouvoir t'emmener dans une chambre.

Samantha rougit.

— Quelle pensée délicieuse... Garde-la encore vingt-quatre jours.

— Pourquoi vingt-quatre jours ?

— Sloan ! souffla-t-elle. Tu ne me proposes pas...

— Nous allons nous marier, Sam. Pourquoi attendre ?

— Mais où ? Aucun des deux ranches ne procure la moindre intimité, et la maison de ma mère encore moins.

— Il y a une vente de chevaux à Dallas, le 21. Las Tres Lomas recherche de nouveaux chevaux, non ? Il paraît qu'il y aura un large choix.

— Hmm..., fit la jeune femme en jouant avec le ruban de son col. Serais-tu intéressé par cette vente ?

— J'aimerais jeter un coup d'œil à quelques chevaux.

— Et si mon père décidait de se joindre à nous ?

— Il ne laisserait jamais le ranch en notre absence à tous les deux. Je le connais.

Samantha sentit son cœur s'emballer.

— Nos familles risquent de nous soupçonner... de céder à la tentation, si nous sommes seuls à Dallas.

— C'est très simple : il suffit de ne rien leur dire. Mes sœurs n'ont pas à être informées que tu te rends à cette vente. Tes parents ignoreront que je m'y rends. De toute façon, personne ne nous reprocherait rien, surtout pas mes sœurs. Elles se moquent de ce que nous faisons tant que nous nous marions et elles doivent même se demander comment nous avons résisté si longtemps. Quant à tes parents, je doute qu'ils te reprochent quelque chose dont ils se sont rendus coupables avant d'être mariés. Nous nous retrouverons à la gare de Fort Worth, le vendredi, et nous prendrons le train de quatorze heures pour Dallas. Rien de plus innocent !

— Avec des chambres au même étage, bien sûr, précisa Samantha.

— Communicantes.

— Oh ! Sloan, je ne sais pas quoi dire, souffla-t-elle, les yeux pétillants.

— Dis oui.

— Oui…

— Tu es certaine, Samantha ?

— Je me languis de toi depuis que tu ne portes plus de culottes courtes. Bien sûr que je suis certaine !

Sloan tendit les mains vers elle.

— Dans ce cas, je veillerai à ne pas te décevoir, murmura-t-il.

Il attendrait un moment plus propice pour lui rendre le crâne. Peut-être ne serait-ce jamais nécessaire, après tout. Une découverte de fossiles dans l'Utah avait attiré l'attention du muséum Carnegie sur la simple parole d'un témoin. Samantha aurait peut-être la même chance. Il l'aimait de tout son cœur. Elle avait été sa meilleure amie et serait bientôt sa maîtresse et sa femme, il ne voulait pas prendre le risque de la faire douter de ses sentiments.

CHAPITRE 32

Daniel Lane sortit de la boutique de Morris Keaton Brownie, dans le centre de Dallas, un sourire satisfait sur les lèvres. Quelques jours plus tôt, il était venu trouver le photographe, un spécialiste de la réparation des pellicules endommagées, sans savoir s'il serait capable de sauver le rouleau du Kodak de Samantha Gordon. Daniel ne tenait pas à envoyer l'appareil chez le fabricant, puis à devoir patienter un mois pour obtenir un résultat. Par chance, l'expert fut à la hauteur de sa réputation.

— Rien de très intéressant, dit-il en lui remettant les clichés. Ce ne sont que des vues d'un crâne animal et d'un gringalet perché sur un bouvillon.

— Certains vont trouver ça passionnant. Merci beaucoup.

Ces photos pouvaient anéantir la vie de Todd, tout au moins sa carrière, songea Daniel en quittant la boutique. Au lieu d'envoyer l'appareil chez Kodak, le géologue l'avait jeté dans la Trinité pour priver Samantha de preuves qui risquaient d'entraver un forage. Il avait les mêmes raisons que Sloan Singleton de ne rien dire sur le crâne, ce qui signifiait qu'ils étaient peut-être de mèche. Daniel s'était toujours demandé comment Sloan avait mis la main sur ce fossile. Singleton n'était pas du genre à creuser le sol, même pour faire plaisir à Samantha. C'était sûrement Todd qui le lui avait remis. Le géologue avait appris la découverte de Samantha le jour où elle l'avait photographié sur le dos du bouvillon à Windy Bluff. Daniel ignorait à quel moment Sloan et lui avaient conspiré, mais la demande en mariage avait eu lieu le lendemain du jour où Billie June l'avait vu apporter discrètement le crâne dans la cuisine, juste après la date indiquée sur les clichés. Cela ne pouvait être une coïncidence…

Par ailleurs, le père de Samantha avait changé d'avis à propos du forage, les projets de Todd tombaient à l'eau, de sorte que le vol du crâne ne servait plus à rien. D'après les ragots du bureau, le résultat des photographies n'avait plus d'importance. L'éleveur refusait de forer là où sa fille voyait des terres sacrées. Daniel n'était pas un spécialiste, mais ces clichés semblaient bien représenter un fragment de crâne de dinosaure.

Il devait savoir si Sloan Singleton détenait toujours ce fossile. Il s'en chargerait le lendemain, samedi. Billie June devait prendre le premier train de Fort Worth et le rejoindre à Dallas pour le petit déjeuner. Lorsqu'elle lui avait fait part de son intention de s'installer à Dallas pour étudier la musique à l'académie Morrison, il avait failli céder à la panique. Pour lui, tout allait pour le mieux : il avait un appartement confortable, une garde-robe de plus en plus fournie, un cheval fiable et une voiture qu'il avait achetée d'occasion pour la retaper. Grâce à une augmentation de salaire et aux dix pourcents qu'il touchait sur les ventes de son invention, il avait accumulé des économies substantielles. Il avançait pas à pas, le temps de trouver ses marques chez Waverling Tools, d'étudier les investissements possibles et de bien connaître Dallas. Il ne voulait pas déployer ses ailes trop vite. Une fois bien implanté, il passerait à un niveau de vie supérieur, ce qui incluait la fréquentation des femmes.

Et voilà que Billie June allait débarquer dans cette vie bien réglée ! Si elle habitait Dallas, elle voudrait le voir ou avoir de ses nouvelles chaque jour, ce qui n'était pas dans ses projets.

Daniel devait admettre qu'elle lui manquait après leurs rendez-vous du samedi, dans un hôtel où elle avait une chambre réservée en permanence. Il pensait à elle. En voyant un article dans une vitrine, il se disait qu'il plairait à Billie June. Il adorait son esprit, son humour, leurs conversations passionnantes, leurs ébats sensuels. Dans ces moments-là, il consultait son calendrier pour compter les jours jusqu'au prochain rendez-vous. Il appréciait tant sa compagnie qu'il lui arrivait d'oublier ses motivations premières. Sa soif de vengeance s'était atténuée. Après tout, Sloan Singleton était le frère de Billie June et, en dépit de leurs différences, elle l'aimait.

La complicité de Todd et Sloan avait pourtant attisé les flammes de son désir de vengeance, mais il regrettait de se servir de Billie June à ces fins, car il tenait à elle. Il redoutait le jour inévitable où il ne se présenterait pas au rendez-vous, ne répondrait pas à son courrier ni à ses appels téléphoniques. Quand il aurait obtenu d'elle ce dont il avait besoin, il la quitterait et mettrait son plan en action. Ce qu'il n'avait pas prévu, c'était de voir Billie June se présenter sur le pas de sa porte…

***

En entendant le bruit de la boîte aux lettres en cuivre, Samantha ouvrit la porte avant même que le facteur ait déposé le courrier. Il faisait depuis longtemps sa tournée dans la rue de sa mère, de sorte qu'ils avaient sympathisé. En ce vendredi, il passait le matin et non l'après-midi, une aubaine pour Samantha.

— Pas de colis pour moi, monsieur Mason ? s'enquit-elle.

Il lui tendit quelques lettres en secouant la tête.

— Vous attendez un paquet, mademoiselle Gordon ?

— Oui, et depuis longtemps, avoua-t-elle.

C'était le 20 juillet, Todd avait posté l'appareil plus d'un mois auparavant.

— Je suis désolé pour vous. Lundi, peut-être ?

— On verra, merci quand même.

Samantha referma la porte. Soudain, elle fut assaillie par le doute. Ses clichés n'arriveraient jamais. Aucune équipe du muséum d'Histoire naturelle de New York ou d'un département d'archéologie d'une université ne viendrait à Las Tres Lomas. Personne ne serait disposé à financer plusieurs années de fouilles. Elle ne pouvait plus compter sur le soutien du muséum Peabody de Yale, car Todd n'avait plus reparlé de contacter son ami qui travaillait là-bas. Des fouilles privées coûteraient une fortune. Encore fallait-il qu'une équipe soit disponible. Et il n'y aurait pas de photographies pour justifier le sacrifice de son père... Pour elle, il avait renoncé au forage de Windy Bluff.

Mildred vint chercher le courrier pour le monter à Estelle.

— Vous en faites une tête ! Qu'est-ce qui ne va pas ?

— J'ai été trahie par un ami.

— Il n'y a rien de plus cruel. Cela peut-il s'arranger ?

— Oui, répondit Samantha.

Sans vouloir tirer de conclusions hâtives et accuser injustement Todd, elle ne pouvait plus taire ses soupçons. Selon elle, son appareil photo n'avait pas quitté Dallas. Le seul moyen d'en avoir le cœur net était de poser franchement la question à Todd. Peu importeraient ses paroles, elle lirait sa réponse dans ses yeux. Lorsqu'il mentait, il avait le regard fuyant et ses oreilles rougissaient.

— Quand il n'est pas totalement honnête avec moi, je m'en rends compte, ce qui est très utile pour une épouse, lui avait confié Ginny en riant. Cela dit, Todd ne mentirait jamais sur quelque chose de grave.

Samantha ne demandait qu'à en avoir la preuve... Elle ne prendrait pas la peine de contacter Rochester. L'appel longue distance coûtait une fortune pour parler à un employé, puis attendre qu'il consulte ses documents. De plus, la communication risquait d'être coupée. Non, mieux valait obtenir une réponse directe de Todd Baker en personne.

— Mildred, voulez-vous charger Jimmy d'atteler la voiture ? Je veux qu'il m'emmène à la gare. Je prendrai le train de onze heures pour Dallas, au lieu du suivant et... j'ai un service à vous demander.

— Tout ce que vous voudrez, Miss Sam.

La jeune femme devait avertir Sloan qu'elle ne le retrouverait pas à la gare à quatorze heures comme prévu. Elle ne pouvait prendre le risque de laisser un message à Millie May ou Billie June par téléphone, celles-ci ignoraient que Samantha se rendait à la vente de chevaux et qu'elle avait rendez-vous avec leur frère à la gare. Mieux valait envoyer Mildred remettre un message à Sloan avant qu'il monte dans le train. Ils se verraient à l'hôtel. La jeune femme voulait arriver chez Waverling Tools avant la fermeture. Elle préférait affronter Todd dans son bureau plutôt que de se présenter chez lui samedi, en présence de Ginny. Sa demoiselle d'honneur avait déjà remarqué une certaine tension entre son mari et sa meilleure amie.

— Tu imagines la déception de Todd quand il a appris que ton père avait changé d'avis sur le forage ? avait-elle déclaré un peu froidement. Todd avait quasiment la garantie de faire ses preuves en décelant la présence de pétrole dans ton ranch, et voilà qu'il se voit couper l'herbe sous le pied…

Après avoir entendu les explications de Samantha, Mildred ne masqua pas son étonnement :

— M. Sloan prend aussi le train de quatorze heures pour Dallas ?

— Oui, mais ma mère ne doit pas l'apprendre, souffla la jeune femme en la regardant dans les yeux.

— Je ne lui dirai rien. J'espère que vous emportez la jolie nuisette que vous avez reçue pour votre anniversaire…

Samantha porta le courrier dans la chambre de sa mère, qui était en train de rédiger les derniers faire-part. Elle lui expliqua sa décision de prendre un train plus matinal pour Dallas afin de rendre visite à Todd dans son bureau.

— J'ai besoin de dissiper un malentendu entre nous avant le mariage.

— Excellente idée, admit Estelle.

Elle n'avait que vaguement remarqué la tension entre sa fille et le géologue. Samantha et Neal ne lui parlaient jamais des affaires du ranch car elle ne s'y intéressait guère.

Samantha ajouta quelques effets dans son sac de voyage et le descendit au rez-de-chaussée. Elle aurait dû se réjouir à la perspective de cette nuit au lieu d'être contrariée par sa confrontation à venir avec Todd. Elle aurait aimé prendre le train avec

Sloan, en amoureux. Hélas, il était quasiment impossible de partager des moments d'intimité au ranch à cause du travail, des responsabilités et de la présence des sœurs de Sloan, de Neal, des employés. Cependant, elle devait régler le problème de l'appareil photo afin d'être détendue dans les bras de Sloan, le soir venu. Quand elle connaîtrait le destin du Kodak, elle pourrait décider ou non de faire le sacrifice que son père était prêt à consentir pour elle. Si elle apprenait qu'il n'existait plus aucune preuve de ses affirmations, elle ne s'opposerait plus à la recherche de pétrole à Windy Bluff.

Quelques heures plus tard, Samantha se présenta à la réceptionniste de Waverling Tools. Sur son bureau, une plaque de cuivre portait le nom d'Agatha Beardsley.

— Je viens voir Todd Baker, mais je préfère lui faire la surprise. Nous sommes amis.

Mlle Beardsley, une femme entre deux âges tirée à quatre épingles, avec sa robe bleu marine à col blanc, travaillait déjà pour le père de Trevor Waverling bien avant l'arrivée du standard téléphonique. Elle était secrètement amoureuse d'Edwin et ne s'était jamais vraiment remise de la mort de Jordan. Elle connaissait le nom de Gordon et savait qu'il était associé à une grande déception professionnelle pour le géologue de l'entreprise. Aussi hésita-t-elle à accéder à la requête de Samantha, puis elle se dit que la jeune femme venait peut-être conclure la paix. Elle opta pour un compromis.

— Je crains que M. Waverling ne s'y oppose. Et si je vous accompagnais au bureau de M. Baker au lieu de le faire venir ici ?

— Très bien, répondit Samantha.

Elle suivit la longue silhouette de la réceptionniste dans le couloir. Le parfum des gardénias qui égayaient son bureau flottait dans l'air. Où diable avait-elle trouvé des gardénias en plein mois de juillet ? Le bouquet blanc débordait d'un vase vert posé sur le comptoir en acajou, apportant une touche d'élégance aux lieux ordonnés et luxueux. Impressionnée par la façade, Samantha ne s'attendait pas à un tel raffinement dans les locaux d'un complexe industriel. En passant devant un bureau spacieux dont la porte était ouverte, elle eut la surprise de voir l'homme qui lui avait été présenté au mois de mars comme étant Trevor Waverling, le père de Nathan Holloway. Il leva les yeux du document qu'il était en train de lire. Leurs regards se croisèrent brièvement. Samantha n'avait pas oublié ses yeux d'un bleu particulier dont son fils avait hérité. Elle le salua d'un signe de tête. L'avait-il reconnue ?

Pensif, Trevor gagna le seuil de son bureau pour regarder Samantha s'éloigner à la suite de la réceptionniste. Elle portait une tenue de voyage estivale et un petit chapeau qui ne couvrait que très peu sa chevelure. Elle s'arrêta le temps que Mlle Beardsley frappe à la porte de Todd et Trevor eut tout loisir de l'observer. Le profil de cette jeune femme, la forme de son menton et de son nez lui étaient étrangement familiers. En réalité, Samantha Gordon hantait sa mémoire depuis leur rencontre, lors de la conférence sur la paléontologie. Il ne savait pas très bien pourquoi. Elle était trop jeune pour l'attirer physiquement. Il préférait les femmes mûres. Or cette fille devait avoir l'âge de Nathan. Ses cheveux et son teint lui rappelaient Millicent Barrows avant qu'elle ne devienne Millicent Holloway. Cependant, son port de tête, sa grâce, son attitude évoquaient quelqu'un d'autre dont il ne parvenait pas à se rappeler le visage et le nom.

Todd prit son temps avant de répondre. Trevor se dit qu'il pouvait être très arrogant, parfois. Puis le géologue s'exclama :

— Sam ! Qu'est-ce que tu fais là ?

Trevor se posait la même question. Il pensait qu'elle en avait terminé avec le géologue. Il était sur le point de quitter son bureau pour aller chercher Nathan lorsqu'il s'était rappelé un rapport qu'il voulait emporter à la maison. Sans ce contretemps, il n'aurait pas vu passer Samantha. Sa mère organisait un dîner, ce soir-là, pour présenter son petit-fils à une jeune femme qu'elle jugeait digne de devenir Mme Nathan Holloway. Trevor retourna s'asseoir derrière son bureau en pensant à Millicent.

Elle avait été la meilleure partenaire sexuelle qu'il ait jamais eue. Maintes fois, il l'avait prévenue qu'elle risquait de se retrouver enceinte, mais elle lui répondait qu'elle n'en avait que faire. « Je veux des enfants de toi, Trevor. Je veux qu'ils te ressemblent. »

Il avait trouvé son comportement bizarre, car Millicent était obsédée par sa beauté. Trevor avait tenté de maîtriser son désir charnel, car il n'avait aucune intention d'épouser une femme aussi superficielle. En vain. Jusqu'à ce qu'il ait une excuse pour partir. Il comprenait sa haine. Elle avait cru être amoureuse de lui, et il était désormais persuadé qu'elle l'était. Seul l'amour pouvait engendrer une haine aussi intense que celle que Millicent éprouvait aujourd'hui pour lui.

S'il avait su qu'elle était enceinte quand il l'avait quittée, leur existence en aurait été bouleversée. Il l'aurait épousée puis aurait laissé leur union dégénérer vers une fin inévitable. En apprenant l'existence de Nathan, il avait cherché des signes de maltraitance de la part de Léon, son beau-père. Il ne lui était jamais venu à l'esprit que Millicent priverait l'enfant d'affection. Son fils était celui de Trevor Waverling, l'amour de sa vie. Trevor avait été stupide de ne pas comprendre que l'amour d'une personne aussi narcissique que Millicent pouvait se muer en haine. Sans l'affection de son beau-père, Nathan aurait beaucoup souffert. Nathan avait déclaré que Samantha Gordon était une jeune femme belle et intelligente qui avait fait preuve de douceur et de gentillesse envers Rebecca. Cela ne ressemblait en rien à Millicent.

Trevor fut interrompu dans ses pensées par quelques coups frappés à sa porte ouverte. Il fit pivoter son fauteuil et découvrit son fils sur le seuil.

— Vous êtes prêt à partir ? s'enquit-il. Si nous arrivons en retard au dîner de Grand-mère, nous aurons des ennuis.

— Samantha Gordon est dans le bureau de Todd, répondit Trevor. Je crois que je vais m'attarder un peu pour découvrir pourquoi.

— Entre donc, Samantha, s'écria Todd.

La jeune femme se tourna vers la réceptionniste et lui adressa un signe de tête. Étonnée d'être ainsi congédiée, Mlle Beardsley afficha une dignité toute professionnelle et s'éloigna dans le couloir.

— Mon appareil photo n'est pas encore revenu de chez Kodak, déclara Samantha en fixant Todd.

— Eh bien… il ne va certainement pas tarder.

— J'ai des doutes.

Samantha lut la vérité dans le regard fuyant de Todd. Elle s'avança.

— Todd, inutile de te préciser l'importance de ces photographies pour la science. Où est mon appareil ?

Todd eut un mouvement de recul face au regard perçant de la jeune femme.

— Qu'est-ce qui te fait croire que je sais où il se trouve ?

— Tu ne l'as jamais envoyé. Où est-il ?

— Je ne vois pas de quoi tu veux parler. Franchement…

— Ton regard fuyant, tes oreilles rouges… Je sais que tu mens.

— Quoi ?

Todd releva la tête et fixa quelque chose derrière la jeune femme.

— Oh, mon Dieu ! s'exclama-t-il.

Samantha découvrit vite ce qui attirait son attention. Trevor Waverling venait d'entrer dans la pièce.

— Que se passe-t-il ? demanda ce dernier. Puis-je vous être utile ?

— Peut-être, répondit Samantha.

Todd demeura sans voix. Avec un geste gracieux, Trevor invita la jeune femme à s'asseoir face au bureau de Todd tandis que celui-ci se laissait tomber dans son fauteuil, atterré. Avant même que Samantha ait fini d'exposer ses soupçons et que Todd nie farouchement, Trevor comprit que son employé mentait. Nathan avait lui aussi des doutes quant au destin de l'appareil photo. À juste titre, visiblement. Todd était tellement désireux de creuser un puits sur le terrain de Gordon qu'il avait éliminé l'obstacle que constituait un vestige certainement authentique. Peut-être était-il aussi à l'origine de la disparition du crâne.

Comment gérer cette situation ? Trevor était tiraillé. D'instinct, il aurait renvoyé le géologue pour avoir mis l'entreprise en péril sur le plan juridique, mais quelles preuves avait-il ? C'était sa parole contre les hypothèses de Samantha. De toute façon, la machination de Todd avait été vaine. Neal Gordon avait anéanti son espoir de se faire un nom grâce à Las Tres Lomas. Todd avait donc reçu la monnaie de sa pièce. Trevor n'avait guère envie de se séparer d'un géologue motivé et compétent, jeune marié de surcroît. Mieux valait que cette épreuve lui serve de leçon. Il le surveillerait de près, désormais. L'appareil photo était perdu, de même que le crâne. Il n'y avait pas à revenir en arrière.

— Allons droit au but et téléphonons chez Kodak pour savoir s'ils ont renvoyé l'appareil, suggéra-t-il enfin.

— Ou plutôt s'ils l'ont reçu un jour, intervint Samantha en regardant Todd.

— Quelle adresse avez-vous indiquée, Todd ? ajouta Trevor.

Le géologue en eut la gorge nouée. Son patron le vit blêmir.

— J'ai utilisé l'adresse de l'entreprise.

— Je vais demander à Mlle Beardsley de s'en charger. Mademoiselle Gordon, voulez-vous bien m'attendre dans mon bureau ? Vous y serez plus à l'aise. Ma secrétaire vous servira un rafraîchissement. Todd, vous ne partirez pas tant que nous n'aurons pas le fin mot de cette histoire, c'est compris ?

— Oui, monsieur…

Sans un mot, Samantha se leva et emboîta le pas à Trevor. En sortant, elle aperçut la photographie de mariage de sa demoiselle d'honneur souriante au côté de son mari.

Trevor l'invita à s'asseoir dans un somptueux fauteuil en compagnie de Nathan, puis il sortit pour donner ses instructions à la réceptionniste et à Jeanne. À son retour, il observa un instant son fils et la fille de l'un des éleveurs les plus en vue de Fort Worth. Trevor remarqua les mains de Samantha, la finesse de ses doigts et de ses poignets. Elle expliquait à Nathan qu'elle se trouvait à Dallas pour assister à une course de chevaux et qu'elle résidait au Strathmore. Elle demanda poliment des nouvelles de Rebecca et Zak. Nathan s'enquit des préparatifs du mariage.

— Si mes soupçons envers Todd sont avérés, il me manquera une demoiselle d'honneur, soupira-t-elle. C'est l'épouse de Todd.

— Quel dommage que vous n'ayez pas de sœur qui puisse la remplacer, mademoiselle Gordon, intervint Trevor avec courtoisie. Je crois savoir que vous êtes fille unique.

— Effectivement, monsieur Waverling. Du moins à ma connaissance. J'ai été adoptée à l'âge de quatre jours.

— Vraiment ? Je ne demande jamais l'âge d'une dame, mais je me permettrai de le deviner. Vous devez avoir vingt ans, comme mon fils.

— Vous avez vu juste, répondit Samantha. J'ai eu vingt ans en mars.

— Moi aussi ! s'exclama Nathan. Le 23. Je ne risque pas de l'oublier, ajouta-t-il en jetant un coup d'œil complice à son père.

— Je suis née le même jour ! s'exclama la jeune femme. Quelle coïncidence !

— Une sacrée coïncidence, en effet, déclara Trevor en dévisageant Samantha avec attention.

Brusquement, son cœur s'emballa. Une idée venait de surgir à son esprit. Les traits qui lui semblaient familiers chez Samantha lui rappelaient sa mère.

— Veuillez excuser ma curiosité, mademoiselle Gordon, insista-t-il, coupant la parole à la jeune femme. Savez-vous où vous êtes née ?

Cette question très personnelle ne manqua pas d'étonner Samantha.

— Eh bien, je… non. Mes parents adoptifs n'ont jamais abordé ce sujet… Mais d'après le peu de détails que je connais, je crois avoir vu le jour dans le Nord, non loin de la rivière Rouge.

— Ah… Et comment le savez-vous ?

L'intérêt que lui portait M. Waverling et ses propres bonnes manières incitèrent Samantha à répondre :

— J'ai des raisons de croire que le médecin qui m'a mise au monde exerçait à Marietta, dans le territoire de l'Oklahoma, près de la frontière.

— Je connais cet endroit, déclara Trevor. Quel est le nom de ce médecin ?

— Eh bien…, balbutia la jeune femme, visiblement déconcertée par cet interrogatoire, c'est le Dr Tolman.

À cet instant, Mlle Beardsley vint annoncer que la Eastman Kodak Company, à Rochester, n'avait aucune trace d'un appareil envoyé par Waverling Tools à Dallas.

— Envoyez-moi Todd, ordonna Trevor.

Le géologue se présenta, agité et pâle. Il posa sur Samantha un regard qui lui promettait de ne jamais lui pardonner ses accusations.

— Je crains que nous n'ayons de mauvaises nouvelles, Todd, annonça Trevor. Dites-lui, mademoiselle Beardsley.

Fébrile, Todd écouta la réceptionniste. Le rouge lui monta aux joues.

— Ce n'est pas de ma faute si le colis n'est pas arrivé à destination. J'ai bien expédié ce fichu appareil et je peux le prouver ! bredouilla-t-il.

Un silence chargé d'incrédulité s'installa. D'une main tremblante, Todd sortit de sa poche un reçu de la poste. L'air offusqué, il le tendit à son patron qui le lut.

— Pourquoi diable ne me l'avez-vous pas montré plus tôt ? demanda-t-il, abasourdi.

— Je viens de le retrouver, monsieur Waverling. Je ne pensais pas qu'il me serait utile, alors je l'ai posé quelque part et… J'avais peur que si j'affirmais avoir un reçu et étais ensuite incapable de mettre la main dessus, vous ne me preniez pas au sérieux.

— Pourquoi n'as-tu pas joint ce reçu à ta note de frais ? intervint Nathan.

— Tu as consulté ma note de frais ? rétorqua son collègue, sidéré.

Trevor posa une main sur l'épaule du géologue.

— Ne nous égarons pas. Todd, nous vous devons des excuses. Ce reçu résout l'énigme. J'espère que ce malentendu entre vous et Mlle Gordon sera vite oublié.

— J'aimerais le croire, déclara la jeune femme en se levant, la mine sombre, le regard froid.

Meurtri mais grand prince, Todd inclina la tête pour accepter ses excuses.

— Si vous le voulez bien, je vais me remettre au travail, dit-il.

En regagnant son bureau, Todd avait envie de danser de joie. Son stratagème avait fonctionné ! Et il avait eu la satisfaction de les voir contrits. C'était pour cela qu'il n'avait sorti ce reçu que lorsqu'ils l'avaient accusé franchement. Il s'attendait à devoir justifier la disparition de l'appareil. Le lundi 18 juin, il avait tendu au guichetier de la poste le paquet dans lequel l'appareil était emballé. Il avait réglé le prix de l'affranchissement, soit quatre-vingts cents, puis était parti pour revenir quelques minutes plus tard.

— J'ai changé d'avis. Puis-je récupérer mon colis ? J'ai décidé de ne pas l'envoyer.

Il avait empoché les quatre-vingts cents et conservé le reçu qui le disculperait lorsqu'il serait accusé, ce qui était inéluctable. Sa seule erreur était de ne pas avoir demandé le remboursement de l'argent sur sa note de frais. Mais, au contraire de certains collègues, il n'était pas homme à se faire rembourser de l'argent qu'il n'avait pas dépensé.

Dans le bureau de Trevor, Samantha demanda :

— Monsieur Waverling, votre réceptionniste pourrait-elle m'appeler un fiacre qui me conduira à mon hôtel ?

— Ma chère, après ce que nous vous avons infligé, il n'est pas question que vous preniez un fiacre. Nathan et moi nous ferons un plaisir de vous déposer.

***

— Qu'est-ce qui vous préoccupe, papa ? s'enquit Nathan tandis que la voiture s'éloignait de l'hôtel Strathmore.

— Rien… ou tout, peut-être.

— Vous faites bien des mystères.

— J'essaie de corriger ce défaut, surtout en ta présence. Es-tu impatient de rencontrer Mlle Charlotte Weatherspoon, ce soir ?

— Pas particulièrement. Elle est jolie ?

— Ce sera à toi d'en juger, mais je peux te dire que c'est une jeune fille qui a du mérite.

Ah, songea Nathan. Il imaginait le tableau. Une Jane Eyre douce et gentille, plutôt quelconque.

— J'en conclus qu'elle est riche.

— Comme Crésus, mais il ne faudrait pas que cela te pose problème. Par mérite, j'entends qu'elle a du caractère. Sinon, ta grand-mère ne l'inviterait pas. Son fils peut épouser des dames de vertu contestable, pas son petit-fils.

Nathan en voulut un peu à sa grand-mère. Elle était bien intentionnée, mais de là à lui trouver une fiancée… c'était un peu présomptueux. Mieux valait qu'il exprime clairement qu'il souhaitait choisir ses fréquentations. Pour ce qui était de sa future épouse, il trouverait lui-même la femme idéale. Il jouerait le jeu pour la soirée, mais ce serait la dernière fois qu'il tolérerait une telle situation.

La table était dressée avec la plus belle vaisselle, l'argenterie et les verres en cristal étincelaient sur la nappe en damassé, sans oublier les bougies qu'il restait à allumer dans le candélabre. De gros bouquets de roses emplissaient la pièce d'un parfum enivrant. Face à tant de fastes, Nathan ne put s'empêcher de demander à sa grand-mère :

— Recevons-nous le roi d'Angleterre, ce soir ?

— Non, mon grand. La jeune fille qui, je l'espère, deviendra ta reine de cœur.

Nathan n'en fut que plus déterminé à ne pas se laisser imposer une relation. Du moins, jusqu'à ce que Charlotte Weatherspoon et ses parents n'apparaissent. Elle était grande et mince, brune aux yeux foncés. Dès le départ, elle ne s'intéressa absolument pas à lui. Elle affichait l'expression résignée d'une victime d'enlèvement contrainte de travailler pour l'ennemi.

Nathan n'était pas plus enjoué, mais plus par crainte que par indifférence. Lui qui s'attendait à une jeune fille effacée... Troublé, il prit la main qu'elle lui tendait et parvint à la saluer sans bégayer.

— Enchanté, mademoiselle Weatherspoon. C'est un plaisir de vous rencontrer.

— Qu'en savez-vous ? demanda-t-elle, le regard morne. Nous ne nous connaissons pas.

Vexé sans savoir pourquoi, Nathan répliqua :

— Ce jugement était certainement le fruit de mon impatience, mais je constate que je me suis avancé.

Elle arqua un sourcil. Elle n'avait pas l'habitude qu'on lui rende la monnaie de sa pièce.

— Je doute que cette soirée améliore la situation, dit-elle.

Nathan s'inclina pour lui signifier qu'il refusait une joute verbale.

— Aie pitié, Charlotte ! gronda sa mère d'un ton réprobateur.

Mavis se contenta d'un sourire.

CHAPITRE 33

Trevor détestait les longs trajets, que ce soit à cheval, en voiture ou en train. Cependant, comme lorsqu'il était allé chercher son fils, au mois de mars, ce déplacement vaudrait largement le temps et l'inconfort qu'il lui imposait. Le lendemain, samedi, il prit un billet de première classe pour Gainesville. La veille, il avait bouclé sa valise. Levé avant l'aube, il avait quitté discrètement la maison en laissant un mot à sa mère. Il affirmait s'absenter pour affaires pendant quelques jours. Benjy avait réussi à atteler la voiture sans réveiller la maisonnée et attendait son patron devant la grille, prêt à partir.

À la gare, Trevor eut une surprise. Il avait renvoyé Benjy et patientait sur le quai avec sa valise, avant d'embarquer, quand il aperçut Daniel Lane, à quelques mètres de lui. Il semblait attendre l'arrivée d'un passager. Trevor n'avait aucune envie de se lancer dans une conversation avec un employé à cette heure matinale, mais il était curieux. Il se cacha derrière un poteau pour l'observer discrètement. Bientôt, une femme élégante descendit du train et se jeta dans les bras de Daniel. Ils s'éloignèrent main dans la main vers les écuries. Daniel rayonnait en portant le bagage de la femme. Leurs rires parvinrent à ses oreilles.

Hum, songea-t-il, intrigué. Il oublia toute spéculation sur Daniel et sa petite amie lorsqu'il s'installa dans son compartiment pour se concentrer sur ce qu'il risquait de découvrir à Marietta.

Sloan fut le premier à ouvrir les yeux. Il ôta doucement le bras de Samantha de sa taille et quitta le lit en veillant à ne pas la réveiller. Elle ne broncha pas. En enfilant un peignoir, il résista à l'envie d'écarter ses cheveux de son visage pour la regarder dormir. Elle semblait si confiante, si vulnérable… innocente et pure. S'il n'avait pas été en proie à un sentiment de culpabilité, il se serait recouché et l'aurait réveillée d'un baiser. Au lieu de cela, il sortit sur le balcon pour respirer un peu avant le lever du soleil qui chasserait la fraîcheur. Il avait besoin de réfléchir à la suite des événements. Allait-il parler à Samantha du crâne caché dans son armoire ? Avait-il franchi le point de non-retour ?

La veille, il était déjà à l'hôtel quand la jeune femme était arrivée. Il avait sa clé en main lorsqu'une élégante voiture fermée était apparue à l'entrée de l'établissement. Samantha en était sortie avec l'aide de deux messieurs qui étaient aussitôt remontés en voiture. Elle avait croisé son regard tandis qu'il suivait le portier vers sa chambre, attenante à celle de la jeune femme. Plus tard, elle lui avait expliqué pourquoi elle avait pris un train plus tôt que prévu et lui avait relaté sa visite à Waverling Tools.

— Il a beau brandir un reçu, je ne crois pas que Todd ait expédié l'appareil photo. Nathan non plus, d'ailleurs.

— Et Trevor Waverling ?

— C'est difficile à dire… En dépit de son charme et de son élégance, il est assez indéchiffrable.

— Oui, j'ai constaté qu'il était diablement séduisant. Et qu'il te regardait un peu trop, pour un homme de son âge.

— Tu es jaloux ? Ne change pas. J'adore ça.

En parlant de la trahison de Todd, Samantha offrait une nouvelle occasion à Sloan, la dernière, de lui apprendre que tout n'était pas perdu, mais elle avait ajouté :

— Donc, après une réflexion longue et pénible, j'ai décidé de laisser mon père tenter sa chance à Windy Bluff.

Sloan en était demeuré abasourdi.

— Qu'est-ce que cela signifie, Sam ?

— J'ai vu l'expression de papa le jour où il a dit à Nathan Holloway qu'il n'y aurait pas de forage sur mon site archéologique. Il avait le cœur brisé de devoir renoncer à une fortune potentielle pour faire plaisir à sa fille. Tout comme j'ai eu le cœur gros en réfléchissant à ta question, Sloan. Que ressentirais-je après la prochaine catastrophe naturelle ? J'ai compris que je pouvais vivre sans que le monde connaisse le trésor qui repose sous le sable de Windy Bluff, mais pas avec un sentiment de culpabilité ou la rancœur de mon père. Imagine que Las Tres Lomas ou le Triple S se trouvent dans des difficultés financières que seule une nappe de pétrole pourrait régler. (Elle esquissa un sourire triste.) Ces terres appartiennent à papa, pas à moi. C'est le sang de ses ancêtres qui y coule, pas le mien. Je n'ai aucun droit d'imposer ma volonté sur le ranch qui lui a été légué afin qu'il le préserve. Il me suffit de savoir qu'il était disposé à tout sacrifier pour moi.

Sloan avait écouté son discours en sachant ce que cette décision coûtait à la jeune femme. Lui ne connaissait que le travail d'un ranch et l'élevage. Il avait piétiné bien des ossements desséchés par le soleil sans s'interroger une seconde sur leur origine. Samantha, en revanche… Elle ne quittait jamais le sol des yeux en quête d'un détail révélateur. Il voulait être sûr de comprendre.

— Qu'est-ce que tu es en train de me dire, au juste, Sam ?

— Que j'ai eu ma chance. À présent, je laisse mon père avoir la sienne. Je ne m'opposerai pas à ce que Waverling Tools s'installe à Windy Bluff. Il ne s'agit pas d'une pâture. M. Waverling et son fils connaissent mon aversion pour les dégâts provoqués par le forage et y sont sensibles. Ils respecteront le reste du ranch. M. Waverling va contacter mon père dès lundi matin. Je dois lui dire de se trouver au Triple S à dix heures pour recevoir son appel téléphonique.

Le soleil se levait, dardant déjà ses rayons brûlants sur la ville. En milieu de matinée, la température aurait sans doute dépassé les quarante degrés. Sloan respira à pleins poumons. À quoi bon désormais parler du crâne à Samantha ? Elle avait pris sa décision et c'était tant mieux. Neal finirait peut-être par refuser l'offre de Trevor Waverling, après tout, pour suivre sa résolution. Dans ce cas, Samantha n'avait pas à savoir ce qu'était devenu le crâne. Sloan pouvait vivre avec ce poids sur la conscience, mais pas avec une femme qu'il aimait et qui doutait de lui.

À cet instant, Samantha apparut, en peignoir, les paupières lourdes. Sa nuisette était abandonnée depuis longtemps. Sloan sentit le désir monter en lui.

— Bonjour, dit-il. Comment va ma chérie ? Enfin, ma femme ?

Samantha se mit à rire.

— Et comment va mon homme ?

— Approche, je vais te montrer.

— C'est parfait, déclara Billie June en balayant l'appartement du regard.

C'était le troisième que Daniel et elle visitaient.

— Je le prends, ajouta-t-elle.

Daniel s'éventa de son chapeau. Avec les fenêtres fermées, il régnait une chaleur étouffante. Billie June avait ôté sa veste. Malgré les auréoles de transpiration sur son chemisier en batiste à col froncé, Daniel aimait son apparence soignée et son attitude posée en public, qui contrastaient avec la passion dont elle faisait preuve au lit.

Tandis qu'elle ouvrait les placards et les tiroirs pour inspecter l'état des aménagements, Daniel l'observa. Il appréhendait cette journée de visites, avant tout parce qu'il craignait de trahir sa contrariété de la voir s'installer en ville. Elle avait refusé de vivre dans une pension de famille à cause des règles strictes et des horaires à respecter, préférant un logement où elle pourrait faire comme bon lui semblerait et recevoir qui elle voudrait. Naturellement, elle avait raconté à son frère qu'elle cherchait une pension pour dames que financerait sa rente.

— Ton frère ne se rendra pas compte que tu n'habites pas dans une pension lorsqu'il recevra les factures ? demanda Daniel.

— Il ne veut pas se donner la peine de rédiger des chèques sur mon fonds de placement chaque mois pour couvrir mes dépenses. Il va m'ouvrir un compte dans sa banque et je m'en servirai pour régler mes factures.

— Tu as vraiment l'intention d'étudier la musique à l'académie Morrison ?

— Bien sûr ! Je ne lui mentirais jamais à ce propos.

Daniel la regarda déambuler dans la pièce. Son corps svelte était parfait en tout point, de ses petits seins dressés à ses fesses rondes et ses jambes galbées. Il faisait trop chaud pour des ébats amoureux, mais il avait envie d'elle alors qu'il avait prévu de se débarrasser d'elle le plus vite possible. Il lui avait déjà annoncé qu'elle ne pouvait pas s'installer chez lui. Il n'y avait pas d'électricité parce qu'un imbécile avait détruit le générateur. Un tuyau avait explosé, provoquant une fuite d'eau. L'humidité avait gonflé les boiseries des fenêtres de la chambre, de sorte qu'il régnait une chaleur insupportable dans toute la maison.

— Ce n'est pas grave, déclara-t-elle. J'irai au Strathmore. Je devrai te faire entrer discrètement, car les Singleton sont connus dans cet hôtel. C'est là que descendent toujours les membres de ma famille quand ils viennent à Dallas.

Au lieu de souhaiter son départ, Daniel se réjouissait qu'elle reste jusqu'au dimanche après-midi ; elle devait prendre le train de seize heures pour Fort Worth. Il avait entendu dire que le Strathmore possédait une salle à manger somptueuse. Il l'emmènerait dîner au champagne, puis ils iraient danser dans un club. Au cours de la soirée, il évoquerait le crâne fossilisé, mais avec prudence. Billie June n'avait pas dit un mot sur le vestige. Savait-elle l'importance que Samantha y accordait ? Savait-elle si sa future belle-sœur se faisait du souci pour son appareil photo ? En avait-elle parlé lors d'une conversation entre femmes ? Billie June protégeait-elle son frère parce qu'elle avait deviné pourquoi Sloan détenait le crâne ? Elle était assez vive pour tirer ses propres conclusions. En dépit de son sens de la famille, Daniel ne voyait pas Billie June soutenir son frère dans ce qui n'était autre qu'un vol et une escroquerie. Elle avait des principes. Singleton aurait de gros ennuis avec sa sœur si elle apprenait un jour l'importance de ce crâne.

Daniel était prêt à parier que Samantha ne s'était pas confiée à Billie June simplement parce que celle-ci fréquentait Daniel Lane, un employé de Waverling Tools, l'ennemi. Elle ne voulait pas que ses tourments fassent l'objet de confidences sur l'oreiller et soient ensuite évoqués dans la salle de conférences.

Trevor arriva à Gainesville peu après midi. Il prit une chambre au Harvey House et se dispensa de déjeuner. Dès qu'il eut loué un cheval, il se mit en route et, deux heures plus tard, il atteignit la frontière entre le Texas et l'Oklahoma, au bord de la rivière Rouge. Par chance, le ferry du samedi n'était pas plein. Trevor effectua la traversée sans tarder, estimant qu'il mettrait une demi-heure à gagner Marietta, où il parviendrait en milieu d'après-midi. Il fit une halte devant un petit hôtel, le Wayfarer Inn, pour s'informer de l'adresse du cabinet du Dr Donald Tolman auprès du patron.

Celui-ci parut étonné par sa requête.

— C'est la deuxième fois qu'on m'interroge sur le docteur en l'espace de quelques mois. Je vais donc vous répéter ce que j'ai déjà expliqué à cette dame. Il n'est plus de ce monde. Il est mort vers le 1er avril.

— Cette dame ?

— Une jeune femme charmante. En tout cas, on a un nouveau docteur, maintenant, si vous voulez le voir. Il a repris le cabinet du Dr Tolman.

— Vous rappelez-vous le nom de cette jeune femme charmante ? insista Trevor, le cœur battant.

— Elle ne me l'a pas précisé.

— Il est peut-être inscrit dans votre registre…

— Elle n'a pas pris de chambre ici. Elle a déposé sa domestique dans le lobby avant de se rendre au domicile du Dr Tolman. Puis elle est revenue la chercher pour reprendre le ferry.

— Pourriez-vous me la décrire ? La jeune femme, pas la domestique.

L'homme le dévisagea d'un air entendu.

— Je ne me souviens pas…

Trevor sortit un billet de son portefeuille.

— Ceci vous rafraîchirait-il la mémoire ?

Le directeur voulut s'emparer du billet, mais Trevor l'en empêcha.

— Jolie, les cheveux d'un blond roux, elle s'exprimait bien.

— Savez-vous d'où elle venait ?

— Non.

Trevor lui remit l'argent.

— Où se trouve le cabinet du Dr Tolman ?

Dix minutes plus tard, Trevor pénétrait dans le local rustique et se présentait à une femme robuste et enjouée assise à la réception.

— La mission que je me suis fixée est peut-être impossible à remplir, dit-il en déployant tout son charme, mais je cherche des renseignements sur une petite fille née le 23 mars 1880 et que le Dr Tolman a placée dans une famille adoptive. Il se peut qu'elle ait un lien de parenté avec moi. Je sais que le docteur est décédé, mais il doit bien exister des archives de la naissance de cette enfant et ses circonstances…

En voyant l'air abasourdi de la réceptionniste, Trevor comprit qu'elle ne voyait pas tous les jours un monsieur aussi élégant fouler le plancher du cabinet.

— C'est incroyable, répondit-elle en se ressaisissant. Vous êtes la deuxième personne à m'interroger sur une fille née à cette époque.

Une fois de plus, Trevor sentit son cœur s'emballer.

— Une jolie jeune femme aux cheveux d'un blond roux, dit-il. Vous rappelez-vous son nom et la date de sa visite ?

— Je ne l'ai pas rencontrée. Je me trouvais à Ardmore, ce jour-là, chez mon neveu. Toutefois, on dirait bien la jeune femme que m'a décrite la fille du Dr Tolman. J'ai été la sage-femme du Dr Tolman jusqu'à sa mort. Eleanor était en ville pour régler la succession de son père. C'était en avril dernier. Je ne crois pas qu'elle ait cité le nom de cette personne.

— J'apprécierais que vous me répétiez ses propos, poursuivit Trevor. J'imagine que la fille du Dr Tolman ne vit pas ici...

— Non. À Oklahoma City. Cette jeune personne recherchait des renseignements sur ses parents et ses frères et sœurs biologiques. Elle pensait être née par ici ou au Texas, sur l'autre rive du fleuve. À l'époque de sa naissance, je n'étais pas encore sage-femme chez le Dr Tolman. Eleanor et elle ont parcouru les archives, mais sans trouver la moindre trace de la naissance d'une petite fille qui corresponde.

La sage-femme se crispa, comme si elle regrettait d'en avoir trop dit.

— Vous... vous seriez un parent ?

— Je suis peut-être son père.

— Oh, mon Dieu !

— Eleanor vous a-t-elle décrit cette jeune femme ?

Troublée, la sage-femme déclara :

— Elle était très jolie, avec de bonnes manières et une couleur de cheveux particulière, entre le roux et le doré. Cela vous parle ?

— Absolument, répondit Trevor. Le nom de Samantha Gordon vous évoque-t-il quelque chose ?

— Hélas, non ! Je suis désolée.

— A-t-elle précisé à Eleanor d'où elle venait, où elle vivait ?

— Je lui ai posé la question et, selon elle, c'est à Fort Worth. Elle a laissé une adresse postale dans cette ville au cas où Eleanor trouve des renseignements. Je doute que ce soit le cas.

— Eleanor a dit autre chose ?

— Eh bien, oui, souffla la sage-femme, émue aux larmes. Elle a ajouté que la jeune femme, dont j'aurais tellement aimé pouvoir vous indiquer le nom, semblait fort déçue. Elle a eu de la peine pour cette petite, si jolie, si bien habillée... qui lui a fait l'impression d'une enfant abandonnée. Je regrette de ne pouvoir vous renseigner davantage. J'espère de tout cœur que vous vous retrouverez.

Une fois encore, Trevor sortit de l'argent de son portefeuille et glissa quelques billets dans un tronc destiné aux orphelins de Chickasaw.

— Vous m'avez aidée bien plus que vous ne l'imaginez, conclut-il.

Le soleil était encore haut dans le ciel quand Trevor, fourbu et affamé, regagna les écuries de Gainesville pour rendre son cheval. Au Harvey House, avant de monter prendre un bain, il s'enquit de l'adresse des Holloway.

— Ah oui, les nouveaux, répondit l'employé. Ils ont acheté la maison des Billings. Un homme sympathique, ce M. Holloway.

— Et sa femme ? demanda Trevor.

L'employé réfléchit un instant.

— Belle comme une rose… mais avec des épines. Désolé si vous êtes de sa famille.

— N'ayez crainte, je ne le suis en rien.

Après un bon bain et un repas dans la salle à manger de l'hôtel, Trevor rédigea un message qu'il confia au concierge afin qu'il le fasse livrer. Le messager serait payé quand il lui rapporterait une réponse. Un jeune garçon du nom de Jeeper sauta sur l'occasion. Tous les samedis, il lavait les sols de l'établissement. Il abandonna sa serpillière et son seau pour filer vers une avenue bordant un parc. Il actionna le carillon dernier cri de la maison des Holloway. Le jeune garçon avait pour consigne de remettre le pli en mains propres à l'homme qui lui ouvrit, une serviette de table glissée dans le col de sa chemise. En lisant le message, il enleva sa serviette et prit sa casquette sur une patère de l'entrée.

— Léon ? fit une voix de femme depuis la salle à manger. Qui est-ce ?

— Personne, répondit son mari en adressant un clin d'œil complice au messager.

Il sortit, ferma la porte discrètement et suivit Jeeper à l'hôtel. Trevor les attendait de pied ferme. Il glissa vingt-cinq cents dans la main du jeune garçon et salua Léon.

— Merci d'être venu, lui dit-il.
— C'est à propos de Nathan ? Il va bien ?
— Très bien. Il ignore que je suis ici.
— Alors pourquoi êtes-vous venu ?
— Et si nous allions au bar, monsieur Holloway ? suggéra Trevor. Je crois que nous avons tous les deux besoin d'un remontant avant que je ne réponde à votre question.

Au cours de la journée, ils avaient fait appel au service d'étage. À la nuit tombée, Samantha et Sloan s'habillèrent pour souper dans la salle à manger de l'hôtel. Ils descendraient séparément, Sloan le premier, pour réserver une table. Samantha le suivrait quelques instants plus tard. En la voyant, Sloan Singleton, ami de la famille venu pour la vente de chevaux, se lèverait, feignant la surprise, et l'inviterait à se joindre à lui.

Sloan demanda une table près de la fenêtre offrant une vue sur l'imposante grille d'entrée. Il ne pensait pas croiser d'autres clients de sa connaissance mais, depuis son arrivée, il était en alerte au cas où cela se produirait. Généralement, les éleveurs qui se rendaient à la vente de chevaux séjournaient plus près du lieu de l'événement.

En regardant par la fenêtre, il eut soudain l'impression d'halluciner : le portier aidait sa sœur Billie June à descendre d'une voiture à deux places. Sous le choc, il ne remarqua pas aussitôt le cocher qui vint lui offrir son bras, confiant l'attelage à un palefrenier. Puis il retrouva ses esprits et se leva d'un bond, renversant son verre d'eau.

Un serveur se précipita vers lui.
— Monsieur Singleton ? Est-ce que tout va bien ?
— Non ! grommela Sloan en se ruant hors de la salle à manger.

L'air menaçant, il se posta devant la porte à tambour quand apparurent sa sœur et Daniel Lane.
— Seigneur, souffla Billie June.

Léon savoura une gorgée de whisky. D'habitude, il ne buvait que de la bière, et jamais après le souper. Néanmoins, Trevor

Waverling avait raison. La situation exigeait un petit remontant. Léon demeura silencieux, tout en écoutant Trevor. Il n'eut aucune réaction visible lorsque Trevor lui exposa ses raisons de soupçonner que Samantha Gordon était sa fille et Millicent la mère de celle-ci. Millicent étant ce qu'elle était, sa théorie était plus que plausible. Elle avait accouché de jumeaux, un garçon et une fille, puis gardé son fils et abandonné sa fille. Elle haïssait leur géniteur à tel point qu'elle se serait volontiers débarrassée des deux nouveau-nés. Mais son entourage la sachant enceinte, elle était contrainte d'en garder un.

Léon en eut la chair de poule. Trevor avait vu juste. Il était lui aussi persuadé que Samantha Gordon était la fille de Millicent, ce que celle-ci ignorait, Dieu merci. Quoi qu'il en soit, ce fabricant d'outillage pouvait lui faire part de ses théories sans qu'il ne confirme ou n'infirme ses hypothèses. Samantha Gordon avait déjà des parents aimants et un bon foyer. En quittant Millicent enceinte – volontairement ou pas –, Trevor Waverling avait scellé son destin. Que les jumeaux soient ou non le fruit d'un viol ou de rapports consentis n'avait rien à voir avec la question essentielle : la promesse de Léon à Millicent de ne jamais révéler qu'elle avait mis au monde une enfant qu'elle avait ensuite abandonnée. De plus, Léon savait ce que l'on ressentait à être privé d'un garçon que l'on aimait comme la chair de sa chair, et par l'homme qui se tenait en face de lui. Trevor Waverling suggérait d'infliger la même souffrance à Neal Gordon, lui qui n'aurait pu aimer une enfant davantage. Trevor Waverling n'était pas en droit d'exiger la vérité. Mieux valait ne pas remuer le passé. Si Léon devait emporter un seul regret dans sa tombe, ce serait d'avoir privé Nathan de sa sœur jumelle.

— Je suis conscient que je vous demande beaucoup, monsieur Holloway, déclara Trevor face au mutisme de Léon. En tant que père, vous devez comprendre mon besoin de savoir. Mon fils et Samantha Gordon sont-ils jumeaux ? Est-elle ma fille ?

Léon avait d'emblée saisi que cet homme perspicace était capable de deviner la vérité. Il veilla donc à ne rien trahir dans son expression. Plus tard, Léon se demanderait comment il avait fait, mais à cet instant, il soutint le regard incisif de Trevor.

— Monsieur Waverling, est-ce là votre premier whisky ?

L'espace d'un instant, Trevor parut décontenancé par cette question, puis il se pencha vers lui.

— Je vous assure que je ne suis pas ivre, monsieur Holloway. Et vous ne répondez pas à ma question.

— C'est mon droit.

Mieux valait qu'il se lève et s'en aille. Cependant, Waverling risquait de s'adresser à Millicent et la haine lui ferait dire des bêtises. Elle lui cracherait la vérité au visage par désir de vengeance. Il fallait éviter cela à tout prix. Léon sortit son tabac. Il bourra soigneusement sa pipe de son index et la glissa entre ses lèvres. Puis il gratta une allumette et enflamma le mélange préparé spécialement par un vieux chef comanche de sa connaissance.

— Je n'ai pas assisté à l'accouchement de Millicent. J'étais à Oklahoma City. En rentrant, j'ai trouvé Nathan.

— C'est un certain Dr Tolman qui l'a mis au monde.

Léon serra les dents pour masquer son étonnement. Comment diable connaissait-il ce nom ?

— Non. Une sage-femme.

— Quel était son nom ?

— Je ne l'ai jamais su. C'était il y a longtemps.

— Vous croyez qu'elle a gardé l'autre bébé ?

Léon sortit sa pipe de sa bouche.

— Quel autre bébé ? Si Millicent avait attendu des jumeaux, elle aurait eu un sacré choc en le découvrant. Tout ce que je peux vous dire, c'est qu'elle ne m'a pas parlé de jumeaux. J'aurais eu mon mot à dire, vous savez.

Trevor l'observa avec attention. Léon soutint son regard derrière un nuage de fumée.

— Si la sage-femme était là à votre arrivée, ne l'auriez-vous pas vue emmener un bébé ?

— Je ne sais pas. Elle était dans sa voiture, prête à démarrer, quand je suis arrivé. Millicent allaitait Nathan.

Trevor Waverling recula et ajusta les pans de sa veste. Léon eut l'impression qu'il s'efforçait de ne pas perdre patience.

— J'ai des raisons de croire que la sage-femme travaillait avec un médecin de Marietta, un certain Donald Tolman.

— Je n'en sais rien, dit Léon.

— Que savez-vous, au juste ? fit Trevor, irrité. Quel médecin s'est occupé de Millicent pour ses autres accouchements ?

Il se pencha encore sur la table, renversant un peu de whisky. Il avait à peine touché à son verre. Léon ralluma sa pipe et cracha de la fumée.

— Le Dr Bledsoe. Il est arrivé à Gainesville l'été où mon fils est né.

— La sage-femme travaillait seule, sans médecin de référence ?

— Aucune idée.

Exaspéré, Trevor but une longue rasade d'alcool.

— On ne peut pas dire que vous ayez accordé beaucoup d'intérêt à la femme qui a mis Nathan au monde. J'ai du mal à le croire.

— Pensez ce que vous voulez.

Trevor se leva et tendit la main.

— Eh bien, merci d'être venu, monsieur Holloway. J'espère ne pas vous avoir privé de votre souper.

— En fait, si, répondit Léon en se levant à son tour. Mais vous m'avez coupé l'appétit.

Il secoua les cendres de sa pipe, la rangea dans la poche de sa chemise et accepta la main de Trevor.

— Ce fut un plaisir. Bon voyage de retour.

Il mit sa casquette et tourna les talons, puis se ravisa :

— N'avez-vous pas une fille, monsieur Waverling ?

— Ma foi, oui, fit Trevor, dont le visage soucieux s'illumina, mais d'étonnement et non de joie.

— Elle se nomme Rebecca, n'est-ce pas ? Nathan est très attaché à sa demi-sœur. Il affirme qu'elle est belle comme un cœur.

Le sous-entendu était clair : *vous avez déjà une fille. Contentez-vous d'elle.* Léon s'éloigna en faisant mine de soulever sa casquette en guise de salut.

— Dites à Nathan qu'on l'embrasse et qu'il continue à nous écrire !

Pendant quelques secondes, Sloan, Billie June et Daniel Lane demeurèrent figés de stupeur. Billie June fut la première à retrouver ses esprits.

— Écoute, Sloan… ce n'est pas ce que tu crois, bredouilla-t-elle en levant les mains en l'air. Daniel m'a gentiment accompagnée dans mes visites de logements appropriés pour la durée de mes études de musique.

— Qu'est-ce qu'il fabrique à Dallas ? demanda son frère.

— Je travaille ici, intervint Daniel.

Sloan l'ignora.

— Et qu'est-ce que vous fabriquez dans cet hôtel ?

— Elle va passer la nuit ici, répondit Daniel. Vous préférez peut-être qu'elle dorme chez moi ?

Sloan fit un pas vers Daniel, qui ne broncha pas. Soudain, Billie June pointa le doigt vers l'escalier :

— Tiens ! Mais c'est Samantha ! Qu'est-ce qu'elle fait là, elle aussi ?

— C'est l'hôpital qui se moque de la charité, maugréa Daniel à l'adresse de Sloan.

Celui-ci se tourna vers sa sœur.

— Nous sommes en ville pour participer à la vente de chevaux.

— C'est ça… et moi, je suis la reine d'Angleterre, railla Daniel.

Samantha les aperçut à son tour et se précipita vers le petit groupe, affichant un sourire hésitant.

— Bonjour tout le monde ! Billie June ! Quelle bonne surprise ! Quel plaisir de vous voir, monsieur Lane ! Votre nouveau poste vous plaît ?

— Beaucoup, merci, mademoiselle Gordon. J'en suis très satisfait.

— À la bonne heure. Billie June, que fais-tu donc en ville ?

— Je cherche un hébergement pour le temps de mes études à l'académie Morrison. Je visite des logements à louer et Daniel m'accompagne, expliqua-t-elle, défiant Sloan du regard. Si Dallas me plaît vraiment, je m'y installerai peut-être définitivement après votre mariage.

— Nous en parlerons en privé, Billie June, maugréa Sloan, furieux.

Samantha s'interposa vivement :

— Nous allions souper. Joignez-vous donc à nous si vous ne craignez pas de vous ennuyer. Sloan et moi allons comparer nos notes pour la vente.

Sloan croisa le regard de Daniel, l'air menaçant, et déclara :

— Cette invitation ne s'adresse qu'à Billie June, Lane.

— Monsieur Singleton, répliqua-t-il sans sourciller, m'accorderiez-vous quelques mots en privé ?

— Vous n'avez rien à me dire.

— Oh si, croyez-moi !

— Je t'en prie, Sloan, implora Bille June.

À contrecœur, Sloan suivit Daniel vers un bosquet de palmiers.

— Alors, de quoi s'agit-il ?

— C'est à propos du crâne.

— Quoi ?

— Ce fossile que vous avez dérobé sur le site archéologique de votre fiancée afin d'éliminer toute preuve de sa théorie. Oui, ce crâne-là. Billie June vous a vu le monter dans votre chambre. Elle n'a aucune idée de son importance, du moins je ne le crois pas. J'espère qu'elle ne le saura jamais.

— Où voulez-vous en venir, Lane ?

— Je crois que vous le savez très bien.

— Éclairez-moi !

— Je sais pourquoi vous avez subtilisé ce crâne.

— Vous ne savez rien.

— Oh si ! Et Mlle Gordon le saura aussi, si je le lui dis. Elle ne mettra guère de temps à rassembler les pièces du puzzle. Todd Baker et vous avez manigancé pour détruire la moindre preuve susceptible d'empêcher son père de forer une parcelle qui recèle du pétrole, selon Todd. Vous prenez le crâne, Todd détruit l'appareil photo, et tous les obstacles disparaissent comme par enchantement. Ensuite, vous vous débarrassez d'Anne Rutherford pour demander Samantha Gordon en mariage. Je comprends que vous ne souhaitiez pas attendre la découverte de pétrole pour lui passer la bague au doigt. Ce serait trop évident…

Sloan demeura de marbre.

— Comment ? fit Daniel, étonné. Vous ne niez pas ?

Sloan se contenta de crisper la mâchoire.

— Qu'est-ce que vous voulez, Lane ?

— Je ne suis pas encore certain, mais pour l'heure, je veux que vous vous rappeliez une chose : je suis en mesure de vous détruire, ainsi que Mlle Gordon, son père et vos sœurs. Peu m'importe que le vieux Gordon ait changé d'avis pour respecter la volonté de sa fille. Le crâne et les photos n'ont plus d'importance en tant que tels. En revanche, votre implication… Voilà ce que je vous demande : n'oubliez pas. Je veux aussi que vous ne vous mêliez plus des affaires de votre sœur. C'est une adulte qui a le droit de fréquenter l'homme de son choix sans ingérence fraternelle.

— Son argent est bloqué sur un compte dont je suis le gestionnaire. J'ai le pouvoir de suspendre la rente à tout moment, déclara Sloan. Le ranch est à mon seul nom. Mes sœurs n'en possèdent pas une touffe d'herbe. Donc si vous cherchez à épouser Billie June pour mettre le grappin sur le Triple S, vous feriez mieux de chercher une autre vache à lait.

— Je vois que vous n'avez pas changé d'opinion sur moi. Tant mieux. J'aurai d'autant moins de regrets à mener à bien mon projet.

— Quel projet ?

— Celui qui est désormais mon objectif essentiel, fit Daniel avec un sourire. Et si nous rejoignions ces dames ?

TROISIÈME PARTIE

LES TITANS

CHAPITRE 34

À Las Tres Lomas et au Triple S, on ne parlait plus que des noces du 4 août dont il restait à finaliser quelques détails. Neal, qui ne s'était jamais impliqué dans les préparatifs, demeurait en retrait de la frénésie ambiante. Samantha étant revenue sur son opposition à tout forage, avec grâce mais tristesse, il cherchait un moyen d'installer un puits de pétrole sur son ranch sans Waverling Tools. Il croyait avoir une solution qui préserverait l'intégrité du ranch en permettant l'accès aux richesses insoupçonnées que recelait le sous-sol. Enfin apaisé, il savourait le plaisir d'avoir résolu un problème lancinant. Sa fille allait épouser un homme de leur milieu, un garçon qui faisait presque partie de la famille. Il n'y aurait aucune rivalité entre eux. Elle engendrerait des héritiers. Il pouvait maintenant raconter à Estelle ce qu'il s'était passé au cours des derniers mois. De façon sélective, bien sûr. Elle avait les nerfs à fleur de peau à cause de ce qui devait être une cérémonie inoubliable pour la haute société de Fort Worth.

Estelle ne s'était pas trompée. L'événement permit aux habitants de la ville de parler d'autre chose que de la chaleur, du prix du bétail et de la campagne présidentielle qui battait son plein, avec trois candidats qui espéraient détrôner William McKinley, le président républicain sortant.

Les températures caniculaires du mois d'août exigeaient une cérémonie en milieu de matinée. Les invités serrés sur les bancs de l'église méthodiste de Fort Worth ne suffoqueraient pas encore et les amaryllis tiendraient debout. Ensuite, du homard et du champagne seraient servis dans la salle de bal du Worth. Pour atténuer les effets de la chaleur, Estelle avait embauché une équipe d'écoliers qui, alignés contre les murs de l'église, agiteraient de grands éventails en plumes blanches, « une prestation originale, inédite et élégante », avait-elle déclaré.

Elle était sur des charbons ardents à l'idée que les éventails commandés chez un artisan en Floride n'arrivent pas en temps voulu. Elle avait même organisé des répétitions avec les enfants pour s'assurer qu'ils éventent l'assemblée en rythme et s'était entretenue avec leurs mères afin qu'ils arborent tous la même tenue.

Samantha et Mildred jugeaient cette extravagance insensée.

— Pourquoi ne pas procurer à chaque invité un éventail aux couleurs du mariage, vert et blanc ? avait suggéré la gouvernante avec le soutien de Samantha.

— Le bruit risquerait de troubler la cérémonie, voyons ! Dieu que vous êtes bêtes ! s'était exclamée Estelle. De plus, quelqu'un pourrait prendre un coup d'éventail dans l'œil.

En entrant dans l'église, les dames coiffées de grands chapeaux fleuris et les hommes en costume et en chemise à col dur découvrirent un bataillon d'enfants de dix ans, en chemise blanche, pantalon noir et chaussures vernies, prêts à agiter leur éventail.

Lorsque le signal retentit, des particules de plume se mirent à voler sur l'assemblée tels des flocons de neige, provoquant éternuements et gloussements. Le brouhaha parvint jusqu'à Estelle, assise au premier rang. Au fil de la cérémonie, les petits bras se fatiguèrent et ralentirent. Les éventails finirent par s'immobiliser comme des oiseaux qui se posent. Les dames sortirent leurs éventails personnels, ce que la mère de la mariée tenait à éviter. Estelle était mortifiée. Devant l'autel, Samantha et Sloan échangèrent leurs vœux sans se rendre compte de rien car ils n'avaient d'yeux que l'un pour l'autre.

En accueillant les convives pour le vin d'honneur, Estelle eut la confirmation que nul n'oublierait les noces de sa fille. Anne Rutherford fut la dernière à se présenter. À son entrée, tous les regards se posèrent sur elle. Un murmure étonné et admiratif parcourut l'assemblée. Plusieurs musiciens de l'orchestre sautèrent une mesure. Chacun s'attendait à ce que l'ex-petite amie du marié, conviée par politesse, décline l'invitation – les parents d'Anne, eux, s'étaient excusés de ne pouvoir être présents. Époustouflante dans sa robe saphir qui rehaussait le bleu de ses yeux, Anne marcha avec majesté vers le jeune couple, la main tendue, un sourire radieux aux lèvres.

— Sloan, comment exprimer combien je suis heureuse de vous féliciter, Samantha et toi. Je vous souhaite le meilleur et je me réjouis d'avoir l'occasion de vous le dire.

— Croyez-moi, nous nous réjouissons aussi, assura Millie May, tout sourire.

— Merci de partager notre joie, dit Samantha en posant un pied chaussé de satin sur le soulier verni de sa belle-sœur aînée.

Hélas, Anne entendait voler la vedette à la mariée. Durant la réception, la jeune femme monopolisa l'attention, comme si tout avait été organisé en son honneur. Les hommes étaient à ses pieds, multipliant les compliments, se disputant pour lui offrir une flûte de champagne, pour savoir qui serait à sa table, qui aurait l'honneur de la raccompagner chez elle. On la louait pour sa magnanimité, sa bienveillance envers un homme qu'elle avait toutes les raisons de détester. De l'opinion générale, c'était une femme de cœur.

Estelle fulminait.

Neal Gordon, lui, ne touchait plus terre. Estelle lui en voulait d'être aussi joyeux, surtout après que les jeunes mariés furent partis en lune de miel à Galveston, pour se rafraîchir dans les eaux du golfe du Mexique. Épuisée, déçue, toujours meurtrie par le fiasco – selon elle – du mariage de sa fille, elle souffrait aussi de voir son enfant unique quitter le nid familial. Se sentant seule, elle retourna à Las Tres Lomas pour attendre le retour du jeune couple et profiter de la brise et de la fraîcheur que conservaient les murs épais de la maison.

— Trevor, qu'est-ce que tu as ? s'enquit Mavis. Tu n'es plus le même, ces derniers temps. Des problèmes à l'usine ?

— Non, maman, assura-t-il avec vigueur pour la rassurer. Les affaires n'ont jamais été aussi florissantes. En fait, je cherche un terrain afin d'agrandir les locaux. J'ai embauché du personnel, j'attends une grosse livraison de fer et je manque de place pour caser tout le monde.

— Dans ce cas, qu'est-ce qui te prend ? Et ne me dis pas « rien ». Je sais qu'un souci te ronge.

Vraiment ? songea Trevor. En ce dimanche après-midi, le lendemain du mariage de Samantha Gordon avec Sloan Singleton, Nathan avait emmené Rebecca et Zak se promener au bord du fleuve.

— Tu t'inquiètes pour Rebecca ? demanda Mavis en agitant son éventail devant son visage moite.

Assis à l'ombre d'un érable, dans le jardin, pour essayer de capter la fraîcheur de la Trinité, Trevor et Mavis sirotaient une citronnade.

— Moi aussi, admit la vieille dame. Je sais que Nathan et Zak veillent sur elle, mais il n'est pas facile d'assurer sa sécurité. Rebecca est tellement obsédée par le fleuve… Ce n'est pas si étonnant, elle est comme son oncle. Ce vers qu'elle ne cesse de répéter sur le retour vers la mer… c'était l'un des préférés de Jordan.

Trevor fit tournoyer ses glaçons dans son verre.

— Je sais. Tu as raison, je pense à ma fille en permanence, répondit-il, songeant à Samantha Gordon.

— Cela dit, je n'ai jamais vu Rebecca aussi heureuse. Il y a de quoi se réjouir. Nathan et ce chien ont bouleversé sa vie.

— Effectivement, fit Trevor, distrait.

— Qu'est-ce qui ne va pas ? insista sa mère. Tu sembles triste alors que tu devrais être joyeux.

Trevor se servit un autre verre de citronnade.

— Ne te fie pas à mon expression, maman. Je supporte moins bien les grosses chaleurs qu'avant. Et je suis rentré tard, hier soir. Je manque de sommeil.

— Balivernes ! Tu supportes des températures bien supérieures et tu ne dors pas quand tu passes la nuit avec l'une de tes traînées. Qu'est-ce que tu as ? Je n'arrive pas à croire qu'il s'agisse uniquement de Rebecca. Je suis ta mère. Tu dois me le dire.

— J'aime une personne qui ne sera jamais à moi, avoua-t-il.

— Oh non ! Encore ! Je suppose qu'elle est mariée...

— Oui, elle est mariée.

— Alors il faut l'oublier, mon fils. Tu n'as donc pas encore appris la leçon ?

— Si. C'est pourquoi je vais renoncer à elle.

Oh non, songea Nathan en voyant Charlotte Weatherspoon descendre d'une voiture, devant une maison qui se trouvait sur le chemin que lui, Rebecca et Zak devaient emprunter pour rentrer chez eux. Il avait oublié qu'elle habitait dans cette rue. Du moins, il n'avait eu aucune envie de mémoriser ce détail. Il décida de faire un long détour en espérant que la jupe de sa sœur et son propre pantalon auraient un peu séché le temps qu'ils arrivent. La fillette avait réussi à échapper à sa vigilance. Sa grand-mère n'aurait pas approuvé qu'il permette à Rebecca de tremper ses pieds nus dans l'eau. Nathan avait dû imiter sa sœur et rouler le bas de son pantalon pour la rejoindre. Cette mesure de précaution n'avait guère fait de différence. Le temps qu'il ramène la fillette vers la rive, il était trempé, ainsi que Zak.

En les apercevant, Charlotte se figea et afficha un air étonné sous son chapeau à large bord.

— Nathan, c'est bien vous ? lança-t-elle, sous son ombrelle.

— En personne, répondit-il.

Elle n'avait pas oublié son nom... Il la trouvait d'une beauté à couper le souffle. Dommage qu'elle soit autoritaire et hautaine. Cependant, il ne parvenait pas à la chasser de son esprit. Charlotte était pour lui une épine dans le pied, ce qu'il ne s'expliquait pas. Elle n'était pas du tout son type de femme, même s'il lui avait plu, ce qui n'était visiblement pas le cas. À ses yeux, il n'était que le bâtard de Trevor Waverling, en dépit du prestige de cette famille. Sa grand-mère s'était méprise en croyant qu'ils étaient susceptibles de s'entendre et de former un couple. Nathan décida de souhaiter une bonne journée à Charlotte et de s'éloigner sans prendre le temps de bavarder.

Il souleva son chapeau et fit mine de passer son chemin, quand Charlotte déclara :

— Rebecca ! C'est bien toi, chérie ? Cela fait longtemps que je ne t'ai pas vue ! Tu as bien grandi ! Tu te souviens de moi ? Je suis Charlotte.

Manifestement, Rebecca ne la reconnaissait pas, mais elle tendit poliment la main.

— Charlotte… comme Charlotte Brontë ?

— Absolument ! confirma la jeune femme en riant. C'est ton chien ?

— Celui de mon frère, répondit l'enfant. Il s'appelle Zak. Et mon frère, c'est Nathan.

— Nous nous sommes rencontrés, intervint ce dernier. Allons-y, Rebecca. Bonne journée, mademoiselle Weatherspoon.

Charlotte brandit son ombrelle telle une arme pour barrer le passage aux importuns.

— Une petite minute !

Elle posa les yeux sur le pantalon mouillé du jeune homme, puis sur le bas de la robe de la fillette.

— Vous ne pouvez pas vous présenter à Mavis dans cet état. Vous devriez rentrer chez moi et vous sécher.

Elle sourit à Rebecca et lui tendit la main.

— Et en nous dépatouillant bien, nous trouverons même un bon verre de citronnade, aussi, ajouta-t-elle.

En se dépatouillant ? releva Nathan. Avait-il bien entendu ? C'était une expression que Léon employait souvent. Incapable de résister, il lui emboîta le pas.

CHAPITRE 35

Neal avait réuni Estelle, Samantha et Sloan dans la bibliothèque de Las Tres Lomas. Avant de leur annoncer la nouvelle, il avait attendu d'avoir atteint certains objectifs et franchi quelques obstacles. Cette assemblée n'avait toutefois rien de formel. S'il avait toujours le dernier mot, Neal admettait que le tact et la sensibilité étaient de mise pour éviter les rancœurs. Or il n'était pas réputé pour ces qualités. Si Estelle s'intéressait peu à la gestion du ranch, elle détestait se sentir exclue. Neal devait aussi tenir compte de l'aversion de Samantha pour ce qui allait se produire à Las Tres Lomas. Il ne voulait pas déclencher un nouveau conflit, mais il ne céderait pas. C'était encore son ranch, après tout !

Au cours de la nuit, la fraîcheur était revenue en ce premier jour de septembre 1900. Mildred avait prédit un automne précoce et froid.

— Pas d'été indien, cette année…

Comme tous les samedis en fin d'après-midi, le ranch était calme et le personnel au repos. Dans la grande maison, la sieste était finie après un repas plantureux au réfectoire, où les trois membres de la famille Gordon et Sloan avaient déjeuné pour le grand plaisir de Grizzly et l'étonnement des ouvriers. Cela faisait une éternité qu'Estelle n'avait pas mis les pieds au réfectoire. Depuis son retour de lune de miel, Samantha vivait dans l'hacienda du Triple S. Billie June était partie à Dallas étudier la musique et Millie May pour Houston où elle suivait des cours de peinture.

— Pour l'amour du ciel, de quoi s'agit-il, Neal ? demanda Estelle. Depuis des semaines, tu brûles d'impatience de nous dire quelque chose.

Neal se racla la gorge. Il les avait fait asseoir autour de la cheminée et se tenait debout face à eux, le dos à l'âtre où rougeoyaient des braises.

— Chère famille, commença-t-il avec emphase, comme s'il présidait l'assemblée annuelle des éleveurs bovins. Je vous ai convoqués aujourd'hui pour vous informer de plusieurs événements qui vont toucher Las Tres Lomas. Chérie, ajouta-t-il en se tournant vers sa femme, il s'est passé des choses ici dont je ne t'ai pas parlé.

— En quoi est-ce nouveau ? railla-t-elle.

— C'est toi qui l'as voulu ainsi, ma chère, lui rappela Neal d'un ton sec. En juin dernier, lors de mon déplacement à La Paloma, Todd Baker a visité le ranch et trouvé des indices de la présence de pétrole à Windy Bluff.

— Vraiment ? fit Estelle, soudain curieuse. Comme c'est intéressant...

— Je suis ravi que tu le penses.

Il tenta de jauger la réaction de Samantha, car il comptait sur le soutien d'Estelle. Elle serait d'accord pour louer les terres car elle était en permanence soucieuse des rentrées d'argent. L'idée même de la présence d'un puits de pétrole à Las Tres Lomas lui plairait.

— J'ai donc négocié les droits d'exploitation de cette zone avec une compagnie de forage pétrolier. C'est là que je veux commencer à forer.

— Comment ça, *commencer* ? intervint Samantha.

Hésitant, Neal chercha le regard de Sloan, ce qui n'échappa pas à la jeune femme.

— Qu'est-ce qui se passe, au juste ? demanda-t-elle en les observant tour à tour.

— Je te laisse lui expliquer, Sloan, répondit Neal.

Assis près de sa jeune épouse sur le divan, il posa une main sur la sienne.

— Ton père et moi avons discuté d'un moyen d'exploiter les nappes de pétrole que recèle peut-être Las Tres Lomas sans nuire au ranch. Neal a élaboré un projet visant à protéger l'activité principale de Las Tres Lomas tout en tirant parti de ses autres ressources.

Enthousiaste, Neal ne put s'empêcher d'intervenir :

— Sloan a approuvé ma proposition de supprimer la clôture entre les deux ranches afin de créer un domaine unique ! Dès le premier forage, nous transférerons le bétail sur les terres disponibles du Triple S, sans rien changer à nos méthodes de travail.

S'attendant à la réprobation de Samantha, qui avait été tenue à l'écart de cet accord, il lui sourit.

— Je savais que l'idée d'abattre la clôture te rendrait heureuse. C'est pourquoi j'ai voulu te faire cette bonne surprise aujourd'hui, ma chérie.

Samantha eut l'air dubitatif et dégagea sa main de l'emprise de Sloan.

— Qu'entends-tu par « le premier forage » ? Pourquoi devrions-nous transférer le bétail au-delà de la limite, puisque seul Sauvé broute à Windy Bluff ?

Neal respira profondément.

— J'ai appris que d'autres secteurs du ranch étaient assez prometteurs pour que l'on dresse d'autres puits si Windy Bluff s'avérait fructueux.

— Vraiment ? fit la jeune femme, ébahie. D'après ce que m'a dit Nathan, Waverling Tools ne s'intéresse qu'à cette zone. Todd serait-il venu prélever d'autres échantillons pendant que Sloan et moi étions en voyage de noces ?

Le moment tant redouté était arrivé. Neal prit son courage à deux mains pour affronter les foudres de Samantha. Cependant, il avait préparé sa défense.

— Il ne s'agit plus de Waverling Tools. Après les magouilles dont tu soupçonnes Todd, je suis d'avis que ce garçon est le reflet de l'homme pour qui il travaille. Je n'ai donc aucune confiance en Trevor Waverling.

Neal se détourna du regard étonné de Samantha pour sélectionner un cigare dans son humidificateur posé sur la cheminée. Dans certaines situations, un bon cigare valait mieux qu'un bourbon. Il était d'ailleurs trop tôt pour boire de l'alcool.

— Quelles magouilles ? s'enquit Estelle. Qu'a fait Todd ?

Sloan prit la parole :

— Sam soupçonne Todd d'avoir détruit son appareil photo, qui contenait les clichés du crâne de dinosaure.

— Quel crâne de dinosaure ? insista Estelle, déconcertée. Allez-vous enfin me dire ce qui se passe ?

Tandis que Samantha gardait le silence, Sloan lui exposa la chronologie des événements ayant suscité la mise en cause de l'intégrité du géologue et le conflit d'intérêts relatif au site.

— Et tu n'as rien dit à ta propre mère sur ta découverte d'un dinosaure ? s'emporta Estelle en foudroyant sa fille du regard.

— Je n'ai pas découvert un dinosaure, maman, mais un fragment de crâne de ce que je pensais être un dinosaure. Et si je ne t'en ai pas parlé, c'est parce que la paléontologie t'ennuie.

Estelle eut l'air coupable.

— Maintenant que ta preuve a mystérieusement disparu, tu as donné ton aval pour que cette portion de terrain soit louée en échange du sacrifice que ton père était disposé à faire pour toi ? Eh bien, c'est une attitude très noble, chérie. Après tout, échanger la perspective d'une nappe de pétrole contre un cimetière de vieux ossements…

Samantha secoua la tête et se tourna vers son père.

— Tu ne loueras donc pas à Waverling Tools ?

Neal gratta une allumette et alluma son cigare.

— Non. J'ai l'intention de travailler avec la Corsicana Oil Development Company. Ces gens-là ont fait leurs preuves et sont plus expérimentés que Waverling Tools.

Colère, désarroi, déception, sentiment de trahison… mille sentiments se bousculaient dans l'esprit de Samantha. Dans les journaux, elle avait vu les images de champs de coton du comté de Navarro dévastés par la société à laquelle son père s'était adressé.

— Papa, tu es injuste, dit-elle d'une voix tremblante. C'est Nathan Holloway qui a effectué les recherches au cadastre. Au départ, tu avais donné ta parole à Waverling Tools. Les fautes de Todd n'appartiennent qu'à lui. M. Waverling est un homme bon et honnête, ainsi que son fils. Ils respecteront nos pâturages. D'après Billie June, Daniel travaille sur une machine qui évitera que le pétrole ne jaillisse au sommet du derrick. C'est un procédé inédit qu'ils n'ont pas chez Corsicana.

Neal ôta son cigare de sa bouche. Il n'aimait pas la familiarité avec laquelle Samantha évoquait Trevor Waverling. Tous les regards étaient tournés vers lui. Intriguée, Estelle l'observait comme lorsqu'elle le soupçonnait de mijoter quelque mauvais coup. Même Sloan le dévisageait bizarrement. Était-il lui aussi persuadé que l'entreprise pour laquelle travaillait Todd décrocherait le contrat ?

— Comment se fait-il que tu connaisses Trevor Waverling ? demanda-t-il.

— Je l'ai rencontré lors d'une conférence sur la paléontologie. Ensuite, le jour où je suis allée demander des explications à Todd, je l'ai revu dans son bureau. Je l'ai trouvé gentil, bienveillant et je sens d'instinct qu'il est honorable. Et outre mon avis personnel sur Todd, n'importe quelle autre société pétrolière de l'Est l'aurait engagé. Or il a choisi Waverling Tools. Cela en dit long sur sa confiance en eux.

— Cela signifie simplement que Todd voulait travailler non loin de chez lui, répliqua Neal.

Il eut l'impression de recevoir un coup de poignard dans le cœur. Quand elle lui avait parlé de Todd, sa fille n'avait pas évoqué cette entrevue avec Waverling.

— Pourquoi t'y opposes-tu, Neal ? demanda Estelle d'un air méfiant. Samantha, dis-moi pourquoi il est nécessaire que Waverling Tools se charge du forage.

— Parce que je sais qu'ils éviteront un saccage injustifié de nos pâturages.

— Hum..., fit sa mère en se tournant encore vers son mari. Tu n'as encore signé aucun contrat, j'espère !

— Non... pas encore, mais j'en ai l'intention, répondit-il en aspirant la fumée de son cigare. Je pense que Corsicana fera l'affaire. Je me suis engagé à leur donner le feu vert...

Estelle réfuta cet argument comme s'il n'avait aucune valeur.

— Eh bien, tu n'auras qu'à revenir dessus pour signer avec Waverling Tools. Je ne vois aucune raison qui t'en empêche !

Neal eut soudain l'impression qu'on lui coupait l'herbe sous le pied.

— Écoute, Estelle, c'est à moi seul d'en décider et ma décision est prise. Cet accord est quasiment scellé. J'ai donné mon aval à la Corsicana Oil Development Company, un point c'est tout !

— Non ! intervint Sloan, dont le ton fit l'effet d'un coup de tonnerre. C'est Waverling Tools qui forera, Neal. Sinon, la clôture qui sépare nos deux ranches restera en place, un point c'est tout ! Permettre à Samantha de choisir la compagnie qu'elle préfère est la moindre des choses pour compenser le sacrifice de son site archéologique, ajouta-t-il en prenant la main de sa femme.

Neal se sentit défaillir :

— Mais... Sloan... Estelle... vous ne comprenez pas...

— Qu'y a-t-il donc à comprendre ? interrogea sa femme. Franchement, Neal, tu me sidères, parfois. Tu es sur le point de réaliser ton rêve de toujours, peu importe la compagnie pétrolière qui va s'en charger.

— Estelle, tu ne sais pas...

Neal s'interrompit, la gorge nouée par la panique.

Lundi matin, Trevor Waverling apprit avec stupeur de Mlle Beardsley que Mme Sloan Singleton le demandait au téléphone. Il pria la réceptionniste de lui passer la communication.

Samantha lui expliqua qu'elle appelait au nom de Las Tres Lomas. Son père avait encore changé d'avis sur le forage de

Windy Bluff et souhaitait reprendre les négociations. M. Waverling pouvait-il envoyer Todd Baker et Nathan Holloway pour une entrevue avec elle, son père et son mari ?

Trevor lui répondit qu'elle n'avait qu'à fixer une date et un lieu de rendez-vous et qu'il souhaitait être également présent. Il avait envie d'examiner ce site qui suscitait tant de pourparlers.

Sa correspondante lui déclara qu'il serait le bienvenu. Pouvait-il venir au ranch dès le lendemain ? Une voiture viendrait les chercher à la gare et les ramènerait ensuite. Sinon, ils se réuniraient à Fort Worth, plus tard dans la semaine, à un endroit de son choix.

Trevor opta pour le ranch, dès le lendemain.

Samantha l'informa avec un sourire dans la voix que le ranch employait le meilleur cuisinier du Texas. Pouvait-elle espérer une arrivée pour midi ?

Il promit que les garçons et lui seraient là sur les douze coups de l'horloge.

Étonné et ravi, Trevor raccrocha et se détendit dans son fauteuil. Il ne s'attendait pas à avoir des nouvelles de sa fille. Il pensait se contenter de quelques souvenirs d'elle et de la petite plume blanche qu'il avait trouvée dans la poche de sa veste – souvenir de sa furtive intrusion à la cérémonie du mariage de Samantha et Sloan. Le destin semblait jouer en sa faveur. Il n'était pas chanceux, en général, mais il demeurait ouvert à ce que la vie pouvait lui réserver. Il posa les yeux sur son calendrier métallique qui affichait la date en chiffres. 9-3 : le 3 septembre. Le lendemain, 4 septembre, marquerait-il un bon souvenir ?

CHAPITRE 36

Au réfectoire, Neal scruta la tablée. Comment diable son pire cauchemar était-il apparu et se trouvait-il invité à sa table ? Le monde n'était donc pas assez grand ? Nom de Dieu, le Texas à lui seul avait la superficie d'un pays ! Était-il possible que cette enfant qu'il avait adoptée, élevée et aimée se retrouve en compagnie de son père biologique et de son frère jumeau, sans qu'aucun des trois ne se doute qu'ils étaient du même sang ? Quelle force surnaturelle les avait attirés les uns vers les autres ? Neal ne pouvait s'empêcher de croire à quelque volonté divine qui les aurait réunis en ce lieu.

— Voilà, dit Grizzly en posant une marmite de ragoût fumant sur la table. J'espère que vous vous régalerez !

— On se régale toujours, assura Samantha.

Pourvu que ce repas épicé réchauffe l'atmosphère, songea-t-elle. Si les convives attablés autour d'elle avaient conclu une trêve tacite, la tension était palpable entre Sloan et Daniel, elle et Todd, sans oublier Neal Gordon et Trevor Waverling. Pour une raison inexplicable, à moins qu'il ne soit mauvais perdant, son père détestait le patron de Waverling Tools. Même Nathan Holloway, qui était affable avec tout le monde, se montrait distant vis-à-vis de Todd.

— Je vais servir, annonça la jeune femme en se levant.

Quelques murmures exprimèrent une faim de loup tandis que Samantha garnissait les assiettes de ragoût de bœuf. En apprenant qu'il y aurait des invités, Grizzly avait fait déplacer la table principale dans un coin plus calme de la bâtisse. Il avait sorti une belle nappe, sa meilleure vaisselle, des serviettes, salières et poivrières, des verres, et préparé du thé glacé.

— Je peux vous apporter du beurre pour le pain de maïs, si vous voulez, proposa-t-il, aux petits soins pour les convives.

Il portait un tablier propre. Il n'avait pas souvent l'occasion de servir des messieurs en costume, et c'était tant mieux. Cependant, il était plutôt flatté. Les réceptions importantes avaient toujours lieu dans la grande maison.

— Nous avons tout ce qu'il faut, merci, Grizzly, répondit Samantha.

— Prévenez-moi quand vous voudrez le dessert. J'ai préparé une tourte aux noix de pécan.

Tous les visages s'illuminèrent, sauf celui de Neal, qui présidait, l'air morose.

Trevor prit la parole :

— J'ai demandé à Daniel Lane, mon intermédiaire, de se joindre à nous aujourd'hui parce qu'il va analyser l'emplacement que Todd juge le plus propice à l'installation du puits. Il fera en sorte que l'équipe de forage respecte au mieux le site archéologique, madame Singleton.

— Je vous en prie, appelez-moi Samantha, lui proposa-t-elle avec un sourire. Mme Singleton, c'est bien trop long, monsieur Waverling.

— Avec plaisir, répondit Trevor en lui rendant son sourire. Dans ce cas, appelez-moi Trevor.

Neal émit un grommellement impoli.

— Passez-moi le beurrier ! Mon pain de maïs refroidit.

Au terme de la visite, les hommes de Waverling Tools avaient accompli leur mission à la satisfaction de tous. Trevor avait proposé à Neal des conditions financières plus intéressantes que celles de la Corsicana Oil Development Company. Si le puits était rentable, les bénéfices couvriraient largement un loyer, même généreux. Le contrat comprenait des clauses limitant les dégâts injustifiés sur le domaine, les animaux et l'eau, et garantissait une ingérence minimale dans le fonctionnement du ranch. Pour rassurer Samantha qui redoutait de voir un déluge de pétrole souiller des hectares de terres au-delà du puits, Daniel confirma qu'il travaillait à la mise au point d'un procédé anti-jaillissement qui serait fonctionnel dès le démarrage des opérations. Il expliqua qu'il s'agissait d'une série de valves et de jauges destinées à maîtriser la pression et le flot de pétrole afin qu'il ne gicle pas. Sloan semblait impressionné malgré lui. Ne comprenait-il donc pas que si son système était efficace, Waverling Tools et Daniel allaient gagner de fortes sommes d'argent ?

En fin d'après-midi, ayant conclu le marché, Neal se devait d'inviter les hommes à « arroser » le contrat avant que Jimmy les reconduise à la gare. Tel était l'usage. Pourtant, il se contenta de raccompagner ses invités à la porte en leur souhaitant un bon retour vers Dallas. Samantha eut honte de la grossièreté de son père, mais elle n'était plus la maîtresse de maison en l'absence de sa mère. Elle régnait désormais sur le Triple S. Laissant Sloan avec son père, elle mena les invités vers la voiture et serra la main de chacun d'eux.

— Je penserai à vous et Charlotte, souffla-t-elle à Nathan. Bonne chance !

— J'en aurai besoin. Et merci pour vos conseils. J'ai bien l'intention de les suivre.

Plus tôt, alors qu'ils examinaient la zone où elle avait déterré le crâne, elle avait déclaré :

— J'espère que je ne suis pas trop familière ou indiscrète, Nathan, mais vous me semblez bien silencieux, aujourd'hui.

— Je ne suis pas très loquace de nature.

— Surtout aujourd'hui, d'après ce que j'ai pu constater.

Elle se sentait proche de lui, comme s'ils se connaissaient depuis toujours.

— C'est donc si évident ?

— Seulement à mes yeux, sans doute.

— Eh bien, puisque vous me posez la question… Je pense en permanence à une jeune fille que j'ai rencontrée dernièrement et qui ne m'a donné aucune raison de penser à elle.

— Ah, fit Samantha. Pourquoi ne mérite-t-elle pas d'occuper vos pensées ?

— Elle est collet monté, pleine d'assurance et de morgue.

— Mais elle est belle et vous attire, remarqua Samantha avec un sourire.

— Cela aussi, c'est évident ? répondit-il en rougissant.

— Comment l'avez-vous rencontrée ?

Nathan lui relata les circonstances un peu délicates de sa première entrevue avec Charlotte et l'impression qu'elle lui avait laissée, puis leur rencontre fortuite devant chez elle, lorsqu'elle l'avait invité à entrer avec Rebecca et Zak. Charlotte avait donné à la fillette des recueils de poésie à lire pendant qu'elle mettait Nathan au travail. Il pouvait se rendre utile tandis que son pantalon séchait, selon elle. Elle lui avait demandé d'imiter une arme de sa main puis avait enroulé un écheveau de laine sur son pouce et son index en formant un huit.

— Quand je suis parti, elle avait une corbeille pleine de pelotes de laine à ses pieds.

— De celles que l'on défait par le milieu, commenta Samantha.

— Vous connaissez ? Ma mère n'a jamais tricoté.

— Et de quoi avez-vous parlé ?

— Surtout de moi. Bizarrement, j'ai appris beaucoup de choses sur elle, aussi. Je m'attendais à ce qu'elle n'évoque que sa petite personne, mais elle m'a interrogé sur mon travail, la façon dont j'ai sauvé Zak, mon opinion sur Dallas. Elle a même réussi à me faire parler de la culture du blé.

— Hum…, fit Samantha.

— Qu'est-ce que cela signifie à votre avis ?

— Peut-être vous êtes-vous mépris sur son compte… Charlotte en veut sans doute à ses parents et votre grand-mère d'avoir cherché à vous imposer à elle. Son apparence hautaine et distante pourrait dissimuler une forme d'indépendance.

— Pour être indépendante, elle l'est ! Il suffit de la voir marcher et de l'entendre parler.

— Vous ne lui êtes pas indifférent, sinon elle ne vous aurait pas invité à entrer, commenta Samantha. Aurez-vous l'occasion de la revoir ?

— Elle m'a invité à une fête, déclara-t-il, un peu hésitant. Croyez-vous que je devrais m'y rendre ?

— Bien sûr ! s'exclama la jeune femme en lui donnant une tape complice. Ce sera l'occasion de faire plus ample connaissance.

— Et si elle cherchait simplement à m'humilier ?

— Je suis certaine que vous êtes capable de vous sortir d'un mauvais pas. Cette soirée sera une façon de conforter votre opinion ou de changer d'avis.

Nathan réfléchit un instant avant de reprendre :

— Après tout, vous avez raison. Pourquoi pas ?

Ils découvrirent alors que Trevor les avait rejoints depuis un moment.

— C'est l'heure de partir, fils, dit-il quand ils remarquèrent enfin sa présence. Notre travail ici est terminé.

Depuis sa chambre, Neal Gordon regarda la voiture familiale conduite par Jimmy franchir la grille du ranch. Le cœur gros, il se détourna. Il aurait dû être aux anges, mais il ne ressentait rien de la joie, du soulagement et de l'enthousiasme qu'il n'avait pu contenir qu'à grand-peine lors de la visite d'inspection des experts de la Corsicana. Neal n'avait jamais vu un homme aussi heureux que Todd Baker en atteignant le site où il était tombé face contre terre. Le géologue avait levé les bras en s'écriant :

— C'est ici ! C'est ici ! Dieu m'en est témoin, c'est ici !

Il y avait de quoi transporter n'importe quel propriétaire de ranch, surtout en cette époque où l'on parlait des besoins grandissants de pétrole dans l'avenir.

— Dès que la Model T de Henry Ford aura trouvé son public, avait prédit Daniel Lane, toutes les familles voudront remiser leurs attelages pour acheter une automobile.

Les hommes de Waverling Tools n'avaient pas eu le temps d'analyser les autres secteurs du ranch déjà parcourus par le géologue de la Corsicana, mais Todd avait déclaré d'un air entendu :

— Ne vous en faites pas, monsieur Gordon. Nous aurons le temps de prospecter les autres sites potentiels de votre propriété. Je ne serais pas étonné que Las Tres Lomas recèle l'un des plus importants gisements du pays.

Neal s'était excusé auprès de Sloan et Samantha et avait dit à son gendre de se servir un bourbon car il descendrait sans tarder. Sloan l'avait alors pris à l'écart.

— J'espère qu'il n'y a aucun ressentiment entre nous, Neal. Je ne pouvais m'opposer à ma femme pour prendre votre parti contre Waverling Tools.

— Bien sûr, je comprends. Je n'en attendais pas moins du fils de Seth Singleton ou de l'homme qui a épousé ma fille. Je descends dans quelques minutes.

En gravissant les marches, il eut l'impression d'avoir soulevé un fardeau trop lourd pour lui. Il aurait volontiers bu un bourbon, lui aussi, mais il avait besoin d'être seul pour réfléchir. Les hommes de Waverling Tools reviendraient le lundi suivant pour baliser le terrain et préparer le site de forage. Ensuite, il faudrait ouvrir une route d'accès pour le matériel, avant d'ériger la plate-forme. Le forage lui-même ne démarrerait qu'au bout de quelques semaines.

— Quel sera votre rôle au cours de cette opération, monsieur Waverling ? avait demandé Neal.

— Il sera très limité. Il y aura un responsable du forage, et Daniel Lane ainsi que Todd et Nathan seront présents jusqu'à ce que tout soit bien engagé. Je ne ferai que des visites périodiques.

— Vraiment ? avait dit Neal, soulagé. Prévenez-nous à l'avance afin que Grizzly puisse vous préparer de ce ragoût que vous avez apprécié.

Il s'était en revanche montré plus direct et moins courtois pour lui faire comprendre que Las Tres Lomas ne pouvait loger les équipes de forage et les contremaîtres et qu'il ne pouvait exiger de son cuisinier des repas supplémentaires dans un réfectoire qui affichait complet. Ses hommes devraient apporter leurs tentes, leurs vivres et de l'eau potable. Ces mesures concernaient également Nathan, Todd et Daniel. Trevor lui avait répondu d'un sourire compréhensif. Il ne s'attendait à aucun hébergement et ne voulait pour rien au monde s'imposer au personnel du ranch. Ses hommes dormiraient et prendraient leurs repas sur le chantier.

Neal s'aspergea le visage d'eau fraîche. Maintenant qu'il s'était trouvé en compagnie de Trevor Waverling et Nathan, le poids de sa culpabilité et sa peur étaient de retour. S'il ne manquait pas de griefs contre la mère naturelle de Samantha et ses idiots de demi-frère et sœur, à Gainesville, il ne trouvait rien à reprocher à son père biologique et à son jumeau, en tout cas rien qui justifie qu'il garde le secret de leur lien de parenté. Les Waverling semblaient méritants. Quelle fille résisterait à un père tel que Trevor, un homme charmant, courtois, sophistiqué, intelligent et encore très bel homme pour son âge ? Le grand-père idéal. Une fois de plus, Neal eut l'impression que le destin était intervenu. Allait-il mener Samantha à découvrir qui étaient vraiment Trevor et Nathan et dénoncer Neal pour lui avoir caché cette vérité ? Les manigances de Todd ne pèseraient pas lourd face à cette trahison.

Neal observa son reflet dans le miroir. Peut-être se tourmentait-il pour rien... La plupart des soucis finissaient par passer. Pour en être certain, il devait empêcher tout contact entre Samantha et les Waverling. En attendant, il décida de fouiller le passé de Trevor. Ce type ne pouvait être aussi parfait qu'il en avait l'air. Neal trouverait peut-être de quoi soulager sa conscience. Il passa un coup de peigne dans ses cheveux et remit de l'ordre dans sa tenue. En descendant les marches pour rejoindre Samantha et Sloan, il se composa un large sourire et se frotta les mains tel le plus heureux des hommes.

Ce soir-là, comme tous les quinze jours, Nathan écrivit une lettre à Léon. S'il incluait toujours sa mère dans ses salutations, c'était à son beau-père qu'il pensait et qu'il confiait les détails de son quotidien. Par où commencer ? Il avait tant de nouvelles à lui annoncer. Il décida de relater les événements survenus depuis sa lettre de la mi-août. Celle-ci portait la date du 4 septembre 1900.

J'ai rencontré une jeune fille un peu originale et très jolie du nom de Charlotte Weatherspoon. Elle est issue d'une famille influente de Dallas qui connaît les Waverling depuis longtemps. Nous nous sommes connus à l'occasion d'un dîner destiné à nous présenter l'un à l'autre. Elle m'a plu dès le premier regard, mais j'ai vite été rebuté par son attitude hautaine. Toutefois, il se peut que je change d'avis à son sujet.

Nathan décrivit ensuite les circonstances de sa deuxième entrevue avec la jeune fille, qui avait permis à Zak de se coucher sur un tapis coûteux et laissé Rebecca se servir dans sa bibliothèque. Envers lui, elle s'était montrée moins cordiale, voire sèche. Il fit part de la tâche qu'elle lui avait confiée pendant que son pantalon séchait. Elle s'était déclarée atterrée qu'il ignore tout de l'art d'enrouler des pelotes sans faire de nœuds.

Elle m'a demandé si maman tricotait et j'ai répondu que non et que c'était une expérience nouvelle pour moi. Ce furent deux heures très agréables.

Nathan écrivit également que, sur le conseil d'une nouvelle connaissance, il avait accepté une invitation chez Charlotte pour le dimanche 9 septembre et que sa grand-mère avait insisté pour qu'il ait un costume sur mesure pour l'occasion. Un smoking ! précisa-t-il en décrivant les revers en satin et l'absence de queue-de-pie. Il entendait déjà les commentaires de sa mère : « Seigneur ! Nathan pense donc que nous ignorons ce qu'est un smoking ? »

Le jeune homme ajouta quelques détails susceptibles d'intéresser Léon et éventuellement sa mère : ses leçons de boxe, ses sorties. Il garda pour la fin le forage prochain de Waverling Tools à Las Tres Lomas, un ranch de la région de Fort Worth, dans le comté de Tarrant. Pendant quelques mois, il serait donc très occupé et absent de Dallas, car il faisait partie de l'équipe d'exploitation.

J'ai eu l'occasion de rencontrer la fille de l'éleveur, la connaissance que j'ai citée plus haut. Elle se nomme Samantha Gordon, enfin Mme Sloan Singleton, désormais. Je l'ai connue en juillet alors que le géologue de l'entreprise et moi étions venus examiner un site qui, selon Todd Baker, pouvait receler du pétrole. Ce fut une visite pleine de rebondissements, mais je vous raconterai tout cela lors de ma prochaine venue. Bref, Samantha est une personne à qui je peux me confier. Je lui ai parlé de mes sentiments contradictoires envers Charlotte Weatherspoon. Elle m'a répondu que Charlotte était peut-être contrariée de se voir imposer un prétendant potentiel en vue d'un mariage. Vous imaginez ? Moi, Nathan Holloway, je suis considéré comme un prétendant acceptable pour une débutante !

Nathan relut sa lettre. Il n'avait rien oublié. Léon attendait ses nouvelles avec impatience et lui répondait toujours sans tarder, avec un commentaire pour chaque événement, car il n'avait pas grand-chose à raconter sur sa propre vie. Dans son dernier courrier, il disait que Randolph était parti pour l'université de Columbia et que Lily s'apprêtait à intégrer l'académie pour jeunes filles de Denton. Le mercredi après-midi, il jouait aux dames sur la pelouse du palais de justice avec ses nouveaux camarades : le gardien du tribunal, un retraité des chemins de fer qui traversait la rivière Rouge depuis Marietta pour venir jouer avec eux, et un vétéran de la guerre hispano-américaine qui avait perdu une jambe au combat. On les surnommait « les amis du palais de justice ». C'étaient les seuls qu'il s'était faits en ville. Millicent et lui fréquentaient une église flambant neuve dont Léon ne supportait pas le pasteur. Le forage avait commencé à la ferme. Il avertirait Nathan s'ils trouvaient quelque chose, mais il n'irait jamais voir sur place. Millicent estimant qu'ils avaient besoin de plus d'argent pour assurer leur train de vie, Léon avait proposé de travailler pour plusieurs fermiers de la région. Sa femme s'y opposait fermement. Un monsieur fortuné ne travaille pas de ses mains, avait-elle déclaré. Léon n'était pas un monsieur et il n'était pas fortuné. Toutefois, il laissait Millicent se bercer d'illusions. Nathan était le bienvenu s'il souhaitait leur rendre visite.

Dans sa chambre, Trevor Waverling se déshabilla lentement, triste et pensif. Il avait monté un verre de whisky pour apaiser sa mélancolie. Hélas, l'alcool tardait à agir. Sa mission était accomplie. Il avait observé sa fille dans son environnement naturel et constaté qu'elle ne manquait de rien. Elle était aimée, protégée, choyée. Il ne pouvait rien lui offrir qu'elle n'ait déjà. S'il s'imposait à elle de quelque façon, il aurait affaire à Neal Gordon. L'éleveur ne l'avait pas quitté des yeux durant sa visite. Redoutait-il qu'à la première occasion, Trevor Waverling n'abuse de sa fille ? Tant pis si cet homme le prenait pour un pervers. Ce n'était pas Neal Gordon qu'il craignait, mais la vérité qui sortirait au grand jour s'il forçait un peu sa chance.

Si seulement il pouvait faire quelque chose pour apaiser ce… ce sentiment de manque paternel. Trevor avait déjà une fille, comme Léon Holloway l'avait souligné. Il avait aussi un fils, un garçon merveilleux que Charlotte Weatherspoon finirait par prendre dans ses filets. Ils auraient des enfants et il deviendrait grand-père, un bonheur qu'il était impatient de connaître. Avant l'arrivée de Nathan, la famille ne comptait pas autant à ses yeux. En réalité, il avait cherché à s'en détacher car la famille était pour lui source de souffrance. Il avait mis des années à se remettre de la mort brutale de son père, du suicide de son frère. Sa mère ne l'aimait guère et ses deux mariages s'étaient soldés par deux échecs, dont il gardait une enfant handicapée, son plus gros chagrin.

Puis Nathan était entré dans sa vie et lui avait appris ce qu'était la paternité. La maison de sa mère était à présent son foyer et plus seulement l'endroit où il rentrait chaque soir. Sa mère et sa fille n'étaient plus des colocataires. Ils formaient enfin une famille.

Une famille dont il manquait un membre essentiel.

Trevor s'installa à la fenêtre pour observer le ciel étoilé. Il s'asseyait souvent à cet endroit, la nuit, pour réfléchir à un contrat et en étudier chaque détail. Il ne prenait jamais une décision sans envisager un dossier dans sa globalité. Il n'avançait que lorsque toutes les pièces du puzzle faisaient sens. De même, il rangeait ses impressions sur les gens dans des cases mentales pour les examiner une à une avant d'émettre un jugement.

C'était ainsi qu'il avait procédé pour Samantha.

Il avait eu quatre fois l'occasion de l'observer, ne serait-ce que brièvement : lors de la conférence sur la paléontologie à Fort Worth, dans son bureau de Waverling Tools, à la cérémonie de mariage (il s'était faufilé tout au fond de l'église le plus discrètement possible) et dans son environnement familier à Las Tres Lomas. De ces instants furtifs, il avait conclu qu'elle était heureuse, épanouie, qu'elle menait une existence presque idéale. Pourquoi lui révélerait-il sa paternité au risque de bouleverser sa vie et de faire souffrir le couple aimant qui lui avaient tant donné ? Comment réagirait Nathan ? Qu'en serait-il de l'affection qu'il avait encore pour sa mère, en dépit de son indifférence, et surtout de son attachement à Léon, s'il apprenait qu'ils avaient abandonné sa sœur jumelle ?

Si la sage-femme ne lui avait pas appris que Samantha s'était rendue au cabinet du Dr Tolman pour se renseigner sur sa naissance et sur ses parents biologiques, Trevor ne serait pas aussi meurtri. Il aurait quitté le bureau du médecin décédé sans preuve concrète, mais avec la quasi-certitude que Samantha Gordon était sa fille et l'affaire se serait arrêtée là. Il l'aurait observée de loin, blessé d'avoir perdu cette enfant qu'il ne connaîtrait jamais, mais réconforté de la savoir heureuse. Cependant, Samantha avait mené des recherches… Il ne parvenait pas à oublier les propos de la sage-femme.

Il imaginait Samantha le cœur brisé, devant le bureau de la sage-femme, et son père incapable de lui dire : *Je suis là, ma fille chérie.* Comme ce jour même, à Las Tres Lomas, quand il avait rejoint Nathan en grande conversation avec elle, sans pouvoir déclarer : *C'est à ta sœur que tu parles, fils. Samantha est ta sœur jumelle.*

Les yeux embués de larmes, Trevor but une longue rasade de whisky. Les choses étaient ainsi et elles le resteraient... Samantha était bien installée dans sa vie. Le désir qui l'avait incitée à se rendre à Marietta allait s'atténuer au fil des années. Un jour, Nathan fonderait sa propre famille dans l'ignorance du lien qui l'unissait à celle qui avait les mêmes cheveux que sa mère. Il n'en souffrirait donc pas. Quant à lui, leur père, il n'avait qu'à espérer qu'au terme de son contrat avec Las Tres Lomas, il continuerait à avoir des nouvelles de sa fille grâce à Daniel Lane. Il le savait à présent, la femme qu'il avait vu se jeter dans les bras de son employé, à la gare, était la sœur de Sloan Singleton.

Trevor but une autre gorgée d'alcool. En tant que père, il ne pouvait que se réjouir que cette jeune femme charmante, intelligente et bienveillante n'apprenne jamais que Millicent Holloway était sa mère biologique.

— Il n'est pas question que tu dormes sous une tente et que tu manges des haricots en conserve et du lard séché alors qu'il y a de la place au Triple S ! déclara Billie June à Daniel, le même soir.

— Je crains que si, chérie. Ton frère ne risque pas de m'inviter sous son toit.

— Il n'aura pas son mot à dire. Le testament de mon père précise que je peux résider au Triple S jusqu'à la fin de mes jours.

— Qu'est-ce que tu suggères ? fit Daniel en la dévisageant. Tu retournes vivre au Triple S ?

Billie June se mit à tournoyer devant son miroir. Elle avait acheté une nouvelle robe et l'avait passée pour la montrer à Daniel.

— Je suggère de retourner à la maison pour la durée du forage et de t'emmener avec moi. Si tu es mon invité, Sloan ne pourra pas te mettre à la porte.

Daniel parut sceptique.

— Je ne sais pas… Ton frère serait en droit de refuser que nous dormions ensemble dans la demeure familiale.

Billie June déboutonna lentement le haut ajusté de sa robe.

— Tu ne m'écoutes pas ! Je ne parlais pas de dormir ensemble. Tu pourrais t'installer dans une des chambres d'amis en tant qu'invité. Naturellement, dès que tout le monde sera endormi, rien ne t'empêchera de me rejoindre au bout du couloir…, ajouta-t-elle, esquissant un sourire espiègle.

— Comme si ton frère n'allait pas s'en douter !

— Peu importe, répliqua Billie June en se déshabillant. Il ne viendra pas nous prendre sur le fait. Ce serait trop gênant ! Samantha ne le permettrait pas, de toute façon.

— Et tes leçons de musique ?

— Je les reprendrai plus tard. Sloan, Samantha et le ranch me manquent. À cette époque de l'année, le domaine est superbe. Et c'est la saison des mises bas. J'adore donner le biberon aux veaux orphelins. Et… je m'ennuierais de toi, seule, ici.

Daniel l'observa. Il aurait dû être agacé de l'entendre dire qu'elle refusait une séparation. Quand elle était arrivée à Dallas, il s'était promis d'exprimer clairement qu'il avait autre chose à faire, d'autres personnes dans sa vie et qu'elle devrait trouver de nouveaux passe-temps, mais il n'avait encore rien dit. Il y avait le téléphone dans l'entrée de l'immeuble où elle logeait et il avait pris l'habitude de l'appeler de son bureau vers dix-sept heures. Les autres locataires savaient qu'un appel à cette heure de l'après-midi était pour Billie June et la laissaient décrocher. Au départ, afin de ne pas instaurer une routine, Daniel s'était gardé de la contacter plusieurs fois pour aller dans un bar, aux courses hippiques, au restaurant ou au spectacle, à l'affût de belles femmes, mais sans vraiment y trouver du plaisir. Billie June lui manquait. Au cours des semaines qu'il passerait en compagnie des hommes du chantier de forage, sur un campement de fortune, à la merci des coyotes, elle lui manquerait également. Et il n'aurait pas la satisfaction de vivre sous le même toit que Sloan Singleton et de voir sa sœur le narguer…

Billie June n'était plus vêtue que de son corset et de ses bas. Jamais elle n'avait été plus ravissante. À la réflexion, son idée n'était pas si mauvaise. Il serait jubilatoire de loger sous le toit de son ennemi, de dîner à sa table, de se prélasser dans ses fauteuils… Lui qui ne s'était pas aventuré au-delà de l'entrée de service.

— Très bien, mon ange, céda-t-il. Si tu peux gérer les moues réprobatrices de ton frère, je suis d'accord. À présent, laisse-moi t'aider à délacer ce corset…

CHAPITRE 37

Trois jours plus tard, le 7 septembre, Léon Holloway trouva la lettre de Nathan dans sa boîte postale. Il glissa un doigt sous le rabat de l'enveloppe et fut ravi de trouver deux pages entières. Il commença sa lecture avant même d'avoir quitté le bureau de poste. Il y avait aussi une lettre de Randolph, provenant de New York, mais il attendrait d'être rentré à la maison pour la remettre à Millicent, qui la lirait à voix haute. Sa maison ne se trouvait pas loin et il appréciait ses allers et retours quotidiens, surtout quand le temps était beau et frais, comme ce jour-là.

En arrivant à la hauteur du parc, il avait terminé sa lecture et dut s'asseoir sur le banc qui lui servait de refuge quand il se sentait trop confiné. Il rejeta la tête en arrière et fixa avec effroi les branches des érables. Deux noms dansaient encore devant ses yeux affolés : *Samantha Gordon* et *Las Tres Lomas.* Dieu lui vienne en aide ! Nathan avait rencontré sa sœur jumelle ! Le choc lui coupa les jambes. En maîtrisant les battements effrénés de son cœur, il se ressaisit un peu. Pourquoi était-il à ce point sidéré ? Au fil des ans, il avait redouté que, par quelque action divine, les jumeaux soient réunis. Dallas n'était pas si loin de Fort Worth, après tout. Il avait entendu parler d'événements bien plus étranges, comme l'histoire de cette membre du club de couture de Millicent qui, se trouvant, au chevet d'une voisine souffrante, avait remarqué sur sa jambe une marque de naissance identique à celle de sa jeune sœur, une enfant adoptée. Les deux femmes avaient découvert qu'elles étaient sœurs et qu'elles avaient vécu à deux rues l'une de l'autre pendant plus de vingt ans.

Alors, pourquoi Léon Holloway douterait-il que la main divine avait réuni les jumeaux ? Il avait déjà eu deux avertissements lorsque Neal Gordon et Trevor Waverling s'étaient présentés comme par enchantement sur le pas de sa porte. Léon redoutait que, s'ils se rencontraient, Samantha et Nathan ne soient attirés l'un vers l'autre sentimentalement. Il n'osait imaginer les conséquences. Par chance, Samantha venait de se marier et Nathan semblait entiché de Charlotte Weatherspoon, une jeune fille du même genre que Millicent, apparemment.

Que faire maintenant ? Il devait réfléchir. Lui seul détenait toutes les pièces d'un puzzle dont chaque personnage possédait un morceau. Neal Gordon avait découvert les origines de Samantha et croyait que Léon était son père, un secret qu'il n'avait apparemment répété à personne. Trevor, lui, en était venu à soupçonner que Samantha était sa fille et la sœur jumelle de son fils. Il n'avait rien dit à Nathan et ne s'était pas déclaré en tant que père à Samantha. Nathan lui en aurait parlé dans sa lettre, sinon. Le jeune homme ignorait tout de sa naissance, à part qu'il était le fils de Trevor. Naturellement, Millicent savait qu'elle avait une autre fille, mais elle ignorait l'endroit où elle se trouvait et son identité. Quant à Samantha, elle ne se doutait pas que son père et son frère jumeau vivaient près de chez elle, du moins pas encore.

Quel méli-mélo !

Léon décida de laisser les choses suivre leur cours sans intervenir. Il remit la lettre dans son enveloppe et la rangea dans sa poche. Il entendait déjà les réflexions de sa femme lorsqu'il reviendrait avec le courrier : « Je vois que tu as lu la lettre de

Nathan, alors ouvrons celle de Randolph. » Comme chaque fois. Avec elle, Nathan passait toujours en dernier. *Millie,* songea Léon, *Dieu te vienne en aide si tu dois un jour répondre de ce que tu as imposé à deux de tes enfants.* La force qui avait veillé sur Nathan et Samantha était peut-être encore présente. Chacun des jumeaux était plus heureux auprès de ceux qui l'avait accueilli. Léon regrettait simplement de ne pas jouer un rôle dans leur nouvelle vie.

Sloan se hissa sur la pointe des pieds et poussa le crâne enveloppé dans une toile loin derrière une caisse de boules colorées qui ornaient le sapin de Noël. C'était un vendredi après-midi, en pleine période des foins. Son régisseur allait se demander où diable il était passé. La présence du patron était indispensable pour vérifier le travail et choisir les parcelles. La nielle avait détruit au moins la moitié de la récolte de fourrage. Il était vital que le reste soit mis en balles avant qu'il soit trop sec ou que le mauvais temps vienne le dégrader. On prévoyait de la pluie sur la côte. Pourtant, Sloan avait dû s'attarder après le déjeuner jusqu'à ce que Samantha soit partie pour Las Tres Lomas et Millie May allée faire courir sa jument. Sa sœur aînée était venue de Houston pour le week-end, mais elle ne resterait pas plus longtemps puisque Billie June revenait à la maison – « tant que Daniel devrait travailler sur le chantier de forage », avait-elle précisé au téléphone.

En apprenant que Billie June arriverait dimanche avec Daniel Lane, qui logerait dans la plus belle chambre d'ami, Sloan avait encaissé le coup. L'annonce était intervenue au cours du repas. Les femmes s'étaient étonnées qu'il ne quitte pas la table tel un étalon furieux en déclarant qu'il interdisait la présence de Daniel Lane sous son toit. Il n'était pas en position de crier au scandale et d'exiger que Daniel épouse Billie June. La menace de Daniel Lane – « Je suis en mesure de vous détruire, ainsi que Mlle Gordon, son père et vos sœurs » – résonnait encore dans son esprit. Sloan devrait trouver un moyen de gérer cette menace et de retourner la situation en sa faveur.

— Avant que tu n'accuses Daniel, c'est une idée de Billie June, avait déclaré Samantha à table, comme si elle lisait ses pensées.

— D'après les dispositions du testament de mon père, tu ne peux pas refuser, Sloan, lui avait rappelé Millie May.

— Le testament de notre père n'a jamais spécifié que sa fille utilise une chambre d'ami pour ses ébats sexuels avec un forgeron ! avait-il rétorqué.

— Un prince serait plus acceptable ? avait alors raillé Samantha.

Ce fut leur première scène de ménage. Sloan était un peu honteux. Il n'était pas snob et respectait tout homme qui travaillait dur. À Fort Worth, Daniel Lane était réputé pour sa conscience professionnelle et son courage. De plus, il ne gagnait plus sa vie en maniant le marteau et l'enclume. À croire Billie June, il était devenu indispensable à Waverling Tools. Ce que Samantha et ses sœurs ignoraient, c'était que Daniel Lane voulait se venger et que Billie June était l'instrument de sa vengeance.

Le souvenir de son échange avec Daniel le tourmentait encore, mais Sloan s'efforça de le chasser de son esprit. Il avait trop à faire pour songer à la « mission » de Daniel Lane. Il avait donc jeté sa serviette sur la table avant de se lever.

— Tu déformes mes propos, Samantha. Le snobisme n'a rien à voir là-dedans. C'est une question d'intention. Daniel Lane mijote quelque chose avec ma sœur cadette.

— Tu ne crois pas que Billie June l'aurait compris ? était intervenue Millie May.

— Elle est trop entichée de lui pour voir que le chagrin d'amour la guette. Si je suis incapable de l'empêcher de lui briser le cœur à Dallas, je peux agir chez moi.

— Il s'agit du cœur de ta sœur, Sloan, avait objecté Samantha d'un ton posé, telle la voix de la raison.

C'était donc ainsi, Daniel Lane s'installerait dans la grande maison du Triple S le dimanche suivant et Sloan avait dû trouver une autre cachette pour le crâne de dinosaure. En présence des femmes, il aurait eu du mal à expliquer pourquoi il fouillait le placard de l'étage alors qu'il était supposé signer les chèques pour régler les factures du mois. Il avait dû profiter de leur absence pour se faufiler dans la chambre d'amis qui recelait le précieux fossile. Après son mariage, il l'avait transféré de sa chambre dans cette autre pièce. Le lendemain, les domestiques feraient le ménage dans la chambre qu'occuperait Daniel. Sloan n'avait eu que peu de temps pour réfléchir à une cachette sûre. Il n'y avait jamais eu de clés dans la maison, pas même dans le bureau ou les dépendances. Il dut donc se rabattre sur le placard où l'on entreposait les décorations de Noël et que l'on n'ouvrait qu'en fin d'année. Même si le réduit se trouvait en face de la chambre de Daniel, c'était le meilleur endroit. La porte était en partie coincée et les gonds grinçaient comme ceux d'une crypte abandonnée. S'il prenait l'envie à Daniel de partir à la chasse au fossile – à condition qu'il le croie assez stupide pour avoir conservé le crâne –, le bruit alerterait tout l'étage. Cependant, il était préférable de ne pas laisser Daniel seul dans la maison.

Si seulement il pouvait se débarrasser de ce maudit fossile ! Mais sa conscience l'en empêchait. Le vestige appartenait à Sam et il s'agissait peut-être d'un trésor archéologique. S'il était détruit, d'autres vestiges similaires ne feraient peut-être jamais surface.

Sa femme et sa sœur l'avaient imploré de bien traiter Daniel. Samantha était déjà perturbée par le refus de son père de loger Nathan Holloway et Todd Baker dans la maison de Las Tres Lomas le temps qu'ils balisent le site de forage. Ils arrivaient lundi par le train et devraient camper. Neal avait au moins accepté d'envoyer une voiture les chercher à la gare.

— Je ne comprends pas comment papa peut se montrer aussi peu accueillant, avait déclaré Samantha. Il devrait se réjouir d'avoir la compagnie de ces hommes et être désireux d'avoir des nouvelles du chantier et des travaux préliminaires à Windy Bluff.

Sloan ne s'expliquait pas l'attitude de Neal, lui non plus. La maison pouvait accueillir un grand nombre d'invités. Il aurait même pu se débarrasser de Daniel en l'envoyant là-bas.

— Si la situation dégénère, nous pourrons toujours nous installer là-bas pendant la semaine. Papa serait ravi.

Et laisser Daniel libre de fouiller la maison de fond en comble ? Jamais !

— Il est hors de question que je permette à un homme que je soupçonne d'intentions peu honorables envers ma sœur de me jeter hors de ma propre maison ! Nous resterons chez nous ! avait-il conclu.

En poussant la porte du placard d'un coup d'épaule pour la refermer, une fois sa tâche accomplie, Sloan se rendit compte qu'il y avait au moins un avantage à loger l'amant de sa sœur. La présence de Daniel Lane lui permettrait de jauger l'homme qui s'était donné pour mission de se venger de lui.

— Tous aux abris ! prévint Jeanne en s'installant à la table de conférence de Waverling Tools, son calepin en main pour prendre des notes. Il y a de l'électricité dans l'air !

— C'est une façon de voir les choses, commenta Todd avec un large sourire. Bon sang ! On va exploiter du pétrole, les gars ! Après le jour de mon mariage, c'est le plus beau jour de ma vie. Pas vrai, mon vieux ? ajouta-t-il à l'adresse de Nathan avec un clin d'œil complice.

— Comment le saurais-je ? répondit Nathan.

Une fois de plus, il esquivait les efforts du géologue pour donner l'impression qu'ils s'entendaient comme larrons en foire.

— J'espère qu'on ne s'emballe pas pour rien, intervint Jamie Foster en secouant la tête.

Employé loyal et très compétent depuis la fondation de l'entreprise, le contremaître de l'usine était un homme taciturne qui n'appréciait guère le changement.

— Forer le sol en quête de pétrole est bien plus risqué que de chercher du sel ou de l'eau.

— On peut compter sur toi pour briser notre enthousiasme, déclara son adjoint d'un ton enjoué en lui tapant sur l'épaule. Qu'est-ce qu'on ferait sans notre saint Thomas ?

— Tu prendrais bien davantage de risques irréfléchis, mon vieux, grommela Jamie.

— Il y a vraiment de l'électricité dans l'air, intervint Jeanne en foudroyant le géologue du regard.

— Je dirais que ça sent le gaz, déclara Daniel en taquinant le comptable assis à côté de lui. Tu as mangé des fayots, hier soir, Norman, ou quoi ?

Le comptable toisa Daniel avec dégoût. Maigre, presque décharné, il avait la peau tannée comme du parchemin et aussi fine que celle des registres qu'il tenait méticuleusement. Célibataire endurci, il subissait souvent les quolibets de ses collègues.

— Je ne mange jamais de haricots, monsieur Lane. S'il y a une odeur de gaz, elle sort de votre bouche. Je vous rappelle que nous sommes en présence d'une dame.

— Effectivement, souffla Jeanne en faisant mine d'être choquée. Merci de le rappeler à votre voisin qui, lui, n'a rien d'un gentleman.

Daniel sourit et lui envoya un baiser.

Au bout de la table, Trevor donna quelques coups de stylo sur son verre pour obtenir le silence. Plongé dans les études prospectives des coûts de forge, il n'avait guère écouté les propos de ses employés. Il était accoutumé aux chamailleries entre les chefs de service. Todd Baker était devenu *persona non grata* pour Nathan et il irritait copieusement Jeanne. Son comptable se montrait tatillon, l'humour graveleux de Daniel était pesant et même Trevor voyait en son contremaître un rabat-joie insupportable. Pourtant, en dépit de leurs différences, ils travaillaient exceptionnellement bien ensemble. Ils étaient même heureux de voir l'entreprise emprunter une nouvelle voie malgré les risques pour le plan d'intéressement des employés mis en place par Trevor l'année précédente. Très tôt dans sa carrière, Trevor avait appris que la solvabilité d'une société influait positivement sur la productivité et la fidélité des employés. Il ne faisait donc aucun secret de la bonne santé financière de Waverling Tools. Et il était sur le point de rogner un peu sur ses bénéfices.

— Je n'ai jamais vu ça. Il ne vous restera pas grand-chose, ensuite, avait grommelé son comptable, toujours pessimiste, lors de la réunion durant laquelle Trevor avait annoncé les nouvelles activités audacieuses de la société.

L'équipe avait approuvé le projet. Trevor leur avait expliqué que Waverling Tools produirait l'essentiel du matériel de forage, mais que la main-d'œuvre, les pipelines et la route, le stockage, le transport ferroviaire entre le site et la raffinerie de Corsicana induiraient des coûts élevés, sans oublier les frais annexes liés à l'hébergement et les repas de l'équipe d'une douzaine d'hommes requise sur une plate-forme.

Et rien ne garantissait le résultat du forage.

Pourtant, ils s'étaient tous lancés dans l'aventure car ils avaient foi en l'analyse de Todd et ils convoitaient une prime en fin d'année. Trevor espérait que personne n'ait remarqué sa réaction lorsqu'il avait découvert le tableau des dépenses préparé par son comptable. Le prix du transport ferroviaire avait augmenté. La Texas and Pacific Railway faisait payer un supplément pour les citernes de pétrole car ils étaient denrée rare. L'entreprise que Trevor avait engagée pour le transport avait ajouté une clause sur le contrat prévoyant une compensation en cas de blessure d'un animal. Le fabricant de citernes avait lui aussi augmenté ses tarifs. Pour l'heure, ces dépenses pourraient constituer un problème au cas où il n'y aurait pas de pétrole à Windy Bluff. Néanmoins, Trevor demeurait confiant en l'avenir de sa société. Le fait que sa fille vive sur les terres qu'il était sur le point de forer, ce qui lui donnerait l'occasion de la revoir, jouait certainement. Il s'adressa au groupe avec une note d'optimisme dans la voix.

— Madame et messieurs, fit-il en se tournant d'abord vers Jeanne. Je sais qu'il est tard pour une réunion, un vendredi après-midi, mais je suis persuadé qu'aujourd'hui, 7 septembre 1900, marque la fin d'une époque pour la Waverling Tools que nous avons connue. Dès lundi, une page se tournera. Comme l'a dit Todd, nous nous lançons dans l'exploitation pétrolière, et pas seulement pour produire l'équipement nécessaire à cette industrie, mais pour forer et exploiter cette matière première. Nous sommes à l'aube d'un événement sans précédent au Texas et qui va bouleverser nos vies. Au terme de vos interventions, Mlle Beardsley nous servira du champagne afin que nous portions un toast. Nous avons bien des raisons de célébrer cela.

Dès la fin de la réunion, la réceptionniste apparut avec un plateau chargé de flûtes et d'une bouteille de champagne. Trevor ne savait pas encore que plus jamais il ne lèverait son verre sans songer à la prophétie qui allait bientôt se réaliser.

CHAPITRE 38

Ce samedi 8 septembre, Nathan se réveilla en proie à un malaise inexplicable. Quand il vivait à la ferme, il attribuait ces troubles au sixième sens du paysan. Un drame couvait. Il le sentait dans l'air. La grêle ? Le vent ? Les inondations ? Les criquets ? Les incendies ? Un accident ? Dans ces moments-là, il sortait humer l'air, écouter le vent, scruter le ciel, inspecter le sol. Parfois, ses pressentiments s'avéraient faux, mais il ne négligeait jamais les mises en garde de la nature. L'absence de catastrophe ne signifiait en rien qu'elle n'avait pas voulu frapper. Elle avait simplement modifié son parcours, comme un serpent à sonnette qui file dans les broussailles au lieu de mordre une botte innocente.

— C'est une sorte de sixième sens issu de la méfiance innée du paysan envers la nature, surtout quand celle-ci s'est montrée exceptionnellement clémente, lui avait expliqué Léon. Les champs de blé que nous voyons aujourd'hui, elle peut très bien les anéantir demain.

Dans cette maison, en ville, il n'y avait aucun champ de blé qui puisse confirmer son instinct. Il n'entendait que les bruits de la rue qui entraient par la fenêtre ouverte. Pour chasser ses tourments, Nathan pensa à Charlotte, qu'il verrait le lendemain lors de sa réception, et à son entraînement de boxe avec son père, un peu plus tard dans la matinée. Le jeune homme rit doucement. Il connaissait à peine Charlotte mais, si elle lisait ses pensées, elle ne manquerait pas de feindre l'effroi, les mains sur les hanches. *Nathan Holloway ! Vous voulez dire que vous avez pensé à moi en même temps qu'à une vieille paire de gants de boxe !* Il rêvait de la prendre dans ses bras en disant : *Seulement parce que vous me donnez autant d'énergie.*

Zak vint lui lécher la joue. Le moment était venu de se lever. Nathan laissa sortir le chien par une porte du couloir donnant sur un escalier extérieur. Il perçut à ce moment des cris rauques d'oiseaux. En sortant sur le palier, il remarqua une nuée de mouettes partant vers le nord. Les bretelles sur les hanches et de la mousse à raser sur les joues, Benjy apparut sur son balcon, au-dessus du garage, lui aussi attiré par le vacarme.

— Elles viennent sûrement de la côte ! lança-t-il à Nathan. Je me demande ce qui se passe, là-haut !

— Sans doute un orage tropical qui s'annonce ! répondit le jeune homme. La semaine dernière, en Floride et en Louisiane, les lignes télégraphiques sont tombées.

Son instinct de paysan ne l'avait donc pas trompé, songea-t-il en regagnant sa chambre. Le mois de septembre était la saison des ouragans dans le golfe, avec parfois de la pluie et du vent jusqu'au Panhandle et au territoire de l'Oklahoma. Il se rappela que Sloan Singleton avait commencé à baller son foin, la semaine précédente. Pourvu qu'il l'ait mis à l'abri en cas de pluie. S'il avait été retardé, il se promit de faire un saut de l'autre côté de la clôture pour lui donner un coup de main.

Il se prépara à la hâte. Il avait déjà préparé sa tenue de sport : des gants rembourrés, des bottines à lacets, un short de boxeur et le casque en cuir qui lui servait pour les entraînements. Son père était très soucieux de sa sécurité sur le ring, même si sa grand-mère ne masquait pas sa perplexité quand « deux hommes étaient décidés à se faire mordre la poussière ».

— Ce n'est pas l'objectif de ce sport, maman, déclarait Trevor. Je ne forme pas Nathan pour la compétition. Je lui apprends à s'entraîner.

— Quelle est la différence ?

— L'intention.

La vieille dame réprouvait leurs séances du samedi matin, qui constituaient une pomme de discorde de plus entre elle et son fils. Leurs relations tendues ne cessaient d'attrister Nathan. Les jours de sa grand-mère étaient comptés. Il ne voulait pas qu'elle quitte cette Terre dans l'ignorance du sacrifice que Trevor avait consenti afin de préserver l'image de son fils préféré. Et il ne voulait pas que son père vive sans avoir entendu sa mère lui exprimer son amour. Nathan ne comprenait que trop bien ce manque. Trevor Waverling était un homme honorable, un fils dévoué. S'il manquait un peu d'attention envers sa fille, c'était uniquement parce qu'il n'avait pas le tempérament nécessaire pour la gérer. Mavis ne voyait donc pas combien cette lacune était un fardeau pour lui ? Qu'y avait-il de plus cruel que d'aimer quelqu'un profondément et d'être incapable de l'exprimer ? Parfois, Nathan brûlait de révéler le secret dont il était détenteur, tant l'idée que sa grand-mère meure persuadée que Trevor avait tué son frère lui était insupportable.

— Trevor, j'ai toléré ta pratique de ce sport de barbares, mais faut-il que tu contamines mon petit-fils avec ce soi-disant plaisir de frapper et de recevoir des coups ? avait-elle déclaré en apprenant que Nathan accompagnait son père aux séances d'entraînement.

Il avait répondu que l'objectif n'était pas d'infliger une blessure, mais de développer la coordination des mouvements, les réflexes, les esquives. L'entraînement au combat aidait un homme à improviser, à réfléchir sous pression et à maîtriser ses émotions.

Sa grand-mère lui avait dit de cesser ce verbiage car elle ignorait tout de ce dont il parlait. Elle avait voulu savoir pourquoi son petit-fils avait besoin d'apprendre à « improviser, à réfléchir sous pression et à maîtriser ses émotions ».

— Un homme doit savoir répondre à n'importe quelle situation d'urgence, avait affirmé Trevor.

Nathan était parvenu à rassurer la vieille dame en lui expliquant que ces entraînements se déroulaient entre partenaires bienveillants et qu'il ne courait aucun danger. Il aimait échanger des feintes et apprendre à esquiver les coups. De plus, la pratique du sport était bénéfique à son corps, lui qui s'était toujours trouvé gauche et dénué de grâce. À présent, grâce à la boxe, il avait un meilleur équilibre et s'était étoffé, sans parler de son énergie débordante. Nathan s'était toutefois gardé de préciser que, de l'avis des spectateurs de ses combats, il était taillé pour le sport. Il avait une morphologie idéale pour la boxe et une grande souplesse dans les jambes.

Mavis n'avait guère paru convaincue par le tableau flatteur qu'il dressait de leurs entraînements, mais elle avait cessé de l'importuner, non sans une ultime remarque :

— Tu es le portrait craché de ton grand-père, Nathan. Dieu merci, son propre père n'a pas jugé bon de lui imposer la fréquentation d'un ring pour le rendre meilleur.

Prêt à partir, Nathan prit son sac. Trevor et lui parviendraient peut-être à prendre leur petit déjeuner et à s'en aller avant que Mavis se lève pour les saluer d'une mine réprobatrice. Lenora s'occuperait de Zak. Son chien se faisait vieux et passait désormais ses matinées couché avec Scat tandis que Rebecca leur lisait des poèmes.

Outre les bienfaits du sport, Nathan appréciait ces matinées avec son père. Ils prenaient la voiture parce que Benjy aimait s'installer dans un petit café irlandais proche du gymnase en les attendant. D'après lui, la serveuse avait le béguin pour lui. Elle glissait toujours une galette de pommes de terre supplémentaire sur son assiette et un peu plus de sauce – « les meilleures galettes du comté », disait-il.

Pour Nathan, ces moments étaient précieux car il en apprenait davantage sur Trevor Waverling. Lors d'un trajet, Nathan s'était dit que son père appréciait lui aussi ces samedis matin qui lui permettaient de découvrir son fils.

Après leur départ, Trevor lui demanda soudain :

— Tu es heureux, avec nous, Nathan ?

Surpris, le jeune homme ne répondit pas immédiatement. Lors du petit déjeuner, son père lui avait paru mélancolique, distrait. Que lui répondre ? Il n'avait jamais réfléchi au bonheur. Tout au plus connaissait-il un certain contentement.

— Je dois dire que oui.

— Ton frère et ta sœur ne te manquent pas ?

— Je ne crois pas, admit Nathan, un peu déconcerté. Je pense souvent à eux, je me demande ce qu'ils deviennent sans moi. J'ai toujours veillé sur eux.

— Tu crois que tu leur manques ?

— Certainement. Enfin, jusqu'à ce qu'autre chose se présente pour les soutenir.

Nathan sourit pour montrer qu'il ne leur en voulait pas d'être superficiels.

— Il n'est pas évident d'être le grand frère. Pour la plupart des hommes, d'autres amours, d'autres responsabilités viennent combler le vide laissé par les frères et sœurs qui ont grandi. Une épouse, des enfants, le travail, les loisirs, sans parler de la distance, qui peut éloigner les fratries. Je sens en toi un frère loyal et cela me réconforte.

— Oh, je serai toujours là pour Rebecca, papa. N'ayez crainte.

— Je n'ai aucune crainte à ce sujet. Mais j'aimerais simplement…

Son père s'interrompit et se tourna vers la fenêtre. Qu'avait-il donc, ce matin ? Depuis leur visite à Las Tres Lomas, il n'était plus lui-même.

— Quoi, papa ?

— Rien, fils, assura-t-il en secouant la tête. En tant que vieux père, j'aurais aimé que les choses soient différentes.

Persuadé qu'il pensait à Rebecca, Nathan hocha la tête. Il devait s'inquiéter de ce qu'elle deviendrait après sa mort et celle de sa grand-mère. Qui s'occuperait d'elle ? Était-il juste de l'imposer à Nathan ? Six mois plus tôt, il ne connaissait même pas son fils. Pouvait-il décemment lui laisser la responsabilité, ainsi qu'à sa future épouse, d'une demi-sœur handicapée ?

— Ne vous en faites pas pour l'avenir de Rebecca, papa. Je vous donne ma parole que, quoi qu'il arrive, je veillerai sur elle.

Soudain, Nathan remarqua avec effroi que son père avait les yeux embués de larmes, qu'il chassa aussitôt.

— Merci. Je n'en attendais pas moins de mon fils.

***

Le dimanche matin, il commençait à pleuvoir quand la famille Waverling se retrouva à l'église. Une bourrasque fit sonner la cloche au moment où la chorale terminait un cantique, de sorte que le final qu'elle répétait depuis des semaines fut gâché. Durant la quête, la cloche sonnait encore, suscitant des murmures dans l'assemblée. Certains s'inquiétaient que leurs voitures mal isolées ne résistent pas au déluge. Les habitants de Dallas n'avaient pas été avertis de l'imminence d'une tempête. Si la voiture des Waverling était étanche, Mavis, Trevor et Nathan observaient Rebecca d'un œil soucieux. Pourvu que quelqu'un se charge de faire taire cette maudite cloche avant que la fillette ne soit distraite de sa lecture. Elle était plongée dans un nouveau recueil de poèmes que lui avait adressé Charlotte avec un message pour Nathan qui avait emballé son cœur : « Je suis impatiente de vous revoir, ce soir. » Rebecca supportait mal certains orages. Une petite pluie ne la troublait guère, mais les trombes d'eau la mettaient dans un état d'agitation intense. Son oncle adoré était mort un jour de tempête.

Un diacre entra par une porte latérale et vint murmurer quelques mots à l'oreille du pasteur au moment où il allait monter dans la chaire. Il hocha la tête, la mine grave, et s'approcha du pupitre.

— Chers amis, je viens d'apprendre qu'un ouragan a frappé Galveston hier, provoquant de nombreux dégâts et victimes. Les lignes de télécommunications sont coupées et les liaisons ferroviaires ne sont plus assurées. La tempête se rapproche. Je propose de conclure cet office sans tarder. Que chacun rentre chez lui pour assurer la sécurité de sa maison et de ses bêtes. N'oublions pas la ville dévastée de Galveston et ses habitants dans nos prières.

La bénédiction fut brève. Les fidèles se levèrent, à l'exception de Rebecca. Sa famille la regarda fixement. Elle se bouchait les oreilles de ses mains, son livre sur les genoux.

— *Seigneur des vents !* clama-t-elle en se balançant d'avant en arrière. *Je sens ta force, je connais le souffle du ciel furieux ! Et j'attends, son sang bouillonnant dans mes veines, j'attends l'ouragan !*

— Mon Dieu, souffla Trevor.

— Je ne pensais pas qu'elle écoutait, dit Mavis en posant la cape de la fillette sur ses épaules.

— C'était pourtant le cas, intervint Nathan. Conduisons-la vite auprès de Zak.

Le trajet vers la maison de Turtle Creek se déroula dans une atmosphère pesante. Ils étaient tous trempés, surtout Nathan et Trevor, qui avaient dû aider Benjy à calmer les chevaux. Rebecca refusait de se taire. Le bord de son chapeau dégoulinait de pluie tandis qu'elle se balançait toujours d'avant en arrière en récitant inlassablement le poème de John Masefield. Nathan avait toutes les peines du monde à ne pas se boucher les oreilles. À bout de nerfs, Trevor lui ordonna sèchement de cesser ses litanies. Mavis voulut savoir pourquoi il jugeait bon d'interdire ce poème si cher à son oncle.

— Le mauvais temps lui rappelle Jordan, conclut-elle.

— À moi aussi, maman ! C'est pourquoi ces vers me sont insupportables, rétorqua Trevor.

À la maison, les hommes montèrent se changer pendant que Mavis et Lenora s'efforçaient de déshabiller la fillette pour l'envelopper d'une couverture. Le regard fou, Rebecca se débattit, sans cesser de déclamer, jusqu'à ce que son père apparaisse dans la cuisine avec Nathan. Ils voulaient suspendre leurs effets trempés dans la buanderie.

— Arrête un peu ! ordonna Trevor. Tu nous rends fous avec ton tintamarre !

Vêtue d'une camisole et d'une culotte bouffante, Rebecca s'interrompit et observa son père comme si elle ne le reconnaissait pas. Soudain, elle se précipita vers lui en criant :

— Papa ! Papa ! Sauve-le !

Elle enlaça son père par la taille.

Dans la cuisine, ce fut la stupeur. Chacun savait à qui elle faisait allusion. Nathan baissa la tête tandis que Lenora et Mavis échangèrent un regard impuissant. Même Zak se coucha en gémissant tristement. Au bout d'une minute, Trevor étreignit sa fille.

— Je regrette de n'avoir rien pu faire, ma chérie, déclara-t-il doucement.

Mavis se mit à secouer la veste de Rebecca au-dessus de l'évier. Nathan n'aurait su dire si elle exprimait ainsi sa réprobation ou si elle cherchait simplement à chasser l'eau du vêtement.

— Pauvre chérie, murmura la gouvernante à l'oreille de la fillette. Viens boire la tasse de chocolat que Lenora a préparée pour son petit ange.

Mais l'enfant refusait de quitter les bras de son père. Elle sanglotait dans la chemise propre qu'il venait d'enfiler.

— Allons, allons, tout va bien, dit Trevor en soulevant Rebecca dans ses bras. Montons dans ta chambre voir tes poupées.

— Je vous rejoins dès que je me serai changée, lança Mavis tandis que son fils portait sa fille vers l'escalier, Zak sur les talons.

Nathan posa une main sur le bras de sa grand-mère.

— Peut-être ont-ils besoin d'être seuls pendant un moment, suggéra-t-il.

Il était un peu agacé de voir sa grand-mère chercher à s'immiscer entre son père et Rebecca alors qu'elle lui reprochait souvent de ne pas lui accorder assez de temps.

— Rebecca semblait vouloir uniquement son père, en cet instant, ajouta-t-il.

Étonnée, la vieille dame se tourna vers lui. Nathan crut qu'elle allait le remettre à sa place sans ménagement. Ce n'était pas à lui de lui dicter sa conduite. Or Mavis esquissa un sourire et lui tapota la joue.

— Tu es un gentil garçon. Très mûr, pour ton âge. C'est parce que tu as grandi à la campagne. Je sais, il vaut mieux qu'ils restent seuls. Trevor adore Rebecca... à sa façon. J'ai tendance à l'oublier, parfois. Lenora, je monte me changer. Ensuite, Nathan et moi boirons du chocolat au salon.

À son retour, elle constata que le jeune homme avait allumé du feu dans la cheminée. La pluie avait fait chuter la température. Mavis resserra son châle sur ses épaules et poussa un long soupir en s'installant dans son fauteuil.

— Un peu de chaleur fera du bien à mes vieux os. Merci, Nathan. Merci pour tout. Tu as aussi apporté beaucoup de chaleur dans nos vies et tu es sans doute trop modeste pour t'en rendre compte.

Le jeune homme s'assit en face d'elle, n'osant répondre. Cette journée semblait raviver des souvenirs douloureux.

— Tout est lié à Jordan, tu sais, reprit-elle. Cela fait trois ans, mais Rebecca ne s'est pas remise de la perte de son oncle. Il était son meilleur ami. Je dois avouer qu'ils se ressemblaient, hélas. Il lui manque beaucoup. Ces pluies diluviennes lui rappellent le jour du drame.

Elle pinça les lèvres. Les flammes semblaient se refléter dans ses prunelles d'un bleu-vert pâli par les années. Nathan y lut une amertume plus intense que jamais. Il fut soudain très triste qu'elle ne sache pas la vérité. Si seulement Trevor osait la lui avouer, elle souffrirait moins. Il risquait même d'avoir une surprise : loin de ternir l'image de son fils aîné, cette vérité ferait renaître son amour pour son cadet. Mais Nathan avait donné sa parole.

Lenora leur apporta du chocolat chaud. Nathan s'en réjouit, car il avait la gorge nouée et sèche par l'émotion. Mavis posa sur lui un regard perçant.

— Tu es submergé par tes pensées, Nathan. Ton grand-père possédait cette capacité à se taire quand il avait trop de choses à dire. Allez, je t'écoute. Qu'est-ce qui te ronge ?

Nathan posa sa tasse. Il n'y avait donc pas moyen d'échapper à sa perspicacité ! Autant essayer de détourner la trajectoire d'une étoile filante. Il se racla la gorge et riva les yeux sur la flambée pour échapper au regard de la vieille dame. C'était Léon qui lui avait enseigné qu'il était plus sage de se taire quand on avait trop de choses à dire.

— Je préfère garder pour moi ce que je ne suis pas en droit d'exprimer, Grand-mère.

— Balivernes ! s'exclama Mavis en frappant le sol de sa canne. Tu es ici chez toi. Tu fais partie de la famille. Dans cette maison, chacun a sa place. Il ne faut pas cacher ses véritables sentiments. Il ne faudrait pas que tu sois comme ton père !

Nathan se tourna vivement vers elle.

— Et pourquoi pas ? Il n'y a rien chez lui que je veuille éviter d'être.

Le visage de porcelaine de la vieille dame exprima de la surprise, voire de la stupeur.

— Je vois qu'il a réussi à te conquérir ! Tant mieux. Trevor et toi avez tissé des liens de père à fils. C'est ce que j'espérais. Quand je mourrai, il ne sera pas seul.

Ces propos suggéraient-ils que Rebecca n'était pas de la famille aux yeux de son fils ? Sa grand-mère n'avait pas tort. Nathan ne doutait pas de l'amour de son père pour sa fille, mais Rebecca ne pouvait être à la hauteur des ambitions d'un homme tel que Trevor Waverling, si attaché à la santé et à l'énergie.

— Je voulais dire que ton père garde ses sentiments pour lui, expliqua Mavis. Il a toujours été renfermé, ce que je déplore. J'aurais pu mieux le connaître. Jordan était très ouvert, lui.

— Non, il ne l'était pas, objecta Nathan sans réfléchir.

Soudain, il rougit violemment.

— Enfin... je...

Le rire de Mavis le tira de son embarras.

— Je vois ce que tu veux dire, chéri. Mon fils aîné ne pouvait pas se confier à sa mère. Jordan était un homme, après tout.

Ils entendirent alors Trevor descendre l'escalier et dire à Lenora que Rebecca désirait une tasse de chocolat chaud.

— Elle s'est calmée. Elle est avec Zak, annonça-t-il à sa mère et son fils. Je lui ai donné une petite dose de laudanum. Elle ne va pas tarder à s'endormir. À son réveil, l'orage sera passé et elle aura oublié la scène qui s'est déroulée dans la cuisine. Nathan, viens dans mon bureau. J'aimerais que nous discutions de quelques questions professionnelles avant le déjeuner.

Soulagé, Nathan se leva et sentit la déception de sa grand-mère qui se retrouva seule au salon avec pour compagnie le crépitement des flammes et le vacarme des éléments déchaînés, comme le jour où son fils avait péri.

Au fil de la journée, ils reçurent plusieurs appels téléphoniques de connaissances pour échanger des nouvelles des uns et des autres après la catastrophe de Galveston. Cependant, ils n'auraient d'informations précises qu'après la réparation des réseaux. Trevor était certain que Beaumont, situé à soixante kilomètres au nord de Galveston, avait été frappé. Par un heureux hasard, le chargement de gaines métalliques qui auraient dû être acheminées vers Spindletop par le train avait été retenu en gare par manque de voitures adaptées. À chaque sonnerie, Nathan redoutait d'entendre Charlotte annuler sa réception.

À tour de rôle, ils se rendirent au chevet de Rebecca. Zak montait la garde au pied de son lit. Après le déjeuner, Mavis alla s'allonger à côté d'elle pour faire une sieste. Il pleuvait des cordes. Mieux valait que la fillette sommeille encore. Dans l'après-midi, Nathan parvint enfin à joindre Charlotte, dont la famille avait été trempée à la sortie de la messe. Comme il le craignait, la fête n'aurait pas lieu, mais la jeune fille lui proposa de le voir pour jouer aux cartes dès que le temps serait plus clément. Ravi, il passa le reste de la journée dans le bureau de son père à parler travail. Puis le vent finit par se calmer et le déluge fit place à un léger crachin. Ils évoquèrent les projets de Trevor pour sa nouvelle usine et son entretien avec Jarvis Putman, un ancien foreur de puits de captage qu'il avait engagé pour creuser son premier puits de pétrole. Lors de la réunion préparatoire à Waverling Tools, Todd lui avait demandé si, selon lui, il y avait beaucoup de pétrole au Texas.

— Et comment ! avait répondu le foreur aguerri. Il y a de véritables océans de pétrole sous le sol du Texas, ainsi que beaucoup d'eau. Et depuis des milliers et des milliers d'années. Il ne demande qu'à être extrait. En fait, on trouve toute l'histoire de la Terre dans le sous-sol. La première étape est d'engager les experts et d'élaborer les machines d'extraction.

Ensuite, il ne faut pas détruire la Terre pour arranger les affaires des hommes.

Trevor et Nathan avaient échangé un regard complice : Samantha allait apprécier Jarvis. Trevor l'avait engagé sur-le-champ.

À la tombée du jour, ils allaient se retirer au salon, où Trevor buvait toujours un whisky, quand ils entendirent des coups de pattes et des gémissements devant la porte close du bureau. Nathan l'ouvrit vivement. Zak posa ses pattes mouillées sur son torse.

— Qu'est-ce qui se passe, Zak ? demanda-t-il en caressant son encolure trempée.

La réponse lui fit l'effet d'une flèche en plein cœur. Le chien courut vers l'escalier en aboyant.

— Montons vite, dit Nathan à Trevor. Je crois que c'est Rebecca.

Affolé, Trevor lui emboîta le pas dans l'escalier. Sur le palier, les deux hommes voulurent se ruer dans la chambre de la fillette, dont la porte était ouverte, mais Zak partit dans la direction opposée en aboyant. Mavis apparut dans le couloir, à peine réveillée.

— Que se passe-t-il ? s'enquit-elle. Pourquoi Zak aboie-t-il ? Où est Rebecca ?

— Elle n'est pas avec vous, maman ? s'exclama Trevor.

— Non. Elle était endormie à côté de moi…

N'osant envisager le pire, Trevor se tourna vers son fils.

— Elle est partie au bord du fleuve !

Ils rejoignirent Zak en bas, qui les attendait devant la porte d'entrée en jappant. Au détour d'un virage, ils croisèrent de nombreuses flaques d'eau. Rebecca était sortie sous la pluie, Zak sur les talons. Il lui était arrivé quelque chose qui avait incité le chien à donner l'alerte à la maison. Voyant Trevor et Nathan le suivre, le berger allemand courut vers le bout du ponton.

— Rebecca ! hurla Trevor en s'élançant à sa poursuite.

Nathan l'imita, mais il savait au fond de son cœur que c'était inutile. Rebecca était partie à la recherche de son oncle. En cette fin d'après-midi, il entendait presque ses ultimes paroles : « *Je dois retourner vers la mer, la mer infinie et le ciel. Je ne demande qu'un navire et une étoile pour le guider.* »

Alerté par les cris, Benjy arriva au moment où ils foulaient le ponton inondé. Nathan redoutait que son chien ne plonge dans le courant déchaîné, car il ne pourrait le sauver. Mais Zak se contentait de tourner sur lui-même, frénétique, puis il repartait en direction de la rive.

— Suivons Zak ! lança Nathan à son père, qui l'approuva, livide.

Ce fut le chien qui la trouva. Le courant ne l'avait pas portée en aval, où elle aurait été engloutie par la Trinité. Elle gisait face contre terre, coincée entre deux rochers, au bord de l'eau, ses longs cheveux bruns et sa robe flottant autour d'elle. Le chien lui donna ses coups de pattes en geignant, jusqu'à ce que Nathan l'écarte afin que Trevor puisse se jeter à l'eau pour prendre sa fille dans ses bras. Benjy voulut l'aider, mais il déclara :

— Je la tiens, je tiens ma petite fille.

Serrant son châle autour d'elle, Mavis guettait leur retour au sommet de la pente menant à la rivière. Ses cheveux blancs et sa robe claire trempés lui donnaient l'air d'un fantôme surgi des eaux. Voilé par la bruine, son visage ne trahit aucune émotion lorsque les trois hommes parvinrent à sa hauteur, Trevor portant l'enfant. Elle ne cligna même pas les paupières malgré ses larmes.

— Rentre, maman. Tu vas attraper la mort, ordonna Trevor.

Mavis obéit sans un mot. Ils passèrent par l'escalier extérieur. Lenora les attendait, anxieuse. Enfin, Mavis prit la parole :

— Je savais que le fleuve la prendrait un jour. Allonge-la sur son lit, Trevor. Je vais chercher des couvertures.

Le médecin de famille était en route pour Galveston avec son infirmière afin de secourir les sinistrés, apprit Nathan en appelant le cabinet. Mieux valait prévenir la police, qui leur enverrait le coroner.

En état de choc, ils patientèrent au salon. Les yeux secs, Mavis était assise dans son fauteuil, comme si elle pleurait depuis si longtemps qu'elle n'avait plus de larmes. Le teint livide, les lèvres pincées, elle tenait Scat sur ses genoux. Lenora sanglotait dans un coin. Benjy priait à voix basse, son rosaire à la main. Près de la fenêtre, dans son fauteuil, Trevor était prostré, la mine grave. Nathan était affalé face à sa grand-mère, malade, Zak couché à ses pieds, abattu. La porte de la chambre de Rebecca était close.

— Pourquoi ? fit Mavis. Pourquoi ? Je savais que cette enfant était fascinée par le fleuve, mais nous lui avons si souvent interdit de descendre seule au bord de l'eau. Pourquoi a-t-elle choisi ce jour particulier ?

Nathan observa son père. Seuls lui et Trevor connaissaient la réponse. Rebecca avait vu son oncle se noyer. À cause de l'orage, son esprit s'était fixé sur ce souvenir et elle était descendue sur le ponton pour tenter de sauver son oncle. Elle avait essayé de le leur dire, mais personne ne l'avait écoutée. Il se rappela la promesse faite à son père de veiller sur Rebecca toute sa vie durant. Nathan se tourna ensuite vers sa grand-mère et, sans savoir pourquoi, incapable de maîtriser son flot de paroles, il s'entendit déclarer :

— Rebecca a vu son oncle se noyer et est allée au bord du fleuve pour le sauver.

CHAPITRE 39

Billie June et Daniel prirent le premier train de l'après-midi pour Fort Worth et arrivèrent au Triple S au moment où la pluie et le vent s'abattaient sur Dallas. Le contrôleur du train avait relayé une rumeur selon laquelle Galveston avait été frappé par une terrible tempête venant du golfe du Mexique et que les plaines du centre allaient subir le même sort.

— J'espère que Sloan a rentré son foin, dit Billie June. Sinon, ils auront du mal à passer l'hiver. S'il y a des inondations, il va s'inquiéter pour ses bêtes. Neal Gordon aussi. Les troupeaux ont un instinct qui leur permet de fuir les inondations, mais les hautes terres sont rares dans les deux ranches. S'il y a des éclairs, il arrive que des bêtes soient piétinées.

— Que se passera-t-il si elles n'atteignent pas les hautes terres ? s'enquit Daniel.

Billie June réfléchit un instant avant de répondre :

— Ils perdront une partie des troupeaux et pas mal de revenus. L'élevage est une activité difficile car les ranches sont tributaires du climat. Si cette tempête est mauvaise et s'éternise, le Triple S risque gros.

Daniel ne masqua pas son étonnement. Il croyait ce vaste domaine à l'abri des caprices du temps.

— Quels ennuis ? demanda-t-il.

Billie June parut regretter ses révélations. Daniel l'encourageait à parler de sa famille, espérant glaner une information sur Sloan qui lui serait utile. De ce fait, au cours des derniers mois, Billie June se montrait très discrète sur son frère et ne parlait de lui qu'en bien. Daniel la soupçonnait d'avoir une autre raison d'insister pour qu'il loge au Triple S le temps de sa mission à Windy Bluff. Peut-être espérait-elle qu'en apprenant à se connaître, son frère et lui enterreraient la hache de guerre. C'était hors de question. Sloan Singleton incarnait le genre d'homme que Daniel haïssait : ceux qui se croyaient meilleurs que les autres uniquement parce qu'ils étaient bien nés. Issu d'un milieu défavorisé, Daniel avait tout mis en œuvre pour s'en sortir dès son plus jeune âge. Jusqu'à présent, il n'avait pas fait ses preuves, mais, à certains égards, il devait beaucoup à Sloan Singleton. Si ce m'as-tu-vu ne l'avait pas humilié, Daniel n'en serait sans doute pas là. Cela ne signifiait en rien qu'il devait pardonner et oublier. Ce type était toujours condescendant et égocentrique. Il se vengerait de lui ne serait-ce qu'à travers la souffrance qu'il allait infliger à Samantha quand elle découvrirait la véritable raison pour laquelle il l'avait épousée.

Billie June était rongée par l'inquiétude. Elle ne pourrait pas garder ses tourments pour elle encore très longtemps. Comment se faisait-il qu'elle n'ait pas encore compris pourquoi il continuait à la voir ? Il n'avait jamais parlé d'amour. Telle était la limite de sa tromperie. Plus que toute autre femme qu'il avait connue, il la désirait, l'admirait, appréciait sa compagnie. Mais d'amour, il n'était pas question.

— Pourquoi le Triple S aurait-il des ennuis en cas de mauvaise tempête ? insista-t-il.

Billie June tira nerveusement sur la manche de sa veste.

— Disons simplement que chaque vache est indispensable, à l'heure qu'il est, pour régler les factures, répondit-elle.

Après réflexion, elle ajouta, comme si l'angoisse l'y poussait :

— Surtout l'emprunt que Sloan a contracté à la Rutherford City Bank.

Daniel n'en croyait pas ses oreilles. *Sloan Singleton devait de l'argent à la Rutherford City Bank ?* Puisqu'il avait largué sa fille, Noble Rutherford n'hésiterait pas à réclamer son dû en cas de défaut de paiement de ses traites.

— La dette de ton frère ne peut être importante au point d'être un souci, dit Daniel.

Le hochement de tête de Billie June dementit ses propos.

— Ton frère n'aurait pas été assez stu… assez désespéré pour hypothéquer le ranch, j'espère !

Une fois encore, Billie June fit grise mine.

— Je crains que si, avoua-t-elle. Nous nous sommes moins bien sortis de la sécheresse que les Gordon. Sloan avait besoin d'argent pour acheter des bêtes mieux adaptées à notre climat et à nos terres en cas de nouvelle catastrophe. Il s'attendait à doubler le nombre de têtes en quelques années. C'était bien parti. Sloan n'aurait jamais mis le ranch en jeu s'il l'avait jugé en danger.

Il n'était pas en danger au moment de la transaction, songea Daniel. Il avait prévu d'épouser Anne Rutherford, dont le banquier de père n'aurait jamais infligé à sa fille l'affront d'une saisie. Après le mariage, Noble Rutherford aurait effacé la dette en guise de cadeau. Sloan avait joué une autre carte et misé sur Samantha, potentielle héritière du pétrole et aguerrie à la vie d'un ranch. Il pensait que Neal Gordon ne laisserait pas tomber le Triple S. Ce type était vraiment intéressé ! Finalement, Sloan Singleton ne valait pas mieux que n'importe quel autre homme et il était bien plus stupide que la plupart d'entre eux. Il n'avait même pas songé à anticiper une catastrophe autre que la sécheresse qui pouvait l'anéantir avant que le puits de pétrole des Gordon ne soit rentable, s'il l'était un jour. Le banquier le tenait à la gorge. Il méritait son sort. Billie June cependant semblait encore très attachée à son ranch.

— Donc je suppose qu'il va compter sur ton héritage et celui de ta sœur pour se tirer d'affaire, déclara-t-il.

Quand Billie June le foudroya du regard, Daniel se rendit compte qu'il avait dépassé les limites. Les liens du sang… La jeune femme retira vivement sa main de la sienne.

— Sache que Sloan ne détournerait pas un sou de nos fonds de placement pour quelque raison que ce soit. En apprenant qu'il avait besoin d'argent, nous lui avons proposé de lui en prêter, mais il a refusé tout net. Jamais il ne mettrait en péril cette provision du testament qui nous fera vivre si nous ne nous marions pas.

Toute autre femme lui aurait lancé un regard lourd de sous-entendu, mais Billie June se contenta de regarder le paysage par la fenêtre. Soudain attristé par sa rebuffade, Daniel voulut reprendre sa main.

— Je regrette de t'avoir donné l'impression que je médisais sur ton frère.

— Tu ne le connais pas…

Oh si, je le connais, songea Daniel. Pourquoi Sloan aurait-il pris la peine d'emprunter à ses sœurs puisqu'il prévoyait d'épouser la fille du banquier ou celle d'un futur roi du pétrole ? Ce m'as-tu-vu n'avait pas envisagé qu'un ouragan se dresserait sur son passage. Comment allait-il se tirer de ce mauvais pas ? S'il s'en tirait… Daniel sourit pour lui-même et s'adossa plus confortablement sur son siège. La main douce de Billie June lui manquait, et sa jolie petite épaule. Au moins, il pouvait désormais espérer que la tempête accomplisse sa mission à sa place.

Anxieuses, Millie May et Samantha les attendaient sur le seuil, la porte grande ouverte afin qu'ils ne soient pas trempés en descendant de la voiture qui était allée les chercher à la gare. Sloan courut chercher les bagages en se plaignant que sa sœur n'avait décidément rien laissé à Dallas. Avec l'énorme boîte à outils de Daniel, l'entrée de la maison était envahie de valises, de boîtes à chapeaux, sans oublier une malle, qui dégoulinaient de pluie sur le sol. Les deux hommes ne se serrèrent pas la main. Daniel eut l'impression qu'il ne le regardait même pas, comme s'il faisait partie du décor.

— Pour l'amour du ciel, Billie June, tu reviens avec plus de bagages que tu n'en as emportés ! protesta son frère. Où allons-nous ranger tout ça ?

— Dans le placard de l'étage, là où se trouvent les décorations de Noël..., suggéra-t-elle.

— Non ! s'exclama Sloan si fort qu'il en fut aussi étonné que sa femme, ses sœurs et Daniel Lane.

Les femmes l'observèrent d'un air ahuri tandis que Daniel semblait réfléchir.

— Enfin, je veux dire... Ce n'est pas une très bonne idée. Certaines de ces décorations sont fragiles et étaient à notre mère... ce placard déborde déjà.

— C'est vrai, admit Billie June. Nous ferons de la place sous l'escalier. Et nous rangerons les valises sous les lits.

Ce détail étant réglé, Billie June leur parla des nouvelles de Galveston en précisant que l'ouragan se dirigeait vers l'intérieur des terres.

— Cela va retarder le forage, dit Sloan à Daniel en espérant qu'il retournerait à Dallas.

Il ne voulait pas qu'il puisse traîner dans la maison pendant que lui et ses hommes répareraient les dégâts éventuels de la tempête.

— Je verrai le temps qu'il fera lundi. Mon patron va sans doute m'appeler aujourd'hui ou demain pour me donner ses instructions. M. Waverling m'enverra peut-être sur la côte inspecter les dégâts d'un autre chantier. En attendant, je peux vous aider sur le ranch.

Billie June tapota le bras de Daniel et déclara fièrement :

— Daniel ne tient pas en place, sauf quand il lit. Il faut toujours qu'il se rende utile. Tu trouveras bien quelque tâche à lui confier, Sloan !

Surpris par cette proposition, Sloan ne se fit pas prier. Dès qu'il avait entendu parler de l'ouragan, il avait senti l'angoisse le gagner. La pluie s'était abattue sur le foin qui n'était pas encore en balles, ce qui allait engendrer une perte financière inattendue et grave. Si la tempête était aussi durable que Sloan le soupçonnait, tout le foin des plaines centrales serait touché. Les prix grimperaient en flèche. Enfin, chaque chose en son temps. Pour l'heure, il redoutait la jambe noire qui risquait de décimer son troupeau. Cette maladie mortelle était provoquée par une bactérie qui se développait dans le sol à la suite d'une inondation. Mais il y avait aussi les maladies infectieuses, comme le piétin et la pneumonie. Il devait transférer son troupeau vers les hautes terres. Le vent s'était levé, très violent. Pendant quelques jours, il faudrait inspecter la clôture en quête d'avaries. Quand le temps serait de nouveau clément, ils devraient passer les pâtures au peigne fin pour en ôter les débris métalliques et autres clous susceptibles d'être ingérés et de provoquer des perforations intestinales. Les débris végétaux, surtout les feuilles toxiques des merisiers impossibles à arracher, devraient être déblayés. Il faudrait également incinérer les carcasses d'animaux noyés. Le travail ne manquerait pas, sans oublier les soins et la nourriture à apporter aux bêtes ayant survécu.

— Vous y connaissez quelque chose au déplacement des troupeaux par mauvais temps ? demanda Sloan.

S'il avait exercé de nombreux métiers, Daniel n'avait jamais travaillé dans un ranch à quelque poste que ce soit.

— Je monte à cheval et je manie le lasso aussi bien qu'un autre, répondit-il.

Sloan s'en moquait du moment que le forgeron restait à distance de la maison.

— Suivez-moi, dit-il.

Lorsque les hommes et les chevaux se mirent en route, la nuit tombait déjà et la pluie et le vent redoublaient d'intensité. Dans ces conditions, ils avaient du mal à voir d'où provenaient les cris des bêtes en détresse. Des veaux affolés appelaient leur mère, des vaches cherchaient leurs petits, des taureaux s'époumonaient. Si ces bruits leur parvenaient malgré les éléments déchaînés, pour autant les hommes ne voyaient rien. Ils avançaient en ligne, protégés par des manteaux de pluie, dans l'espoir de trouver des animaux égarés ou en péril. Forts de leur expérience, ils se dirigèrent vers les fossés dans lesquels des vaches avaient pu tomber. Ils ne s'étaient hélas pas trompés. Au bord d'une ravine, une vache meuglait et, en contrebas, son veau gisait dans l'eau. Pour le sauver, il fallait descendre, attacher les pattes de l'animal, le prendre sur ses épaules et laisser les collègues à cheval les remonter.

Daniel fut le premier à se porter volontaire. Le vent agitait sa corde qu'il retenait avec difficulté. Sur ce terrain glissant, le cheval avait du mal à ne pas déraper sous le poids du veau. Les premiers efforts de Daniel se révélèrent vains.

— On ne peut pas le laisser tomber ! cria Daniel à Sloan, resté sur le bord de la ravine, lorsque l'éleveur lâcha la rampe pour préserver son cheval.

— Il le faut, malheureusement ! lui répondit-il, étonné par la détresse qu'il lisait sur le visage de Daniel. C'est fichu ! Il y en a d'autres à sauver. Désolé, Lane !

Découragés, ils décidèrent de cesser les recherches. Sloan et Daniel regagnèrent la grande maison et les cow-boys le réfectoire pour se changer et s'envelopper dans des couvertures le temps de faire sécher leurs vêtements devant l'immense cheminée. Leur patron leur avait ordonné de passer le reste de la journée sur place et de dormir là plutôt que de se tremper de plus belle en courant jusqu'au dortoir, si la pluie ne cessait pas. Sloan ne voulait pas que ses hommes s'enrhument, par-dessus le marché.

Samantha se montra aux petits soins pour lui. Elle alla lui chercher des vêtements secs, lui enleva ses bottes et lui servit du café brûlant, mais sans prononcer les paroles réconfortantes d'une épouse. Ayant grandi dans un ranch, elle ne savait que trop bien que, dans cette situation, aucune parole ne pouvait apaiser les tourments d'un éleveur. Ce n'était pas la première inondation que subissaient les deux ranches. En été, la terre séchait rapidement. Or ils vivaient un automne précoce et froid. La terre avait déjà perdu toute la chaleur emmagasinée. La prédiction de Mildred se vérifiait. Il n'y aurait pas d'été indien cette année. Le sol resterait humide et infesté de parasites capables de détruire un troupeau en moins de quarante-huit heures.

Dans leur chambre, Sloan et Samantha s'enlacèrent en silence, unis dans la tristesse pour les pertes économiques et la destruction qui les guettaient. Dès que le ciel serait dégagé, ils se rendraient dans les pâturages dévastés. Les fossés déborderaient de carcasses enflées de bêtes noyées. Ils trouveraient un océan de débris, de branches, de toitures de dépendances, de clôtures, de foin détruit, d'enclos brisés, de barrières abattues et piétinées par les bêtes affolées. Il faudrait des heures et des heures de dur labeur pour tout déblayer, puis de l'argent pour réparer les dégâts.

— Nous serons peut-être ruinés, fit Sloan.

— Ne dis pas cela. J'ai de l'argent et papa nous aidera.

Sloan n'avait pas avoué à sa femme l'importance de sa dette.

— Non ! protesta-t-il. Cet argent t'appartient. Il n'est pas question que ton père me sauve la mise. Je dois subir les conséquences de mes choix. Il aura suffisamment de frais, lui aussi.

— Au besoin, tu contracteras un emprunt à la banque. Papa se portera garant pour toi à la Cattleman's.

— Certainement pas.

Jamais il n'avouerait à Neal Gordon comment il s'était retrouvé au fond du gouffre.

— Tu t'adresseras à une autre banque, alors.

— Noble Rutherford veillera à ce que je sois sur une liste noire.

Samantha émit un grommellement sceptique.

— Il ne ferait pas une chose pareille, qui nuirait à l'image altruiste de sa fille. Si nous tenons le coup jusqu'au forage du puits, aucun des deux ranches n'aura à se soucier pour l'avenir. Je toucherai la moitié des royalties, tu sais.

Neal avait insisté sur ce point en signant son contrat avec Waverling Tools. Le prix du loyer irait dans les caisses de Las Tres Lomas. S'il y avait du pétrole, les royalties seraient partagées entre lui et sa fille.

— On reste en famille, avait-il commenté en adressant un clin d'œil à Samantha et Sloan.

— Ce puits n'est pas près de fournir, objecta Sloan.

Samantha glissa les doigts dans ses cheveux humides.

— Si seulement je pouvais chasser tes soucis d'un baiser, chuchota-t-elle d'un ton nostalgique.

— Tu peux toujours essayer…

Pendant le souper, tout effort destiné à détendre l'atmosphère avait été anéanti par les bourrasques et la pluie qui martelaient les vitres de la salle à manger. Millie May avait suggéré une partie de bridge, mais seules quatre personnes pouvaient jouer.

— Oh, je ne compte pas, avait déclaré Daniel. Je n'ai jamais été amateur de cartes.

— Prenez ma place, Lane, avait insisté Sloan. J'y tiens.

Il ne voulait pas que l'amant de sa sœur puisse errer dans la maison pendant qu'il jouait.

— Vous aurez beau insister, je refuse. Samantha, auriez-vous de quoi m'occuper les mains, dans la maison ? Aujourd'hui, je ne me suis pas rendu très utile. Si vous avez de petits travaux de réparation à me confier, je m'en chargerai avec plaisir. Je manie assez bien les outils.

Avant que Samantha ne puisse répondre, Billie June avait fièrement pris la parole :

— Si tu voyais avec quelle efficacité il entretient mon appartement, Sam ! Il n'y a pas un gond qui grince, par un meuble bancal.

— C'est très gentil, Daniel, avait lancé Samantha en ignorant le regard furibond de son mari. En fait, je vois plusieurs petites tâches à vous confier. N'est-ce pas, les filles ?

— Je crois que c'est à moi que vous avez proposé votre aide, Lane, était intervenu Sloan. Si la pluie cesse, nous pourrons réparer les clôtures dès demain. Et si vous nous donniez un coup de main ?

— Avec plaisir, avait répondu Daniel avec un large sourire. Dès que j'aurai terminé la liste de votre épouse.

***

— Lenora, veuillez quitter la pièce, et refermez la porte derrière vous ! ordonna Trevor, la mâchoire crispée. Benjy, filez chez Todd Baker pour l'avertir que Nathan et moi ne prendrons pas le train pour Fort Worth, demain. Les travaux préliminaires du chantier de forage sont retardés.

— Dois-je préciser pourquoi, patron ? fit le cocher, la voix brisée par le chagrin.

— Oui.

Mavis regardait fixement Nathan.

— Que disais-tu, Nathan ?

Trevor se leva, les poings crispés.

— Assez, Nathan. Sors d'ici, toi aussi. Va appeler le Triple S pour annoncer à Daniel ce qui vient de se passer. Qu'il reste là-bas jusqu'à nouvel ordre.

Le cœur du jeune homme battait la chamade. La vérité était sortie. Plus moyen de revenir en arrière. Les poings de son père risquaient de l'envoyer au tapis.

— Pas tant que je n'aurai pas dit à Grand-mère la vérité qu'elle a besoin d'entendre, papa. Zak et moi serons partis d'ici l'aube, mais je veux que votre mère connaisse la vérité sur ses deux fils. C'est le seul moyen pour elle et vous de supporter la mort de Rebecca.

Le regard troublé de Mavis passa de l'un à l'autre.

— De quelle vérité parle-t-il, Trevor ? Que m'as-tu caché ? Et pourquoi Nathan parle-t-il de partir ?

Les joues de Trevor s'empourprèrent.

— Parce qu'il n'a pas tenu parole.

— Pas tenu parole ? répéta Mavis en se levant de son fauteuil.

Le chat sauta à terre. Appuyée sur sa canne, elle s'approcha de Nathan et le dévisagea d'un air soupçonneux.

— Quelle vérité, Nathan ? Parle à ta grand-mère !

— Nathan, je te préviens..., menaça son père.

Mavis le fit taire en agitant sa canne.

— Mon père n'est pas responsable de la mort de son frère, Grand-mère. Votre fils Jordan s'est suicidé. Il s'est noyé. Il a écrit une lettre à mon père qui le prouve. Je l'ai lue. Rebecca a assisté au suicide de son oncle. C'est certain. La lettre explique les vers qu'elle ne cesse de répéter, ceux que son oncle citait dans sa lettre. Elle l'a vu parcourir le ponton sans se douter qu'il allait mettre fin à ses jours. Quand elle a compris qu'il se noyait, il était trop tard pour le sauver. La tempête a ravivé ce souvenir dans lequel elle est restée enfermée. Sans doute a-t-elle couru vers le fleuve dans l'espoir de... de le sauver, cette fois.

Les yeux écarquillés, Mavis porta son attention sur Trevor, figé devant la fenêtre.

— C'est vrai ? lui demanda-t-elle.

Trevor crispa la mâchoire.

— Oui, maman, c'est vrai.

— Pourquoi ? Pourquoi ne m'as-tu rien dit ?

— Te le dire ? Tu te poses vraiment la question ? pouffa Trevor, plein d'amertume. Comment faire autrement ? Ce fils que tu aimais, que tu idolâtrais, qui réalisait tes rêves, s'était suicidé. Il te privait de l'avenir sur lequel tu comptais, avec Jordan à la tête de l'entreprise, comme papa le voulait, selon toi, et marié avec une femme qui aurait reçu ton approbation et qui t'aurait donné des petits-enfants sains d'esprit.

Trevor s'interrompit et ferma les yeux.

— Et surtout, reprit-il, plus doucement en la regardant, il te laissait le chagrin éternel de savoir que ton amour maternel n'avait pas suffi à le sauver de lui-même. À présent, dis-moi si tu aurais vu vivre avec ça !

Seul le crépitement des flammes dans la cheminée rompait le silence. Nathan vit la vieille dame essayer de parler. Hélas, les mots ne sortaient pas.

— Je vous aimais tous les deux, souffla-t-elle enfin. Mais différemment, Trevor, et tu m'as laissé croire… Seigneur, pourquoi avoir fait une chose pareille ?

— Je viens de te le dire, maman. Naturellement, tu ne m'as pas entendu. Tu sais pourquoi. Je t'ai toujours déçue. Je pouvais au moins te laisser un souvenir intact de Jordan.

— Et tu… m'as épargné cette vérité parce que…

— Devine. Il n'existe qu'une seule raison.

— Je veux l'entendre de ta bouche.

— Très bien. Parce que je t'aime.

— Pas parce que c'est ce que ton père aurait voulu ?

— Mon père n'aurait jamais permis que tu me soupçonnes une seconde d'être responsable de la mort de mon frère.

Comme frappée par la foudre, Mavis chancela. Nathan s'avança pour la soutenir, mais elle s'appuya sur sa canne en tremblant. La gorge nouée, elle reprit la parole :

— Tu croyais donc que vivre avec ce soupçon serait plus facile pour moi que de supporter le suicide de ton frère ? Comme tu avais tort ! Dieu que tu avais tort !

Ses yeux s'embuèrent de larmes.

— Tu me connais bien mal, reprit-elle. Et je ne te connais pas non plus. Nous ignorons l'amour que nous avons l'un pour l'autre.

Les traits du visage de Trevor se détendirent.

— Tu crois qu'il est trop tard pour le découvrir ?

— Pour une mère, quel que soit son âge, il n'est jamais trop tard pour le pardon, même après tout ce temps.

Trevor tendit les bras vers elle.

— Viens, Zak, ordonna Nathan.

— Où vas-tu donc ? s'enquit Trevor, sur le seuil de la chambre de Nathan.

Des officiers de police étaient venus prendre leurs dépositions, avant de repartir. La nuit était tombée. Mavis se reposait. L'organisation des obsèques serait pour le lendemain.

— Je pars pour la Californie demain dès l'aube, répondit Nathan en pliant ses chemises. Je crois que le pire de la tempête est passé.

Il espérait que son père ne rende pas ces adieux plus pénibles… Ils avaient tous le cœur gros.

— J'ai toujours voulu connaître cette région, ajouta-t-il.

— Et Charlotte ?

— Quoi ? fit le jeune homme en se redressant. Je la connais à peine.

Trevor lui tendit une enveloppe un peu humide.

— Son majordome nous a livré cette lettre. Le pauvre homme a failli se noyer… Mieux valait pour lui qu'il s'acquitte de sa mission…

Nathan rit doucement et ouvrit l'enveloppe portant son nom, « M. Nathan Holloway ».

Mon cher Nathan,

J'ai appris le décès de votre sœur et j'aimerais tant être à vos côtés en ces moments difficiles pour vous apporter du réconfort, même si notre amitié est récente. De façon un peu égoïste, je pense que nous serions d'un grand réconfort l'un pour l'autre. Je ne connaissais pas bien Rebecca, mais jamais je ne l'oublierai, un peu comme le parfum des roses. Puis-je attendre votre appel ?

Bien à vous,
Votre amie dévouée, Charlotte

— Alors ? fit Trevor d'un air curieux lorsque son fils eut terminé sa lecture.

— Alors..., répéta Nathan, sentant des larmes de gratitude lui monter aux yeux.

Il glissa la lettre dans la poche de sa chemise.

— Nathan, tu n'iras nulle part. Remets tes vêtements dans l'armoire.

— Je ne suis pas renvoyé ? demanda-t-il.

— En tant que fils ou que représentant ? Sache qu'un père ne peut rejeter sa chair et son sang. Et tu ne m'as donné aucune raison de me séparer de mon représentant.

Nathan continua à faire ses bagages, sans emballer son smoking et ses souliers, trop lourds à transporter.

— En tant que fils, si. Je vous avais donné ma parole et je ne l'ai pas tenue.

— Tu as agi comme tu le jugeais bon et tu avais raison. J'avais tort. Un homme ne peut tenir une promesse quand elle fait trop de mal.

— Vous parlez comme Léon.

— C'est un excellent modèle. Il faudra que je m'inspire davantage de lui.

Trevor s'approcha du lit et retint la main de son fils alors qu'il allait glisser un dernier vêtement dans son sac de voyage.

— Ne pars pas, Nathan, implora-t-il. Je ne supporterais pas de perdre mon fils alors que je viens de perdre mes deux...

Sa voix se brisa. Trevor le relâcha et sortit un mouchoir de sa poche.

— Deux quoi ? fit le jeune homme.

Trevor se moucha.

— Ma langue a fourché. Oublie ce que je viens de dire. Je parlais de la perte d'une autre enfant que je croyais mienne, il y a bien longtemps, avant Rebecca. C'était la fille d'une amie.

— Je suis désolé pour vous, répondit Nathan.

Il eut alors l'impression de vivre un moment déjà vécu. *Oublie ce que je viens de dire.* Léon lui avait dit la même chose, dans la grange, le jour où son univers s'était écroulé, quand son beau-père avait déclaré qu'il ne lui cacherait pas un autre secret. Nathan avait voulu savoir quel autre secret, ce à quoi Léon avait répondu : « Oublie ce que je viens de dire. Cela n'a aucun rapport avec toi, alors ne me harcèle pas. »

Ils n'étaient pas revenus sur cet échange, mais Nathan se rappelait le regard voilé de Léon, son visage fermé, la preuve qu'il lui cachait quelque chose. Nathan avait la même sensation en cet instant.

— Tu n'as aucune raison de partir, Nathan. Aucun père n'est plus fier de son fils que je ne le suis aujourd'hui de toi. Tu n'as pas idée de ce que tu représentes pour ta grand-mère et moi.

Si, songea le jeune homme. Hélas, lui-même ne vivrait jamais une telle réconciliation.

— Je serais ravi de rester, dit-il d'une voix mal assurée. Il aurait été très difficile pour Zak et moi de partir pour un nouveau foyer.

— Cela serait encore plus difficile pour nous si tu partais, assura Trevor en prenant son fils par les épaules. Laisse tes affaires sur le lit, Lenora les rangera. Allons voir si ta grand-mère acceptera de manger un peu. Autre chose : j'aimerais que tu appelles au Triple S pour annoncer à Daniel que le forage est repoussé.

Ce fut Samantha qui décrocha le téléphone lorsque Nathan appela le ranch et demanda à parler à Daniel. Sans qu'elle sache pourquoi, elle avait plusieurs fois pensé au jeune homme, au cours de l'après-midi.

— J'espère que vous n'êtes pas en train de vous noyer à Dallas, dit-elle. Nous sommes sur le point de sombrer, ici.

Face au silence pesant qui suivit, elle comprit qu'elle avait commis une bourde.

— Nathan ? Tout va bien ?

— Non, répondit-il en s'interrompant encore. C'est Rebecca… Elle s'est… noyée cet après-midi.

Le silence se fit sur la ligne. Chacun retint son souffle, y compris les opératrices qui écoutaient peut-être leur conversation.

— Samantha ? Vous êtes là ? Je sais que c'est un choc…

— Je… Je suis là, Nathan.

Samantha entendait encore les vers récités par Rebecca : *Je te dirai comme le soleil a dardé ses rubans, baignant les clochers dans une lueur améthyste…*

— Qu'est-il arrivé ? bredouilla-t-elle.

— Elle a échappé à notre surveillance et… s'est aventurée trop loin. Elle s'est noyée dans la Trinité, derrière la maison de ma grand-mère. J'appelle pour prévenir votre père que les travaux de forage sont suspendus jusqu'à nouvel ordre. De toute façon, on ne peut rien faire tant que le sol n'aura pas séché suffisamment pour l'installation des conduits, des tentes et de la plate-forme. Cette pluie est la conséquence de l'ouragan qui a frappé Galveston hier. Daniel devra rester chez vous et attendre de nos nouvelles, sans doute après les funérailles, en fin de semaine.

Abasourdie, incrédule, Samantha l'écouta réciter machinalement ses instructions.

— Nathan… Y a-t-il quelque chose que je puisse faire pour votre famille ?

— Ne pas l'oublier.

— Je penserai à elle chaque fois que je lirai un poème, désormais.

— Merci. Elle aurait apprécié.

Samantha raccrocha doucement et s'assit près du combiné. Elle connaissait à peine Nathan Holloway et n'avait croisé sa sœur qu'une seule fois, mais elle était aussi abattue que si elle les avait fréquentés toute sa vie. Elle demeura prostrée si longtemps que Sloan vint la chercher. Il la trouva en larmes. Désemparé, il la prit dans ses bras.

— Sam, chérie, que se passe-t-il ? Qui vient d'appeler ?

— Nathan Holloway. Sa petite sœur s'est noyée aujourd'hui.

CHAPITRE 40

Samantha finit de rédiger son message de condoléances pour Nathan et sa famille et sortit son carnet du tiroir de son secrétaire. Il contenait uniquement les coordonnées de Waverling Tools. Ce petit mot était si peu de chose, au vu des circonstances, mais elle éprouvait le besoin d'exprimer sa compassion. Elle aurait aimé assister aux obsèques de la fillette. Hélas, il pleuvait encore. À Galveston, le ciel s'était dégagé le dimanche matin à mesure que l'ouragan se déplaçait vers le nord. Les routes boueuses n'étaient pas propices aux déplacements. De plus, Samantha ne connaissait ni le lieu ni l'heure de la cérémonie. Elle ignorait même quand elle pourrait poster sa lettre.

Elle sentit soudain la mélancolie l'envelopper comme une couverture aussi grise que cette quatrième journée de pluie. Aucune bonne nouvelle ne venait éclaircir son horizon. Au téléphone, dont la ligne avait miraculeusement résisté aux intempéries, sa mère lui avait lu les articles de la *Fort Worth Gazette* sur la dévastation, les victimes et les pillages inadmissibles perpétrés à Galveston. Ils avaient perdu des amis, des parents d'amis, dont les habitations étaient détruites. L'hôtel dans lequel Sloan et Samantha avaient passé leur lune de miel avait été emporté. Anne Rutherford avait lancé une campagne d'aide aux victimes à laquelle Estelle contribuait. Des bénévoles avaient envoyé un train chargé de vivres, de vêtements, de couvertures et de médicaments vers la ville ravagée.

Au Triple S, les pertes étaient aussi graves qu'ils l'avaient redouté. Les employés du ranch travaillaient d'arrache-pied pour sauver ce qui pouvait l'être et réparer au mieux les dégâts. Las Tres Lomas, dont les terres étaient plus basses, avait souffert encore davantage. L'eau s'écoulait au lieu de stagner et d'imprégner le sol. En moins d'une semaine, Sloan avait l'impression d'avoir vieilli de cinq ans. Son pur-sang s'était fracturé une patte et avait dû être abattu et Sauvé avait disparu.

Toutefois, une vague lueur d'espoir persistait. L'animosité de Sloan envers Daniel semblait s'être en partie dissipée, du moins temporairement. Daniel lui avait apporté son aide lors des travaux de nettoyage. Grâce à ses compétences de forgeron et de menuisier, il avait réparé plusieurs poulies indispensables pour engranger le foin, les clôtures, les mangeoires. Dans la maison, il avait effectué de menus travaux pour Samantha, huilé des gonds d'une porte, rafistolé un tuyau dans la cuisine et posé une nouvelle étagère dans le garde-manger.

— Ce type n'est pas un fainéant, il faut bien l'avouer, avait déclaré Sloan.

De plus, Daniel était de bonne compagnie, ce que Sloan n'était pas près de reconnaître, en revanche. À la fin de la journée, ils s'installaient tous les cinq près de la cheminée du grand salon, les femmes avec leurs ouvrages et les hommes trop fatigués pour jouer aux cartes. Daniel était le plus cultivé, le mieux informé des questions d'actualité, mais il n'étalait pas sa science comme l'auraient fait certains en présence de personnes jugées mieux éduquées ou plus raffinées. Daniel apprit à ses convives que deux frères de Caroline du Nord avaient conçu un planeur capable de transporter un homme et qu'ils allaient bientôt prouver leur théorie selon laquelle l'homme pourrait voler grâce à un appareil défiant la gravité.

— Je suis persuadé qu'ils y arriveront, dit Daniel. Peut-être pas tout de suite, mais un jour, nous verrons des machines volantes pilotées par des hommes !

Samantha retenait son souffle, de peur que Sloan ne trouve cette théorie absurde. Mais son mari trahit une certaine curiosité.

— Quand doit se dérouler cet essai ?

— En octobre, à Kitty Hawk, en Caroline du Nord. Les frères Wright, Orville et Wilbur, se livrent à des expériences sur des appareils volants depuis des années.

— Il faudra guetter des nouvelles dans le journal, déclara Sloan. Vous imaginez ? Une machine volante ! Comment ces deux frères ont-ils eu l'idée de ce planeur ?

Daniel se lança dans le récit du parcours des frères Wright, qui avaient observé le vol des buses dans le ciel et conçu des cerfs-volants qui imitaient les battements d'ailes en fonction des courants et leur permettaient de voler.

Trop soucieuse de l'avenir du ranch, Samantha eut du mal à suivre les explications aéronautiques de Daniel, mais elle adressa un clin d'œil complice à Billie June. Elles se réjouissaient de voir les deux hommes discuter.

Samantha ouvrit son carnet à la page où elle avait inscrit les coordonnées de Waverling Tools. Au-dessus figurait l'empreinte du nom de Bridget Mahoney et de son adresse à San Francisco, que sa gomme n'avait pas réussi à effacer complètement. Elle avait oublié qu'elle avait noté cette adresse puis tenté de la gommer après avoir jeté la lettre d'Eleanor Brewster. Ce 14 avril semblait bien loin après tout ce qui venait de se dérouler. Elle entendit les pas traînants de Sloan dans l'escalier, puis son soupir de lassitude quand il entra dans la chambre. Il se pencha pour l'embrasser dans le cou.

— C'est bon de toucher quelque chose de propre, dit-il.

Il avait interdit à sa femme de participer aux travaux de déblaiement, car c'était « un travail d'homme ». Samantha avait respecté cette décision. Avec ses belles-sœurs, elle s'était chargée de nourrir les veaux orphelins au biberon. Consuela et le personnel de maison avaient été autorisés à rester en famille durant les pluies. Les trois femmes devaient donc accomplir les tâches domestiques. Samantha attira Sloan contre elle. Il sentait la boue et la pluie.

— À qui écris-tu ?

Samantha lui expliqua sa démarche.

— Une bien triste histoire,... mais j'ai de bonnes nouvelles, pour changer.

— Enfin ! Je t'écoute.

Sloan déboutonna sa chemise.

— J'ai parlé à Wayne, aujourd'hui. Les hommes de Neal ont retrouvé Sauvé. Devine où !

— Aucune idée, fit Samantha, soulagée, car elle avait imaginé le pire.

— Dès le premier coup de tonnerre, il s'est certainement replié vers le ranch pour se cacher dans une grange à foin. Ils l'ont retrouvé en bonne santé et sec. Il a mangé à loisir.

Samantha s'esclaffa.

— Cela lui ressemble bien ! Il est trop gâté. Tu as demandé à Wayne comment papa s'en sortait ?

— Il est inquiet, comme tout le monde. Leurs dégâts sont bien pires que ce qu'ils croyaient au départ, chérie. Neal compte énormément sur ce puits de pétrole.

Le ton de Sloan présageait d'épreuves encore pires que les leurs. Elle devait voir son père le lendemain, et ce serait sa première visite depuis la tempête. Sa présence était nécessaire au Triple S, mais jusque-là le chemin était trop boueux pour être praticable. Heureusement, son père avait de l'argent en banque pour couvrir les pertes du ranch, mais ils devraient renoncer à leurs bénéfices et placer Las Tres Lomas sur la corde raide, une position que son père détestait.

Débarrassé de ses vêtements crottés, Sloan tira sur la tresse de sa femme.

— Je vais prendre un bain. Tu peux venir me frotter le dos si cela te chante.

Samantha maugréa quelques paroles teintées d'ironie et finit de rédiger son courrier destiné à Nathan Holloway, à Waverling Tools. Un employé pourrait peut-être porter la lettre à la poste de Fort Worth, dès le lendemain. Elle referma son encrier, rangea sa plume et son papier à lettres. Il était temps pour elle d'aider ses sœurs à préparer le souper. Au moment de refermer son carnet, la jeune femme fut attirée par la trace laissée par l'adresse de Bridget Mahoney. Elle songea à la mort brutale de Rebecca. Sa famille avait-elle des choses à lui dire qu'elle avait tues, la jugeant trop jeune ? Les Waverling avaient-ils des regrets à cause d'occasions perdues ? Samantha en eut le cœur gros. La sage-femme constituait son ultime lien avec la vérité sur sa naissance. Était-elle encore de ce monde ? Elle devait être assez âgée. Vivait-elle encore à San Francisco ? Samantha regretterait peut-être un jour d'avoir laissé filer l'opportunité de savoir qui elle était.

Prise d'une impulsion, elle ressortit sa plume et son papier. Elle pouvait désormais écrire à cette femme sans craindre que son père ou sa mère n'intercepte une réponse éventuelle, qui serait déposée dans la boîte postale des Singleton, au bureau de poste, et non dans celle des Gordon ou à la maison de sa mère. Ses parents ne seraient pas informés de cet échange avec la femme qui avait assisté à sa venue au monde. De toute façon, il y avait peu de chances que son courrier arrive à destination et que la sage-femme lui réponde. De peur de changer d'avis, Samantha trempa sa plume dans l'encrier et écrivit : « Chère madame Mahoney... »

Quand elle eut terminé, elle entendit des coups de marteau au bout du couloir. Sloan émergea de la salle de bains, une serviette autour de la taille.

— Quel est ce vacarme ? demanda-t-il.

Samantha humecta son enveloppe.

— Oh, c'est Daniel qui remplace le chambranle de la porte du placard réservé aux décorations de Noël. On pourra enfin l'ouvrir sans recourir à un pied-de-biche.

— Comment ?

Avant que Samantha ne puisse réagir à cet éclat de colère, Sloan ouvrit la porte de la chambre et se précipita dans le couloir en criant :

— Lane ! Qu'est-ce que vous fabriquez, nom de Dieu ?

Samantha jugea bon d'intervenir avant que la situation ne dégénère. Quelle mouche avait piqué Sloan ? Billie June était elle aussi apparue dans le couloir, abasourdie. Mille May était déjà dans la cuisine, mais elle entendait certainement les éclats de voix de son frère. Les deux hommes semblaient sur le point d'en découdre.

— Qui vous a autorisé à réparer cette porte ? s'emporta Sloan.

Daniel s'écarta, son marteau à la main.

— Votre femme. Ce placard figure sur la liste des travaux.

Les mains sur les hanches, Billie June était visiblement contrariée.

— Pour l'amour du ciel, Sloan ! Tu devrais plutôt le remercier ! Cela fait des années que tu aurais dû réparer cette maudite porte. Qu'est-ce que tu fabriques dans cette tenue, d'ailleurs ?

Millie May les rejoignit.

— Sloan, qu'est-ce qui se passe ?

— Oui, Sloan, qu'est-ce qui te prend ? insista Samantha.

Il eut soudain l'air d'un boxeur mis KO sur lequel on vient de jeter un seau d'eau. Perturbé, il secoua la tête.

— Je... Je suis désolé... J'ai exagéré.

— On peut le dire, rétorqua Billie June.

— C'est que... Billie June, tu sais bien que le petit ange que maman a façonné pour moi quand j'étais petit est rangé dans ce placard, avec d'autres objets fragiles qui lui appartenaient. Écoutez... je suis désolé, Daniel, ajouta-t-il en lui tendant la main. Merci... Vous êtes... très aimable.

— Ne vous excusez pas, répondit Daniel en acceptant la main tendue. J'ai simplement réparé le montant. Les coups de marteau n'auront pas abîmé les affaires de votre mère.

— Donc vous avez terminé ?

— Oui.

— Très bien.

Pour faire bonne mesure, Sloan ouvrit et referma la porte qui n'émit pas un grincement.

— Excellent travail. Descendons boire un verre avant le souper, qu'en dites-vous ?

— Volontiers, fit Daniel. Euh… dans cette tenue ?

— Ah oui, fit Sloan en baissant les yeux. Plus tard, alors.

Gêné mais digne, il s'éloigna dans le couloir, sans un mot ni un regard pour Millie May, éberluée.

— Que s'est-il passé ? demanda-t-elle au trio resté devant le placard.

Billie June lui décrivit l'incident.

— De quel ange est-il question ? interrogea alors Samantha. Je ne l'ai jamais vu sur un sapin.

— C'est parce que nous ne l'avons pas sorti depuis des années. Il est en papier mâché et certainement réduit en poussière, à présent. Notre mère l'a confectionné pour Sloan quelques mois avant de mourir. Il n'avait que quatre ans. Il y tient beaucoup.

— Pourrais-je le voir avant qu'il ne soit totalement désintégré ?

— Bien sûr, répondit Millie May. De toute façon, il va falloir nettoyer ce placard, voir ce qu'il faut garder ou jeter au cas où…

Elle se tut. Ses paroles restèrent en suspens.

— Nous ferons le tri demain, après avoir nourri les veaux, reprit-elle. Allez savoir ce qu'il y a là-dedans. Daniel, c'est très gentil d'avoir réparé cette porte. Merci encore.

— Ce fut un plaisir, assura-t-il en posant un regard pensif sur le placard avant de ranger ses outils.

Ce soir-là, dans la grande salle où ils étaient réunis régnaient l'angoisse, la tristesse et un certain embarras après l'éclat de Sloan devant le placard. Un ultime rayon de soleil entra dans la pièce, puis disparut aussitôt. Billie June appuya la tête sur le dossier de son fauteuil et ferma ses yeux cernés. Elle supportait moins bien que les autres la menace d'une saisie du domaine.

— J'espère que ce rayon de soleil signifie que la pluie va cesser, soupira-t-elle.

— Je n'aurais jamais cru dire cela de la pluie, mais je l'espère aussi, renchérit Samantha.

Daniel réapparut après sa conversation téléphonique avec Trevor Waverling.

— Daniel, tu as manqué le signe du retour du soleil pour demain, déclara Billie June.

— C'est ce que mon patron voulait me dire. Les prévisions météorologiques annoncent une amélioration. Je dois me rendre sur le site de forage dès demain afin de vérifier les conditions, puis lui faire un rapport. Si j'estime que le terrain sera suffisamment sec lundi, l'équipe pourra commencer à dresser la plate-forme.

Il leva les bras en signe de triomphe.

— Plus vite ce puits sera opérationnel, mieux cela vaudra, ajouta-t-il.

Le sous-entendu était clair. Plus vite le puits serait productif, plus vite ils régleraient leurs problèmes financiers. Hélas, il ne parvint pas à leur remonter le moral. Il ne décela pas une lueur d'espoir sur les visages. Affalé dans son fauteuil, Sloan était surpris que Daniel accorde le moindre intérêt à la survie du Triple S. Cela dit, Daniel ne cessait de l'étonner. Avec ce fauteuil, par exemple. Sloan s'attendait à ce que le forgeron s'y installe, puis se serve dans sa réserve de cigares sans demander la permission. Or il n'avait rien fait de tel. Il pensait que, par provocation, il se conduirait avec Billie June tel un cow-boy envers une fille de saloon, à grand renfort de tapes sur les fesses et d'allusions graveleuses. Or Daniel se montrait respectueux en présence des autres. Et ces derniers jours, il avait été d'une aide précieuse pour le ranch.

Ce n'était peut-être qu'une ruse visant à déstabiliser son ennemi, lui faire oublier qu'il avait menacé de l'anéantir. Soudain très las, Sloan se massa les tempes. La tempête avait peut-être accompli la mission de Daniel à sa place. Noble Rutherford voudrait être remboursé jusqu'au dernier sou, ce dont Sloan était incapable. Il ne bénéficierait d'aucun délai. Leur accord stipulait des versements trimestriels. En cas de problème de trésorerie le premier mois, il pouvait se rattraper ensuite. Cette fois, avec la perte de nombreuses bêtes et l'entretien des survivantes, il n'aurait pas les moyens de payer, sauf s'il renvoyait la moitié de son personnel, ce qu'il rechignait à faire. Certains travaillaient déjà pour son père, et cette mesure ne ferait que repousser l'inévitable. Le Triple S finirait par appartenir à la banque.

Sloan se mordait les doigts d'avoir acheté tant de têtes d'un coup. C'était une terrible erreur de jugement. Les frais de transport à eux seuls étaient exorbitants. Il croyait pourtant que le moment était opportun. Et voilà qu'il allait perdre un ranch dirigé par sa famille depuis soixante-dix ans parce qu'il avait été assez stupide pour le mettre en jeu afin d'obtenir un prêt. Son père devait se retourner dans sa tombe. La prochaine traite était due le 1er octobre. Seul un miracle lui permettrait de réunir la somme nécessaire d'ici là. Le lendemain, il devrait révéler la triste réalité à sa femme et ses sœurs. Il en était honteux et attristé. Samantha et lui devraient vivre à Las Tres Lomas. Il travaillerait pour Neal Gordon selon ses conditions. Ils s'entendaient bien, mais il ne pouvait y avoir deux capitaines sur le même navire, surtout quand l'un d'eux avait sabordé le sien.

Auparavant, il allait devoir se débarrasser de ce maudit fossile avant que les trois femmes ne vident le placard, le lendemain. Sinon, il risquait de perdre Samantha, également. Il avait failli avaler sa fourchette lorsqu'elles avaient abordé le sujet, à table. Pourquoi diable tant d'histoires à propos de cette porte ? L'épuisement, l'angoisse, le manque de sommeil lui avaient fait perdre le contrôle de lui-même. Si ce rusé de Daniel avait des doutes sur le contenu de ce placard, ce scandale avait dû le conforter dans son opinion. Pourvu qu'ils aient cru à son histoire d'ange ! Pour assurer ses arrières, il irait chercher le crâne quand tout le monde serait endormi. Il devrait résoudre plusieurs problèmes : quitter son lit sans réveiller Samantha, sortir le crâne à l'insu de Daniel, qui occupait la chambre située en face du placard, descendre l'escalier sans faire craquer les marches. Et où diable allait-il placer ce fossile, une fois qu'il l'aurait récupéré ?

À minuit passé, Daniel ne dormait toujours pas. Il aurait aimé être au lit avec Billie June, ne serait-ce que pour veiller sur elle. Elle lui manquait et il s'inquiétait pour elle. La saisie probable du ranch inquiétait la jeune femme plus qu'il ne l'aurait cru possible. Elle ne mangeait plus et s'était renfermée sur elle-même. Au cours de la soirée, il avait remarqué une fine ride sur sa joue. Loin de le révulser, il avait eu envie de la caresser du bout du doigt. Elle avait trente-trois ans, cinq de plus que lui, mais il avait parfois l'impression que, avec quelques années de moins, elle aurait été trop jeune pour lui. Elle était intelligente, raisonnable, sûre d'elle et, à certains égards, encore un peu puérile. Elle était capable de s'émerveiller, d'être joyeuse, d'accorder sa confiance, d'aimer. Lui avait renoncé à tout cela depuis longtemps, car c'était trop dangereux. Billie June était plus courageuse que lui. Elle ouvrait son cœur en étant consciente du risque qu'elle prenait, comme lorsqu'elle était tombée amoureuse de lui.

Daniel s'assit dans son lit, guettant les coups de l'horloge. Sloan n'allait pas tarder à se faufiler vers la porte du placard. Le fossile était à l'intérieur, Daniel en avait la certitude. Sloan Singleton devait être fou pour avoir conservé ce crâne ! Il était bon qu'il s'en débarrasse, car si Samantha le trouvait, le lendemain… Cette trahison risquait de détruire son couple.

Daniel ne le souhaitait à aucun des deux. Il savait désormais que Sloan aimait sincèrement sa femme. Il était même fou d'elle. Daniel avait appris à connaître l'éleveur et, outre son amour pour Samantha, il ne semblait pas capable, sur le plan moral, de détruire la preuve de la présence de vestiges pour assurer le forage de Las Tres Lomas. Daniel était disposé à croire que Sloan possédait une raison plus solide de subtiliser le crâne que celle dont il l'avait accusé. Cela suffirait-il, aux yeux de Samantha ? Tout dépendait de la confiance qu'ils avaient l'un en l'autre. Daniel savait d'expérience que la confiance était fragile et il ne voulait pas contribuer à la destruction d'un couple. Monsieur-m'as-tu-vu pouvait être tranquille. Daniel Lane n'avait aucune intention de le dénoncer à son épouse.

Daniel avait compris autre chose : il ne voulait pas du ranch de Sloan Singleton. Surtout pas ! Quatre jours plus tôt, il était arrivé au Triple S obsédé par l'idée d'en déposséder son ennemi juré. Rien n'était impossible à un homme motivé par la haine et la volonté. Il se voyait investir le ranch, mettre les éperons de Sloan, chevaucher son étalon pour sillonner les hectares de terres qui lui avaient appartenu. Daniel se sentit rougir d'avoir nourri des rêves aussi puérils.

Daniel n'avait plus le cœur à se venger. Quelle perte de temps et d'énergie ! Pour gérer un ranch, il fallait avoir l'élevage dans le sang. Cette semaine passée à suer sang et eau lui avait prouvé qu'il n'était pas fait pour cette vie. Sloan Singleton pouvait le garder, son Triple S ! Cela dit, il ne le garderait peut-être pas très longtemps. Ce drame annoncé rongeait Billie June. C'était surtout pour cette raison qu'il n'avait plus soif de vengeance.

En entendant un bruit de pas étouffés dans le couloir éclairé d'une chandelle, il se redressa et observa le bas de sa porte. Une ombre passa. Sans un bruit, il se leva et alla coller l'oreille contre le panneau de bois. Dans le silence, il percevait presque une présence derrière la porte. Daniel retint son souffle. Au bout de quelques secondes, l'ombre se déplaça. Le forgeron résista à l'envie de confirmer ses soupçons. Au moindre bruit, Sloan risquait de sursauter et de briser un objet. Il avait dû dissimuler le crâne hors de portée de ses sœurs. Daniel patienta quelques secondes de plus, puis entrouvrit la porte. Il vit une silhouette furtive descendre les marches avec son précieux fardeau.

C'est bien, songea Daniel. *Un souci de moins...*

Le lendemain, vendredi, le ciel était dégagé et le soleil dardait ses rayons sur les pâturages détrempés de Las Tres Lomas et du Triple S, comme si l'été était de retour. Pas un nuage à l'horizon, ce qui présageait d'une période de sécheresse et de chaleur, ce qui n'était pas rare dans le centre du Texas. En dépit du travail qui les attendait, les habitants des deux ranches exprimèrent leur joie et leur soulagement. Daniel mena son inspection du site de forage avec moins d'enthousiasme.

— Je pense qu'il faudra attendre plusieurs jours avant de nous mettre au travail, annonça-t-il à son patron.

Hélas, il reçut l'ordre de regagner Dallas pour lundi. Pire encore, Billie June déclara qu'elle ne partirait pas avec lui. À court d'arguments, il ne dit rien pour la dissuader.

— Ma place est ici, affirma-t-elle. Je dois aider mon frère et ma sœur à préparer le démantèlement de la maison.

Dans l'après-midi, entourée de Samantha, Billie June et Daniel, Millie May sortit du placard un objet bien emballé. La version texane du petit ange en papier mâché fut accueillie dans un silence émerveillé. Il avait un minuscule chapeau de cow-boy sur son auréole et un bandana autour du cou, sans oublier un lasso.

— Il y avait aussi de petites bottes, mais elles se sont désintégrées avec le temps, expliqua Billie June d'une voix brisée par la tristesse.

Plus jamais ils ne fêteraient Noël sous leur toit, songea-t-elle. Dans la matinée, Sloan avait convoqué sa femme et ses sœurs dans son bureau. Elles en étaient ressorties en larmes. Daniel avait eu le cœur étrangement serré.

CHAPITRE 41

Le jeudi 20 septembre, Nathan se présenta à la lourde grille de Las Tres Lomas avec Zak et Todd Baker. Ils avaient pris le train jusqu'à Fort Worth, puis loué une voiture attelée afin de transporter le matériel nécessaire aux repérages du site de forage de Windy Bluff. Neal avait été informé de leur venue grâce à un message transmis par téléphone au Triple S. C'est Samantha qui les accueillit.

La surprise manifeste de Todd indiqua à la jeune femme qu'il s'attendait à trouver Neal Gordon sur le pas de la porte. Cherchant à masquer sa gêne, il déclara :

— Nous allons commencer, Sam. Nous installerons notre campement à Windy Bluff.

— Pas avant d'avoir pris une tasse de café et un des fameux roulés à la cannelle de Silbia, j'espère, répondit-elle en s'adressant à Nathan.

— Eh bien, je ne sais pas si nous avons le temps, déclara Todd. Nous avons déjà onze jours de retard sur le programme prévu.

— Certains menus détails engendrent des retards, comme la mort de la fille de son employeur ou un ouragan dévastateur, par exemple, rétorqua Samantha d'un ton acerbe. Une demi-heure de plus ou de moins ne changera pas la face du monde.

Nathan se racla la gorge et ôta son chapeau.

— C'est très tentant, Samantha. La matinée a été longue. Nous acceptons avec plaisir. N'est-ce pas, Todd ?

— Je le suppose, concéda le géologue.

— Entrez donc. Toi aussi, Zak !

Les deux hommes s'essuyèrent les pieds et suivirent la jeune femme dans le grand salon.

— Merci pour votre lettre, lui dit Nathan. Ma grand-mère était très touchée et mon père encore davantage. Il l'a relue plusieurs fois.

— Ils vont bien ?

— Mieux que je ne l'aurais cru, en réalité. Ce drame les a rapprochés et ils se réconfortent mutuellement.

— Et vous ? Comment allez-vous, Nathan ? demanda-t-elle gentiment.

— Elle nous manque beaucoup, à Zak et moi, répondit-il en regardant son chien. C'est pourquoi je l'ai amené avec moi. Il est… perdu, sans elle. Je n'ai pu me résoudre à le laisser à la maison.

— Naturellement, fit Samantha en caressant la tête du berger allemand. Asseyez-vous, messieurs. Je vais prévenir Silbia.

Ils eurent le temps de déguster une tasse de café et des roulés à la cannelle, auxquels Todd fit honneur, avant l'arrivée de Neal. Silbia était allé le chercher dans la grange.

— Il fallait venir me prévenir dès leur arrivée ! gronda-t-il.

— Désolée, patron. J'ai cru bien faire en les servant d'abord.

Neal était de plus en plus irrité, d'autant que Samantha avait tenu à accueillir les deux hommes. Il voulait absolument éviter toute conversation entre Nathan et sa fille.

Sur le seuil du grand salon, Neal s'arrêta en voyant Samantha et Nathan en train de bavarder, un chien à leurs pieds. Todd se tenait en retrait, visiblement gêné et impatient de se mettre au travail. Tel un charognard qui retourne vers une carcasse abandonnée, le sentiment de culpabilité de Neal revint à la charge. Samantha lui avait parlé du deuil qui frappait le jeune homme. Elle semblait très touchée par le décès de la fillette. Le lendemain, elle était venue à Las Tres Lomas. Dieu qu'il avait été heureux de la voir ! En lui faisant part de la tragédie, elle avait fondu en larmes.

— Allons, chérie, tu connaissais à peine cette enfant. Pourquoi es-tu bouleversée ?

— Je ne sais pas… c'est difficile à expliquer. J'ai de la peine pour Nathan et sa famille. C'est comme si j'avais perdu un proche, moi aussi.

Rien de plus naturel, avait songé Neal. L'enfant décédée était sa demi-sœur et Nathan son frère jumeau. En les voyant ensemble, il se demanda une nouvelle fois quelle force surnaturelle les avait réunis. Sans la lettre du Dr Tolman, et si Samantha n'était pas allée chercher le courrier ce jour-là, Neal ignorerait que le jeune homme assis dans son salon, en train de boire du café avec sa fille, n'était autre que son frère, et que l'homme chargé d'exploiter le pétrole de son sous-sol était son père. Il ne serait pas rongé d'angoisse à l'idée que Samantha apprenne ce qu'il lui avait caché. L'ignorance était parfois une bénédiction.

Quand il l'aperçut, Todd se leva d'un bond, ravi de voir enfin un allié. Neal salua les deux hommes, Nathan avec chaleur, Todd plus froidement.

— Eh bien, êtes-vous prêts à partir pour Windy Bluff, messieurs ?

— Et comment ! répondit Todd. Je suis impatient.

Samantha sourit à Nathan et désigna l'assiette de roulés à la cannelle.

— Je vais dire à Silbia de les emballer et je les emporterai.

— Les emporter ? répéta Neal.

— Je viens aussi, expliqua Samantha. Je veux voir où se dressera la plate-forme.

— Pourquoi ?

— Je tiens à vérifier que le chantier ne mordra pas sur le site où j'ai découvert mon crâne de dinosaure. Tu n'y vois aucun inconvénient, j'espère !

— Aucun, mentit Neal. Aucun, ma fille.

Daniel était fou de colère contre son patron. Au lieu de revenir au ranch avec Nathan et Todd, il avait reçu l'ordre d'accompagner du matériel de forage à Beaumont pour remplacer l'équipement détruit par l'ouragan. Nom de Dieu ! Quatre jours déjà qu'il était séparé de Billie June. Il n'en revenait pas ! Par le passé, il se serait réjoui de son absence, car il aurait pu jouir de plaisirs plus lascifs, mais il en avait perdu l'envie. La jeune femme lui manquait, ainsi que les soirées au coin du feu chez les Singleton. Jamais il n'avait connu de véritable vie de famille. De plus, Billie June n'allait pas bien et il était inquiet. Il téléphonait chaque jour pour l'inciter à consulter un médecin, mais elle lui assurait qu'elle n'était pas malade et qu'elle se faisait simplement du souci pour l'avenir du ranch.

— Qu'allons-nous devenir ? se lamentait-elle. Où irons-nous ?

La tristesse de voir ce domaine ancestral, la maison de naissance de Billie June, sortir de la famille commençait à le tenailler. Singleton n'avait plus que neuf jours pour trouver de l'argent afin de garder le Triple S. Sans cela, sa famille et lui seraient à la rue. Sloan et Samantha s'installeraient à Las Tres Lomas. Le vieux Gordon serait ravi ! Qu'en serait-il de Billie June et Millie May ? Et que deviendraient leurs biens ? Leurs trésors familiaux ?

Ces trois derniers soirs, trop accablé pour rentrer dans son appartement désert, il avait travaillé jusque tard dans la nuit pour finaliser son projet visant à éviter les jaillissements de pétrole. Il avait déjà obtenu le brevet et espérait le faire manufacturer à temps pour s'en servir à Windy Bluff. Samantha serait contente. Daniel était aussi convaincu que Todd qu'il y aurait un puits éruptif.

Il remit de l'ordre sur son bureau avant de rentrer boucler ses bagages. Soudain, posant les yeux sur une planche de son appareil, il eut une idée lumineuse. Une joie intense le parcourut. Eurêka ! Il venait de trouver le moyen de sauver le Triple S ! Il se précipita vers le bureau de son patron.

Dans l'après-midi, une boîte en carton portant l'étiquette d'une marque de haricots verts fut livrée au conservateur du musée américain d'Histoire naturelle de New York. Il n'y avait aucune adresse d'expéditeur. Le conservateur en sortit un objet enveloppé dans des serviettes. Quelle ne fut pas sa surprise en découvrant ce qu'il identifia immédiatement comme la partie inférieure d'un crâne de dinosaure !

— D'où vient ce vestige ? demanda-t-il à l'employé qui lui avait remis le colis.

— Aucune idée, monsieur. C'est un artefact très rare, non ?

Ce jour-là, à San Francisco, au 505 Canal Street, le facteur glissa le courrier dans la boîte et laissa délibérément le couvercle retomber avec bruit. Il y avait de quoi réveiller la veuve qui occupait la maison voisine pendant sa sieste, mais la vieille dame avait l'habitude. Le facteur avait humé un fumet de biscuits tout chauds. Il s'attarda sur le seuil avant de descendre les marches pour trier ostensiblement les lettres à livrer plus loin. Très vite, il entendit des pas dans la maison et sourit. Naturellement, sa stratégie avait fonctionné. La dame ouvrit la porte.

— Bonjour, monsieur Kilburn, dit-elle avec un accent irlandais. Vous tombez pile à l'heure pour mes biscuits au chocolat, les préférés de M. Mahoney.

Bridget Mahoney citait toujours son mari quand elle lui offrait des gourmandises, lors de sa tournée, au cas où il oublierait qu'elle était mariée. Elle préparait des pâtisseries tous les deux jours, dans l'après-midi, et le facteur se débrouillait pour passer au moment où elle les sortait du four.

— Je ne voudrais pas vous déranger ! mentit-il.

— Allons, allons. Attendez, je vais vous en chercher quelques-uns.

— Dans ce cas, permettez-moi de vous donner votre courrier directement.

Mme Mahoney revint bientôt et ils échangèrent leurs offrandes.

— Je vois que vous avez une lettre du Texas datée du 13 septembre, il y a sept jours, commenta le facteur en mordant dans un biscuit. C'est un miracle qu'elle soit arrivée avec les dégâts liés à l'ouragan.

— Je ne connais personne au Texas, affirma la vieille dame en retournant l'enveloppe.

— Jolie écriture. Bon, j'y retourne. Merci pour les biscuits ! Toujours aussi délicieux.

Bridget ne lui répondit pas, car elle était concentrée sur l'adresse de l'expéditeur. Elle s'assit lentement sur la balancelle de son porche. Elle avait acheté cette petite maison avec l'argent gagné par son mari grâce à son ferry depuis leur arrivée à San Francisco en 1885. Le facteur gravissait les marches de la maison voisine quand il entendit Mme Mahoney s'exclamer :

— Dieu soit loué !

La journée avait été longue. L'éclaircie n'avait pas duré. En se couchant, le soleil ne laissa que la menace d'un retour des intempéries et de la fraîcheur de l'automne. Parmi ceux qui s'étaient rendus sur le site du forage – Samantha, Neal, Nathan et Todd –, aucun n'avait pris le temps de manger ou de se reposer. Ils avaient d'abord déchargé le matériel, puis les représentants de Waverling Tools avaient balisé le terrain pour créer des zones spécifiques, notamment les conduits vers la source.

Samantha avait examiné de près l'emplacement prévu pour les citernes de pétrole et la machine à vapeur, la route de service et le campement du personnel, n'hésitant pas à proposer des solutions alternatives.

— Pour l'amour du ciel, Sam, laisse les hommes travailler ! avait protesté Neal.

— Je ne les dérange pas dans leur travail, papa. Je veille à ce qu'ils respectent notre contrat pour préserver au mieux nos terres.

Samantha voulait comprendre les opérations de forage, du montage de la plate-forme après coulage d'une dalle au fonctionnement de chaque instrument utilisé pour l'exploitation du pétrole. Chaque fois que Nathan et Todd employaient des termes techniques, elle exigeait des explications.

— C'est quoi, cette planche ?

— Elle est tirée par un attelage et sert à recouvrir un pipeline de terre, dans une fosse.

— Et cette date ?

— Ce sera celle du tout début du chantier.

À la fin de la journée, Nathan appela Todd :

— Il est temps de monter les tentes !

— J'arrive ! répondit Todd.

— Il est trop tard pour monter des tentes, intervint Samantha. Todd et toi logerez au Triple S. Nous pouvons aussi accueillir Zak.

Nathan se tourna vers Todd, qui mesurait la parcelle entourée d'un cordon où se dresserait le derrick. Nathan n'avait confié à personne qu'il soupçonnait Todd d'avoir dérobé le fossile de Samantha, et il n'en avait aucunement l'intention, sauf si le géologue lui donnait une raison de parler. Trevor surveillait Todd de près après l'incident de l'appareil photo. Le jeune homme avait perdu la confiance de Samantha et son amitié de toujours, et semblait souffrir de cette rupture. Nathan se dit que justice avait été faite, dans une certaine mesure, sans qu'il ait eu à agir. Néanmoins, il n'avait pas à imposer la présence de Todd à Samantha uniquement parce qu'elle lui offrait son hospitalité ainsi qu'à Zak. Au moment où il allait lui répondre, il entendit un cri :

— Non ! hurla Neal si fort qu'il attira l'attention de Todd.

Fourbu, Neal avait entendu l'invitation de sa fille alors qu'il venait interrompre la conversation entre Samantha et Nathan. Agacé de la voir sur le chantier et non au Triple S, il n'avait pu s'empêcher de crier.

— Je veux dire… j'allais justement vous inviter à dormir chez moi, ce soir, Nathan. Je me suis senti un peu seul, cette semaine, et j'espérais avoir un peu de compagnie. On pourrait manger un morceau, boire un petit bourbon, jouer aux cartes…

— C'est très aimable, monsieur Gordon mais, comme vous le constatez, je suis avec mon chien et… enfin, il reste avec moi, la nuit.

— Il peut venir aussi, s'empressa d'ajouter Neal. La présence d'un chien dans la maison ne me dérange en rien !

Samantha n'en croyait pas ses oreilles. Son père avait toujours interdit les chiens sous son toit. Elle avait même redouté qu'il ne bannisse Zak en le trouvant dans la grande salle, ce matin-là, et durant la négociation du contrat. Il avait refusé catégoriquement d'héberger Nathan, Todd et Daniel. Ces sautes d'humeur commençaient à inquiéter la jeune femme. Todd en revanche semblait enchanté par la proposition de son père.

— Je dirais que c'est bien mieux que le sol dur et les haricots tièdes, Nathan, déclara-t-il.

— Eh bien, la question est réglée, décréta Neal. Prenez les affaires dont vous aurez besoin et venez à la maison.

— Papa, nous comptions t'inviter à dîner, ce soir. Les filles ne t'ont pas vu depuis longtemps.

— Merci, chérie, mais il serait trop tard et nous devrions rentrer dans le noir. Venez, messieurs !

Il embrassa sa fille, qui demeurait abasourdie. Son père n'avait jamais eu peur de rentrer du Triple S dans le noir...

***

Le lendemain matin, vêtu de son costume du dimanche, les jambes croisées, son chapeau melon sur les genoux, Daniel Lane patientait avant son entretien avec Noble Rutherford. Il avait les ongles encore plus propres que de coutume (Billie June avait l'obsession des ongles soignés). Il savait qu'il avait attiré l'attention de la réceptionniste, une jeune femme ravissante, et qu'elle s'efforçait de masquer son admiration. Il était bel homme et plaisait beaucoup, ce qui ne contrariait en rien Billie June. D'autres femmes au physique ordinaire se seraient senties menacées de voir une jeune beauté lancer des œillades à leur amant. Pas Billie June. Si elle avait assisté à la scène, elle se serait contentée de feuilleter un journal en laissant la réceptionniste dévorer Daniel des yeux sans sourciller. Aucune femme au monde n'était plus fière que Billie June, et c'était la raison de la présence de Daniel à la banque.

Une cloche tinta derrière la réceptionniste.

— M. Rutherford va vous recevoir, annonça-t-elle.

Elle lui montra le chemin en ondulant les hanches. Le bureau du banquier était luxueux et d'une élégance ostentatoire. Visiblement peu enthousiaste, Noble se leva derrière son immense bureau et lui serra mollement la main sans prendre la peine de boutonner sa veste. Cette grossièreté irrita Daniel. Noble Rutherford était de ces snobs qu'il détestait. Comment avait-il pu trouver que Sloan Singleton lui ressemblait ?

Noble se rassit et fit signe à Daniel d'en faire autant.

— J'avoue que vous m'intriguez, Lane. Pourquoi ce rendez-vous ? Si vous cherchez un emprunt, un de mes employés aurait pu s'en charger, non ?

— Pas compte tenu de la somme concernée, monsieur.

— Vraiment ? De quelle somme s'agit-il ?

— Demandez-moi plutôt de qui il s'agit.

— Pardon ?

— Je ne suis pas venu solliciter un prêt, mais pour racheter celui d'un de vos clients. Vous avez intérêt à me le vendre, plaisanterie mise à part.

Noble Rutherford ne masqua pas sa surprise.

— De quel client voulez-vous donc racheter l'emprunt ?

— Sloan Singleton.

Dans l'après-midi, après avoir loué un cheval, Daniel se rendit au Triple S, mais pas dans la maison principale. Il demanda à un employé où se trouvait le patron. Il était au réfectoire.

Quand il y parvint, Sloan était attablé avec le cuisinier du ranch devant une tasse de café, il lui parut abattu, vieilli. Daniel attendit que le cuisinier ait fini son café pour se manifester. Il semblait ruminer un problème survenu une semaine plus tôt. Quelqu'un s'était introduit dans le garde-manger et avait dérobé un carton contenant des boîtes de haricots verts.

— Qui a pu avoir l'idée de voler un carton en laissant les boîtes et quelques torchons ? D'abord, j'ai cru que quelqu'un cherchait une litière pour une portée de chatons ou de chiots, mais on n'en a plus. Et il suffisait de demander !

— C'est un mystère, admit Sloan en regardant Daniel s'approcher. Qu'est-ce que vous faites là, vous ? Billie June m'a dit que vous partiez pour la côte aujourd'hui.

— J'avais une affaire à régler à Fort Worth, répondit Daniel en riant intérieurement. Et vous êtes concerné. Je peux vous parler en privé ?

Sloan se retourna vers son cuisinier, qui se leva aussitôt et s'éclipsa.

— Asseyez-vous donc, Lane. En quoi suis-je concerné ?

— Eh bien, d'abord, lisez ceci.

Il lui tendit une enveloppe. Sloan en sortit un document et le parcourut. Ensuite, incrédule, il dévisagea Daniel.

— Qu'est-ce que c'est que ça ? Il est écrit que mon emprunt auprès de la Rutherford City Bank est soldé.

— Absolument.

— Mais… je ne comprends pas. Comment est-ce possible ? Et ma saisie ?

— Voici l'explication.

Daniel sortit un document d'une autre enveloppe. En le lisant, Sloan ferma les yeux. Puis il secoua la tête et pinça les lèvres, peiné, tel un homme qui n'avait rien vu venir et qui se rendait compte qu'il était trop tard. En rouvrant les yeux, il fixa Daniel et déclara d'un ton las et résigné :

— Vous avez remboursé mon prêt. Vous êtes donc le propriétaire du Triple S.

Daniel reprit l'acte de propriété et l'empocha.

— On le dirait bien.

— C'était donc cela que vous vouliez… mettre la main sur son ranch.

— Eh bien, oui. Au départ. Puis j'ai changé d'avis. Il y a autre chose que je préférerais en échange. Je suis prêt à vous rendre votre ranch immédiatement, sans conditions, et l'on n'en reparlera plus jamais.

— Que diable voulez-vous ?

— Votre approbation quand je demanderai votre sœur Billie June en mariage.

CHAPITRE 42

— Comment as-tu réussi ? demanda Billie June, blottie dans les bras de Daniel.

— J'ai proposé à mon patron des droits à vie sur mon brevet de dispositif anti-jaillissement en échange de la somme nécessaire pour racheter l'emprunt de ton frère, expliqua-t-il. Ce salaud de Noble Rutherford a accepté avec plaisir. Quelle ordure ! Il a cru que j'en voulais à Sloan Singleton encore plus que lui. « Lane, je vais me priver de la satisfaction d'une saisie pour vous donner ce plaisir. Ainsi, nul ne pourra m'accuser d'avoir pris possession du Triple S pour venger l'affront fait à ma fille. Que voulez-vous que je fasse d'un ranch, de toute façon ? Surtout un ranch au bord de la faillite. » Voilà ce qu'il a dit.

Billie June rit de son imitation.

— Tu te rends compte de ce à quoi tu as renoncé ? demanda-t-elle, une joue inondée de larmes sur son épaule.

— Je me referai. J'ai en tête un projet de foreuse circulaire, ainsi que d'autres outils révolutionnaires. Et il me reste assez d'argent pour t'offrir une jolie bague…

Il s'écarta de la jeune femme pour l'implorer :

— Je veux que tu consultes un médecin !

Billie June soupira et se blottit de nouveau dans ses bras.
— J'irai, mais je sais ce que j'ai.
— Ah oui ?
— Je suis enceinte.

Deux semaines plus tard, le 6 octobre, Billie June et Daniel se marièrent lors d'une cérémonie civile, face à un juge ami de longue date des Singleton, au palais de justice du comté. Seuls Samantha, Millie May et Sloan étaient présents, ce dernier étant le témoin du marié. Ensuite, son beau-frère ne regarda pas à la dépense pour organiser une grande fête donnée dans le salon de réception de l'Opéra. L'édifice, qui avait hissé Fort Worth du statut de bourgade rurale à celui de ville moderne, pouvait accueillir de nombreux invités, parmi lesquels Grizzly et Wayne, Claude Chandler, les cow-boys du Triple S, les camarades militantes de Billie June et Millie May et les nouveaux amis de Daniel, chez Waverling Tools, y compris son patron. Anne Rutherford ne faisait pas partie de la liste et Todd Baker déclina l'invitation.

***

Sur le banc du parc, Léon parcourut la lettre de Randolph en quête d'information à lire entre les lignes. Elle était datée du 10 octobre, soit dix-sept jours plus tôt, mais le cachet de la poste indiquait le 23. Comme si, après avoir écrit, Randolph avait attendu que quelque chose l'incite à la poster. Son écriture si précise de coutume était légèrement inclinée et tremblotante. Le contenu n'avait pas grand-chose à voir avec ses cours, ses notes, ses professeurs, ses amis, des nouvelles que Millicent espérait toujours avec impatience. Randolph leur demandait davantage d'argent.

Léon ne comprenait pas. En tant que parents d'un étudiant de première année à l'université de Columbia, ils disposaient d'une liste de dépenses et leur coût estimé par les services administratifs. Millicent avait ouvert un compte au nom de Randolph dans une banque du campus et y avait versé le montant des frais avec, chaque mois, un peu d'argent pour ses dépenses personnelles. Ils n'étaient que le 10 du mois et Randolph avait déjà besoin d'argent. Comment cela se faisait-il ?

Je veux intégrer une confrérie et je dois m'acquitter d'un droit d'admission, écrivait-il. J'ai reçu des propositions de plusieurs maisons sans rien demander, ce qui en dit long sur ma réputation. Maman, tu serais ravie, car ce sont tous des fils de grands patrons, de diplomates, de politiciens en vue. Je ne peux me tromper en fréquentant ce milieu. Qui sait quelles relations haut placées je pourrais tisser ?

Quel petit arrogant. N'ayant pas fait d'études, il ne comprenait pas ce jargon universitaire, mais tout cela ne lui disait rien qui vaille. Durant sa scolarité à Gainesville, Randolph n'avait jamais été populaire auprès de ses camarades. Le fils prétentieux d'un modeste fermier d'une bourgade du Texas ne pouvait être courtisé par des fils de diplomates et de grands patrons. L'intelligence ne suffisait pas. Il fallait une personnalité engageante, ce dont Randolph était cruellement dépourvu.

— Léon ! Voilà ce que nous avons toujours souhaité pour notre fils ! s'extasia Millicent en lisant la lettre. Il faut vite lui envoyer de l'argent.

Nous ? songea Léon. Sa femme le consultait pour les dépenses, mais elle avait toujours le dernier mot. Il s'agissait de son argent et seul son nom figurait sur les chèques. À son insu, Léon avait gardé un compte dans une banque, en ville, sur lequel il versait de temps en temps de l'argent.

— Millicent, surveille tes dépenses, lui conseilla-t-il. Tes économies ne sont pas illimitées. Que feras-tu quand tu n'auras plus rien ?

— Cela ne nous arrivera pas, rétorqua-t-elle. Quand les réserves… s'amenuiseront, Randolph sera en mesure de nous aider.

Léon s'inquiétait aussi de voir sa fille décevoir les ambitions de Millicent. Elle avait intégré l'académie pour jeunes filles de Denton et ne manquait pas de prétendants dignes des attentes de sa mère. Ces derniers temps, toutefois, ses lettres donnaient l'impression qu'elle s'intéressait moins à eux pour se concentrer sur ses cours.

— Quelle mouche l'a piquée ? s'étonna Millicent. Elle n'a jamais exprimé le moindre intérêt pour ses études.

Léon aurait pu lui répondre, mais il s'en garda. Il devinait ce qu'il se tramait. Lorsqu'il s'était rendu seul à Denton pour porter quelques affaires à Lily, ils avaient eu l'occasion de bavarder. Sa fille avait toujours pu lui confier ce qu'elle ne pouvait dire à sa mère. En dégustant une glace, Lily avait exprimé son admiration pour le directeur du département d'histoire que les Holloway avaient rencontré lors de l'inscription de leur fille, le jugeant « si brillant, si cultivé ». Il était en outre célibataire, séduisant, et guère plus âgé qu'elle. Un très beau parti pour une fille recherchant les attentions d'un homme qui la ferait vivre dans une pauvreté digne. Les autres étudiantes de ce professeur étaient probablement aussi amoureuses de lui. Ce devait être un béguin d'adolescente dont elle se remettrait. Il ne servait à rien d'inquiéter Millicent en lui expliquant pourquoi sa fille avait de meilleures notes.

Léon soupira. Sa ferme lui manquait tant ! En dépit des incertitudes, les récoltes étaient bien plus faciles à gérer que les enfants.

Le 27 octobre 1900, Bridget Mahoney relut sa réponse à la lettre de Samantha Gordon. Elle avait mis plus d'un mois à se décider à prendre la plume. La malheureuse jeune femme doutait que sa lettre arrive à destination et sans doute avait-elle perdu tout espoir de recevoir de ses nouvelles. Bridget s'était torturé l'esprit à cause de l'obligation morale qu'elle avait envers le nourrisson qu'elle avait mis à son sein, vingt ans plus tôt. Devait-elle garder le secret sur les circonstances de sa naissance et laisser les questions qu'elle se posait sans réponse ?

D'après sa lettre, elle s'était retrouvée dans une famille formidable, élevée par un couple affectueux qu'elle aimait en retour. Elle n'avait manqué de rien et était désormais heureuse avec son mari, un homme dont elle était amoureuse depuis toujours. Elle vivait dans une grande maison, sur le ranch de son époux, en compagnie de deux belles-sœurs dévouées. Si elle lui avait écrit, ce n'était pas pour combler un vide dans son existence, mais pour satisfaire sa curiosité, et Bridget constituait son ultime lien avec son passé. Savait-elle qui étaient ses parents naturels ? Étaient-ils encore de ce monde ? Avait-elle des frères et sœurs ? Pourquoi avait-elle été adoptée ? Samantha souhaitait connaître les détails dont Bridget disposait et celle-ci pouvait compter sur sa discrétion totale.

Vraiment ? Si elle révélait ce qu'elle savait, Bridget ne risquait-elle pas de provoquer une catastrophe ? Elle en avait parlé avec son mari, qui lui avait répondu d'agir en son âme et conscience.

Finalement, elle avait jugé bon de répondre sincèrement à la lettre de Samantha Gordon, quelles que soient les conséquences. Bridget était assez fière de sa prose.

Chère mademoiselle Gordon,

J'ai bien reçu votre requête du 13 septembre et j'espère que vous et votre famille avez été épargnés par l'ouragan qui a frappé Galveston. Vous êtes née le 23 mars 1880 de Léon et Millicent Holloway, qui vivaient dans une ferme de Gainesville, au Texas, de la culture du blé. J'ignore s'ils sont encore de ce monde. Vous avez un frère jumeau. Je ne connais pas son nom et ne sais s'il est vivant. Pour une raison inconnue, votre mère a refusé de garder les deux bébés et a ordonné à votre père de donner l'un des jumeaux. Incapable de choisir, M. Holloway a tourné le dos à la table sur laquelle les deux bébés étaient posés et a tendu la main pour déterminer quel bébé resterait chez lui. Il a désigné votre frère. Ensuite, votre père vous a confiée à moi pour que je vous remette au Dr Tolman, pour qui je travaillais, un excellent médecin de Marietta, dans le territoire de l'Oklahoma. Au bout de quelques jours, il vous a placée chez un couple sans enfant dont il avait entendu parler à Fort Worth. Ce sont vos parents. Je n'en sais pas davantage. Je me suis souvent demandé ce qu'était devenue la petite fille que j'avais nourrie au sein parce que sa mère refusait de l'allaiter. Si vous saviez comme je me réjouis de vous savoir heureuse. Dieu vous bénisse, vous et les vôtres.

Bien à vous,

Bridget Mahoney

Oui, songea Bridget, c'était une lettre très bien tournée, sincère et précise. Elle n'avait porté aucun jugement sur la mère de l'enfant. Ce serait à sa fille de le faire.

Ce même matin, à Dallas, Trevor Waverling appela Daniel au Triple S pour lui ordonner de prendre le train à destination de Beaumont, au Texas. Ce jour-là, les frères Hamill démarraient leur forage de Spindletop et Daniel devait s'assurer que le matériel de l'entreprise fonctionnait bien.

— Vous le sentez bien, ce chantier, monsieur ? s'enquit Daniel.

— Absolument, admit son patron.

— Et moi, j'ai un bon pressentiment sur Windy Bluff.

— Espérons que nous aurons vu juste tous les deux.

Lors du petit déjeuner, Samantha découvrit avec quelque tristesse les changements prévus à l'issue de cet automne. Les séjours fréquents de Daniel et Billie June au Triple S touchaient à leur fin. Grâce à l'expérience de Jarvis Putnam, le forage suivait son cours à Windy Bluff. La plate-forme était installée et les appareils ronronnaient. Après son retour de Beaumont, Daniel reprendrait ses travaux de conception à Waverling Tools. Son patron avait eu l'idée d'une nouvelle pompe à sable dont il voulait charger Daniel.

La grossesse de Billie June était suffisamment avancée pour qu'elle se demande s'il elle ne devait pas rester au Triple S plutôt que de passer ses journées seule dans l'appartement de Daniel. Les futurs parents décidèrent qu'un couple devait rester uni. Billie June s'en irait donc dans moins d'une semaine. Millie May poursuivrait ses études d'aquarelle au musée des Beaux-Arts de Houston dans l'espoir de réaliser son rêve de devenir peintre et de vivre de son art. Nathan Holloway et Todd Baker étaient partis depuis longtemps vers de nouvelles missions.

Voyant Samantha pensive, Millie May demanda :

— Quand rentre Sloan ?

— En début de semaine prochaine. Je le saurai en voyant un nuage de poussière à l'horizon.

Les terres avaient séché. Il n'était pas tombé une goutte de pluie depuis la mi-septembre, lorsque l'ouragan était parti vers le nord, en amont de la rivière Rouge, où paissait le troupeau de La Paloma. Une épidémie de grippe avait envoyé une partie du personnel du ranch à l'hôpital de Gainesville et Sloan était parti à cheval avec Neal rassembler les bêtes égarées qui seraient ensuite acheminées en train vers la foire aux bestiaux. Neal envisageait de vendre La Paloma. Pour une raison inconnue, il n'aimait plus ce lieu et profiterait de sa présence dans la région pour chercher des acquéreurs potentiels. Billie June posa une main sur le bras de Samantha d'un air compatissant.

— Nous sommes désolés de t'abandonner, dit-elle.

— Il y a au moins une lueur d'espoir dans cette tristesse, répondit-elle. Lundi, la société Bell vient installer le téléphone à Las Tres Lomas. Je pourrai au moins contacter mon père et ma mère.

Mon père... ma mère. Samantha se félicitait de n'avoir pas parlé à Sloan de la lettre qu'elle avait envoyée à Bridget Mahoney au milieu du mois de septembre. Elle n'avait pas encore reçu de réponse, ni d'avis de destinataire inconnu. Sloan se serait inquiété de voir sa curiosité attisée. N'avait-elle pas toute la famille dont elle avait besoin ? Ils seraient bientôt oncle et tante. Il y allait y avoir un bébé dans la famille ! Dès que Sloan s'était mis en route avec Neal, Samantha avait accepté l'idée que l'ultime piste susceptible de lui fournir des réponses avait bel et bien disparu.

La jeune femme passa les premiers jours de la semaine suivante à aider ses belles-sœurs à faire leurs bagages. Elles gagneraient Dallas par le train le jeudi 1er novembre, puis Millie May poursuivrait vers Houston. Histoire de célébrer ces départs, elles partiraient un jour plus tôt pour Fort Worth et feraient une halte chez Estelle pour le déjeuner. Ensuite, Samantha déposerait ses belles-sœurs à la gare avant de regagner le ranch.

Au cours du déjeuner, Estelle implora sa fille de rester pour la nuit.

— Tu as l'air fatiguée, ma chérie. Une bonne nuit de sommeil et les attentions de ta mère te feront le plus grand bien.

Samantha y réfléchit un instant, mais elle attendait le retour de Sloan et le devoir l'appelait au Triple S pour nourrir un veau qui n'acceptait le biberon que de sa main. Elle voulait aussi passer à Las Tres Lomas pour voir comment le chantier avançait. En faisant ses adieux à Billie June et Millie May, sur le quai de la gare, elle fut tentée de ne pas aller au bureau de poste. Elle était épuisée et n'avait guère envie de parcourir les rues encombrées. À Las Tres Lomas, elle demanderait à Silbia de prendre son courrier en même temps que celui de son père, qui exigeait toujours de trouver sa correspondance sur son bureau à son arrivée. Mais elle changea d'avis. Le catalogue de vente par correspondance Sears, Roebuck and Company était certainement arrivé et elle était impatiente de découvrir les articles de Noël et passer commande pendant qu'il en était encore temps.

Une demi-heure plus tard, elle s'en félicita, car elle avait reçu une réponse de Bridget Mahoney, de Californie. Si elle n'était pas passée au bureau de poste, son père aurait intercepté cette lettre.

— Nathan, vous avez un appel téléphonique personnel d'un certain Léon Holloway, en PCV, annonça Mlle Beardsley.

Son ton indiquait sa réprobation.

Nathan fut aussitôt alarmé, car Léon ne l'appellerait au bureau qu'en cas d'urgence.

— C'est mon beau-père. Passez-le-moi. Vous n'aurez qu'à déduire le coût de la communication de mon salaire.

Léon commença par s'excuser, mais Nathan l'interrompit :

— Qu'est-ce qui se passe ?

— C'est Randolph. Il a des ennuis à Columbia.

— Quel genre d'ennuis ?

— Il… Il a sombré dans une mauvaise habitude, je le crains. Il… fréquente les fumeries d'opium. Cela fait plus d'un mois qu'il n'assiste plus aux cours. Hier, nous avons reçu une lettre de l'université pour nous signaler ses absences. Sa bourse a été supprimée. Une jeune fille de sa connaissance nous a écrit pour nous conseiller de venir le chercher avant qu'il n'aille trop loin. Tu veux que je te lise la lettre ? Je ne veux pas que la communication te coûte trop cher...

— Lis-la-moi, répondit le jeune homme.

— Ta mère est folle d'angoisse, ajouta Léon après avoir terminé sa lecture. J'étais désemparé. Je n'ai pas trouvé d'autre solution que de te demander si, peut-être, tu pourrais te rendre à New York et le ramener à la maison.

— Je me mets en route dès que j'aurai pris mes dispositions ici, promit Nathan.

Nathan nota l'adresse de la résidence universitaire de Randolph ainsi que les noms de ses camarades de dortoir, de son responsable d'études, de la jeune fille qui avait écrit à ses parents et du café où elle travaillait.

— Je me doutais qu'il y avait un problème. Il ne cessait de réclamer de l'argent à sa mère, admit Léon. Elle lui a donné tout ce qu'elle pouvait, mais elle doit songer à Lily. S'il est dépendant de la drogue sans argent pour en acheter, Dieu sait ce qui peut lui arriver.

La voix de Léon était teintée de déception et de chagrin.

— Je suis désolé de devoir t'imposer cela, reprit-il. À l'approche de Thanksgiving, tu dois avoir autre chose à faire que de sillonner les bas-fonds de New York.

— Ne t'inquiète pas pour ça. Dis à maman que je ramènerai Randolph à la maison à temps pour qu'il plume la dinde de Thanksgiving.

Une tâche que Randolph n'avait jamais daigné accomplir de sa vie. C'était le travail de Nathan, qui n'était guère étonné des révélations de Léon. Il alla prévenir son père de cet imprévu qui l'obligeait à se rendre à New York.

Trevor l'écouta en silence.

— Que dois-je dire à Charlotte ? s'enquit-il ensuite.

— La vérité, répondit Nathan. Elle comprendra.

Trevor soupira.

— Elle sera très déçue que tu ne l'emmènes pas au bal des chrysanthèmes. Enfin, il faut que tu partes, naturellement.

Il ouvrit un tiroir de son bureau et en sortit un petit revolver, qu'il tendit à Nathan.

— Il est facile à transporter en toute discrétion. Et il te faudra de l'argent.

— Non, papa. Je me débrouillerai. En revanche, j'accepte le pistolet, concéda le jeune homme en glissant l'arme dans sa poche.

— J'insiste, dit Trevor en posant une liasse de billets sur son bureau. Fais-moi plaisir, prends cet argent et sois prudent. Je veux avoir de tes nouvelles tous les jours jusqu'à ce que tu rentres à la maison, c'est promis ?

— Promis. Todd et moi devions passer à Windy Bluff demain et Daniel se trouve à Beaumont. Qui enverrez-vous à ma place ?

— J'irai moi-même, répondit Trevor. À présent, file. Plus vite tu partiras, plus vite tu seras de retour. Tu manqueras moins longtemps à ta grand-mère, Charlotte et moi.

Nathan salua ce commentaire d'un geste de la main.

— Dites à Charlotte que je me rachèterai et merci pour cet argent.

— À quoi sert un père, d'après toi ?

À aimer ses enfants, songea Trevor en fermant la porte de son bureau, le cœur déjà serré. Ainsi, le fils adoré de Millicent, celui qu'elle avait préféré à Nathan, en qui elle avait placé tous ses espoirs, était un drogué ? Il aurait pu considérer que Millicent n'avait que ce qu'elle méritait, mais il ne pouvait aller jusque-là. Qu'y avait-il de plus cruel pour un parent, si ce n'était de décevoir soi-même son enfant ? S'il n'avait pas été à la hauteur avec Rebecca, il n'infligerait pas le même sort à Nathan et Samantha. Comment remplir ce contrat ? Cette question l'empêchait de dormir. Trahissait-il ses enfants en leur cachant qu'ils étaient frère et sœur, ce dont il avait la certitude quasi absolue ? Nathan pouvait en obtenir la confirmation auprès de Léon. Son beau-père ne lui cacherait pas la vérité. Ou bien valait-il mieux ne rien dire et laisser la vie suivre son cours ? Quelle était l'attitude préférable pour les jumeaux ? Ce ne serait pas forcément la plus sage. Par la fenêtre, Trevor observa les eaux enfin paisibles du fleuve. Il semblait si indifférent aux vies qu'il avait volées ! Il en était des fleuves comme avec les gens : mieux valait pas trop s'approcher du bord. Prendrait-il ce risque, le lendemain, lorsqu'il remplacerait Nathan et se rendrait sur le territoire de sa fille ?

CHAPITRE 43

L'adresse de l'expéditrice lui avait coupé le souffle.

— Vous vous sentez bien, madame ? lui demanda un homme venu lui aussi chercher son courrier. Permettez-moi de vous accompagner jusqu'au banc.

Samantha se tourna vers lui, mais, sous le poids du catalogue de Sears, Roebuck and Company, elle eut un moment de faiblesse.

— Oh ! souffla-t-elle.

— Je vais vous aider à le ramasser, proposa le monsieur. Vous feriez mieux de vous asseoir. Vous êtes aussi blanche que ces enveloppes… sans vouloir vous offenser.

Il remit son bien à la jeune femme qui retrouva ses esprits.

— Merci, monsieur. Je me sens mieux.

Une fois dehors, elle eut de nouveau un vertige et préféra s'installer sur un banc au lieu de grimper sur le siège de sa voiture. Le vent s'était levé et le ciel commençait à s'assombrir. Si elle ne se mettait pas en route sur-le-champ, elle arriverait au ranch après la nuit tombée. Or elle avait promis à Sloan de ne pas sortir la nuit. Elle brûlait d'envie de lire sa lettre, mais ce banc public n'était pas l'endroit idéal pour apprendre la vérité qu'elle recelait peut-être. Mieux valait attendre d'être de retour au Triple S, où seuls les murs seraient témoins de sa réaction.

Pourtant, Samantha n'émit aucun cri en lisant la missive de Bridget Mahoney. Elle demeura prostrée dans son fauteuil, face à la cheminée, la lettre dans une main. Seul le bruit de l'imposante horloge rompait le silence. Plusieurs minutes s'égrenèrent avant qu'elle assimile la réponse de la sage-femme. Les faits s'enchaînaient dans sa tête tels les débris d'une bombe après l'explosion. Millicent Holloway était sa mère... Nathan Holloway son frère jumeau... et Trevor Waverling son père...

Samantha poussa enfin un cri.

— *Señora,* que se passe-t-il ?

Consuela trouva Samantha en train de se mordre le poing.

— Vous avez vu un fantôme, *señora* ?

La jeune femme posa sur elle un regard plein d'effroi. Elle se rendit enfin compte qu'elle s'était levée pour aller se tapir dans un coin, loin de la cheminée.

— Comment ? Oui, oui, Consuela. C'est ça...

La domestique fit un signe de croix.

— Dieu vous protège ! Vous êtes si pâle...

Elle prit la main glaciale de la jeune femme dans la sienne.

— Je vais vous chercher un petit remontant. Un doigt de cognac, peut-être ?

— Volontiers, merci, souffla Samantha, en se laissant entraîner vers son fauteuil, comme en transe.

— Avec une collation, sur un plateau ?

— Oui, merci, répondit Samantha pour la rassurer.

Samantha but d'une traite le verre d'alcool. Dès que Consuela se fut retirée, elle relut la lettre. Il fallait qu'elle adopte une approche scientifique, qu'elle examine la situation au microscope pour extraire des faits une hypothèse. Samantha ne voyait aucune raison de douter de la véracité des informations de Bridget Mahoney. Elle commença par la plus extraordinaire des révélations : Nathan Holloway, ce jeune homme honorable et charmant, n'était autre que son frère... son jumeau, de surcroît ! Elle était donc la sœur de quelqu'un ! Nathan n'avait jamais suggéré en rien leur lien de parenté. À en juger par leurs relations amicales et le récit de la sage-femme, les Holloway ne lui avaient rien dit sur leur séparation à la naissance. Tant de cruauté était incroyable.

Trevor Waverling savait-il que Samantha Gordon Singleton n'était autre que sa fille ? Nathan lui avait confié n'avoir appris l'existence de son père naturel qu'au mois de mars, lorsqu'il s'était présenté à la ferme, le jour de ses vingt ans, jurant n'avoir découvert la naissance de son fils que quelques années plus tôt. Si Trevor s'était fait connaître de son fils, n'était-il pas logique qu'il en fasse autant pour sa fille ?

Et pourtant...

Samantha se remémora alors les détails de leurs entrevues. Dès la conférence sur la paléontologie, il avait semblé s'intéresser à elle. Son commentaire sur sa couleur de cheveux la poursuivait. Avait-il perçu que Samantha était du même sang que Millicent Holloway ?

Elle ne s'était trouvée en présence de Trevor qu'à trois reprises, ensuite. Elle songea à l'après-midi où elle s'était retrouvée dans son bureau, en compagnie de Nathan. Ils avaient évoqué la coïncidence de leur date de naissance commune... Elle comprenait désormais pourquoi Trevor l'avait interrogée sur son adoption. Pourquoi s'y serait-il intéressé s'il n'était pas au courant ? Lorsqu'ils s'étaient revus pour la deuxième fois à Las Tres Lomas, elle avait senti sur elle son regard appuyé, ce qui avait d'ailleurs irrité Neal.

Enfin, ils s'étaient croisés au mariage de Billie June et Daniel. Celui-ci était sidéré que son patron ait accepté son invitation.

— Je l'ai convié à la fête sans oser espérer une seconde qu'il viendrait. Trevor Waverling a certainement mieux à faire de ses soirées que d'assister à une réception en l'honneur d'un simple employé de fraîche date.

— Il est venu parce qu'il est conscient de ta valeur au sein de l'entreprise, avait répondu Billie June. Je ne cesse de te le répéter.

L'intérêt de Trevor était-il déplacé, comme le soupçonnait Neal ? Pas de l'avis de Samantha. Elle l'avait toujours trouvé charmant mais amical et courtois, rien de plus. Pour sa part, Billie June avait eu une réflexion étrange après son mariage avec Sloan :

— J'ai bien cru reconnaître le patron de Daniel au dernier rang de l'église.

De plus, Nathan avait déclaré que Trevor avait maintes fois relu sa lettre de condoléances après la mort de Rebecca.

Et si Trevor avait découvert qui elle était et préférait ne rien dire ? Samantha pouvait-elle s'être méprise ? La question essentielle était de savoir ce qu'elle pensait, elle, du fait qu'elle était la fille de cet homme.

Elle se leva pour se réchauffer les mains devant la cheminée. Quelle importance cela avait-il ? Si son vrai père savait qu'elle était sa fille et gardait le secret, il avait ses raisons. Et s'il ignorait tout, à quoi bon lui dévoiler la vérité maintenant ? Elle connaissait désormais les circonstances de sa naissance. À quoi bon remuer le passé ? Elle n'osait imaginer la réaction de ses parents adoptifs. Elle n'avait aucune envie de connaître sa mère et ses demi-frère et demi-sœur biologiques. Samantha pouvait aimer Nathan à distance, elle serait à jamais son amie, sans qu'il sache pourquoi ils avaient la même date de naissance.

Samantha glissa la lettre dans la poche de sa jupe, bien décidée à garder le secret sur son contenu. Elle ne dirait rien à Sloan non plus. Mieux valait tourner la page. Ils étaient heureux en famille et n'avaient aucune raison d'aller voir ailleurs.

Soudain très lasse après ces émotions, elle appuya la tête sur le dossier du fauteuil. C'est ainsi que Consuela la découvrit, les joues inondées de larmes, lorsqu'elle lui apporta son plateau.

Trois jours après son arrivée à New York, dont les rues étaient enneigées, Nathan retrouva enfin la trace de Randolph. Se fiant aux informations dont il disposait, il avait commencé par contacter sa petite amie, serveuse dans un café situé aux abords de l'université.

— Leticia Draper ne travaille plus ici, lui déclara un cafetier un peu rustre.

En entrant dans l'établissement, Nathan l'avait surpris en train de se disputer avec un étudiant qui lui devait de l'argent. Lorsqu'il avait voulu savoir où il pourrait trouver la jeune fille, l'homme l'avait regardé de travers. Résigné, Nathan s'en alla, mais une serveuse lui courut après dans la rue, un manteau sur les épaules.

— Qu'est-ce que vous lui voulez, à Leticia ?

Nathan lui parla de la lettre reçue par ses parents.

— Vous êtes donc le frère de Randolph ?

— En effet. Vous le connaissez ?

— Oui. C'est à cause de lui que Leticia a perdu son boulot.

— Pourquoi ?

— Le patron est une véritable ordure. Il l'a surprise en train de donner à manger à Randolph parce qu'il n'avait pas les moyens de payer. Sans travail, elle est retournée chez ses parents, dans une ferme, près d'Albany.

Frigorifiée, elle se mit à se dandiner.

— Je vous suis très reconnaissant, mademoiselle, dit Nathan en lui tendant une main gantée. Rentrez vite avant d'attraper froid. Votre patron risque de vous congédier à votre tour.

— Vous êtes plus aimable que votre frère, répondit-elle avec un sourire triste. Franchement, ne le prenez pas mal, mais je ne vois pas ce que Leticia lui trouve.

— Je le lui demanderai, assura Nathan.

Il était trop tard pour gagner Albany par le train. Peut-être pourrait-il se dispenser de ce déplacement si le camarade de chambrée de Randolph le renseignait. Pour tirer le meilleur parti de sa première journée à New York, il héla un fiacre qui le conduisit à Morningside Heights, au nord de Manhattan, où se trouvait l'université de Columbia. Devant le dortoir, il fut impressionné par le cadre prestigieux, nimbé de brouillard. Étudiants et enseignants allaient et venaient, leurs livres à la main, les pans de leur toge battant au vent. Comment son frère avait-il pu tout gâcher ? Randolph se trouvait pourtant dans son élément ici. Il aurait pu s'intégrer, même s'il n'avait pas le pedigree de certains, du moins sa famille en était-elle persuadée.

— Randolph ? Je ne l'ai pas vu depuis une semaine, déclara son camarade d'un air désinvolte.

En ce vendredi, Nathan l'avait interrompu alors qu'il faisait ses bagages, sans doute avant de se rendre à la gare.

— Je crois qu'il fréquente les fumeries d'opium. Sauriez-vous lesquelles ?

Le jeune homme un peu hautain, si bien assorti avec Randolph, lui adressa le même regard dédaigneux que le patron du café.

— Désolé, mais non, répondit-il en soulevant sa valise. Excusez-moi, j'ai un train à prendre. Je rentre chez mes parents dans le Connecticut.

— Je comprends, fit Nathan en s'écartant.

Le lendemain, après un long trajet en train sans cesse interrompu par de nombreux arrêts pour déneiger les rails, Nathan parvint à Albany. Il sillonna les rues boueuses, s'enquérant de l'adresse des Draper auprès des commerçants. En fin de journée, son fiacre s'arrêta devant une fermette délabrée dont le porche était encombré de morceaux de bois et de débris. Plusieurs chiens émergèrent de leur torpeur pour aboyer sans conviction, tant ils étaient transis de froid. Nathan fut soulagé de voir Leticia ouvrir la porte. C'était une jeune fille maigre, débraillée et sans charme. De toute évidence, elle s'était entichée de Randolph, qui avait abusé de sa crédulité. Elle lui conseilla de se rendre à Chinatown, dans Mott Street ou Pell Street.

— Dites à Randy que je l'aime, conclut-elle timidement en le raccompagnant vers son fiacre.

Il le lui promit, même si son frère devait se soucier d'elle comme d'une guigne.

Le lendemain, en fin d'après-midi, Nathan entra dans un troisième bouge humide et malodorant, au sous-sol d'une blanchisserie chinoise dont les issues étaient bloquées pour éviter que les vapeurs révélatrices ne s'échappent dans la rue. Il ne fallait pas qu'un courant d'air éteigne les lampes qui diffusaient l'opium. Il s'attendait à ce que l'extrait de pavot distillé dégage un parfum d'encens, mais dans chaque fumerie qu'il inspecta, il était assailli par une épaisse fumée brune qui brûlait les poumons. Il trouva Randolph endormi parmi d'autres adeptes, sur des paillasses crasseuses rappelant les couchettes d'un navire esclavagiste. Sur des tables était disposé l'attirail du fumeur d'opium. En entendant la voix de Nathan, Randolph posa sur lui un regard vitreux.

— Oh, non..., gémit-il.

— Je te ramène à la maison, décréta Nathan.

***

— Millicent, je vais passer une annonce pour trouver un emploi dans les champs. C'est tout ce que je sais faire, annonça Léon.

— Si tu t'abaisses à cela, je mourrai de honte.

— C'est mieux que de mourir de faim.

— Que vont penser nos amis ? insista Millicent, pleine d'angoisse.

— *Tes* amis, tu veux dire. Les miens penseront que j'ai enfin retrouvé mes esprits. Sois raisonnable, Millicent. Je parie que tu es presque ruinée. Ce train de vie, l'école de Lily, le traitement de Randolph... Il faut que je trouve du travail.

— Nathan s'est engagé à payer le traitement de Randolph...

Léon dévisagea sa femme. Parfois, il se demandait comment il pouvait encore l'aimer. Toutefois, ses sentiments s'étiolaient peu à peu.

— Tu t'es entendue ? fit-il avec dégoût. Tu considères que ce n'est rien, pour Nathan, ce fils que tu as ignoré, rejeté, de financer les soins de celui-là même qui était censé nous aider financièrement. N'est-ce pas ce que tu as dit ? Tu parles d'une réussite !

Millicent se boucha les oreilles.

— Arrête ! Quand il sortira de cet établissement, à Dallas, il sera un homme nouveau.

— C'est ça ! railla Léon avec mépris. Personnellement, je ne compte plus sur Randolph pour quoi que ce soit. Je vais publier une annonce dans le journal et nous allons payer pour remettre notre fils en état. Pour commencer, il faudra vendre cette voiture grotesque pleine de fioritures.

Au début du mois de janvier 1901, Léon reçut une réponse. Sur son banc, dans le parc, il prit connaissance de son courrier, incrédule, les larmes aux yeux. Il avait lu des articles sur l'agrobusiness, un secteur qui faisait rage dans l'Est. Il ne savait pas quoi en penser, mais ces conglomérats constituaient la solution idéale pour les paysans en difficulté et désireux de vendre leurs terres à des hommes d'affaires qui cherchaient à contrôler les prix des produits et l'industrie alimentaire. Léon venait de recevoir une offre d'emploi de la part d'une de ces sociétés qui avait racheté une ancienne exploitation de blé située à une dizaine de kilomètres de Gainesville à la Standard Oil Company. Après des forages pétroliers infructueux, elle souhaitait rétablir la culture du blé sur cette parcelle et proposait à Léon d'en devenir le régisseur. La maison existante serait mise à sa disposition. La lettre précisait le nom d'un contact et une adresse à laquelle envoyer un télégramme au cas où il serait intéressé.

Léon empocha la lettre de peur de la voir emportée par le vent avant qu'il n'atteigne le bureau de la Western Union sur Main Street. Ensuite, il alla déguster un soda dans le café voisin, un sourire aux lèvres. Il regagna enfin la maison, sans se soucier des bourrasques de neige qui l'aveuglaient. Parfois, l'idéal était de revenir là d'où l'on venait.

Millicent épluchait des pommes de terre dans la cuisine quand il entra par la porte de service. Ils avaient dû se séparer de leur cuisinière et de leur bonne.

— Tu me sembles bien guilleret, dit-elle d'un ton amer. Pourquoi ce sourire ?

— J'ai trouvé du boulot.

— Ah oui ? fit-elle sèchement. Lequel ?

— Régisseur d'une exploitation de blé.

— Tu t'abaisserais à cultiver les terres de quelqu'un d'autre ?

— Cela n'a-t-il pas toujours été le cas ?

Millicent se tut, mais mit plus de vigueur à sa tâche.

— Où est-ce ?

— Dans notre ancienne ferme. Standard Oil a fait chou blanc. Je rentre à la maison.

CHAPITRE 44

En ce début d'année, la santé de Samantha suscitait bien des inquiétudes. Sloan, ses sœurs et Daniel, Neal et Estelle, le personnel de maison et des deux ranches avaient remarqué que, depuis le 1er novembre, elle semblait distraite, pensive et triste.

— Sam chérie, tout va s'arranger. Le pire est passé, assura Sloan. Réjouissons-nous d'avoir été épargnés par la jambe noire et d'avoir placé les vaches malades en quarantaine à temps.

Il énuméra d'autres bonnes nouvelles. Les mises bas prévues pour le printemps étaient prometteuses. Les inondations avaient permis à des parcelles asséchées de reprendre vie. L'héritier d'un ranch du comté de Bexar, un avocat n'ayant aucun goût pour l'élevage, avait accepté de vendre au Triple S son silo de foin à un prix raisonnable. Ils auraient ainsi des réserves suffisantes pour l'hiver.

Samantha affichait un sourire forcé, mais elle demeurait perdue dans ses pensées. Parfois, ses yeux s'embuaient de larmes. Elle perdait du poids, avait des absences et n'exprimait plus le moindre enthousiasme pour la lecture, les parties de cartes, les travaux d'aiguilles et les autres passe-temps auxquels elle s'adonnait volontiers par le passé, au coin du feu, avec son mari. Il lui arrivait de croiser le regard scrutateur de Sloan, par-dessus son journal, et d'y lire son inquiétude. Au lit, lorsqu'il tendait les bras vers elle, elle demeurait indifférente.

— Chérie, aurais-je fait quelque chose de mal ? lui demandait-il.

Elle prétendait que non, que le problème venait d'elle. Elle ne s'expliquait pas sa déprime et lui demanda un peu de patience. Elle aimait son mari plus que tout. Il lui suggéra de consulter un médecin, mais elle préféra laisser passer un peu de temps. Ensuite, si elle ne se sentait pas mieux, elle irait voir le Dr Madigan.

Sloan et elle ne formaient qu'un. Elle n'avait pas le droit de lui cacher des choses. Elle était parfois tentée de lui confier son secret, mais à quoi bon ? Il n'existait pas de solution à la détresse qui la tenaillait dans la journée et redoublait au cœur de la nuit. En cette première semaine de janvier, elle aurait dû surmonter le choc provoqué par la lettre de la sage-femme. Elle n'était en rien curieuse de cette femme insensée qui l'avait mise au monde. Quelle femme refuserait d'allaiter son enfant avant de l'abandonner ? Pourquoi ? Si Léon Holloway avait pointé le doigt dans l'autre direction, les Gordon auraient élevé Nathan. Sa mère naturelle savait-elle qui étaient les parents adoptifs de sa fille ? S'en souciait-elle au moins ? Qu'avait-elle vécu avec Trevor Waverling ?

Trevor ne quittait pas les pensées de Samantha. Elle était désormais persuadée qu'il savait qu'elle était sa fille. Pour quelle autre raison aurait-il assisté incognito à son mariage ? D'autres invités avaient remarqué la présence d'un homme élégant aux yeux bleu-vert au fond de l'église. En l'imaginant contraint de partir avant qu'elle ne le repère, elle avait les larmes aux yeux. Son vrai père évoluait telle une ombre en marge de son existence. Nathan et sa grand-mère avaient pleuré Rebecca seuls dans leur maison de Dallas tandis qu'elle, pauvre enfant abandonnée, restait dehors, à observer la scène dans le froid.

Trevor Waverling ignorait que le téléphone avait été installé à Las Tres Lomas. En novembre, il avait laissé un message pour Neal Gordon, l'informant qu'il viendrait inspecter le chantier à la place de son fils, le lendemain. Samantha, qui avait pris l'appel, faillit l'inviter à se réchauffer autour d'un café avant de gagner le site de forage, puis au moment de reprendre le train pour Dallas, mais sa détermination à tourner la page l'en empêcha. Il lui aurait été impossible de boire un café avec lui en faisant semblant de ne pas être sa fille. S'il était lui-même au courant, pourquoi feignait-il l'ignorance ?

Elle avait demandé à Nathan de lui parler de sa grand-mère. Il l'avait fait avec plaisir, sans donner l'impression de connaître les raisons de cette curiosité. Il lui parla de Mavis Waverling en des termes qu'il n'avait jamais utilisés pour sa mère. Il adorait la vieille dame dont il partageait le toit, avec son père, un chien et un chat. Samantha avait ressenti un soupçon de nostalgie.

Un jour, alors qu'elle écoutait distraitement Nathan bavarder avec Sloan, Samantha avait glané une information saisissante. La ferme des Barrows n'était autre que celle des Holloway ! Millicent était propriétaire de la ferme proche de Gainesville mise en vente dans le journal, annonce à laquelle elle avait répondu. Sa mère était donc cette femme hautaine qui avait surgi dans le café de la gare pendant que Mildred et elle attendaient le représentant de la ferme des Barrows… Elle était l'épouse du fermier qui se faisait passer pour un employé, Léon Holloway. Samantha en eut le tournis. Sans le savoir, elle s'était trouvée à quelques mètres de sa mère biologique.

Avec le temps, son besoin de connaître les détails de sa naissance et de son adoption ne s'estompa pas, au contraire. Pourquoi sa mère ne voulait-elle pas d'elle ? Ce rejet avait-il un rapport avec Trevor Waverling ? Était-ce mal de ne rien dire à son père, son frère, sa grand-mère, pourtant si proches de chez elle ?

Elle finit par se dire qu'il lui fallait absolument des réponses pour trouver enfin la paix de l'esprit.

Le soir du 6 janvier, elle demanda à son mari :

— Sloan, que dirais-tu si je me rendais seule à Gainesville, demain ?

— Pardon ? fit-il en levant les yeux de son journal.

— Tu as très bien entendu. J'ai quelqu'un à voir et c'est important.

— Qui ça ? interrogea Sloan en baissant son journal.

— Ma mère.

— Où est partie Sam ? s'enquit Neal. Un ouvrier du chantier l'a vue monter dans le train en passant chercher du matériel à la gare.

Sloan saisit sa selle et se détourna pour la soulever afin que son beau-père ne puisse pas lire sur son visage.

— Faire un petit tour, répondit-il en déposant sa selle sur une poutre installée à cet effet.

— Elle n'en a parlé ni à moi ni à sa mère. Serait-elle allée à Dallas ou Houston rendre visite à l'une des filles ?

— Non, lâcha seulement Sloan.

Il prit un linge et se mit à frictionner son cheval. Il n'était pas de ceux qui confient leur monture au palefrenier après une dure journée de labeur.

— Allez, Sloan, ne fais pas tant de mystère ! Où est partie ma fille ?

— Excusez-moi, Neal, cela ne vous regarde pas.

— Elle est allée consulter un médecin ? insista Gordon, inquiet.

— Non. Elle avait envie de s'éloigner. C'est tout ce que je peux vous dire.

Sloan se remit au travail.

— Tu n'en sais pas davantage ? Ou bien refuses-tu de parler ?

— Ne me harcelez pas, Neal ! Je vous dis ce qu'il en est.

— Samantha, s'éloigner ? fit-il, incrédule. Cela ne lui ressemble pas. Auriez-vous… des problèmes, tous les deux ? Si j'insiste, c'est parce que sa mère et moi sommes inquiets. Elle a changé. Tu l'as remarqué, toi aussi, non ? Nous voulons juste nous assurer qu'elle n'est pas malade, mais si…

Il haussa les épaules et glissa les mains dans ses poches.

— Enfin, tous les couples ont leurs petits problèmes, de temps à autre.

Sloan jeta son torchon dans un seau et s'empara d'une brosse.

— Ce n'est pas cela, Neal. Sam et moi n'avons jamais été aussi proches.

Furieux, Neal lui arracha la brosse des mains.

— Pour l'amour du ciel, je suis son père ! Dis-moi ce qui ne va pas, où elle est partie et pour combien de temps ! Je t'en supplie !

— Neal, nous sommes très proches, vous et moi… Je vous demande de me rendre cette brosse. Je ne vous dirai rien parce que j'ai promis à votre fille de me taire.

Les joues empourprées, Neal lui obéit.

— Excuse-moi, fiston. Je ne sais pas ce qui m'a pris. J'espère que tu comprends ce que je ressens…

— Oui, Neal. Rentrez chez vous et soyez patient. Elle reviendra vite et tout ira bien, j'en suis certain.

Neal hocha la tête, sceptique, et s'éloigna les mains dans les poches. Sloan le suivit des yeux, dubitatif. Neal avait dû remarquer que, malgré l'absence de leurs épouses respectives, il ne l'avait pas invité à boire un bourbon ou à partager son repas. Il se sentait incapable de supporter la présence de Neal, ce soir. En voyant son beau-père entrer dans l'écurie, il avait senti son angoisse monter d'un cran. Sloan était encore sous le choc des révélations de Bridget Mahoney. Il avait serré Samantha dans ses bras, plein de haine pour cette femme indigne qui l'avait abandonnée. Pourquoi Samantha éprouvait-elle le besoin de se confronter à elle ? Qu'elle brûle en enfer sans jamais savoir quelle personne merveilleuse elle avait rejetée ! Quand Samantha lui avait expliqué que ce rejet avait peut-être un rapport avec Trevor Waverling, il avait compris.

— Il faut que je sache ! Trevor est là, tout proche. Il me connaît, il s'intéresse à moi. Qu'a-t-il donc fait pour que ma mère m'abandonne et néglige Nathan ?

— De cette réponse dépendra ta décision de le reconnaître ou pas comme ton père ? Et Neal ? Tu connais sa crainte de te voir partir vers tes parents biologiques, surtout Trevor, qu'il déteste cordialement.

— Il ne me perdra pas. Mes parents sont Neal et Estelle, ce sont ceux que j'aime et que j'appellerai papa et maman ma vie durant. Mais chaque chose en son temps. Pour l'heure, je veux tout savoir de ma naissance.

Il l'avait suppliée de lui permettre de l'accompagner, car il avait peur de ce qu'elle risquait d'apprendre. Elle avait refusé catégoriquement. Elle tenait à agir seule. De plus, il ne pouvait quitter le ranch.

— Au diable le ranch ! s'était-il exclamé. Toi seule comptes, tu es ma vie, Sam.

— Je sais, avait-elle murmuré en lui caressant la joue. C'est pourquoi je te reviendrai au plus vite.

Ce 7 janvier, elle était partie tôt dans la matinée et comptait rentrer par le dernier train. Il n'avait que douze heures à attendre avant de pouvoir la tenir à nouveau dans ses bras.

Neal ne regagna pas Las Tres Lomas pour boire son bourbon et dîner au coin du feu. Il se rendit à la gare de Fort Worth. Les employés de la société de chemin de fer gardaient une trace des billets qu'ils vendaient et des destinations des passagers de la journée. Il passerait la nuit avec Estelle puis la ramènerait au ranch le lendemain matin. Il voulait qu'elle soit présente pour le retour de leur fille au cas où ses craintes soient avérées. Le regard de Sloan ne lui avait pas échappé lorsqu'il s'était écrié : « Pour l'amour du ciel, je suis son père ! » Le registre de la gare confirmerait ou infirmerait ses soupçons.

— Oui, monsieur Gordon. Nous avons vendu trois billets pour Gainesville, aujourd'hui.

— Avez-vous passé la journée au guichet ?

— Je viens de prendre mon service, mais Marvin était là. Vous voulez lui parler ? Il n'est pas encore parti.

— Oui, je vous prie, répondit Neal avec un soupir de soulagement.

— En effet, monsieur Gordon, déclara Marvin. Votre fille a pris le premier train pour Gainesville. Elle rend visite à de la famille, peut-être ?

— En quelque sorte, bredouilla Neal, sur le point de défaillir.

La mine blême, Millicent tendit le télégramme à Léon avant de s'écrouler sur une chaise de l'entrée.

— Je n'arrive pas à y croire ! Elle n'a pas pu nous faire cela !

Léon prit connaissance du message :

MAMAN/PAPA. VIENS DE ME MARIER. SUIS MME JOSEPH HAYMAKER. RENTRE BIENTÔT. BISES. LILY.

— Qui est ce Joseph Haymaker ? demanda Millicent en fixant Léon sans vraiment le voir.

— C'est son professeur d'histoire ! lança Léon qui avait toutes les peines du monde à ne pas s'esclaffer. Nous l'avons rencontré lors de l'inscription de Lily. Un type sympathique.

— Son professeur d'histoire… Oh, Léon…

Elle se leva d'un bond et serra le télégramme contre son cœur.

— Ma fille a épousé un professeur d'histoire ?

— Ne crie pas, Millicent. C'est mauvais pour tes cordes vocales.

Millicent froissa le télégramme et le jeta au visage de son mari.

— De quel droit est-elle allée à l'encontre de nos espoirs et de nos rêves de bonheur pour elle ? Après tout ce que nous avons sacrifié pour lui assurer un avenir radieux !

— Il semble que Lily ait sa propre conception du bonheur et d'un avenir radieux. Réjouissons-nous pour elle, déclara Léon.

Étrangement, sa femme était encore plus belle quand elle était folle de rage.

— Jamais ! hurla-t-elle. Tu veux que je me réjouisse pour elle ? Cette fille m'a trahie ! Elle *nous* a trahis ! Nos deux enfants nous ont trahis !

Elle s'écroula de nouveau sur sa chaise et fondit en larmes. Puis elle sortit un mouchoir de sa poche et se tapota les yeux.

— Quand je pense à la peine que nous nous sommes donnée pour les élever afin qu'ils aient ce que nous n'avons jamais eu. Tu as travaillé dur pour rendre la ferme rentable et…

Sa voix s'éteignit, comme si elle n'y croyait toujours pas.

— Notre fille a épousé un professeur d'histoire sans un sou vaillant.

Elle baissa la tête et laissa libre cours à ses larmes.

Attristé, Léon regarda sa femme en sanglots. Pauvre Millicent. Elle avait parié sur le mauvais cheval. Ce n'était pas le moment de lui rappeler que leurs enfants pouvaient encore remporter des victoires, mais pas celles qu'elle avait envisagées. Il la fit lever et la prit dans ses bras.

— Millie... Vas-tu enfin vendre cette maison et venir vivre avec moi à la ferme ?

— Pourquoi pas ? gémit-elle dans le creux de ses épaules. Cette maison ne me sert plus à rien.

Samantha arriva à Gainesville en milieu de journée. Elle fit une halte au Harvey House Hotel où Mildred et elle étaient passées en avril de l'année précédente. Le réceptionniste la reconnut.

— Mademoiselle Gordon, je crois...

— Vous vous souvenez de moi ? fit-elle, étonnée.

— Je n'oublie jamais le nom d'une femme ravissante.

— Je suis maintenant Mme Singleton.

— M. Singleton a bien de la chance. Bienvenue au Harvey House, madame. Souhaitez-vous une chambre ?

— Je me contenterai de renseignements et d'une tasse de café au restaurant. Connaissez-vous l'adresse de la famille Holloway ?

Revigorée par le café et munie des instructions du réceptionniste, elle se mit en route vers la maison des Holloway. La matinée était fraîche mais ensoleillée et claire. Elle était habillée chaudement. En marchant, elle réfléchit à ce qu'elle dirait en rencontrant Millicent Holloway. *Madame Holloway ? Je suis Samantha Singleton, née Samantha Gordon. Nos chemins se sont croisés, autrefois, mais aucune de nous ne savait à qui elle avait affaire. Je suis votre fille.*

Au-delà de ces présentations, elle ne s'imaginait pas la suite de leur conversation. Elle n'était venue que dans un seul but : obtenir des explications sur sa naissance et son abandon. Elle n'avait aucun désir de faire partie de la vie d'une femme qui lui avait refusé son sein. Elle mettrait les choses au point tout de suite. Elle avait déjà une mère qui avait répondu à ses moindres besoins. *Donc, madame Holloway, veuillez simplement répondre à mes questions et je vous laisserai.*

La promenade vers le parc était plaisante. Elle n'eut aucun mal à éviter les flaques de neige fondue sous le soleil radieux. Les oiseaux chantaient dans les branches nues des arbres. Elle repéra facilement la maison et remarqua un banc, juste en face, où elle pourrait reprendre son souffle et rassembler son courage avant d'affronter la vérité qu'elle était venue chercher. Elle en profiterait pour épier la propriété en quête d'un signe de vie. Peut-être apercevrait-elle une femme aux cheveux blond vénitien.

Un homme sortit, un journal glissé sous le bras. Il leva les yeux vers le ciel comme pour jauger le temps, puis sortit une paire de lunettes de sa poche. Samantha observa sa démarche familière tandis qu'il se dirigeait vers le parc situé en face de chez lui. Il portait une casquette, une salopette et une veste en toile. Absorbé par sa lecture des gros titres, il ne remarqua que le banc était occupé que lorsqu'il arriva à sa hauteur. Abasourdi, il s'arrêta net.

— Bonjour, monsieur Holloway, dit Samantha.

Il écarquilla les yeux et ôta vivement sa casquette.

— Mademoiselle Gordon ! Que faites-vous ici ?

— Je suis venue rencontrer ma mère… une fois encore.

Léon demeura pétrifié quelques secondes, puis il s'assit à côté de la jeune femme sur son invitation.

— Vraiment ? fit-il. Comment diable l'avez-vous retrouvée ?

Samantha avait apprécié cet homme dès leur première entrevue. Nathan l'aimait et lui faisait confiance, ce qui en disait long. Elle ouvrit son sac pour en sortir la lettre de Bridget Mahoney.

— Voici comment.

Léon prit connaissance de son contenu et la lui rendit.

— C'est ainsi que cela s'est passé, je dois l'avouer à ma grande honte, dit-il.

— À vous de compléter le tableau. Pourquoi ma mère ne voulait-elle pas de mon frère jumeau et moi ?

Léon se massa nerveusement le genou.

— C'est lié à l'homme qui l'a mise enceinte. Je ne suis pas votre père, Samantha.

— Je le sais. Mon père est Trevor Waverling et mon frère Nathan Holloway. Aucun des deux ne sait que je suis au courant. Peu importe comment je l'ai appris.

Léon arqua les sourcils.

— Vous connaissez déjà presque toute la vérité.

— Sauf la partie que j'ai besoin de découvrir.

— Très bien, alors la voici. Millicent déteste votre père, votre père biologique. Elle affirme qu'il l'a violée... Je n'en crois pas un mot, même en faisant un effort. Il l'a certainement rejetée. Connaissant votre mère, j'en suis persuadé. Il fut son premier amour et elle lui a tout donné, son cœur, son âme et son corps. Puis il est parti sans se retourner.

— Quand mon père... l'a rejetée, savait-il qu'elle était enceinte ?

— Je suis persuadé que non. Il nous a avoué qu'il était au courant de l'existence de Nathan avant de venir le chercher, mais il ne l'a su que des années plus tard. Et je mets ma main à couper qu'il ignorait tout de vous. Enfin, jusqu'à présent. Autant que vous le sachiez...

— Que voulez-vous dire ? demanda la jeune femme en retenant son souffle.

— Il est venu ici un samedi, en juillet dernier, et m'a donné rendez-vous à l'insu de Millicent. Il se posait bien des questions à votre sujet et il voulait que je lui confirme la vérité. Je n'ai rien dit. J'ai promis à ma femme de ne jamais révéler à quiconque que Nathan avait une sœur jumelle.

— Elle a dû en garder un parce que les gens savaient qu'elle était enceinte, fit Samantha, furieuse. Sinon, vous auriez abandonné Nathan également.

Léon raconta alors à Samantha ce que Trevor avait découvert, et comment.

— Je tiens tout cela du mari de la sage-femme, expliqua Léon. Il traverse le fleuve tous les mercredis pour jouer aux dames. (Léon observa Samantha par-dessus ses lunettes.) Bien sûr, je n'ai jamais rien révélé à ma femme. Je l'avoue, je n'arrive pas à apprécier Trevor Waverling, par ressentiment, rien de plus. Il possédera toujours une partie de ma femme que je n'aurai jamais, et maintenant il a le garçon que j'ai élevé. En revanche, je comprends sa souffrance. Il n'y a rien de plus douloureux que d'aimer de loin un enfant que l'on ne peut reconnaître au grand jour.

Soudain oppressée, Samantha respira profondément.

— Donc mon père n'est coupable de rien et fait l'objet accusations mensongères ?

— C'est mon opinion. Il a essayé de se racheter auprès de Nathan.

— Il est très attaché à lui, dit Samantha, émue. Et il est évident que ses sentiments sont réciproques.

— C'est mieux ainsi, déclara Léon en enlevant ses lunettes pour sortir son mouchoir de sa poche.

Samantha remarqua que le mouchoir était impeccablement repassé. *Par sa femme ?* songea Samantha. Elle l'espérait. Cet homme qui supportait Millicent Holloway et l'aimait depuis tant d'années méritait au moins quelques attentions. Léon essuya les verres de ses lunettes.

— Votre père adoptif est venu me voir, lui aussi. Il faut que vous le sachiez.

Samantha en eut le souffle coupé.

— Neal Gordon ? Quand est-il venu ?

— En juin, pendant la moisson. Un jour, je l'ai trouvé près de la clôture, presque à l'endroit où vous vous êtes arrêtée. Un solide Texan à cheval. J'ai vite compris qui il était et ce qu'il voulait, même avant de connaître son nom. Je m'en souvenais depuis votre visite en réponse à l'annonce. D'ailleurs, je me suis tout de suite douté que vous étiez la fille de Millicent, à cause de vos cheveux… Enfin, pour en revenir à votre père, il a prétendu qu'il venait voir si la ferme était encore en vente, mais je savais qu'il mentait. Il était venu observer les Holloway, ces gens qui avaient laissé leur petite fille à des étrangers. Je suppose qu'il avait une raison de vouloir nous scruter de la sorte…

— Euh… oui, admit Samantha, la gorge nouée. Il avait des raisons. J'avais commencé des recherches sur ma famille biologique. Je… j'avais besoin de savoir d'où je venais, qui étaient mes parents. Et mon père l'a appris. En venant ici… il avait sans doute décidé de me laisser partir si… vous étiez à la hauteur de ses attentes, quelles que soient les conséquences pour ma mère et lui.

Léon hocha la tête et rangea la pipe qu'il venait de sortir, comme s'il avait changé d'avis.

— C'est bien ce que je pensais, dit-il. Si vos parents biologiques lui avaient plu, il se serait effacé. (Léon émit un petit rire.) Je l'ai vite détourné de ce projet. Vous étiez avec des parents qui vous méritaient et vous aimaient. À la ferme Holloway, vous n'aviez pas cette garantie. Quand votre père est parti, j'ai eu l'impression qu'il aurait préféré affronter une armée de Comanches plutôt que de nous laisser nous approcher de vous. Naturellement, il a cru que j'étais votre père.

Samantha ravala ses larmes. Elle ne voulait pas pleurer. Il ne fallait pas que ses émotions troublent sa réflexion. Elle tenta de remettre de l'ordre dans les événements qui l'avaient menée jusque-là. Logiquement, le Dr Tolman, se sachant malade, avait écrit à Neal Gordon pour lui faire part de certains détails sur la naissance de Samantha. Son père connaissait donc l'existence d'un frère jumeau et le nom du couple qui avait abandonné la petite fille, ce qu'il ne voulait pas qu'elle sache. Il avait alors détruit la lettre avant qu'elle puisse la lire. En l'envoyant à la ferme des Barrows, il ignorait bien sûr que la vendeuse n'était autre que Millicent Holloway. Entre-temps, Neal avait découvert sa bévue et perdu tout intérêt pour la ferme.

Puis il avait trouvé la lettre d'Eleanor Brewster dans le panier de figues et découvert que sa fille se renseignait sur ses origines. Voilà qui expliquait les mois d'enfer qui avaient suivi et la décision de Neal de se rendre à La Paloma pour se renseigner sur les Holloway.

Tout était clair, ou presque. Samantha avait les réponses qu'elle était venue chercher et l'explication de l'animosité de son père envers Trevor, sans oublier ses efforts maladroits pour la séparer de Nathan. Quelle toile de culpabilité et de peur il avait tissée ! Mais elle comprenait ses motivations et lui pardonnait. *Un homme se définit par ses motivations*, telle était la devise de Seth Singleton, et celle de Sloan désormais. Les motivations de Neal Gordon n'étaient pas totalement innocentes, mais il avait agi par amour pour sa fille et par crainte de la perdre. Samantha déplorait simplement qu'il n'ait pas eu confiance en son amour.

Son regard se brouilla de larmes. Léon posa une main rugueuse sur la sienne.

— Naturellement, si je n'avais pas dressé un portrait aussi négatif de nous, vous auriez retrouvé votre frère jumeau plus vite, ce qui aurait été une bonne chose.

— N'ayez aucun regret, monsieur Holloway. Nathan et moi avons de nombreuses années pour rattraper le temps perdu.

— Donc vous avez l'intention de vous faire connaître ? fit Léon, à peine étonné.

— Effectivement.

— Et pour Trevor ?

— À lui aussi.

Un écureuil grimpa le long d'une branche et les observa d'un œil curieux. La jeune femme profita de la diversion pour se ressaisir.

— Mais pas à ma mère. Je ne vois plus la nécessité de la rencontrer. Pourriez-vous ne rien dire de notre conversation ? Je préfère qu'elle ne soit pas informée de ma démarche.

— Je vous le promets. Le silence est dans notre intérêt à tous les deux. Millicent dirait : « Quel intérêt ? Je n'en vois aucun, croyez-moi. Retournez auprès de ceux qui vous aiment et vous attendent, Samantha, et oubliez votre mère. »

— Où sont mes grands-parents maternels ?

— Ils sont morts. Deux êtres méprisables. Nathan les a connus. Vous n'avez rien perdu.

Samantha se leva. Léon en fit autant.

— Eh bien, tout est dit, monsieur Holloway. Je vais suivre votre conseil et rentrer à la maison.

Elle lui tendit la main. Léon la garda entre les siennes.

— À votre retour, que ferez-vous de ces informations ?

— Qu'elles sortent au grand jour ! Finis les secrets ! Nous formons une grande famille. En dépit de nos erreurs, nos cœurs ont trouvé leur place. De plus, je veux que tout soit clair lorsque naîtra mon enfant, ajouta-t-elle en posant une main sur son ventre.

CHAPITRE 45

Sloan l'accueillit à la gare et la serra dans ses bras.

— Ta mère est au Triple S avec Neal. Ils t'attendent de pied ferme.

— Tu n'as rien dit, j'espère !

— Non, mais ils sont au courant, Sam. Ton père a deviné où tu es allée et pourquoi. À en juger par la tête de ta mère, elle est au courant aussi. Elle a les yeux rougis et ton père a sa tête des mauvais jours, quand il a la pire main au poker.

— Il ne jouera pas tant que je n'aurai pas abattu mes cartes, assura la jeune femme.

Le couple s'était levé pour l'accueillir quand Samantha entra dans le grand salon. Elle trouva son père raide comme un piquet et sa mère apathique, le regard apeuré, suppliant. Neal affichait un air impassible, mais Samantha ne connaissait que trop bien cette expression qu'il réservait à l'inspection des champs asséchés qui menaçaient l'avenir de son domaine.

Elle tendit les bras vers eux.

— Maman, papa, asseyons-nous. J'ai à vous parler.

Et Samantha reprit tout depuis le début.

Quand toute la vérité fut enfin révélée, les sentiments exprimés, les méprises éclaircies, les transgressions pardonnées et les larmes séchées, Samantha sortit sous le porche pour prendre l'air. Elle avait laissé Neal et Estelle au salon, sa mère ravie d'être bientôt grand-mère et son père vidé. Il se méfierait toujours de Trevor Waverling. Samantha s'y attendait. Il guetterait la moindre intrusion de Trevor sur son territoire. Il était ainsi.

— Comment comptes-tu appeler… Trevor Waverling ? avait-il voulu savoir.

Samantha avait réfléchi quelques instants.

— Par le nom que mon enfant lui choisira, répondit-elle.

Dans la nuit sombre et froide, Samantha frissonna, puis elle sentit la chaleur de son châle de laine envelopper ses épaules. Sloan l'enlaça et la serra contre lui, le menton sur le dessus de sa tête.

— Puisque c'est la journée des aveux, j'en ai un à te faire, souffla-t-il.

Enfin ! En octobre, un article était paru dans le mensuel *The Archaeologist* sous le titre : « Un fossile de dinosaure trouvé dans un carton de haricots verts. » L'apparition insolite du vestige s'était vite propagée au sein de la communauté scientifique. Stupéfaite, Samantha avait reconnu l'artefact présenté sur l'illustration. Sans la description de la boîte et des torchons, elle aurait soupçonné Todd d'avoir dérobé son fossile avant de l'adresser au musée. Mais le coupable n'était autre que Sloan. Les paléontologues avaient confirmé qu'il s'agissait d'un fragment de crâne de sauropode.

Le cœur battant, Samantha s'était retirée dans son laboratoire de fortune pour remettre de l'ordre dans son esprit. Entourée de vestiges, elle s'était remémoré le jour de la disparition du précieux crâne. Ce dimanche matin, après la demande en mariage de Sloan, ils s'étaient séparés à la fourche. Gêné, il avait refusé de l'accompagner sur le site de sa découverte et tenu des propos étranges : « Sam, tu sais que je ne ferais jamais quoi que ce soit qui aille à l'encontre de tes intérêts, j'espère ? »

Et elle en était toujours persuadée. Il en serait ainsi à jamais. Sloan avait déjà subtilisé le crâne. Samantha ne pouvait que deviner ce qu'il s'était passé. Sloan avait surpris Todd en train de voler le crâne et le lui avait confisqué pour éviter qu'il ne soit détruit.

Sloan avait l'intention de lui rendre le fossile, mais Samantha lui avait fait part de l'origine du conflit entre elle et son père. Il ne voulait pas les séparer davantage car Neal s'accrocherait à son puits de pétrole et Samantha à son site archéologique. Les aimant tous les deux, Sloan avait dissimulé le crâne en attendant de prendre une décision.

Ensuite, son mari avait maintes fois eu l'occasion de lui avouer le larcin, mais elle savait qu'il n'avait cherché qu'à sauvegarder leur couple et non à la duper. Comme Neal, il n'avait pas eu assez confiance en son amour pour lui.

Un homme se définit à ses motivations. Sloan n'avait pu se résoudre à détruire un vestige rare, une attitude noble, motivée par l'amour qu'il portait à sa femme. C'est ainsi qu'il l'avait adressé au musée américain d'Histoire naturelle.

Une fois encore, elle quitta Sloan, préférant agir seule. Le lendemain matin, jeudi 10 janvier, elle prit le train pour Dallas. Arrivée à destination, elle se fit déposer devant les locaux de Waverling Tools où elle fut accueillie par Agatha Beardsley, qui la toisa d'un air agacé.

— M. Waverling vous attend ?

— Non. Je suis venue à l'improviste dans l'espoir qu'il accepte de me recevoir.

— Il est présent, mais je ne peux rien vous garantir. M. Waverling est très occupé. Il prend le train dans une heure. Je vais voir s'il peut vous accorder un peu de temps.

Manifestement, elle réprouvait cette intrusion qui mettait à mal l'emploi du temps de son patron.

— Asseyez-vous, je vous prie. Je viendrai vous chercher.

— Merci, dit-elle en prenant place.

Au bout de quelques secondes, Trevor apparut d'un pas vif et ouvrit la porte du salon de réception.

— Madame Singleton ! Samantha ! Quelle bonne surprise ! J'espère que tout va bien.

Il chercha sur son visage des signes alarmants et lui tendit la main.

Samantha sentit la chaleur de la main paternelle à travers son gant.

— Tout va bien. De mieux en mieux, même, assura-t-elle en souriant. Préférez-vous que je repasse plus tard ? Vous êtes occupé et vous avez un train à prendre, je crois.

Trevor secoua la tête et fusilla sa réceptionniste du regard.

— Cela n'a pas d'importance, je vous l'assure. Je prendrai un autre train. Je me rends à Beaumont, sur la côte. Venez donc dans mon bureau. Mademoiselle Beardsley, veillez à ce que nous ne soyons pas dérangés.

À peine une heure plus tard, Trevor appela à nouveau sa réceptionniste. Celle-ci constata avec stupeur que son patron avait pleuré. Mais elle ne l'avait jamais vu aussi heureux. Mme Singleton semblait tout aussi bouleversée, mais malgré ses yeux rougis, elle affichait un large sourire. Que diable s'était-il passé ?

— Mademoiselle Bearsdley, où est mon fils ?

— À la maison de repos, monsieur. Il est allé rendre visite à son frère.

— Téléphonez là-bas. Que quelqu'un dise à Nathan de me rejoindre chez sa grand-mère. C'est très important. Qu'il vienne le plus vite possible. Faites avancer la voiture, puis prévenez ma mère que nous arrivons.

— Monsieur… et votre déplacement sur la côte ? M. Lane a appelé de Beaumont pour dire qu'ils avaient un puits jaillissant à Spindletop. Il est très enthousiaste et se demande quand vous arriverez pour assister à ce spectacle impressionnant.

Aussi enthousiaste, la réceptionniste consulta sa montre.

— Il est midi. J'ai pris la liberté de vérifier les horaires des trains. En vous hâtant, vous pouvez attraper celui de treize heures.

Elle posa sur Trevor un regard plein d'espoir, ignorant la jeune femme qui retardait son patron.

— C’est une excellente nouvelle, mademoiselle Bearsdley, mais j’en ai une autre à annoncer à ma famille. Veuillez garder la maison pour le reste de la journée. Ma fille et moi devons partir.

— Pardon ?

— Vous m’avez bien entendu. Mademoiselle Bearsdley, je vous présente Samantha Gordon Singleton, la sœur jumelle de Nathan.

La réceptionniste demeura bouche bée tandis que Trevor emmenait sa fille vers la voiture qui les attendait.

ÉPILOGUE

En avril 1901, Nathan Holloway épousa Charlotte Weatherspoon, deux semaines après son vingt et unième anniversaire. Ce fut le mariage de l'année. Les noces furent célébrées à Dallas, à la First Baptist Church, par le pasteur le plus en vue de son époque, George W. Truett, et en présence de plus de cinq cents invités. Trevor Waverling fut le témoin de son fils, aux côtés de Randolph et Daniel Lane. Mavis, Samantha et Sloan, ainsi que Neal et Estelle Gordon, Léon Holloway et Lily, accompagnée de son mari, s'installèrent dans les rangées réservées à la famille du marié. Millicent était absente car Nathan avait coupé les ponts avec sa mère.

— Le mois d'avril est idéal pour un mariage, déclara Mavis. C'est l'époque de la renaissance. Quelle idée de commencer l'année en janvier !

Pour les deux ranches, le mois d'avril était effectivement synonyme de nouveau départ. Un matin de la troisième semaine, Jarvis Putnam, le foreur du derrick numéro un à Windy Bluff, frappa à la porte de Las Tres Lomas de la Trinidad. Silbia lui ouvrit et recula d'un pas.

Jarvis ôta son casque en métal souillé de pétrole et essuya son visage maculé.

— Excusez-moi, madame, je sais que je ne suis pas présentable, mais il faut que je voie M. Gordon et que j'utilise votre téléphone, je vous prie.

Silbia ne l'avait jamais rencontré. Il appartenait manifestement à l'équipe de forage de Windy Bluff. Elle ne voulait pas le laisser entrer de peur qu'il salisse la maison.

— Pour quoi faire ? demanda-t-elle.

— Pour annoncer à M. Gordon et à mon patron qu'on a trouvé du pétrole !

Le derrick numéro un fut le premier de bien d'autres à se dresser sur les terres des deux ranches et qui fourniraient des millions de barils de pétrole. Las Tres Lomas et le Triple S ne changèrent pas de nom, mais opéraient sous une marque unique, symbole de leur fusion. La marque du plus vaste ranch d'élevage du Texas était S/S/S/. Samantha avait eu l'idée des barres obliques pour figurer les trois affluents de la Trinité. Les deux ranches conservèrent leur vocation première d'éleveurs bovins et leur identité. Ils profitèrent du boum pétrolier pour introduire de nouvelles races mieux adaptées à la région et donnant une meilleure viande. Les travaux sur les fourrages améliorèrent la qualité des pâturages où broutaient désormais des Santa Gertrudis, des Hereford et des Beefmaster, non loin des derricks pétroliers.

Parmi les parents et amis assis dans l'église, du côté du marié, la plupart avaient connu un succès financier. Au bout de quelques années, Waverling Tools déposa le brevet d'une machine capable de forer dans la roche à une vitesse impressionnante. Daniel Lane en était le concepteur. L'engin, constitué de deux cônes, révolutionna l'industrie pétrolière, rapportant des millions de dollars à l'entreprise et à Daniel, de sorte que Waverling Tools était en passe de devenir un leader mondial dans l'équipement de forage pétrolier.

Si Nathan demeura représentant pour l'entreprise paternelle, en binôme avec Todd Baker, il fit aussi ses preuves en tant qu'héritier. Todd trouvait le pétrole et Nathan négociait les droits d'exploitation dans des comtés du Texas dont les gisements entreraient dans l'histoire : Sour Lake et Batson-Old dans le comté de Hardin, Humble and Goose Creek à Harris, Mission à Bexar…

Bien plus tôt, Todd reçut la visite de Daniel qui lui montra une enveloppe. Lorsqu'il quitta le bureau de Todd toujours en possession de l'enveloppe et des photographies qu'elle contenait, le géologue savait qu'il ne tremperait plus dans la moindre manigance. En conséquence de ses actes, Todd ne fit jamais partie du cercle fermé de Waverling Tools. Ginny et lui furent exclus des relations sociales des Singleton, Waverling et Lane. Au grand chagrin de Ginny, qui soupçonnait une malversation de son mari, le nom des Baker ne fut jamais cité dans les rubriques mondaines de Fort Worth et Dallas.

Randolph devint caissier dans une banque d'Ardmore, dans l'Oklahoma, et finit au poste de vice-président, un titre ronflant partagé avec cinq collègues. Il épousa une jeune fille du coin qui n'était pas sans rappeler la serveuse qu'il avait abandonnée à New York. Elle lui donna deux fils à qui il tenta d'instiller le goût de l'argent et de la réussite. Lily eut une vie heureuse avec ses trois filles et son mari professeur d'histoire dans une maison proche de celle de son frère. Les familles se retrouvaient le dimanche, après la messe autour d'un poulet rôti, dans l'une des deux modestes demeures. Millicent et Léon étaient conviés, mais seul ce dernier se déplaçait.

D'autres richesses n'avaient aucun rapport avec l'argent. Le premier enfant de Samantha et Sloan fut un garçon, qu'ils baptisèrent Seth Gordon Singleton. Il appelait Neal grand-papa et Trevor « Pop », un nom que Samantha adopta à son tour. Ils eurent ensuite une fille et un autre fils. Billie June et Daniel, qui, après la naissance de leur premier enfant, espéraient donner un camarade de jeux à S. G., comme ils surnommaient l'aîné des Singleton, eurent finalement trois filles. Charlotte accoucha de deux fils et d'une fille. Millie May resta célibataire, comblée par ses neveux et nièces. Les familles Gordon, Singleton, Waverling et Lane ne formaient plus qu'une grande tribu. L'automobile leur permettait de se réunir chez les uns ou les autres. Leurs demeures prestigieuses résonnaient alors des rires et des jeux de neuf enfants et dix adultes.

— J'ai l'impression d'être une piñata, confia Neal à Estelle après une réception à Las Tres Lomas.

— Une piñata ?

— Je vivais comme l'un de ces animaux en papier mâché suspendus et hors d'atteinte, recelant des jouets bien enfermés en moi, et soudain, boum ! Un bâton est venu m'exploser et j'en suis heureux. Tu comprends ce que je veux dire, chérie ?

— Oui. L'amour est toujours meilleur quand il est partagé.

À la fin de la décennie, *The Forum*, un journal très sérieux, publia un article illustré de trois pages dont le titre était « Les Titans du pétrole ». Neal Gordon en faisait partie, ainsi que Trevor Waverling.

— Tu vois, papa, tu es devenu un Titan. Qu'est-ce que tu ressens ? s'enquit Samantha.

Neal fronça les sourcils.

— C'est moins impressionnant que je ne l'imaginais.

Elle le comprenait. Estelle était décédée l'année précédente, mais ce n'était pas la raison du manque d'enthousiasme de Neal. La veille, son petit-fils S. G. lui avait apporté un long fragment d'os trouvé dans une zone parsemée de cratères, au-dessus de l'emplacement du derrick numéro un, un site qui fascinait ses petits-enfants.

— Dis, Grand-papa, c'est un os de quel animal, ça ?

REMERCIEMENTS

J'aimerais exprimer ma gratitude envers tous ceux qui, comme toujours, ont permis à ce roman de voir le jour : David McCormick, de l'agence littéraire McCormick, Deb Futter, responsable éditoriale chez Grand Central Publishing, sans oublier les amis et lecteurs dont l'enthousiasme pour mes précédents romans m'a donné l'envie de continuer. Certains nous ont quittés en cours de route. Je pense avec tristesse et affection à Clint Rodgers, qui a répondu à tous mes appels à chaque fois que j'avais un problème informatique. Il était le meilleur médecin de la maison ! Adieu au Dr Charles Melenyzer, roi du cyberespace venu à la rescousse. Charles, tu ne sauras jamais combien j'ai apprécié ton intervention salutaire. Grâce à toi, j'ai réussi à poursuivre mon travail sur ce manuscrit.

Je voudrais aussi remercier le Dr Beverly Alcot, ma voisine et amie, dont les compétences électroniques m'ont été bien utiles à maintes reprises. Merci d'avoir répondu présente, Bev !

Parfois, il n'existe pas de mots pour exprimer sa reconnaissance. Je dirai simplement merci à Arthur Richard Meacham III, mon mari bien-aimé, et à Ann Ferguson Zeigler, mon amie très chère, qui m'ont accompagnée tout au long du chemin. J'adresse des remerciements posthumes à Sara Lynn Robbins pour ses conseils lors de mon travail de recherche. Merci pour les souvenirs de soixante-six ans d'amitié. Repose en paix, Sara Lynn.